AMANTE MEU

J.R.
WARD

Universo dos Livros Editora Ltda.
Rua Haddock Lobo, 347 • 12º andar • Cerqueira César
CEP 01414-001 • São Paulo • SP
Telefone: (11) 3217-2603 • Fax: (11) 3217-2616
www.universodoslivros.com.br
e-mail: editor@universodoslivros.com.br
Siga-nos no Twitter: @univdoslivros

AMANTE MEU

J.R.
WARD

São Paulo
2012

UNIVERSO DOS LIVROS

Título original
Lover Mine

Diretor-Editorial
Luis Matos

Editora-Assistente
Noele Rossi

Tradução
Carolina Curassá Rosa

Preparação
Felipe C. F. Vieira

Revisão
Letícia Vendrame

Arte
Mila Kodaira

Capa
Zuleika Iamashita

Dados Internacionais de Catalogação na Publicação (CIP)
(Câmara Brasileira do Livro, SP, Brasil)

W259a Ward, J. R.
Amante Meu / J. R. Ward ; [tradução de Carolina Curassá Rosa]. – São Paulo : Universo dos Livros, 2012.
608 p. – (Irmandade da Adaga Negra)

Tradução de: Lover mine

ISBN 978-85-7930-291-6

1. Vampiros. 2. Ficção. 3. Romance.
I. Título. II. Série.

CDD 813.6 22

Algumas coisas estão destinadas a acontecer – precisamos apenas de algumas tentativas para chegar lá.

PRÓLOGO

ACAMPAMENTO DE GUERRA DE BLOODLETTER, ANTIGO PAÍS, 1644

Desejava ter mais tempo.

Contudo, para dizer a verdade, o que isso mudaria? O tempo importa apenas se você fizer algo com ele – e já tinha feito tudo o que podia ali.

Darius, filho nascido de Tehrror, filho rejeitado de Marklon, sentou-se no chão de terra com seu diário aberto sobre os joelhos e uma vela de cera a sua frente. A iluminação que havia era nada além da pequena chama que vacilava em uma corrente de ar, seu quarto era um canto afastado de uma caverna. Sua roupa era de couro cru, pronta para a batalha, e suas botas eram do mesmo material.

No nariz, o cheiro pungente de suor masculino e terra se misturava com o doce aroma de morte e decadência que vinha do sangue dos redutores.

Cada respiração que dava parecia ampliar o odor.

Folheando as páginas do pergaminho, ele voltou no tempo, retrocedendo os dias um a um até não estar mais ali no acampamento de guerra.

Ansiava pelo "lar" com uma dor física, sua permanência naquele campo era mais uma amputação do que um remanejamento.

Tinha sido criado em um castelo onde a elegância e a graça estavam emaranhadas no tecido da vida. Dentro das muralhas que protegiam sua família dos humanos e dos redutores, *todas as noites eram cálidas e cheiravam a rosas como as noites de verão. Os meses e os anos passavam com facilidade e prazer.*

Os cinquenta quartos pelos quais ele tantas vezes vagou eram ornamentados com cetins e sedas, a mobília era de madeira preciosa e a tapeçaria entrelaçada, nada de junco. As pinturas a óleo que brilhavam nas molduras douradas e o estatuário de mármore que reproduzia poses nobres completavam o cenário de platina que ancorava uma existência de diamante.

Parecia inimaginável que algum dia ele se encontrasse onde estava agora. No entanto, havia uma fraqueza vital na fundação daquela sua vida.

O batimento cardíaco de sua mãe lhe dava o direito de estar sob aquele teto, seguro dentro daquele núcleo cheio de mimos. E quando esse órgão vital e amoroso parou dentro do peito dela, Darius não apenas perdeu sua mahmen *biológica, mas também o único lar que conhecia.*

Seu padrasto o expulsou e o relegou àquilo, demonstrando uma inimizade há muito tempo oculta que foi exposta e colocada em prática.

Não houve tempo para lamentar sua mãe. Tempo algum para quebrar a cabeça com o abrupto ódio do macho que praticamente o criara. Não houve tempo para lamentar sua identidade perdida de macho de boa linhagem dentro da glymera.

Ele havia sido deixado na entrada daquela caverna como um ser humano que sucumbiu à praga. E as batalhas começaram antes que sequer visse um redutor *ou que começasse a treinar para combater os assassinos. Na primeira noite e dia dentro do cerne daquele acampamento, foi atacado por colegas em treinamento que viram suas vestimentas finas – as únicas peças de roupas que permitiram levar com ele – como evidência de que era um fraco.*

Surpreendeu não apenas a eles, mas a si mesmo durante aquelas horas obscuras.

Foi então que entendeu, assim como eles entenderam, que embora tivesse sido criado por um macho aristocrata, havia componentes de um guerreiro no sangue de Darius. Na verdade, não de apenas um soldado. Mas sem dúvida, um Irmão. Sem ser ensinado, seu corpo sabia o que fazer e reagiu à agressão física com uma atitude assustadora. Mesmo com sua mente lutando contra a brutalidade de seus atos, suas mãos, pés e presas sabiam exatamente o esforço necessário a ser dispensado.

Havia outro lado nele, desconhecido, irreconhecível... que de alguma maneira parecia-se mais com "ele" do que o reflexo que observou por tanto tempo dentro do espelho daquela casa.

Com o tempo, ficou ainda mais hábil na luta... e seu horror a si mesmo diminuiu. Pois, na verdade, não havia outro caminho pelo qual trilhar: a semente de seu verdadeiro pai, e do pai de seu pai, e do pai de seu avô determinava sua pele, ossos e músculos, a pura linhagem guerreira o transformava em uma força poderosa.

E um oponente terrível e mortal.

Na verdade, considerava muito perturbador ter essa outra identidade. Era como se projetasse duas sombras no chão sobre o qual andava, como se onde quer que ficasse existissem duas fontes separadas de luz que iluminavam seu corpo. E, ainda assim, apesar de conduzir a si mesmo de uma maneira tão violenta e repugnante que ofendia as sensibilidades as quais havia sido ensinado, sabia que fazia parte do propósito maior ao qual estava destinado a servir. E isso o salvou muitas e muitas vezes... daqueles que buscavam prejudicá-lo dentro do acampamento e daquele que parecia desejar todos eles mortos. De fato, Bloodletter era supostamente o ghia *deles, mas agia como um inimigo, mesmo quando os instruía nos caminhos da guerra.*

Ou talvez aquele fosse o ponto. A guerra era feia, não importava a faceta que se apresentava dela, se era a preparação ou a participação.

O ensinamento de Bloodletter era brutal, e suas ordens sádicas exigiam ações das quais Darius não tomaria parte alguma. Na realidade, Darius era sempre o vencedor em competições de combate entre os alunos... mas não participava do estupro que era a punição infligida aos derrotados. Era o único cuja recusa era honrada. Sua negação foi desafiada apenas uma vez por Bloodletter, e quando Darius quase o derrotou, o macho nunca mais o abordou outra vez.

Os perdedores de Darius, que eram numerosos dentre aqueles que estavam no acampamento, eram punidos pelos outros – e era durante aquelas horas, quando o resto do acampamento estava ocupado com o espetáculo, que ele se consolava em seu diário. Na realidade, naquele momento não conseguia tolerar nem mesmo um olhar na direção da arena principal, em direção àquelas sessões que aconteciam ali.

Odiava provocar aquilo outra vez... mas não tinha escolha alguma. Ele tinha que treinar, tinha que lutar e tinha que vencer. E a soma resultante daquela equação era determinada pela lei de Bloodletter.

Da cova onde ardia a pira, grunhidos e aclamações de escárnio se erguiam.

Seu coração doía muito com os sons e fechava os olhos. Naquele momento, quem exigia a punição no lugar de Darius era um macho cruel, bem ao molde de Bloodletter. Muitas vezes ele dava um passo à frente para preencher o vazio enquanto apreciava a dor e humilhação tanto quanto apreciava uma bebida.

Mas talvez não fosse mais assim. Ao menos para Darius.

Esta noite seria seu teste no campo. Depois de ter sido treinado por um ano, estava saindo não apenas com guerreiros, mas com Irmãos. Essa era uma honra rara – e um sinal de que a guerra com a Sociedade Redutora estava, como sempre, medonha. A competência inata de Darius ganhou notoriedade, e Wrath, o Rei Justo, decretou que ele deveria ser retirado do acampamento para desenvolver suas habilidades com os melhores lutadores da raça vampira.

A Irmandade da Adaga Negra.

Mas tudo poderia ser em vão. Se naquela noite ele provasse ser capaz apenas de treinar e lutar com outros de sua laia, então seria lançado de volta àquela caverna para mais uma rodada de "ensinamentos" de Bloodletter.

Nunca mais seria testado pelos Irmãos outra vez, relegado a servir como um soldado.

Tinha-se apenas uma única chance com a Irmandade e o teste naquela noite de lua cheia não se tratava de estilos de luta ou armamento. Era um teste de coração. Será que ele conseguiria olhar dentro dos olhos pálidos do inimigo, cheirar seu aroma doce e manter sua mente tranquila enquanto seu corpo agia...?

Os olhos de Darius se ergueram das palavras que havia colocado no pergaminho há muito tempo. Na entrada mais secreta da caverna, um grupo de quatro machos estava parado: eram altos, com ombros largos e fortemente armados.

Membros da Irmandade.

Conhecia aquele quarteto pelo nome: Ahgony, Throe, Murhder, Tohrture.

Darius fechou seu diário, o deslizou para dentro de uma fenda na rocha e lambeu o corte em seu pulso que fizera para criar a "tinta". A pena que usava para escrever foi retirada de um faisão e estava extinguindo-se rapidamente. Não tinha certeza se voltaria ali outra vez para usá-la, mas a guardou.

Ao levantar a vela e erguer até a boca, foi atingido pela qualidade amanteigada da luz. Passou tantas horas escrevendo sob aquela iluminação branda e suave... que na verdade, parecia o único laço que existia entre sua vida do passado e sua existência atual.

Apagou a pequena chama com um único sopro.

Levantando-se, juntou suas armas: uma adaga de aço que retirara do corpo gelado de um recruta morto e uma espada da tenda de treinamento com armas. Nenhum dos dois cabos tinha sido ajustado para sua palma, mas sua mão eficiente não se importava.

Enquanto os Irmãos olhavam em sua direção e não ofereciam nenhuma saudação, desejou que dentre eles estivesse seu verdadeiro pai. Como seria diferente toda aquela situação se tivesse ao seu lado alguém que se importasse com o resultado: não procurava por simpatia nem tratamento especial, mas estava completamente sozinho agora, separado daqueles que viviam ao seu redor, separado por uma divisão que conseguia observar, mas nunca ultrapassar.

Não ter mais sua família era uma prisão estranha, invisível: as barras de solidão e instabilidade se fechavam cada vez mais com o passar dos anos e com as experiências que se acumulavam, isolando-o de tal forma que não tocava nada e nada o tocava.

Darius não olhou para trás, para o acampamento, enquanto caminhava em direção aos quatro que vieram buscá-lo. Bloodletter sabia que estava saindo para lutar e não se importava se retornaria ou não. E os outros recrutas agiam da mesma maneira.

Ao se aproximar deles, desejou ter mais tempo para se preparar para aquele teste de vontade, força e coragem. Mas era aqui e agora.

Realmente, o tempo avança mesmo quando se deseja que diminuísse a velocidade a passos de tartaruga.

Parando diante dos Irmãos, ansiou por uma palavra de estímulo, um desejo de boa sorte ou um voto de confiança vindo de alguém. Como nada disso chegou até ele, ofereceu uma breve oração para a sagrada mãe da raça:

Querida Virgem Escriba, por favor, não me deixe falhar.

CAPÍTULO 1

Outra maldita borboleta.

Quando RIP olhou para quem entrava pela porta de sua loja de tatuagens, sabia que ia acabar fazendo outra maldita borboleta. Ou duas.

Sim. Considerando as duas loiras altas e saltitantes que vinham rebolando e rindo em direção à sua recepcionista, com certeza não iria tatuar algo como crânios e ossos.

Aquelas duas Paris Hiltons com seu jeito de "somos tão más" o fizeram olhar para o relógio... e desejar estar fechado agora.

Cara... as coisas que ele fazia por dinheiro. A maioria das vezes conseguia assumir uma atitude "tudo bem, tanto faz" com relação aos pesos leves que entravam para serem marcados, mas naquela noite qualquer coisa que fosse cor-de-rosa iria incomodar. Difícil se entusiasmar com uma Hello Kitty quando havia acabado de passar três horas fazendo um retrato num motociclista que tinha perdido seu melhor amigo na estrada. Isto era a vida real; o outro, era desenho animado.

Márcia, sua recepcionista, se aproximou dele.

– Tem tempo para fazer uma rápida? – Ela ergueu as sobrancelhas perfuradas enquanto revirava os olhos. – Não deve demorar muito.

– Sim. – Ele acenou com a cabeça para a cadeira acolchoada. – Traga a primeira até aqui.

– Elas querem fazer juntas.

Claro que queriam.

– Tudo bem. Pegue o banquinho nos fundos.

Quando Mar desapareceu por trás de uma cortina e ele se endireitou, as duas que estavam próximas à caixa registradora seguraram a mão uma da outra e começaram a tagarelar sobre os formulários de consentimento que tinham que assinar. De vez em quando lançavam olhares demorados como se, com todas as suas tatuagens e metais, ele fosse um tigre exótico num jardim zoológico... e que tinha sido totalmente aprovado.

Certo. Ele cortaria suas bolas antes de ter qualquer coisa com mulheres como aquelas, mesmo que fosse uma transa apenas.

Depois de Mar pegar o dinheiro, trouxe-as até ele e as apresentou como Keri e Sarah. O que era mais do que esperava. Estava se preparando para ouvir Tiffany e Brittney.

– Quero uma carpa arco-íris – Keri disse enquanto se aproximava da cadeira arqueando-se de uma maneira que pretendia claramente ser sedutora. – Bem aqui.

Ela puxou sua blusa apertada, abriu o zíper da calça jeans e empurrou para baixo a cintura de sua calcinha rosa. Havia uma argola em seu umbigo com um coração de brilhantes rosa e ficou claro que ela fazia depilação por eletrólise.

– Certo – RIP disse. – Que tamanho?

Keri, a Sedutora, pareceu murchar um pouco – como se estivesse um pouco decepcionada com a indiferença perante seu traseiro.

– Hum... não muito grande. Meus pais me matariam se soubessem que estou fazendo isso... então não pode aparecer num biquíni.

Claro que não.

– Dois centímetros? – Ergueu a mão tatuada e deu uma ideia da dimensão.

– Talvez... um pouco menor.

Com uma caneta preta fez um esboço, e depois que ela pediu para que ele respeitasse os limites das linhas, pegou suas luvas pretas, uma agulha nova e ajustou sua pistola.

Levou mais ou menos um segundo e meio para que Keri derramasse lágrimas e segurasse a mão de Sarah como se fosse dar à luz sem anestesia. E essa é a diferença, não é? Existe um fosso enorme separando quem quer ser durão e quem realmente é. Borboletas, carpas e coraçõezinhos fofos não eram...

A porta da loja abriu com força... e RIP endireitou-se um pouco em seu banco com rodinhas.

Os três homens que entraram não usavam uniformes militares, mas definitivamente não eram civis. Vestidos com couro negro desde as jaquetas até as calças e botas, eram homens enormes que estreitavam as paredes da loja e encolhiam o teto para baixo. Havia várias protuberâncias sobre os casacos. Provavelmente armas e talvez facas. Com um movimento sutil, RIP moveu-se em direção ao balcão, onde estava o botão do alarme de emergência.

O da esquerda tinha olhos cada um de uma cor, piercings e um olhar de assassino frio. O da direita parecia um pouco mais próximo do normal, com um ar de menino bonito e cabelos vermelhos – a não ser pelo fato de que se portava como alguém que tinha acabado de voltar da guerra.

Contudo, o do meio era o problema. Um pouco maior que seus colegas, tinha cabelos castanho-escuros cortados bem curtos e um rosto de uma beleza clássica – mas seus olhos azuis estavam sem vida, com tanto brilho quanto um asfalto antigo.

Um homem morto andando. Sem nada a perder.

– E aí? – RIP disse para cumprimentá-los. – Precisam de um pouco de tinta, caras?

– Ele precisa. – O dos piercings acenou com a cabeça para seu colega de olhos azuis. – E já tem o desenho. É para o ombro.

RIP deu a seu instinto uma chance de meditar sobre o projeto. Os homens não olharam Mar de maneira imprópria. Não fizeram caso da caixa registradora e ninguém pegou suas armas. Eles esperavam educadamente – mas com expectativa. Se não fizesse o que queriam, encontrariam outra pessoa para isso.

Recuou à posição anterior, pensando que eram gente como ele.

– Legal. Não vou demorar muito aqui.

Mar falou de trás do balcão:

– Devemos fechar em menos de uma hora...

– Mas vou fazer você – RIP disse ao do centro. – Não se preocupe com o tempo.

– E eu acho que vou ficar também – disse Mar, olhando o cara com os piercings.

O rapaz de olhos azuis levantou as mãos e moveu-as com gestos distintos. Depois que terminou, o de piercing traduziu:

– Ele disse obrigado. E trouxe sua própria tinta, se não tiver problema.

Não era exatamente a norma e ia contra o código de saúde, mas RIP não tinha problemas em ser flexível com o cliente certo.

– Sem problemas, cara.

Ele voltou a trabalhar com a carpa e Keri retomou sua rotina de morder os lábios e gemer. Quando terminou, não se surpreendeu que Sarah, após ter visto sua amiga passar por aquela "agonia", ter decidido que queria um reembolso em vez de uma linda tatuagem com as cores do arco-íris.

O que era uma boa notícia. Isso significava que ele poderia começar a trabalhar imediatamente no cara com os olhos mortos.

Enquanto retirava suas luvas pretas e se limpava, perguntou-se como diabos seria o desenho. E exatamente quanto tempo Mar ia levar para chegar dentro da calça do cara com piercings.

A resposta do primeiro pensamento era: provavelmente muito bom.

E do último... levaria uns dez minutos, porque ela chamou a atenção daquele olhar díspar e Mar trabalhava rápido – não apenas atrás do balcão.

Do outro lado da cidade, longe dos bares e das lojas de tatuagens da Rua Trade, em um enclave de casas geminadas de arenito vermelho e ruas de paralelepípedos, Xhex ficou em pé perto de uma janela saliente e olhou para fora através do antigo vidro ondulado.

Ela estava nua, com frio e machucada.

Mas não era fraca.

Lá embaixo, na calçada, uma fêmea humana passeava com um cachorrinho em uma coleira e tinha um telefone celular na orelha. Do outro lado, as pessoas que ocupavam outros edifícios elegantes estavam bebendo, comendo e lendo. Carros passavam lentamente, tanto por respeito aos vizinhos, quanto por temerem o dano que a rua irregular poderia causar aos sistemas de suspensão de seus carros.

Todo aquele público de *Homo sapiens* não podia vê-la nem ouvi-la. E não apenas porque as habilidades dessa outra raça eram reduzidas em comparação às dos vampiros.

Ou, no seu caso, metade vampiro, metade *sympatho*.

Mesmo que ela acendesse a luz e gritasse até sua garganta desistir de funcionar, mesmo que acenasse com os braços até que caíssem do corpo, os homens e as mulheres que estavam ao redor simplesmente continuariam a fazer o que estavam fazendo, sem saber que ela estava presa naquele quarto, bem no meio deles. E não era como se ela pudesse pegar a escrivaninha ou o criado-mudo e quebrar o vidro. Nem derrubar a porta a chutes ou rastejar pela janela do banheiro.

Já havia tentado tudo isso.

A assassina dentro dela não conseguiu deixar de ficar impressionada com a natureza penetrante da sua cela invisível: não havia, literalmente, nenhuma chance de contorná-la, atravessá-la ou sair dela.

Afastando-se da janela, andou ao redor da cama king-size com lençóis de seda e memórias horríveis... passou pelo banheiro de mármore... e seguiu pela porta que levava ao corredor. Considerando a forma como as coisas estavam com seu sequestrador, não era como se ela precisasse de mais exercício, mas Xhex não podia ficar parada, seu corpo estava tendo espasmos e zumbia.

Ela já havia passado por essa coisa de ficar num lugar contra sua vontade antes. Sabia que a mente, assim como um corpo faminto, poderia canibalizar-se após muito tempo sem que você a alimente com algo para funcionar direito.

Sua distração favorita? Drinques diversos. Depois de ter trabalhado em clubes por anos, conhecia legiões de drinques e misturas, e percorreu todos eles com a mente, imaginando as garrafas, os copos, o modo de servir, o gelo e as especiarias.

Essa rotina de Enciclopédia Ambulante de Bartender a manteve sã.

Até agora, tinha esperado um erro, um deslize, uma oportunidade para escapar. Nada disso aconteceu, e a esperança estava começando a desaparecer, expondo um enorme buraco negro pronto para devorá-la. Então, ela não parava de fazer drinques em sua cabeça e de buscar uma brecha.

E sua experiência ajudou de uma forma estranha. O que acontecia naquele lugar, por pior que fosse, por mais que doesse fisicamente, não era nada comparado ao que ela havia enfrentado antes.

Era coisa de pouca importância.

Ou... pelo menos era o que ela dizia a si mesma. Às vezes, parecia pior.

Andando mais um pouco, passou por mais duas janelas salientes, pela escrivaninha e depois ao redor da cama novamente. Desta vez ela entrou no banheiro. Não havia navalhas ou escovas ou pentes, apenas algumas toalhas que estavam ligeiramente úmidas e uma ou duas barras de sabão.

Quando Lash a raptou, usando o mesmo tipo de magia que a mantinha naquele conjunto de salas, trouxe-a até aquele elegante local. Sua primeira noite e dia juntos foi um indicativo de como as coisas seriam.

No espelho sobre o lavatório duplo, observou a si mesma e fez uma análise desapaixonada do seu corpo. Havia hematomas por toda parte... cortes e arranhões também. Lash era brutal no que fazia e ela sempre revidava, pois não iria entregar sua vida sem uma luta – por isso era difícil dizer quais marcas haviam sido feitas por ele e quais foram acidentais pelo que ela tinha feito ao bastardo.

Se ele colocasse seu traseiro nu diante de algum espelho, poderia apostar seu último suspiro que não aparentava melhor do que ela.

Olho por olho.

A conclusão infeliz de tudo isso era que ele gostava que ela combatesse o fogo com fogo. Quanto mais lutavam, mais ficava excitado e ela sentia que Lash estava surpreso com suas próprias emoções. Nos primeiros dias, esteve no modo punição, tentando retribuir o que ela havia feito à sua última namorada – evidentemente, aquelas balas que tinha colocado no peito da cadela o irritaram mesmo. Mas, então, as coisas mudaram. Ele começou a falar menos sobre sua ex e mais sobre as partes do corpo e fantasias envolvendo um futuro que incluía ela dando a luz à sua cria.

Conversa mole do sociopata.

Agora, seus olhos brilhavam por outro motivo quando vinha até ela, e se a surrava até ficar desacordada, geralmente recuperava a consciência com ele envolvido em seu corpo.

Xhex afastou-se de seu reflexo e congelou antes de dar outro passo.

Alguém estava lá embaixo.

Saindo do banheiro, ela foi até a porta que levava ao corredor e respirou lenta e profundamente. Quando o cheiro de carniça flutuou em sua cavidade nasal, ficou claro que o que estava perambulando no andar debaixo era um *redutor* – mas não era Lash.

Não, era seu subordinado, o que vinha toda noite antes de seu sequestrador chegar para fazer-lhe algo para comer. O que significava que Lash estava a caminho do edifício geminado de arenito vermelho.

Cara, ela tinha sorte: ser sequestrada pelo único membro da Sociedade Redutora que comia e transava. O restante deles era impotente como alguém com noventa anos de idade e sobreviviam com uma dieta à base de ar. E quanto a Lash? O filho da mãe era totalmente funcional.

Voltando para a janela, ela esticou a mão em direção ao vidro. A fronteira que marcava sua prisão era um campo de energia que sentia como alfinetadas quentes quando entrava em contato. A maldita coisa era como uma barreira invisível para coisas maiores que cães... com o benefício adicional de que uma coleira não era necessária.

A coisa cedeu um pouco... quando ela pressionou para frente, houve uma insinuação de flexibilidade, mas só até certo ponto. Em seguida, as moléculas que foram agitadas agruparam-se e a sensação de queimação foi tão aguda que ela teve que agitar a mão e andar para aliviar a dor.

Enquanto esperava Lash voltar, sua mente saiu à deriva até o macho no qual ela tentava não pensar.

Especialmente se Lash estava por perto. Não ficou claro o quanto seu sequestrador poderia entrar em sua mente, mas ela não queria arriscar. Se o desgraçado suspeitasse que aquele soldado mudo era o bálsamo de sua alma, tal como seu povo dizia, poderia usar aquilo contra ela... e contra John Matthew.

Uma imagem do macho veio à sua mente, seus olhos azuis ressoavam em sua lembrança tão claramente que conseguia ver as manchas azuis neles. Deus, aqueles belos olhos azuis.

Lembrava-se de quando ela o conheceu, quando ainda estava em pré-transição. John havia olhado para ela com uma mistura de temor e admiração, como se ela fosse maior que a vida, uma revelação. Claro que, naquela época, tudo que sabia era que ele estava carregando armas no ZeroSum, e como chefe de segurança do clube, tentou desarmá-lo e jogá-lo na rua. Mas depois ela descobriu que o Rei Cego era seu *ghia* e isso mudava tudo.

Após saber dessa feliz notícia, John não apenas recebeu permissão para entrar armado, mas passou a ser um convidado especial, juntamente com seus dois colegas. Depois disso, vinha regularmente e sempre a observava, aqueles olhos azuis a seguiam onde quer que fosse. E então ele passou pela transição. Mas que droga, transformou-se num macho dos grandes e, de repente, aquele olhar tinha algo erótico adicionado à suave timidez.

Foi preciso muita coisa para matar aquela bondade. Porém, fiel à sua natureza assassina, Xhex havia conseguido acabar com o calor que havia na maneira como a olhava.

Concentrando-se na rua, pensou no tempo que tinham passado juntos no porão de sua casa. Depois do sexo, quando tentou beijá-la, quando seus olhos azuis brilharam com a marca registrada de vulnerabilidade e compaixão que era associada a ele, Xhex afastou-se e o deteve.

Era um caso de coragem perdida. Ela simplesmente não conseguia lidar com a pressão da coisa toda de "corações e flores"... ou a responsabilidade de estar perto de alguém que se sentia assim por ela... ou com a realidade de que tinha a capacidade de amar de volta.

A vingança de John foi a morte daquele olhar especial.

O consolo que tinha era que entre os homens que estavam propensos a tentar ir atrás dela – Rehvenge, iAm e Trez... a Irmandade – John não estava em uma cruzada. Se estivesse procurando por ela, era porque tinha que fazê-lo como um soldado, não por ser compelido por uma missão suicida pessoal.

Não, John Matthew não estaria a caminho da guerra por causa de seus sentimentos por ela.

E já tendo visto um macho de valor destruir a si mesmo ao tentar resgatá-la, ao menos Xhex não teria que fazer isso de novo.

Quando o cheiro de bife grelhado permeou o local, ela desligou seus pensamentos e reuniu sua vontade como uma armadura.

Seu "amante" estaria aqui a qualquer minuto, por isso precisava fechar suas escotilhas mentais e se preparar para a batalha daquela noite. Um esgotamento difuso se arrastou nela, mas sua vontade afastou o peso morto. Xhex precisava se alimentar, precisava disso ainda mais do que um bom descanso, mas nenhum deles ia acontecer tão cedo.

Era uma questão de colocar um pé na frente do outro até que algo se rompesse.

Isso e acabar com o macho que ousou detê-la contra sua vontade.

Capítulo 2

Cronologicamente falando, Blaylock, filho de Rocke, conhecia John Matthew há apenas pouco mais de um ano.

Mas essa não é uma reflexão verdadeira do relacionamento daquela amizade. Existem duas linhas de tempo na vida das pessoas: a absoluta e a percebida. A absoluta é o ciclo universal que engloba dia e noite, que para eles somava algo como 365 dias. A linha de tempo percebida é o modo como os acontecimentos, a destruição, o treinamento e as lutas se acumulam.

Considerando tudo isso... concluiu que os dois se conheciam há uns 400 mil anos.

E continuariam amigos por muito tempo, pensou enquanto observava o companheiro.

John Matthew estava encarando os desenhos nas paredes da loja de tatuagens, seus olhos percorriam as caveiras e adagas, as bandeiras americanas e símbolos chineses. Com seu tamanho, ocupava, com certeza, três quartos da loja – ao ponto de parecer que vinha de outro planeta. Em contraste com seu estágio pré-transição, o cara tinha a massa muscular de um lutador profissional, porém com o peso bem distribuído em seus longos ossos, dando uma aparência mais elegante do que aqueles humanos inchados presos a uma pele apertada. Ele havia raspado o cabelo escuro e isso deixou seus traços faciais parecendo mais rígidos que belos – com os escuros círculos sob os olhos dando um grande reforço à aparência de durão.

A vida tinha batido muito nele, mas ao invés de dobrá-lo, cada golpe e pancada o forjou ainda mais duro, mais forte e mais resistente. Era puro aço agora, nada lembrava o garoto que tinha sido.

Mas é isso que significa amadurecer: não apenas seu corpo muda, mas sua mente também.

Observando seu amigo, a perda da inocência parecia um crime.

E com esse pensamento, a recepcionista atrás do balcão chamou a atenção de Blay. Estava inclinada sobre a vitrine que exibia os materiais para piercing, seus seios estavam inchados contra o sutiã e a regata preta que estava vestindo. Usava duas luvas, uma em preto e branco e outra em preto e vermelho, tinha aros de metal cinza no nariz, nas sobrancelhas e nas duas orelhas. Dentre todos os desenhos de tatuagem nas paredes, ela era o exemplo vivo do trabalho que os clientes poderiam obter. Um exemplo bem sexy, bem explícito... que tinha lábios da cor do vinho tinto e cabelos pretos como a noite.

Tudo nela combinava com Qhuinn. Era como a versão feminina dele.

E, veja só, os olhos díspares de Qhuinn já estavam travados nela e estava sorrindo com aquele seu estilo *te peguei*.

Blay escorregou a mão em sua jaqueta de couro até seu maço de cigarros Dunhill vermelhos. Cara, nada fazia com que ele desejasse mais um cigarro do que a vida amorosa de Qhuinn.

E, com certeza, ele acenderia mais alguns esta noite: Qhuinn passou pela recepcionista e a observou de cima a baixo como se fosse uma caneca de cerveja gelada depois de ter trabalhado o dia todo no calor. Os olhos focaram os seios enquanto se cumprimentavam e ela ajudou a ter uma visão clara do material inclinando-se sobre os antebraços.

Que bom que os vampiros não tinham câncer.

Blay deu as costas para o show pornográfico que se iniciava ao lado da caixa registradora e se aproximou de John Matthew.

– Esse é legal – Blay apontou para o desenho de uma adaga.

Vai fazer tatuagem algum dia?, John gesticulou.

– Eu não sei.

Só Deus sabia o que ele gostava na pele...

Seu olhar se voltou para Qhuinn. O enorme corpo do cara estava arqueado sobre a mulher humana, seus ombros largos, quadris rígidos e suas pernas longas e poderosas garantiam a ela um passeio incrível.

Afinal, ele era incrível no sexo.

Não que Blay soubesse disso em primeira mão. Tinha visto e ouvido... e imaginou como seria. Mas quando a oportunidade surgiu, foi relegado a uma classe especial e pequena: a dos rejeitados.

Na verdade, era mais uma categoria que uma classe... pois ele era o único com quem Qhuinn não transaria.

– Hum... vai arder assim sempre? – perguntou uma voz feminina. Quando uma profunda voz masculina estrondou uma resposta, Blay olhou para a cadeira do tatuador. A loira que tinha recebido o trabalho estava colocando cuidadosamente sua blusa sobre a bandagem e olhava o cara que a tatuou como se fosse um médico dizendo as chances de sobreviver à raiva.

Então, as duas garotas foram até a recepcionista, onde a não tatuada, a que havia mudado de ideia, recebeu um reembolso e as duas examinaram Qhuinn.

Era assim onde quer que o cara fosse e costumava ser o tipo de coisa que fazia Blay adorar seu melhor amigo. Mas hoje, era uma eterna série de lembretes da sua rejeição: toda vez que Qhuinn dizia "sim", fazia aquele único "não" gritar mais alto.

– Se estiverem prontos, também estou – o tatuador chamou.

John e Blay seguiram para o fundo da loja e Qhuinn deixou a recepcionista sem cerimônia e foi atrás deles. Uma coisa boa sobre ele era a seriedade com que lidava com o papel de *ahstrux nohstrum* de John: deveria estar perto do cara 24 horas, sete dias por semana – e essa era uma responsabilidade que levava mais à sério que o sexo.

Quando John sentou na cadeira acolchoada no centro do local de trabalho, tirou um pedaço de papel e o desdobrou no balcão do artista.

O homem franziu a testa e olhou o que John havia desenhado.

– Então, serão esses quatro símbolos através dos seus ombros?

John assentiu e gesticulou:

Pode adorná-los da maneira que quiser, mas têm que ficar claros.

Depois que Qhuinn traduziu, o artista assentiu.

– Legal.

Pegou uma caneta preta e começou a fazer uma moldura com elegantes redemoinhos ao redor do simples desenho.

– O que são essas coisas, afinal?

– Apenas símbolos – Qhuinn respondeu.

O artista acenou com a cabeça e continuou o esboço.

– O que acham?

Os três se inclinaram.

– Cara – Qhuinn disse suavemente –, ficou demais.

Ficou mesmo. Estava absolutamente perfeito, o tipo de coisa que John usaria em sua pele com orgulho – não que alguém pudesse ver os caracteres do Antigo Idioma ou todo aquele trabalho espetacular com redemoinhos. O que estava escrito não era bem uma coisa que quisesse deixar muito exposta, mas essa é a questão das tatuagens: não precisam ser públicas e Deus sabia que tinha muitas camisetas para cobri-la.

Quando John assentiu com a cabeça, o artista se levantou.

– Deixe-me pegar o papel para transferência. Copiá-lo em você não vai levar muito tempo e, então, começaremos o trabalho.

Enquanto John colocava uma jarra de cristal de tinta sobre o balcão e começava a tirar a jaqueta, Blay sentou-se numa banqueta e estendeu os braços. Considerando o número de armas que John guardava nos bolsos, não seria bom para ninguém apenas pendurar aquela maldita coisa num gancho.

Quando já estava sem camisa, John se colocou numa posição inclinada para frente, seu braço pesado foi apoiado num suporte acolchoado. Depois que o tatuador colocou a imagem no papel de transferência, o cara alisou a folha sobre a parte de cima das costas de John e depois a puxou.

O desenho formou um arco perfeito em toda a extensão da musculatura, tomando conta de uma área considerável da pele de John.

O Antigo Idioma era mesmo bonito, Blay pensou.

Encarando os símbolos, por um breve e ridículo momento imaginou seu próprio nome ao longo dos ombros de Qhuinn, esculpido naquela pele macia seguindo o ritual de união.

Nunca iria acontecer. Estavam destinados a serem melhores amigos... o que, se comparado a serem estranhos, era uma coisa imensa. Comparado a serem amantes? Era o lado frio de uma porta trancada.

Olhou para Qhuinn. O cara tinha um olho em John e outro na recepcionista – que havia trancado a porta da frente e vindo ficar ao seu lado.

Por trás do zíper da sua calça de couro, a protuberância exposta era óbvia.

Blay olhou a bagunça de roupas em seu colo. Começou a dobrar cuidadosamente, uma a uma, a camiseta, a camisa de manga comprida e a jaqueta de John. Quando olhou para cima, Qhuinn estava correndo o dedo indicador lentamente sobre o braço da mulher.

Eles acabariam indo para trás daquela cortina à esquerda. A porta da frente da loja estava trancada, a cortina era bastante fina e Qhuinn iria transar com ela sem tirar suas armas. Portanto, John estaria seguro o tempo todo... e aquele fogo todo seria apagado.

O que significava que teria que sofreria apenas ouvindo-os.

Melhor que ter a visão completa. Isso porque Qhuinn era lindo de se ver transando. Simplesmente... lindo.

Quando Blay tentou aquela coisa de ser hétero, os dois tinham trabalhado em equipe com um bom número de fêmeas humanas – não que ele pudesse se lembrar de qualquer um dos rostos, corpos ou nomes daquelas mulheres.

Sempre se tratava de Qhuinn para ele. Sempre.

A dor da agulha de tatuagem que o mordiscava era um prazer.

Quando John fechou os olhos e respirou profunda e lentamente, pensou sobre o cruzamento de metal e pele, como a ponta afiada entrava na superfície macia, como o sangue pingava... como era possível saber exatamente onde estava a penetração.

Como agora, quando o tatuador estava diretamente no topo da sua coluna.

John tinha muita experiência quando o assunto era fatiar e cortar em pedacinhos – só que numa escala muito maior e mais como um doador do que um receptor. Claro, ele foi cortado no campo algumas vezes, mas havia deixado mais que uma justa parte de buracos para trás e, assim como o tatuador, sempre levava seu equipamento para trabalhar: sua jaqueta carregava todos tipo de adagas e canivetes, até mesmo um pedaço de corrente. Também um conjunto de armas de fogo, só para garantir.

Bem... tudo isso e um par de cilícios com arame farpado.

Não que ele fosse usá-los no inimigo.

Não, os cilícios não eram armas. E apesar de não terem apertado a coxa de alguém há quase quatro semanas, não eram inúteis. Atualmente, funcionavam como um amuleto de segurança. Sem eles, sentia-se nu.

A questão era que aqueles elos farpados eram o único laço que tinha com quem amava. O que, considerando o modo como as coisas haviam sido deixadas entre os dois, fazia um sentido cósmico.

No entanto, não eram o suficiente para ele. O que Xhex tinha usado ao redor de suas pernas para conter seu lado *sympatho* não oferecia o tipo de permanência que estava procurando. Foi isso que o levou a buscar a tatuagem. Quando terminasse o desenho, Xhex estaria sempre com ele. Estaria tanto em sua pele quanto em sua mente.

Com sorte, aquele humano faria um bom trabalho com o desenho. Quando os Irmãos precisavam de tatuagens por qualquer razão, Vishous trabalhava com a agulha e o cara era profissional nisso – caramba, a lágrima vermelha no rosto de Qhuinn e aquela data ao redor de seu pescoço eram demais. O problema era: vá até V. com um trabalho como este e subitamente surgirão perguntas – não apenas dele, mas de todos.

Não havia muitos segredos na Irmandade e John queria apenas manter seus sentimentos por Xhex para si mesmo.

A verdade era... estava apaixonado por ela. Totalmente fora de controle, sem chance de voltar atrás, nem morto ele desistiria e todo esse tipo de coisa. E apesar de seus sentimentos não terem sido correspondidos, isso não importava. Estava em paz com o fato de que quem ele desejava, não o queria.

O que ele não poderia suportar era ela sendo torturada ou tendo uma morte lenta e excruciante.

Ou não ser capaz de oferecer um enterro apropriado.

Estava obcecado com seu desaparecimento. Focado ao ponto da autodestruição. Seria brutal e implacável com quem a tinha levado. Mas isso não era da conta de mais ninguém.

A única coisa boa na situação era que a Irmandade estava comprometida da mesma maneira em descobrir o que diabos tinha acontecido com ela. Os Irmãos não deixavam ninguém para trás em uma missão, e quando foram para o norte para tirar Rehvenge daquela colônia *sympatho*, Xhex era muito mais que um membro da equipe. Quando a poeira se dissipou e ela desapareceu por completo, concluíram que tinha sido raptada e havia dois caminhos possíveis a seguir: *sympathos* ou *redutores.*

O que era mais ou menos como dizer: é melhor morrer de pólio ou ebola?

Todos, incluindo John, Qhuinn e Blay, estavam no caso. Resultado disso? Encontrá-la parecia ser apenas parte do trabalho de John como um soldado na guerra.

O zumbido da agulha parou e o artista limpou suas costas.

– Está ficando bom – disse, voltando ao trabalho. – Você quer fazer isso em duas sessões ou apenas nessa?

John olhou para Blay e gesticulou.

– Ele disse que quer tudo pronto esta noite, se tiver tempo – Blay traduziu.

– Sim, posso fazer isso. Mar? Ligue para Rick e diga que vou me atrasar.

– Já estou ligando enquanto falamos – a recepcionista disse.

Não, John não ia permitir que os Irmãos soubessem dessa tatuagem – não importava o quão legal parecesse.

A forma como via aquilo, tinha nascido em um ponto de ônibus e deixado para morrer. Lançado no sistema humano de proteção aos menores carentes. Acolhido por Tohr e sua companheira, apenas para vê-la morrer e o cara desaparecer. E agora Z., o único designado a tentar se comunicar com ele, estava, de maneira compreensível, ocupado com sua *shellan* e sua filha.

Até mesmo Xhex o dispensou antes da tragédia.

Então, tanto faz, conseguia entender a mensagem. Além disso, era curiosamente libertador não dar a mínima para a opinião de ninguém.

Libertou-se para alimentar sua obsessão violenta no processo de tentar rastrear o sequestrador e rasgar o maldito membro por membro.

– Importa-se de me dizer o que é isso? – o tatuador perguntou.

John ergueu os olhos e percebeu que não havia razão para mentir para o humano. Além disso, Blay e Qhuinn sabiam a verdade.

Blay pareceu um pouco surpreso, mas, então, traduziu:

– Disse que é o nome da garota dele.

– Ah. Sim, entendo. Vocês vão se casar?

Depois de John gesticular, Blay disse:

– É um memorial.

Houve uma pausa, e então o tatuador colocou o braço sobre a mesa com rodinhas onde estava a tinta. Depois de puxar a manga de sua camiseta preta, colocou o antebraço na frente de John. Nele havia o retrato de uma mulher linda, seus cabelos caíam por cima do ombro, os olhos focados de maneira que olhava para fora da pele dele.

– Essa era minha garota. Ela também não está mais aqui. – Com um puxão preciso, o cara cobriu a imagem. – Então, eu entendo.

Quando a agulha voltou a trabalhar, John sentiu dificuldade em respirar. A ideia de que, provavelmente, Xhex estivesse morta o devorava... e o pior era imaginar como poderia ter morrido.

John sabia quem a tinha levado. Havia apenas uma explicação lógica: enquanto ela adentrava no labirinto e ajudava a libertar Rehvenge, Lash apareceu, e quando ele desapareceu, ela também se foi. Não podia ser coincidência. E ainda que ninguém tenha visto nada, havia mais ou menos cem *sympathos* na caverna onde Rehv estava e muita coisa acontecia... e Lash não era o tipo básico de *redutor*.

Ah, não... aparentemente, era o filho do Ômega. A própria semente do mal. E isso significava que o filho da mãe tinha truques na manga.

John tinha visto um pouco de suas habilidades de perto durante a luta na colônia: se o cara conseguia produzir bombas de energia na palma das mãos e enfrentar face a face a fera de Rhage, então por que não poderia sequestrar alguém bem debaixo do nariz de todos? A questão era: se Xhex tivesse sido morta naquela noite, eles teriam encontrado um corpo. Se ainda estivesse respirando, mas precisava de umas pequenas férias, teria feito isso apenas quando soubesse que todos estavam a salvo em casa.

Os Irmãos estavam trabalhando na mesma linha de raciocínio, então estavam todos lá fora procurando por *redutores*. E ainda que a maioria dos vampiros tivesse deixado Caldwell, refugiando-se em casas seguras fora do estado depois dos ataques, a Sociedade Redutora, sob a liderança de Lash, tinha se voltado para o tráfico de drogas para se sustentar e aquilo acontecia principalmente ao redor dos clubes da cidade na Rua Trade. Becos sórdidos e decadentes eram o nome do jogo, com todos procurando por mortos-vivos que cheiram a gambá sangrando e aromatizador de ar.

Quatro semanas e não acharam nada além de sinais de que os *redutores* estavam movimentando o produto nas ruas para os humanos.

John estava enlouquecendo, em grande parte por não saber de nada e pelo medo, mas também por ter que segurar toda aquela violência dentro de si. No entanto, é incrível o que se pode fazer quando não se tem escolha – ele precisava parecer normal e sensato se quisesse fazer parte do resgate, então era assim que demonstrava estar.

E aquela tatuagem? Era uma estaca enfiada no território que havia dentro dele. Sua declaração de que, mesmo se Xhex não o quisesse, era sua companheira e iria honrá-la, viva ou morta. As pessoas sentem o que sentem, e não é culpa delas se essa conexão é de mão única. Apenas... acontece.

Desejou não ter sido tão frio quando fizeram sexo pela segunda vez.

Aquela última vez.

De repente, interrompeu suas emoções e colocou aquele gênio de tristeza, arrependimento e rejeição de volta em sua garrafa. Não podia se permitir desmoronar. Tinha que continuar, continuar procurando, continuar colocando um pé na frente do outro. O tempo estava avançando, mesmo que quisesse detê-lo para que tivessem uma chance maior de encontrá-la viva.

No entanto, o relógio não estava interessado em sua opinião.

Meu Deus, pensou ele. Por favor, não me deixe falhar nisso.

CAPÍTULO 3

– Indução? Como se fosse um maldito clube?

Quando as palavras ecoaram dentro da Mercedes, Lash apertou as mãos no volante e olhou para fora do para-brisa. Tinha um canivete no bolso de seu terno, e o desejo de acionar a lâmina e abrir-lhe a garganta era extremamente tentador.

Claro, com isso teria que lidar com um cadáver e com sangue por todo o couro.

As duas situações seriam entediantes.

Olhou sobre o assento. Aquele cara que tinha selecionado, dentre um elenco de centenas, era o típico filho da mãe oportunista, traficante de drogas, de olhar evasivo. A história de abuso infantil do garoto estava escrita na antiga cicatriz circular em seu rosto – perfeitamente redonda e do tamanho da ponta de um cigarro – e sua vida dura nas ruas estava em seus olhos inteligentes e inquietos. Sua ambição estava no modo como olhava o interior do carro, como se estivesse tentando imaginar como torná-lo seu, e seu talento era evidente pela forma rápida como se tornou um dos melhores traficantes da região.

– Mais que um clube – disse Lash em voz baixa. – Muito mais. Você tem futuro neste negócio e estou oferecendo isso numa bandeja de prata. Meus homens irão buscá-lo aqui amanhã à noite.

– E se eu não aparecer?

– É sua escolha. – Claro, sendo assim, o desgraçado iria acordar morto pela manhã, mas isso era apenas um detalhe...

O garoto encontrou os olhos de Lash. O humano não tinha a constituição de um lutador; estava mais para o tamanho de alguém que teve seu traseiro colado com fita adesiva no vestiário da escola. Mas tornou-se muito claro que a Sociedade Redutora necessitava de dois tipos de membros agora: os que faziam dinheiro e os soldados.

Depois que Sr. D examinou a área do Parque Xtreme e viu quem estava movimentado a maioria dos produtos, observou que aquela coisinha magra com olhar de réptil estava no topo.

– Você é gay? – o garoto perguntou.

Lash permitiu que uma de suas mãos deixasse o volante e mergulhasse dentro de sua jaqueta.

– Por que pergunta isso?

– Cheira como um. Veste-se como um, também.

Lash se moveu tão rápido que seu alvo nem teve chance de inclinar-se para trás no assento. Com uma rápida investida, acionou o canivete e colocou a lâmina diretamente na pulsação vital do garoto, atingindo a lateral de seu pescoço branco.

– A única coisa que faço para machos é matá-los – disse Lash. – Você quer que eu me relacione com você assim? Porque estou pronto, se você estiver.

Os olhos do garoto se arregalaram e seu corpo tremia sob suas roupas sujas.

– Não... eu não tenho problema com os gays.

O maldito idiota estava passando do ponto, mas não importava.

– Temos um acordo? – Lash disse apertando a ponta de sua faca no pescoço do rapaz. À medida que a penetração ia avançando, o sangue formou uma bolha e permaneceu ali por uma fração de segundo, como se estivesse tentando decidir se estabeleceria o fluxo sobre o metal brilhante ou sobre a suave coluna de pele.

O sangue escolheu a lâmina, serpenteando num fluxo vermelho rubi.

– Por favor... não me mate

– Qual é a sua resposta?

– Sim. Vou fazer isso.

Lash pressionou com mais força, vendo o sangue correr. Foi momentaneamente cativado pela realidade de que se ele firmasse a arma e empurrasse através da carne, aquele humano deixaria de existir, como uma lufada de ar desaparecendo numa noite fria.

Gostava de se sentir como um deus.

Quando mais um choramingo saiu dos lábios rachados do garoto, Lash cedeu, recostando-se. Com uma ligeira lambida, limpou a lâmina e a fechou com um movimento rápido.

– Vai gostar de onde vai acabar. Prometo.

Deu ao garoto a chance de se recompor e sabia que não ia levar muito tempo para o rapaz reassumir sua compostura. Idiotas como este possuem egos como balões. A pressão, particularmente a de uma faca na garganta, faz com que entrem em colapso. Mas no instante em que há o alívio do estresse, eles se recuperam, inflando ao estado em que estavam antes.

O garoto puxou sua jaqueta de couro barato para baixo.

– Gosto de onde estou, é bom.

Bingo.

– Então porque está olhando meu carro como se o quisesse em sua garagem?

– Tenho um carro melhor que este.

– Oh, mesmo? – Lash examinou o imbecil da cabeça aos pés. – Você vem aqui toda noite numa bicicleta. Seus jeans estão rasgados e não é porque foram produzidos assim. Quantos casacos você tem em seu armário? Oh, na verdade guarda seus trapos numa caixa de papelão debaixo da ponte. – Lash revirou os olhos quando todo o tipo de surpresa brotou do banco do passageiro. – Você acha que não o observamos? Pensa que somos tão estúpidos?

Lash apontou em direção ao Parque Xtreme, onde skatistas estavam movendo-se como metrônomos nas rampas, para cima e para baixo, para cima e para baixo.

– Você é o bom neste parque aqui. Muito bem. Parabéns! Mas queremos que vá mais longe. Junte-se a nós e terá mais força por trás de seus atos... dinheiro, mercadoria, proteção. Será algo mais que um traste sem valor balançando a carcaça em torno de um monte de concreto. Nós temos seu futuro.

O olhar calculista do garoto voltou-se em direção a sua pequena fatia de território em Caldwell e depois flutuou para o horizonte onde os arranha-céus se erguiam. A ambição estava ali e por isso tinha sido escolhido. O que aquele bastardinho precisava era de um caminho e um ponto de partida.

O fato de ter que vender sua alma para conseguir isso chegaria ao seu conhecimento apenas quando fosse tarde demais, mas este era o jeito da sociedade. Pelo que Lash foi informado dos *redutores*, que agora comandava, é que nunca havia uma divulgação completa antes de serem introduzidos na sociedade e isso era compreensível. Como alguém acreditaria que o mal estava esperando do outro lado da porta? Como alguém entraria voluntariamente numa coisa dessas?

Surpresa, filho da mãe. Isto não é a Disneylândia e uma vez que pegou carona nessa estrada, nunca, jamais conseguirá sair.

E Lash não tinha problemas em mentir para os candidatos.

– Estou pronto para uma coisa maior – o garoto murmurou.

– Ótimo. Agora saia da droga do meu carro. Meu sócio virá buscá-lo amanhã à noite, às sete.

– Legal.

Com o negócio concluído, Lash estava impaciente para se livrar do bastardo. O garoto cheirava a esgoto e estava gritando por mais que uma simples ducha – ele precisava ser escovado como se fosse um pedaço de calçada suja.

Assim que a porta se fechou, Lash deu a volta, saiu do estacionamento e entrou na estrada que corria paralela ao Rio Hudson. Dirigiu-se para casa, suas mãos apertavam o volante por um motivo que não era o impulso de matar.

O impulso do sexo era um motivador tão forte quanto.

Na rua em que vivia na parte antiga de Caldwell havia casas vitorianas de arenito que a percorriam, calçadas com árvores plantadas e propriedades com valor não inferior a um milhão de dólares. Os vizinhos recolhiam a sujeira de seus cães, nunca faziam qualquer barulho e colocavam o lixo apenas nos becos e somente nos dias certos. Ao se aproximar de sua casa e contornar o quarteirão para entrar na garagem, ficou louco para saber o que esses malditos americanos protestantes achariam de ter um vizinho como Lash: poderia parecer e se vestir como eles, mas seu sangue era negro e tinha tanta alma quanto uma estátua de cera.

Sorriu ao apertar o controle remoto da porta da garagem, e suas presas, um presente de sua mãe, se alongaram enquanto ele ficava pronto para um belo "querida, cheguei".

Nunca caía na rotina. Voltar para Xhex nunca era rotina.

Depois de ter estacionado o carro, saiu e teve que esticar o corpo. Parecia que ela o passou através de um espremedor, mas amava como Xhex o deixava rígido... e não apenas seu membro.

Nada como um bom adversário para animar as coisas.

Cortando caminho pelo jardim dos fundos e entrando na casa pela cozinha, sentiu o cheiro de lombo grelhado e pão fresco.

Contudo, não estava com fome no momento. Graças àquela conversa no parque, aquele pequeno skatista ia ser sua primeira indução, a primeira oferta que traria a seu pai, o Ômega. E não é que aquilo o deixava louco por sexo?

– Está pronto para comer? – o Sr. D perguntou do fogão, enquanto virava um pedaço de carne. O pequeno texano provou ser útil, não só como guia de iniciação da Sociedade Redutora, mas também como um assassino e um cozinheiro decente.

– Não, vou subir agora. – Jogou suas chaves e celular em cima do balcão de granito. – Deixe a comida na geladeira e tranque a porta quando sair.

– Sim, senhor.

– Estamos combinados sobre amanhã à noite. Pegue o alvo às sete. Sabe para onde levá-lo.

– Sim, senhor.

Aquelas duas palavras eram a resposta favorita do filho da mãe – outra razão para ter permanecido em pé e ser o segundo na linha de comando.

Lash passou pela despensa, pela sala de jantar e virou à direita na escadaria esculpida. O lugar estava todo vazio quando o viu pela primeira vez, mas havia restos de uma vida graciosa para trás: papéis de parede de seda, cortinas de damasco e uma poltrona. Agora, a casa de arenito estava cheia de antiguidades, estátuas e tapetes adequados. Ia levar mais tempo do que havia imaginado para deixá-la do jeito que precisava ser, mas não se consegue deixar uma casa à sua maneira da noite para o dia.

Subindo os degraus, seus pés estavam leves e seu corpo vibrava enquanto desabotoava o casaco e depois o paletó.

Ao se aproximar de Xhex, estava bem consciente de que aquilo que tinha começado como vingança tinha se tornado um vício: o que estava esperando por ele no outro lado da porta de seu quarto era muito mais do que pensou inicialmente.

Havia sido tão simples no começo: ele a tomou porque havia tomado algo dele. Quando estava naquela caverna da colônia, apontou uma arma e puxou o gatilho, acertando o chumbo no peito de sua vadia. Não era aceitável. Havia roubado seu brinquedo favorito e era exatamente o tipo de cabeça dura cuja principal trilha sonora da vida era "olho por olho".

Quando a trouxe até ali e a trancou em seu quarto, o objetivo era tirar pedaços dela destruindo sua mente, emoções e corpo, acabando lentamente com sua pessoa, fazendo-a se curvar até que se quebrasse.

E, então, como qualquer coisa quebrada, jogaria fora.

Pelo menos era esse o plano. Contudo, tornava-se muito claro que suas bases não vacilavam.

Ah, não. Essa era de titânio. Suas reservas de força provavam ser inesgotáveis e ele tinha contusões que provavam isso.

Quando chegou à porta, parou para tirar toda a roupa. De um modo geral, se gostasse das roupas que estava vestindo, tinham que estar no chão antes de entrar no quarto, pois seriam transformadas em lixo no momento em que chegasse perto dela.

Abriu o botão de sua calça, soltou as abotoaduras deixando-as sobre a mesa do corredor e tirou a camisa de seda.

Havia marcas nele. Feitas pelos punhos dela. Por suas unhas. Pelas presas.

A ponta do seu pênis vibrou quando olhou suas várias feridas e hematomas. Recuperava-se rapidamente, graças ao sangue de seu pai correndo espesso em suas veias, mas às vezes os danos que ela fazia permaneciam e aquilo o deixava muito excitado.

Quando se é o filho do mal, há poucas coisas que não se pode fazer, possuir ou matar e, ainda assim, a natureza mortal dela era um troféu indescritível que podia tocar, mas não colocá-lo em sua estante.

Aquilo a tornava rara. Preciosa.

Aquilo fazia que... ele a amasse.

Passando o dedo sobre uma contusão azul escura na parte interna de seu antebraço, sorriu. Tinha que ir até seu pai naquela noite para confirmar a indução, mas primeiro passaria um bom tempo com sua fêmea e adicionaria novos arranhões à coleção. E, antes de partir, deixaria um pouco de comida para ela.

Como todo animal premiado, precisava ser alimentada.

Alcançando a maçaneta da porta, franziu a testa ao pensar sobre o maior problema de sua alimentação. Xhex era apenas meio *sympatho*: seu lado vampiro era o que o preocupava. Cedo ou tarde, exigiria algo que não poderia ser comprado no mercado... algo que não poderia lhe dar.

Vampiros necessitavam sugar a veia do sexo oposto. Isso era imutável. Quando se tem essa biologia dentro de si, você morre se não beber sangue fresco. Não poderia se alimentar do que estava no corpo dele – tudo que corria dentro de Lash era negro agora. Resultado: seus homens, os poucos que havia preservado, estavam procurando por um macho de boa idade, mas não tinham trazido nada ainda. Caldwell estava perto da extinção quando se tratava de vampiros civis.

Mas... ainda tinha aquele no fundo do congelador.

O problema era que tinha conhecido aquele filho da mãe em sua antiga vida e a ideia de Xhex tomar sangue de alguém conhecido o deixava com muito ciúme.

Além disso, o desgraçado era irmão de Qhuinn – então, não, esta não era uma linhagem que desejava que ela tivesse alguma relação.

Que seja. Cedo ou tarde, seus homens viriam com algo – tinham que vir. Porque seu novo brinquedo favorito era o tipo de coisa que queria manter por um longo tempo.

Quando abriu a porta, começou a sorrir.

– Oi, querida. Cheguei.

Do outro lado da cidade, na loja de tatuagem, Blay, na maior parte do tempo, ficou focado no que estava sendo feito nas costas de John. Havia algo hipnótico sobre observar a agulha traçar as linhas azuis. De vez em quando, o artista fazia uma pausa para limpar a pele com uma toalha de papel antes de retomar o trabalho, e o zumbido da pistola preenchia o silêncio outra vez.

Infelizmente, mesmo tudo isso sendo tão cativante como era, ainda tinha atenção suficiente para ficar em alerta quando Qhuinn decidiu transar com a mulher humana: depois do casal ter conversado calmamente e trocado um monte de carinhos nos braços e nos ombros, aqueles impressionantes olhos díspares se dirigiram para a porta da frente.

E, logo depois, Qhuinn caminhou até lá e verificou se estava fechada.

Aquele olhar verde e azul não encontrou o de Blay quando voltou à sala de tatuagem.

– Você está bem? – ele perguntou a John.

Quando John olhou para cima e balançou cabeça, Qhuinn sinalizou rapidamente:

Importa se eu fizer um pouco de exercício atrás daquela cortina?

Por favor, diga que sim, Blay pensou. Por favor, diga que ele tem que ficar aqui.

Nem um pouco, John sinalizou. *Cuide-se.*

Estarei pronto se precisar de mim. Mesmo que tenha que sair com o pau pra fora.

Certo, se pudermos evitar isso, eu agradeceria.

Qhuinn riu um pouco.

– É justo. – Houve uma pausa que durou um batimento cardíaco, então virou-se sem olhar para Blay.

A mulher entrou na outra sala primeiro e considerando o modo como mexia os quadris, estava tão preparada para o que ia acontecer quanto Qhuinn. Em seguida, os grandes ombros dele se aprumaram quando saiu de vista e a cortina voltou para o lugar.

A luz do teto da sala e o tecido anoréxico da cortina forneceram uma boa ideia do que estava acontecendo, então Blay teve uma imagem bem detalhada de Qhuinn se estendendo e puxando-a pelo pescoço contra ele.

Blay redirecionou os olhos para a tatuagem de John, mas não durou muito. Dois segundos mais tarde, viu-se preso àquela vitrine em movimento, não só assistindo, mas também absorvendo os detalhes. Numa típica posição de Qhuinn, a mulher agora estava de joelhos e o cara com as mãos enterradas em seu cabelo. Trabalhava a cabeça dela com movimentos de ida e volta de seus quadris.

Os sons suaves eram tão incríveis quanto o visual, e Blay teve que mudar de posição em seu assento, pois ficou ereto. Queria estar lá, de joelhos, sendo conduzido pelas mãos de Qhuinn. Queria ser aquele cuja boca estivesse cheia. Queria ser responsável por fazê-lo ofegar e se contorcer.

Mas não havia chance disso acontecer.

Cara, que inferno! Ele tinha transado com pessoas em clubes, banheiros, carros, becos e, ocasionalmente, em camas. Tinha feito sexo com dez mil estranhos, homens e mulheres, machos e fêmeas da mesma maneira... Ser recusado por ele era como ser impedido de entrar num parque público.

Blay teve a chance de olhar para longe novamente, mas a ondulação de um gemido profundo trouxe seus olhos outra vez em direção ao...

Qhuinn moveu a cabeça de modo que estava olhando para fora da cortina. E quando seus olhos encontraram os de Blay, seu olhar brilhou... quase como se estivesse mais alterado por quem o estava observando do que por quem estava transando.

O coração de Blay parou. Especialmente quando Qhuinn arrastou a mulher para cima, girou em torno dela e inclinou-a sobre a mesa. Um puxão e os jeans dela foram parar nos joelhos. E em seguida estava...

Jesus Cristo. Seria possível que seu melhor amigo estivesse pensando como ele?

Só que, em seguida, Qhuinn puxou a parte superior do corpo da mulher contra o peito. Depois, sussurrou algo em seu ouvido, ela riu e virou a cabeça para que pudesse beijá-la. Foi o que fez.

Você é um maldito estúpido, Blay pensou consigo mesmo. Você é um filho da mãe estúpido.

O cara sabia exatamente com quem estava fazendo... e com quem não estava.

Balançando a cabeça, murmurou:

– John, importa-se se eu for fumar lá fora?

Quando John balançou a cabeça, Blay se levantou e colocou as roupas no banco. Voltando-se para o cara da tatuagem disse:

– É só virar a fechadura?

– Sim, e pode deixá-la aberta se for ficar por perto.

– Obrigado, cara.

– Sem problema.

Blay afastou-se do zumbido da tatuagem e da sinfonia de gemidos por trás das cortinas, escorregando para fora da loja e encostando-se no edifício ao lado da entrada. Pegando um maço de cigarros, retirou um deles, colocou-o entre os lábios e o acendeu com seu isqueiro preto.

A primeira tragada foi o céu. Sempre a melhor de todas.

Quando exalou, pensou que odiava a maneira como lia as coisas, enxergava conexões que não estavam lá, interpretava errado olhares e toques casuais.

Patético, mesmo.

Qhuinn não estava olhando para cima ao receber sexo oral para encontrar os olhos de Blay. Estava checando John Matthew. E girou a mulher e a tomou por trás porque era assim que gostava.

Mas que droga... esperança não era bem uma primavera eterna quando se abafava o senso comum e a autopreservação.

Inalando com força, estava tão envolvido em seus pensamentos que não notou a sombra na entrada do beco do outro lado da rua. Sem saber que estava sendo observado, continuou fumando, a noite fria da primavera consumia as baforadas que se erguiam de seus lábios.

A constatação de que não poderia continuar assim foi um frio cortante que o penetrou até os ossos.

Capítulo 4

– Certo, acho que acabamos.

John sentiu um último puxão em seu ombro, e então a pistola do tatuador ficou em silêncio. Erguendo-se do descanso contra o qual havia se apoiado durante as últimas duas horas, esticou os braços sobre a cabeça e puxou o tronco para trás.

– Só um segundo e vou limpá-lo.

Quando o macho humano higienizou algumas toalhas de papel com spray antibacteriano, John depositou o peso de seu corpo em sua coluna mais uma vez e deixou o formigamento do trabalho da agulha reverberar por todo o corpo.

Naquele embalo, uma lembrança estranha chegou a ele, algo que não pensava há anos. Era de quando vivia no orfanato Nossa Senhora, quando não sabia o que realmente era.

Um dos benfeitores da igreja era um homem rico proprietário de uma grande casa nas margens do lago Saranac. Todo verão as crianças eram convidadas a passar um dia lá e brincar em seu gramado do tamanho de um campo de futebol, passear em seu belo barco de madeira e comer sanduíches e melancia.

John sempre se queimava no sol. Não importava quanto protetor passassem sobre ele, sua pele sempre torrava – até que finalmente o relegaram à sombra da varanda. Forçado a esperar as coisas à margem, observava os outros garotos e garotas brincarem, ouvia os risos ao longo da grama verde e brilhante, traziam sua comida e a deixavam para comer sozinho, atuava como observador ao invés de fazer parte daquilo tudo.

Engraçado, sentia as costas hoje como sentia sua pele naquele tempo: tensa e irritada, especialmente quando o tatuador pressionou os poros em carne viva com o pano molhado e começou a fazer círculos sobre a tinta fresca.

Cara, John conseguia se lembrar do pavor daquele calvário anual no lago. Queria tanto estar com os outros... contudo, para ser honesto, não se tratava tanto de fazer o que estavam fazendo, e mais porque estava desesperado para se encaixar entre eles. Pelo amor de Deus, poderiam estar mastigando cacos de vidro e sangrando por toda camiseta que ainda estaria todo animado para participar do mesmo jeito.

Aquelas seis horas na varanda com nada para fazer além de uma história em quadrinhos ou talvez um ninho de pássaro caído para inspecionar pareciam meses. Tempo demais para pensar e ansiar. Sempre tinha a esperança de ser adotado, e momentos solitários como esses o consumiam: muito mais do que estar no meio das outras crianças, ele queria uma família, uma mãe e um pai de verdade, não apenas tutores que fossem pagos para criá-lo.

Queria ser possuído. Queria alguém para dizer: *você é meu.*

Claro, agora que ele sabia o que era... agora que vivia como um vampiro dentre outros vampiros, ele entendia muito melhor essa coisa de "possuir". Com certeza, humanos tinham um conceito de unidade familiar, casamento e toda aquela coisa, mas sua verdadeira natureza parecia mais com animais num bando. Os laços de sangue e acasalamentos eram muito mais viscerais e os consumiam como um todo.

Ao pensar em si mais jovem e mais triste, seu peito doeu – mas não porque desejava poder voltar no tempo e dizer àquela criança que seus pais estavam vindo buscá-lo. Não, sofria porque aquilo que tanto desejava quase o destruiu. Sua adoção realmente chegou, mas a parte de "pertencer" não tinha funcionado. Wellsie e Tohr entraram valsando em sua vida, contaram a verdade sobre ele e mostraram um breve vislumbre de lar... e depois desapareceram.

Então, poderia dizer categoricamente que foi muito pior ter e depois perder seus pais do que não tê-los de jeito nenhum.

Sim, claro, tecnicamente Tohr estava de volta à mansão da Irmandade, mas para John estava sempre ausente: mesmo dizendo as coisas certas agora, depois de tantas decepções John já não sentia a mesma coisa.

Ele estava cheio de toda aquela coisa sobre Tohr.

– Dê uma olhada no espelho, cara.

John agradeceu com a cabeça e foi até um espelho de corpo inteiro no canto. Enquanto Blay retornava de sua comprida pausa para o cigarro e Qhuinn surgia de trás da cortina da sala ao lado, John se virou e deu uma olhada no que estava em suas costas.

Oh, Deus. Era exatamente o que ele queria. E os arabescos estavam demais. Assentiu com a cabeça enquanto movia o espelho de mão, checando cada ângulo. Cara, era uma pena saber que ninguém mais, além de seus amigos, veria isso. A tatuagem estava espetacular.

E o mais importante: não importava o que aconteceria em seguida, se encontraria Xhex viva ou morta, agora ela estaria sempre com ele.

Maldição, aquelas últimas quatro semanas desde o seu rapto tinham sido as mais longas de sua vida. E já havia tido dias bastante longos antes daquela porcaria toda. Não saber onde estava. Não saber o que tinha acontecido com ela. Tê-la perdido... Sentia como se tivesse sido ferido mortalmente, embora sua pele estivesse intacta e seus braços, pernas e peito não tivessem sido penetrados por nenhuma bala ou lâmina.

Entretanto, em seu coração, ele a possuía. E mesmo se a conseguisse de volta apenas para ter uma vida que não o incluísse, estava bem. Apenas a queria viva e em segurança.

John olhou para o artista, colocou a mão sobre o coração e inclinou-se profundamente. Quando ergueu-se de sua posição de gratidão, o cara lhe estendeu a mão.

– Por nada, cara. Significa muito para mim que tenha aprovado. Deixe-me cobri-lo agora com um pouco de creme e um envoltório.

Depois que deram as mãos, John gesticulou e Blay traduziu:

– Não é necessário. Ele se recupera rápido como um relâmpago.

– Mas ele vai precisar de tempo para... – O tatuador se inclinou e, em seguida, franziu a testa enquanto inspecionava onde havia trabalhado.

Antes que o cara começasse a fazer perguntas, John recuou e pegou sua camiseta de Blay. O fato era que a tinta que tinham trazido foi retirada do estoque de V. – o que significava que parte de sua composição incluía sal. Aquele nome e os redemoinhos fabulosos eram permanentes – e sua pele já estava curada.

Essa era a vantagem de ser um vampiro quase puro.

– A tatuagem está demais – Qhuinn disse. – É sexo puro.

Como se tivesse aproveitado a deixa, a mulher com quem tinha acabado de transar saiu de trás da cortina da sala e era difícil não notar a expressão triste de Blay. Especialmente quando deslizou um pedaço de papel no bolso de trás de Qhuinn. Sem dúvida, seu número estava escrito ali, mas ela não precisava mesmo ter esperanças. Uma vez que o cara ficava com alguém, era isso – como se seus parceiros sexuais fossem uma refeição que não poderia ser ingerida outra vez e nunca sobrava nada. Infelizmente para ela, seu olhos brilhavam.

– Me liga – murmurou com uma confiança que se desvaneceria com o passar dos dias.

Qhuinn sorriu um pouco.

– Cuide-se.

Ao som daquelas duas palavras, Blay relaxou, seus grandes ombros se descontraíram. Na terra de Qhuinn, *cuide-se* era sinônimo de *nunca mais irei vê-la, ligar ou transar com você outra vez.*

John tirou sua carteira, a qual estava estufada com toneladas de notas e tirou quatrocentos. O que era duas vezes o preço que a tatuagem tinha custado. Quando o artista começou a apertar sua mão e dizer que era demais, John acenou com a cabeça para Qhuinn.

Os dois levantaram suas mãos direitas em direção aos humanos e, em seguida, penetraram em suas mentes e cobriram as memórias das últimas duas horas. Nem o artista, nem a recepcionista teriam qualquer lembrança concreta do que havia acontecido. No máximo, teriam sonhos nebulosos sobre isso. No mínimo, teriam uma dor de cabeça.

Quando os dois entraram em transe, John, Blay e Qhuinn saíram pela porta da loja e entraram nas sombras. Esperaram até que o artista entrasse em foco outra vez, saísse e trancasse a porta... em seguida, era hora de voltar ao trabalho.

– Vamos para o Restaurante do Sal? – Qhuinn perguntou, sua voz estava mais profunda que o de costume graças à satisfação pós-coito.

Blay acendeu outro Dunhill quando John assentiu e gesticulou: *Estão nos esperando.*

Um após outro, seus garotos desmaterializaram na noite. Mas antes que John desaparecesse também, parou por um momento, pois seus instintos ressoavam.

Olhando para a esquerda e para a direita, seus olhos perspicazes penetraram a escuridão. A Rua Trade tinha várias luzes de neon e havia carros passando, pois era apenas duas horas da manhã, mas ele não estava interessado na parte iluminada.

Os becos escuros eram o que importava.

Alguém os observava.

Colocou a mão dentro de sua jaqueta de couro e a fechou em torno do punho de sua adaga. Não tinha qualquer problema em matar os inimigos, especialmente agora, quando sabia tão bem quem estava com sua fêmea... e esperou que algo cheirando a cervo morto há uma semana se aproximasse dele.

Não teve tanta sorte. Ao invés disso, o celular disparou um sinal. Sem dúvida, Qhuinn ou Blay estavam se perguntando onde estava.

Esperou mais um minuto e decidiu que a informação que esperava tirar de Trez e iAm era mais importante que arrebentar a socos qualquer assassino escondido nas sombras.

Com a vingança fluindo espessa em suas veias, John se desmaterializou no fino ar e retomou sua forma no estacionamento do Restaurante do Sal. Não havia carros por perto e as luzes que geralmente brilhavam do lado de fora do edifício de tijolos estavam apagadas.

As portas duplas sob o pórtico se abriram imediatamente e Qhuinn enfiou a cabeça para fora.

– Por que diabos demorou tanto?

Que paranoia, pensou John.

Estava checando minhas armas outra vez, sinalizou enquanto andava.

– Poderia ter me pedido para esperar. Ou feito isso aqui.

Sim, mamãe.

O interior do local estava decorado no estilo clássico dos anos 1950 e 1960 com papéis de parede com desenhos padronizados e carpetes luxuosos, tudo em vermelho, até onde os olhos conseguiam alcançar. Tudo, desde as cadeiras até as mesas cobertas de linho, os pratos e talheres, era uma reprodução do que havia sido nos anos 1960 e a vibração era ao estilo de um luxuoso cassino de Las Vegas: suave, rico e elegante.

Nos alto-falantes, Frank Sinatra cantava *Fly me to the moon.*

Aquele sistema de som provavelmente se recusaria a tocar qualquer outra coisa.

Os três passaram pelo balcão da recepção e pelo bar, onde um aroma pungente de cigarros recendia sem se importar com as leis antitabagistas de Nova York. Blay foi para trás do balcão de madeira nobre para arranjar uma Coca-Cola e John caminhou pelo local, mãos nos quadris, olhos no chão de mármore, delineando um caminho pelas cabines de couro que foram dispostas no espaço.

Qhuinn sentou-se numa delas.

– Disseram para que esperássemos e fizéssemos algo para beber. Vão chegar em um segundo...

Naquele momento, vindo da sala com entrada restrita a funcionários, dois baques e um gemido interromperam Sinatra. Com uma maldição, John seguiu o exemplo de Qhuinn e sentou, estacionando em frente ao colega. Se os Sombras estivessem fazendo algum serviço sujo, provavelmente levariam mais que um segundo.

Quando Qhuinn esticou as pernas sob a mesa e estalou as costas, seu rosto ainda brilhava, corado pelo esforço, os lábios inchados por beijar tanto. Por um momento, John ficou tentado a perguntar porque o cara insistia em transar com pessoas em frente a Blay, mas calou-se ao olhar a lágrima vermelha tatuada no rosto do rapaz.

De que outra maneira o bastardo iria transar? Estava preso a John e tudo o que faziam era sair e lutar... sendo Blay membro daquela equipe.

Blay se aproximou com sua Coca, sentou-se próximo a John e permaneceu em silêncio.

John pensou ser tudo muito estranho quando nenhum deles disse nada.

Dez minutos depois, a porta onde marcava APENAS FUNCIONÁRIOS abriu completamente e Trez surgiu atrás dela.

– Desculpe por deixá-los esperando. – Pegou uma toalha de mão atrás do bar e limpou o sangue de seus dedos. – iAm só está despejando lixo no beco. Estará aqui em um minuto.

John gesticulou:

Descobriram alguma coisa?

Depois que Qhuinn traduziu, as sobrancelhas de Trez caíram e os olhos do Sombra tornaram-se calculistas.

– Sobre o que?

– Xhex – Qhuinn disse.

Trez executou um trabalho elaborado ao redobrar a toalha agora manchada de vermelho.

– A última coisa que soube foi que Rehv estava morando no complexo com vocês.

– Ele está.

O Sombra plantou as palmas das mãos sobre a madeira e inclinou-se, os músculos do ombro agruparam-se até ficarem espessos.

– Então, porque tem que me perguntar sobra a busca e resgate dela?

Você a conhece muito bem, John gesticulou.

Depois da tradução, os olhos escuros de Trez lampejaram um verde brilhante.

– Conheço. Ela é uma irmã, apesar de não ser do meu sangue.

Então, qual é o problema?, John assinalou.

Quando Qhuinn hesitou, como se quisesse ter certeza de que John precisava mesmo dizer aquilo ao Sombra, John acenou ao cara para que continuasse a falar.

Qhuinn balançou um pouco a cabeça.

– Ele disse que entende isso. Só quer ter certeza se estão abrangendo todas as possibilidades.

– Certo, não acho que foi o que ele gesticulou. – O Sorriso de Trez era frio. – E esse é o meu problema. Você vem aqui todo cheio de "e aí?" sugerindo que você e seu rei não confiam em Rehv para lhes dizer onde ela está – ou acha que ele não está fazendo todo esforço possível para encontrá-la. E você sabe... essa coisa toda não funciona comigo.

iAm entrou pela porta dos funcionários e apenas acenou enquanto se aproximava de seu irmão – que era a recepção mais calorosa que alguém poderia receber dele. Não poupava palavras. Ou socos, considerando a quantidade de sangue que havia manchando sua camiseta cinza. E o cara não pediu um resumo da conversa. Parecia estar a toda velocidade, o que significava que ou ele viu alguma coisa na câmera de segurança nos fundos ou estava lendo corretamente a tensão no poderoso corpo de seu irmão.

Não viemos aqui para lutar ou ofender, John assinalou. *Só queremos encontrá-la.*

Houve uma pausa depois que Qhuinn fez sua participação. E então Trez fez a pergunta que valia um milhão de dólares.

– O rei sabe que está aqui?

Quando John balançou a cabeça, Trez estreitou os olhos ainda mais.

– E o que exatamente espera receber de nós?

Qualquer coisa que saibam ou acreditem ser verdade sobre onde Xhex está. E qualquer informação sobre o tráfico de drogas em Caldwell. Esperou que Qhuinn o alcançasse, em seguida, continuou. *Assumindo que Rehv esteja certo e Lash seja quem está derrubando os traficantes da cidade, então fica muito óbvio que ele e a Sociedade Redutora vão preencher o vazio que foi criado.* Outra pausa para Qhuinn. *Então, aonde as pessoas vão para comprar, além dos clubes da Rua Trade? Existe uma rota para o crack? E quem são os grandes fornecedores com quem Rehv trabalhava? Se Lash está tentando traficar drogas, está pegando a porcaria de alguém.* Uma última pausa para Qhuinn. *Já estivemos nos becos, mas até agora isso não nos levou a lugar algum. Apenas humanos traficando com humanos.*

Trez recuou as palmas de suas mãos e era possível praticamente sentir o cheiro de madeira queimando enquanto seu cérebro trabalhava.

– Deixe-me perguntar uma coisa.

Claro, John gesticulou.

Trez olhou em volta, e em seguida encontrou os olhos de John outra vez.

– Em particular.

Capítulo 5

Quando o Sombra expôs seu pedido, John viu tanto Qhuinn quanto Blay enrijecerem e entendia seus colegas. Trez era um aliado, mas também era perigoso por definição. Sombras vivem segundo seu próprio código de regras e eram capazes de coisas que fariam os *sympathos* vomitarem.

Mas quando se tratava de Xhex, estava disposto a enfrentar qualquer linha de fogo.

Assim que eu tiver um bloco de papel e caneta, estaremos prontos para ir, John gesticulou. Quando nem Blay ou Qhuinn traduziram, franziu a testa e deu uma cotovelada nos dois.

Qhuinn limpou a garganta e olhou ao longo do bar para Trez.

– Sendo um *ahstrux nohstrum* vou aonde ele for.

– Não, na minha casa você não vai. Nem na do meu irmão.

Qhuinn se levantou, como se fosse rolar no chão com o Sombra, se necessário.

– É assim que funciona.

John deslizou para fora da cabine e colocou seu corpo no caminho de Qhuinn antes que o filho da mãe assumisse uma posição ofensiva. Com um aceno de cabeça em direção aos fundos, para onde achava que ele e Trez iriam, esperou o Sombra liderar o caminho.

Naturalmente, Qhuinn tinha que abrir a boca.

– Vá se ferrar John.

John virou-se e gesticulou:

Tenho que lhe dar uma maldita ordem? Eu vou com ele e você vai ficar aqui. Ponto-final.

Você é um saco, as mãos de Qhuinn expressaram. *Não escolto você apenas para me divertir...*

O som de uma campainha tocando interrompeu a discussão quando os dois olharam para os Sombras. Depois que iAm observou o monitor de segurança sob o bar, disse:

– Nosso compromisso das duas e meia está aqui.

Ao caminhar ao redor do balcão e sair pela porta da frente, Trez olhou Qhuinn por um longo momento, e então disse a John:

– Diga a seu garoto que é difícil proteger alguém quando se está morto.

A voz de Qhuinn tornou-se rígida como um soco.

– Eu morreria por ele.

– É só continuar com essa atitude e isso não será apenas uma hipótese.

Qhuinn liberou suas presas e soltou um ruído pela garganta, tornando-se o animal letal em torno do qual os humanos elaboraram todo tipo de mitologia de horror. Quando olhou para Trez, ficou muito claro que, em sua mente, ele já estava atravessando o bar em direção à garganta do Sombra.

Trez sorriu com frieza e não se moveu nem sequer um centímetro.

– Cara durão, hum? Ou é apenas de se exibir?

Difícil saber qual dos dois lutadores recuaria. Um Sombra tinha truques sob a manga e Qhuinn parecia um trator preparado para derrubar um edifício. Mas não importava, aquilo era Caldwell, não Las Vegas, e John não era um agenciador de apostas para lidar com as probabilidades.

A resposta certa era não deixar que a força implacável encontrasse o objeto imóvel.

John fechou o punho e bateu com ele sobre a mesa. O barulho foi tão alto que chamou a atenção de todos ao redor e Blay teve que pegar sua Coca-Cola suspensa, uma vez que saltou no ar.

Depois que chamou a atenção dos combatentes, deu dois assovios, cada um na direção de um deles: sendo mudo, esse era o mais próximo que chegaria para dizer que acalmassem os ânimos.

O olhar díspar de Qhuinn focou novamente o Sombra.

– É a mesma coisa que faria por Rehv. Não pode me culpar por isso.

Houve uma pausa... em seguida o Sombra relaxou um pouco.

– É verdade. – Quando a testosterona se desvaneceu com um rugido maçante, Trez assentiu com a cabeça. – Sim... é verdade. E não vou machucá-lo. Se ele for um cavalheiro, serei um cavalheiro. Dou-lhe a minha palavra.

Fique com Blay, John gesticulou antes de virar-se e ir atrás do Sombra.

Trez liderou o caminho por um corredor largo e cheio de caixas de cerveja e licor. A cozinha estava na outra extremidade, separada por um par de portas articuladas que não emitiam qualquer som quando se passava por elas.

Bem iluminado e com um piso de ladrilho vermelho, o coração do restaurante era muito limpo e do tamanho de uma casa, com um grande fogão, um frigorífico e metros e metros de bancadas de aço inoxidável. Havia panelas penduradas acima e abaixo e uma coisa maravilhosa estava sendo cozida no acendedor da frente.

Trez aproximou-se e levantou a tampa. Depois de inalar profundamente, olhou para ele com um sorriso.

– Meu irmão é um ótimo cozinheiro.

Claro que era, John pensou. Contudo, com os Sombras, você sempre tinha que se perguntar que tipo de proteína tinha na panela. Havia rumores de que gostavam de comer seus inimigos.

O cara recolocou a tampa no lugar e alcançou uma pilha de bloco de notas. Tirando um da pilha, escorregou a coisa através do balcão e tirou uma caneta de uma xícara.

– Isso é para você. – Trez cruzou os braços sobre o enorme peito e inclinou-se contra o fogão. – Quando ligou e pediu para nos ver, fiquei surpreso. Como disse, Rehv vive sob o mesmo teto que você, então não se trata de não saber o que ele está fazendo naquela colônia ao norte. Portanto você deve saber, assim como seus superiores, que ele está procurando no canto mais ao norte daquele labirinto esta semana... e também deve estar ciente de que não encontrou absoluta e positivamente nada que o levasse a crer que Xhex foi capturada por um *sympatho*.

John não fez qualquer movimento, nem confirmou nem negou.

– E também acho curioso que queira perguntar a mim sobre tráfico de drogas, uma vez que Rehv sabe tudo sobre o comércio em Caldwell.

Neste momento, iAm entrou na cozinha. Foi até a panela e deu uma mexida, depois parou próximo ao irmão, assumindo a mesma pose. John nunca tinha ouvido falar que eram gêmeos, mas não tinha como não se perguntar sobre isso.

– Então, o que está acontecendo, John? – Trez murmurou. – Por que seu rei não sabe o que está fazendo e por que não conversa com meu amigo, Rehvenge?

John encarou os dois, pegou a caneta e escreveu por um momento. Quando estendeu o papel para frente, os Sombras se inclinaram.

Sabe perfeitamente o que está acontecendo aqui. Pare de desperdiçar nosso tempo.

Trez riu e iAm até mesmo sorriu.

– Sim, podemos ler suas emoções. Só achei que gostaria de se explicar. – Quando John balançou a cabeça, Trez assentiu. – Tudo bem, é justo. E tenho que respeitar sua política de ir direto ao ponto. Quem mais sabe que isso é pessoal para você?

John voltou para o papel e caneta. *Rehv, é muito provável, considerando que é um* sympatho. *Qhuinn e Blay. Mas nenhum dos Irmãos.*

iAm falou:

– Então, a tatuagem que acabou de fazer... tem a ver com ela?

John ficou momentaneamente surpreso, mas então percebeu que poderiam sentir o cheiro de tinta fresca ou sentir as repercussões da dor já enfraquecida.

Com um rabisco tranquilo, escreveu: *Isso não é da sua conta.*

– Certo, posso respeitar isso – Trez disse. – Ouça... sem ofensa, mas por que não pode confiar nos Irmãos nessa situação toda? É por que ela é uma *sympatho* e está preocupado se vão aceitar isso? Porque já sabem lidar com Rehv.

Use a cabeça. E se eu for com tudo procurá-la com eles e a encontramos? Todos naquela casa vão esperar uma cerimônia de união na volta. Acha que ela vai gostar disso? E se estiver morta? Não quero olhar ao redor da mesa toda manhã e ter um monte de gente à minha volta esperando para ver se eu me enforco no banheiro.

Trez soltou uma risada.

– Pois bem... aí está. E não vejo lógica melhor que essa.

Então, preciso da sua ajuda. Ajudem-me a ajudá-la.

Os dois Sombras se entreolharam e houve um longo período de silêncio. O que levou John a pressupor que estavam tendo uma conversa por telepatia.

Depois de um momento, voltaram a olhar John, e como de costume, Trez foi quem falou.

– Bem, agora... já que nos fez a gentileza de cortar os rodeios, vamos fazer o mesmo. Conversar com você assim nos coloca em uma posição difícil. Nossa relação com Rehv é próxima, como você sabe, e ele está tão pessoalmente envolvido nisso quanto você. – Enquanto John procurava uma forma de contornar isso, Trez murmurou: – Mas vamos lhe dizer uma coisa... nenhum de nós está indo procurá-la. Em lugar algum.

John engoliu a seco, pensando que aquilo não era uma boa notícia.

– Não, não é. Ou ela está morta... ou está sendo mantida em algum lugar com um bloqueio. – Trez soltou um palavrão. – Eu também acho que Lash está com ela. E compro totalmente a ideia de que está trabalhando nas ruas por dinheiro e este é o jeito de encontrá-lo. Se eu tivesse que dar um palpite, diria que ele está testando traficantes humanos antes de convertê-los à Sociedade Redutora... e anote o que digo, começará a introduzi-los o mais rápido possível. Vai querer ter o controle total sobre sua equipe de vendas e a única forma de conseguir isso é transformá-los. Quanto às principais áreas de negociação, os shoppings estão sempre em alta. Assim como as escolas, apesar de ser difícil para você devido à questão da luz do dia. Zonas de construções municipais também – os fornecedores de caminhões de abastecimento sempre compravam de nós. Além disso, aquela pista Xtreme de skate. Muita porcaria acontece por lá. E sob as pontes, apesar de que ali a maior parte é sem teto, então o potencial de lucro provavelmente seria muito baixo para Lash se envolver.

John assentiu com a cabeça, pensando que era exatamente o tipo de informação que estava esperando.

E quanto aos fornecedores, escreveu. *Se Lash entrou no lugar de Rehv, não precisaria estabelecer um relacionamento com eles?*

– Sim. Entretanto, o grande fornecedor da cidade, Ricardo Benloise, é um homem bastante isolado. – Trez olhou para seu irmão e houve outro silêncio. Quando iAm assentiu, Trez continuou. – Certo. Vamos ver se conseguimos obter algumas informações do Benloise... pelo menos o suficiente para que possa rastreá-lo em alguma situação na qual esteja se encontrando com Lash.

John escreveu sem pensar: *Muito obrigado.*

Os dois assentiram, em seguida Trez disse:

– Duas advertências.

Com as mãos, John pediu ao cara para continuar.

– Primeira, meu irmão e eu não guardamos segredos de Rehv. Então, diremos a ele que nos procurou. – Quando John franziu a testa, Trez sacudiu a cabeça. – Desculpe. Mas é assim que funciona.

iAm interrompeu.

– Não temos problemas com relação a ir fundo nisso. Não que os Irmãos não estejam fazendo isso, é só que com mais gente, melhores são as chances dela.

John podia entender, mas ainda queria manter tudo em particular. Antes que conseguisse rabiscar alguma coisa, Trez continuou.

– Segunda, deve nos informar completamente sobre qualquer coisa que conseguir. Rehvenge, aquele maldito bastardo obcecado por controle, nos mandou ficar fora disso. Sua aparição aqui? Bem, não é que acabou sendo uma maneira conveniente para nos envolvermos?

Enquanto John se perguntava por que inferno Rehv ataria as mãos dos dois guerreiros, iAm disse:

– Ele acha que acabaríamos mortos.

– E devido ao nosso... – Trez fez uma pausa, como se procurando a palavra certa – "relacionamento" com ele, estamos presos.

– Ele poderia muito bem ter nos acorrentado a uma maldita parede.

Trez deu de ombros.

– E foi por isso que concordamos em nos encontrar com você. No momento em que nos mandou uma mensagem de texto, sabíamos...

– ...que era a abertura que...

– ...estávamos procurando.

Quando os Sombras completaram a frase um do outro, John respirou profundamente. Pelo menos entendiam seus motivos.

– Entendemos totalmente. – Trez estendeu os dedos e quando John lhe deu um aperto de mão, o cara assentiu. – E vamos manter esta conversa de bastidores entre nós.

John se inclinou sobre o bloco de anotações.

Espere, pensei que tinha dito que ia contar ao Rehv que estive aqui, não foi isso?

Trez leu a caligrafia e riu novamente.

– Oh, diremos a ele que veio nos visitar e fazer uma refeição.

iAm sorriu de maneira sombria.

– Mas ele não precisa saber do resto.

Depois que Trez e John foram para os fundos, Blay terminou sua Coca e seguiu Qhuinn com sua visão periférica. O cara estava passeando ao redor da área do bar, como se tivesse tido suas asas cortadas e não apreciasse a nova condição.

Simplesmente não aguentava ficar de fora de qualquer coisa. Fosse um jantar, um encontro ou uma luta, ele exigia um passe com acesso total à vida.

Sinceramente, aquele silêncio dele era pior que soltar palavrões.

Blay se levantou e foi para trás do bar com seu copo vazio. Enquanto voltava a encher sua Coca e assistia à espuma escura bater no gelo, perguntou-se o motivo de estar tão atraído pelo cara. Ele era um tipo de macho criado com educação e que seguia todo o procedimento de "por favor e obrigado". Qhuinn era mais o tipo "vá se ferrar e morra".

Achava que os opostos se atraíam. Bem, pelo menos um dos lados...

iAm voltou e tinha consigo o que poderia ser descrito como um macho de valor: o cara estava vestido de maneira impecável, desde o corte do casaco cinza-escuro, até o brilho de suas lapelas e o lenço que usava ao invés de gravata. O cabelo espesso e loiro era cortado curto na parte de trás e deixado longo na parte da frente, e seus olhos eram da cor de pérolas.

– Caramba, que diabos você faz aqui? – a voz de Qhuinn retumbou radiante enquanto iAm desapareceu ao fundo. – Seu cretino arrumadinho!

A primeira reação de Blay foi ficar muito tenso. Concluindo que Qhuinn fosse atraído pelo cara, a última coisa que precisava era ser espectador de outro de seus espetáculos.

Só que ele franziu a testa. Será possível que...?

O homem que tinha acabado de chegar ria enquanto abraçava Qhuinn.

– Você tem *tanto* jeito com as palavras, primo. Você parece... um caminhoneiro misturado com marinheiro e cruzado com um menino de doze anos de idade.

Saxton. Era Saxton, filho de Tyhm. Blay se lembrava de tê-lo encontrado uma ou duas vezes antes. Qhuinn recuou.

– Na verdade, *droga* é uma vírgula. Ou não te ensinaram estas porcarias em Harvard?

– Estavam mais preocupados com direito contratual. Propriedades. Delitos de responsabilidade civil... que, à propósito, abrange agressão contra os outros. Estou surpreso que não estava no exame final.

As presas de Qhuinn apareceram brilhantes e claras enquanto realmente sorria.

– Isso é direito humano. Não podem lidar comigo.

– Quem pode?

– Então, o que você está fazendo aqui?

– Transações de propriedade para os irmãos Sombra. Ou você acha que aprendi tudo sobre jurisprudência humana para passar o tempo? – Os olhos de Saxton deslocaram-se ao redor do local e encontraram os de Blay. De imediato, a expressão do cara foi alterada para algo sério e especulativo. – Bem, olá.

Saxton virou as costas para Qhuinn e veio com um foco que fez Blay verificar se havia algo atrás de si.

– Blaylock, não é? – O macho estendeu seu elegante braço ao longo do bar. – Não o vejo há anos.

Blay sempre ficou um pouco sem fala na presença Saxton, porque o "cretino arrumadinho" sempre lhe impactou. E tinha uma sensação de que não só conhecia as respostas certas para tudo, mas poderia optar por não incluí-lo em segredos se você não estivesse à altura de seus padrões.

– Como vai? – Blay disse enquanto as palmas de suas mãos se encontravam.

Saxton cheirava muito bem e tinha um aperto de mão firme.

– Cresceu bastante.

Blay ruborizou enquanto recuava as mãos.

– Você está exatamente o mesmo.

– Estou? – Aqueles olhos brilharam como pérolas. – Isso é bom ou ruim?

– Oh... bom. Não quis dizer que...

– Então, diga-me como você está. Já se uniu a alguma boa fêmea que seus pais lhe arranjaram?

A risada de Blay foi afiada e dura.

– Deus, não. Não há ninguém para mim.

Qhuinn se inseriu na conversa, colocando seu corpo entre eles.

– Então, como *você* está, Sax?

– Bastante bem. – Saxton não olhou nem mesmo de relance para Qhuinn ao responder, sua atenção permaneceu em Blay. – Embora meus pais me queiram fora de Caldwell. No entanto, não estou inclinado a ir embora.

Precisando de outro lugar para olhar, Blay se distraiu bebendo seu refrigerante e contando os cubos de gelo que flutuavam nele.

– E o que está fazendo aqui? – Saxton perguntou.

Houve uma longa pausa e, em dado momento, Blay revirou os olhos como se estivesse se perguntado por que Qhuinn não tinha respondido.

Oh. Certo. Saxton não estava se dirigindo a seu primo.

– Responde essa, Blay – Qhuinn pediu com uma carranca.

Pela primeira vez em... Deus, depois de uma eternidade... encontrou completamente o olhar de seu melhor amigo. Contudo, não precisava disfarçar. Como sempre, aqueles olhos díspares estavam focados em outra pessoa: Saxton, que estava recebendo uma rápida examinada que teria feito machos inferiores encolherem. Mas o primo de Qhuinn estava ou imperceptível a isso ou possivelmente não se importava.

– Responda para mim, Blaylock – o macho murmurou.

Blay pigarreou.

– Estamos aqui para ajudar um amigo.

– Admirável. – Saxton sorriu, exibindo um conjunto de presas que brilhava. – Sabe? Acho que devemos sair qualquer dia desses.

A voz de Qhuinn era quase rude:

– Claro. Parece ótimo. Aqui está o meu número.

Assim que recitou seus números, John, Trez e iAm retornaram. Houve algumas apresentações e conversas, mas Blay se manteve fora disso, terminando sua Coca e colocando seu copo na máquina de lavar louça.

Ao passar perto do bar e pelo cara, Saxton o alcançou.

– Foi bom vê-lo novamente.

Seguindo um reflexo, Blay apertou a mão que lhe foi oferecida... e depois de apertar, percebeu que tinha um cartão de visita em sua mão. Enquanto se recuperava da surpresa, Saxton apenas sorriu.

Enquanto Blay colocava o cartão em seu bolso, Saxton virou a cabeça e olhou para Qhuinn.

– Vou ligar, primo.

– Sim. Claro.

A despedida foi consideravelmente menos amigável por parte de Qhuinn, mas novamente Saxton parecia não dar a mínima ou não perceber – sendo a última opção difícil de acreditar.

– Com licença – disse Blay a ninguém em particular.

Deixou o restaurante sozinho, e quando chegou à porta, acendeu um cigarro e recostou-se contra o tijolo fresco, apoiando uma sola da bota no edifício.

Pegou o cartão enquanto fumava. Gravado, mas não em relevo – naturalmente. Preto, fonte tradicional. Ao levar o cartão ao nariz, pôde sentir o cheiro daquela colônia.

Bom. Muito bom. Qhuinn não acreditava naquelas coisas... então, cheirava apenas a couro e sexo na maior parte do tempo.

Enquanto colocava o cartão dentro da jaqueta, deu outra tragada e expirou longa e lentamente. Não estava acostumado a ser olhado. Ou abordado. Era sempre o único a olhar e Qhuinn era seu alvo desde quando conseguia se lembrar.

As portas se abriram e seus amigos saíram.

– Cara, odeio fumaça de cigarro – Qhuinn murmurou, afastando a nuvem que tinha acabado de exalar.

Blay apagou o cigarro na sola da bota.

– Para onde vamos?

Parque Xtreme, John sinalizou. *Um que é próximo a um rio. E deram uma outra pista, que vai levar alguns dias para ser estabelecida.*

– Não é aquele parque no território das gangues? – Blay perguntou. – Não há um monte de policiais ao redor?

– Por que se preocupar com os tiras? – Qhuinn riu numa explosão rígida. – Se tivermos problemas com a polícia de Caldwell, Saxton sempre pode vir nos resgatar. Certo?

Blay olhou e desta vez deveria ter se preparado. Os olhos azul e verde de Qhuinn olhavam tediosamente para ele, e quando registrou isso, aquela velha e familiar sensação atingiu seu peito.

Deus... era este a quem amava, pensou. E sempre iria amar.

Era o impulso daquele maxilar teimoso, as escuras sobrancelhas e os piercings em sua orelha e lábio inferior. Era aquele cabelo preto espesso, brilhante, a pele dourada e aquele forte corpo musculoso. Era a maneira como ria e o fato de que nunca, jamais chorava. Eram as cicatrizes em seu interior que ninguém conhecia e a convicção de que seria sempre o primeiro a correr em direção a um prédio em chamas ou a uma luta sangrenta ou acidente de carro.

Isso era o que Qhuinn sempre seria.

Mas as coisas entre eles nunca vão mudar.

– O que não vai mudar? – Qhuinn disse com uma careta.

Ah, droga. Tinha falado em voz alta.

– Nada. Vamos, John?

John checou ao redor. Então, assentiu. *Temos apenas três horas antes do amanhecer. Vamos nos apressar.*

Capítulo 6

– Amo a maneira como olha para mim.

Do outro lado do quarto, Xhex não respondeu às palavras pronunciadas por Lash. Do jeito que estava caído na frente da escrivaninha, com um dos ombros mais alto que o outro, pensou que era perfeitamente possível ter deslocado seu ombro. E esse não era o único ferimento que tinha. Sangue negro escorria por seu queixo vindo do lábio que ela havia rasgado e ia andar mancando depois de ter mordido sua coxa.

Os olhos dele a percorreram e não se preocupou em cobrir-se com as mãos. Se ele quisesse uma segunda rodada, ela precisaria de cada grama de força que lhe restava. E, além disso, a modéstia importa apenas quando se dá a mínima para seu corpo e já tinha perdido essa conexão há muito tempo.

– Você acredita em amor à primeira vista? – perguntou. Com um grunhido, levantou-se do chão e precisou da borda da cômoda como apoio, depois de fazer algumas tentativas com aquele braço.

– Acredita? – insistiu.

– Não.

– Cínica. – Mancou sobre o arco que levava ao banheiro. Parando entre os batentes, apoiou uma mão contra a parede, virou-se para a esquerda e respirou fundo.

Com uma pancada, colocou seu ombro de volta no lugar, e o barulho e o palavrão soaram altos. Ao ceder depois disso, sua respiração vinha em difíceis intervalos e os cortes em seu rosto deixaram manchas negras de sangue de *redutor* no piso branco. Voltando-se para ela, sorriu.

– Quer tomar um banho comigo? – Quando Xhex permaneceu em silêncio, balançou a cabeça. – Não? Que pena.

Desapareceu na imensidão de mármore e, depois de um momento, veio o barulho da água.

Foi só depois de ouvi-lo se lavar e sentir a fragrância do sabonete que ela cuidadosamente ajeitou as pernas e os braços.

Nenhuma fraqueza. Não mostrou nenhuma fraqueza a ele. E não se tratava apenas de querer parecer forte para que pensasse duas vezes ao tentar aquele tango com ela novamente. Sua natureza se recusava a ceder a qualquer pessoa. Morreria lutando.

Pois essa era sua natureza: ela era invencível – e aquilo não era o seu ego falando. A soma de sua experiência dizia: não importa o que fosse feito para ela, poderia lidar com isso.

Mas, bom Deus, odiava lutar com ele. Odiava aquela porcaria toda.

Quando saiu um pouco mais tarde, estava limpo e já se curava, os hematomas estavam sumindo, os arranhões desaparecendo, os ossos se refazendo como mágica.

Que sorte a dela. Parecia o maldito coelho da Duracell.

– Estou saindo para ver meu pai. – Ao se aproximar, ela mostrou as presas e ele pareceu momentaneamente lisonjeado. – Amo seu sorriso.

– Não foi um sorriso, imbecil.

– Seja lá como chame isso, eu gosto. E um dia vou lhe apresentar ao meu velho e querido pai. Tenho planos para nós.

Lash começou a se inclinar, sem dúvida para tentar beijá-la, mas quando ela sibilou no fundo de sua garganta, fez uma pausa e reconsiderou.

– Eu voltarei – sussurrou –, meu amor.

Lash sabia que ela odiava essa coisa de ser chamada de "amor", então teve todo o cuidado de engolir a própria reação. E também não o ameaçou quando se virou e saiu.

Quanto mais ela se recusava a jogar nessa situação, mais descuidado ele se tornava e mais clara sua cabeça ficava.

Ouvindo seus movimentos no quarto ao lado, ela o imaginou se vestindo. Mantinha suas roupas naquele quarto, tendo as tirado dali depois que ficou claro como as coisas iam rolar entre eles: Lash odiava bagunça e era meticuloso com suas coisas.

Quando as coisas se acalmaram e o ouviu descer as escadas, respirou fundo e se levantou do chão. O banheiro ainda estava úmido e revestido de vapor, e embora odiasse usar o mesmo sabonete, gostava menos ainda do que estava em sua pele.

No momento em que parou sob o jato de água quente, o mármore sob seus pés tornou-se vermelho e preto quando os dois tipos de sangue foram lavados de seu corpo e desapareceram pelo ralo. Foi rápida ao ensaboar e enxaguar, pois Lash tinha saído há apenas alguns momentos e era imprevisível. Às vezes, voltava. Outras vezes, não aparecia de novo por um dia inteiro.

A fragrância da porcaria francesa luxuosa que Lash insistiu em colocar em seu banheiro quase a fez vomitar, mesmo achando que a maioria das mulheres teria apreciado a mistura de lavanda e jasmim. Cara, desejava ter uma dose do bom e velho desodorante de Rehv. Embora, sem dúvida, fosse arder nos cortes, mas nem se importaria com a agonia e a ideia de esfregar-se até ficar em carne viva era atraente.

Cada área do braço ou da perna ficava marcada pelas dores conforme se inclinava para o lado ou para frente e, sem nenhuma razão, pensou nos cilícios que sempre usou para controlar sua natureza *sympatho*. Com todas as lutas naquele quarto, tinha tido bastante dor para atenuar suas inclinações do mau – não que isso realmente importasse: não estava nem perto do "normal" e essa parte obscura dela ajudou a lidar com a situação.

Ainda assim, após duas décadas usando os filamentos pontiagudos, era estranho não tê-los com ela. Deixou o par de correntes com farpas para trás, na mansão da Irmandade... sobre a escrivaninha do quarto que tinha ficado no dia anterior à viagem até a colônia. Tinha a intenção de retornar no final da noite, tomar banho e colocá-los novamente... mas agora estavam, sem dúvida, juntando poeira enquanto aguardavam seu retorno.

Estava perdendo a fé de que haveria um reencontro feliz com aquelas porcarias.

Engraçado como a vida pode ser interrompida: você deixa uma casa esperando voltar, mas então o caminho em que está o leva para a esquerda ao invés de virar outra vez à direita.

Por quanto tempo os Irmãos deixariam seus itens pessoais ali? Quanto tempo antes que seus poucos pertences, seja lá os que estivessem na mansão da Irmandade, em sua cabana de caça ou na casa no porão, seriam reduzidos à nada além da desordem? Duas semanas provavelmente seria o limite, embora ninguém, com exceção de John, sabia sobre suas coisas, então aquele material poderia durar muito mais tempo.

Depois de algumas semanas, suas coisas seriam, sem dúvida alguma, jogadas num armário. Em seguida, numa pequena caixa no sótão.

Ou talvez simplesmente fossem lançadas ao lixo.

Mas isso é o que acontece quando as pessoas morrem. O que tinha sido uma posse se tornava lixo – a não ser que alguém quisesse ficar com aquelas coisas.

E não havia uma grande demanda por cilícios.

Desligando a água, saiu, enrolou-se na toalha e voltou para o quarto. Assim que se sentou perto da janela, a porta se abriu e um pequeno *redutor* que administrava a cozinha entrou com uma bandeja cheia de comida.

Sempre parecia confuso ao colocar o que tinha preparado sobre a mesa e olhar ao redor... como se depois de todo aquele tempo, ainda não fizesse ideia de por que diabos estava deixando refeições quentes num quarto vazio. Também inspecionava as paredes, observando as marcas recentes e as manchas de sangue negro. Considerando o quanto ele parecia asseado, sem dúvida tinha vontade de usar um kit de ferramentas e limpeza: quando chegou ali pela primeira vez, o papel de seda estava em condições perfeitas. Agora, a coisa parecia que tinha sido colocada num espremedor.

Ao se aproximar da cama endireitou o edredom bagunçado e as almofadas espalhadas, deixou a porta aberta e Xhex olhou para o corredor e as escadas.

Não havia razão para correr até lá. E lutar também não funcionava. E nem apelar para a maneira *sympatho*, porque tinha sido bloqueada tanto mental quanto fisicamente.

Tudo que podia fazer era vê-lo e desejar que pudesse fugir de alguma forma. Deus, essa impotência para matar deveria ser a mesma para os leões num jardim zoológico, quando seus tratadores entram na jaula com as vassouras e com a comida: outra pessoa poderia vir e mudar seu ambiente, mas continuava preso.

Meio que faz você querer morder alguma coisa.

Depois que saiu, ela foi até a comida. Ficar nervosa com o bife não iria ajudar e precisava das calorias para revidar, então comeu tudo o que havia. Em seu paladar, aquela porcaria tinha gosto de cartolina, e perguntou-se se algum dia voltaria a comer algo que gostasse somente por prazer e não necessidade.

A coisa de "comida como combustível" era lógica, mas com certeza não dava nenhuma perspectiva do que esperar durante as refeições.

Quando terminou, voltou para a janela, acomodou-se numa cadeira e trouxe os joelhos contra os seios. Olhando para a rua, não estava em repouso, mas apenas imóvel.

Mesmo depois de todas aquelas semanas, estava procurando por uma fuga... e seria assim até que desse seu último suspiro.

Dessa maneira, assim como seu desejo de lutar contra Lash, seu impulso de fugir não era apenas em função da circunstância, mas sobre quem era como uma fêmea, e aquela percepção a fez pensar em John.

Estava tão determinada a ficar longe dele.

Pensou em quando estavam juntos, não pela última vez, quando ele tinha lhe devolvido toda a rejeição, mas da outra vez em seu porão. Depois do sexo, ele fez um movimento para beijá-la... Ficou claro que John queria mais do que apenas uma transa rápida e tensa. A resposta dela? Afastou-se e entrou no banheiro, onde se lavou como se ele a tivesse sujado. Em seguida, bateu a porta.

Então, não podia culpá-lo pela forma como tinha sido seu último adeus.

Olhou ao redor de sua prisão verde-escura. Provavelmente iria morrer ali. Provavelmente em breve, uma vez que não bebia sangue há algum tempo e estava sob uma grande quantidade de estresse físico e emocional.

A realidade de sua própria morte a fez pensar nos muitos rostos que viu enquanto a vida os deixava e as almas subiam livres. Como uma assassina, a morte tinha sido o seu trabalho. Como *sympatho*, tinha sido uma espécie de chamado.

O processo sempre a fascinou. Cada uma das pessoas que matou tinha lutado contra a maré, mesmo sabendo que se conseguissem sair da espiral que os tinha colocado, ela atiraria novamente. Entretanto, parecia não ter importância. O horror e a dor agiam como uma fonte de energia e alimento para a luta, e sabia como era aquela sensação. Era como um esforço para respirar, mesmo não conseguindo mais puxar o ar em sua garganta. Sabia como era o suor frio em cima de sua pele superaquecida. Como os músculos ficavam mais fracos, mas você ainda emitia o comando: *mexam-se, mexam-se, mas que droga, mexam-se.*

Aqueles que as sequestraram antes a levaram a beira da morte várias vezes.

Embora os vampiros acreditassem na Virgem Escriba, os *sympathos* não tinham a concepção de uma vida após a morte. Para eles, a morte era uma saída, não para outra estrada, mas para uma parede de tijolos contra a qual se colide. Depois da qual não havia mais nada.

Pessoalmente, ela não acreditava naquela besteira de divindade sagrada, e seja lá o que isso fosse, criação ou intelecto, o resultado era o mesmo. A morte era o apagar das luzes, o fim da história. Pelo amor de Deus, tinha visto aquilo de perto tantas vezes: após o último suspiro vinha... nada. Suas vítimas tinham apenas parado de se movimentar, congelados em qualquer posição que tinham assumido no exato momento em que seus corações pararam de bater. E talvez algumas pessoas morressem com um sorriso no rosto, mas segundo sua experiência, aquilo era uma careta, não um sorriso.

Você fica pensando se eles entraram em algum tipo de barco cheio de luz branca e brilhante e se dirigiram para toda aquela coisa de reino do céu, se estariam radiantes como se tivessem ganhado na loteria.

Só que, talvez, a razão pela qual parecessem tão relutantes era menos sobre para onde iriam e mais sobre onde estiveram.

Os arrependimentos... aquilo fazia pensar sobre seus arrependimentos.

Tirando o fato de que desejava ter nascido sob circunstâncias diferentes, havia duas transgressões, dentre tantas que havia cometido, que pesavam mais do que todas as outras.

Desejava ter dito a Murhder, anos atrás, que era metade *sympatho*. Assim, quando fosse levada para a colônia, ele não teria ido resgatá-la. Saberia que era inevitável, que o outro lado de sua família viria reivindicá-la e não teria acabado como acabou.

Também desejava poder voltar e dizer a John Matthew que sentia muito. Ainda o teria afastado, pois essa era a única maneira de ele não repetir os erros de seu outro amante. Mas faria com que soubesse que o problema não era ele. Era ela.

Pelo menos John ia ficar bem com tudo isso. Tinha os Irmãos e o rei da raça para cuidar dele e, graças a tê-lo chutado, não ia fazer nenhuma estupidez.

Xhex estava sozinha nisso e iria dançar conforme a música. Teve uma vida violenta, não era surpresa alguma que encontrasse um final violento... mas tinha certeza de que iria acabar com um ou dois na saída.

Capítulo 7

Droga, estavam perdendo a escuridão.

John olhou seu relógio e percebeu que o tempo gasto ali foi um desperdício. A ardência em seus olhos lhe dizia tudo que precisava sobre o quão pouco da noite ainda tinham.

Até mesmo a promessa da luz do dia era o suficiente para fazê-lo piscar rapidamente.

Além disso, de qualquer maneira, a atividade noturna no Parque Xtreme já estava acabando, os últimos drogados já estavam totalmente chapados nos bancos ou se esquivavam nos banheiros públicos para uma última dose. Diferente dos outros parques de Caldwell, este era aberto 24 horas, sete dias por semana, com lâmpadas fluorescentes no alto dos postes iluminando a extensão de concreto. Difícil dizer o que os planejadores da cidade estavam pensando quando decidiram deixar o parque aberto à noite – porque eles terminaram com um *shopping 24 horas*. Com todas aquelas drogas trocando de mãos, o lugar era como um bar da Rua Trade.

Contudo, nada de *redutores*. Apenas humanos traficando para humanos que usavam as drogas nas sombras.

Ainda assim, era promissor. Se Lash ainda não tivesse se infiltrado na área, iria fazê-lo. Mesmo com os policiais fazendo a ronda nas suas viaturas, havia muita privacidade e muita informação. O parque ficava numa grande encosta, com bueiros no chão alternando-se com rampas e saltos. Moral da história: as pessoas podiam ver os policiais de Caldwell se aproximando e se esconder atrás ou dentro de todo o tipo de abrigo.

E, cara, eles eram bem treinados. Do ponto de vista que tinham atrás do galpão, John e os rapazes viram isso acontecer inúmeras vezes. O tipo de coisa que fazia com que se perguntasse por que a polícia não enviava carros sem luzes e sirenes ou policiais infiltrados à paisana.

Ou talvez já estivessem fazendo isso. Talvez existissem outros que, assim como John, eram invisíveis na multidão. Bom, não exatamente como ele, Qhuinn e Blay. Mesmo um bem treinado e disfarçado detetive da polícia não conseguiria se fantasiar de "ar" – coisa que John e seus amigos estavam fazendo nas últimas três horas. Toda vez que alguém passava, apagavam-lhe a memória.

Era meio estranho estar num lugar, mas não ser... percebido, não ser visto.

– Vamos dar o fora daqui? – Qhuinn perguntou.

John olhou para o céu clareando e disse a si mesmo que demoraria mais ou menos treze horas para o maldito sol se por de novo.

Que droga!

– John? Vamos.

Por um segundo, quase arrancou a cabeça do seu amigo, suas mãos se ergueram e ficaram prontas para expressar todo tipo de "vá se ferrar, você não é minha babá, caramba".

O que o deteve foi o fato de que assim como a quantidade de tempo esperando ali não garantia um encontro com Lash, gritar com Qhuinn também não ajudaria.

Balançou a cabeça uma vez e deu uma última olhada ao redor. Havia um único traficante que parecia administrar o show e o garoto estava quase acabando. Seu corpo magro estava encostado contra a rampa central, o que era algo inteligente a se fazer – significava que ele podia ver tudo no parque, desde as esquinas distantes até a estrada onde os policiais iam e vinham.

O garoto parecia ter uns dezessete ou dezoito anos, suas roupas eram folgadas no corpo, algo que fazia parte do estilo skatista e também uma indicação de que usava o que vendia. Parecia que precisava ser esfregado com uma escova, mas estava alerta e era experiente. E parecia trabalhar sozinho. O que era interessante. Para dominar um território de drogas, normalmente o traficante possui reforços para ajudá-lo – caso contrário ele pode ser passado para trás pelo produto ou pelo dinheiro. Mas aquele jovem... estava sozinho o tempo todo.

Ou conseguia um bom pedaço de carne nas sombras ou estava prestes a ser derrubado.

John ergueu-se de onde estava se apoiando e acenou para seus companheiros. *Vamos.*

Quando se materializou novamente, cascalhos rangeram sob suas botas de combate enquanto seu peso se tornava real e uma brisa refrescante o atingia no rosto. O pátio da mansão da Irmandade era demarcado pelo acesso da frente e os muros de seis metros de altura que envolviam toda a propriedade. A fonte de mármore branco no meio do pátio esperava pelos meses mais quentes para funcionar e a meia dúzia de carros que estavam estacionados em fila também esperava por ação.

O sussurrante som de engrenagens bem lubrificadas o fez erguer a cabeça para cima. Em uma descida coordenada, as venezianas de aço foram cobrindo as janelas, os painéis se desenrolavam e revestiam de chumbo as vidraças, como se fossem vários olhos se fechando para dormir.

Temia entrar na mansão. Mesmo havendo mais de cinquenta quartos para vaguear, o fato de ter que esperar lá dentro até o sol se pôr fazia a mansão parecer uma caixa de sapatos.

Quando Qhuinn e Blay se materializaram um de cada lado, subiu os degraus até a imensa porta dupla e abriu caminho ao longo da entrada.

Já na entrada, mostrou o rosto para a câmera de segurança. Imediatamente, a tranca se desfez e ele entrou num corredor que parecia ter saído da Rússia czarista. Colunas de mármore verde e vermelho sustentavam um teto pintado da altura de três andares. Castiçais folheados a ouro e espelhos geravam e refletiam uma luz amanteigada que enriquecia ainda mais as cores. E aquela escadaria... a coisa era como uma pista de pouso acarpetada que se estendia até os céus, com seus corrimões dourados que se dividiam no topo formando as âncoras dos balcões do segundo andar.

Seu pai não tinha poupado dinheiro e obviamente tinha uma queda pelo dramático. Tudo o que sua imaginação precisava era o som de uma orquestra de fundo para conseguir imaginar um rei descendo em suas vestes...

Wrath apareceu no topo, seu corpo enorme vestido em couro preto, seu cabelo longo caía sobre seus extraordinários ombros. Seus óculos escuros estavam no lugar, e apesar da altura em que estava, não olhou para baixo. Não havia razão para isso. Seus olhos estavam completamente cegos agora.

Mas ele não estava sem visão. Ao seu lado, George lhe dava cobertura. O cão guia era o controle do rei, os dois unidos pela coleira que passava pelo peito do *golden retriever*. Pareciam ter saído de algum desenho animado: um cão bondoso com uma bela aparência e um guerreiro brutal que era obviamente capaz de abrir a sua garganta por um capricho. Mas trabalhavam bem juntos e Wrath tinha se afeiçoado muito ao animal: o cachorro era tratado como o cão real que era – para o inferno até mesmo com as melhores rações que existiam, George comia o que o seu mestre comia, o que significava cortes nobres de carneiro e carne bovina. E falavam até que o cachorro dormia na cama com Wrath e Beth – apesar de ser difícil verificar isso, já que ninguém tinha acesso ao quarto da Primeira Família.

Quando Wrath começou a descer para o saguão, estava mancando, resultado de alguma coisa que fez no Outro Lado, no lar da Virgem Escriba.

Ninguém sabia quem ele via ou por que estava com um olho roxo e os lábios cortados, mas todos, até John, estavam felizes pelas sessões. Elas mantinham Wrath em equilíbrio e longe do campo de batalha.

Com o rei descendo e alguns dos Irmãos entrando pela porta que John havia acabado de usar, ele tinha que escapar. Se aqueles Sombras sentiram a tinta fresca da tatuagem, o pessoal que se reunia para a última refeição iria perceber aquilo num piscar de olhos se ficassem perto o suficiente.

Felizmente, havia um bar na biblioteca e John foi para lá e se serviu de uma dose de uísque Jack Daniel's. A primeira de muitas.

Enquanto começava a fazer depósitos na sua conta alcoólica, apoiou-se contra o balcão de mármore e desejou demais ter uma máquina do tempo – apesar de ser difícil saber se escolheria voltar ou avançar com ela.

– Quer comer alguma coisa? – Qhuinn disse da porta.

John não olhou na direção do cara, apenas balançou a cabeça e despejou mais líquido de alívio no copo.

– Certo, vou te trazer um sanduíche.

Com um palavrão, John girou e gesticulou:

Eu disse não.

– Rosbife? Boa. Vou arranjar um pedaço de bolo de cenoura. A bandeja será servida em seu quarto. – Qhuinn se virou. – Se esperar mais cinco minutos aqui, todo mundo vai estar à mesa e o caminho estará livre escada acima.

O cara saiu, o que significava que não podia atingir a cabeça dele com o copo para expressar sua condição de "quero ficar sozinho".

Mas aquilo seria apenas o desperdício de uma boa bebida – Qhuinn era tão teimoso que alguém poderia bater na cabeça dele com um pé de cabra que não iria impressioná-lo em nada.

Felizmente, o álcool começou a fazer efeito e o cobertor do entorpecimento tomou conta, primeiro dos ombros de John, depois deslizou por todo seu corpo. Aquela porcaria não fazia nada para tranquilizar sua mente, mas seus ossos e músculos relaxaram.

Após esperar os cinco minutos sugeridos, John pegou sua bebida e a garrafa e alcançou a escada, subindo dois degraus de cada vez. Enquanto subia, as vozes moderadas na sala de jantar o seguiam, mas era só aquilo. Ultimamente não havia muito do que rir nas refeições.

Quando chegou ao seu quarto, abriu a porta e entrou numa selva. Havia roupas jogadas em cada superfície imaginável – na cômoda, na poltrona, na cama, na TV de plasma. Como se o seu armário tivesse vomitado tudo. Garrafas vazias de Jack enchiam os dois criados-mudos e cervejas vazias se espalhavam por todo lugar, aglomeradas no chão e escondidas nos lençóis e no edredom retorcidos.

Não tinha permitido a entrada de Fritz e sua equipe de limpeza há duas semanas, e do jeito que as coisas iam, precisariam de um trator quando finalmente deixasse a porta aberta para eles.

Despindo-se, deixou sua calça de couro e sua camisa onde caíram, mas com a jaqueta foi cuidadoso. Pelo menos até tirar todas as armas dela – então, largou a coisa na beirada da cama. No banheiro, checou novamente suas duas lâminas e, em seguida, limpou rapidamente as armas com o kit que havia deixado próximo da segunda pia.

Sim, havia deixado seus padrões de higiene baixarem mais que os de garotos em uma república, mas com suas armas era diferente. A utilidade tinha que ser preservada.

Seu banho foi rápido, e ao passar o sabonete sob seu peito e abdômen, pensou no tempo em que até a água quente era o suficiente para deixar seu pênis ereto. Não mais. Não havia tido uma ereção... desde a última vez que esteve com Xhex.

Simplesmente não tinha interesse – mesmo em seus sonhos, o que era novidade. Inferno, antes de sua transição, quando supostamente não tinha qualquer consciência de sua sexualidade, seu subconsciente tinha lhe dado todo o tipo de excitação. E aqueles festivais de sexo tinham sido tão reais, tão detalhados, como se fossem memórias e não fruto de um sonho induzido por seu estágio de sono REM.

Agora? Tudo que aparecia em sua tela interna eram cenas de perseguição do filme *A Bruxa de Blair*, onde começava a correr em pânico, mas não sabia o que estava atrás dele... ou se estaria em segurança outra vez.

Quando saiu do banheiro, encontrou uma bandeja com um sanduíche de rosbife e um pedaço de bolo de cenoura tão grande quanto sua cabeça. Nada para beber, pois Qhuinn sabia que estava tomando o líquido refrescante do Sr. Daniel sozinho.

John comeu em pé, em frente à escrivaninha, nu como no dia em que nasceu, e quando a comida atingiu seu estômago, sugou a energia dele, drenando tudo da sua cabeça. Limpando a boca com o guardanapo de linho, colocou a bandeja no corredor e então foi para o banheiro, onde escovou os dentes, apenas por força do hábito.

Luzes apagadas no banheiro. Luzes apagadas no quarto.

Ele e Jack sentados na cama.

Mesmo exausto como estava, não tinha vontade de deitar. Havia uma relação inversa entre seu nível de energia e a distância entre sua orelha e o colchão: mesmo que estivesse de olhos fechados, no segundo em que sua cabeça encostasse no travesseiro seus pensamentos começariam a girar e acabaria completamente acordado e encarando o teto, contando horas e sofrimentos.

Terminou com o que havia no copo e encostou os cotovelos nos joelhos. Em instantes, sua cabeça estava pendendo, suas pálpebras se fechando. Quando começou a cair para um lado, deixou-se levar, mesmo sem saber para qual direção ia, se a dos travesseiros ou a do edredom amassado.

Travesseiros.

Colocando seus pés sobre a cama, puxou as cobertas até os quadris e teve um momento de feliz colapso. Talvez hoje o ciclo se rompesse. Talvez aquela gloriosa sensação de alívio iria sugá-lo para o buraco negro que estava esperando. Talvez ele...

Seus olhos se abriram e encarou a espessa escuridão.

Não. Estava exausto a ponto de ficar agitado; não apenas acordado... mas extremamente alerta. Ao esfregar o rosto, percebeu que aquele seu estado contraditório era o equivalente cognitivo ao voo das abelhas: cientistas afirmavam que não era possível, mas víamos acontecer o tempo todo.

Deitando-se de costas, cruzou os braços sob seu peito e bocejou tão forte que sua mandíbula estalou. Difícil decidir se acendia ou não a luz. A escuridão ampliava o turbilhão em seu crânio, mas a luz incomodava seus olhos ao ponto de sentir como se chorasse areia. Normalmente, alternava entre ligar e desligar a lâmpada.

Lá fora, no corredor de estátuas, ouviu Zsadist, Nalla e Bella indo para os quartos. Enquanto o casal conversava sobre o jantar, Nalla ria do jeito que os bebês fazem quando suas barrigas estão cheias e seus pais foram legais com eles.

Blay veio em seguida. Além de V., era a única pessoa que fumava na casa, então foi assim que John soube que era ele. E Qhuinn estava junto. Tinha que estar. Caso contrário, Blay não teria acendido o cigarro fora de seu próprio quarto.

Estava se vingando pela recepcionista na loja de tatuagem. Quem poderia culpá-lo?

Houve um longo silêncio do lado de fora. E então um último par de botas caminhando.

Tohr estava indo para a cama.

Era óbvio que era mais pelo silêncio do que pelo som – as passadas eram lentas e relativamente leves para um Irmão: Tohr estava trabalhando para ter seu corpo em forma de novo, mas não tinha sido liberado para o campo de batalha, o que fazia sentido. Precisava de mais 22 quilos de músculo antes que pudesse estabelecer qualquer negócio de igual para igual com o inimigo.

Ninguém mais passaria por ali. Lassiter, também conhecido como a Sombra Dourada de Tohr, não dormia, então o anjo normalmente ficava lá embaixo, na sala de bilhar, e assistia programas muito intelectuais na televisão. Como testes de paternidade, casos jurídicos populares e maratonas de reality shows.

Silêncio… Silêncio… Silêncio…

Quando o som do seu batimento cardíaco começou a irritá-lo, John amaldiçoou e esticou o corpo, acendendo a luz. Enquanto se recostava nos travesseiros, deixou os braços caírem. Não dividia a fascinação de Lassiter por besteiras na TV, mas qualquer coisa era melhor que o silêncio. Procurando em volta das garrafas vazias, encontrou o controle, e quando acionou o botão para ligar, houve uma pausa, como se a coisa tivesse se esquecido o que era aquele comando – mas, então, a imagem apareceu.

A atriz Linda Hamilton estava correndo por um corredor, seu corpo saltando com força. No final, um elevador estava se abrindo... revelando uma criança com cabelo preto curto e Arnold Schwarzenegger.

John apertou o botão de desligar e matou a imagem.

A última vez que tinha visto aquele filme tinha sido com Tohr... quando o Irmão o tirou da sua triste e lamentável existência e lhe mostrou quem realmente era... antes das tramas de suas vidas terem sido estraçalhadas.

No orfanato, no mundo humano, John sempre teve consciência de que era diferente... e o Irmão tinha lhe dado o "porquê" naquela noite. O brilho das presas explicou tudo.

Claro que teve toda aquela ansiedade de quando se descobre que você não é quem ou o que sempre achou que era. Mas Tohr tinha ficado do seu lado, apenas quieto, assistindo à TV, mesmo escalado para a luta e tendo uma *shellan* grávida para cuidar.

Foi a coisa mais gentil que alguém já havia feito por ele.

Voltando à realidade, John lançou o controle sobre a mesa, derrubando uma das garrafas vazias. Enquanto uma última gota de uísque derramava, estendeu a mão e pegou uma camisa para limpar a bagunça. O que, considerando a confusão do resto do quarto, era o mesmo que tentar emagrecer com Big Mac e Coca Diet.

Mas tanto faz.

Limpou a mesa, levantando as garrafas uma por uma e, em seguida, abriu a gaveta pequena para esfregar a...

Jogando a camiseta no chão, alcançou e pegou um antigo livro encadernado em couro.

O diário estava em seu poder há mais ou menos seis meses, mas não tinha lido.

Era a única coisa que tinha de seu pai.

Com nada para fazer e nenhum lugar para ir, abriu a capa. As páginas eram feitas de papel vegetal e cheiravam a coisa velha, mas a tinta ainda estava totalmente legível.

John pensou naquelas notas que escreveu para Trez e iAm no restaurante e se perguntou se tinha uma caligrafia parecida com a de seu pai. Como o começo do diário estava escrito no Antigo Idioma, não tinha como saber.

Focando seus olhos cansados, começou apenas examinando como os caracteres eram formados, como os golpes de tinta se cruzavam para formar os símbolos, como não havia erros ou rabiscos, como até mesmo sem as páginas terem linhas, seu pai fazia tudo de maneira organizada. Imaginou como Darius talvez tenha se debruçado sobre as páginas e escrito à luz de velas, mergulhando uma caneta de pena...

Um tremor estranho passou por John, do tipo que o fazia pensar se iria ficar doente... mas a náusea passou quando uma imagem veio a ele.

Uma casa enorme, em nada diferente da que estava vivendo agora. Um quarto, equipado com coisas bonitas. Um registro apressado feito nestas páginas, antes de um grande baile.

A luz de uma vela, quente e suave.

John sacudiu o corpo e continuou virando as páginas. Depois de um tempo apenas medindo os caracteres, começou não apenas a observá-los, mas a lê-los...

A cor da tinta mudou do preto para marrom quando seu pai escreveu sobre a primeira noite no acampamento de guerreiros.

Como estava frio. Como se sentia assustado. O quanto sentia falta de casa.

O quanto se sentia sozinho.

John simpatizou com o macho a ponto de parecer que não havia mais separação entre pai e filho: apesar dos muitos, muitos anos e um continente inteiro de distância, imaginou-se no lugar do pai.

Mas é claro. Ele estava exatamente na mesma situação: uma realidade hostil, cheia de cantos escuros... e sem pais para apoiá-lo agora que Wellsie estava morta e Tohr era um fantasma vivo.

Difícil saber quando suas pálpebras se fecharam e assim permaneceram.

Mas, em algum momento, dormiu com o pouco do que tinha do pai agarrado com reverência em suas mãos.

Capítulo 8

1671, Primavera, Antigo País

Darius materializou-se num trecho denso da floresta, tomando forma ao lado da entrada de uma caverna. Ao examinar a noite, prestou atenção em qualquer som digno de nota... Havia alguns veados andando suavemente mais abaixo, próximo ao rio que corria em silêncio, a brisa assobiava através dos ramos dos pinheiros e ele podia ouvir sua própria respiração. Mas não havia seres humanos ou redutores *nas proximidades.*

Mais um momento... e em seguida passou por um beiral de pedra e entrou numa sala natural criada há uma eternidade. Entrava mais e mais, desprezando o cheiro espesso que havia no ar: a sujeira de mofo e a umidade fria lembraram o campo de guerra – e mesmo tendo saído daquele lugar infernal há 27 anos, as memórias de seu tempo com Bloodletter eram suficientes para fazê-lo estremecer.

Na parede oposta, passou a mão sobre a pedra molhada e irregular até encontrar um puxador de ferro, que acionava o mecanismo de travamento da porta oculta. Houve o som abafado de dobradiças, e então uma parte da caverna deslizou para a direita. Não esperou para que o painel corresse completamente, mas o atravessou assim que conseguiu passar os ombros, lateralmente. Do outro lado, bateu numa segunda alavanca e esperou até que aquela seção estivesse com certeza de volta ao seu lugar.

O longo caminho para o Santuário da Irmandade era iluminado com tochas que ardiam ferozmente e moldavam rígidas sombras que sacudiam e tremulavam no chão áspero e no teto. Já estava na metade do caminho para baixo quando as vozes de seus Irmãos chegaram aos seus ouvidos.

Claramente, havia muitos deles na reunião, dada a sinfonia de vozes graves, sons de machos que se sobrepunham e competiam por espaço.

Provavelmente era o último a chegar.

Quando atingiu o portão de ferro com barras, pegou uma pesada chave no bolso e empurrou na fechadura. Abrir o portão exigiu força, até mesmo para ele: o enorme portão só se destrancou depois que provou a si mesmo ser digno de abri-lo.

Quando desceu para o amplo espaço aberto no fundo da terra, a Irmandade estava toda lá, e com sua aparição, a reunião começou.

Quando assumiu uma posição ao lado de Ahgony, as vozes silenciaram, e Wrath, o Justo, observou atentamente a reunião diante dele. Os Irmãos respeitavam o líder da raça, mesmo não sendo um guerreiro entre eles, mas era um macho de real valor, cujos conselhos sábios e prudentes eram de grande valia na guerra contra a Sociedade Redutora.

– Meus guerreiros – disse o rei. – Dirijo-me a vocês com uma grave notícia e um pedido. Um emissário doggen *veio à minha casa durante a luz do sol e pediu uma audiência pessoal. Depois de recusar-se a apresentar seus motivos perante meu próprio atendente, não suportou e chorou.*

Enquanto os olhos verde-claros do monarca percorriam os rostos, Darius se perguntou onde aquilo ia chegar. Em nenhum lugar bom, pensou.

– Foi então que intercedi. – O Rei fechou os olhos por um momento. – O amo do doggen *o enviou diante de mim com a pior notícia possível. A filha virgem da família está desaparecida. Havia se retirado um momento, tudo parecia bem com ela até que sua serva pessoal levou uma refeição ao meio-dia, caso necessitasse de alimento. O quarto dela estava vazio.*

Ahgony, o líder estabelecido da Irmandade, falou:

– Quando foi vista pela última vez?

– Antes da última refeição. Ela foi até seus pais e informou que não tinha apetite e pediu para deitar-se um pouco. – O rei continuava olhando ao seu redor. – Seu pai é um homem justo, que me prestou favores pessoais. No entanto, mais importante do que isso é o serviço que tem oferecido a toda raça como lídher *do Conselho.*

Quando maldições ecoaram na caverna, o rei concordou.

– Na verdade, é a filha de Sampsone.

Darius cruzou os braços sobre o peito. Esta era uma péssima notícia. As filhas da glymera *eram como joias finas para seus pais... até o momento em que eram passadas aos cuidados de outro macho de considerável importância, que a trataria da mesma forma. Estas fêmeas eram vigiadas e enclausuradas... Não desapareciam simplesmente da casa de suas famílias.*

Contudo, poderiam ser raptadas.

Como todas as coisas raras, fêmeas bem-educadas tinham valor muito elevado – e, como sempre, quando se tratava da glymera, *o indivíduo valia menos que a família: os resgates eram pagos não para salvar sua vida, mas sim seguindo a reputação de sua linhagem. Na verdade, não era inédito uma fêmea virgem ser raptada e mantida refém por dinheiro, algo que só alavancava o terror social.*

A Sociedade Redutora não era a única fonte maligna no mundo. Os vampiros eram conhecidos por saquear seus iguais.

A voz do rei ressoou ao redor da caverna, profunda e exigente:

– Como minha guarda privada, conto com vocês para fornecerem a reparação desta situação. – Aqueles olhos reais se fixaram em Darius. – E há um dentre vós a quem pedirei para ir em frente e corrigir esta injustiça.

Darius fez uma reverência perante o pedido feito. Como sempre, estava totalmente preparado para cumprir qualquer obrigação para o seu rei.

– Obrigado, meu guerreiro. Sua diplomacia será valorizada pela família da vítima, assim como seus procedimentos. E, quando descobrir o malfeitor, tenho confiança em sua habilidade para assegurar um... desfecho apropriado. Disponha daqueles que estão ombro a ombro convosco e, acima de tudo, encontre-a. Nenhum pai deve suportar esse horrendo vazio.

Darius concordava completamente.

E era uma atribuição sábia feita por um rei sábio. Darius realmente era um diplomata. Mas tinha um compromisso especial para com as fêmeas depois de ter perdido sua mãe. Não que os outros Irmãos não se entregassem com semelhante dedicação – exceto Hharm, talvez, que tinha uma visão um pouco sombria do valor de uma fêmea. Mas Darius era o único que sentia mais esta responsabilidade e o rei não era nada se não calculista.

Dito isso, precisaria de ajuda e olhou para seus Irmãos para determinar quem escolheria, vasculhando as faces severas, agora familiares. Parou de olhar quando deparou-se com um rosto estranho entre eles.

Do outro lado do altar, o Irmão Hharm estava em pé ao lado de uma versão mais jovem e mais magra de si mesma. Seu filho tinha cabelos escuros e olhos azuis da mesma forma que o pai e também possuía o mesmo potencial vindo do ombro e do peito largo, que eram características de Hharm. Mas as semelhanças terminavam aí. Hharm estava recostado de maneira insolente na parede da caverna – o que não era uma surpresa. O macho preferia combate à conversa, tendo pouco tempo ou capacidade para se dedicar ao último. Contudo, o menino estava atento a ponto de perfurar alguma coisa, seus olhos inteligentes estavam fixos no rei, em reverência.

Suas mãos estavam atrás das costas.

Apesar de sua aparência calma, estava torcendo aquelas mãos colocadas onde ninguém podia ver, o movimento nos músculos de seus antebraços demonstrava agitação.

Darius conseguia entender como o menino se sentia. Após aquela reunião, todos sairiam para o campo de batalha e o filho de Hharm seria testado pela primeira vez contra o inimigo.

Não estava armado de maneira apropriada.

Recém saído do acampamento de guerra, suas armas não eram melhores que aquelas que Darius tinha tido... apenas fruto de mais rejeição de Bloodletter. O que era deplorável. Darius não teve pai para provê-lo, mas Hharm deveria ter cuidado de seu filho, dando-lhe equilíbrio e instrumentos tão bons quanto os seus.

O rei ergueu seus braços e olhou para o teto.

– Que a Virgem Escriba olhe sobre aqueles aqui reunidos com toda a graça e benção a estes soldados de valor que saem ao campo de batalha.

O grito de guerra explodiu dos Irmãos e Darius juntou-se a eles com todo seu fôlego: o rugido ecoava, repercutia e continuava enquanto um cântico era iniciado. Quando o som de trovão cresceu mais e mais, o rei estendeu sua mão para o lado. Das sombras, o jovem herdeiro ao trono deu um passo à frente, sua expressão era muito mais velha do que seus sete anos. Wrath, filho de Wrath, era como Tohrment, a imagem de seu pai, mas a comparação entre os dois terminava aí. O príncipe regente era sagrado, não só para seus pais, mas para a raça.

Aquele pequeno macho era o futuro, o líder que estava por vir... prova de que, apesar da afronta cometida pela Sociedade Redutora, os vampiros sobreviveriam.

E era destemido. Considerando que muitos pequenos teriam se escondido atrás de seu pai diante de um único Irmão, o jovem Wrath estava sozinho, olhando para os homens diante dele, como se soubesse que, independente da sua tenra idade, comandaria os fortes corpos e os braços de combate daqueles a sua frente.

– Vão, meus guerreiros – disse o rei. – Ide e empunhem suas adagas com intenção letal.

Coisas sanguinárias de serem ditas diante de ouvidos na mais tenra idade, mas no meio da guerra, não havia vantagem em proteger a próxima geração da realeza. Wrath, filho de Wrath, nunca sairia ao campo de batalha – era muito importante para a raça – mas seria treinado para que pudesse apreciar o que os machos sob sua autoridade estavam enfrentando.

Quando o rei olhou fixamente para seu primogênito, os olhos do ancião estavam repletos de orgulho, alegria, esperança e amor.

Como era diferente com Hharm e seu filho. O jovem estava ao lado de seu pai biológico, mas considerando toda a atenção que lhe era desprendida, poderia estar ao lado de um estranho.

Ahgony inclinou-se para Darius.

– Alguém precisa dar atenção àquele menino.

Darius assentiu.

– Sim.

– Fui buscá-lo no acampamento de guerra esta noite.

Darius olhou para o Irmão.

– Verdade? Onde o pai dele estava?

– Dentre as pernas de uma donzela.

Darius soltou um palavrão em voz baixa. Na verdade, o Irmão era de uma constituição brutal apesar de sua criação e cortesia. Ele tinha vários filhos, o que poderia explicar, embora com certeza não desculpasse sua negligência. Naturalmente, seus outros filhos não seriam elegíveis para a Irmandade, pois suas mães não eram de sangue escolhido.

No entanto, Hharm parecia ser indiferente.

Quando o pobre menino permaneceu tão separado, Darius lembrou bem de sua primeira noite no campo de batalha: como tinha sido deixado sozinho... como temeu enfrentar o inimigo apenas com sua inteligência e com o pouco de treinamento que teve para fortalecer sua coragem. Não que os Irmãos não se importassem em como ele se sairia. Mas tinham que cuidar de si mesmos, então ele teve que provar que poderia se sair bem sozinho.

Estava claro que aquele jovem macho estava na mesma situação – o fato é que tinha um pai que deveria ter facilitado seu caminho.

– Fique bem, Darius – disse Ahgony enquanto a realeza passava entre os Irmãos, apertando as mãos deles e se preparando para sair. – Vou escoltar o rei e o príncipe.

– Fique bem, meu irmão. – Os dois se abraçaram, e em seguida Ahgony se juntou aos dois Wraths e saiu da caverna com eles.

Quando Tohrture tomou a frente e começou a distribuir os territórios para a noite, as duplas começaram a ser formadas e Darius olhou por entre as cabeças para o filho de Hharm. O menino estava pressionado contra a parede e tenso, ainda com as mãos atrás das costas. Hharm parecia estar interessado em nada além da negociação com os outros.

Tohrture colocou dois dedos na boca e assobiou.

– Meus irmãos! Atenção! – A caverna ficou uma pedra de silêncio. – Obrigado. Os territórios ficaram claros?

Houve uma afirmação coletiva e os Irmãos começaram a sair – e Hharm nem sequer olhou para trás, em direção ao filho. Apenas andou até a saída.

Na sequência, o garoto trouxe as mãos para frente e esfregou-as uma na outra. Dando um passo à frente, disse o nome do pai uma vez... duas vezes.

O Irmão recuou, sua expressão era como a de alguém confrontado por uma obrigação desagradável.

– Bem, vamos lá então...

– Se possível – disse Darius, colocando-se entre eles –, seria um prazer tê-lo me ajudando em meu dever. Se isso não for ofendê-lo.

A verdade era que não se importava nem um pouco se aquilo o ofendia. O menino precisava de mais do que seu pai lhe daria e Darius não era o tipo de ficar de lado enquanto uma injustiça se desenrolava.

– Acha que eu não posso cuidar do meu sangue? – Hharm bradou.

Darius virou-se para o macho e ficou frente a frente com ele. Preferia a negociação pacífica quando se tratava de um conflito, mas com Hharm, não havia argumentação. E Darius era bem preparado para enfrentá-lo força com força.

À medida que a Irmandade congelou ao redor deles, Darius baixou a voz, mesmo sabendo que todos ali reunidos poderiam ouvir cada palavra.

– Entregue-me o menino e o entregarei inteiro até o alvorecer.

Hharm rosnou, o som era como de um lobo em meio ao sangue fresco. Então, disse:

– Sou eu quem deve fazer isso, Irmão.

Darius se inclinou mais perto.

– Se levá-lo à luta e ele morrer, carregará essa vergonha sobre sua linhagem para sempre. – Contudo, a verdade é que era difícil saber se a consciência do macho seria afetada com isso. – Entregue o garoto a mim e vou poupá-lo desse fardo.

– Nunca gostei de você, Darius.

– Ainda assim, no acampamento, esteve mais do que disposto a se servir daqueles a quem eu superava. – Darius mostrou suas presas. – Considerando o quanto gostava daquilo, pensei que guardaria uma consideração maior por mim. E saiba, se não permitir que eu supervisione o garoto, vou jogá-lo no chão e lutar até que ceda.

Hharm quebrou o contato visual, levantando o olhar acima do ombro de Darius enquanto o passado sugava o Irmão. Darius soube o momento em que foi arrastado para dentro de suas lembranças. Era noite quando Darius o venceu no acampamento – e como Darius havia se recusado a compensar a perda, Bloodletter o fez. Brutal era pouco para descrever aquela sessão, e apesar de Darius relutar em trazer isso à tona, a segurança do garoto era um fim digno que justificaria os meios indignos.

Hharm sabia quem ganharia numa disputa à força.

– Leve-o – o macho disse categoricamente. – E faça o que quiser com ele. Declaro, agora, que o renuncio como meu filho.

O Irmão girou e saiu caminhando a passos largos...

E levou todo o ar da caverna com ele.

Os guerreiros assistiram a sua saída, o silêncio deles era mais alto que o grito de guerra tinha sido. Negar a descendência era a antítese da raça, era como o efeito da luz do dia numa refeição familiar: era a ruína.

Darius foi até o jovem macho. Aquele rosto... querida Virgem Escriba. A face cinza congelada do menino não estava triste. Não estava inconsolável. Não estava nem sequer envergonhada.

Suas feições eram uma verdadeira máscara mortuária.

Estendendo a mão, Darius disse:

– Saudações, filho. Sou Darius e assumirei a função de ser seu ghia *em combate.*

Os olhos do jovem piscaram.

– Filho? Iremos em breve aos rochedos.

De repente, Darius foi submetido a um acentuado respeito: ficou claro que o garoto procurava por sinais de obrigação e piedade. Contudo, não encontraria nenhum deles. Darius conhecia com precisão aquela situação, a terra seca e dura sobre a qual as botas do garoto estavam pisando, e portanto tinha plena consciência de que qualquer tipo de gentileza que oferecesse só resultaria em maior desgraça.

– Por quê? – veio uma pergunta rouca.

– Iremos sem demora ao rochedo para encontrar aquela fêmea – Darius disse com calma. – Esse é o porquê.

Os olhos do garoto perfuraram os de Darius. Em seguida, o jovem colocou a mão sobre o peito. Com uma reverência, disse:

– Vou me esforçar para ser útil, ao invés de um peso.

É muito difícil ser indesejado. Mais difícil ainda manter a cabeça erguida depois de tal afronta.

– Qual é o seu nome? – Darius perguntou.

– Tohrment. Eu sou Tohrment, filho de... – Limpou a garganta. – Eu sou Tohrment.

Darius aproximou-se do jovem macho e colocou sua mão sobre um ombro que ainda tinha que atingir seu pleno potencial.

– Venha comigo.

O garoto seguiu com propósito… saiu da reunião da Irmandade… saiu do santuário… saiu da caverna… em direção à noite.

A mudança no peito de Darius aconteceu em algum momento entre aquele passo inicial e o momento em que se desmaterializam juntos.

Na verdade, sentiu, pela primeira vez, como se tivesse sua própria família... pois embora o garoto não fosse seu sangue, tinha assumido a responsabilidade de cuidar dele.

Assim, seria capaz de se jogar em frente a uma lâmina destinada a matar o jovem, sacrificando-se por ele. Tal era o código da Irmandade – mas apenas para com os Irmãos. Tohrment ainda não era contado entre eles, era apenas um iniciado em virtude de sua linhagem, o que lhe dava acesso à Tumba e nada mais. Se não conseguisse provar a si mesmo, seria barrado daquele local para sempre.

De fato, segundo o código, o garoto poderia ser ferido em campo e deixado para morrer.

Mas Darius não permitiria isso.

Sempre quis ter um filho seu.

Capítulo 9

Trinta e dois quilômetros da cidade de Charleston, Carolina do Sul

– Caramba. Eles têm muitos tipos de árvores aqui.

Bem, sim, isso resumia tudo. Quando a van do programa de TV *Investigadores Paranormais* diminuiu a velocidade na estrada rural SC 124, Gregg Winn freou e inclinou-se sobre o volante.

Era... *perfeito*.

A plantação na entrada da casa era marcada dos dois lados por carvalhos do tamanho de um ônibus e havia musgo pendurado nos ramos maciços, balançando-se na brisa suave. No final do enquadramento, quase a meio quilômetro de distância, a mansão de colunas situava-se bela como uma senhora numa cadeira, o sol do meio-dia pintava sua face com uma luz amarelo-limão.

Atrás, a "apresentadora" do *IP*, Holly Fleet, recostou-se.

– Tem certeza disso?

– É como uma estalagem, certo? – Gregg acelerou. – Aberta ao público.

– Você ligou quatro vezes.

– Não disseram não.

-- Também não retornaram suas ligações.

– Tanto faz. – Ele precisava fazer isso acontecer. Os especiais do programa *Investigadores Paranormais* em horário nobre estavam prestes a passar para o próximo nível na venda de publicidade para a emissora. Não estavam no nível do *American Idol*, é verdade, mas estavam mandando ver, melhor do que qualquer episódio de *Magic Exposed*, e se essa tendência continuasse, o dinheiro que entraria seria mais grosso que sangue.

O longo caminho até a casa era como uma trilha que os levava não apenas mais fundo na propriedade, mas também de volta no tempo. Pelo amor de Deus, ao olhar ao redor, para o chão coberto de grama, esperou ver soldados da Guerra Civil passeando sob as árvores.

O caminho de cascalho levava os visitantes diretamente à entrada principal da frente e Gregg estacionou na lateral, caso outros carros precisassem passar.

– Vocês dois fiquem aqui. Vou entrar.

Quando ele saiu de trás do volante, cobriu sua camiseta com um casaco preto e puxou o punho para cima de seu Rolex de ouro. A van com o logotipo dos *Investigadores Paranormais* era chamativa o suficiente, e sem dúvida a casa era de propriedade de algum morador local. Acontece que o estilo Hollywoodiano não era necessariamente muito valorizado fora de Los Angeles – e aquele lugar gracioso estava o mais longe possível de cirurgias plásticas e bronzeamento artificial quanto possível.

Seus sapatos Prada se deslocaram pelas pedras do caminho enquanto se dirigia até a entrada. A casa branca era uma construção simples de três andares com varandas no primeiro e segundo piso e um telhado onde se via janelas de dormitórios se sobressaindo, mas a elegância das proporções e das dimensões da maldita coisa era o que a colocava de maneira tão determinante no território das mansões. E para finalizar a descrição da grande dama, todas as janelas estavam enquadradas em seu interior por cortinas com ricos adornos, e através dos vidros de chumbo podia-se ver os lustres pendurados nos altos tetos.

Mas que estalagem.

A porta da frente era grande o suficiente para pertencer a uma catedral e o batedor era uma cabeça de leão de bronze, que quase parecia estar em tamanho natural. Levantando o peso, deixou-o cair de volta no lugar.

Enquanto esperava, checou para ter certeza de que Holly e Stan estavam onde os havia deixado. Ajuda era a última coisa da qual precisava ao dar uma de vendedor de porta em porta – especialmente quando um "Oi, meu nome é" não fosse bem recebido. E a verdade era que se não estivessem cumprindo uma tarefa em Charleston, talvez ele não teria tentado o contato pessoal, mas para um percurso de meia-hora que nem saía muito de seu caminho, valia o esforço. O início das gravações do especial em Atlanta estava previsto para alguns dias, então havia tempo para isso. Indo direto ao ponto, mataria para...

A porta se abriu com força e teve que sorrir para o que estava do outro lado. Cara... aquilo estava ficando cada vez melhor. O homem tinha um jeito de mordomo inglês carimbado por todo o corpo, de seus sapatos brilhantes até seu colete preto e o blazer.

– Boa tarde, senhor. – E tinha sotaque. Não era bem britânico, nem francês, mas era europeu de alto nível. – Como posso ajudá-lo?

– Gregg Winn. – Estendeu a mão. – Acho que liguei algumas vezes. Não tenho certeza se recebeu as mensagens.

O aperto do mordomo foi rápido.

– Certamente.

Gregg esperou que o homem continuasse. Quando nada aconteceu, clareou a garganta.

– Ah... Esperava que permitisse fazer uma investigação em sua adorável casa e terreno. A lenda de Eliahu Rathboone é bastante notável, quero dizer... os relatos de seus hóspedes são incríveis. Minha equipe e eu...

– Permita-me interromper. Não haverá filmagens ou gravações em nossas instalações...

– Nós pagaríamos.

– ... de modo algum. – O mordomo sorriu com firmeza. – Tenho certeza que consegue entender que preferimos nossa privacidade.

– Com toda franqueza, não entendo. O que há de mal em nos permitir dar uma olhada por aí? – Gregg baixou a voz e inclinou-se. – A menos que, claro... é você quem faz as pegadas no meio da noite, certo? Ou suspende uma vela naquele quarto do andar de cima com uma linha de pesca?

O rosto do mordomo não se alterou, mas mesmo assim cheirava a desdém.

– Acredito que estava de saída.

Não era um comentário. Nem uma sugestão. Era uma ordem. Mas não tinha importância, Gregg já havia lidado com tipos bem mais durões do que uma babá num terno de pinguim.

– Sabe? Deve ter um bom tráfego de pessoas por aqui, como resultado dessas histórias de casa mal-assombrada. – Gregg baixou a voz ainda mais. – Nossa audiência na TV é enorme. Se você acha que tem visitantes agora, imagine o que aconteceria com seus negócios se isso passasse em rede nacional. E mesmo que tenha preparado toda aquela coisa de Rathboone por si só, podemos trabalhar com você ao invés de contra você. Se é que entende o que quero dizer.

O mordomo deu um passo para trás e começou a fechar a porta.

– Bom dia, senhor...

Gregg colocou seu corpo no caminho. Mesmo que não quisesse tanto confirmar as histórias, aquela coisa de "*não*" simplesmente não fazia o estilo dele. E como de costume, ser recusado aumentava seu interesse como nada mais conseguia.

– Então gostaríamos de passar a noite. Estamos fazendo uns trabalhos na vizinhança sobre a Guerra Civil e precisamos de um lugar para dormir.

– Temo que estejamos cheios.

Naquele momento, como um presente de Deus, um casal desceu as graciosas escadas com suas malas em mãos. Gregg sorriu ao olhar por cima do ombro do mordomo.

– Não estão mais tão cheios. – Vasculhando por seu leque de argumentos, Gregg fez sua melhor expressão "não vou dar trabalho". – Ok, entendi. Não gravaremos nada, áudio ou vídeo. Juro pela vida de minha avó. – Erguendo a mão para um cumprimento, disse em voz alta: – Ei, gostaram da estadia?

– Oh meu Deus, foi incrível! – disse a namorada, esposa, transa casual, seja lá o que fosse. – Eliahu é real!

O namorado, marido, querendo marcar pontos concordou:

– Não acreditei nela. Quero dizer, nos fantasmas... qual é! Mas sim... ouvi a coisa.

– Vimos a luz também. Ouviu falar da luz?

Gregg colocou a mão no peito, em choque.

– Não, qual luz? Contem tudo...

Ao se lançarem numa detalhada narração de todas as "coisas incrivelmente impressionantes" que eram tão "incríveis e maravilhosas de se presenciar" durante seu "incrível...", os olhos do mordomo se estreitaram em fendas. Ficou claro que suas boas maneiras lutavam contra sua vontade de matar enquanto se afastava para deixar Gregg ir ao encontro do casal, mas a temperatura da conversa naquela sala caiu ao ponto de parecer ser o polo sul.

– Espere, você é... – O hóspede franziu a testa e se inclinou para o lado. – Caramba, você participa daquele programa...

– *Investigadores Paranormais* – Gregg completou. – Sou o produtor.

– A apresentadora... – O cara olhou para sua acompanhante. – Está aqui também?

– Sim. Quer conhecer Holly?

O cara colocou a mala que carregava no chão para ajeitar um pouco mais sua camisa polo.

– Sim, posso?

– Já estávamos de saída – sua outra metade interpôs. – Não estávamos, Dan?

– Mas se eu... nós... tivéssemos a chance de...

– Se pegarmos a estrada agora, estaremos em casa ao anoitecer. – Virou-se para o mordomo. – Obrigada por tudo, Sr. Griffin. Tivemos uma estadia adorável.

O mordomo curvou-se com graça.

– Por favor, voltem outra vez.

– Oh, voltaremos... este será um local perfeito para nosso casamento em setembro. É incrível.

– Incrível – o noivo completou, como se quisesse ficar bem com ela outra vez.

Enquanto o casal saía pela porta da frente, Gregg não insistiu no encontro com Holly – mesmo com o cara parando e olhando por cima do ombro como se esperasse que Gregg fosse segui-los.

– Então, vou pegar nossas malas – Gregg disse ao mordomo. – E pode arrumar nosso quarto, Sr. Griffin.

O ar ao redor do homem pareceu ficar deformado.

– Temos dois quartos.

– Tudo bem. E como posso dizer que o senhor é um homem de princípios, Stan e eu ficaremos no mesmo quarto. Pelo bem do decoro.

O mordomo levantou as sobrancelhas.

– Certamente. Se você e seus amigos puderem aguardar na sala à sua direita, mandarei as camareiras arrumarem suas acomodações.

– Fantástico. – Gregg deu um tapinha no ombro do mordomo. – O senhor nem notará que estamos aqui.

O mordomo se afastou de maneira incisiva.

– Uma palavra de aconselhamento, se me permite.

– Manda.

– Não vá até o terceiro andar.

Bem, aquilo na verdade parecia um convite... e uma fala saída diretamente do filme Pânico.

– Absolutamente não. Juro.

O mordomo saiu pelo corredor e Gregg se inclinou para fora, gesticulando para sua equipe. Enquanto Holly saía, seus seios enormes balançaram sob a camiseta preta que estava usando e a calça jeans era tão baixa na cintura que seu ventre liso e bronzeado brilhou. Ele a contratou não por seu cérebro, mas por suas medidas de Barbie, e mesmo assim ela provou ser mais do que esperava. Como boa parte dos idiotas, ela não era totalmente estúpida, longe disso, e tinha uma habilidade misteriosa para se posicionar onde seria mais vantajoso para ela.

Stan deslizou o painel lateral da van e saiu, piscando com força e tirando seu longo e bagunçado cabelo de seu campo de visão. Eternamente chapado, era a pessoa perfeita para esse tipo de trabalho: tecnicamente habilitado, mas suave ao ponto de receber bem ordens.

A última coisa que Gregg queria era um artista comandando as lentes das câmeras.

– Peguem a bagagem – Gregg gritou a eles. O que era o código para "*tragam não apenas as malas, mas também o equipamento de menor escala*".

Aquele não era o primeiro local que precisou usar isso.

Quando voltou para dentro, o casal que havia saído passou com seu Sebring conversível. O cara observava Holly se curvar na van ao invés de prestar atenção no caminho que estava indo.

Ela tendia a causar esse efeito nos homens. Outra razão para mantê-la por perto.

Bom, isso e o fato de que não via problemas em sexo casual.

Gregg foi até a sala de estar e fez uma sondagem lenta pelo local. As pinturas a óleo eram da qualidade de um museu, os tapetes eram persas, as paredes eram pintadas à mão com uma cena pastoral. Havia castiçais de prata em todas as superfícies e nem mesmo um pedaço da mobília havia sido fabricada no século XXI ou XX... ou talvez nem mesmo no XIX.

O jornalista gritou. Nenhum hotel de beira de estrada, nem mesmo os de cinco estrelas, era tão bem decorado assim. Então, alguma coisa acontecia ali.

Ou isso ou a lenda de Eliahu estava realmente trazendo muitos turistas para aquele fim de mundo.

Gregg foi até um dos retratos menores. Era de um jovem rapaz em seus vinte e poucos anos, pintado em outro tempo, outro local. O sujeito estava sentado em uma cadeira dura, as pernas cruzadas à altura dos joelhos, as mãos elegantes apoiadas numa das laterais do corpo. O cabelo negro estava puxado para trás e amarrado com uma fita, revelando um rosto encantador. As roupas eram... bom, Gregg não era um historiador, então, como saber? Mas com certeza pareciam com as que George Washington e sua turma usavam.

Aquele era Eliahu Rathboone, Gregg pensou. O abolicionista secreto que sempre deixava uma luz acesa para encorajar aqueles que precisavam escapar a vir até ele... O homem que havia morrido para proteger uma causa antes mesmo de ter sido enraizada no Norte... O herói que salvou a tantos, apenas para ser morto no auge de sua vida.

Este era o fantasma.

Gregg fez uma moldura com as mãos e explorou toda a sala através dela antes de mirar no rosto do retrato.

– É ele? – A voz de Holly veio por trás. – Será que é ele mesmo?

Gregg olhou por cima do ombro, seu corpo formigava de maneira incontestável.

– E eu pensando que as fotos na internet eram boas.

– Ele é, tipo... lindo.

E também sua história, sua casa e todas aquelas pessoas que saíram dali falando sobre assombrações.

Dane-se a viagem para aquele asilo em Atlanta. Aquele seria seu próximo episódio especial ao vivo.

– Quero que trabalhe com o mordomo – Gregg disse suavemente. – Sabe o que eu quero dizer. Quero ter acesso a tudo.

– Não vou dormir com ele. Meu limite não ultrapassa a necrofilia e aquele lá é mais velho que Deus.

– *Pedi* pra ficar de quatro pra ele? Existem outros meios. E tem esta noite e a de amanhã. Quero fazer nosso especial aqui.

– Quer dizer...

– Transmitiremos ao vivo deste local em dez dias.

Caminhou para as janelas que davam para o beco de árvores e a cada passo que dava o assoalho rangia.

Prêmio Emmy, aqui vamos nós, Gregg pensou.

Isso é muito perfeito.

Capítulo 10

John Matthew acordou com seu membro na mão. Ou melhor, quase acordou. No entanto, o que tinha em sua mão estava totalmente desperto.

Em sua mente nebulosa, imagens dele e de Xhex brilhavam de dentro para fora... Ele os viu em sua cama naquele porão dela e havia uma série de cenas de nudez acontecendo, dela esparramada sobre seus quadris, dele buscando tocar seus seios. Dela sentindo-se bem e firme sobre ele, seu centro quente e úmido contra sua ereção, seu corpo poderoso se arqueando e gozando enquanto ela se esfregava sobre o que doía de desejo por penetrá-la.

Precisava chegar a ela. Precisava deixar algo de si mesmo para trás.

Precisava marcá-la.

O instinto era avassalador ao ponto da compulsão... e, ainda assim, sua consciência formigou enquanto se sentava e tomava um de seus mamilos em sua boca. Enquanto ele puxava sua carne entre os lábios, chupando-a, lambendo-a, beliscando-a sempre muito gentil, em algum nível soube que aquilo não estava acontecendo – e que mesmo sendo uma fantasia, era errado. Não era justo com a memória dela, mas as visões tinham muito impulso e a palma de sua mão estava muito apertada enquanto trabalhava em si mesmo... O momento era elétrico inegável demais para afastar-se dele.

Não havia como voltar atrás.

John imaginou que a deitava sobre as costas e avultava sobre ela, olhando para baixo, dentro de seus letais olhos cinzentos. Suas coxas estavam divididas para os dois lados dos quadris, seu sexo exuberante pronto para o que ele queria lhe dar, seu perfume penetrando em seu nariz até que tudo que conhecia era ela. Deslizando as mãos sobre seus seios até abaixo de sua barriga, ficou maravilhado com a semelhança entre seus corpos. Ela era menor em comparação a ele, mas seus músculos eram os mesmos, duros e tonificados, prontos para o uso, firmes em torno dos ossos nos quais estavam presos. Amava o quanto ela era inflexível sob sua pele lisa e macia, amava o quão forte, o quão firme...

Desejava-a como um louco.

Só que, de repente, não conseguia ir além.

Era como se a fantasia tivesse emperrado, a fita tivesse sido rompida, o DVD riscado, o arquivo digital corrompido. E tudo que restava era a atração e aquele deslocamento no limiar do êxtase que o levaria à loucura...

Xhex alcançou seu rosto e o segurou com as mãos em formato de concha, e com o toque gentil, tomou conta dele de repente, de sua cabeça, de seu corpo e de sua alma: pertencia a ela de corpo e alma, dos olhos às coxas. Tudo era dela.

– Venha – disse ela, inclinando a cabeça para o lado.

Lágrimas turvaram sua visão. Finalmente, beijaram-se. Finalmente, o que havia negado a ele acontecia.

Quando se inclinou para baixo... ela guiou sua boca de volta para o mamilo.

Sentiu uma pontada momentânea de rejeição, mas então aquela estranha euforia o atingiu. O reflexo era tão fiel que imaginou que talvez aquilo não fosse um sonho. Talvez aquilo estivesse realmente acontecendo. Afastando a tristeza, concentrou-se naquilo que estava disposta a lhe dar.

– Marque-me! – disse Xhex com uma voz profunda.

Expondo suas presas, percorreu uma ponta branca e afiada ao redor do centro de seu mamilo, circulando, acariciando. Queria perguntar se ela tinha certeza, mas respondeu àquela questão do jeito dela. Em um movimento rápido, levantou sobre o colchão e apertou tanto a cabeça dele contra sua pele que a feriu, e um fio de sangue foi desenhado.

John recuou, temendo tê-la machucado... mas não. E ao arquear-se numa ondulação erótica, a fonte brilhante de sua vida o fez ter um orgasmo.

– Tome de mim! – ordenou, enquanto um jorro quente saltava de seu pênis derramando-se sobre suas coxas. – Faça isso, John. *Agora.*

Não teve que pedir uma segunda vez. Foi cativado pela gota de vermelho intenso que florescia e que escorria com uma graciosidade lenta em direção à lateral de seu seio pálido. Percorrendo o caminho com a língua, seguiu a trilha e a tragou com um movimento que acabou em seu mamilo...

Seu corpo inteiro tremia com o sabor dela, então outro jorro saiu dele e marcou sua pele enquanto sentia, em meio a espasmos, prestes a gozar outra vez. O sangue de Xhex era vigoroso e inebriante em sua boca, um completo vício adquirido no momento em que o provou, um destino do qual, agora que estava ali diante dele, não queria se desvencilhar nunca mais. Enquanto saboreava o que havia tomado, pensou ouvir um riso de satisfação dela, mas a essa altura estava perdido por aquilo que lhe havia dado.

Arrastou a língua ao longo de seus dois mamilos, sobre o corte e, em seguida, seus lábios formaram um selo e a sugou, sorvendo seu sabor sombrio. A comunhão com Xhex era tudo que sempre sonhou, e agora que estava se alimentando dela, a alegria tomou conta de John junto com a energia que vinha de seu sangue.

Querendo dar-lhe algo em troca, deslocou seu braço para baixo de tal modo que sua mão deslizasse sobre seu quadril e entre suas coxas. Rastreando os músculos tensos, encontrou seu núcleo... Oh, Deus, estava escorregadia, suave e muito quente, pronta e desejosa para recebê-lo. E embora não soubesse coisa alguma sobre anatomia feminina, deixou os gemidos e movimentos lhe dizerem onde seus dedos deveriam ir e o que deveriam fazer.

Não demorou muito para seus dedos ficarem tão molhados quanto o que estava acariciando, e foi então que deslizou o dedo médio profundamente. Usando o polegar, massageou o ponto mais sensível dela e buscou um ritmo para combinar com a sucção que fazia em seu seio.

Estava levando-a ao ponto mais alto, levando-a junto com ele, devolvendo tanto quanto havia tomado, quando descobriu que precisava de mais. Queria estar dentro dela quando o orgasmo viesse. Então estaria completo de uma maneira etérea, completo dentro de sua pele.

Aquilo era a necessidade e a motivação de um macho vinculado. O que precisava ter para sentir-se em paz.

Erguendo os lábios de seu seio, deslizou a mão de seu sexo e se reposicionou para que seu pênis brilhante ficasse posicionado sobre as pernas abertas. Encontrando seus olhos no momento incendiário, acariciou o cabelo curto em torno de seu rosto. Lentamente, levou a boca para baixo...

– Não! – ela disse. – Não se trata disso.

John Matthew deu um pulo, a fantasia do sonho foi desfeita, seu peito foi preso com as cordas geladas da dor.

Com desgosto, sua excitação o abandonou... e não se tratava apenas de não estar mais ereto. Seu pênis havia encolhido categoricamente, apesar do orgasmo que estava a caminho.

Não se trata disso.

Ao contrário do sonho, que foi totalmente hipotético, aquelas palavras foram as que realmente foram pronunciadas – e precisamente naquele contexto sexual.

Quando olhou para seu corpo nu, viu os orgasmos que tinha liberado. Aqueles que imaginou nela, mas estavam sobre toda sua barriga e lençóis.

Caramba, aquela cena melancólica apenas realçava sua solidão.

Olhando de relance para o relógio, viu que havia dormido mesmo soando o alarme. Ou o mais provável era que não tenha se preocupado em programá-lo. Um benefício da insônia era que você não precisava reprogramar seu celular toda vez que batesse no botão "soneca".

No chuveiro, lavou-se rapidamente e começou por seu pênis. Odiava o que havia feito naquela zona desconhecida semiadormecida. Soava totalmente errado masturbar-se, e de agora em diante dormiria com seu jeans se fosse necessário.

Embora conhecesse sua mão, a maldita coisa provavelmente terminaria atrás da braguilha de qualquer maneira.

Dane-se, iria prender seus punhos na maldita cabeceira.

Depois de barbear-se – que assim como cuidar dos dentes era mais uma questão de hábito do que orgulho de sua aparência – apoiou as palmas das mãos sobre o mármore e inclinou-se sob a torneira principal, deixando a água escorrer sobre ele.

Redutores eram impotentes. *Redutores*... eram impotentes.

Abaixando a cabeça, sentiu um jato de água quente na parte de trás do seu crânio.

O sexo trouxe à tona todos os tipos de porcaria nele, e enquanto a imagem de uma escadaria suja florescia como uma mancha em seu cérebro, piscou e arrastou-se para o presente. Não que isso fosse um avanço.

Superaria tudo o que tinha acontecido milhares de vezes se essa fosse a única maneira de poupar Xhex dos maus tratos.

Oh... Deus...

Redutores eram impotentes. Sempre foram.

Movendo-se como um zumbi, saiu, enxugou-se e dirigiu-se para o quarto para se vestir. No exato momento em que estava puxando suas calças de couro, seu telefone tocou e estendeu a mão sobre seu casaco para procurar a coisa.

Abrindo a tampa... encontrou uma mensagem de Trez.

Tudo o que dizia era: *Av. St. Francis 189, hj, 22h.*

Fechando a tampa do celular, seu coração começou a bater de maneira brutal. Qualquer tipo de fissura no alicerce... estava procurando apenas uma pequena rachadura no mundo de Lash, uma fissura, algo em que pudesse se basear para explodir toda aquela maldição em pedaços.

Xhex poderia estar morta e essa nova realidade, de viver sem ela, poderia ser sua para sempre, mas isso não significava que não podia vingá-la.

No banheiro, prendeu o coldre no peito apontado para cima, e depois de pegar o casaco, saiu para o corredor. Parando por um momento, pensou em todas as pessoas que encontraria descendo as escadas... assim como no horário. As persianas ainda estavam abaixadas.

Ao invés de ir para a esquerda em direção à escadaria e do saguão, foi para a direita... e caminhou em silêncio, apesar de suas botas de combate.

Blaylock deixou seu quarto um pouco antes das seis, porque queria dar uma olhada em John. Normalmente o cara batia na porta dele próximo às refeições, mas não fez isso. O que significava que estava morto, ou quase, de tão bêbado.

Quando chegou à porta de seu amigo, parou e se inclinou. Nada que pudesse ouvir acontecia do outro lado.

Depois de uma batida suave que não foi respondida, soltou um "dane-se" e abriu a coisa. Cara, o lugar parecia ter sido saqueado, com roupas em todos os lugares e uma cama que possivelmente tinha sido usada como pista para uma daquelas corridas de demolição.

– Ele está aí?

Ao som da voz de Qhuinn, enrijeceu, impedindo a si mesmo de se virar. Mas nem havia razão para isso. Sabia que o cara estava usando alguma camiseta do *Sid Vicious* ou *Nine Inch Nails* ou talvez uma do *Slipknot* enfiada nas calças de couro preto. E que seu rosto rígido estaria limpo e bem barbeado. E que seus cabelos negros e espetados estariam ligeiramente molhados por causa do banho.

Blay andou pelo quarto de John e espiou no banheiro, imaginando que suas atitudes responderiam muito bem a pergunta.

– J.? Onde você está, J.?

Quando abriu caminho por todo aquele mármore, o ar estava denso de umidade e do cheiro do sabonete que John usava. A toalha molhada estava sobre o balcão.

Quando ele virou-se para sair, bateu direto no peito de Qhuinn.

O impacto foi como ser atingido por um carro, e seu melhor amigo estendeu a mão para firmá-lo.

Oh, não. Sem toques.

Blay recuou rapidamente e deu uma olhada ao redor do quarto.

– Desculpe. – Houve uma pausa estranha. – Ele não está aqui.

Dã.

Qhuinn inclinou-se para o lado e colocou seu rosto, aquele belo rosto, na linha de visão de Blay. Quando o sujeito se endireitou, os olhos de Blay foram obrigados a acompanhá-lo.

– Você não olha mais para mim.

Não, não olhava.

– Sim, eu olho.

Desesperado para fugir daquele olhar azul e verde, buscou uma brecha e foi até a toalha. Enrolando a coisa, empurrou pela rampa que dava na lavanderia. Imaginou que era sua própria cabeça que estava forçando no buraco.

Blay estava mais calmo quando se voltou. Mesmo quando seus olhos se encontraram.

– Vou descer para jantar.

Estava sentindo muito orgulho de si mesmo enquanto caminhava...

Então a mão de Qhuinn rompeu o ar e agarrou seu antebraço.

– Temos um problema. Você e eu.

– Temos? – Na verdade, não era uma pergunta. Pois esse era o tipo de conversa que não se tinha interesse em estimular.

– Que diabos está acontecendo com você?

Blay piscou. O que havia de errado com *ele*? Não era ele quem estava transando com qualquer coisa que tivesse um buraco.

Não, ele era o patético e maldito idiota que desejava seu melhor amigo. Aquele que sempre se colocava no caminho de volta para casa choramingando. Se continuasse assim teria que carregar lenços de papel escondido na manga para secar suas lágrimas.

Infelizmente, o momento de raiva desinflou rápido e o deixou vazio.

– Nada. Não há nada de errado.

– Você está mentindo.

Certo. Ok. Isso foi injusto. Já haviam passado dessa fase e Qhuinn podia ser um galinha, mas a memória do cara funcionava perfeitamente.

– Qhuinn... – Blay passou a mão entre os cabelos.

Na hora, aquela maldita música da Bonnie Raitt disparou em sua mente, sua voz preciosa cantando... *I can't make you love me if you don't... You can't make your heart feel something it won't...**

Blay teve que rir.

– O que é tão engraçado?

– É possível ser castrado sem ter consciência disso?

Agora foi Qhuinn quem ficou confuso.

*[N.T.] "Não posso fazer com que me ame se não quiser... Não pode fazer seu coração sentir alguma coisa se ele não quiser" são versos da canção "I can't make you love me", da cantora americana Bonnie Raitt.

– Não, a não ser que esteja muito bêbado.

– Bem, estou sóbrio. Mortalmente sóbrio. Como sempre. – E, sobre isso, talvez devesse seguir o exemplo de John e começar a beber. – Porém, acho que deveria mudar isso. Com licença...

– Blay...

– Não. Não vai conseguir nada comigo com esse "Blay". – Enfiou o dedo no rosto de seu melhor amigo. – Apenas faça seu trabalho. É o que faz de melhor. Deixe-me sozinho.

Saiu, com a cabeça confusa, mas felizmente com passos firmes.

Passando pelo corredor de estátuas rumo à grande escadaria, passou pelas obras greco-romanas e percorreu os olhos sobre aqueles corpos masculinos. Naturalmente, colocou a cabeça de Qhuinn, como se tivesse um Photoshop, no topo de cada um...

– Não precisa mudar nada. – Qhuinn estava bem atrás dele; as palavras soavam baixas.

Blay chegou ao topo da escada e olhou para baixo. O resplandecente saguão abaixo era como um presente que você podia adentrar com seu corpo. Um lugar perfeito para uma cerimônia de união, pensou, sem qualquer razão específica.

– Blay. Por favor, entenda. Nada mudou.

Olhou por cima do ombro. As sobrancelhas perfuradas de Qhuinn estavam tensas, seu olhar era feroz. Mas, da mesma forma que estava claro que o cara queria continuar falando, Blay havia terminado.

Começou a descer as escadas, movendo-se rapidamente.

E não ficou surpreso quando Qhuinn continuou a perseguição – e a conversa.

– Que diabos isso quer dizer?

Ah, sim, como se precisassem fazer isso na frente das pessoas na sala de jantar. Qhuinn era bom com grandes audiências, fazendo qualquer coisa, mas Blay não encontrava nada de útil no respeitável público.

Voltou dois passos até ficarem face a face.

– Qual era o nome dela?

Qhuinn recuou.

– Como?

– O nome da recepcionista.

– Que recepcionista?

– A de ontem à noite. Na loja de tatuagens.

Qhuinn revirou os olhos.

– Oh, pare com...

– O nome dela.

– Deus, não faço ideia nenhuma! – Qhuinn jogou as mãos para cima, na linguagem universal para dizer *tanto faz*. – Por que isso importa?

Blay abriu a boca, prestes a esclarecer que aquilo que não significou nada para Qhuinn havia sido um inferno para ele assistir. Mas, então, percebeu que soaria possessivo e estúpido.

Ao invés de falar, enfiou a mão no bolso, tirou o maço de cigarros e puxou um. Colocando-o na boca, acendeu a coisa enquanto observava aqueles olhos díspares.

– Odeio que você fume! – Qhuinn murmurou.

– Supere isso! – disse Blay, virando-se e continuando a descer.

Capítulo 11

– Onde você vai, John?

No corredor de saída que havia nos fundos da mansão, John congelou com a mão em uma das portas que levava à garagem. Maldição... uma casa tão grande fazia com que pensasse que poderia sair sem a presença de um público. Mas não... havia olhos em toda parte. Opiniões... em toda parte.

Parecia o orfanato nesse aspecto.

Voltou-se e encarou Zsadist. O Irmão tinha um guardanapo numa das mãos e uma mamadeira na outra. Ficou claro que tinha acabado de se levantar da mesa na sala de jantar e ido à cozinha. E, puxa vida, adivinha só... a próxima pessoa a passar pela porta foi Qhuinn, que trazia uma coxa de peru comida até a metade.

A chegada de Blay transformou aquilo numa maldita convenção.

Z. acenou com a cabeça em direção à mão fechada de John ao redor da maçaneta. Mesmo com a parafernália de bebê, ele parecia um assassino em série pronto para agir. Por um lado, devido à cicatriz no rosto. Mas com certeza era por causa daqueles olhos negros e profundos.

– Fiz uma pergunta, garoto.

Estou levando o maldito lixo para fora.

– Então, onde está o lixo?

Qhuinn terminou seu jantar e, em seguida, aproximou-se de maneira intencional às latas de lixo para jogar o osso fora.

– Sim, John. Quer responder a isso?

Não, não queria mesmo.

Estou saindo fora, gesticulou.

Z. inclinou-se e plantou a palma da mão sobre a porta, o guardanapo balançava solto como uma bandeira.

– Está saindo um pouco mais cedo todas as noites, mas atingiu o limite. Não vou deixar sair tão cedo. Vai ser queimado como uma batata frita lá fora. E uma observação final: se pensar em sair sem sua guarda pessoal novamente, Wrath vai usar seu rosto como um martelo, entende?

– Jesus Cristo, John. – A voz de Qhuinn era um grunhido de desgosto e tinha uma expressão no rosto como se alguém tivesse limpado um banheiro com seus lençóis. – Nunca o impedi. Nunca. E você ferra comigo assim?

John encarou um ponto na orelha esquerda de Z. Ficou tentado em gesticular que ficou sabendo quando o Irmão esteve procurando por Bella, sabia que tinha se tornado um selvagem e feito todo tipo de loucuras. Só que mencionar o rapto de sua *shellan* era como balançar uma capa vermelha na frente de um touro e John já estava causando um inferno por uma mulher. Dois seria um exagero.

A voz de Z. ficou mais baixa.

– O que está fazendo, John?

Permaneceu em silêncio.

– John. – Z. inclinou-se ainda mais. – Vou arrancar uma resposta à força se necessário.

Só errei o horário.

Era horrível mentir, pois se fosse verdade, teria saído pela porta da frente e não coberto seus rastros com a história do lixo. Mas, sinceramente, não dava a mínima se acreditavam nele ou não.

– Não dá para engolir essa. – Z. endireitou-se e olhou o relógio. – E não vai sair por mais dez minutos.

John cruzou os braços sobre o peito para evitar comentar sobre aquele impedimento, mas sentiu como se fosse explodir.

O olhar duro de Z. não ajudou nem um pouco.

Dez minutos depois, o som das persianas subindo em toda mansão rompeu o impasse e Z. assentiu em direção a porta.

– Certo, pode ir agora, se quiser. Pelo menos, não vai fritar. – John virou-se. – Se pegá-lo sem seu *ahstrux nohstrum* outra vez, vou entregá-lo.

Qhuinn soltou um palavrão.

– E em seguida serei demitido. O que significa que o rei vai cortar meu pescoço com uma adaga. Mas não precisa agradecer, não foi nada.

John agarrou a maçaneta e seguiu seu caminho para fora da casa, sua pele estava muito tensa. Não queria problemas com Z., pois respeitava o cara, mas o sujeito era muito volúvel e a tendência sugeria que aquilo só aumentaria.

Na garagem, virou-se para a esquerda e se dirigiu para a porta de saída que havia na parede de trás. Enquanto saía, recusou-se a olhar os caixões empilhados ao longo do caminho. Não. Não precisava sequer da imagem de um deles em sua cabeça agora. Dezesseis? Não importava.

Abrindo a porta de aço, pisou no gramado que se estendia em volta da piscina vazia e ia até a margem da floresta e o muro. Sabia que Qhuinn estava bem atrás dele, pois o cheiro de desaprovação contaminou o ar fresco da mesma maneira que mofo em um porão. Blay estava com eles também, sentia pelo cheiro da colônia.

Assim que estavam a prestes a se desmaterializar, seu braço foi agarrado com força. Quando se virou para dizer a Qhuinn que fosse se ferrar, parou.

Era Blay quem o segurava e os olhos azuis do ruivo estavam queimando.

O cara gesticulou ao invés de falar, provavelmente porque queria forçar John a prestar atenção nele.

Quer se matar, tudo bem. Do jeito que as coisas estão, já me conformei diante dessa possibilidade. Mas não vai colocar outras pessoas em risco. Não vou tolerar isso. Não saia sem comunicar o Qhuinn novamente.

John olhou por cima do ombro do rapaz, em direção a Qhuinn, que parecia como se quisesse bater em alguma coisa de tão frustrado que estava. Ah, então era por isso que Blay estava fazendo a coisa dos sinais. Não queria que a terceira engrenagem daquele estranho triunvirato soubesse o que estava sendo dito.

Estamos entendidos?, Blay sinalizou.

Era muito raro Blay impor sua opinião. E isso fez com que John se explicasse.

Não posso prometer que não vou precisar escapar, John gesticulou. *Simplesmente não posso fazer isso. Mas juro que direi a ele. Pelo menos para que ele possa sair da casa.*

John...

Balançou a cabeça e apertou o braço de Blay. *Simplesmente não posso prometer isso a ninguém. Não se pensar onde minha cabeça está. Mas não vou sair sem avisá-lo para onde estou indo ou quando volto.*

A mandíbula de Blay moveu-se, tencionando e relaxando. No entanto, não era estúpido. Sabia quando havia algo inegociável na mesa.

Certo. Posso viver com isso.

– Querem dividir um pouco desse amor? – Qhuinn perguntou.

John recuou e assinalou: *Vamos ficar no parque Xtreme até às dez. Então, iremos para a Avenida St. Francis. Trez me enviou uma mensagem de texto.*

Desmaterializou, viajando para o sul e para oeste, tomando forma atrás do galpão que ficaram na noite anterior. Quando sua equipe apareceu atrás dele, ignorou a tensão que nublava e pesava o ar.

Olhando através do concreto, localizou os vários traficantes e viciados. Aquele jovem que parecia o maioral ainda estava ocupando o centro de tudo. Inclinando-se contra uma das rampas, sacudiu um isqueiro que faiscou, mas não acendeu. Havia mais ou menos meia dúzia de skatistas andando nas rampas e outros doze falando e girando as rodas de seus skates. Sete carros estavam parados no estacionamento, e enquanto a polícia rondava devagar, John sentia que aquilo era um desperdício de tempo colossal.

Talvez se fossem para o centro da cidade e buscassem nos becos teriam mais...

O Lexus que rodava no terreno não estacionou em nenhuma das vagas. Parou perpendicular aos outros sete carros... e quem saiu de trás do volante parecia um colegial com jeans folgado e chapéu de caubói.

Mas a brisa que flutuou dele cheirava como um necrotério sem sistema de ventilação.

E também a... desodorante Old Spice?

John endireitou-se, seu coração batia num ritmo acelerado. Seu primeiro pensamento foi se lançar adiante e enfrentar o bastardo, mas Qhuinn o segurou ao formar uma barreira com o braço.

– Espere – disse o cara. – É melhor descobrirmos os porquês.

John sabia que seu amigo estava certo, então puxou o freio de mão de seu corpo e se ocupou memorizando a placa do Lexus modelo LS 600h cromado.

As outras portas do sedan se abriram e três rapazes saíram. Não eram tão pálidos quanto os *redutores* realmente velhos, mas tinham uma significativa brancura e cheiravam muito mal.

Cara, aquela porcaria desagradável de talco de bebê foi direto ao nariz.

Com um dos assassinos ficando para trás para observar o caminho, os outros dois entraram em formação com o caubói um pouco à frente. Enquanto caminhavam até o concreto, todos os olhos no parque se voltaram para eles.

O garoto na rampa do meio se endireitou e colocou o isqueiro no bolso.

– Droga, queria que estivéssemos com meu maldito carro – Qhuinn sussurrou.

É verdade. A menos que houvesse um arranha-céu próximo onde poderiam ter uma visão de cima, não conseguiriam rastrear o Lexus.

O traficante não se moveu ao ser abordado e não pareceu surpreso com a visita, então havia chance de que aquele encontro fosse marcado. E após conversarem um pouco, os assassinos cercaram o cara e o bando todo caminhou para o sedan.

Todos, com exceção de um *redutor*, entraram no carro.

Hora de decidir. Corriam até um carro, faziam ligação direta e saiam em perseguição? Materializavam-se no capô do maldito Lexus e lutavam? O problema era que nas duas situações corriam o risco de perturbarem a paz seriamente – e havia apenas uma dada quantidade de limpeza mental que poderiam fazer num grupo de vinte humanos.

– Acho que um vai ficar para trás – Qhuinn murmurou.

Sim. O garotão foi colocado dentro do carro enquanto o Lexus fazia uma manobra e começava a sair.

Deixar o carro ir embora foi a coisa mais difícil que John já havia feito. Mas a realidade era que aquele bando de bastardos tinha acabado de pegar um dos principais traficantes do território – então, teriam que voltar. E deixaram um *redutor* para trás.

Assim havia coisas para manter a ele e seus rapazes ocupados.

John observou o assassino entrar no parque. Ao contrário do cara que substituiu, ficou perambulando, andando fora do perímetro, encontrando todos os olhares direcionados a ele. Ficou claro que estava deixando os skatistas ansiosos, e dois deles, que haviam comprado algumas coisas na noite anterior, se foram. Mas nem todos estavam alerta... ou sóbrios o suficiente para se preocuparem.

Um som de algo batendo veio do chão e John olhou para si mesmo. Seu pé estava batendo na poeira, subindo e descendo rápido como o de um coelho.

Mas não ia estragar tudo. Esperou atrás do galpão... e esperou... e esperou.

Levou quase uma maldita hora para circular todo o território ao redor, mas quando finalmente estava ao alcance, todo aquele bater de pé valeu muito a pena.

Com uma rápida rajada de vontade mental, John quebrou a lâmpada do poste mais próximo para dar a eles um pouco de privacidade. E quando o bastardo olhou para cima, John saiu de trás do galpão.

A cabeça do *redutor* girou e reconheceu que a guerra havia acabado de chegar e batia em sua porta: o filho da mãe sorriu e colocou a mão dentro da jaqueta.

John não estava preocupado se o cara ia atirar. A única regra do acordo era que não poderia acontecer na frente de espectadores humanos.

Uma automática apareceu e logo explodiu num golpe duplo rápido, o disparo ressoou com um estouro ao longo do parque.

John mergulhou para se proteger e várias vozes gritaram "mas que droga é essa?". E então, mais balas voaram, o chumbo ricocheteava no concreto enquanto humanos gritavam e se esbarravam.

Atrás do galpão, bateu de costas contra a madeira e puxou sua própria arma. Quando Blay e Qhuinn deslizaram para o abrigo, houve uma fração de segundo onde se perguntaram "quem está sangrando?" que coincidiu com uma pausa na rajada de balas.

Em que diabos ele está pensando?, Qhuinn gesticulou. *E o público?*

Passos pesados se aproximaram e houve um som de cliques de um pente de munição sendo trocado. John olhou para a porta do galpão. O cadeado na corrente era uma dádiva divina e estendeu a mão, desbloqueando mentalmente a coisa e o deixando livre de seus elos para que ficasse solto.

Vão para a próxima esquina, John disse a seus amigos. *E finjam que estão feridos.*

Sem chance!...

John mirou sua arma no rosto de Qhuinn.

Quando o rapaz recuou, John apenas encarou os olhos azul e verde de seu amigo. Aquilo seria do seu jeito: John seria o único a lidar com o assassino. Fim da discussão.

Vá se ferrar, Qhuinn moveu os lábios, sem som, antes dele e Blay se desmaterializarem.

Com um gemido alto, John deixou-se cair com força para o lado, seu corpo batendo no chão como um saco enorme de concreto. Esticando-se de barriga para baixo, manteve sua automática destravada sobre o peito.

Os passos se aproximaram. E então ouviu uma risada baixa, como se o *redutor* estivesse se divertindo muito.

Quando Lash retornou depois de encontrar seu pai, tomou forma no quarto ao lado daquele onde mantinha Xhex. Por mais que quisesse vê-la, manteve distância. Toda vez que voltava do *Dhunhd*, precisava deixar passar uma boa meia-hora e não seria estúpido dando uma chance a ela de matá-lo.

Porque ela o faria. Não era um doce?

Deitando na cama e fechando os olhos, seu corpo estava lento e frio, e quando respirava fundo, sentia como se estivesse descongelando como um pedaço de carne bovina. Não que o outro lado fosse gelado. Na verdade, a casa de seu pai era quentinha e bem equipada – e altamente brega. Papai quase não tinha mobília, mas tinha candelabros suficientes para afundar um navio.

A onda de frio parecia ter mais a ver com a volta para esta realidade, e toda vez que voltava para este lado, ficava cada vez mais difícil recuperar-se. A boa notícia era que achava que não precisaria mais ir tanto até lá. Agora que havia dominado todas as suas novas habilidades, não havia realmente necessidade disso – e a verdade era que o Ômega não era exatamente uma companhia estimulante.

O que acontecia por lá era uma grande demanda por massagens no ego. E com essa demanda vinda de um ser extremamente poderoso e que por acaso é seu pai, a situação toda estava se tornando cansativa.

Além do mais, a vida amorosa de seu pai era perturbadora demais.

Lash nem mesmo sabia o que eram aquelas malditas coisas sobre a cama. Pareciam bestas sombrias cujo gênero e espécie eram impossíveis de identificar. Elas se moviam de maneira arrepiante, e estavam sempre querendo sexo, mesmo se houvesse pessoas ao redor.

E seu pai nunca dizia não.

Quando ouviu um bipe, Lash enfiou a mão no paletó e pegou o celular. Era uma mensagem de texto do Sr. D: *A caminho. Pegamos o cara.*

Lash olhou para o relógio e sentou na cama, pensando que a hora não podia estar certa. Tinha voltado há duas horas – como perdeu tanto tempo assim?

Ao endireitar o corpo, seu estômago se revirou, e erguer as mãos para esfregar o rosto requereu mais esforço do que deveria. A falta de energia em seu corpo, juntamente com as dores, fez lembrar-se de quando ficava resfriado por qualquer razão. Era a mesma sensação. Seria possível que estivesse ficando doente?

Perguntou-se se alguém apareceria com algum antigripal ou alguma porcaria assim.

Provavelmente não.

Deixando cair os braços sobre o colo, olhou para o banheiro. O chuveiro parecia estar a quilômetros de distância e realmente não valia o esforço.

Demorou uns dez minutos antes que pudesse livrar-se da letargia, e quando se levantou, esticou-se com força para fazer seu sangue negro fluir. O banheiro acabou por não estar a quilômetros de distância, mas a uma questão de metros, e a cada passo sentia-se mais forte.

Movendo-se para ligar a água quente, admirou-se no espelho e checou sua coleção de contusões. A maioria da noite anterior tinha ido embora, mas sabia que teria mais...

Lash franziu a testa e levantou o braço. A ferida no interior de seu antebraço estava maior, não menor.

Quando apertou com o dedo, não doeu, mas a coisa estava horrível demais, uma ferida plana e aberta, cinza no meio e emoldurada por uma linha preta.

Seu primeiro pensamento foi que precisava consultar Havers... só que aquilo era ridículo e nada além de um vestígio de sua antiga vida. Como se fosse aparecer na clínica e ser todo educado para dizer "Ei, você poderia consertar minha carcaça?".

Além do mais, não sabia para onde tinham mudado a maldita clínica. O que era um problema depois de uma invasão bem-sucedida. Seu alvo levou a sério a ameaça e se enterrou no subsolo.

Entrando no jato morno, foi cuidadoso ao esfregar o local com sabonete, imaginando se aquilo era algum tipo de infecção que teria de ser tratada. Depois, pensou em várias outras coisas.

Teve uma noite muito longa. A indução às oito. O encontro com Benloise às dez.

Voltar para casa para mais amor.

Quando saiu, enxugou-se e inspecionou a ferida. A maldita coisa agora jorrava um limo preto e fino.

Droga, aquela sujeira seria difícil de limpar de suas camisas de seda.

Colocou um curativo do tamanho de uma ficha de arquivo e pensou que naquela noite talvez ele e sua namorada brincariam comportados.

Iria amarrá-la para variar um pouco.

Não demorou nada para vestir um lindo terno e sair. Enquanto passava pela porta do quarto principal, parou e fechou o punho. Batendo na madeira alto o suficiente para acordar os mortos, sorriu.

– Volto logo e trarei correntes.

Esperou por uma resposta. Como não houve nenhuma, alcançou a maçaneta e encostou o ouvido na porta. O som da respiração dela era suave como uma leve corrente de ar, mas ainda estava lá. Estava viva. E ainda estaria quando voltasse.

Com autocontrole intencional, liberou a maçaneta. Se abrisse a porta, perderia mais umas duas horas e seu pai não gostava de esperar.

Na cozinha, procurou algo para comer e não achou nada. A máquina de café tinha sido ligada mais de duas horas atrás, portanto, ao levantar rapidamente o pote, observou algo parecido com óleo de cárter. E abrindo a geladeira, não viu nada que chamasse atenção, mesmo morto de fome.

Lash acabou se desmaterializando da cozinha com as mãos vazias e o estômago nas costas. Não era uma ótima combinação para seu humor, mas não ia perder o show – queria ver o que tinha sido feito a ele durante sua própria indução.

A casa da fazenda ficava ao norte da casa de granito, e no instante que tomou forma no gramado, soube que seu pai estava lá dentro: um arrepio estranho fervia em seu sangue toda vez que estava perto do Ômega, como um eco num espaço fechado... embora não tivesse certeza se ele representava o som e seu pai a caverna, ou se era o contrário.

A porta da frente estava aberta, e enquanto subia os degraus da varanda e entrava no pequeno e miserável corredor de entrada, pensou em sua indução.

– Quando se tornou verdadeiramente meu.

Lash virou. O Ômega estava na sala de estar, suas vestes brancas cobriam sua face e mãos, sua energia escorria pelo chão, uma sombra negra era formada por nenhuma iluminação.

– Está animado, meu filho?

– Sim. – Lash olhou por cima do ombro na mesa de jantar. O balde e as facas que foram usadas nele estavam ali. Prontas e esperando.

O som de cascalho sendo mastigado debaixo de pneus o fez voltar-se para a porta.

– Eles estão aqui.

– Meu filho, gostaria que você me trouxesse mais. Encontro-me faminto por novatos.

Lash foi até a porta.

– Sem problemas.

Pelo menos quanto a isso estavam totalmente alinhados. Mais induzidos significava mais dinheiro, mais luta.

O Ômega veio por trás de Lash e houve um suave movimento de carícia quando uma mão negra percorreu sua coluna.

– Você é um bom filho.

Por uma fração de segundo, o coração escuro de Lash doeu. A frase era exatamente o que o vampiro que o havia criado dizia a ele de vez em quando.

– Obrigado.

Sr. D e os outros dois saíram do Lexus... e traziam o humano à frente. Não tinha ficado claro ainda para o pequeno bastardo que ele estava a alguns passos de distância de se tornar um cordeiro sacrifical. Mas na hora que lançasse apenas um olhar ao Ômega, a porcaria se tornaria clara como o soar de um sino.

Capítulo 12

Quando John deitou-se virado para baixo e os passos do inimigo ficaram mais próximos, respirou pelo nariz e sentiu uma lufada de sujeira fresca. Em termos gerais, fingir de morto não era uma ideia brilhante, mas aquele filho da mãe todo feliz por ter um dedo no gatilho não se encaixava no perfil de alguém que se importava em ser cuidadoso ao atingir seu alvo ou não.

Atirar sem parar no meio de um parque público? Será que o idiota nunca ouviu falar sobre o departamento de polícia de Caldwell? Ou sobre o jornal *Correio de Caldwell*?

As botas pararam e aquele doce e sufocante cheiro que os *redutores* emanavam de sua pele quase o fez engasgar. Era engraçado como a vida e a morte chamam a atenção de seu esôfago.

Sentiu algo duro empurrar seu braço esquerdo, como se o assassino estivesse conferindo com a bota se estavam prontos para receber o cartão de identificação de algum necrotério. E então, neste exato momento, Qhuinn soltou um gemido baixo num local mais distante do abrigo.

Como se seu fígado estivesse vazando.

As botas se moveram ao longo do corpo de John enquanto o bastardo averiguava o que estava acontecendo e John abriu um olho. O assassino estava dando uma de ator de Hollywood, com a arma entre as mãos, balançando de um lado para o outro com mais aparência que eficácia. Ainda assim, embora parecesse um personagem saído da série *Miami Vice*, balas eram balas e precisaria apenas de um rápido movimento para John ficar bem na mira dele.

Mas John não se importava em ser atingido. Enquanto o filho da mãe marchava em direção aos gemidos de Qhuinn, uma imagem do rosto de Xhex fez John saltar do chão num único e ágil movimento. Aterrissou em cima das costas largas do *redutor*, agarrando-o com seu braço livre e as duas pernas enquanto colocava sua arma naquela têmpora pálida.

O assassino congelou por uma fração de segundo e John assoviou por entre os dentes: era o sinal para Qhuinn e Blay avançarem.

– Hora de soltar a arma, idiota – Qhuinn disse ao reaparecer. Então, sem dar tempo para o bastardo cumprir a ordem, estendeu a mão, apertou o antebraço do assassino e fez como se estivesse quebrando um graveto.

A ruptura do osso soou mais alto que o assovio de John e o resultado foi um pulso vacilante e uma arma não mais sob o controle do inimigo.

Enquanto o *redutor* começou a se contorcer de dor, sirenes soaram ao longe... e se aproximavam.

John arrastou o bastardo de volta para as portas duplas do galpão, e depois que Blay abriu caminho para entrarem, tirou sua presa de vista.

Com ênfase nas palavras, moveu os lábios para Qhuinn: *Vá pegar seu carro.*

– Se aqueles tiras estiverem vindo por nossa causa, teremos que dar o fora.

Não vou embora. Pegue o carro.

Qhuinn pegou as chaves e as jogou para Blay.

– Vá você. E nos tranque aqui dentro, entendeu?

Blay não desperdiçou nem um segundo, recuou e fechou a porta. Houve um som sutil de metal tinindo enquanto recolocava a corrente e depois um clique ao fechar o cadeado.

O *redutor* estava começando a lutar com mais força, mas isso não era ruim – queriam mesmo que recuperasse a consciência.

John virou o filho da mãe de bruços e puxou o pescoço para trás até entortar sua coluna.

Qhuinn sabia exatamente o que fazer. Ajoelhando-se, ficou cara a cara com o assassino.

– Sabemos que mantém uma fêmea em cativeiro. Onde ela está?

Quando as sirenes se intensificaram, o assassino conseguiu emitir apenas uma série de grunhidos, então John cedeu um pouco e permitiu o ar entrar por aqueles pulmões.

Qhuinn recuou a palma da mão e esbofeteou o redutor.

– Fiz uma pergunta, seu desgraçado. Onde ela está?

John aliviou mais um pouco, mas não a ponto de oferecer a possibilidade de uma fuga. Com mais de liberdade nos movimentos, o *redutor* estremeceu de medo, provando que apesar do filho da mãe ter se exibido todo com aquele tiroteio, ali, na hora do vamos ver, era apenas um jovem arruaceiro que trocou os pés pelas mãos.

O segundo tapa de Qhuinn foi mais forte.

– Responda.

– Não tem... prisioneira.

Quando Qhuinn projetou seu braço para trás novamente, o assassino recuou – sim, embora os desgraçados estivessem mortos, seus receptores de dor funcionavam muito bem.

– A fêmea sequestrada pelo seu líder *redutor*. Onde ela está?

John estendeu a mão e deu sua arma para Qhuinn. Em seguida, com a mão que agora estava livre, alcançou a parte de trás da cintura e retirou sua faca de caça. Nem foi preciso dizer que era o único que faria qualquer estrago real. Movimentou a lâmina e a colocou bem nos olhos do *redutor*. Um tremor selvagem se seguiu, mas a luta foi rapidamente contida, o corpo enorme de John cobriu o que estava sob ele.

– É melhor falar – Qhuinn disse secamente. – Confie em mim.

– Não conheço nenhuma mulher. – As palavras não eram nada além de um silvo, pois sua traqueia estava contraída pelo antebraço de John.

John deu um puxão para trás e o assassino gritou.

– Eu não sei!

As sirenes estavam gritando agora e no estacionamento havia o som de muitos pneus cantando.

Hora de ser cauteloso. O *redutor* já havia demonstrado total desconsideração pela única regra da guerra, por isso, enquanto se podia ter a certeza do silêncio com qualquer outro assassino, não era bem assim com o Sr. Bang Bang.

John encontrou o olhar de discordância de Qhuinn, mas o cara já tinha entrado com tudo na situação. Estendendo a mão para uma pilha de trapos engordurados, Qhuinn agarrou um e o enfiou na boca do *redutor*. Então, chegou o momento de congelar a cena.

Do lado de fora, as vozes dos tiras eram abafadas:

– Dê-me cobertura!

– Entendido.

Enquanto John colocava sua faca de lado para segurar o cara com as duas mãos, houve muitos ruídos de passos, a maior parte vindos de fora, ao longe. Mas, sem dúvida, chegariam até eles em algum momento.

Enquanto os homens de uniforme se espalhavam pelo parque, os rádios das viaturas forneciam uma eloquente trilha sonora para a averiguação inicial. O que não demorou muito. Em apenas alguns minutos, os policiais foram se agrupando em volta dos carros, bem próximos do galpão.

– Unidade 2-40 para base. A área está segura. Nenhuma vítima. Nenhuma execu...

Com um rápido pontapé, o *redutor* bateu numa lata de gasolina com sua bota. E foi praticamente possível ouvir todos aqueles canos de armas do departamento de polícia de Caldwell voltarem e apontarem para o galpão.

– Que porcaria é essa?

Lash sorriu quando os olhos do garoto se fixaram no Ômega. Embora estivesse coberto de vestes, teria que ser um idiota total para não perceber que havia alguma coisa fora do normal sob elas.

Quando aqueles pés começaram a se dirigir para fora da fazenda, a equipe de apoio do Sr. D alcançou o pequeno bastardo e o agarrou pelos braços.

Lash acenou com a cabeça em direção à mesa de jantar.

– Meu pai fará com ele ali.

– Fará o quê? – Agora havia pânico total, com o garoto agitando-se como um porco sendo estripado. Algo que não era nada comparado ao que viria.

Os assassinos o forçaram e o lançaram sobre a madeira esburacada, segurando-o pelos pés e tornozelos enquanto o Ômega avançava em meio a todos aqueles guinchos e agitação.

E quando o mal ergueu seu capuz, tudo ficou em silêncio.

O grito que saiu da boca do humano rasgou ar, ecoando até o teto, enchendo a decrépita casa com o barulho.

Lash recuou e deixou seu pai trabalhar, assistindo às roupas do humano serem desfiadas com um mero movimento daquela palma negra transparente. E então chegou o momento da faca. A lâmina capturava a luz do lustre barato que oscilava no teto sujo.

O Sr. D era quem ajudava com os aspectos técnicos – posicionando os baldes debaixo dos braços e pernas, correndo o tempo todo pelo local.

Lash estava morto quando suas veias foram drenadas; despertou apenas quando um choque que tinha sido gerado de só Deus sabe onde transcorrera por seu corpo. Então, era interessante ver como tudo funcionava: como o sangue era esvaziado do corpo. Como o tórax era aberto e Ômega cortava seu próprio pulso para gotejar óleo negro na cavidade. Como o mal evocava uma bola de energia a partir do ar rarefeito e a enviava para dentro do cadáver. Como a reanimação levava aquela energia que foi concedida para cada veia e artéria. A etapa final era a remoção do coração: o órgão murchava na palma da mão do Ômega antes de ser colocado num recipiente de cerâmica.

Enquanto Lash se lembrava de sua própria volta do mundo dos mortos, recordou-se de seu pai arrastando o Sr. D para servir como fonte de alimentação para ele. Precisava do sangue, pois já estava morto durante algum tempo naquele momento – e ainda era, pelo menos, meio vampiro. Aquele humano, por outro lado, acordaria com nada além de uma boca escancarada em meio a muita confusão.

Lash colocou a mão sobre seu próprio tórax e sentiu a batida de seu coração…

Algo estava vazando. Em sua manga.

Quando o Ômega começou a fazer coisas depravadas com o novato, Lash correu para o banheiro no andar de cima. Tirando o paletó, dobrou a coisa pela metade... e percebeu que não tinha nenhum lugar onde colocá-lo. Tudo estava coberto com pelo menos duas décadas de sujeira.

Cristo, por que ele não mandava alguém limpar o lugar?

Acabou pendurando a jaqueta num gancho e...

Oh. Mas que droga!

Ao erguer o braço, havia uma mancha preta bem em cima de onde havia colocado o curativo e na parte inferior de seu cotovelo havia uma área úmida.

– Maldição!

Rasgando os botões do punho, desabotoou a camisa e congelou quando baixou o olhar para seu tórax.

Ergueu os olhos para o espelho embaçado, e como se isso fosse mudar o que estava vendo, debruçou-se em direção ao vidro. Havia outra ferida em seu peitoral esquerdo, do mesmo formato e tamanho de uma moeda, como a primeira. E uma terceira próxima ao seu umbigo.

As asas do pânico lhe provocaram uma vertigem e segurou-se na pia. Seu primeiro pensamento foi correr até Ômega e pedir ajuda, mas se deteve – a julgar pelos gritos e grunhidos no andar de baixo, havia algo muito sério acontecendo na sala de jantar e só um idiota interromperia aquilo.

Ômega era inconstante por natureza, mas podia ser obcecado com certas coisas.

Apoiando as mãos na pia, Lash deixou a cabeça cair enquanto seu estômago vazio revirava e queimava. Teve que se perguntar quantas marcas mais tinha – e não queria saber a resposta.

Sua indução, renascimento, o que fosse, deveria ser permanente. Foi o que seu pai havia dito. Ele nasceu do mal e foi gerado de um poço escuro que era eterno.

Apodrecer em sua própria pele não fazia parte do acordo.

– Está tudo bem aí?

Lash fechou os olhos, o som da voz texana era como garras descendo por suas costas. Só que simplesmente não tinha energia para mandar o cara embora.

– Como estão as coisas lá embaixo? – perguntou ao invés de expulsá-lo.

O Sr. D limpou a garganta. E, ainda assim, a desaprovação o fez engasgar em suas palavras.

– Acredito que vá levar um tempo ainda, senhor.

Ótimo.

Lash forçou sua coluna a se endireitar e virou para encarar seu auxiliar...

Em um rápido movimento, suas presas apontaram em sua boca, e por um momento, não conseguiu compreender o porquê. Então percebeu que seu olhar estava fixo na jugular do cara.

No fundo da barriga de Lash, sua fome criou chifres e se descontrolou, debatendo-se e perfurando seu intestino.

Aconteceu muito rápido para deter aquilo, questionar ou pensar. Em um segundo estava em pé em frente a pia. No próximo, estava bem perto do Sr. D, empurrando as costas do *redutor* contra a porta e avançando com violência em direção à garganta do cara.

O sangue preto que atingiu sua língua era o tônico que precisava e o sugou com desespero, mesmo quando o texano lutou e em seguida ficou parado. Mas o filho da mãe não tinha com que se preocupar. Não havia nada sexual na sucção. Era nutrição, pura e simples.

E quanto mais ingeria, mais necessitava daquilo.

Erguendo o assassino contra seu tórax, alimentou-se como um louco.

Capítulo 13

Quando o som da lata de combustível diminuiu, Qhuinn abaixou e se sentou sobre as pernas do filho da mãe. O bastardo pode ter conseguido dar um chute, mas não teria uma segunda chance.

Do lado de fora, os policiais humanos se reuniram ao redor do galpão.

– Está trancado – disse um deles ao agitar a corrente.

– Tem cápsulas de balas aqui no chão.

– Espere, há algo lá dentro... nossa, cara, que fedor.

– Seja lá o que for, está morto há pelo menos uma semana. Esse cheiro... até mesmo o cozido de atum da minha sogra é melhor que isso.

Houve uma onda de concordância.

Na escuridão, John e Qhuinn fecharam os olhos e esperaram. A única solução se a porta fosse aberta era desmaterializar e deixar o *redutor* para trás, não havia como mover o peso do assassino ao longo do ar rarefeito. Mas, possivelmente, nenhum daqueles policiais tinha a chave – então, entrar atirando era a única opção.

E havia grandes chances de concluírem que fazer um estardalhaço rápido só para entrar no galpão não valeria a burocracia que viria depois.

– Apenas um atirador, de acordo com a ligação que fizeram para a emergência. E não pode estar aqui dentro.

Houve uma tosse e uma maldição.

– Se estiver aí dentro, o nariz está caindo por causa do cheiro.

– Liguem para o responsável pelo parque – disse uma voz profunda. – Alguém tem que tirar esse animal morto daí. Enquanto isso, vamos fazer uma busca pela vizinhança.

Houve conversas e passos. Um pouco mais tarde, um dos carros partiu.

– Temos que acabar com ele – Qhuinn sussurrou sobre o ombro de John. – Pegue aquela faca, acabe com ele e vamos dar o fora daqui.

John balançou a cabeça. Não ia perder seu prêmio de jeito nenhum.

– John, não vamos sair com ele. Mate-o para que possamos sair daqui.

Mesmo Qhuinn não podendo ver seus lábios, John os moveu dizendo, *Vá se ferrar. Ele é meu.*

Deixar aquela fonte de informação escapar não ia acontecer. Se tivesse algum imprevisto, poderia lidar com a polícia humana mentalmente... ou fisicamente se fosse o caso.

Houve um som suave de uma faca sendo desembainhada.

– Lamento John, estamos caindo fora.

Não!, John gritou sobre o ombro sem emitir qualquer som.

As mãos de Qhuinn prenderam a gola da jaqueta de John e isso o desequilibrou, então ou ele teria que soltar o pescoço do assassino ou separar a cabeça do desgraçado da coluna. Uma vez que um *redutor* incapacitado não podia falar, John o soltou... e viu-se apoiando as mãos sobre o cimento frio.

Não havia qualquer possibilidade de deixar seu amigo o tirar dali.

Ao investir contra o macho, o mundo desabou. Ele e Qhuinn lutaram pelo controle da adaga, batendo em muito mais coisas do que latas de combustível, e o *redutor* se libertou e correu para a porta. Quando os policiais começaram a gritar, o assassino começou a bater na porta para sair...

O próximo som que sobressaiu o barulho foi um tiro.

Seguido por uma batida metálica.

A polícia tinha explodido o cadeado.

Do chão, John passou seu braço atrás da cintura, e ao girar sobre os joelhos, ele e Qhuinn atiraram suas adagas em sincronia, as lâminas viajaram sobre o espaço, através do local sombrio.

As perfurações foram de uma força tal, que mesmo acertando apenas o meio das costas do assassino, ficou evidente que as duas atingiram o alvo: com uma luz brilhante como um relâmpago e um estrondoso som, alto o suficiente para fazer ouvidos sangrarem, o *redutor* voltou para seu criador, deixando nada além de uma fumaça fedorenta... e um buraco do tamanho de uma geladeira na porta do galpão.

Com a adrenalina em níveis tão altos, nem ele nem Qhuinn conseguiram se desmaterializar, então saltaram e ficaram escondidos um em cada lado da porta, parados enquanto um cano de arma, seguido de outro, entrava.

Antebraços foram os próximos.

Em seguida, perfis e ombros. E lanternas.

Felizmente, os humanos entraram por completo.

– Psiu. Seu zíper está aberto. – Enquanto os policiais se viravam para o engraçadinho do Qhuinn, John sacou suas duas pistolas SIG, e com uma rápida batida sobre aquelas cabeças, os policiais viram estrelas e mergulharam no chão.

Foi neste exato momento que Blay apareceu com o carro.

John pulou sobre os policiais e correu em direção ao Hummer com Qhuinn atrás, aquelas botas New Rock que o idiota insistia em usar batiam com força na terra. John abriu caminho para a porta lateral que Blay tinha aberto, acionando a maçaneta do carro e lançando-se dentro enquanto Qhuinn deslizava no banco traseiro.

Enquanto Blay arrancava, acelerando o motor e caindo fora dali, John ficou agradecido por precisarem lidar com apenas um grupo de policiais – embora, com certeza, os outros dois caras com distintivos estariam de volta assim que possível.

Estavam seguindo para o norte em direção à estrada, quando John saltou para o banco de trás... e trancou suas mãos ao redor da garganta de Qhuinn.

Quando voltaram à briga, Blay gritou da frente.

– O que há de errado com vocês dois?

Não havia tempo para responder. John estava ocupado apertando e Qhuinn estava tentando dar a ele um olho roxo... e estava conseguindo.

A quase cem quilômetros por hora. Nos arredores do centro da cidade. Com o carro possivelmente identificado se algum daqueles tiras tivesse se recuperado o suficiente para focar suas pupilas enquanto Blay os tirava da confusão.

E uma briga acontecendo.

Mais tarde, John iria perceber que, evidentemente, só havia um lugar que Blay poderia ir.

Na hora que o cara parou no estacionamento do Sal – atrás do restaurante, onde não havia luzes – havia sangue escorrendo de John e Qhuinn. E a luta acabou apenas quando John foi puxado da porta por Trez – o que sugeria que o ruivo havia telefonado antes. Qhuinn foi tratado de forma similar por iAm.

John cuspiu para limpar sua boca e encarar todos eles.

– Acredito que podemos chamar isso de empate, garotos – Trez disse com um meio sorriso. – O que vocês acham?

Enquanto John era liberado, a raiva o fez tremer. Aquele *redutor* poderia ter sido a única coisa que precisavam para descobrir o local... a história... *qualquer coisa*. E por Qhuinn ter insistido em perder o bastardo, não estavam mais perto de onde tinham que estar. Além disso, havia o fato de que o *redutor* tinha morrido com muita facilidade. Apenas um furo na cavidade do coração e pronto... podia voltar para junto do Ômega.

Qhuinn limpou a boca com as costas da mão.

– Pelo amor de Deus, John! Acha que eu não quero encontrá-la? Acha que eu não ligo? Cristo, tenho saído todas as noites com você, procurando, pesquisando, rezando por uma pausa em tudo isso. – Apontou seu dedo diretamente para ele. – Então, veja se consegue entender. Sermos pegos com um *redutor* sangrando por um bando de humanos não vai nos ajudar. Quer contar ao Wrath como rolou com aquele cara? Eu não. E se alguma vez colocar uma arma na minha cara de novo, vou acabar com você, não importa qual seja o meu trabalho.

John não confiava em si mesmo para responder. No entanto, uma coisa estava clara: se não tivesse a esperança de tirar algo desse tal Benloise, estaria acabando com todo mundo agora sem se importar quem estivesse tentando impedi-lo. Sombra ou qualquer outra coisa.

– Você está me ouvindo? – Qhuinn perguntou. – Fui claro?

John deu alguns passos, mãos nos quadris, cabeça baixa. Enquanto seu temperamento começava a esfriar, seu lado lógico sabia que seu amigo estava certo. Também tinha total consciência de ter perdido a maldita cabeça temporariamente naquele galpão. Tinha mesmo colocado uma arma calibre quarenta no rosto de seu amigo?

A lucidez súbita revirou seu estômago.

Se não alinhasse as coisas agora, teria mais problemas que uma fêmea desaparecida. Acabaria morto, ou porque estava sendo negligente em combate ou porque Wrath daria a ele um belo chute no traseiro.

Olhou para Qhuinn. Cara, a dura expressão naquele rosto com piercing estava bem perto de chegar ao ponto extremo de onde uma amizade não conseguia se recuperar... O tipo de coisa que não tinha nada a ver com Qhuinn ser um cara durão, mas sim por John ser o tipo de idiota que ninguém quer andar junto.

Foi em direção ao macho e não estava surpreso quando Qhuinn se manteve firme apesar da briga no carro. Quando estendeu a mão, houve uma longa pausa.

– Não sou o inimigo, John.

John assentiu, concentrando-se na lágrima tatuada embaixo do olho do cara. Retraindo a mão, gesticulou:

Sei disso. Eu apenas... preciso encontrá-la. E se o assassino fosse o caminho?

– Talvez fosse... mas a situação ficou crítica e vai ter que escolher a si mesmo ao invés dela algumas vezes. Porque se não fizer isso, não haverá chance alguma de descobrir o que aconteceu. Não poderá procurá-la se estiver dentro de um caixão.

Não conseguia encontrar uma maneira de argumentar com isso.

– Então, escute, seu louco idiota, estamos nisso juntos – Qhuinn disse suavemente. – E estou aqui para certificar de que não acorde morto. Entendo o seu lado, entendo mesmo. Mas você tem que trabalhar comigo.

Eu vou matar Lash, John sinalizou apressado. *Vou segurar a garganta dele em minhas mãos e vou encarar aqueles olhos enquanto ele morre. Não me importo com o quanto isso possa me custar... mas as cinzas dele vão ser derramadas no túmulo dela. Eu juro por...*

O que ele tinha para jurar? Não tinha seu pai. Não tinha sua mãe.

Juro pela minha própria vida.

Qualquer outro teria tentado aplacá-lo com alguma conversa mole sobre "tenha fé, você precisa acreditar".

Mas Qhuinn bateu em seu ombro.

– Já disse o quanto o amo ultimamente?

Todas as noites que sai comigo para me ajudar a encontrá-la.

– Não é por causa do maldito trabalho.

Desta vez, quando John estendeu a mão, seu amigo a usou para puxá-lo num forte abraço. Depois Qhuinn o empurrou e checou o relógio em seu pulso.

– Deveríamos estar a caminho da Avenida St. Francis.

– Vocês têm dez minutos. – Trez colocou seu braço ao redor do cara e começou a andar em direção à porta dos fundos que dava para a cozinha. – Vamos limpar vocês. Pode deixar o carro na porta dos fundos. Vou trocar as placas enquanto estiverem fora.

Qhuinn olhou para Trez.

– Isso é mesmo muito legal da sua parte.

– Sim, sou um príncipe, certo. E para provar isso, ainda vou dizer tudo que sei sobre Benloise.

Enquanto John os seguia para dentro, o fato de não ter conseguido nada do assassino o deixou mais focado, o enrijeceu, o deixou mais decidido ainda.

Lash não ia deixar Caldwell. Não podia. Enquanto fosse o cabeça da Sociedade Redutora, lutaria de igual para igual com a Irmandade, e os Irmãos não se moveriam da cidade... a Tumba estava lá. Assim, ainda que os vampiros civis tivessem se dispersado, Caldwell continuava sendo o ponto central da guerra, pois não haveria vitória para o inimigo se os Irmãos ainda respirassem.

Cedo ou tarde, Lash abriria uma brecha e John estaria lá.

Mas a maldita espera podia desgastar um homem, podia mesmo. Cada noite que se arrastava com nada de novo e com nada acontecendo de fato... era uma eternidade no inferno.

CAPÍTULO 14

Quando Lash finalmente liberou a veia do Sr. D, empurrou-o como se fosse um prato sujo depois de uma refeição. Curvando-se sobre o balcão, deleitou-se com o fato de sua fome ter sido saciada. Seu corpo já parecia mais forte. Mas agora se sentia totalmente apático, algo que sempre acontecia depois que se alimentava.

Tomava da garganta de Xhex periodicamente apenas para se divertir, mas era evidente que apenas aquilo não era o suficiente para encher o estômago.

Será que poderia viver de... *redutores*?

Não, ele nunca trilhou aquele caminho. Nunca tinha trilhado. Não havia qualquer possibilidade de ficar se agarrando na garganta de homens com alguma regularidade.

Erguendo o braço, checou o relógio. Dez minutos para as dez. E parecia um mendigo. Sentia-se como um também.

– Limpe-se – disse ao Sr. D. – Tenho algumas coisas que precisa fazer.

Quando começou a dar as ordens, sua boca tropeçava nas palavras que pronunciava.

– Entendeu? – disse.

– Sim, senhor. – O texano olhou ao redor do banheiro como se estivesse procurando uma toalha.

– Lá embaixo – Lash estalou. – Cozinha. E precisa buscar uma troca de roupa para mim e trazer até aqui. Ah, e enquanto estiver na casa de arenito, coloque um pouco mais de comida no quarto.

O Sr. D apenas assentiu com a cabeça e saiu, andando com as pernas bambas.

– Deu um celular ao novo recruta? E um documento de identificação? – Lash perguntou em seguida.

– Estão dentro da mochila. E já enviei uma mensagem de texto com o número.

O filho da mãe era um excelente assistente pessoal mesmo.

Enquanto Lash inclinava-se no chuveiro e girava as torneiras na parede de azulejo, não teria ficado surpreso se não saísse nada ou se escorresse apenas um rastro fino de lama marrom. No entanto, estava com sorte. Água fresca e limpa caiu da ducha e ele rapidamente se despiu.

Sentia-se bem ao se lavar, era como se estivesse reiniciando seu corpo.

Depois que terminou, usou sua camisa para se secar e em seguida foi para o quarto. Deitado, fechou os olhos e colocou a mão sobre seu estômago, onde as feridas estavam. O que era uma idiotice. Não era o caso de precisar protegê-las.

Quando os sons que vinham do andar de baixo pareciam indicar que as coisas estavam progredindo, ficou aliviado... e um pouco surpreso. Os ruídos já não eram mais dolorosos e assustados; estavam indo para o território do pornô, os gemidos e grunhidos cresciam como resultado de orgasmos.

Você é gay?, lembrou-se do garoto perguntando.

Talvez ele tivesse pensado algo do tipo "espero que sim".

Tanto faz. Lash não queria parecer muito acabado perto de seu pai, então com alguma sorte o novo recruta seria usado por um tempo.

Lash fechou os olhos e tentou deixar os pensamentos distantes de sua cabeça. Planos para a Sociedade, pensamentos sobre Xhex, a frustração pela coisa toda sobre alimentação... suas ondas cerebrais se fundiram em um turbilhão, mas seu corpo estava cansado demais para sustentar sua consciência.

Parecia que ele...

Foi ao cair no sono que teve a visão. Nítida e clara, veio de dentro dele, não ao seu encontro, entrou em sua mente de algum lugar e empurrou todas as outras preocupações para fora do caminho. Viu-se andando no terreno da propriedade onde havia crescido, indo sobre o gramado em direção à grande casa. No interior, as luzes estavam brilhando e as pessoas estavam se movimentando pela casa... exatamente como na noite em que tinha entrado e assassinado aqueles dois vampiros que o criaram. No entanto, aqueles não eram os perfis das pessoas que conhecia. Eram diferentes. Eram os humanos que haviam comprado a casa.

À direita estava o leito coberto de hera onde havia enterrado seus pais.

Viu-se em pé sobre o lugar onde tinha cavado o buraco e depositado os corpos. Ainda estava um pouco irregular, apesar de algum jardineiro ter plantado novos brotos de hera sobre o local.

Ajoelhando-se, estendeu a mão... só para ver que o braço não pertencia a ele.

Era como seu verdadeiro pai: uma sombra negra e cintilante.

Por alguma razão, a revelação o deixou em pânico e tentou despertar a si mesmo. Debatia-se em sua pele imóvel.

Mas já tinha afundado demais para se desvencilhar daquilo.

A galeria de arte de Ricardo Benloise ficava no centro da cidade, próximo ao complexo do hospital St. Francis. O edifício elegante de seis andares destacava-se no meio dos outros "arranha-céus" dos anos 1920 graças a uma reforma que implantou aço inoxidável na parte externa e janelas do tamanho das portas de um celeiro.

Era algo como uma jovem atriz radiante sentada ao lado de um monte de viúvas.

Quando John e os garotos apareceram na calçada em frente à fachada, viram que o lugar estava agitado. Através daqueles imensos painéis de vidro, podia ver homens e mulheres vestidos de preto carregando taças de champanhe enquanto inspecionavam a arte que havia nas paredes. As quais, pelo menos vistas da rua, pareciam ser uma fusão entre uma pintura a dedo de uma criança de cinco anos e o trabalho de um sádico com um fetiche por pregos enferrujados.

John não ficou impressionado com a refinada rotina vanguardista – e, como sempre, não tinha a menor ideia de porque tinha uma opinião formada sobre arte. Como aquilo poderia ter alguma importância?

Trez havia dito para darem a volta pelos fundos, então ele e seus amigos deram a volta no quarteirão e entraram no beco atrás da galeria. Considerando que a frente do lugar era muito atraente e acolhedora, o oposto se fazia verdadeiro nos fundos do negócio. Sem janelas. Tudo pintado de preto fosco. Duas portas lisas e uma doca de carga que estava mais trancada que um cinto de castidade.

Baseado na informação de Trez, a "arte" que era discutida por aqueles arrogantes cheios de si aspirantes a Warhol, não era o único produto que entrava e saía do lugar. O que deixava claro o motivo daquele monte de câmeras de segurança dispostas na saída dos fundos.

Felizmente, havia muitas sombras para se esconder, e ao invés de andar em direção a todas aquelas lentes, desmaterializaram-se até o alto de uma pilha de madeira num canto escuro.

A cidade ainda estava cheia de vida àquela hora, a buzina dos carros, as sirenes distantes da polícia e os gemidos dos ônibus municipais marcavam o ar frio com uma sinfonia urbana...

Na extremidade do beco, um carro virou e apagou as luzes ao avançar em direção à galeria.

– Bem na hora – Qhuinn sussurrou. – E é aquele Lexus.

John respirou fundo e rezou por uma pausa antes que perdesse seu amado juízo.

O sedan rodou até parar em paralelo com a doca de carga e a porta se abriu.

Quando a luz interna se acendeu... o pequeno *redutor* do parque, o que cheirava a desodorante Old Spice, saiu de um carro vazio. Sem Lash.

O primeiro instinto de John foi saltar sobre o assassino... mas de acordo com Trez, Lash deveria estar na reunião. Se interrompessem seus planos, havia grande chance de ser avisado.

E considerando as novas habilidades de Lash, o fator surpresa era importante na missão.

Por um momento, John se perguntou se deveria mandar uma mensagem de texto aos Irmãos. Colocá-los a par da situação. Conseguir um reforço de peso... Só que no instante em que pensou nisso, sua vingança endireitou-se e rugiu.

E foi exatamente isso que o fez enfiar a mão no bolso e tirar o celular. Enquanto o assassino dirigia-se para dentro, a mensagem que enviou para Rhage foi breve e direta: *St. Francis, 189. Lash a caminho. 3 de nós no beco dos fundos.*

Quando colocou o celular de volta no bolso, podia sentir Blay e Qhuinn olhando-o por cima do ombro. Um deles deu a ele um aperto de aprovação.

Acontece que Qhuinn estava certo. Se o objetivo era realmente derrubar Lash, havia melhores chances de pegá-lo se tivessem ajuda. E precisava ser inteligente sobre isso... porque a estupidez evidentemente não ia levá-lo onde precisava estar.

Um momento depois, Rhage se materializou na entrada do beco com Vishous e a dupla avançou. Hollywood era o cara certo para procurar quando se tratava de Lash, pois o Irmão carregava a única arma que poderia ficar de igual para igual com o bastardo: aquele dragão o acompanharia a qualquer lugar que fosse.

Os dois apareceram bem ao lado de John, e antes que qualquer um deles pudesse perguntar, começou a gesticular:

Preciso ser aquele quem vai matar Lash. Deu pra entender? Tem que ser eu.

Vishous assentiu imediatamente com a cabeça e assinalou: *Conheço sua história com aquele lixo. Mas se isto chegar a um ponto onde for preciso escolher entre você ou o filho da mãe, sua honra será ignorada e vamos interceder. Ficou claro?*

John respirou fundo, pensando que a extrapolação funcionou bem o suficiente para um porquê. *Vou pegá-lo antes que você precise interceder.*

É justo.

Todos congelaram quando o *redutor* que tinha dirigido o Lexus voltou a sair, colocou-se atrás do volante... e saiu como se a reunião tivesse sido cancelada.

– Telhado – disse Rhage, desaparecendo.

Com uma maldição interior, John entendeu a mensagem e materializou-se no topo do edifício de Benloise. Observando sobre a borda do telhado, assistiu ao carro parar em um farol da Avenida St. Francis. Felizmente, o assassino respeitava as leis e acionou a seta para a esquerda, então John dispersou suas moléculas e se materializou dois prédios abaixo. Enquanto o carro prosseguia, repetiu a ação várias vezes até que o *redutor* pegou um caminho à direita para a zona mais antiga de Caldwell.

Onde os telhados planos terminavam e tudo o que tinha para aterrissar era um monte de casas pontiagudas, seguindo o estilo vitoriano.

Ainda bem que as solas de suas botas de combate eram antiderrapantes.

Ficando numa posição igual a uma gárgula, John empoleirou-se sobre as torres, claraboias e soleiras de telhados, seguindo sua presa pelo ar... até que o Lexus virou num beco e se escondeu atrás de uma fileira de casas de arenito.

John conhecia o bairro apenas superficialmente – de sua única excursão para o porão de Xhex, que estava próximo – mas não era um território comum para a Sociedade Redutora. Geralmente seus refúgios localizavam-se em códigos postais com menos visibilidade.

Então, só havia uma explicação. Lash estava ali.

Um cara como ele, que viveu em meio ao luxo, roupas boas e essa coisa toda, precisaria de um transplante de personalidade para ser capaz de se contentar com algo menos que um bom imóvel. Havia crescido rodeado disso e sem dúvida pensava que tinha direito ao luxo.

O coração de John começou a bater forte e rápido.

O Lexus parou na frente de uma garagem, e quando a porta se abriu, entrou. Um momento depois, o pequeno assassino caminhou através de um jardim aos fundos de uma das melhores casas de arenito da região.

Rhage apareceu ao lado de John e gesticulou: *Você vai para os fundos comigo. Vishous e os garotos irão se desmaterializar direto na porta da frente. V. já esta na varanda e diz que não há aço.*

Quando John assentiu, os dois se desmaterializaram para baixo reaparecendo num terraço de ardósia... bem no momento em que o *redutor* abriu uma porta que parecia dar numa cozinha gourmet. Esperaram um momento, congelados no tempo e espaço, enquanto o assassino desativava um sistema de segurança.

O fato de que a coisa precisava ser ativada não significava necessariamente que Lash estava lá dentro. *Redutores* precisam de intervalos para se recarregar e só um idiota ficaria sozinho numa casa sem segurança.

Mas John precisava acreditar que o que estava procurando estava ali dentro.

Capítulo 15

Xhex estava sentada na poltrona perto da janela quando ouviu um barulho em cima do telhado. O som abafado foi alto o suficiente para tirá-la do exercício mental que fazia para se manter sã.

Olhou para o teto...

Lá embaixo, o sistema de segurança foi desativado e sua audição perspicaz ouviu a coisa sendo desarmada. E, em seguida, ouviu os passos leves do *redutor* que lhe trazia comida...

Alguma coisa estava estranha. Alguma coisa... simplesmente não estava certa.

Endireitando-se na cadeira, ficou tensa da cabeça aos pés e lançou sua sondagem mental. Embora não pudesse enviar sinais *sympatho*, sua capacidade de sentir grades emocionais ainda funcionava... e foi assim que soube que havia alguém além do assassino na casa.

Alguns corpos. Dois nos fundos. Três na frente. E as emoções das pessoas que tinham cercado a casa de arenito eram próprias de soldados: calma mortal, concentração absoluta.

Mas não eram *redutores*.

Xhex ficou em pé.

Jesus... Cristo. Eles a encontraram. Os Irmãos finalmente a encontraram.

E a emboscada foi executada no momento exato. No andar de baixo, ouviu um grito de surpresa, uma luta corpo a copo e o barulho das botas enquanto o reforço chegava vindo do outro lado.

Mesmo que apenas Lash pudesse ouvi-la, começou a gritar tão alto quanto podia na esperança de que, pela primeira vez, pudesse alcançar algo além dos muros invisíveis de sua prisão.

John Matthew não conseguia acreditar que o *redutor* não sabia que estavam lá. A não ser que o desgraçado não estivesse bem de alguma maneira, mas devia saber do fato de que havia vampiros em todo o lugar. Mas não... foi direto ao que interessava, entrando e deixando a maldita porta aberta.

A primeira regra da infiltração é tomar o controle, e assim que John cruzou o limiar da casa de arenito, subjugou o *redutor* puxando os braços do filho da mãe para trás de suas costas, forçando seu rosto sobre o chão e sentando-se sobre seu traseiro como se fosse um piano de cauda. Enquanto isso, Rhage passou como uma rajada de vento ao mesmo tempo que V. e os rapazes emergiram na cozinha vindos da sala de jantar.

Quando o primeiro andar da casa foi revistado rapidamente, John sentiu um arrepio descer por suas costas... como se uma faca de lâmina afiada estivesse sendo passada sobre sua coluna. Olhando ao redor, não conseguiu entender a origem da sensação, então sufocou o instinto.

– Porão – Rhage sussurrou.

Vishous desceu com o Irmão.

Com os rapazes deixados para protegê-lo, John foi capaz de se concentrar no *redutor* abaixo dele. O desgraçado estava muito quieto, muito parado. Respirava, mas era só isso.

Será que bateu alguma coisa quando caiu no chão? Estava sangrando? Geralmente revidavam.

Chutavam latas de combustível, por exemplo.

Enquanto procurava por sinais de hemorragia ou outros ferimentos, John girou a cabeça dele sem dar qualquer oportunidade para o assassino se libertar. Agarrando o cabelo do filho da mãe, puxou a cabeça e...

Encontrou algo que com certeza não foi causado pela luta. No lado esquerdo do pescoço do assassino, havia dois furos e uma ferida circular causada por sucção.

Qhuinn aproximou-se e ajoelhou.

– Quem esteve trabalhando no seu pescoço, garotão?

O *redutor* não respondeu. Em seguida, V. e Rhage se desmaterializaram do porão e foram para o segundo andar.

Enquanto os Irmãos se moviam silenciosamente pela casa, Qhuinn segurou a mandíbula do assassino.

– Estamos procurando por uma fêmea. E pode facilitar as coisas para você se nos disser onde ela está.

O *redutor* franziu a testa... e, lentamente, moveu os olhos para cima.

Isso era tudo que John precisava.

Lançou-se para frente, agarrando a mão de Blay e empurrou-a para baixo, até o assassino. Quando o cara mudou de mãos, John saltou e correu através de uma sala de jantar e de um corredor. A escada era ampla e acarpetada, permitindo movimentos excelentes ao subir três degraus por vez. Quanto mais subia, mais seus instintos gritavam.

Xhex estava na casa.

Assim que chegou ao topo, Rhage e V. apareceram na frente dele, bloqueando o caminho.

– A casa está vazia...

John interrompeu Rhage. *Ela está aqui. Está em algum lugar. Sei disso.*

Rhage pegou seu braço.

– Vamos descer e perguntar ao assassino. Conseguiremos mais informação assim...

Não! Ela está aqui!

Vishous deu um passo na frente de John, seu olhar de diamante brilhava.

– Ouça-me, filho. Vai voltar a descer as escadas.

John estreitou os olhos. Não queriam apenas que ele descesse. Não o queriam *ali*.

O que encontraram? Nenhuma resposta. *O que encontraram?*

Desvencilhando-se dos dois, ouviu Rhage amaldiçoar quando V. pulou na frente de uma porta.

A voz de Hollywood parecia fraca.

– Não, V., deixe-o. Apenas deixe-o seguir em frente... ele já odeia Lash o suficiente para uma vida inteira.

O olhar de V. brilhou como se fosse argumentar, mas depois pegou um cigarro de sua jaqueta e afastou-se com um palavrão.

Com sua nuca tão tensa quanto um punho, John irrompeu em direção à porta e derrapou até parar. A tristeza no local era um limiar tangível que precisava ultrapassar. Seu corpo penetrou a parede fria da desolação apenas por ter forçado seus pés a seguirem em frente.

Ela estava sendo mantida ali.

Xhex era mantida... e ferida ali.

Seus lábios se separaram e começou a respirar pela boca quando seus olhos observaram os arranhões nas paredes. Havia muitos deles, juntamente com manchas pretas... e outras, de sangue seco que eram de um vermelho profundo.

John aproximou-se e passou as mãos por uma ranhura tão profunda que o papel de parede havia dado lugar ao sarrafo e gesso que havia abaixo dele.

Suas inalações ficaram mais fortes e as exalações mais curtas à medida que andava ao redor do cômodo. A cama estava uma bagunça total, os travesseiros espalhados no chão, o edredom emaranhado...

Havia sangue nele.

Estendendo a mão, pegou um dos travesseiros e o segurou com cuidado. Levando-o até seu nariz, inalou... e sentiu uma versão mais forte daquilo com que sonhava todas as noites: o aroma de Xhex.

Seus joelhos enfraqueceram e caiu como uma pedra jogada na água parada, colidindo na lateral do colchão. Enterrando o rosto naquela superfície suave, puxou-a para si, sua fragrância era como uma memória persistente, tangível e evasiva ao mesmo tempo.

Ela tinha estado ali. Recentemente.

Olhou para os lençóis ensanguentados. As paredes ensanguentadas.

Tinha chegado tarde demais.

O rosto de John se umedeceu e sentiu algo escorrer pelo queixo, mas não dava a mínima. Foi consumido com o pensamento de que tinha chegado tão perto de salvá-la... mas não perto o suficiente.

O soluço que irrompeu em sua garganta soou realmente alto.

Ao longo de toda sua vida, Xhex acreditou que não tinha um coração propenso a se partir. Suspeitou por muito tempo que isso era resultado de seu lado *sympatho*, um tipo de condição congênita que a endureceu diante de coisas que faziam a maioria das fêmeas se perderem nesse sentido.

Contudo, descobriu que estava errada.

Ao ficar ao lado de John Matthew e assistir seu enorme corpo se curvar para baixo ao lado da cama, o órgão que batia atrás de seu peito quebrou-se como um espelho.

Nada além de cacos.

Ficou absoluta e completamente arruinada quando ele pegou aquele travesseiro como se fosse um recém-nascido e, naquele momento de total desespero, teria feito qualquer coisa para amenizar a dor dele: mesmo não fazendo ideia do porquê ele se sentia assim, as razões não tinham importância.

O sofrimento dele era primordial.

Enfraquecida, ajoelhou-se ao lado dele, seus olhos enviavam a trágica imagem diretamente ao núcleo de seu cérebro.

Sentiu como se tivesse passado um século desde a última vez que o viu e, Deus, ainda estava tão bonito... até mais do que ela se lembrava em seus momentos de calma. Com seu perfil forte e rígido e seus extraordinários olhos azuis, sua face era a de um soldado e tinha aquele corpo enorme combinando com os traços, a largura de seus ombros equivalia a três dos ombros dela. Toda sua roupa era de couro, exceto a camiseta que usava sob a jaqueta e seu cabelo estava praticamente raspado, como se não estivesse mais dando a mínima para isso e estivesse cortando a coisa com uma máquina zero.

Havia sangue de *redutor* na frente de sua jaqueta e na camiseta.

Havia matado alguém naquela noite. E talvez tenha sido por isso que a encontrou.

Bem, quase a encontrou.

– John? – a voz de um macho soou suavemente.

Ela olhou para a porta, mesmo ele não tendo feito isso. Qhuinn estava com os Irmãos Rhage e Vishous.

De uma maneira ausente, observou o choque no rosto dos Irmãos... e teve a sensação de que não sabiam que havia qualquer ligação séria entre ela e John. Porém, sabiam agora. Alto e claro.

Quando Qhuinn entrou e se aproximou da cama, seu tom de voz continuou gentil.

– John, já estamos aqui há meia hora. Se formos perguntar sobre Xhex àquele *redutor* lá embaixo, precisamos fazer isso rápido. Não queremos fazer isso aqui e eu sei que quer estar a cargo das coisas.

Oh, Deus... não...

– Leve-me com você – Xhex sussurrou desesperadamente. – Por favor... não me deixe aqui.

De repente, John olhou para ela, como se ouvisse sua súplica.

Só que não, estava apenas olhando para seu amigo através dela.

Ao assentir com a cabeça, ela memorizou seu rosto, sabendo que aquela seria a última vez que o veria. Quando Lash descobrisse sobre o arrombamento, iria matá-la sem hesitar ou levá-la para outro lugar... e havia grandes chances de que não sobrevivesse tempo suficiente para ser encontrada novamente.

Erguendo a mão, mesmo que não adiantasse, colocou-a ao lado do rosto de John e passou o polegar sobre o rastro de suas lágrimas. Imaginava que quase podia sentir o calor de sua pele e a umidade em suas bochechas.

Teria dado qualquer coisa para poder envolvê-lo em seus braços e mantê-lo perto de si. Mais ainda para ir com ele.

– John... – ela disse roucamente. – Oh, Deus... por que está fazendo isso consigo mesmo?

Ele franziu a testa, mas sem dúvida era por causa de alguma coisa que Qhuinn estava dizendo. Só que quando afastou sua mão, John colocou a dele sobre o local onde ela havia tocado.

Contudo, foi apenas para enxugar as lágrimas.

Quando se levantou, pegou o travesseiro e passou através dela.

Xhex viu John se afastar, seu sangue trovejava nos ouvidos. Aquilo era, de alguma forma, um eco do processo de morte, pensou. Pouco a pouco, centímetro a centímetro, o que a ligava à vida foi indo embora, partindo, desaparecendo. A cada passo que John dava em direção à porta, sua respiração evaporava em seus pulmões. Seu coração estava parando. Sua pele estava ficando fria.

Sua possibilidade de resgate estava indo embora. Sua possibilidade de...

Foi então que soube o que era aquela dor que ela escondia tão bem dentro do peito, e pela primeira vez não sentiu nenhuma inclinação para esconder suas emoções. Não precisava. Embora John estivesse ali com ela, Xhex estava completamente sozinha e separada dele: sua própria mortalidade esclareceu suas prioridades.

– John – ela sussurrou.

Ele fez uma pausa e olhou por cima do ombro em direção à cama.

– Eu te amo.

Seu belo rosto contorceu-se de dor e esfregou o meio do peito, como se alguém tivesse pegado seu coração e apertado até matá-lo.

Então, virou-se.

O corpo de Xhex negou-se a se entregar. Com um salto frenético, ela correu para a porta aberta, os braços esticados, os lábios separados.

Quando bateu nos limites de sua prisão, ouviu um barulho, como uma sirene... ou o assovio de fogos de artifício depois que eram acionados pelo fogo... ou talvez fosse o alarme do sistema de segurança disparando.

Mas não era nada disso.

Estava gritando a plenos pulmões.

Capítulo 16

John teve que se afastar daquele quarto. Se não tivesse sido pelo raciocínio lógico e a necessidade de acabar com aquele *redutor*, não teria sido capaz de mover suas botas nem um centímetro.

Poderia jurar que sentiu a presença dela... mas sabia que era um truque de sua mente criado por sua missão. Ela não estava no quarto. Ela *esteve* no quarto. Duas coisas completamente diferentes... e sua única chance de descobrir o que aconteceu com ela estava lá embaixo na cozinha.

Ao se dirigir para o térreo, esfregou os olhos e o rosto. Sua pele estava formigando... mais ou menos como aconteceu nas poucas vezes que Xhex o tinha tocado.

Deus... o sangue naquele cômodo. Todo aquele sangue. Tinha lutado com Lash, e apesar de ser uma fonte de orgulho pensar que ela também tinha atacado aquele desgraçado, não podia suportar a realidade do que tinha acontecido naquele quarto.

John se dirigiu para a esquerda e atravessou a sala de jantar, tentando trazer sua cabeça de volta ao lugar enquanto sentia como se sua pele tivesse sido arrancada e jogado em carne viva no oceano. Empurrou a porta dupla para entrar na cozinha e...

No instante que seus olhos encararam aquele *redutor*, um terremoto reverberou dentro dele e sentiu perder o chão.

Sua boca se esticou e soltou um grito mudo.

Ao se lançar para frente, a raiva liberou as presas de sua boca e seu corpo entrou no piloto automático, desmaterializando no espaço e tomando forma na frente do bastardo. Tirando Blay de cima do assassino, o vampiro vinculado que existia dentro de John atacou com uma ferocidade que tinha apenas ouvido falar... mas que nunca tinha visto.

Com certeza também nunca tinha vivenciado.

Com sua visão esbranquiçada e seus músculos energizados pela loucura, ele era ação pura, nenhum pensamento lhe veio enquanto atacava, suas mãos tornaram-se garras, suas presas afiadas como adagas, sua ira interna era tamanha que o transformava em um animal.

Não tinha ideia de quanto tempo levou... ou mesmo o que fez. A única coisa que registrou em sua consciência turva foi aquele cheiro doce que sentia.

Algum tempo mais tarde... uma vida mais tarde... fez uma pausa para recuperar o fôlego e descobriu que estava de quatro, com sua cabeça pendendo enquanto respirava sem fôlego, seus pulmões queimavam pelo esforço. As palmas de suas mãos estavam plantadas no piso que estava escorregadio com sangue negro e algo estava pingando de seu cabelo e de sua boca.

Cuspiu algumas vezes tentando se livrar do gosto ruim, mas o que quer que fosse não estava apenas em torno de sua língua e dentes, estava na parte de trás de sua garganta e em seu intestino. Seus olhos também estavam ardendo e embaçados.

Estava chorando de novo? Não se sentia mais triste... sentia-se vazio.

– Jesus... Cristo... – alguém disse em voz baixa.

De repente, vencido pelo cansaço, John permitiu que seu cotovelo relaxasse e deslocou seu peso para o lado. Deitando sua cabeça em estado de apatia, fechou os olhos. Não tinha forças. Tudo que podia fazer era respirar.

Algum tempo depois, ouviu Qhuinn falar com ele. Sua educação inata fez com que assentisse com a cabeça mesmo sem fazer a mínima ideia do que estava acontecendo.

Ficou momentaneamente surpreso quando sentiu mãos em seus ombros e pernas e suas pálpebras conseguiram se abrir enquanto era levantado.

Estranho. Os balcões e armários estavam brancos quando entraram ali pela primeira vez. Agora... estavam pintados de preto brilhante.

Delirando, perguntou-se por que alguém teria feito aquilo.

Preto não era bem uma cor acolhedora.

Fechando os olhos, sentiu os solavancos e movimentos ao ser carregado e, em seguida, foi erguido uma última vez e depois aterrissou seu corpo em um banco. Motor de carro ligado. Portas fechadas.

Estavam seguindo um caminho. Sem dúvida para o complexo da Irmandade.

Antes de apagar completamente, levou a mão ao rosto. O que o fez perceber que tinha esquecido o travesseiro.

Acordou de repente e levantou-se, como se tivesse ressuscitado dos mortos.

E Blay estava lá com o que tinha pegado.

– Veja. Certifiquei-me de não sairmos sem isso.

John pegou o que ainda cheirava a Xhex e curvou seu enorme corpo em torno dele. E essa foi à última coisa que se lembraria da viagem de volta para casa.

Quando Lash acordou, estava exatamente na mesma posição que estava antes de adormecer: deitado de costas, braços cruzados sobre o peito... como um cadáver num caixão. Antes, quando ainda era um vampiro, movimentava-se durante o sono diurno, geralmente acordando de lado com sua cabeça debaixo de um travesseiro.

Quando se sentou, a primeira coisa que fez foi averiguar as lesões em seu peito e estômago. Inalteradas. Não pioraram, mas estavam inalteradas. E seu nível de energia não teve uma melhora significativa.

Apesar do fato de ter dormido... Jesus Cristo, três horas? Que diabos estava acontecendo?

Ainda bem que teve o bom senso de adiar aquela reunião com Benloise. É melhor não se encontrar com um homem como aquele quando você parece estar sob o efeito de um porre de uma semana e meia.

Colocando as pernas para fora da cama, preparou-se e depois moveu-se para fora do colchão, levantando-se por completo. Enquanto seu corpo se movimentava, não ouvia nada além de silêncio no andar de baixo. Oh... espere. Alguém estava vomitando. O que significava que o Ômega tinha terminado de fazer o que lhe interessava com o novo recruta e o garoto começaria uma divertida sessão de seis a dez horas de vômito.

Lash pegou a camisa manchada e seu terno e perguntou-se onde diabos estava sua nova troca de roupas. Não levaria três horas para o Sr. D ir até Benloise, reagendar a reunião, ir até a casa de arenito, alimentar Xhex e pegar um novo conjunto de roupas em seu armário.

Descendo as escadas, Lash discou para o Sr. D. Quando o correio de voz atendeu, disparou:

– Onde diabos está minha roupa, idiota?

Desligou e olhou ao longo do corredor até a sala de jantar. O novo recruta não estava mais sobre a mesa; estava parcialmente embaixo dela e se debruçava sobre um balde, fazendo movimentos convulsivos de vômito, mas sem expelir nada, como se houvesse um rato em seu intestino que não conseguia encontrar a saída.

– Vou deixá-lo aqui – Lash disse alto. Isso causou uma pausa e o recruta o olhou. Seus olhos estavam avermelhados e havia algo como água suja saindo de sua boca aberta.

– O que está... acontecendo comigo?

Voz reduzida. Palavras também.

A mão de Lash foi para a ferida no peito e sentiu dificuldade em respirar enquanto pensava mais uma vez que os recrutas nunca ficavam sabendo da história toda. Nunca sabiam o que esperar ou a totalidade do valor daquilo que abriram mão e o que receberiam em troca.

Nunca tinha pensado em si mesmo como recruta antes. Era o filho, não mais uma engrenagem na máquina do Ômega. Mas o quanto realmente sabia?

Obrigou-se a afastar sua mão da lesão.

– Você ficará bem – disse bruscamente. – Tudo... ficará bem. Vai desmaiar em breve e quando acordar... se sentirá a mesma pessoa, só que melhor.

– Aquela coisa...

– É meu pai. Você ainda trabalhará para mim, como eu disse. Isso não mudou.

Lash se dirigiu até a porta enquanto o desejo de ir embora surgia muito forte para ser combatido.

– Mandarei alguém para você.

– Por favor... não me deixe. – Olhos lacrimejantes imploravam e uma mão manchada se estendia. – Por favor...

As costelas de Lash se contraíram com força, comprimindo seus pulmões a ponto de não funcionarem direito, até que não conseguia mais sugar ar para sua garganta.

– Alguém virá para você.

Fora da porta, fora da casa, fora da confusão. Correu até sua Mercedes, foi para trás do volante e se trancou no carro. Acelerando para fora da pequena garagem da casa da fazenda, precisou dirigir por quase cinco quilômetros antes de conseguir respirar corretamente e só quando viu os arranha-céus do centro da cidade sentiu-se mais como ele mesmo.

Enquanto se dirigia para a casa de arenito, ligou mais duas vezes para o Sr. D e foi atendido pelo correio de voz e... correio de voz outra vez.

Virando à direita no beco da garagem, estava quase atirando o telefone pela janela por causa da frustração...

Diminuindo a velocidade, deixou outro carro passar por ele... mas não diminuiu apenas para ser educado. A porta da garagem da casa de arenito estava aberta e o Lexus do Sr. D estava estacionado ali dentro. Não era o protocolo.

Isso e todas as chamadas não atendidas eram uma bandeira vermelha do tamanho do Texas e o primeiro pensamento de Lash foi sobre Xhex. Se aqueles Irmãos filhos da mãe a levaram, iria pregá-los no gramado e deixar o sol acabar com eles bem lentamente.

Fechando os olhos, aguçou seus instintos... e depois de um momento, conseguiu sentir o Sr. D, mas seu sinal era fraco. Quase imperceptível.

Era evidente que o filho da mãe tinha sido machucado, mas ainda não estava totalmente acabado.

Quando um carro veio por trás dele e buzinou, percebeu que estava parado no meio da pista.

Normalmente, seu primeiro movimento teria sido meter o Mercedes na garagem e se materializar dentro da casa com os punhos posicionados para a luta... mas estava, na melhor das hipóteses, com a bandeira a meio mastro, muito lento e zonzo. E, no caso dos Irmãos ainda estarem lá dentro, aquele não era o momento de se envolver com seu inimigo.

Mesmo *redutores* poderiam acordar mortos. Até o filho do mal poderia ser enviado para casa.

Mas e quanto à sua fêmea?

Afetado por um terror estranho e frio, Lash afastou-se do beco, virou a primeira a direita e então virou outra vez. Enquanto circulava pela frente de sua casa, rezou como uma pequena vadia para que ela ainda estivesse...

Olhando para as janelas do segundo andar, viu-a no quarto e seu alívio foi tão poderoso que sua respiração o deixou num chiado. Não importava o que poderia ter acontecido naquela casa, não importa quem tivesse se infiltrado, Xhex ainda estava no lugar que a deixou: o rosto dela era nítido para ele e só para ele. Conseguia enxergá-la do outro lado do vidro, seus olhos estavam erguidos para o céu e suas mãos levantadas em sua garganta.

Que imagem linda, pensou. Seu cabelo estava crescendo e começava a enrolar, e a luz do luar em suas maçãs do rosto salientes e lábios perfeitos era absolutamente romântica.

Ela ainda era dele.

Lash obrigou-se a continuar dirigindo. O importante era que ela estivesse segura onde estava – sua prisão invisível era impenetrável por qualquer vampiro, humano ou *redutor*, fosse ele um Irmão ou apenas um velho idiota com uma arma e atitude.

E se fosse até lá e iniciasse um confronto com os Irmãos? E se fosse ferido? Ele a perderia, pois aquele feitiço que a prendia tirava energia dele para se manter. Já estava tendo bastante dificuldade para convocar forças e manter o feitiço – e apesar de desprezar sua fraqueza, era muito realista.

Morria de vontade de ir até ela. Com certeza morria.

Mas era a decisão certa. Se quisesse mantê-la ali, teria que deixá-la para trás até o amanhecer.

Levou um tempo para perceber que estava dirigindo sem rumo, mas a verdade é que a ideia de voltar a ficar em algum daqueles ranchos horríveis que a Sociedade Redutora possuía o fazia querer arrancar a pele de seu rosto.

Cara, será que o amanhecer não ia chegar nunca...?

Em dado momento, não conseguiu acreditar que estava tão fraco que precisava parar no acostamento. Mas estava tendo problemas em manter sua cabeça erguida e seus olhos abertos ao volante. Ao começar a trilhar pela ponte oeste de Caldwell, percebeu que aquilo não era apenas o cansaço de sempre. As feridas poderiam muito bem ser das batalhas com Xhex, mas a exaustão era...

A resposta lhe ocorreu enquanto olhava para as pistas no sentido leste. Era tão óbvio, e ainda assim lhe golpeou com tanta força que seu pé abrandou no acelerador.

Leste e oeste. Esquerda e direita. Noite e dia.

Claro que se alimentar do Sr. D tinha ajudado apenas superficialmente.

Precisava de uma fêmea. Uma fêmea *redutora*.

Por que não se deu conta disso antes? Vampiros machos eram fortalecidos apenas pelo sangue do sexo oposto. E embora o lado de seu pai fosse muito dominante, era evidente que restava uma boa parte do lado vampiro que precisava ser alimentado.

Só depois que tomou da veia do Sr. D que sentiu parcialmente satisfeito.

Bem, isso mudava tudo... e dava a Xhex um novo futuro.

Capítulo 17

Os sons da luta sangrenta lá em baixo chegaram até os ouvidos de Xhex, e considerando o fedor que agora entrava através da porta do quarto, só poderia imaginar o que havia sido feito ao pequeno *redutor* que trazia a comida dela.

Aparentemente uma parte do primeiro andar tinha acabado de ser redecorada com estampas feitas de assassinos.

Ficou surpresa que os Irmãos optaram por esquartejar o bastardo membro por membro pela casa. Pelo que ela sabia, Butch O'Neal normalmente inalava os assassinos para impedi-los de voltar para o Ômega. Mas lá embaixo? Ficaria surpresa se houvesse qualquer coisa que pudesse ser recolhida sem um esfregão.

A não ser que fosse uma mensagem para Lash.

Após o barulhento caos do massacre, houve um estranho período de silêncio e, em seguida, muitos passos. Estavam saindo porque não havia mais nada para matar.

O pânico voltou a surgir em seu peito e o esforço para se acalmar novamente era quase físico... mas ela não ia se abater. Tudo que tinha nessa situação era ela mesma. Sua única arma era a mente e o corpo, coisas que Lash não poderia tirar dela.

Se perdesse isso, poderia dar-se por morta.

Caramba, se perdesse, não poderia levar Lash junto com ela.

A realidade da situação era onde encontraria forças para continuar, essa força focaria suas emoções quando, de outra maneira, essas mesmas emoções teriam feito tudo voar pelos ares levando a lógica com elas. Trancou tudo, fechando tudo que havia sentido quando esteve ao lado de John Matthew.

Nada conseguiria passar. Nada se infiltraria.

Passando para o modo de guerra, percebeu que não tinha ouvido um estalo ou visto o reflexo de um brilho, portanto não tinham apunhalado o assassino. E o cheiro estava tão vívido que podia apostar que tinham deixado o corpo para trás.

Lash iria enlouquecer por perdê-lo. Já tinha escutado ele interagir com o pequeno texano e, apesar de ter negado, estava ligado ao bastardo. O que ela precisava fazer era explorar essa fraqueza nele. Atacá-lo ainda mais quando estivesse confuso. Talvez seus alicerces cederiam de alguma maneira...

Em meio ao silêncio e ao cheiro doce, andou pelo quarto e acabou na janela. Sem pensar no campo de força, colocou as duas mãos para cima e inclinou-se contra os batentes...

Xhex pulou para trás, esperando uma onda de dor.

Ao invés disso... só sentiu um formigamento.

Havia algo diferente em sua prisão.

Protegendo a cabeça, voltou a tocar a barreira com as palmas das mãos, pressionando-as contra a sua contenção. Precisava de completa e absoluta objetividade para avaliar as coisas – mas o fato era que a mudança era tão óbvia que até mesmo distraída teria registrado isso: havia fraqueza dentro da trama da magia. Uma fraqueza inconfundível.

A questão era: por quê? E perguntava-se também se ficaria ainda mais fraca ou se aquilo era algo que precisava aproveitar agora.

Seus olhos percorreram a janela. Visualmente, não havia nada fora do normal com sua prisão e colocou a mão no vidro, só para ter certeza... sim, estava certa.

Será que Lash tinha morrido? Será que foi ferido?

Naquele momento, uma grande Mercedes preta passou em frente da casa e sentiu o filho da mãe dentro do carro. E talvez tenha sido por ele já ter tomado sua veia ou porque a barreira estava enfraquecendo, mas sua grade emocional estava cristalina para seu lado *sympatho*: estava se sentindo isolado. Ansioso. E... fraco.

Bem, bem, bem...

Aquilo dava credibilidade ao enfraquecimento que sentia. E mostrava porque ele ainda não tinha ido atrás dela cheio de vontade. Se ela fosse Lash e se não estivesse se sentindo particularmente forte, esperaria o amanhecer antes de entrar.

Ou sairia correndo e conseguiria alguns reforços realmente bons.

Por outro lado, foi para isso que fizeram os celulares, não é?

Quando o Mercedes deixou o bairro e não mostrou sinais de que retornaria, deu dois passos para trás da janela. Enrijeceu as coxas, agachou-se em posição de combate, fechou os punhos e posicionou o corpo ligeiramente para trás em seus quadris. Respirou fundo, concentrou-se e...

Estalando seu punho direito com toda a força de seu ombro, socou a barreira com força suficiente para que, se tivesse sido a mandíbula de um macho, teria quebrado em pedaços.

A magia a empurrou de volta, mas apareceram ondulações ao redor do quarto, sua cela cintilou como se estivesse se recuperando após um ferimento. Antes que pudesse haver uma recuperação completa, lançou outro soco...

O vidro do outro lado da barreira quebrou com o impacto.

A princípio ficou parada como uma estúpida... mesmo quando sentiu a brisa no rosto e olhou para as juntas dos dedos sangrando para confirmar que não havia outra razão pela qual a janela teria quebrado.

Caramba...

Considerando rapidamente suas potenciais saídas estratégicas, olhou por cima do ombro em direção à porta que John e os Irmãos tinham deixado aberta.

A última coisa que queria fazer era atravessar a casa, pois não conhecia muito bem o lugar e não fazia ideia do que poderia encontrar ao longo do caminho. Mas o instinto lhe disse que provavelmente estava fraca demais para se desmaterializar – então, se tentasse pular pela janela, não sabia se seria capaz de desaparecer no ar.

Nesse caso, seria liquidada ao atingir a calçada.

A porta aberta era sua melhor opção. Poderia usar seu próprio corpo como um punho, e ao se projetar correndo, teria muito mais poder junto dela.

Virando-se, colocou os ombros contra a parede, respirou profundamente... e correu pelo quarto, as solas de seus pés dirigiam seu peso sobre o chão, seus braços em movimento.

Atingiu a barreira e a dor foi incandescente, disparando através de cada célula do seu corpo, acendendo-a de dentro para fora. A agonia a cegou no mesmo momento em que a magia tentou mantê-la no lugar, prendendo-a dentro de suas fronteiras e deixando-a tão fraca quanto uma condenada...

Só que em seguida, houve uma ruptura ao longo das barreiras invisíveis de sua prisão... e ela acabou do lado de fora daquele quarto.

Quando seu corpo se soltou, bateu na parede do corredor, ao ponto de achar que tiraria uma camada de tinta com seu rosto e peito ao cair no chão.

Com a cabeça girando e os olhos cheios de luzes piscando, deu um jeito de continuar. Estava fora do quarto, mas não estava livre.

Olhando para trás, viu um resquício do feitiço se restaurar... e imaginou se a ruptura da barreira não teria enviado algum tipo de sinal para Lash.

Vai... agora... sai... corre!

Arrastando-se para sair do chão e atravessar o corredor, alcançou as escadas com as pernas bambas, cambaleando, tropeçando. No saguão de entrada, o cheiro de sangue do *redutor* a atingiu a ponto de fazê-la engasgar e afastou-se disso, embora não por causa de seu nariz. Todas as saídas e entradas na casa ficavam nos fundos. Já que não tinha nada além de um pouco de tempo a seu favor, precisava se concentrar em encontrar outra saída.

A porta da frente era uma coisa enorme com a ornamentação esculpida e com vidros sobre os quais haviam sido instaladas grades de ferro. Mas tudo que tinha como fechadura era um cadeado simples.

Hora de tirar o doce da criança.

Aproximou-se, colocou a mão sobre o mecanismo da tranca e concentrou o que havia restado de sua energia no deslocamento dos parafusos. Um... dois... três... e o quarto.

Abrindo bem a porta, estava com um pé para fora quando ouviu o rangido de alguém entrando na cozinha.

Oh droga, Lash estava de volta. Tinha voltado por ela.

Em um instante ela se foi, o pânico lhe deu asas das quais sua mente focada fez bom uso. Considerando a condição em que estava, sabia que não iria chegar muito longe e decidiu que o melhor que poderia fazer era ir para o seu porão. Pelo menos lá poderia estar a salvo enquanto se recuperava.

Xhex tomou forma na alcova protegida que levava para seu estúdio e fez saltar as trancas de cobre com a mente. Quando passou pela porta, as luzes com sensores de movimento se acenderam no corredor pintado de branco e ergueu o braço para proteger os olhos enquanto tropeçava descendo as escadas. Trancando a porta com seus pensamentos, disparou para frente, percebendo vagamente que estava mancando.

O impacto na parede? Os tropeços pelas escadas? Quem saberia o que tinha acontecido ou se importava com isso?

Entrou em seu quarto e o trancou. Quando as luzes automáticas ligaram, olhou para a cama. Lençóis brancos e limpos. Travesseiros arrumados. Edredom sem rugas.

Não conseguiu chegar até o colchão. Quando os joelhos falharam, deixou-se levar, seu esqueleto desmoronou sobre si mesmo até ser apenas um amontoado de gravetos cobertos por pele.

Não foi o sono que a chamou quando golpeou o chão. Mas tudo bem. Perder a consciência funcionava melhor mesmo.

Blaylock entrou outra vez na casa de arenito com Rhage e Vishous apenas vinte minutos depois de terem saído com John. Assim que o levaram de volta ao complexo, retornaram para terminar a varredura das instalações: desta vez, procuravam por coisas pequenas como identidades, computadores, dinheiro, drogas, qualquer coisa que lhes proporcionasse alguma informação útil.

Tendo visto a carnificina que John Matthew fez no local, Blay procurou não registrar as consequências disso ao entrar na cozinha e imediatamente começou a abrir os armários e gavetas. Vishous se dirigiu até o segundo andar, enquanto Rhage vasculhava a frente da casa.

Estava começando a fazer o que precisava quando Rhage gritou:

– A porta da frente está aberta.

Então alguém tinha voltado ao local desde que tinham saído com John dali. *Redutor*? Não era provável, já que nunca teriam deixado tudo sem proteção. Talvez um ladrão humano? Os Irmãos não tinham trancado a porta dos fundos quando saíram, então talvez alguém tivesse entrado ali tranquilamente.

Se foi um humano, foi presenteado com uma bela visão. Talvez isso explicasse a saída precipitada pela outra porta.

Blay sacou a arma apenas no caso de ter alguém na casa, e foi rápido ao fazer uma busca. Encontrou dois celulares numa gaveta com as facas, e os dois estavam descarregados – mas V. resolveria isso. Havia também alguns cartões de visita perto do telefone, mas eram todos de humanos envolvidos na construção civil – que provavelmente foram usados para trabalhar na casa de arenito.

Estava vasculhando os armários sob o balcão, quando franziu a testa e olhou para cima. Bem na frente dele estava um prato de maçãs frescas.

Olhando para baixo na direção do fogão, viu alguns tomates. E um pedaço de pão francês numa embalagem de papel.

Endireitando-se, caminhou até a geladeira e abriu a coisa. Leite orgânico. Produtos de um mercado especializado em comida natural e orgânica. Um peru fresco pronto para ser cozido. Bacon canadense defumado.

Não era exatamente comida para uma prisioneira.

Blay olhou para o teto, onde passos pesados soavam enquanto V. se deslocava de quarto em quarto. Então seus olhos percorreram a cozinha como um todo, desde o casaco de caxemira dobrado sobre um banquinho, as panelas de cobre empilhadas nas prateleiras abertas e até a cafeteira que estava cheia.

Tudo era de marca, novo e mais organizado que a imagem de um catálogo.

Realmente estava a altura dos padrões de Lash... mas *redutores* não deveriam ser capazes de comer. Portanto, a menos que estivesse tratando Xhex como uma rainha, algo que era muito improvável... alguém comia com regularidade naquela casa.

A despensa estava logo depois da cozinha e Blay passou através dos restos do assassino para dar uma busca rápida no lugar: alimentos enlatados o suficiente para manter uma casa por um ano.

Estava saindo quando seus olhos encontraram alguma coisa no chão: havia uma série de arranhões sutis no piso perfeito de madeira... e estavam dispostos em forma de meia lua.

Os joelhos de Blay rangeram quando se agachou e tirou do caminho um aspirador de pó. A parede parecia alinhada e não se via interrupção por nenhuma emenda indevida, mas depois de uma rápida busca, batendo com os nós dos dedos, encontrou um espaço oco. Tirando sua faca, usou o punho como um dispositivo de sonar para determinar as dimensões exatas do buraco escondido, então virou a arma e penetrou com a ponta da lâmina na fresta.

Forçando a abertura da tampa, pegou uma lanterna e iluminou dentro.

Um saco de lixo. Preto como o sangue de um *redutor*.

Arrastando-o para fora, abriu-o.

– Mas que... porcaria é essa?

Rhage apareceu por trás dele.

– O que tem aí?

Enfiou a mão dentro e tirou um bolo de notas enrugadas.

– Dinheiro. Muito dinheiro.

– Pegue. V. encontrou um laptop e uma janela quebrada no andar de cima que não existia antes. Fechei a porta da frente apenas para os seres humanos não começarem a se intrometer. – Olhou para o relógio. – Precisamos dar o fora antes de o sol começar a nascer.

– Entendido.

Blay pegou o saco e deixou o espaço aberto e violado, imaginando que quanto mais evidências de roubo, melhor. Mas não era como se os pedaços do *redutor* pudessem ser ignorados.

Se ao menos pudesse ver o rosto de Lash quando o filho da mãe chegasse à casa...

O grupo saiu pelos fundos de volta ao jardim e ele e Rhage se desmaterializaram enquanto Vishous fez uma ligação direta no Lexus.

É claro que prefeririam ficar e esperar para ver o que aconteceria. Mas não havia nenhuma negociação com o amanhecer.

De volta à mansão da Irmandade, Blay entrou no saguão de entrada com Hollywood e havia um comitê de recepção esperando por eles. Assim que todo o espólio foi entregue a Butch para que fosse examinado, Blay subiu para o quarto de John.

Sua batida foi respondida por um grunhido, e quando abriu e entrou, viu Qhuinn sentado numa poltrona junto à cama. A lâmpada sobre a mesa ao lado lançava uma piscina de luz amarela dentro da escuridão, iluminando tanto ele quanto a montanha deitada debaixo do edredom.

John estava desmaiado.

Qhuinn, por outro lado, estava se enchendo de tequila, a garrafa da marca Seleccion Suprema estava em seu cotovelo e seu copo de cristal estava cheio de tequila, bebida que há pouco tempo tinha se tornado sua preferida.

Cristo, ele com aquilo e John acabado na cama fez Blay pensar que precisava atualizar sua própria bebida. De repente, a cerveja pareceu algo imaturo.

– Como ele está? – Blay, perguntou suavemente.

Qhuinn tomou um gole.

– Bastante agitado. Liguei para Layla. Precisa se alimentar.

Blay aproximou-se da cama. Os olhos de John estavam apertados, suas sobrancelhas estavam franzidas com tanta força que parecia estar tentando resolver uma lei da física em seu sono. Seu rosto estava pálido de uma maneira extraordinária, seu cabelo parecia mais escuro e sua respiração era muito superficial. Suas roupas tinham sido removidas e a maior parte do sangue do *redutor* foi lavada.

– Tequila? – Qhuinn ofereceu.

Blay levantou sua mão para o cara sem olhar, ainda focado em seu amigo. O que bateu em sua mão foi o copo em vez da garrafa, mas não se importava e bebeu num gole só.

Bem, pelo menos agora sabia por que Qhuinn gostava da coisa.

Quando devolveu o copo, cruzou os braços sobre o peito e ouviu o som calmo do líquido que voltava a encher o recipiente. Por alguma razão, o som encantador da bebida cara batendo no cristal o acalmou.

– Não posso acreditar que ele chorou – murmurou Blay. – Quero dizer... posso, mas foi uma surpresa.

– É óbvio que ela foi presa naquele quarto. – A garrafa de tequila foi colocada de volta na mesa com uma batida sutil. – E nós a perdemos.

– Ele falou alguma coisa?

– Não. Nem mesmo quando o empurrei no chuveiro e entrei com ele.

Certo, essa era uma informação que Blay podia passar sem. Ainda bem que John não o viu dessa maneira – houve uma batida suave na porta e uma lufada de perfume de canela e especiarias. Blay aproximou-se e deixou Layla entrar, curvando-se a ela numa reverência.

– Como posso ajudar...? – A Escolhida franziu a testa e olhou para a cama. – Oh, não... está ferido?

Enquanto ela ia até John Matthew, Blay pensou, "Sim, mas principalmente por dentro".

– Obrigado por ter vindo – Qhuinn disse enquanto levantava-se da cadeira. Inclinando-se sobre John, empurrou seu ombro gentilmente. – Ei, cara, pode acordar por um segundo?

John levantou como se estivesse lutando contra a maré, erguendo a cabeça lentamente, as pálpebras reviravam para cima e para baixo como se houvesse uma corrente de água em seu rosto.

– Hora de se alimentar. – Sem olhar por cima do ombro, Qhuinn fez um sinal para Layla estendendo a mão. – Precisamos que se concentre um pouco mais e então vamos deixá-lo sozinho.

A Escolhida fez uma pausa... em seguida, avançou. Lentamente, pegou a mão que lhe foi estendida, deslizando sua pele contra a de Qhuinn e se aproximou com um tipo de beleza tímida que fez Blay sentir pena dela.

Considerando o rubor que de repente se acendeu em seu rosto, teve a sensação de que, assim como todo mundo, parecia que tinha uma queda por Qhuinn.

– John... meu amigo? Vamos lá, preciso que preste atenção aqui. – Qhuinn puxou Layla para que a Escolhida sentasse na cama, e no instante em que deu uma boa olhada em John, sua atenção voltou-se completamente a ele.

– Senhor... – Sua voz era calma e emitia uma gentileza absurda ao puxar a manga de sua túnica. – Senhor, acorde e tome o que posso lhe oferecer. Realmente precisa.

John começou a balançar a cabeça, mas Qhuinn soube controlar a situação.

– Quer ir atrás de Lash? Não vai conseguir nesse estado. Não consegue nem levantar a sua maldita cabeça... desculpe a linguagem, Escolhida. Precisa de um pouco de força... Vamos lá, não seja um imbecil, John.

Os olhos díspares de Qhuinn encararam Layla e ele articulou um *desculpe* com a boca. E ela deve ter sorrido para ele, porque por um momento, ele inclinou a cabeça como se houvesse sido golpeado.

Ou talvez ela apenas tenha articulado com a boca algo em resposta.

Tinha que ser isso.

Sem dúvida.

E então, as cabeças dos dois penderam para baixo e Layla ofegou quando as presas de John se aprofundaram e começou a tomar o que ela ofereceu. Evidentemente satisfeito, Qhuinn voltou para onde estava e encheu o copo outra vez. Depois de ter bebido metade, estendeu a coisa em direção a Blay.

A melhor ideia que alguém havia tido em anos. Blay se posicionou contra o alto encosto da poltrona, colocando um braço ao longo da coisa enquanto tomava um gole e depois outro, antes de devolver a tequila.

Ficaram assim, compartilhando a bebida enquanto John se alimentava de Layla... E em algum momento durante o processo daqueles dois tipos de nutrição, Blay percebeu que estava colocando os lábios na mesma borda em que Qhuinn bebia.

Talvez fosse o álcool. Talvez fosse o copo. Talvez fosse o fato de que, de onde estava, sentia o cheiro de Qhuinn a cada respiração...

Sabia que tinha que sair.

Queria dar apoio a John, mas a cada minuto que passava, inclinava-se para mais e mais perto de Qhuinn. Ao ponto de sua mão pendurada na cadeira estar quase acariciando aquele cabelo negro e grosso.

– Tenho que ir – disse bruscamente, devolvendo o copo pela última vez e se dirigindo à porta.

– Você está bem? – Qhuinn perguntou.

– Sim. Durma bem e cuide-se, Layla.

– Não precisa se alimentar? – Qhuinn perguntou.

– Amanhã.

A Escolhida disse algo agradável e gentil, mas não tinha volta. Não. Não podia voltar.

E por favor, Deus, que não topasse com ninguém no corredor.

Não verificou o estado, mas sabia quando estava excitado... e isso era uma coisa que, não importava o quão educado um macho fosse, não conseguia esconder sob uma roupa de couro apertada.

Capítulo 18

No Outro Lado, Payne andava de um lado para outro ao redor da fonte de sua mãe, seus pés fazendo círculos na piscina onde a água caía. Enquanto espirrava a água, prendeu sua túnica e ouvia os passarinhos coloridos, que pousavam na árvore branca em um canto. Os pequeninos gorjeavam, voando de galho em galho, bicando uns aos outros, agitando suas penas.

Ela não entendia como eles consideravam essa atividade tão limitada digna de se acordar todas as manhãs.

No santuário não se tinha a concepção de tempo, mas mesmo assim desejava um relógio de bolso ou até um relógio despertador para saber quanto o Rei Cego estava atrasado. Tinham uma sessão de luta marcada todas as tardes.

Bem, à tarde para ele. Para ela, presa daquele lado, era sempre manhã.

Imaginou quanto tempo exatamente tinha se passado desde que sua mãe a tinha libertado daquele congelamento profundo e permitido um pouco de liberdade. Não havia jeito de descobrir. Wrath começou a aparecer regularmente há uns... quinze dias? E ela havia sido reanimada talvez... bem, muito antes disso. Mais de seis meses, talvez?

A verdadeira questão era quanto tempo tinha ficado presa congelada a sete chaves – não que fosse perguntar à sua mãe sobre isso. Não estavam se falando. Até que aquela fêmea "divina" que lhe tinha dado a luz estivesse preparada para deixá-la sair dali, Payne não tinha nada a dizer.

Para dizer a verdade, o tratamento do silêncio não parecia estar fazendo nenhuma diferença, mas não esperava que fizesse. Quando sua mãe é a criadora da raça e não responde a ninguém, nem mesmo ao rei... é bastante fácil ficar presa em sua própria vida.

Quando sua caminhada de lá para cá ao longo da fonte se intensificou e sua vestimenta começou a ficar molhada, saltou para fora da piscina e correu ao redor, os punhos a sua frente socavam o ar.

Ser uma boa e obediente Escolhida não estava em sua configuração e esta era a raiz de todos os problemas entre ela e sua mãe. Oh, que desperdício! Oh, que decepção!

Oh! Supere, querida mamãe!

Aquelas normas de comportamento e crença eram para outra pessoa. E se a Virgem Escriba estava procurando por outro fantasma de manto branco para andar por aí em silêncio pelas salas climatizadas, devia ter escolhido outro pai para seus filhos.

A característica vital de Bloodletter estava em Payne, os traços de seu pai foram passados até a próxima geração...

Payne se virou e encontrou o punho de Wrath vindo em sua direção. Com um bloqueio de antebraço e uma tesoura, chutou o fígado dele. O rei foi rápido ao revidar e o cotovelo em forma de martelo que se voltou para ela era um abalo já esperado.

Um desvio rápido a fez perder o equilíbrio. Outro chute dela fez o rei dar um salto para trás – embora fosse cego, tinha uma habilidade infalível para saber exatamente onde ela estava no espaço.

O que significava que ele percebeu que ela atacaria seu flanco. Na verdade, já estava girando em torno de seu peso, pronto para socá-la nas costas com a sola da bota.

Payne mudou de ideia, jogou-se no chão, e com as duas pernas o pegou pelo tornozelo, fazendo-o perder o equilíbrio. Um movimento rápido para a direita e estava fora do caminho de seu corpo enorme e cambaleante, outro salto e estava trancada nas costas dele ao cair com força, prendendo o pescoço dele num estrangulamento na dobra do cotovelo. Para ganhar vantagem extra, pegou seus pulsos e usou os bíceps contra a garganta dele.

A maneira do rei de lidar com isso? Virou-se sobre ela.

Sua incrível força bruta lhe deu o poder para aguentar o peso dos dois e levantar. Em seguida, ele deu um salto no ar que os fez aterrissar com ela por baixo, achatada sobre o mármore.

Um ótimo colchão para se jogar – ela podia sentir seus ossos praticamente se torcendo.

No entanto, o rei era, acima de tudo, um macho de valor, e em deferência à sua musculatura inferior, nunca a manteve por baixo por muito tempo. O que a irritava. Ela preferia uma disputa de habilidades sem barreiras, mas havia diferenças entre os sexos que não eram negociáveis: os machos eram simplesmente maiores e, portanto, mais fortes.

Por mais que se ressentisse do fato biológico, não havia nada a ser feito a esse respeito. E era uma satisfação extra sempre que, devido a sua velocidade, conseguia acertar um bom golpe nele.

O rei foi ágil quando se colocou em pé e virou-se, seus longos cabelos negros circularam no ar antes de descansarem em seu quimono branco. Com as lentes escuras cobrindo os olhos e aquele tremendo conjunto de músculos, ele era magnífico, o melhor da linhagem vampira, sem nenhuma diluição em sangue humano ou qualquer outra coisa.

Embora aquilo fizesse parte do seu problema. Tinha ouvido falar que sua cegueira era resultado de todo aquele sangue puro.

Quando Payne se levantou, suas costas tiveram um espasmo, mas ignorou a dor aguda e encarou seu oponente outra vez. Agora, foi ela quem saiu se balançando e cortando o ar e, para um macho cego, a habilidade de Wrath de se esquivar era totalmente incrível.

Talvez fosse por isso que nunca havia se queixado de sua deficiência. Mas eles pouco se falavam, o que não tinha problema algum para ela. Embora quisesse saber como era sua vida lá no Outro Lado.

Como invejava sua liberdade.

Continuaram com a luta, aproximando-se dos arredores da fonte, depois pelas colunas e atravessando a porta que dava no santuário. E voltavam. E avançavam outra vez.

Os dois estavam machucados e sangrando no final da sessão, mas isso não os incomodava. Assim que as mãos caíssem para os lados e nenhum outro golpe fosse trocado, as lesões iriam começar a se curar.

O último golpe foi dado por ela e foi um soco direto, pegando o queixo do rei e jogando sua cabeça para trás, seu cabelo voou outra vez.

Sempre pareciam concordar, sem dizer nada, quando era hora de parar.

Acalmaram-se andando um ao lado do outro até a fonte, alongando seus músculos, estalando seus pescoços de volta ao lugar. Juntos, lavaram os rostos e punhos na água clara e limpa e se secaram em toalhas macias que Payne havia pedido para ter sempre a mão.

Apesar do fato de trocarem golpes e não palavras, começou a pensar no rei como um amigo. E confiar nele como um.

Era a primeira vez que tinha uma amizade.

E realmente eram apenas amigos. Mesmo que fosse possível admirar seus consideráveis atributos físicos, não havia nenhuma fagulha de atração entre eles – e isso fazia parte da razão pela qual aquilo dava certo. Não se sentiria à vontade de nenhuma outra maneira.

Não, não estava interessada em nada sexual vindo dele ou de qualquer outra pessoa. Vampiros machos tinham a tendência de assumir o controle, especialmente os de raça. Não podiam evitar – era, afinal, uma questão do sangue determinar o comportamento. Já tinha o suficiente com relação a alguém opinando sobre sua vida. A última coisa que precisava era de outra pessoa fazendo isso.

– Você está bem? – Wrath perguntou enquanto sentavam na borda da fonte.

– Sim. Você? – Ela não se importava por sempre perguntar se estava bem. Nas primeiras vezes isso a ofendeu, como se não pudesse aguentar as dores pós-luta. Mas então percebeu que isso nada tinha a ver com seu sexo, perguntaria isso a qualquer um que tivesse se esforçado tanto com ela.

– Sinto-me ótimo – disse, seu sorriso revelando presas imensas. – Aliás, aquele golpe com o braço no começo foi o melhor.

Payne sorriu tanto que suas bochechas doeram. O que era outro motivo pelo qual gostava de estar com ele. Como não podia ver, não havia motivo para esconder suas emoções e nada a deixava mais radiante do que ele dizendo que ficou impressionado com ela.

– Bem, vossa Alteza, seus golpes sempre me matam.

Agora ele estava sorrindo ainda mais e ela ficou momentaneamente tocada porque seu elogio significava alguma coisa para ele.

– Um peso morto tem a sua utilidade – murmurou.

De repente, virou-se para ela, os óculos escuros que sempre usava a fez pensar, mais uma vez, que ele parecia cruel. E, mais uma vez, ele provava que não era o caso.

Ele limpou a garganta e disse:

– Obrigado por isso. As coisas não estão boas em casa.

– Como assim?

Desviou o olhar, como se encarasse o horizonte. O que provavelmente era um sinal de quando queria esconder suas emoções das pessoas.

– Perdemos uma fêmea. O inimigo a capturou. – Balançou a cabeça. – E um de nós está sofrendo por isso.

– Eram vinculados?

– Não... mas ele está agindo como se fossem. – O rei encolheu os ombros. – Não percebi a conexão entre eles. Nenhum de nós percebeu. Mas... estava lá e veio à tona com toda força esta noite.

Uma fome vinda do fundo de seu ser pela vida terrena, que era traumática, mas vívida, a fez se aproximar.

– O que aconteceu?

O rei puxou seu cabelo para trás, suas entradas foram expostas de maneira rígida contra sua pele dourada.

– Ele massacrou um *redutor* hoje. Despedaçou o bastardo.

– É o dever dele, não?

– Não foi no campo de batalha. Foi na casa onde os assassinos mantinham a fêmea como prisioneira. O desgraçado deveria ser usado para interrogatório, mas John simplesmente abateu o bastardo. John é um bom garoto... mas essa porcaria de macho vinculado… pode ser fatal e não de um jeito bom, entende?

Memórias de estar no Outro Lado, de corrigir os erros e de lutar, surgiram em sua mente...

A Virgem Escriba apareceu pela porta do seu quarto privado, a vestimenta preta flutuando levemente sobre o chão de mármore.

O rei ficou em pé e se inclinou… e mesmo assim não parecia nem um pouco subserviente. Outra razão pela qual gostar dele.

– Querida Virgem Escriba.

– Wrath, filho de Wrath.

E foi... isso. Como não se pode perguntar nada à mãe da raça e como ela permaneceu em silêncio, não aconteceu nada além de ar passando.

Sim, porque você não ia querer aborrecer aquela fêmea com qualquer questionamento. E ficou claro porque a interrupção havia ocorrido: sua mãe não queria qualquer contato entre Payne e o mundo lá fora.

– Vou me retirar agora – Payne disse ao rei. Porque não se responsabilizaria pelo que saísse de sua boca se sua mãe tivesse a ousadia de dispensá-la.

O rei estendeu a mão.

– Adeus. Amanhã?

– Com prazer. – Payne bateu seu punho contra o dele, como Wrath havia ensinado ser o costume e se dirigiu à porta que dava ao santuário.

Do outro lado dos painéis brancos, o gramado verde brilhante foi um choque para seus olhos e ela piscou enquanto passava pelo Templo do Primaz até o quarto das Escolhidas. Flores amarelas, rosa e vermelhas cresciam aleatoriamente nos arbustos.

Pelo que se lembrava de seu breve período de tempo na Terra, todas eram flores de primavera.

Era sempre primavera ali. Sempre no ponto certo, nunca alcançando o pleno esplendor e calor impetuoso do verão. Ou, pelo menos... o que havia lido sobre como era o verão.

O prédio de colunas onde as Escolhidas residiam era dividido em cubículos que oferecia o mínimo de privacidade aos seus moradores. O espaço em sua maioria estava vazio agora e não apenas porque as Escolhidas eram uma espécie em extinção. Desde que o Primaz as havia “libertado”, a coleção particular de “seres etéreos que não fazem nada” da Virgem Escriba estava diminuindo graças às viagens para o Outro Lado.

Surpreendentemente, nenhuma delas tinha escolhido não ser mais Escolhida – mas ao contrário de antes, se fossem para a casa do Primaz no Outro Lado, eram autorizadas a voltar ao santuário se desejassem.

Payne foi diretamente para os banheiros e se sentiu aliviada por perceber que estava sozinha. Sabia que suas “irmãs” não entendiam o que fazia com o rei e só queria aproveitar logo a calma que vinha após os exercícios sem ser observada.

A sala de banho comunitária foi criada sobre um majestoso espaço de mármore, a enorme piscina era marcada com uma cascata ao fundo. Como todas as coisas no santuário, as leis da racionalidade não se aplicavam: a água morna que corria sobre as bordas da pedra branca era sempre limpa, sempre fresca, mesmo sem uma fonte e sem drenagem evidente.

Tirando sua túnica modificada, que tinha adaptado especialmente para combinar com o quimono de Wrath, entrou na piscina ainda com a roupa de baixo. A temperatura era sempre perfeita... e a fez desejar por um banho em que a água estivesse muito quente ou muito fria.

No centro da maravilhosa piscina de mármore, a água era funda o bastante para nadar e seu corpo aproveitou o alongamento dos movimentos leves.

Sim, com certeza essa era a melhor parte das sessões. Exceto quando dava um bom golpe em Wrath.

Quando chegou à cascata, nadou para cima e soltou o cabelo. Era mais longo que o de Wrath e tinha aprendido não só a trançá-lo, mas a enrolá-lo na base do pescoço. Caso contrário, era como se lhe entregasse uma corda para puxá-la ao seu redor.

Com a água caindo sobre ela, barras de sabonete com cheiro adocicado esperavam por suas mãos e ela usou um inteiro. Quando se virou para enxaguar, descobriu que não estava mais sozinha.

Mas, pelo menos, a figura de manto preto que mancava não era sua mãe.

– Saudações – Payne disse.

No'One acenou, mas não respondeu, como era seu costume e, de repente, Payne se arrependeu de ter deixado sua túnica no chão.

– Eu posso pegá-la – disse, sua voz ecoando pela caverna.

No'One apenas negou com a cabeça e recolheu a roupa. A criada era muito adorável e quieta, fazendo suas tarefas sem reclamar mesmo tendo um tipo de deficiência.

Apesar de ela nunca falar, não era difícil adivinhar qual era sua triste história.

Mais uma razão para desprezar Aquela que tinha dado origem à raça, Payne pensou.

As Escolhidas, assim como a Irmandade da Adaga Negra, foram criadas dentro de determinados parâmetros, a fim de atingir resultados previamente esperados. Considerando que os machos deviam ter o sangue forte, serem robustos, agressivos e dignos no campo de batalha, as fêmeas foram planejadas para serem inteligentes e flexíveis, capazes de controlar os instintos mais primitivos dos machos e civilizar a raça. Yin e Yang. Duas partes de um todo, com a exigência da alimentação a base de sangue garantindo a união dos sexos para sempre.

Mas nem tudo estava bem no esquema divino. A verdade é que a reprodução entre parentes sanguíneos gerava problemas, e embora no caso de Wrath as leis estipulassem que, como filho do rei, devia assumir o trono com ou sem deficiência, as Escolhidas não tinham tanta sorte. Os defeitos eram rejeitados pelas leis de reprodução. Sempre foi dessa maneira. E assim, alguém como No'One, que era deficiente física, foi relegada a servir suas irmãs sob um manto... um constrangimento ocultado, mas que no entanto era contemplada com "amor".

Tratava-se mais de "pena".

Payne sabia exatamente como a fêmea devia se sentir. Não sobre o defeito físico, mas sobre ser relegada a uma expectativa que não era possível atingir.

E por falar em expectativa...

Layla, outra Escolhida, entrou na sala e tirou seu manto, entregando-o a No'One com o sorriso gentil que era sua marca registrada.

A expressão foi perdida quando baixou os olhos e entrou na água. De fato, a fêmea parecia estar presa em pensamentos que não eram agradáveis.

– Saudações, irmã – Payne disse.

A cabeça de Layla levantou e suas sobrancelhas se ergueram.

– Oh... em verdade, não sabia que estava aqui. Saudações, irmã.

Depois disso a Escolhida curvou-se profundamente, sentando-se num dos bancos submersos, e apesar de Payne não ser do tipo que conversava muito, algo sobre o denso silêncio ao redor da fêmea a inquietou.

Ao terminar de se enxaguar, nadou e sentou ao lado de Layla, que limpava as perfurações em seu pulso.

– Quem você alimentou? – Payne perguntou.

– John Matthew.

Ah, sim, talvez fosse o macho a quem o rei se referia.

– Foi como deveria ser?

– Na verdade... na verdade, foi.

Payne inclinou sua cabeça para trás, contra a borda da piscina e encarou a beleza loira da Escolhida. Após um momento, murmurou para a fêmea:

– Posso lhe fazer uma pergunta?

– Mas é claro.

– O motivo de sua tristeza. Sempre… sempre volta em tristeza.

Perguntou mesmo sabendo. Ser forçada a fazer sexo e alimentar só por uma tradição era uma injusta violação para uma fêmea.

Layla olhou fixamente para as marcas em sua veia com uma espécie de interesse desapaixonado, como se estivesse contemplando as feridas de outra pessoa. E então balançou a cabeça.

– Não vou lamentar a glória que me foi dada.

– Glória? Na verdade, parece que lhe deram outra coisa completamente diferente. – Estava mais para uma maldição.

– Oh, não, é uma glória poder servir...

– Por favor, não se esconda atrás de tais palavras quando seu semblante desmente seu coração. Aliás, se carrega críticas contra a Virgem Escriba em seus lábios, bem-vinda ao clube. – Quando um par de olhos verdes pálidos se ergueu em choque em direção a ela, Payne deu de ombros. – Nunca fiz segredo de como me sentia. Nunca.

– Não… certamente você não fez isso. Só que isso parece tão...

– Vulgar? Impróprio? – Payne estalou os dedos. – Que pena.

Layla exalou longa e demoradamente.

– Fui treinada de maneira adequada, sabe? Como uma *ehros*.

– E é disso que não gosta...

– Não. Isso é o que não sei, mas gostaria de saber.

Payne franziu a testa com força.

– Você não é usada?

– Na verdade, fui negada por John Matthew na noite de sua transição após observá-lo ao longo da mudança. E quando vou alimentar aos Irmãos, nunca sou tocada.

– Desculpe, mas... – Ela estava ouvindo direito? – Quer fazer sexo? Com um deles?

O tom de Layla se tornou cortante.

– Com certeza você, de todas as minhas irmãs, entende o que é ser nada além de algo em potencial.

Bom... tinha montado um cenário todo equivocado.

– Com todo o respeito, não consigo entender o porquê de você querer... isso... com um daqueles machos.

– Por que não? Os Irmãos e aqueles três jovens machos são lindos e dignos. E com o Primaz nos deixando desatendidas... – Layla balançou a cabeça. – Ter sido bem ensinada, ouvir descrições, ler sobre o ato... quero experimentar por mim mesma. Mesmo que seja apenas uma vez.

– Para ser sincera, não posso dizer que tenho a menor inclinação. Nunca tive e acho que nunca terei. Prefiro lutar.

– Então, eu a invejo.

– Como?

Os olhos de Layla pareceram velhos.

– Bem melhor ser desinteressada que insatisfeita. Um é alívio. O outro um vazio muito pesado.

Quando No'One apareceu com uma bandeja de frutas cortadas e suco fresco, Payne disse:

– No'One, não vai se juntar a nós?

Layla sorriu para a criada:

– É verdade. Por favor, faça isso.

Com um aceno e uma reverência, No'One simplesmente deixou o que tinha preparado com tanto empenho e foi cuidar das suas obrigações, mancando ao longo da piscina e saindo da sala de banhos.

A testa de Payne continuou franzida enquanto ela e a Escolhida Layla ficaram em silêncio. Pensando em todas as informações que haviam sido trocadas, era difícil entender como podiam ter opiniões tão opostas... e estarem tão certas ao mesmo tempo.

Pelo bem de Layla, Payne desejava estar errada – que decepção seria esperar tanto por algo que estivesse muito abaixo de suas expectativas.

Capítulo 19

– Uma fêmea...

A voz suave e ressoante do Ômega chegava mais longe do que seu volume sugeria, as duas palavras ocupando cada canto da sala de pedra lisa que formavam seu aposento particular.

Lash fez seu melhor para aparentar indiferença enquanto apoiava-se contra uma das paredes pretas.

– Preciso dela para me servir com sangue.

– Precisa?

– É a biologia.

Em sua túnica branca, o Ômega parecia uma figura impressionante ao deslizar pelo espaço. Com seu capuz, os braços cruzados e as mãos escondidas em suas mangas onduladas, parecia o bispo de um jogo de xadrez.

Só que, claro, ali embaixo ele era o rei.

A área de recepção do mal era do tamanho de um salão de festas e decorado como um, com lustres e candelabros pretos em abundância que sustentavam uma legião de velas negras. No entanto, estava longe de ser austero. Em primeiro lugar, dos pavios brotavam chamas vermelhas. E ainda por cima as paredes, o piso e o teto eram feitos de um mármore extraordinário que Lash nunca tinha visto. De um ângulo era preto, de outro era vermelho metálico, e como a iluminação flamejava constantemente, tinha-se as duas cores de uma só vez ao seu redor.

Não era difícil entender o motivo da decoração. Considerando o guarda-roupa do Ômega, o qual se limitava àquelas coisas que pareciam cortinas de neve, tornava-se o foco principal, o único que se destacava. O resto era pano de fundo.

Também administrava seu mundo assim.

– E será uma parceira para você, meu filho? – perguntou Ômega do outro lado da sala.

– Não – Lash mentiu. – Apenas uma fonte de sangue.

Não se dava ao Ômega mais informações do que devia: Lash tinha plena consciência de como seu pai poderia ser inconstante, e se manter fora de seu alcance era a chave.

– Já não lhe dei força suficiente?

– Minha natureza vampira é o que é.

Ômega virou-se e encarou Lash. Depois de uma pausa, aquela voz distorcida sussurrou.

– Certamente. Acho que isso deve ser verdade.

– Vou trazê-la até você – Lash disse, endireitando-se na parede. – Para a casa da fazenda. Hoje à noite. Você a transforma e eu terei o que preciso.

– Não posso lhe fornecer isso?

– Estaria fornecendo. Você a inicia e eu tenho a fonte de sangue necessária para me dar forças.

– Então está dizendo que está fraco?

Maldição, era óbvio que estava. O Ômega podia sentir as coisas e com certeza aquilo já devia estar aparente há algum tempo.

Quando Lash permaneceu em silêncio, o Ômega deslizou para frente até poder encará-lo olho no olho.

– Eu nunca introduzi uma fêmea.

– Não teria de estar na Sociedade Redutora. Seria apenas para mim.

– Para você.

– Não há razão para tê-la lá fora, lutando.

– E essa fêmea. Já a selecionou?

– Eu a tenho. – Lash riu brevemente, pensando em Xhex e o dano que ela era capaz de fazer. – Tenho certeza que vai aprová-la.

– Tem tanta certeza.

– Tenho muito bom gosto.

Ao redor, as chamas vermelhas tremeluziram em seus pavios como se uma brisa houvesse soprado.

De repente, o capuz do Ômega caiu, revelando uma face sombria, translúcida, que tinha ângulos que se assemelhavam à versão carne e osso de Lash.

– Retorne de onde veio – o Ômega pronunciou com sua obscuridade, erguendo a mão esfumaçada. Com um toque no rosto de Lash, o mal virou-se. – Retorne de onde veio.

– Eu o encontrarei ao anoitecer – Lash disse. – Na casa da fazenda.

– Hoje. Ao anoitecer?

– Prefere que seja mais tarde? Por volta da uma hora. Nos vemos mais tarde, então.

– Você me verá, com certeza.

– Obrigado, Pai.

Quando Ômega flutuou pelo chão, colocando o capuz de volta no lugar com a força de sua vontade, um painel deslizou no caminho. Um momento depois, Lash estava sozinho.

Respirou fundo, esfregou o rosto e olhou ao redor, para todas aquelas chamas vermelhas e paredes espetaculares. O lugar era como uma espécie de útero.

Concentrando seu poder, saiu do *Dhunhd* e voltou ao pequeno e sólido rancho que havia usado como plataforma de lançamento. Quando despertou em sua forma corpórea, odiou o fato de estar deitado num sofá que tinha folhas de outono extravagantes em sua capa. E, Deus, o forro do tecido parecia como o pelo de um cachorro... e cheirava mal como se fosse um também.

Assumindo que o maldito quadrúpede tivesse rolado em um cinzeiro úmido.

Erguendo a cabeça, puxou a camisa até o pescoço. Ainda lá. As lesões ainda estavam visíveis e cada vez maiores. E se sentia um lixo.

Suas mãos tremeram enquanto se endireitava, e quando conferiu seu telefone, não viu nenhuma chamada. Nenhum correio de voz do Sr. D e de nenhum outro assassino. As duas coisas faziam sentido. Tudo e todos estavam sendo encaminhados pelo seu segundo na linha de comando, por isso, se o filho da mãe havia sumido, a Sociedade não poderia encontrar Lash.

Talvez o pequeno texano tivesse sido bom demais como assistente pessoal.

Com a fome estimulando-o, arrastou-se até a cozinha e abriu a porta da geladeira. Vazia. Exceto por uma caixa de bicarbonato de sódio que deve ter sido usada naquele sofá.

Batendo a porta da geladeira, desprezou completamente o mundo e todos que havia nele – apesar de aquilo se dever principalmente ao fato de não ter seus ovos e bacon lhe esperando.

Além disso, um lixo de imóvel poderia surtir esse efeito em alguém. A casa do rancho era uma nova aquisição e esteve lá apenas algumas vezes – inferno, nem mesmo o Sr. D sabia que a Sociedade possuía aquilo. A coisa era assim, Lash a havia resgatado da execução hipotecária, porque iriam precisar de lugares para fazer a metanfetamina e aquele local tinha um porão grande. Impressionante que o antigo proprietário não pôde cobrir os custos da hipoteca. A maldita coisa estava a apenas um nível acima daqueles banheiros que havia do lado de fora das casas antigas.

Talvez meio nível.

Dirigiu-se para a garagem e foi um maldito alívio estar de volta na sua Mercedes... embora se sentisse mortificado ao ter que passar por um *drive-thru* do McDonald's para pegar um lanche e um café. Ainda por cima, teve que esperar na fila juntamente com um bando de sujeitos em caminhonetes e mães em minivans.

Enquanto voltava para a casa de arenito, seu humor foi se afundando cada vez mais... e foi jogado completamente na fossa quando entrou na garagem. A porta ainda estava aberta, mas o Lexus tinha desaparecido.

Estacionou o Mercedes debaixo da cobertura, fechou a coisa com o controle remoto e saiu. O jardim nos fundos estava relativamente tranquilo, mas pôde sentir o cheiro do *redutor* no instante em que...

Parando na varanda, seus olhos dispararam para o segundo andar. Oh, Deus...

Energizado pelo pânico, Lash começou a correr a plena velocidade e irrompeu para os fundos mais rápido do que nunca, passando pela porta...

Seus sapatos escorregaram em algo enquanto via o massacre. Jesus... Cristo... *a cozinha dele.*

O lugar parecia que tinha sido atingido por uma ducha de óleo. E inferno, não tinha sobrado muito do Sr. D. O tronco do assassino estava no meio da cozinha, perto do balcão, mas seus braços e pernas estavam espalhados por toda parte... e seu órgão digestivo estava pendurado nos puxadores dos armários.

Por algum milagre, a cabeça do cara ainda estava ligada ao tronco e seus olhos estavam bem abertos. A boca começou a mover-se quando viu que já não estava sozinho; um apelo gutural saiu de seus lábios brilhantes pelo sangue negro congelado.

– Seu maldito desgraçado – Lash cuspiu-lhe. – Olhe para você. Pelo amor de Deus!

E, caramba, tinha problemas maiores que o fato de que seu segundo na linha de comando houvesse sido esquartejado. Saltou por cima da bagunça, passou pela sala de jantar e correu até as escadas.

Entrou com tudo no quarto que compartilhava com Xhex e não encontrou nada além de um monte de vazio... e uma janela com um buraco.

– Filha da mãe!

Percorrendo o local, olhou através da porta aberta e viu a marca na parede do corredor. Debruçando-se, apertou o nariz contra o papel de parede e inalou. Seu cheiro estava nas fibras do papel. Tinha quebrado a barreira com força física.

No entanto, ainda estava no quarto enquanto o Sr. D tinha sido atacado. Será que os Irmãos voltaram e ajudaram-na a sair?

Uma passada rápida pela casa e o humor de Lash foi de ruim para tóxico. O laptop tinha sumido. Os celulares tinham desaparecido.

Filhos da mãe.

Na cozinha, dirigiu-se para a despensa para pegar o...

– Ah, não acredito!

Ajoelhando, verificou que o painel tinha sido quebrado e aberto. Tinham destruído seu esconderijo, também? Como inferno tinham encontrado?

Do outro lado, o Sr. D parecia uma aula de anatomia. Talvez tivesse entregado tudo. O que significava que Lash não poderia ter certeza de que seus outros endereços não estavam comprometidos.

Em uma explosão de raiva, levantou o punho, erguendo-o com força e pegou qualquer coisa que lhe veio a mão.

Um maciço vidro de azeitonas.

A coisa quebrou, o liquido derramou pelo lugar, aqueles pequenos olhos bateram e rolaram para a liberdade em todas as direções.

Lash entrou com tudo de volta à cozinha e foi em direção ao Sr. D. Aquela boca sangrenta começou a trabalhar novamente, a luta lamentável era definitivamente nauseante.

Indo até o balcão, Lash pegou uma faca, segurou no cabo e abaixou.

– Você disse alguma coisa a eles?

Quando o Sr. D negou com a cabeça, Lash encarou os olhos do cara. O branco estava escurecido em um tom de cinza e as pupilas estavam tão dilatadas ao ponto de quase não haver íris. Contudo, apesar de parecer estar à beira da morte, abandonado à própria sorte, o Sr. D definharia e apodreceria para sempre naquela condição. Havia apenas uma maneira de "matá-lo".

– Tem certeza? – Lash murmurou. – Mesmo quando lhe arrancaram o braço do lugar?

A boca do Sr. D se moveu, os sons eram guturais como comida molhada de cachorro caindo de uma lata.

Soltando um palavrão revoltado, Lash apunhalou o peito vazio do *redutor*, livrando-se de pelo menos uma parte da bagunça. O estalo e o brilho se desvaneceram rapidamente e, em seguida, Lash fechou a casa, trancando a porta dos fundos antes de voltar ao segundo andar.

Levou meia hora para arrumar as malas, e enquanto descia as escadas carregando seis malas Prada, não conseguiu se lembrar de quando teve de carregar sua própria bagagem.

Depois de enfileirar sua carga um passo atrás dele, ativou o alarme de segurança, trancou e arrastou suas coisas até a Mercedes.

Enquanto se afastava dirigindo, odiou a ideia de retornar ao maldito rancho. Mas, no momento, não tinha opção – e tinha outras coisas para se preocupar antes de pensar no lugar onde viveria.

Precisava encontrar Xhex. Se tinha saído sozinha, não havia nenhuma possibilidade de ter ido longe. Estava fraca demais. Então, a Irmandade a tinha levado com certeza.

Jesus Cristo... Com seu pai aparecendo a uma hora da madrugada para a indução dela, teria que encontrá-la logo. Ou isso, ou encontrar alguém que pudesse substituí-la.

A batida na porta que despertou John foi um verdadeiro estrondo, barulhento como um disparo.

No instante em que ouviu, ficou sentado. Enquanto esfregava os olhos, assobiou um "entre" e rezou para não ser nada além de Qhuinn com uma bandeja da Primeira Refeição.

A porta não foi aberta.

John franziu a testa e deixou cair as mãos.

Ficou em pé, pegou um par de jeans e puxou-os até os quadris, em seguida, aproximou-se e... Wrath estava em pé na porta com George ao seu lado e não estava sozinho. Os meninos e Rehvenge estavam com ele, assim como todos os outros Irmãos, inclusive Tohr.

Oh... Deus... Não.

Suas mãos gesticularam rápido mesmo com seu coração quase parando.

Onde o corpo foi encontrado?

– Ela está viva – Rehvenge respondeu, enquanto segurava um celular. – Acabei de receber a mensagem. Tecle quatro.

John precisou de um segundo para processar a informação. Então, agarrou o celular da mão do macho e pressionou a tecla. Houve um bipe e então...

Caramba... aquela voz. *A voz dela.*

– Rehv... estou fora. Eu saí. – Houve um baixo e profundo suspiro. – Estou bem. Estou intacta. Estou fora. – Longa pausa. A ponto de John quase parar e verificar se o... – Eu preciso de um tempo. Estou segura... Mas não vou voltar por um tempo. Preciso de um tempo. Diga a todos... conte... a todo mundo. Vou manter contato. – Outra pausa e sua voz cresceu mais forte ao ponto da raiva. – Assim que puder... Lash é meu. Você me entendeu? Ninguém vai pegá-lo a não ser eu.

A mensagem terminou.

John teclou quatro novamente e escutou.

Depois da segunda vez, entregou a coisa de volta a Rehv e encontrou aqueles olhos ametistas. Estava bem consciente que Rehv tinha sido próximo de Xhex por anos e anos. Sabia que o cara não apenas compartilhava experiências com ela, mas também o sangue *sympatho* que, em muitos aspectos, mudava tudo. Sabia que o macho era mais velho e mais sábio que aquela conversa fiada toda.

Mas o macho vinculado em John o deixava em pé de igualdade quando se tratava dela.

Talvez até tivesse vantagem.

Para onde ela iria?, assinalou.

Após Qhuinn traduzir, Rehv assentiu.

– Ela tem uma cabana de caça a uns vinte quilômetros ao norte daqui. No Rio Hudson. Acho que é onde ela está. Teria acesso a um telefone lá e é seguro. Vou até lá ao anoitecer, sozinho. A menos que você se junte a mim.

Ninguém parecia surpreso com a troca de palavras... mas então John percebeu que seu segredo tinha sido revelado. Depois da maneira como se comportou no quarto daquela casa... para não falar de como tinha rasgado o *redutor*, todos sabiam como se sentia sobre Xhex.

Essa era a razão pelo grupo todo ter ido até lá. Estavam reconhecendo seu status, prestando-lhe o devido respeito. Os direitos e os limites de um macho vinculado eram respeitados quando dizia respeito as suas fêmeas.

John olhou para Qhuinn e assinalou:

Diga a ele que vou.

Depois que seu amigo traduziu, Rehv assentiu com a cabeça e então virou-se para Wrath.

– Vou com ele e só ele. E não pode levar Qhuinn. Vamos ter problemas suficientes com ela quando nós dois chegarmos sem termos anunciado.

Wrath franziu a testa.

– Que droga, Rehv...

– Ela é um risco iminente de fuga. Já passei por isso antes com Xhex. Qualquer aparição, ela entra em parafuso e não vai ligar de novo. Além disso, John aqui... ele vai me seguir de qualquer maneira, não vai, filho? Vai despistar Qhuinn e me seguir de qualquer jeito.

John não hesitou em concordar com a cabeça.

Quando Quinn soltou um "filho da mãe", Wrath balançou a cabeça.

– Por que diabos nomeei você para ser o *ahstrux* dele...

Houve um período de tenso silêncio, durante o qual o rei avaliou John e Rehv. Então disse:

– Oh, pelo amor de Deus, está bem... vou deixá-lo ir sem seu guarda essa única vez, mas não enfrente o inimigo. Você vai à cabana, e apenas até lá, e depois volta e pega Qhuinn antes de voltar ao campo. Estamos claros?

John assentiu e foi ao banheiro.

– Dez minutos – Rehv disse. – Você tem dez minutos e então saímos.

John ficou pronto em quatro minutos, e já estava no andar de baixo em seis. Estava totalmente armado, como mandava o protocolo, e coberto com couro protetor. Mais que isso, sentia-se vivo ao ponto da insanidade, o sangue zumbindo com a intensidade de um tornado.

Enquanto andava, sentia os olhares. Partindo da sala de bilhar. Da sala de jantar. De lá de cima da sacada do segundo andar. Bocas silenciosas, mas olhos que não perdiam nada.

Estava claro que a Irmandade e os outros moradores estavam hesitantes sobre sua conexão com Xhex e achava que podia entendê-los. Surpresa! Ele havia se vinculado a uma *sympatho*.

Mas não se consegue escolher por quem vai se apaixonar... ou mudar os sentimentos de alguém que não te corresponde.

Deus, não que essa parte importasse. Ela estava viva!

Rehvenge desceu a escada principal, a bengala vermelha batendo nos degraus acarpetados a cada passo que seu pé direito dava. Não estava vestido para guerra: seu longo casaco de pele deslizava sobre seus sapatos e sobre os punhos do seu elegante terno preto.

Aproximando-se de John, apenas balançou a cabeça e abriu caminho para a porta principal. Juntos, atravessaram e penetraram a noite fria.

O ar cheirava a terra limpa e molhada.

O perfume da primavera. O aroma próprio da esperança e do renascimento.

Caminhando até o Bentley, John encheu os pulmões com a fragrância e prendeu a respiração, pois dizia a si mesmo que Xhex estaria fazendo a mesma coisa naquela mesma noite.

E não porque estaria enterrada.

Lágrimas surgiram em seus olhos enquanto a gratidão o lavava ao longo de cada veia que tinha, bombeando um coração que cantava.

Não podia acreditar que a veria... Deus, vê-la novamente. Olhar seus olhos cor de bronze. Para...

Droga, seria difícil não lançar os braços ao redor dela e abraçá-la até amanhã de manhã. Ou talvez até a próxima semana.

Quando entraram no carro, Rehv ligou o motor, mas não colocou o carro em movimento. Olhava além do para-brisa, para o caminho de paralelepípedos à frente.

Como uma voz tranquila disse.

– Há quanto tempo isto está acontecendo com você? Com relação a ela?

John pegou um pequeno bloco que tinha levado e escreveu:

Desde o momento em que a vi pela primeira vez.

Depois de Rehv ler o rabisco, franziu a testa.

– Ela sente o mesmo?

John não deixou seus olhos baixarem enquanto balançava a cabeça. Não fazia sentido esconder qualquer coisa. Não com um *sympatho*.

Rehv assentiu com a cabeça uma vez.

– Típico dela. Maldição... Certo, vamos fazer isso.

Com um rugido, partiram pela noite.

Capítulo 20

A esperança é uma emoção traiçoeira.

Já havia passado duas noites até Darius finalmente entrar na casa da família da fêmea sequestrada e, conforme a grande porta se abria para ele e Tohrment, foram recebidos por um doggen *cujos olhos estavam cheios da tragédia da esperança. Na verdade, a expressão do mordomo era de tanto respeito, que evidentemente acreditava estar dando as boas-vindas aos salvadores da casa de seu amo e não a pessoas comuns.*

Somente o tempo e os caprichos do destino confirmariam se sua crença era real ou se estava equivocada.

Com entusiasmo, Darius e Tohrment foram guiados a um escritório oficial e o senhor que se levantou de uma cadeira revestida de seda teve que se firmar em seu peso.

– Bem-vindos, senhores, obrigado por terem vindo – Sampsone disse enquanto se aproximava com as duas mãos levantadas para apertar as mãos de Darius. – Sinto muito por não tê-los recebido nas duas noites passadas. Minha amada shellan*...*

A voz do macho falhou, e no silêncio, Darius deu um passo para o lado.

– Permita-me apresentar meu colega, Tohrment, filho de Hharm.

Enquanto Tohrment com reverência se curvava com a mão no coração, ficou claro que o filho tinha todas as boas maneiras que seu pai não tinha.

O mestre da casa retribuiu a deferência.

– Gostariam de beber ou comer alguma coisa?

Darius balançou a cabeça e sentou. Quando Tohrment colocou-se em pé atrás dele, disse:

– Obrigado. Mas, por ventura, poderíamos falar sobre o que aconteceu nesta mansão?

– Sim, sim, é claro. O que posso dizer?

– Tudo. Conte-nos... tudo.

– Minha filha... minha luz na escuridão... – O homem pegou um lenço. – Era de valor e cheia de virtude. A mais doce fêmea que poderiam se deparar...

Darius, consciente de que já tinham perdido duas noites, permitiu ao pai um certo tempo de lembranças, antes de colocá-lo no foco da questão.

– E naquela noite, senhor, naquela terrível noite – ele interrompeu quando houve uma pausa. – O que aconteceu nesta casa?

O macho balançou a cabeça e enxugou os olhos.

– Ela acordou de seu suave sono sentindo-se um pouco inquieta e então foi aconselhada a descansar em seus aposentos privados para o bem de sua saúde. Levaram comida até ela à meia noite e outra refeição antes da chegada da aurora. Foi a última vez em que foi vista. Seu aposento particular está lá em cima, mas também possui, assim como o resto da família, aposentos subterrâneos. Contudo, escolhia com frequência não ficar aqui conosco durante o dia, e como tínhamos acesso a ela através dos corredores internos, concluímos que estaria segura... – O homem engasgou neste ponto. – Como desejaria ter insistido mais.

Darius podia muito bem entender o arrependimento.

– Vamos encontrar sua filha. De um jeito ou de outro, vamos encontrá-la. Permitiria que fôssemos agora ao quarto dela?

– Por favor, sim. – Quando o macho gesticulou para o doggen, *o mordomo se aproximou. – Silas ficará satisfeito em acompanhá-los. Prefiro... esperar aqui.*

– Mas é claro.

Quando Darius se levantou, o homem se aproximou e agarrou sua mão.

– Uma palavra, se me permite? Entre você e eu?

Darius concordou, e conforme Tohrment seguiu o doggen, *o mestre da casa deixou-se cair de volta em sua cadeira.*

– Na verdade... minha filha era de valor. De virtudes. Intocada por...

Na pausa que se seguiu, Darius sabia com o quê o macho estava preocupado: se não a recuperassem em sua condição virginal, sua honra, assim como a da família, estaria em jogo.

– Não consigo dizer isso na frente de minha amada shellan *– o macho continuou. – Mas nossa filha... se for corrompida... talvez seja melhor deixá-la...*

Os olhos de Darius se estreitaram.

– Prefere que não seja encontrada?

Lágrimas surgiram daqueles olhos pálidos.

– Eu... – De repente, o macho balançou a cabeça. – Não... não. Eu a quero de volta. Não importa como, não importa em quais condições... claro que eu quero minha filha de volta.

Darius não estava disposto a oferecer apoio – tal negação a uma filha de seu sangue ter passado pela mente do macho foi grotesco.

– Gostaria de ir ao quarto dela agora.

O mestre da casa estalou os dedos e o doggen *se aproximou do arco do escritório.*

– Por aqui, senhor – o mordomo disse.

Enquanto ele e seu protegido andavam pela casa, Darius examinava as janelas e portas reforçadas. Havia aço por todos os lugares, separando os painéis de vidro ou fortificando os painéis de carvalho robusto. Entrar sem ser convidado não era fácil... e estava disposto a apostar que todos os quartos nos andares de cima eram iguais – inclusive os aposentos dos doggen.

Também avaliou cada pintura, tapete e objetos preciosos enquanto subia. Aquela família era de alto nível na glymera, *com cofres sufocados de riquezas e uma linhagem sanguínea invejável. Assim, o fato de que sua filha virgem solteira sumisse não atingia apenas seus corações: era como um bem negociável. Sabendo disso, uma fêmea nessa idade e condição era um objeto de beleza... e uma implicação social e financeira.*

E esta não era a única implicação disso. Como em qualquer avaliação, o inverso também era verdadeiro: ter uma filha arruinada, de fato ou por rumores, era uma mancha que levaria gerações para sequer ser ofuscada. O mestre daquela mansão, sem dúvida, amava sua filha de verdade, mas o peso de tudo isso distorcia a relação.

Darius acreditava muito que na visão do macho, seria melhor que sua filha voltasse numa caixa de pinho ao invés de respirando, mas corrompida. O último era uma maldição, o primeiro seria uma tragédia que reuniria muita simpatia. Darius odiava a glymera. *Odiava mesmo.*

– Aqui estão os aposentos privados dela – o doggen *disse, abrindo a porta.*

Quando Tohrment entrou no quarto iluminado por velas, Darius perguntou:

– O quarto foi limpo? Foi arrumado desde que ela se foi?

– Claro.

– Deixe-nos, por favor.

O doggen *se curvou profundamente e desapareceu.*

Tohrment vagou ao redor, olhando as cortinas de seda e uma área de estar muito bem decorada. Um alaúde estava em um canto e uma bela peça de bordado que foi parcialmente concluída em outro. Livros de autores humanos estavam empilhados ordenadamente em prateleiras, juntamente com pergaminhos no Antigo Idioma.

A primeira coisa que se percebia é que nada estava fora do lugar. Mas se isso era culpa dos empregados ou circunstâncias do desaparecimento, era difícil saber.

– Não toque em nada, certo? – Darius disse ao garoto.

– Mas é claro que não.

Darius adentrou no quarto luxuoso. As cortinas eram feitas de uma tapeçaria tão grossa e pesada que não se poderia esperar que a luz do sol penetrasse no aposento. A cama estava cercada pelo mesmo tecido, havia grandes painéis dele pendurados na cobertura.

No armário, abriu as portas esculpidas. Vestidos maravilhosos em safira, rubi, citrino e esmeralda estavam pendurados juntos, repletos de uma beleza potencial. E um único cabide repousava vazio, como se a última vestimenta que escolheu estivesse pendurada naquele objeto acolchoado.

Tinha uma escova de cabelos sobre a penteadeira e vários potes de unguentos, óleos perfumados e pós de coloração. Todos alinhados.

Darius abriu uma gaveta... e soltou uma pequena maldição. Estojos de joias. Estojos de joias de couro. Pegou um, abriu o fecho de ouro com um estalo e levantou a tampa.

Diamantes brilhavam sob a luz das velas.

Quando Darius voltou a colocar a caixa junto com as outras, Tohrment parou na porta, os olhos focando o tapete em tons de pêssego, amarelo e vermelho.

O leve rubor no rosto do macho entristeceu Darius por alguma razão.

– Nunca esteve no quarto de uma fêmea, certo?

Tohrment ficou ainda mais vermelho.

– Ah... não, senhor.

Darius fez um gesto com a mão.

– Bem, estamos aqui a trabalho. Melhor deixar qualquer timidez de lado.

Tohrment pigarreou.

– Sim. É claro.

Darius foi até a porta dupla francesa. As duas se abriam para um terraço e saiu com Tohrment em seu encalço.

– É possível enxergar através daquelas árvores distantes – o garoto murmurou, andando até a varanda.

De fato era possível. Através dos galhos torcidos e dos ramos desfolhados, uma mansão em outra propriedade era visível. A grande casa era comparável em tamanho e distinção, com metais finos em suas torres e grandes jardins... mas até onde Darius sabia, não era habitada por vampiros.

Virou-se e andou pela varanda, inspecionando todas as janelas, portas, maçanetas, dobradiças e fechaduras.

Não havia sinais de invasão, e considerando o frio que fazia, ela não teria deixado nada aberto facilitando assim a entrada dos elementos da natureza.

O que significava que a garota ou havia saído por vontade própria... ou deixado entrar quem quer que a tivesse levado. Isso assumindo que a entrada tivesse acontecido ali.

Olhou através do vidro para dentro dos aposentos da moça, tentando imaginar o que havia acontecido.

Para o inferno com a entrada, a saída era a questão, não era? Era muito improvável que o sequestrador a tenha arrastado pela casa: deve ter sido arrebatada na escuridão, ou então teria sido queimada até as cinzas e sempre havia gente do lado de fora durante a noite.

Não. Teriam que ter saído por aquele quarto.

Tohrment falou:

– Nada foi modificado, dentro ou fora. Sem riscos no chão, ou marcas na parede, o que significa...

– Que ela pode muito bem ter deixado alguém entrar e não lutou contra isso.

Darius voltou para dentro e pegou a escova de cabelo. Finos fios de cabelos loiros estavam presos nas cerdas duras. Nenhuma surpresa, já que o pai e a mãe eram claros.

A questão era: o que levava uma fêmea de valor a fugir da casa de sua família antes do amanhecer, não deixando rastros... e não levando nada consigo?

Uma resposta veio à mente: um macho.

Pais não sabem necessariamente tudo sobre as vidas de suas filhas, sabem?

Darius encarou a noite, examinando os caminhos, as árvores... e a mansão vizinha. Fios... havia fios para tecer aquele mistério.

A resposta que procurava estava ali em algum lugar. Só tinha que costurar os fios para encontrá-la.

– E agora? – Tohrment perguntou.

– Vamos conversar com os servos. Em particular.

Geralmente, em casas como aquela, os doggen *nunca sonhariam em falar qualquer coisa fora dos limites necessários. Mas estas não eram circunstâncias normais e era muito possível que piedade e compaixão para com a pobre fêmea sobrepusessem a reticência dos funcionários.*

E, às vezes, os fundos da casa sabiam coisas que a frente não sabia.

Darius virou-se e caminhou para a porta.

– Vamos despistar o senhor da mansão agora.

– Despistar?

Saíram juntos e Darius olhou para cima e para baixo no corredor.

– Sim. Venha por aqui.

Escolheu a esquerda, pois, no sentido oposto, havia um conjunto de portas duplas que dava para outra varanda no segundo andar – então era óbvio que o caminho que dava para os aposentos dos funcionários não era por ali. Enquanto caminhavam, passando por diversos cômodos mobiliados maravilhosamente, seu coração doía de tal forma que sua res-

piração ficou apertada. Depois de duas décadas, suas perdas ainda eram registradas, sua queda ainda ecoava ao longo de cada osso de seu corpo. Era de sua mãe quem mais sentia falta, na verdade. E por trás dessa dor estava o fim de uma vida civilizada que uma vez ele vivera.

Nasceu para isso e fez o que tinha sido treinado a fazer pela raça e alimentou certas... indulgências e ganhou respeito de seus companheiros na guerra. Mas não havia alegrias para ele nessa existência. Nenhuma maravilha. Nenhuma fascinação.

Tudo se resumia a coisas belas para ele? Era tão superficial assim? Se, algum dia, tivesse uma grande e linda casa, com aposentos incontáveis recheados com coisas finas, teria um coração mais leve?

Não, pensou. Não se ficasse sozinho sob o grandioso teto.

Sentia falta de pessoas com a mesma mentalidade convivendo juntas, de uma comunidade levantada por paredes firmes, de um grupo que fosse sua família por sangue e escolha. Na verdade, a Irmandade não vivia junta, pois isto era visto por Wrath, o Justo, como um risco à raça – se suas posições fossem delatadas ao inimigo de alguma maneira, todos estariam expostos.

Darius entendia a linha de pensamento, mas não tinha certeza se concordava com isso. Se os seres humanos podiam viver em seus castelos fortificados em meio aos campos de batalhas, os vampiros poderiam fazer o mesmo.

Contudo, sejamos justos, a Sociedade Redutora era um adversário bem mais perigoso.

Depois de caminhar pelo corredor por algum tempo, finalmente encontraram o que esperava: uma passagem que dava para uma escadaria nos fundos, completamente sem adornos.

Descendo os degraus de pinho, entraram numa pequena cozinha e o aparecimento deles interrompeu a refeição que estava sendo feita numa longa mesa de carvalho.

Os doggen *soltaram suas canecas de cerveja e pedaços de pão e se colocaram em pé.*

– Por favor, voltem a comer – disse Darius, insistindo com as mãos para que voltassem a seus lugares. – Desejamos falar com o mordomo do segundo andar e com a criada pessoal da filha.

Todos retornaram a seus lugares ao longo da bancada, com exceção de dois: uma fêmea de cabelos brancos e um jovem macho com um rosto gentil.

– Poderia nos sugerir um lugar com alguma privacidade? – Darius disse ao mordomo.

– Temos uma sala de estar indo por ali. – Assinalou em direção a uma porta perto da lareira. – Encontrarão o que procuram lá dentro.

Darius assentiu e se dirigiu à criada, que estava pálida e trêmula, como se estivesse em apuros.

– Não fez nada de errado, minha cara. Venha, isto será rápido e indolor, garanto.

Melhor começar com ela. Não tinha certeza se aguentaria esperar até terminarem com o mordomo.

Tohrment abriu o caminho e os três entraram em uma sala que tinha tanta personalidade quanto um amontoado de pergaminhos em branco.

Como sempre acontecia em grandes propriedades, os aposentos da família eram construídos com luxo e requinte. E os dos empregados não tinham nada além do básico.

Capítulo 21

Quando o Bentley de Rehv saiu da estrada 149 Norte e entrou com cuidado em um caminho estreito de terra, John inclinou-se sobre o para-brisa. Os faróis iluminavam árvores desfolhadas enquanto o sedan serpenteava cada vez mais perto do rio, a paisagem era repleta de mato e pouco acolhedora.

A pequena cabana de caça que surgiu era absoluta e positivamente nada digno de nota. Pequena, escura e despretensiosa, com uma garagem independente da casa. Era rústica, mas estava em perfeito estado.

Saiu do carro e já estava caminhando para a porta da frente antes de Rehv sair de trás do volante. O sentimento predominante de medo que sentia era, na verdade, um bom sinal. Sentiu a mesma coisa no acampamento *sympatho* e fazia sentido ela proteger seu espaço particular com um campo de força semelhante.

O som de suas botas soou alto em seus ouvidos enquanto cruzava a terra batida da rua estreita, e então tudo ficou em silêncio ao atingir o gramado raso, marrom e desalinhado. Não bateu, mas estendeu a mão para a maçaneta e ordenou mentalmente que a fechadura se abrisse.

Só que... ela não se moveu.

– Não vai ser capaz de entrar aí usando sua mente. – Rehv chegou com uma chave de cobre, colocou a coisa em uso e abriu caminho.

Quando a forte e sólida porta foi colocada de lado, John estreitou o olhar para a escuridão e inclinou sua cabeça, esperando um alarme disparar.

– Ela não acredita em alarmes – disse Rehv calmamente antes de deter John enquanto corria para dentro. Em um tom mais alto, o homem gritou:

– Xhex? Xhex? Abaixe a arma... somos eu e John.

De alguma maneira sua voz não soava bem, pensou John.

E não houve resposta.

Rehv acendeu as luzes e soltou o braço de John enquanto entravam. A cozinha nada mais era do que uma pequena área com apenas o essencial: forno a gás, uma geladeira velha e uma pia de aço inoxidável. Mas tudo estava impecável e não havia desordem alguma. Sem correspondência, sem revistas. Nenhuma arma empunhada.

Mofo. O ar estava parado e mofado.

Do outro lado, havia um único quarto grande com janelas com vista para o rio. A mobília era mínima: nada além de duas cadeiras de vime, um sofá e uma mesa pequena.

Rehv atravessou, caminhando em direção à única porta fechada à direita.

– Xhex?

Outra vez com aquela voz. E, então, o macho colocou a mão no batente da porta e inclinou-se sobre os painéis, fechando os olhos.

Com um arrepio, Rehv abaixou os ombros enormes.

Ela não estava lá.

John adiantou-se e abriu caminho tateando pelo quarto. Vazio. Assim como o banheiro do outro lado.

– Maldição! – Rehv girou sobre os calcanhares e se afastou. Quando uma porta bateu na lateral da cabana que dava para o rio, John percebeu que o sujeito havia saído para a varanda e estava olhando para a água fixamente.

John amaldiçoou em pensamento enquanto olhava ao redor. Tudo estava limpo e organizado. Nada fora do lugar. Nenhuma abertura nas janelas para entrar ar fresco ou portas que haviam sido abertas recentemente.

A poeira fina sobre as maçanetas e fechaduras lhe disse isso.

Xhex poderia ter passado por ali, mas já tinha ido embora. E se veio, não ficou muito tempo ou fez muita coisa, porque não podia detectar nada de seu perfume.

Sentiu como se a tivesse perdido novamente.

Cristo, pensou que o fato de estar viva fosse o suficiente para sustentá-lo, mas a ideia de que ela se encontrava em lugar algum do planeta, mas longe dele, o paralisava de maneira muito estranha. Além disso, se sentia cego pela situação; ainda não sabia os "comos" e "porquês" e "ondes" de nada daquilo.

Estava péssimo, para ser sincero.

Por fim, saiu para juntar-se a Rehv na pequena varanda. Agarrando seu bloco de notas, rabiscou rapidamente e rezou para que o *sympatho* conseguisse entender aquilo que iria dizer.

Rehv olhou por cima do ombro e leu o que John segurava. Depois de um momento, disse:

– Sim, claro. Direi aos Irmãos que ela não estava aqui e que você foi comigo comer no restaurante de iAm. Isso vai te dar umas boas três, quatro horas no mínimo.

John colocou a mão no peito e curvou-se profundamente.

– Só não saia por aí lutando. Não preciso saber para onde está indo, isso é assunto seu. Mas se você se matar, arrumo noventa e nove problemas e você é o maior deles. – Rehv olhou de volta para o rio. – E não se preocupe com ela. Já fez isso antes. Esta é a segunda vez que... Xhex foi raptada.

A mão de John agarrou com força o antebraço do macho. Rehv nem sequer pestanejou... contudo, havia rumores de que não sentia nada por causa do que fazia para controlar seu lado *sympatho*.

– Sim. Esta é a segunda vez. Ela e Murhder estavam juntos... – Quando as presas de John apareceram, Rehv sorriu discretamente. – ... isso foi há muito tempo. Não precisa se preocupar. Mas ela acabou indo para a colônia por razões familiares. Porém, eles a prenderam lá e não a deixaram sair. Quando Murhder subiu para buscá-la, os *sympathos* o pegaram também e a situação ficou crítica. Eu tive que fazer uma barganha para soltar os dois, mas a família dela a vendeu no último segundo, bem debaixo do meu nariz.

John engoliu em seco e sinalizou sem pensar. *Para quem?*

– Humanos. Contudo, ela se libertou como fez dessa vez. E então foi embora por um tempo. – Os olhos de ametista de Rehv brilharam.

– Ela sempre foi forte, mas depois do que aqueles humanos fizeram a ela, tornou-se muito dura.

Quando?, John gesticulou.

– Há uns vinte anos. – Rehv voltou a encarar a água. – Para sua informação, ela não estava brincando naquela mensagem. Não vai apreciar ninguém chegando e sendo seu herói com Lash. Vai ter que fazer isso sozinha. Quer ajudar nessa situação? Deixe que ela vá até você quando estiver pronta... e fique fora do seu caminho.

Sim, bem, provavelmente ela não teria pressa em mandar uma mensagem de texto, pensou John. E quanto à coisa com Lash? Não tinha certeza se conseguiria deixar essa passar. Nem mesmo por ela.

Para interromper seu próprio pensamento, John estendeu a mão. Os dois aproximaram peito com peito em um breve abraço e depois John se desmaterializou.

Quando tomou forma, estava de volta no Parque Xtreme, atrás do galpão, olhando para as rampas e obstáculos vazios. O líder dos traficantes não estava de volta. Também não havia nenhum skatista. As duas coisas faziam sentido. Uma batida na noite anterior com um monte de tiras surgindo? E com uma chuva de balas?

O lugar seria uma cidade fantasma por um tempo.

John inclinou-se contra a madeira áspera, seus sentidos em alerta. Estava consciente da passagem do tempo, tanto por causa da posição da lua bem no meio do céu, quanto porque seu cérebro deixou o estado maníaco e entrou numa agitação mais razoável. Que também era uma droga, mas era mais fácil de lidar.

Xhex estava livre e ele nem sequer sabia em que condições estava. Será que estava machucada? Será que precisava se alimentar? Será que ela...

Certo. Hora de parar com esse ciclo vicioso.

E provavelmente ele deveria cair fora. Wrath havia sido muito claro sobre aquele negócio de "não lutar sem Qhuinn" e o parque ainda podia ser considerado um lugar perigoso.

De repente, deu-se conta de onde precisava ir.

Levantando-se daquela posição, fez uma pausa e olhou em volta com a testa franzida. A sensação de estar sendo observado e seguido o envolveu mais uma vez... exatamente como aconteceu na loja de tatuagens.

Porém, naquela noite, simplesmente não tinha energia para suportar mais uma boa dose de paranoia, então apenas se desmaterializou, imaginando que quem quer ou o que quer que fosse iria segui-lo outra vez ou o perderia no ar... e não estava preocupado com o que seria.

Estava muito desgastado.

Quando tomou forma novamente, estava a apenas algumas quadras de onde tinha lutado com aquele *redutor* na noite anterior. Do bolso interno de sua jaqueta de couro, tirou uma chave de cobre que era exatamente igual a que Rehv usou na cabana de caça.

Estava com aquela coisa há mais ou menos um mês e meio. Xhex tinha lhe dado na noite em que dissera a ela que podia confiar nele sobre seu segredo *sympatho* e, assim como os cilícios, ele a levava por onde quer que fosse.

Esquivando-se sob as escadarias de uma casa de arenito, inseriu o pedaço de metal e abriu a porta. As luzes no corredor do porão foram ativadas pelo movimento e o trecho de pedras caiadas foi iluminado instantaneamente.

Teve o cuidado de trancar a porta atrás de si e desceu.

Ela ofereceu-lhe abrigo naquele lugar secreto antes. Tinha concedido acesso a seu quarto no porão quando precisou ficar sozinho. E ao aproveitar sua hospitalidade, aquilo o levou à perda de sua virgindade.

No entanto, ela se recusou a beijá-lo.

A mesma chave funcionou na porta do quarto, o mecanismo de trava se deslocou suavemente. Ao movimentar os amplos painéis de metal, a luz se acendeu e ele entrou.

John morreu um pouco com o que viu na cama: seu coração e sua respiração pararam, suas ondas cerebrais cessaram, seu sangue gelou nas veias.

O corpo nu de Xhex estava enrolado nos lençóis.

Quando o quarto foi inundado pela luz, a mão dela agarrou a arma que estava apoiada sobre o colchão e a apontou para a porta.

Não tinha forças nem para levantar a cabeça ou a arma, mas ele tinha certeza de que poderia puxar o gatilho.

Levantando os braços e mostrando as palmas das mãos, deu um passo para o lado e fechou a porta com o pé para protegê-la.

Sua voz era quase um sussurro.

– John...

Uma única lágrima cor vermelho-sangue surgiu e a assistiu escorrer devagar e com facilidade pelo nariz até pingar sobre o travesseiro.

A mão dela afastou-se da arma e foi para o rosto, movendo-se com cuidado a cada centímetro, como se precisasse de tudo o que tinha para fazer isso. Cobriu-se da única maneira que podia, com seu escudo de mãos e dedos escondendo as lágrimas.

Ela estava toda marcada por hematomas em vários estágios de cura e tinha perdido muito peso, seus ossos pareciam prestes a romper sua carne. Sua pele estava cinza ao invés de um rosa saudável e seu perfume natural era praticamente inexistente.

Ela estava morrendo.

O horror daquilo tudo fez com que seus joelhos vacilassem ao ponto de ser obrigado a se apoiar contra a porta.

Mas mesmo enquanto oscilava, sua mente não parava. A doutora Jane precisava vê-la e Xhex precisava se alimentar.

Não tinham muito tempo pela frente.

Para sobreviver, ele teria que assumir a partir daquele momento.

John arrancou sua jaqueta de couro e arregaçou as mangas enquanto se dirigia até ela. A primeira coisa que fez foi cobrir gentilmente sua nudez puxando o lençol sobre seu corpo. A segunda foi empurrar seu punho direto contra a boca dela... e esperar que seus instintos assumissem o controle.

Sua mente podia não desejá-lo, mas seu corpo não seria capaz de resistir ao que tinha para oferecer.

Sobrevivência sempre prevaleceu sobre os assuntos do coração. Ele era uma prova viva disso.

Capítulo 22

Xhex sentiu um suave roçar em seu ombro e quadril enquanto John puxava o lençol em volta.

Por trás do aconchego de sua mão, ela inalou e tudo o que sentiu dizia respeito a um macho bom, limpo e saudável... e o cheiro provocou uma fome profunda dentro dela, seu apetite e necessidades a despertaram de seu sono com um rugido.

E isso foi antes de John colocar seu pulso tão perto dela que poderia beijá-lo.

Seus instintos *sympatho* serpentearam e leram as emoções dele.

Calmo e decidido. Totalmente centrado na cabeça e no coração: John iria salvá-la nem que fosse a última coisa que fizesse.

– John... – sussurrou.

O problema daquela situação... bem, um deles... era que não estava sozinho em saber o quão perto da morte ela estava.

Enquanto foi encarcerada e abusada, sua fúria contra Lash tinha sido um sustento e pensou que continuaria sendo quando saísse. Mas no instante em que ligou para Rehv, toda sua energia foi drenada e sobraram apenas as batidas de seu coração. E, mesmo isso, não era muito.

John colocou o pulso ainda mais perto... de modo que a pele dele roçou contra sua boca.

Seus caninos se alongaram num impulso lento ao mesmo tempo em que seu coração soluçou como se não estivesse trabalhando direito.

Tinha uma opção naquele momento silencioso e tenso: tomar sua veia e continuar vivendo. Ou negar isso e morrer na frente dele na próxima hora ou coisa assim. Porque ele não iria a lugar nenhum.

Afastando a mão do rosto, ela o percorreu com o olhar. Estava lindo como sempre, o tipo de rosto com que as fêmeas sonhavam.

Erguendo a palma da mão, ela o tocou.

A surpresa cintilou em seus olhos e então se inclinou para que sua mão pousasse sobre sua face quente. O esforço de manter o braço elevado mostrou ser algo extremo, mas quando seus dedos tremeram, ele colocou sua mão sobre a dela, segurando-a no lugar.

Seus profundos olhos azuis eram uma espécie de paraíso, com a cor de um céu quente ao escurecer.

Tinha que tomar uma decisão. Tomar sua veia ou...

Como não conseguia encontrar energia para terminar o pensamento, sentiu como se tivesse perdido a si mesma: considerando o fato de que parecia estar consciente, supôs que estava viva... mas, ainda assim, não sentia como se estivesse em sua própria pele. Sua luta tinha passado, a coisa que a tinha definido no mundo tinha evaporado. O que fazia sentido. Não tinha mais interesse em viver e não poderia fingir nem para ele, nem para si mesma.

Duas viagens ao parque dos prisioneiros a levaram longe demais.

Então... o que fazer, o que fazer?

Lambeu os lábios secos. Não nasceu sob condições que pudesse escolher, e seu tempo respirando, comendo, lutando e transando não trouxe melhoria alguma ao ponto de onde havia começado. Contudo, poderia partir sob suas próprias condições... e fazer isso depois que tivesse colocado as coisas em ordem.

Sim, essa era a resposta. Graças às três últimas semanas e meia, tinha uma ótima lista de coisas a fazer antes de morrer. Claro, havia apenas uma coisa nesta lista, mas algumas vezes isso é o suficiente para motivá-lo.

Num ímpeto de determinação, sua forte pele externa se reformou, a estranha sensação de flutuar que a confundia se dissipou e deixou uma aguda consciência de seu despertar. De repente, tirou a mão que estava embaixo da de John e a retirada cravou um surto de puro medo na grade emocional dele. Mas então puxou seu pulso e expôs suas presas.

O triunfo de John se traduziu numa onda de calor.

Pelo menos até tornar-se evidente que não tinha forças para romper a pele dele... seus caninos não fizeram nada além de arranhar a superfície. Porém, John estava atento. Com um movimento rápido, perfurou sua própria veia e levou aquela fonte até os lábios dela.

O primeiro gole foi... uma transformação. O sangue dele era tão puro que ardeu em sua boca e garganta... e o fogo que se acendeu em seu estômago percorreu todo seu corpo, descongelando-a, animando--a. Salvando-a.

Com ávidas sucções ela tomou dele para reviver, cada gole era um bote salva-vidas, uma corda sendo jogada no penhasco da sua morte, uma bússola que precisava para encontrar o caminho de volta para casa.

E ele deu isso a ela sem expectativas, esperanças ou impulsionado por emoções.

O que, aliás, em meio ao seu frenesi, lhe causou dor. Ela tinha mesmo partido seu coração: não sobrou nada de expectativa nele. Mas não havia abalado o macho – e isso fez com que o respeitasse como nada mais teria conseguido.

Enquanto se alimentava, o tempo corria assim como seu sangue, fluía no infinito e dentro dela.

Quando finalmente ficou saciada, liberou sua pele e lambeu para fechar a ferida.

O tremor começou logo depois. Iniciou-se nas mãos e pés e rapidamente se centralizou no peito, tremores incontroláveis que chacoalhavam seus dentes, seu cérebro e sua visão até que sentiu como se fosse um pé de meia jogado numa secadora.

Através do tremor, viu John tirando seu celular da jaqueta.

Tentou agarrar sua camisa.

– N-n-n-não. N-n-n-não...

Ele a ignorou, inclinando a maldita coisa e enviando uma mensagem de texto.

– D-d-d-droga... – ela grunhiu.

Quando fechou o telefone, disse:

– T-tentar me levar ao H-Havers a-agora n-n-não vai d-dar c-certo.

Seu medo de clínicas e de procedimentos médicos ia deixá-la no limite e, graças a ele, agora tinha energia para fazer algo com seu pânico. E não ia ser uma alegria para ninguém lidar com isso.

John pegou um bloco e rabiscou alguma coisa. Virou o papel e saiu um momento depois. Tudo que ela conseguiu fazer foi fechar os olhos quando a porta também se fechou.

Abrindo os lábios, respirou pela boca e imaginou se teria energia suficiente para levantar, se vestir e sair antes que a ideia brilhante de John aparecesse. Uma rápida avaliação a informou que não ia acontecer. Se não conseguia levantar a cabeça e mantê-la erguida do travesseiro por mais de um segundo e meio, não tinha jeito de conseguir ficar em pé.

Não levou muito tempo para que John voltasse com a doutora Jane, a médica pessoal da Irmandade da Adaga Negra. A fêmea fantasmagórica trazia uma maleta preta e transpirava o tipo de competência médica que Xhex valorizava – mas teria preferido infinitamente que toda aquela competência fosse aplicada a outros e não nela.

A doutora Jane se aproximou e colocou suas coisas no chão. Seu jaleco branco e sua roupa de hospital eram referências sólidas para os olhos, embora seu rosto e mãos fossem translúcidos. Porém, tudo mudou quando ela sentou na beirada da cama. Tudo nela tomou forma e a mão que pousou sobre o braço de Xhex era calorosa e firme.

No entanto, mesmo a compassiva médica fez a pele de Xhex formigar. Não queria mesmo ser tocada por ninguém.

Quando a boa doutora removeu a mão, teve a sensação que a fêmea sabia disso.

– Antes que me diga para ir embora, tem algumas coisas que precisa saber. Em primeiro lugar, não vou divulgar a sua localização a ninguém e não vou compartilhar nada que me diga ou qualquer coisa que eu descubra. Tenho que relatar a Wrath que a vi, mas qualquer descoberta clínica será sua e apenas sua.

Soava bem. Na teoria. Mas não queria a fêmea em nenhum lugar perto dela com o que havia naquela maleta preta.

A doutora Jane continuou:

– Segundo, eu não sei absolutamente nada sobre *sympathos*. Portanto, se há algo anatômico distinto ou significativo para essa sua metade... não vou necessariamente saber como tratar. Ainda consente em ser examinada por mim?

Xhex limpou a garganta e tentou travar os ombros, para que não tremesse tanto.

– Eu não q-quero ser examinada.

– Isso foi o que John disse. Mas você já passou por um trauma...

– N-n-não foi tão mal assim. – Sentia a resposta emocional de John vindo do canto de onde ele estava, mas não tinha energia para descobrir os detalhes do que estava sentindo. – E eu estou b-b-bem...

– Então deveria encarar isso como uma simples formalidade.

– Eu p-p-pareço com alguém que é formal?

O olhar verde-floresta da doutora Jane se estreitou.

– Você parece alguém que foi espancada. Que não se alimentou de maneira adequada. E que não dormiu. A não ser que queira me dizer que esse machucado roxo em seu ombro é maquiagem. Ou que essas bolsas debaixo dos seus olhos são uma miragem.

Xhex estava bem familiarizada com pessoas que não aceitavam "não" como resposta... pelo amor de Deus, trabalhou com Rehv por anos. E considerando aquele tom rígido e equilibrado, estava muito claro que a doutora iria fazer as coisas do jeito dela ou não iria embora. Nunca.

– M-m-maldição.

– Para sua informação, quanto mais cedo começarmos, mais cedo termina.

Xhex encarou John, pensando que se tinha que ser examinada, a presença dele ali não seria vantagem alguma. Ele realmente não precisava saber nada além do que provavelmente já supunha sobre a condição dela.

A doutora olhou sobre o ombro.

– John, você poderia, por favor, esperar no corredor?

John abaixou a cabeça e se inclinou para fora do quarto, a tremenda largura das suas costas desaparecendo pela porta. Quando a fechadura fez um clique, a boa doutora abriu aquela maldita maleta e o estetoscópio e o medidor de pressão foram os primeiros a sair.

– Só vou ouvir seu coração – disse, colocando o estetoscópio nas orelhas.

A visão dos instrumentos médicos foi gasolina para os tremores de Xhex, e estando fora de si como estava, ela se encolheu afastando-se.

A doutora Jane fez uma pausa.

– Não vou machucar você. E não vou fazer nada que você não queira.

Xhex fechou os olhos e virou de costas. De repente, cada músculo de seu corpo doeu.

– Vamos acabar logo com isso.

Quando o lençol foi levantado, uma corrente de ar frio correu sobre sua pele e um disco gelado foi colocado sobre seu peito. *Flashbacks* ameaçaram enviá-la para uma montanha-russa assustadora e começou a encarar o teto, apenas para tentar evitar sair levitando do maldito colchão.

– S-seja rápida, d-d-doutora. – Não conseguiria conter o pânico por muito tempo.

– Poderia respirar fundo para mim?

Xhex fez o melhor que podia e acabou estremecendo. Estava claro que uma ou mais das suas costelas estavam quebradas, provavelmente de bater na parede ao sair daquele quarto.

– Pode se sentar? – A Dra. Jane perguntou.

Xhex gemeu quando tentou levantar seu tronco da cama e falhou. A doutora Jane acabou tendo de ajudá-la, e quando fez isso, assoviou um pouco.

– Não dói tanto assim – Xhex exclamou.

– Difícil de acreditar. – De novo, o disco de metal andou sobre ela. –Respire o mais profundo que puder.

Xhex respirou fundo e ficou aliviada quando a mão gentil da doutora impulsionou suas costas contra os travesseiros e o lençol flutuou de volta para o lugar.

– Posso examinar os machucados de seus braços e pernas? – Quando Xhex deu de ombros, a doutora Jane colocou o estetoscópio de lado e se moveu ao redor da cama. Houve outra corrente de ar quando o lençol foi retirado... e então a outra fêmea hesitou.

– Marcas muito profundas de ataduras ao redor dos tornozelos – murmurou a doutora, quase para si mesma.

Bem, isso foi porque Lash a havia amarrado com arame algumas vezes.

– Muitas contusões...

Xhex interrompeu a inspeção quando o lençol foi puxado em direção aos quadris.

– Vamos apenas dizer que continuam por toda parte de cima, certo?

A doutora Jane recolocou o lençol onde estava.

– Posso apalpar sua barriga?

– Vá em frente.

Xhex se enrijeceu com a ideia de ser descoberta de novo, mas a doutora apenas esticou o lençol, empurrou e apalpou. Infelizmente não havia como esconder os tremores, especialmente quando as coisas se encaminharam para a parte inferior do estômago.

A doutora se acomodou e olhou dentro dos olhos de Xhex.

– Alguma chance de me deixar fazer um exame interno?

– Interno como em... – Quando entendeu o significado, Xhex balançou a cabeça. – Não. Não vai acontecer.

– Foi agredida sexualmente?

– Não.

A doutora Jane assentiu.

– Existe algo que eu precise saber e que você não me contou? Dor em algum lugar específico?

– Estou bem.

– Você está sangrando. Não tenho certeza se está ciente disso, mas está sangrando.

Xhex franziu a testa e olhou para seus braços trêmulos.

– Há sangue fresco na parte interna de suas coxas. Por isso perguntei se poderia fazer um exame interno.

Xhex sentiu uma onda de horror vindo sobre ela.

– Vou perguntar mais uma vez. Foi agredida sexualmente? – Não havia nenhuma emoção por trás das palavras técnicas e a doutora havia acertado nisso. Xhex não estava interessada em nenhuma histeria, choradeira ou piedade exagerada.

Quando não respondeu, a doutora Jane leu o silêncio corretamente e disse:

– Alguma chance de estar grávida?

Oh... Deus.

Os ciclos *sympatho* eram estranhos e imprevisíveis e estava tão afetada pelo drama do rapto e do cativeiro que nem tinha pensado nas consequências.

Naquele momento, desprezou ser uma fêmea. Realmente desprezou.

– Eu não sei.

A doutora assentiu.

– Como pode dizer se está?

Xhex apenas balançou a cabeça.

– Não tem como eu estar. Meu corpo passou por muita coisa.

– Deixe-me fazer o exame interno, ok? Apenas para ter certeza que não há nada acontecendo lá dentro. E então eu gostaria de levá-la ao complexo da Irmandade para que possa fazer um ultrassom. Sentiu-se muito mal quando examinei sua barriga. Pedi ao Vishous para vir com o carro... deve estar quase chegando.

Xhex mal conseguia ouvir o que estava sendo dito a ela. Estava ocupada demais relembrando as duas últimas semanas. Esteve com o John na véspera do rapto. Aquela última vez. Talvez...

Se estivesse grávida, recusava-se com todas as forças a acreditar que tinha alguma coisa a ver com Lash. Isso seria muito cruel. Cruel demais.

Além disso, talvez houvesse outra razão para o sangramento.

Parte de seu cérebro insistia em salientar que podia ser um aborto espontâneo.

– Faça isso – Xhex disse. – Mas faça rápido. Eu não lido bem com essa porcaria toda e não vou ficar muito entusiasmada se levar mais que alguns minutos.

– Serei rápida.

Enquanto fechava os olhos e se preparava, uma rápida mostra de slides se iniciou em sua cabeça. Primeira imagem: seu corpo numa mesa de aço inoxidável de uma sala de azulejos. Próxima imagem: seus tornozelos e pulsos presos no lugar. Próxima imagem: médicos humanos com olhos arregalados dizendo "olha só isso" aproximando-se dela. Próxima imagem: uma câmera de vídeo no seu rosto e descendo para produzir uma visão panorâmica. Próxima imagem: um bisturi capturando a luz.

Estalos.

Suas pálpebras se abriram com força com aqueles sons porque não tinha certeza se o que estava ouvindo era na sua cabeça ou no quarto. Era o último. A doutora Jane tinha colocado suas luvas de látex.

– Vou ser gentil – Jane disse.

O que era um termo relativo, claro.

Xhex agarrou os lençóis e sentiu espasmos na parte interna de suas coxas ao ficar rígida da cabeça aos pés. A boa notícia do ato de congelar com força foi que isso a curou daquela gagueira.

– Prefiro que seja rápida.

– Xhex... eu quero que olhe direto para mim. Agora.

O olhar disperso de Xhex voltou-se para ela.

– O que?

– Mantenha-se olhando em meus olhos. Bem aqui. – A doutora apontou para seus olhos. – Mantenha o olhar. Prenda-se em meu rosto e saiba que já passei por isso, certo? Sei exatamente o que estou fazendo e não apenas porque fui treinada.

Xhex se esforçou para focar e... Jesus, aquilo ajudava. Encontrar aquele olhar verde realmente ajudou.

– Você vai sentir.

– Como assim?

Xhex clareou a garganta.

– Se eu estiver... grávida, você vai sentir.

– Como?

– Quando você... haverá um padrão. Dentro. Não vai... – Respirou com dificuldade, recorrendo às fábulas que havia ouvido do povo de seu pai. – As paredes não estarão suaves.

A doutora Jane nem sequer piscou.

– Entendi. Pronta?

Não.

– Sim.

Xhex estava suando frio quando o exame terminou e a costela que estava quebrada gritou por causa de sua forte respiração entrecortada.

– E então? – disse ela com voz rouca.

Capítulo 23

– Estou dizendo... Eliahu está vivo. Eliahu Rathboone... está *vivo*.

Em pé, em seu quarto, na mansão Rathboone, Gregg Winn olhou para fora da janela, observando o belo musgo espanhol típico da Carolina do Sul. Sob o luar aquela porcaria era assustadora, como uma sombra projetada por algum objeto desconhecido... ou corpo.

– Gregg, você me ouviu?

Depois de esfregar os olhos para dispersar o sono, olhou sobre o ombro em direção à sua jovem narradora. Holly Fleet estava do lado de dentro da porta, seu longo cabelo loiro puxado para trás, seu rosto sem maquiagem, seus olhos não eram tão grandes ou cativantes sem os cílios falsos ou o material cintilante que usava na frente da câmera. Mas o roupão de seda rosa não fazia nada, absolutamente nada para esconder seu corpo que era um arraso.

E estava praticamente vibrando, seu diapasão interno parecia ter sido acionado por uma maldita campainha.

– Está ciente – Gregg arrastou as palavras – de que o filho da mãe morreu há mais de 150 anos?

– Então, o fantasma dele está mesmo aqui.

– Fantasmas não existem. – Gregg voltou a olhar a paisagem. – Você, dentre todas as pessoas, deveria saber disso.

– Este aqui existe.

– E você me acordou de madrugada para dizer isso?

Não foi uma atitude legal da parte dela. Todos eles praticamente não dormiram na noite anterior e ele tinha passado o dia pendurado no telefone ligando para Los Angeles. Tinha deitado a cabeça no travesseiro há uma hora, sem a pretensão de cair no sono – mas felizmente seu corpo tinha planos diferentes.

Ou isso ou seu cérebro estava dizendo para desistir, pois as coisas não estavam indo bem. Aquele mordomo se recusava a ceder quanto à autorização. As duas tentativas de reaproximação de Gregg foram mal-sucedidas: a do café da manhã foi educadamente recusada e a do jantar completamente ignorada.

Enquanto isso, tinham feito ótimas imagens que já estavam sendo enviadas. Graças às evocativas cenas capturadas na surdina, o chefão havia lhe dado o aval para mudar a localização do especial – mas estavam pressionando-o para que enviasse uma prévia que pudessem transmitir o mais rápido possível.

O que não poderia acontecer até que o mordomo cedesse.

– Ei? – Holly exclamou. – Está me ouvindo?

– O quê?

– Quero ir embora.

Franziu a testa, pensando que ela não tinha neurônios suficientes para se assustar com nada menor que um caminhão de dezoito rodas com o nome dela na grade dianteira.

– Pra onde?

– De volta para Los Angeles.

Ele quase recuou.

– Los Angeles? Está brincando...? Certo, isso não vai acontecer. A não ser que queria viajar de volta como bagagem. Temos um trabalho a fazer aqui.

O que, considerando o problema com aquele mordomo idiota, isso incluiria muita paciência e súplica. E o último era a praia de Holly. E afinal... se estava assustada, aquilo funcionaria como vantagem. Poderia usar seu medo para influenciar o mordomo. Normalmente, homens respondem bem a esse tipo de coisa – em especial, os senhores gentis e educados que canalizam seu cavalheirismo por cada um de seus ossos secos e delgados.

– Eu estou mesmo... – Holly puxou as lapelas de seda para mais perto de seu pescoço... de modo que a frente de seu roupão ficou ainda mais esticada e apertada contra seus mamilos enrijecidos. – Estou em pânico.

Hum. Se isso era uma manobra para levá-lo para a cama... não estava *tão* cansado.

– Venha aqui.

Estendeu os braços, e quando ela se aproximou e colocou seu corpo contra o dele, Gregg sorriu. Deus, ela cheirava bem. Não era aquela droga de perfume floral que costumava usar, mas alguma coisa mais misteriosa. Era muito bom.

– Querida, sabe que tem que ficar conosco. Preciso de você para fazer sua mágica.

Lá fora, os musgos espanhóis balançavam com a brisa, a luz do luar os capturava e criava a ilusão de serem véus de seda, assim as árvores pareciam estar envoltas em mantos.

– Alguma coisa não está certa aqui – disse ela em seu peito.

Lá embaixo, no gramado, uma figura solitária caminhava vagarosamente em meio à paisagem. Ficou claro que Stan tinha saído para fumar.

Gregg balançou a cabeça.

– A única coisa que não está certa aqui é aquele maldito mordomo. Não quer ser famosa? Um especial aqui abrirá portas para você. Poderia ser convidada para a próxima *Dança dos Famosos*. Ou para o *Big Brother*.

Parece que conseguiu chamar sua atenção, pois o corpo dela relaxou, e para ajudá-la, acariciou suas costas.

– Essa é minha garota. – Gregg observou Stan caminhar, mãos nos bolsos, a cabeça olhando na direção oposta da casa, seu cabelo longo movia-se no vento. Mais alguns metros e seria banhado pelo luar, quando saísse do alcance das árvores. – Agora, quero que fique aqui comigo... como eu disse, você mais que todas as outras pessoas deveria saber que essas histórias de fantasmas nunca são nada além de tábuas de assoalho velho rangendo. Temos um trabalho só porque as pessoas gostam de acreditar nessas histórias sinistras e idiotas.

Como se estivesse aproveitando a deixa, alguém subiu os degraus, o suave som dos passos pareciam sair de um verdadeiro filme de terror, os lamentos e gemidos da madeira velha penetravam o silêncio.

– É disso que está com medo? De alguns ruídos no meio da noite? – disse, afastando-se e olhando para ela. Seus lábios carnudos trouxeram algumas boas lembranças e acariciou sua boca com o polegar, pensando que talvez ela tivesse colocado mais silicone ali. Parecia estar com um inchaço e uma beleza extra.

– Não... – ela sussurrou. – Não é isso.

– Então, por que acha que há um fantasma?

Uma batida na porta soou e a voz de Stan veio abafada.

– Vocês dois estão transando ou eu posso ir para a cama agora?

Gregg franziu a testa e virou a cabeça em direção à janela. Aquela figura solitária continuou, foi banhada pelo luar... e desapareceu no ar rarefeito.

– Porque eu acabei de transar com ele – Holly disse. – Fiz sexo com Eliahu Rathboone.

Capítulo 24

Do lado de fora, no corredor do porão de Xhex, John já estava marcando um caminho no chão de pedra. Indo e voltando. Indo e voltando. Enquanto ouvia absolutamente nada pela porta do quarto.

O que supunha ser uma coisa boa – esperava que não ouvir gritos ou palavrões significasse que o exame da doutora Jane não estava causando dor.

Mandou uma mensagem para Rehvenge e disse ao macho que Xhex havia sido encontrada e iriam tentar levá-la ao complexo. No entanto, não mencionou o porão. Com certeza, ela gostaria de manter isso em segredo, pois se Rehv soubesse, teria insistido em ir até lá depois de ter verificado que ela não estava na cabana de caça.

Depois de olhar o relógio, John passou as mãos outra vez por entre seus cabelos e se perguntou como machos vinculados como Wrath, Rhage e Z. lidavam com uma situação assim... Cristo, Z. teve que assistir Bella dando à luz... como diabos eles...

A porta foi aberta e ele virou-se, suas solas chiaram no chão.

A doutora Jane estava séria.

– Ela concordou em ir ao complexo. V. deve estar lá fora esperando no Escalade... Pode ver se ele está lá?

John gesticulou: *Ela está bem?*

– Ela passou por muita coisa. Vá ver se o carro está lá, ok? E vai precisar carregá-la, certo? Não a quero andando e não vou usar uma maca porque não precisamos fazer uma cena na rua.

John não se demorou nada ali e correu para fora do porão. Estacionado na rua, com luzes apagadas, mas o motor ligado, estava o carro de Vishous. Atrás do volante, havia um brilho laranja enquanto V. inalava sua cigarrilha.

O Irmão abaixou a janela.

– Vamos levá-la?

John assentiu uma vez e voltou a entrar correndo.

Quando chegou à porta do quarto de Xhex, estava fechada, então bateu suavemente.

– Um minuto – a doutora Jane gritou, sua voz abafada. – Ok, pode entrar.

Abriu e encontrou Xhex ainda de lado. Uma toalha havia sido enrolada ao redor dela e um lençol limpo caía da cabeça aos pés. Cristo... ele desejava que a pele dela oferecesse um pouco mais de contraste com todo aquele tecido branco.

John se aproximou e pensou que era estranho. Nunca viu a si mesmo como mais alto que ela antes. Agora parecia bem maior, e não só porque estava deitada.

Vou levantar você agora, gesticulou enquanto expressava as palavras com a boca.

Os olhos dela fixaram-se nos dele, e então ela assentiu e tentou sentar. Quando ela começou a lutar, ele se inclinou e a pegou em seus braços.

Não pesava o suficiente.

Quando ele se endireitou, a doutora Jane tirou as cobertas da cama rapidamente e as dobrou e moveu-se em direção à porta.

A rigidez no corpo de Xhex estava custando sua energia e ele queria que relaxasse, mas mesmo se tivesse voz para dizer isso, teria sido um desperdício. Ela não era do tipo que gosta de ser carregada sob nenhuma circunstância, por ninguém.

Pelo menos não... normalmente.

O corredor pareceu ter vinte quilômetros, e do lado de fora, os três metros que andou para atravessar a calçada em direção ao carro tornou-se duas vezes mais distante.

V. saltou de trás do volante e abriu a porta traseira.

– Ela pode se esticar um pouco aqui. Coloquei cobertores antes de sair.

John assentiu e foi deitá-la no suave ninho.

A mão dela o alcançou e travou no ombro dele.

– Fique comigo. Por favor.

Ele congelou por uma fração de segundo... então, usando sua força bruta, subiu no carro enquanto continuava a segurá-la. Entrar ali foi desajeitado... mas, em dado momento, colocou Xhex e a si mesmo contra a parede do interior do carro com suas pernas dobradas no joelho e ela em seu colo, abraçada contra seu peito.

As portas foram fechadas e então houve mais duas batidas e o rugido do motor.

Através das janelas escurecidas, luzes flamejavam e diminuíam enquanto atravessavam a cidade a toda velocidade.

Quando Xhex começou a tremer, envolveu seus braços ainda mais apertados ao redor dela, desejando que seu calor entrasse nela. E talvez tenha funcionado, porque depois de um momento, ela deitou a cabeça contra seu peito e o tremor diminuiu.

Deus... desejou tanto tê-la em seus braços. Tinha imaginado e visualizado cenários onde isso acontecia.

Nenhum deles era bem assim.

Inalou profundamente, planejando soltar um suspiro... e sentiu a essência que ele mesmo estava soltando. Um profundo cheiro apimentado. O tipo que sentia nos Irmãos quando suas *shellans* estavam por perto. O que significava que seu corpo estava demonstrando suas emoções e que não havia volta.

Maldição, não tinha como esconder a vinculação e nem detê-la. Desde sempre, desde que a viu pela primeira vez, começou a avançar pouco a pouco para mais perto daquele penhasco e ficou claro que tinha se lançado sobre o precipício quando ela se alimentou dele.

– John? – ela sussurrou.

Ele bateu levemente em seu ombro, para que soubesse que a tinha ouvido.

– Obrigada.

Colocou sua bochecha sobre o cabelo dela e assentiu com a cabeça para que pudesse sentir.

Quando se afastou de seu rosto, ele não ficou surpreso... ao menos não até perceber que ela queria olhar para ele.

Oh, Jesus, odiou a expressão em seu rosto magro. Estava assustada, aterrorizada, seus profundos olhos cinza eram da cor do asfalto.

Você está bem, gesticulou com a boca. *Vai ficar bem.*

– Estou? – Os olhos dela se fecharam com força. – Estou mesmo?

Se depender dele, com certeza ela ficará.

As pálpebras dela abriram de novo.

– Eu sinto muito – disse com voz rouca.

Pelo quê?

– Por tudo. Tratá-lo como tratei. Ser quem eu sou. Você merece algo muito melhor. Eu sinto... sinto muito mesmo.

Por fim, sua voz se emudeceu, e quando começou a piscar, voltou a deitar a cabeça e colocou sua mão bem em cima do coração dele.

Era em momentos assim que desejava desesperadamente conseguir falar. Afinal, não tinha como mexer o corpo dela de lá para cá para que pudesse pegar seu maldito bloco de papel.

No final, apenas a segurou com cuidado porque isso era tudo o que tinha para oferecer.

E não ia confundir as coisas. Uma desculpa não era uma declaração de amor e nem sequer era necessária, pois já a tinha perdoado de qualquer jeito. Mesmo assim, aquilo o ajudou de alguma forma. Ainda havia uma longa distância do modo como tinha desejado que as coisas fossem entre eles, mas era mil vezes melhor que nada.

John puxou o lençol para cima, sobre o ombro dela, então deixou sua cabeça cair para trás. Olhando através da janela escurecida, seus olhos procuraram as estrelas que pontilhavam o denso, negro e aveludado céu noturno.

Engraçado, sentia como se o céu estivesse contra seu peito ao invés de acima de todo o mundo.

Xhex estava viva. E em seus braços. E ele a estava levando para casa.

Sim. De modo geral, as coisas poderiam ter sido muito piores.

Capítulo 25

Lash refletiria mais tarde sobre o fato de você nunca saber com quem vai cruzar no caminho. Simplesmente nunca se sabe como uma simples decisão de virar à esquerda ou à direita numa esquina mudaria as coisas. Algumas vezes as escolhas não importam. Outras... levam você a lugares inesperados.

Contudo, naquele momento, não tinha percebido isso ainda. Estava apenas fora, no campo, dirigindo, pensando sobre o tempo.

Apenas naquele que dizia respeito ao passado recente.

– Quanto falta?

Lash olhou ao longo do interior do Mercedes. A prostituta que tinha escolhido em um beco no centro da cidade tinha boa aparência e silicone suficiente para fazer filmes pornôs, mas o vício em drogas a tinha deixado ossuda e encolhida.

Desesperada também. Tão viciada que tinha custado apenas cem dólares para colocá-la no Mercedes a caminho de uma "festa".

– Não está longe – respondeu, voltando a focar a estrada.

Estava tremendamente desapontado. Quando imaginou aquela cena em sua cabeça, Xhex estava amarrada e amordaçada no banco traseiro... muito mais romântico. Em vez disso, estava preso àquela vadia. Mas não podia lutar contra a realidade em que vivia: precisava se alimentar, seu pai estava esperando para fazer negócios e encontrar Xhex ia exigir mais tempo do que poderia dispor.

Dentre a pior de todas as concessões estava aquela vadia que mal servia como humana: muito menos útil do que uma vampira, mas esperava que seus ovários trabalhassem a seu favor, quando chegasse a hora de chupar seu sangue.

O ponto principal era: não tinha sido capaz de encontrar alguém de sua espécie que vestisse uma saia.

– Sabe? – disse ela. – Eu costumava ser modelo.

– Sério?

– Em Manhattan. Mas, sabe, aqueles bastardos... não se importam nada com você. Só querem te usar, sabe?

Certo. Primeiro, ela precisava esquecer a expressão "*sabe?*". E segundo, até parece que ela estava fazendo algo muito melhor por conta própria em Caldwell.

– Gosto do seu carro.

– Obrigado – ele murmurou.

Ela se inclinou, os seios juntando-se sobre o corselete cor-de-rosa que estava vestindo. A coisa tinha manchas de gordura dos lados, como se não tivesse sido lavado há vários dias e cheirava a cerejas falsas, suor e fumaça de crack.

– Sabe? Gosto de você...

A mão dela foi até a coxa dele e depois a cabeça dela caiu em seu colo. Quando sentiu que estava procurando algo em torno de seu zíper, pegou um pedaço do emaranhado cabelo loiro esbranquiçado e puxou-a para cima.

Ela nem percebeu a dor.

– Não vamos começar isso agora – disse ele. – Estamos quase lá.

A mulher lambeu os lábios.

– Claro. Está bem.

Os campos aparados dos dois lados da estrada estavam banhados pelo luar e as casas de madeira que pontilhavam o caminho brilhavam sob a luz branca. Na maioria das casas havia uma luz na varanda e isso era tudo. Por ali, qualquer coisa que acontecesse depois da meia-noite era beeeeeem depois da hora de dormir.

E isso fazia parte do motivo pelo qual fazia sentido ter um posto ali, na terra da torta de maçã quente e bandeiras americanas.

Cinco minutos depois, pararam na casa da fazenda e estacionaram perto da porta da frente.

– Não tem ninguém aqui – disse ela. – Somos os primeiros?

– Sim. – Inclinou-se para desligar o motor. – Vamos...

O som de um clique ao lado de sua orelha o congelou.

A voz da prostituta agora estava séria:

– Saia do carro, seu filho da mãe.

Lash girou a cabeça e quase deu um beijo de língua no cano de uma nove milímetros. Na outra ponta da arma, as mãos da prostituta estavam firmes como pedra e os olhos queimavam com o tipo de inteligência sagaz que ele tinha que respeitar.

Que surpresa, ele pensou.

– Saia. Agora – ela rosnou.

Ele sorriu lentamente.

– Já disparou essa coisa antes?

– Muitas. – Ela nem piscou. – E não tenho qualquer problema com sangue.

– Ah. Bom para você.

– Saia...

– Então, qual é o plano? Ordenar que eu saia do carro. Atirar na minha cabeça e me deixar morrer. Pegar o Mercedes, meu relógio e minha carteira?

– E o que tiver no porta-malas.

– Ah, você precisa de um pneu sobressalente? Sabe, você pode comprar um em qualquer loja da Firestone ou da Goodyear. Só para saber.

– Acha que eu não sei quem é você?

Oh, tinha plena certeza de que ela não tinha a menor ideia.

– Por que não me diz?

– Já vi este carro. Já o vi. Comprei suas drogas.

– Uma cliente. Que coisa boa.

– Saia. Agora.

Quando ele não se moveu, ela deslocou a arma um centímetro para o lado e puxou o gatilho. Quando a bala estourou a janela atrás dele, ficou irritado. Uma coisa era brincar nos arredores. Outra, causar danos à propriedade.

Quando ela moveu a ponta da arma de volta entre seus olhos, ele se desmaterializou.

Tomando forma do outro lado do carro, viu quando ela surtou em seu assento, olhando ao redor, os cabelos crespos voando de um lado a outro.

Pronto para lhe ensinar uma coisa ou duas, abriu com força a porta dela e arrastou-a pelo braço. Obter o controle da arma e também dela foi questão de um momento, apenas um pegar e um agarrar. E então estava enfiando a arma na parte de trás da sua cintura e segurando-a em seu peito com uma chave de braço.

– O que... O que...

– Você disse para eu sair do carro – disse ele em seu ouvido. – Então eu saí. – Seu corpo esguio parecia fraco como uma folha ao vento, nada além de um tremor em sua roupa barata de prostituta. Em comparação com as batalhas físicas que tinha com Xhex, aquilo era como um único suspiro lutando contra uma tempestade de furacões. Que entediante.

– Vamos entrar – murmurou, descendo a boca até sua garganta e passando uma presa sobre sua jugular. – O outro convidado da festa deve estar esperando por nós.

Quando conseguiu se afastar um pouco dele, virou o rosto e ele sorriu, exibindo seu equipamento. Seu grito incitou uma coruja em cima de um galho, e para garantir que ela parasse com aquela coisa tipo Hitchcock, deu um tapa em sua boca com a palma da mão livre e forçou-a em direção à porta da frente.

Dentro, o lugar cheirava à morte, graças à indução da noite anterior e todo o sangue nos baldes. No entanto, havia uma vantagem nos resíduos. Ao acender as luzes e a garota dar uma breve olhada na sala de jantar, ficou rígida de terror e então desmaiou.

Melhor assim. Colocá-la estendida e amarrada na mesa ficou bem mais fácil.

Após recuperar o fôlego, levou os baldes para a cozinha, lavou-os na pia, limpou as facas e desejou que o Sr. D ainda estivesse por perto para cuidar da porcaria daquele serviço.

Estava colocando o jato móvel da torneira de volta no lugar quando se deu conta que o *redutor* que tinham transformado na noite anterior não estava a vista.

Levando os baldes à sala de jantar, ajustou-os sob os pulsos e tornozelos da prostituta e, em seguida, fez uma rápida verificação no térreo. Quando tudo o que conseguiu foi um monte de vazio, correu até o segundo andar.

A porta do armário do quarto estava aberta e havia um cabide na cama de onde uma camisa tinha sido tirada. A ducha no banheiro tinha água fresca escorrendo pelas laterais.

Mas que droga é essa?

Como diabos aquele cara conseguiu ir embora? Não havia carro, então a única outra opção era caminhar pela pista. E depois pegar uma carona. Ou fazer uma ligação direta numa dessas caminhonetes de fazendeiros.

Lash desceu e descobriu que a prostituta tinha voltado a si e estava lutando contra a mordaça em sua boca, os olhos agitados enquanto se contorcia na mesa.

– Não vai demorar – disse a ela, percorrendo com o olhar suas pernas finas. Ela tinha tatuagens nas duas, mas eram uma bela bagunça com nenhum tema definido, apenas manchas aleatórias... algumas talvez pudesse identificar, outras ficaram arruinadas por outras tatuagens ruins que foram sobrepostas.

Muitas borboletas feitas em néon, ele supunha. Talvez tivesse sido esse o plano, afinal.

Andou ao redor, indo para a cozinha e depois voltando para a sala de jantar e descendo o corredor novamente. O som agudo de saltos batendo contra a mesa e o ranger de pele nua desapareceu à distância. Perguntava-se onde diabos estava o novo recruta e por que seu pai estava atrasado.

Meia hora depois, ainda tinha um monte de nada a fazer e enviou uma pequena mensagem mental para o outro lado.

Seu pai não respondeu.

Lash subiu e fechou a porta, pensando que talvez não estivesse se concentrando corretamente porque estava chateado e frustrado. Sentado na cama, colocou as mãos sobre os joelhos e se acalmou. Quando seu batimento cardíaco ficou lento e constante, respirou fundo, chamou novamente... e nada.

Será que tinha acontecido alguma coisa com o Ômega?

Com um fluxo de emoções precipitadas, decidiu ir para o *Dhunhd* por si mesmo.

Suas moléculas se dissolveram bem, mas, quando tentou retomar forma no outro plano de existência, foi bloqueado. Impedido. Negado.

Foi como bater numa parede sólida, e enquanto recuava de volta ao quarto imundo na casa da fazenda, seu corpo absorveu o choque de uma onda de náuseas.

Que. Droga.

Quando seu celular vibrou, arrancou-o do bolso do paletó e franziu a testa quando viu o número.

– Alô? – disse ele.

A gargalhada que chegou através do aparelho era jovial.

– Oi, seu desgraçado idiota. Aqui é seu novo patrão. Adivinha quem acabou de ser promovido? Aliás, seu pai diz para não incomodá-lo mais. Não fez nada bem em pedir mulheres a ele... você deveria conhecer seu pai melhor do que isso. Oh, e eu tenho que matá-lo agora. Vejo você em breve!

O novo recruta começou a rir. Aquele som perfurou a cabeça de Lash através da conexão, até que a chamada foi encerrada.

Pela outra parte.

Não estava grávida. Ao menos não que a doutora Jane soubesse.

Mas graças a uma cortesia daquela pequena e feliz pausa na cidade do pânico, Xhex não se lembrava de nada da viagem ao complexo. A ideia de que havia sequer uma chance de que pudesse estar...

Afinal, não estava usando seus cilícios... e seu propósito era matar as tendências *sympatho* nela, inclusive a ovulação.

O que será que ela fez?

Certo, chega de pensar nisso, precisava parar. Deus era testemunha de que já tinha o suficiente com que se preocupar na categoria do "acontecendo de verdade".

Respirando fundo, inalou o cheiro de John e concentrou-se na batida forte e firme do seu coração. Não levou muito tempo para que o sono a levasse com força, a combinação da exaustão, da falta de energia após a alimentação e da necessidade de se retirar de sua vida por um tempo a carregou para um estado de sono profundo, sem sonhos, na parte traseira do carro.

Acordou com a sensação de ser levantada e seus olhos se abriram.

John estava levando-a através de algum tipo de área de estacionamento que, considerando as paredes e o teto cavernoso, tinha que ser subterrâneo. A porta de aço maciço foi aberta por Vishous, que parecia estar com uma disposição surpreendente para ajudar, e do outro lado... era um pesadelo.

O longo e anônimo corredor tinha ladrilhos claros no chão, as paredes eram de blocos de concreto e havia um teto baixo com luzes fluorescentes.

O passado começou a deslizar naquele lugar, o filtro da experiência anterior substituiu o que estava realmente acontecendo por um pesadelo lembrado. Nos braços de John, seu corpo foi de fraco a maníaco e ela começou a lutar contra o aperto que a envolvia, lutando para se libertar. A comoção foi instantânea, as pessoas vieram correndo em sua direção, um som alto como uma sirene estridente...

Quando sentiu vagamente que seu maxilar doía, percebeu que estava gritando.

E, de repente, tudo o que viu foi o rosto de John.

De alguma forma ele conseguiu girar seu corpo de modo a ficarem frente a frente, olhos nos olhos, as mãos envolviam suas laterais e seus quadris. Com a visão daquele corredor substituída por seu olhar azul, as garras do passado foram quebradas e ela foi capturada por ele.

Não disse nada. Apenas ficou quieto e permitiu que ficasse olhando para ele.

Era exatamente o que ela precisava. Ela se prendeu em seus olhos e os usou para fechar seu cérebro.

Quando ele assentiu, ela acenou de volta e John começou a avançar novamente. De vez em quando, seu olhar se afastava para verificar onde estavam indo, mas sempre retornava.

Sempre voltava.

Havia vozes e um monte de portas abrindo e fechando, e em seguida um monte de azulejos verde-claro: estava numa sala de exame, com um lustre de luzes múltiplas acima dela e todo tipo de suprimentos médicos em armários de vidro.

Quando John a colocou sobre a mesa, perdeu o controle novamente. Seus pulmões se recusavam a fazer seu trabalho, como se o ar estivesse envenenado e seus olhos se agitavam olhando ao redor, encontrando gatilhos que disparavam o pânico, como equipamentos, instrumentos e a mesa...

– Certo, vamos perdê-la novamente. – O tom da doutora Jane era implacavelmente equilibrado. – John, venha aqui.

O rosto de John voltou a se aproximar e Xhex se prendeu em seu olhar.

– Xhex? – A voz da doutora Jane vinha mais à esquerda. – Vou lhe dar um sedativo...

– Nada de drogas! – A resposta saiu de sua boca. – Prefiro estar aterrorizada... a estar impotente...

Sua respiração estava dolorosamente entrecortada e cada movimento impotente de suas costelas a convenciam de que a vida devia ser mais sofrimento que alegria. Houve muitos desses momentos, muitas vezes a dor e o medo haviam assumido o controle, muitas sombras que não apenas esconderam, mas sugaram toda a iluminação da noite onde ela existia.

– Deixe-me ir... deixe-me ir embora... – Quando os olhos de John se arregalaram, Xhex percebeu que tinha encontrado uma das facas dele, tinha desembainhado e estava tentando colocá-la na palma de sua mão. – Por favor, deixe-me ir... Eu não quero mais ficar aqui... Acabe com isso para sempre, *por favor*...

Os muitos corpos paralisados em torno dela a deixaram um pouco mais focada. Rhage e Mary estavam no canto. Rehv estava lá. Vishous e Zsadist. Ninguém falava ou se mexia sequer um centímetro.

John tomou a adaga da mão dela e isso foi o que a fez chorar. Porque ele não ia usá-la. Não contra ela. Não agora... nem nunca.

E não tinha forças para fazer isso sozinha.

De repente, uma emoção tremenda ferveu em suas entranhas, e quando a pressão se expandiu e cresceu dentro de seu corpo, olhou ao redor freneticamente enquanto prateleiras começavam a chacoalhar e o computador mais ao canto a saltar sobre a mesa.

No entanto John estava atento. E foi rápido. Começou a gesticular com o mesmo tipo de urgência que ela estava sentindo e, um instante depois, todos saíram.

Exceto ele.

Tentando desesperadamente não explodir, olhou para suas mãos. Tremiam tanto que eram como as asas de uma mosca... e foi ao olhar para elas que chegou ao fundo do poço.

O grito ressoou fora dela e o som era totalmente estranho, muito agudo e horrorizado.

John manteve-se firme. Mesmo quando gritou novamente.

Ele não iria a lugar algum. Não estava agitado. Estava apenas... ali.

Agarrando o lençol que a circulava, apertou a coisa em torno de seu corpo, muito consciente de que estava desmoronando, que a fissura tinha sido atingida por aquela viagem ao fundo do corredor e agora ela estava dividida. De fato, sentia como se houvesse duas de si na sala, a louca em cima da mesa gritando a plenos pulmões e chorando lágrimas de sangue... e uma calma e sã no canto, observando John e a si mesma.

Será que as duas partes se uniriam outra vez? Ou será que ficaria sempre assim, partida em pedaços?

Sua mente escolheu o personagem observador sobre a histeria e retirou-se para aquele lugar silencioso, onde assistiu a si mesma chorando ao ponto da asfixia. As manchas de sangue que corriam pelas faces brancas como papel não a deixaram enjoada e nem os loucos olhos arregalados ou as batidas epilépticas de seus braços e pernas.

Ficou triste pela situação da fêmea que havia sido levada a tal extremo. Que procurava manter-se distante de todas as emoções.

A fêmea tinha nascido sob uma maldição. A fêmea tinha praticado o mal e o mal foi feito a ela. A fêmea tinha se endurecido, sua mente e emoções tornaram-se aço.

A fêmea estava errada em se fechar, errada sobre aquela autocontenção.

Não era um caso de força, como sempre dizia a si mesma.

Era estritamente sobrevivência... e ela simplesmente não conseguia suportar mais.

Capítulo 26

– Você fez... sexo. Com Eliahu Rathboone.

Gregg afastou Holly e encarou seu rosto, pensando que, com certeza, ela tinha perdido a cabeça... bem, perdeu o pouco do que tinha. Então, eram dois, porque estava claro que aquilo que tinha acabado de "ver" lá fora era fruto de sua imaginação.

Só que os olhos dela eram totalmente sinceros e sem malícia.

– Ele veio até mim. Eu já tinha adormecido...

Outra rodada de batidas na porta a interrompeu e, em seguida, veio a voz de Stan:

– Olá? Em que quarto vou...

– Mais tarde, Stan -- Gregg interrompeu. Quando as queixas diminuíram, os passos no corredor se afastaram para o quarto de Holly e uma porta foi batida.

– Venha aqui – puxou Holly para a cama. – Sente-se e me diga... o que diabos acha que aconteceu?

Focou em seus lábios inchados enquanto ela falava.

– Bem, tinha acabado de sair do chuveiro. Estava exausta e deitei na cama para descansar meus olhos antes de vestir minha camisola. Devo ter adormecido... porque a próxima coisa que percebi foi que estava tendo aquele sonho...

Oh, pelo amor de Deus.

– Holly, só porque teve um pesadelo, não significa que...

– Eu não terminei – retrucou. – E não era um pesadelo.

– Pensei que estivesse em pânico.

– A coisa assustadora veio depois. – Arqueou uma sobrancelha. – Vai me deixar falar?

– Tudo bem. – Mas só pela esperança de que ela fizesse outra coisa com a boca mais tarde. Caramba, seus lábios pareciam deliciosos... – Faça isso.

– Comecei a sonhar que aquele homem tinha entrado em meu quarto. Era muito alto e musculoso... um dos maiores homens que já vi. Estava vestido de preto e ficou parado sobre a minha cama. Cheirava muito bem... e olhou para mim... – Sua mão envolveu seu pescoço e deslizou lentamente para baixo entre seus seios. – Tirei a toalha e puxei-o para cima de mim. Foi... indescritível....

Isso era bom. Porque de repente não queria ouvir mais nada sobre o que tinha acontecido em seguida.

– Ele me possuiu – mais daquela coisa de "mão no pescoço" – como eu nunca fui possuída antes. Ele era tão...

– ... bem dotado como uma mangueira de incêndio e a possuiu de doze maneiras diferentes? Parabéns. Seu subconsciente deveria dirigir um filme pornô. O que isso tem a ver com Eliahu Rathboone?

Holly o encarou... e depois puxou a gola da camisola para um lado:

– Porque quando acordei, eu tinha isso – apontou para o que certamente parecia ser um chupão no pescoço. – Eu realmente tive relações sexuais.

Gregg franziu a testa com força.

– Você... como sabe?

– Como acha que eu sei?

Gregg limpou a garganta.

– Você está bem? – Colocou a mão em seu braço. – Quero dizer... ah, quer chamar a polícia?

O riso de Holly foi baixo e dolorosamente sexy.

– Oh, foi consensual. Seja lá o que tenha sido. – Sua expressão perdeu o fulgor. – Esse é o ponto... não sei o que foi. Pensei que estivesse sonhando. Não achei que fosse real até que...

Até que encontrar uma evidência inegável de ter sido o contrário.

Gregg acariciou seus longos cabelos loiros por cima do ombro.

– Tem certeza de que está tudo bem?

– Acho que sim.

Cara, não precisou nem sequer de um segundo para decidir.

– Bem, é isso. Estamos indo embora amanhã.

– O quê? Oh, meu Deus, Gregg... não quero causar problemas... – Ela franziu a testa. – Talvez... talvez eu também tenha sonhado a parte em que acordei. Tomei outro banho... talvez nada disso tenha acontecido de verdade.

– Dane-se, vou ligar para Atlanta pela manhã e dizer a eles que voltamos atrás. Não vou ficar onde você não esteja segura.

– Meu Deus... quero dizer, isso é muito cavalheiro da sua parte, mas... eu não sei. Tudo está tão confuso, e agora eu me pergunto se simplesmente vou me sentir melhor de manhã. Estou realmente confusa... aquilo foi estranho. – Seus dedos se ergueram até suas têmporas e começou a esfregá-las em círculos, como se a cabeça estivesse doendo. – Vou dizer que o que aconteceu foi consensual, a cada passo do caminho...

– Sua porta estava trancada? – Queria uma resposta para a pergunta, mas também não precisava ouvir sobre o fantasma bem dotado.

– Sempre tranco a porta de um quarto de hotel antes de tomar um banho.

– Janelas?

– Fechadas. Acho que estavam trancadas. Não sei.

– Bem, você fica comigo esta noite. Estará segura aqui.

E não apenas porque não iria dar em cima dela agora. Levava uma arma. Sempre. Tinha licença para usar a coisa e sabia como fazer isso: quando as pessoas começaram a ser alvejadas no tráfego de Los Angeles, decidiu andar armado.

Juntos, estenderam-se sobre a cama.

– Vou deixar a luz acesa.

– Está tudo bem. Apenas tranque a porta.

Ele assentiu e saiu da cama, fechando o cadeado e também a pequena corrente, depois fez uma passagem rápida pelas janelas para inspecionar as travas. Quando deitou, ela se aninhou na curva de seu braço e suspirou.

Inclinou-se, tirou o edredom debaixo de suas pernas e o estendeu sobre eles, desligou a luz e se acomodou nos travesseiros.

Pensou no homem lá fora caminhando pelo jardim e quase rosnou. Mas. Que. Porcaria. Poderia ser um morador do local com uma chave-mestre ou algum funcionário que conseguiu forçar a fechadura.

Supondo que nada tivesse acontecido. Algo pelo qual tinha cada vez menos certeza...

Que seja. Estavam indo embora pela manhã e era isso.

Franziu a testa na escuridão.

– Holly?

– Sim?

– Por que você acha que foi Rathboone?

Ela deu um grande bocejo.

– Porque se parecia exatamente com o retrato na sala de estar.

Capítulo 27

Na sala de exames, na clínica subterrânea, John estava em pé diante de Xhex e se sentiu totalmente impotente para ajudá-la. Quando ela se sentou gritando na mesa de aço inoxidável, seus braços tensos paralelos ao corpo, segurando no lençol, seu rosto esticado, seus lábios abertos, lágrimas vermelhas escorrendo de seus olhos e caindo em suas faces brancas... e ele não podia fazer nada sobre isso.

Sabia que ela estava passando por um território difícil. Sabia que não poderia alcançá-la no fundo do poço em que se encontrava – ele próprio já esteve numa situação assim. Sabia exatamente o que era tropeçar, cair e sofrer a agonia do duro impacto... mesmo que tecnicamente seu corpo não tenha ido a lugar algum.

A única diferença era que ela tinha uma voz para dar asas a sua dor.

Enquanto seus ouvidos zumbiam e seu coração se partia por ela, permaneceu firme contra a força do vendaval que ela emanava. Afinal, sabia que as palavras "estar aqui" e "ouvir" tinham significados muito próximos. Sendo sua testemunha naquele local, ele a ouvia e estava ali por ela, porque isso é tudo o que se pode fazer quando alguém desmorona.

Mas, Deus, doía ver o quanto ela sofria. Aquilo doía e o deixava mais focado. O rosto de Lash aparecia como um fantasma, adquirindo forma física no olhar mental de John. Enquanto ela gritava e gritava, jurou vingança até que seu coração não pulsasse mais com sangue, mas com a necessidade de vingança.

Então, Xhex respirou fundo várias vezes. E mais algumas vezes.

– Acho que já parei – disse com dificuldade.

Ele esperou um momento para ter certeza. Quando ela assentiu, pegou o bloco de papel e escreveu rapidamente.

Quando mostrou a folha para ela, seus olhos se voltaram para a escrita e precisou de algumas tentativas para entender o significado.

– Posso lavar o meu rosto antes?

Ele assentiu e foi até a pia de aço inoxidável. Deixando correr a água fria, pegou uma toalha limpa dentre uma pilha e a molhou. Quando Xhex estendeu as mãos, ele entregou a toalha úmida e assistiu enquanto ela a pressionava no rosto lentamente. Era difícil vê-la tão frágil comparado com o modo como a havia conhecido: forte, poderosa e destemida.

O cabelo dela havia crescido e começava e encaracolar nas pontas, sugerindo que se ela não o cortasse teria ondas de fios grossos. Deus, queria tocar aquela suavidade.

John baixou os olhos em direção à mesa e os arregalou de repente. O lençol estava retorcido embaixo dela... e havia uma mancha escura na toalha ao redor de seus quadris.

Ele inalou profundamente, sentiu o cheiro de sangue fresco e ficou surpreso de não ter percebido antes. Mas também, estava extremamente distraído.

Oh... Cristo. Ela estava sangrando...

Ele a tocou levemente nos braços e fez um movimento labial dizendo *doutora Jane*.

Xhex concordou e disse:

– Sim. Vamos acabar com isso.

Frenético, John se lançou pela porta da sala de exame. Fora, no corredor, havia uma legião de rostos preocupados, sendo a doutora Jane a líder do grupo.

– Ela está pronta para mim? – Quando John deu um passo para o lado e fez um gesto de urgência, a doutora avançou.

No entanto, ele a deteve. De costas para Xhex, gesticulou: *Está machucada em algum lugar. Está sangrando.*

A doutora Jane colocou a mão em seu ombro e fez uma manobra ao girá-lo para que trocassem de lugar.

– Eu sei. Por que não espera lá fora? Vou cuidar bem dela. Ehlena? Importa-se de me acompanhar? Vou precisar de mais duas mãos.

A *shellan* de Rehvenge foi para a sala de exame e John viu por cima da cabeça da médica quando a fêmea começou a lavar as mãos.

Por que Vishous não está ajudando?, gesticulou.

– Estamos apenas fazendo um ultrassom para nos certificarmos de que ela está bem. Não estou fazendo uma cirurgia ou coisa assim. – Jane sorriu de uma maneira profissional... o que foi estranhamente assustador. E, então, a porta foi fechada em seu rosto.

Olhou em volta para todos os outros. Todos os machos foram deixados no corredor. Apenas fêmeas estavam ali dentro com ela.

Sua mente começou a se agitar e não levou muito tempo para chegar a uma conclusão que não poderia estar certa.

Uma mão pesada pousou em seu ombro e a voz de V. soou baixa:

– Não, tem que ficar aqui fora John. Vamos lá.

Foi quando percebeu que sua mão havia agarrado a maçaneta da porta. Olhando para baixo, obrigou-se a soltar... e teve que enviar o comando mais duas vezes.

Não havia mais gritos. Nenhum som.

Ele esperou. E esperou. E caminhou e esperou um pouco mais. Vishous acendeu outra cigarrilha. Blay o acompanhou, acendendo um comum. Qhuinn tamborilava sobre suas coxas. Wrath acariciava a cabeça de George enquanto o *golden retriever* observava John com olhos marrons e bondosos.

Por fim, a doutora Jane colocou a cabeça para fora da porta e procurou por seu parceiro.

– Preciso de você.

Vishous apagou o cigarro na sola da bota e guardou a ponta no bolso de trás.

– Vamos entrar em cirurgia?

– Sim.

– Deixe-me trocar de roupa.

Quando o macho se dirigiu ao vestiário, o olhar da doutora encontrou o de John.

– Vou cuidar muito bem dela...

O que há de errado? Por que ela está sangrando?

– Vou cuidar dela.

E fechou a porta outra vez.

Quando V. retornou, tinha todo o aspecto de um guerreiro, mesmo estando sem as roupas de couro, e John esperava desesperadamente que a competência no campo de batalha do cara fosse igual na área médica.

Aqueles olhos de diamante brilharam e deu uma palmada no ombro de John antes de entrar silenciosamente na sala de exame... e era óbvio que agora funcionava como sala de cirurgia.

Quando a porta se fechou, John sentiu vontade de gritar.

Ao invés disso, continuou caminhando, indo e vindo no corredor. Indo e vindo. Indo... e vindo. Em dado momento, os outros se dispersaram, dirigindo-se a uma das salas de aula nas proximidades, mas não conseguiria juntar-se a eles.

Cada vez que passava pela porta fechada, aumentava o caminho a percorrer, até que a viagem o levou para a saída, para a garagem e depois de volta ao vestiário. Suas pernas longas consumiam a distância, transformando mais cinquenta metros no equivalente a poucos centímetros.

Ou pelo menos era o que parecia.

No que deveria ser sua quinta viagem ao vestiário, John deu uma volta e viu-se na frente da porta de vidro do escritório. A mesa, os armários e o computador pareciam normais de uma maneira implacável, e encontrou um extraordinário conforto nos objetos inanimados.

Mas a tranquilidade foi perdida quando continuou a andar outra vez.

Com sua visão periférica, viu as rachaduras na parede de concreto ao longo do caminho, as quais provinham de uma única fonte de impacto.

Lembrou-se da noite que tinha acontecido. Aquela noite horrível.

Ele e Tohr estavam sentados juntos no escritório, ele fazendo a lição da escola, o Irmão tentando manter a calma enquanto ligava para casa consecutivamente. Cada vez que Wellsie não atendia, toda vez que o correio de voz atendia, a tensão aumentava... até que Wrath apareceu com a Irmandade atrás dele.

A notícia de que Wellsie tinha morrido era trágica... mas Tohr reagiu apenas quando soube o "como": não porque estava grávida de seu primeiro filho, mas porque um *redutor* a matou a sangue frio. Assassinou-a. Tirando sua vida e a de seu bebê.

Foi aquilo que causou aquelas marcas.

John se aproximou e passou as pontas dos dedos pelas finas linhas de concreto. A fúria foi tão intensa, Tohr literalmente explodiu como se fosse uma supernova, a sobrecarga emocional o desmaterializou para algum outro lugar.

John nunca soube para onde tinha ido.

Uma sensação de estar sendo observado o fez levantar a cabeça e olhar por cima do ombro. Tohr estava do outro lado da porta de vidro, em pé no escritório olhando-o fixamente.

Os olhares dos dois se encontraram e foi de macho para macho, não de mais velho para mais jovem.

John tinha uma idade diferente agora. E como tantas outras coisas naquela situação, aquilo não voltaria atrás.

– John? – A voz da Dra. Jane veio de longe no corredor e ele virou-se e correu para ela.

Como ela está? O que aconteceu? Ela está...

– Ela vai ficar bem. Está voltando da anestesia. Eu a manterei na cama pelas próximas seis horas mais ou menos. Soube que ela se alimentou de você? – Ele mostrou seu pulso e a doutora assentiu. – Bom. Eu agradeceria se você permanecesse com ela, para o caso dela precisar de novo.

Como se fosse estar em outro lugar.

Quando John entrou na sala de exame, avançou nas pontas dos pés, não queria perturbar ninguém, mas ela não estava ali.

– Foi movida para o outro quarto – V. disse por cima do aparelho de esterilização.

Antes de sair pela porta do fundo, ficou olhando o resultado do que foi feito com Xhex. Havia uma alarmante pilha de gazes ensanguentadas no chão e mais sangue na mesa sobre o espaço que ela ocupava. O lençol e a toalha que a envolviam estavam amassados de um lado.

Tanto sangue. E tão fresco.

John assobiou alto para que V. olhasse.

Alguém pode me dizer que diabos aconteceu aqui?

– Pode conversar com ela sobre isso. – Enquanto o Irmão pegava um saco laranja de lixo biológico e começava a recolher as gazes usadas, V. fez uma pausa, mas não encontrou o olhar de John. – Ela vai ficar bem.

E foi então que John teve certeza.

Por pior que imaginasse como ela tinha sido tratada, havia sido ainda pior. Muito pior.

Em termos gerais, quando havia lesões sofridas em combate ou em campo, a informação era passada sem tanta ponderação: fêmur quebrado, costelas esmagadas, facadas. Mas uma fêmea entrou, foi examinada sem machos presentes e ninguém falou uma palavra referente à intervenção cirúrgica?

Não é porque os *redutores* são impotentes que não podem fazer outras coisas com...

Uma brisa fria passou pela sala de cirurgia fazendo V. erguer a cabeça outra vez.

– Um conselho, John. Eu manteria as suposições para si. Concluindo que quer ser a pessoa que matará Lash, certo? Não faz sentido que Rehv ou os Sombras, por mais que eu os respeite, façam aquilo que é seu por direito.

Meu Deus, o Irmão era muito legal, John pensou.

Assentido uma vez com a cabeça, foi até o quarto de Xhex, pensando que aqueles machos não eram os únicos motivos pelo qual iria refletir profundamente sobre o assunto. Xhex também não precisava saber até onde estava disposto a chegar.

Xhex sentiu como se alguém tivesse estacionado um ônibus em seu útero.

A pressão era tanta, que levantou a cabeça para verificar se seu corpo havia inchado até as dimensões de uma garagem.

Não. Plano como sempre.

Deixou a cabeça cair outra vez.

De alguma maneira, não podia acreditar onde estava agora: no pós-operatório. Deitada em uma cama com suas pernas, braços e cabeça ainda imobilizados... e o vazamento em sua parede uterina estancado.

Quando estava sob os efeitos de sua fobia médica, não conseguia discernir o que seu cérebro marcava como mortal. Para ela, naquele estado enlouquecido, não estava em um ambiente seguro, mesmo rodeada de pessoas que conhecia e que podia confiar.

Agora, depois de ter passado pelo fogo, o fato de estar sã e salva lhe proporcionou uma estranha dose de endorfina.

Houve uma batida suave e sabia quem era pelo aroma que vinha por baixo da porta.

Tocando o cabelo, perguntou-se como diabos estaria sua aparência e decidiu que era melhor não saber.

– Entre.

A cabeça de John Matthew apareceu e suas sobrancelhas estavam erguidas como quem dissesse "como você está?".

– Estou bem. Estou melhor. Ainda zonza por causa dos remédios.

John deslizou pela porta, entrou e se apoiou contra a parede, colocando as mãos nos bolsos e cruzando sua pesada bota sobre a outra. Sua camiseta era branca e simples, o que provavelmente era um bom sinal, considerando que já esteve manchada de sangue de *redutor*.

Cheirava como um macho deveria. Sabonete e suor limpo.

Tinha a aparência que um macho deveria ter. Alto, largo e mortal.

Deus, tinha mesmo perdido a cabeça daquele jeito na frente dele?

– Seu cabelo está mais curto – ela disse sem nenhuma razão específica.

Desvencilhou uma de suas mãos e acariciou o cabelo de maneira desajeitada. Com a cabeça inclinada para baixo, os poderosos músculos que vinham de seus ombros até seu pescoço se flexionavam sob sua pele dourada.

De repente, Xhex se perguntou se alguma vez voltaria a ter relações sexuais.

Foi um pensamento estranho, com certeza. Considerando como havia passado as últimas...

Ela franziu a testa.

– Por quantas semanas eu estive fora?

Ele sustentou quatro dedos e depois fez um movimento como um beliscão.

– Quase quatro?

Quando ele assentiu, ela endireitou cuidadosamente a dobra do lençol que passava por seu peito.

– Quase... quatro.

Bem, os humanos a prenderam por meses antes de conseguir escapar. Apenas quatro semanas deveria ser bem fácil de superar.

Ah, mas ela não estava pensando direito, estava? Não havia nada que "superar". Tudo havia "acabado".

– Quer sentar? – ela disse, indicando uma cadeira ao lado da cama. A coisa era padronizada e tradicional, o que significava que era tão confortável quanto uma facada, mas não queria que ele saísse.

As sobrancelhas de John se ergueram novamente e ele concordou com a cabeça enquanto se aproximava. Acomodando seu enorme corpo no pequeno assento, tentou primeiro cruzar as pernas na altura dos joelhos e depois na dos tornozelos. Terminou sentando estirado, com suas botas debaixo da cama e seus braços sobre o encosto da cadeira.

Ela brincou com o maldito lençol.

– Posso perguntar uma coisa?

Com sua visão periférica, ela o viu assentir, depois se endireitar e pegar um bloco de papel e sua caneta no bolso de trás.

Clareando a garganta, imaginava como exatamente expressar sua pergunta.

No final, se rendeu e fez isso como se fosse algo impessoal.

– Onde Lash foi visto pela última vez?

Ele assentiu e se inclinou sobre o papel, escrevendo rapidamente. Enquanto suas palavras tomavam forma na página branca, ela o observou... e percebeu que não queria que ele fosse embora. Ela o queria ali, sempre ao seu lado.

Segura. Ela estava realmente segura com ele por perto.

Ele se endireitou e estendeu o papel. Então pareceu congelar.

Por alguma razão, ela não conseguia focar no que tinha escrito e se esticou.

John baixou o braço lentamente.

– Espere, ainda não li. Você poderia... o quê? O que há de errado? – Maldição, agora seus olhos se recusavam a vê-lo claramente.

John se inclinou para um lado e ela ouviu um suave som de papel. Depois um lenço foi dado a ela.

– Oh, pelo amor de Deus. – Pegou o que ele ofereceu e pressionou contra os dois olhos. – Odeio ser uma garota. Realmente desprezo ser uma garota.

Quando começou um discurso sobre estrogênio, saias, esmalte rosa e sobre malditos saltos altos, John entregava um lenço seguido de outro, recolhendo os manchados de vermelho que ela ia usando.

– Eu nunca choro, sabia? – Ela o encarou. – Nunca.

Ele assentiu. E colocou outro maldito lenço em sua mão.

– Jesus Cristo. Primeiro eu dou um ataque de gritos, agora choro sem sentido. Poderia matar o Lash só por isso.

Um sopro de vento gelado entrou no quarto e Xhex olhou para John... apenas para recuar. Havia passado de compassivo para sociopata em uma fração de segundos. Ao ponto de ela ter quase certeza de que ele não havia percebido que tinha liberado suas presas.

Sua voz tornou-se um sussurro, e o que ela realmente queria perguntar saiu:

– Por que você ficou? Na sala de operação, mais cedo. – Desviou o olhar, focando-se nas manchas vermelhas que havia feito no lenço que tinha acabado de usar. – Você ficou e você... simplesmente parecia compreender.

No silêncio que se seguiu, deu-se conta de que conhecia muito bem o contexto de sua vida: com quem morava, o que ele fazia no campo de batalha, como lutava, onde passava seu tempo. Mas não sabia nada específico. Seu passado era um buraco negro.

E por alguma razão desconhecida, precisava de iluminação sobre isso.

Caramba, sabia exatamente o porquê: naquele incandescente horror que enfrentou na sala de operações, a única coisa que a ligava à terra tinha sido ele e era estranho, mas sentia-se ligada a John de uma maneira vital agora. Ele a viu em seu pior estado, em seu momento mais fraco e mais insano e não desviou o olhar. Não fugiu, não julgou e não se queimou.

Era como se o calor de sua fusão os derretesse juntos.

Isso era mais que emoção. Era uma questão de alma.

– Que inferno aconteceu com você John? No seu passado?

Suas sobrancelhas se estreitaram com força e seus braços foram cruzados sobre seu peito como se agora fosse ele quem tentasse descobrir como se expressar. Mas sua grade emocional de repente se iluminou com todo tipo de coisas obscuras e ela teve a impressão de que ele estava pensando em escapar.

– Olha, não quero pressioná-lo. – Droga. Que droga. – E se quer negar que não houve nada além de ótimo em sua vida, vou aceitar e seguir em frente. Mas é só que eu... a maioria das pessoas teria pelo menos vacilado. Que inferno. Até a doutora Jane me tratou com uma dose extra de cuidado depois que enlouqueci. Mas você? Apenas ficou firme. – Encarou seu rosto tenso e fechado. – Olhei dentro de seus olhos, John, e havia mais do que uma compreensão hipotética neles.

Depois de uma longa pausa, ele virou uma nova página em branco do bloco e escreveu com rapidez. Quando mostrou o que tinha escrito, conseguia entender o lado dele, mas quis soltar um palavrão:

Diga-me o que eles fizeram na sala de operações. Diga-me primeiro o que havia de errado com você.

Ah, sim o clássico toma lá, dá cá.

Só levou cerca de uma hora para Lash transportar a si mesmo, a prostituta e o Mercedes da fazenda de volta à casa na cidade. Estava em pleno modo de sobrevivência, se movendo rápida e decisivamente, fazendo apenas uma parada no caminho.

E esta parada foi em uma cabana na floresta onde pegou alguns itens importantes para a missão.

Quando entrou na garagem da casa, esperou até que a porta estivesse fechada para sair e arrastar a prostituta do banco traseiro. Enquanto carregava seu corpo retorcido até a cozinha, lançou uma boa dose daquilo com que havia aprisionado Xhex.

Contudo, a barreira mágica não era para a siliconada.

O Ômega sabia onde estavam seus *redutores* deste lado. Podia senti-los como um eco de sua própria existência. E seguindo essa linha de raciocínio, assassinos poderiam encontrar seus colegas com facilidade e acertar as contas.

Então a única chance que Lash tinha de se esconder era encarcerar a si mesmo. O Sr. D não sabia que Xhex estava naquele quarto. A confusão era óbvia todas as vezes que o mandava deixar comida lá.

Claro, a grande questão era se a camuflagem manteria Ômega à distância. E por quanto tempo.

Lash jogou a prostituta dentro do banheiro com o cuidado e preocupação que teria demonstrado com uma mochila barata cheia de roupa suja. Quando ela aterrissou com força na banheira e gemeu contra a fita adesiva sobre a boca, ele voltou ao carro.

Tirar as coisas do carro levou aproximadamente vinte minutos e colocou a porcaria toda no chão de concreto: sete armas de cano longo. Uma sacola de mercado cheia de dinheiro. Um quilo e meio de explosivo plástico C4. Dois detonadores remotos. Uma granada de mão. Quatro automáticas. Munição. Munição. Munição.

Ao chegar às escadas e apagar a luz do porão, foi até à porta dos fundos, abriu-a e colocou a mão para fora. O ar fresco noturno infiltrou o escudo, mas sua mão sentiu a restrição. Era forte... mas precisava ser ainda mais forte.

Oláää, vadiazinha assustada.

Lash fechou a porta, trancou e foi para o banheiro.

Estava muito concentrado ao sacar sua faca, cortar as ataduras dos pulsos dela e...

Ela se debateu até que Lash precisou dar um golpe em sua cabeça, nocauteando-a com força. Corta. Corta. Corta. Fez três cortes profundos em seus pulsos e pescoço e sentou para observar o sangue escorrer num lento gotejar.

– Vamos lá... sangre, vadia, *sangre*.

Quando olhou seu relógio, pensou que talvez deveria tê-la mantido consciente, porque isso garantiria um pulsar maior na pressão sanguínea. E encurtaria aquele espera inútil enquanto ela sangrava.

Observando o processo, não tinha ideia do quanto ainda tinha que sangrar, mas a piscina vermelha embaixo dela aumentava e seu corpete rosa começava a escurecer.

O pé da Lash batia no chão a mil por hora enquanto o tempo passava... e então percebeu que a pele dela não estava apenas pálida, mas cinza, e o sangue já não estava aumentando nas paredes da banheira. Dando o assunto por encerrado, cortou o pequeno corpete, expondo um horrível par de implantes, e lhe abriu o peito com um golpe da faca, enterrando a lâmina diretamente em seu peito.

O próximo corte foi em sua própria carne.

Segurando seu pulso sobre o buraco que havia aberto, viu gotas pretas caírem sobre o coração imóvel. Bem, não tinha certeza do quanto deveria dar e preferiu errar pelo excesso. Em seguida, concentrou energia em sua mão. Lash forçou as moléculas do ar a girar formando um tornado, até que transformou essa unidade num poder cinético que podia controlar.

Lash olhou para a prostituta, seu corpo todo violado, a maquiagem borrada em sua face; o cabelo asqueroso era mais uma peruca do que algo que se esperava ver nas ruas.

Precisava que aquilo funcionasse. Apenas manter a barreira mágica e uma pequena bola de fogo em sua mão já drenava muito de sua energia.

Aquilo precisava muito funcionar.

Lançou uma explosão que fez a cavidade torácica e os pulmões mortos se sacudirem como cauda de peixe contra as laterais da banheira. Quando o brilho da luz se apagou e dispersou, ele esperou... rezando para...

O suspiro que ela liberou foi horrível. E também uma dádiva.

Ficou fascinado quando o coração começou a bombear e o sangue negro foi absorvido pela carne aberta da caixa torácica, aquela reanimação fez com que seu pênis se contraísse de excitação. *Isso* era poder, pensou. Dane-se as porcarias que o dinheiro podia comprar.

Era mesmo um deus, assim como seu pai.

Lash sentou-se sobre os calcanhares e olhou a cor retornar à pele dela. Enquanto a vida retornava, sua mão se curvou contra a borda da banheira e a musculatura atrofiada de suas coxas tremeu.

O próximo passo era algo que não entendia completamente, mas que não questionaria. Quando ela parecia estar definitivamente voltando ao mundo dos vivos, ele estendeu as mãos e arrancou o coração do peito dela.

Mais arfadas. Mais engasgos. Blá, blá, blá.

Estava fascinado com o que tinha realizado, especialmente quando colocou a palma de sua mão sobre o peito dela e ordenou que a carne se reparasse por conta própria. E veja só, toda sua pele e ossos obedeceram e ela estava mais uma vez como era antes.

Só que melhor. Porque era útil para ele agora.

Lash estendeu a mão e ligou a ducha, o jato de água golpeou o corpo e rosto da mulher, seus olhos piscaram contra a chuva fria, suas mãos se agitavam de maneira deplorável.

Quanto tempo esperaria agora? Quanto tempo até que pudesse ver se estava mesmo a um passo mais próximo do que realmente o sustentaria?

Uma onda de esgotamento subiu por sua coluna vertebral e enevoou seu cérebro, e então ele caiu sobre os gabinetes que havia embaixo da pia. Fechando a porta com um chute, apoiou os antebraços sobre os joelhos e continuou testemunhando a prostituta se agitar.

Tão fraco.

Extremamente fraco.

Deveria ter sido sua Xhex. Deveria ter feito isso com ela e não com uma prostituta humana qualquer.

Colocando as mãos no rosto, baixou a cabeça enquanto a euforia o abandonava. Não era para ser assim. Não era isso que tinha planejado.

Fugindo. Sendo caçado. Debatendo-se no mundo.

Que diabos iria fazer sem seu pai?

CAPÍTULO 28

Enquanto John esperava Xhex responder à sua pergunta, concentrou-se nas palavras que tinha escrito, traçando-as com a caneta, escurecendo-as enquanto passava a caneta sobre elas outra vez.

Provavelmente não deveria estar fazendo perguntas, considerando o estado dela, mas precisava de algo em troca. Se fosse se despir, iria expor seus segredos não muito legais. Não poderia ser o único a ficar nu daquele jeito.

E também queria muito saber o que estava acontecendo com ela, e Xhex era a única que poderia dizer isso a ele.

Quando o silêncio continuou, tudo o que conseguia pensar era... droga, ela estava fechando a porta na cara dele. De novo. De certa forma, não era uma surpresa tão grande assim, então não deveria se importar. Deus era testemunha de que já tinha sido rejeitado por ela muitas vezes.

A realidade era que parecia outra morte a ser encarada...

– Vi você. Ontem.

A voz dela fez com que erguesse a cabeça.

O quê?

– Ele me manteve presa naquele quarto. Vi você. Entrou e foi até a cama. Foi embora com um travesseiro. Eu estava... ao seu lado durante todo o tempo em que esteve lá.

A mão de John se ergueu até seu próprio rosto e ela sorriu um pouco.

– Sim, eu toquei seu rosto.

Jesus Cristo...

Como?

– Não tenho certeza exata de como ele fez isso. Mas foi como conseguiu me capturar no primeiro momento. Estávamos todos naquela caverna, onde Rehv estava sendo mantido na colônia. Os *sympathos* entraram e Lash me pegou... tudo aconteceu tão rápido. De repente, fiquei sem equilíbrio e comecei a ser arrastada, mas não conseguia lutar e ninguém conseguia me ouvir gritando. É como um campo de força. Se você está dentro e tenta violá-lo, o choque é doloroso e rápido... só que é mais que uma simples aversão. Há uma barreira física. – Ergueu sua mão e empurrou o ar. – Uma trama. No entanto, a coisa mais estranha é que pode haver outras pessoas no mesmo espaço. Como quando você entrou.

John percebeu vagamente que suas mãos doíam por alguma razão. Olhando abaixo, viu que as havia fechado sobre os punhos e que o bloco de papel estava perfurando a carne. Assim como a caneta com a qual estava escrevendo.

Virando uma nova página, rabiscou:

Gostaria muito de saber que você estava lá. Teria feito alguma coisa. Juro que não sabia.

Quando leu o que tinha escrito, Xhex o alcançou e colocou uma das mãos em seu antebraço.

– Eu sei. Não é sua culpa.

Mas parecia. Ter estado bem ali com ela e não ter nem ideia de que estava...

Oh. Droga.

Escreveu rápido, depois mostrou.

Ele voltou? Depois que estivemos lá?

Quando Xhex balançou a cabeça, seu coração começou a bater de novo.

– Passou por lá dirigindo, mas não parou.

Como você escapou?, gesticulou com as mãos, sem pensar.

Enquanto procurava por uma nova página, ela disse:

– Como eu saí? – Quando ele assentiu, ela riu. – Sabe, vai ter que me ensinar a linguagem de sinais.

Ele piscou. Então fez com a boca: *certo.*

– E não se preocupe. Aprendo rápido. – Respirou profundamente. – A barreira foi forte o suficiente para me prender ali desde o momento em que me capturou. Mas, então, você foi até lá e saiu e... – Ela franziu a testa. – Foi você quem fez aquilo com aquele assassino lá embaixo?

Quando suas presas apareceram na boca, ele respondeu: *Pode apostar.*

O pequeno sorriso dela pareceu afiado como uma adaga.

– Bom trabalho. Eu ouvi a coisa toda. Enfim, foi depois que tudo silenciou que soube que tinha de sair dali ou...

Morreria, ele pensou. Por causa do que havia feito naquela cozinha.

– Então, eu fui...

Ele ergueu a mão para detê-la, então escreveu rapidamente. Quando mostrou as palavras, ela franziu a testa e, em seguida, balançou a cabeça.

– Oh, mas é claro que você não teria feito se soubesse que eu estava lá. Mas não sabia. E soou como se não pudesse evitar. Confie em mim, sou a última pessoa com quem precisa se desculpar pelo massacre de um daqueles bastardos.

Verdade, mas ainda suava frio ao pensar em como, inadvertidamente, a colocou em perigo.

Ela inalou profundamente outra vez.

– De qualquer maneira, depois que você saiu, parecia que a barreira estava enfraquecendo, e quando consegui esmurrar uma janela com meus punhos, soube que tinha uma chance. – Levantou uma de suas mãos e olhou para os dedos. – Eu acabei correndo para conseguir um impulso e atravessar a porta. Achei que ia precisar da força extra que havia em mim e estava certa.

Xhex se mexeu na cama, estremecendo.

– Acho que foi quando consegui o rompimento. No meu interior. Eu me machuquei bastante fugindo... foi como puxar meu corpo através de um concreto prestes a secar. Também bati muito forte na parede do corredor.

Sentiu a tentação de acreditar que os machucados que viu na pele dela foram resultado de sua fuga. Mas conhecia Lash. Olhou a crueldade no rosto do cara vezes o suficiente para ter certeza absoluta de que ela tinha passado por muita coisa nas mãos do inimigo.

– Foi por isso que precisei ser operada.

A declaração foi expressa de forma clara e equilibrada. Mas ela não encontrou seus olhos.

John virou uma nova página, escreveu cinco letras em maiúsculo e colocou um ponto de interrogação. Quando virou o bloco, ela mal olhou o *MESMO?*

Aquele olhar cinzento se afastou e se prendeu num canto afastado.

– Podia ter sido uma lesão que sofri quando lutei com ele. Mas não tive uma hemorragia interna assim antes de sair, então... por aí você deduz.

John exalou e pensou naquelas paredes riscadas e manchadas que vira naquela sala. O que escreveu em seguida o machucou.

Quando ela olhou para o que tinha escrito na página, a expressão de seu rosto se estreitou ao ponto do anonimato. Era como se estivesse olhando para uma estranha.

Ele olhou para as suas palavras: *O quanto foi ruim?*

Não deveria ter perguntado, pensou. Tinha visto a condição em que se encontrava. Tinha ouvido Xhex gritar na sala de operação e estava bem na frente dela quando teve um colapso nervoso. O que mais precisava saber?

Estava escrevendo um "*me desculpe*" quando ela falou com uma voz fina:

– Foi... normal... quero dizer...

Seus olhos fixaram-se em seu perfil e desejou que ela continuasse.

Xhex clareou a garganta.

– Não gosto de enganar a mim mesma. Não serve para nada. O fato de que se eu não saísse morreria em breve estava muito claro. – Balançou a cabeça lentamente para trás e para frente no travesseiro branco. – Estava ficando extremamente fraca por falta de sangue e por causa das lutas. Acontece que, na verdade, eu não tinha problemas com a parte de morrer. Ainda não tenho. A morte nada mais é que um processo, embora normalmente doloroso. Uma vez que está acabado e feito? Tudo bem, porque você não existe mais e toda a porcaria acabou.

Por alguma razão, o fato de estar tão indiferente o deixou ansioso e teve que se reacomodar na cadeira para evitar andar pelo quarto.

– Se foi ruim? – ela murmurou. – Sou uma lutadora por natureza. Então, até certo ponto, não foi nada especial. Nada com que eu não pudesse lidar. Quero dizer, sou forte. Perdi o controle na clínica porque odeio coisas relacionadas a médicos, e não por causa de Lash.

O passado dela, ele pensou.

– Vou lhe dizer uma coisa. – Seus olhos voltaram a encará-lo e ele se afastou diante do calor em seu olhar. – Sabe o que será ruim? O que fará com que as três últimas semanas tornem-se insuportáveis? Se eu não matá-lo. *Isso* será insuportável para mim.

O macho vinculado dentro de John rugiu, a ponto de se perguntar se Xhex sabia que ele não seria capaz de deixá-la dar um fim no desgraçado: machos protegem suas fêmeas. É a lei universal quando se é um homem de verdade.

Além disso, a ideia de ela ir a qualquer lugar perto daquele cara deixava John enlouquecido. Lash já a tinha sequestrado uma vez. E se ele usasse aquela porcaria que tinha o efeito de uma capa mágica de novo?

Não teriam uma segunda chance de resgatá-la. De jeito nenhum.

– Então – disse ela –, contei o meu segredo. Sua vez.

Certo. Tudo bem.

Agora era ele quem estava olhando para aquele canto distante. Jesus Cristo. Por onde começar.

Virou uma nova página em seu bloco, colocou a caneta para baixo e...

Um monte de nada veio a ele. O problema era que havia muita coisa para escrever, muito para dizer e não é que aquilo se mostrou muito deprimente?

Uma batida na porta fez com que a cabeça dos dois virasse.

– Maldição – disse ela baixinho. – Dê-nos um minuto!

O fato de que havia alguém esperando por uma audiência do outro lado da porta não o deixava exatamente disposto a compartilhar seus sentimentos. Isso, juntamente com a barreira da comunicação e sua tendência inata de se fechar, fez sua cabeça zumbir.

– Quem quer que seja, por mim, pode ficar fora a noite toda e durante todo o dia também. – Alisou o cobertor sobre seu estômago. – Quero ouvir o que você tem a dizer.

Engraçado, isso foi o que o desbloqueou, e então escreveu rapidamente:

Seria mais fácil mostrar.

As sobrancelhas se estreitaram quando leu isso e, então, acenou com a cabeça.

– Tudo bem. Quando?

Amanhã à noite. Se você tiver autorização para sair.

– Encontro marcado. – Levantou a mão... e a colocou levemente sobre seu antebraço. – Quero que saiba...

A nova batida que a interrompeu fez com que os dois amaldiçoassem.

– Precisamos de um minuto! – exclamou antes de se concentrar nele outra vez. – Quero que saiba... que pode confiar em mim.

John sustentou seu olhar e se viu imediatamente transportado para outro plano de existência. Poderia ser o céu outra vez. Quem sabia ou se importava? Tudo o que sabia era que havia apenas ela e ele juntos, o resto do mundo se afastava numa névoa.

Seria possível se apaixonar por alguém duas vezes?

– Que diabos você está fazendo aí?

A voz de Rehv do outro lado da porta quebrou o momento, mas não o apagou.

Nada jamais poderia, John pensou, enquanto ela se afastava e ele se levantava.

– Entre, idiota – ela retrucou.

No instante em que o macho de moicano entrou no quarto, John sentiu a mudança no ar e soube, quando se entreolharam e ficaram em silêncio, que estavam se comunicando como os *sympathos* faziam.

Para dar-lhes privacidade, dirigiu-se para a porta, e quando estava saindo, Xhex disse:

– Você vai voltar?

No início, pensou que ela estava falando com Rehv, mas então o macho agarrou seu braço e o deteve.

– Meu amigo? Você vai voltar?

John olhou para a cama. Esqueceu seu bloco e a caneta no pequeno criado mudo, então apenas acenou com a cabeça.

– Logo? – Xhex disse. – Porque não me sinto cansada e quero aprender a linguagem de sinais.

John assentiu com a cabeça novamente e depois bateu uma mão fechada contra outra de Rehvenge antes de sair da sala de operações.

Enquanto caminhava pelas macas vazias, estava contente por V. ter terminado a limpeza e não estar por perto. Pois mesmo que sua vida estivesse em jogo, John não conseguiria esconder o sorriso em seu rosto.

Em silêncio, Blay caminhou lado a lado com Qhuinn através do túnel subterrâneo que ficava entre o centro de treinamento e o saguão de entrada da mansão.

Os sons de seus dois pares de botas de combate se misturavam, mas isso era tudo. Nem ele nem Qhuinn diziam nada. E não havia nenhum contato.

Absolutamente nenhum toque.

Um tempo atrás, antes de se declarar para o cara, antes das coisas terem ido por água abaixo entre eles, Blay simplesmente teria perguntado no que Qhuinn estava pensando, porque era evidente que estava fervilhando com alguma coisa. Agora, porém, o que poderia ser apenas um comentário qualquer, pareceria uma intromissão inadequada.

Quando passaram pela porta escondida sob a escadaria da mansão, Blay começou a temer o resto da noite.

Claro, não havia passado muito tempo, mas duas horas poderiam parecer uma vida sob as circunstâncias corretas. Ou erradas, como era o caso.

– Layla deve estar esperando por nós – disse Qhuinn enquanto ia para o pé da escada.

Oh... excelente. Justamente o tipo de diversão que *não* estava procurando.

Depois de ter visto a maneira como a Escolhida olhou para Qhuinn, simplesmente não sentia vontade de olhar aquele monte de paixonite tímida outra vez. Ainda mais naquela noite. Era curioso como a quase perda de Xhex o tinha deixado ferido.

– Você vem? – Qhuinn perguntou, sua testa franzida puxava o piercing na sobrancelha esquerda.

Blay baixou o olhar em direção ao aro que rodeava o lábio inferior do cara.

– Blay? Você está bem? Olha, acho que precisa se alimentar, amigo. Tem acontecido muita coisa ultimamente.

"Amigo"... Cristo, odiava essa palavra.

Mas dane-se, precisava superar a tensão.

– Sim. Claro.

Qhuinn olhou para ele de uma maneira estranha.

– Meu quarto ou o seu?

Blay riu de maneira áspera e começou a subir as escadas.

– Isso realmente importa?

– Não.

– Exatamente.

Quando chegaram ao segundo andar, passaram pelo escritório de Wrath, as portas estavam fechadas e desceram o corredor de estátuas.

Chegaram primeiro ao quarto de Qhuinn, mas Blay continuou andando, pensando que algo poderia finalmente ser em seu território, sob seus termos.

Abrindo a porta larga, deixou a coisa como estava e ignorou o som de um clique suave, quando Qhuinn os fechou lá dentro.

No banheiro, Blay foi até a pia, abriu a torneira e se inclinou, espirrando água em seu rosto. Estava se enxugando quando sentiu o perfume de canela e sabia que Layla tinha chegado.

Apoiando as mãos sobre o mármore, inclinou-se sobre os braços e se encurvou. Lá fora, em seu quarto, ouviu as vozes se misturando, a mais baixa e a mais alta, revezando alguns momentos.

Jogando a toalha no chão, virou-se e começou a observar a dança: Qhuinn estava na cama, de costas contra a cabeceira, as botas cruzadas, os dedos cruzados sobre o grande peitoral, enquanto sorria à Escolhida. Layla estava corada ao ficar perto dele, os olhos sobre o tapete, suas mãos menores e delicadas se torciam frente a ela.

Quando Blay chegou, os dois olharam para ele. A expressão de Layla não se alterou. A de Qhuinn, porém, se fechou com força.

– Quem vai primeiro? – Blay perguntou, aproximando-se deles.

– Você – Qhuinn murmurou. – Você vai.

Blay não estava disposto a saltar sobre a cama, então foi até a espreguiçadeira e sentou. Layla vagou em sua direção e caiu de joelhos diante dele.

– Senhor – disse ela, oferecendo-lhe o pulso.

A TV foi ligada e os canais foram sendo trocados quando Qhuinn começou a clicar com o controle em direção à tela. Parou no canal Spike, vendo a reprise de um campeonato de vale tudo onde lutavam Hughes e Penn.

– Senhor? – Layla disse.

– Perdoe-me. – Blay inclinou-se, pegando seu fino antebraço, segurando com firmeza, mas sem muita pressão. – Agradeço sua dádiva.

Perfurou tão delicadamente quanto pôde e estremeceu quando ela saltou ligeiramente. Teria recolhido as presas para pedir desculpas, mas isso exigiria outro furo, então voltou a sugar sua veia.

Enquanto se alimentava, seus olhos se moveram para a cama. Qhuinn estava absorto na luta, sua mão direita levantada e fechada num punho.

– Caramba – o cara murmurou. – É disso que estou falando!

Blay se concentrou no que estava fazendo e terminou rapidamente. Quando soltou, olhou para o rosto adorável de Layla.

– Você foi muito graciosa, como sempre.

Seu sorriso era radiante.

– Senhor... é uma alegria servi-lo, como sempre.

Estendeu a mão e ajudou-a a levantar, aprovando sua graça inata. E, Deus, a força que ela lhe deu não era nada menos que miraculosa. Até mesmo depois de terminar podia sentir aquilo o energizando, sua cabeça parecia estar em névoas, uma vez que seu corpo estava focando aquilo que tinha sido dado a ele.

O que Layla tinha lhe dado.

Qhuinn ainda estava muito ligado na luta, suas presas arreganhadas, não para Layla, mas para quem estava perdendo. Ou ganhando. Ou seja lá como fosse.

A expressão de Layla se desvaneceu em uma resignação que Blay conhecia muuuito bem.

Blay franziu a testa.

– Qhuinn. Vai se alimentar?

Os olhos díspares de Qhuinn se mantiveram na tela até o árbitro terminar a disputa, então suas íris azul e verde recaíram sobre Layla. Em um impulso sensual, o cara se moveu na cama, abrindo espaço para ela.

– Venha cá, Escolhida.

As três palavras, acompanhadas por aquele olhar de pálpebras baixas, foram um golpe baixo para Blay... O problema era que Qhuinn não estava olhando Layla de nenhuma maneira especial. Ele era assim.

Sexo em cada respiração, cada batida, cada movimento.

Layla parecia sentir o mesmo, pois suas mãos esvoaçavam serpenteando ao redor de sua vestimenta, primeiro indo para o laço e depois para as lapelas.

Por alguma razão, Blay percebeu pela primeira vez que estava completamente nua sob as dobras brancas.

Qhuinn estendeu a mão e a palma de Layla tremia ao colocá-la contra aquela que lhe era oferecida.

– Está com frio? – perguntou ele, sentando-se. Era possível ver o contorno de seu abdômen definido debaixo da camiseta justa.

Quando negou com a cabeça, Blay entrou no banheiro, fechou a porta e ligou o chuveiro. Após tirar a roupa, ficou sob o jato e tentou esquecer tudo o que estava acontecendo em sua cama.

O que foi bem sucedido apenas quando tirou Layla da imagem.

Seu cérebro ficou preso numa fantasia onde ele e Qhuinn estavam estendidos juntos, bocas nos pescoços um do outro, presas rompendo a superfície da pele aveludada, corpos...

Era muito comum aos machos ficarem eretos após a alimentação. Especialmente quando pensavam em todo tipo de coisas para fazer estando nu. E o sabonete não ajudava.

E nem as imagens do que viria após os dois penetrarem as gargantas.

Blay plantou a palma de uma de suas mãos no mármore liso e a outra sobre seu pênis rígido.

O que fez foi rápido e tão gratificante quanto um pedaço de pizza fria: bom, mas não chegava nem perto de uma refeição de verdade.

O segundo passeio ao parque de diversões não melhorou a situação e recusou seu corpo a chance de um terceiro. Pois, fala sério. Que bizarro.

Qhuinn e Layla estavam cuidando de suas vidas do outro lado da porta, enquanto ele ficava todo ofegante debaixo da água quente? Que droga.

Saindo, enxugou-se, colocou o roupão e percebeu que não tinha nada para vestir. Quando virou a maçaneta da porta, rezou para que as coisas estivessem como ele as havia deixado.

E estavam, muito obrigado, Virgem Escriba: Qhuinn tinha a boca no outro pulso de Layla e tomava o que precisava daquela Escolhida ajoelhada ao seu lado.

Nada abertamente sexual.

O alívio que se fixou no peito de Blay o fez perceber o quanto estava nervoso... e não apenas por isso, mas por tudo relacionado a Qhuinn.

Aquilo não era nada saudável. Para ninguém.

Mas afinal de contas, Qhuinn era culpado por ele se sentir daquela maneira? Ninguém pode escolher por quem se sente atraído... e por quem não se sente.

No armário, Blay puxou uma camisa de botão e uma calça de combate preta. Assim que virou a cabeça para o banheiro, Qhuinn ergueu a boca da veia de Layla.

O macho soltou um gemido saciado e estendeu sua língua em direção às feridas que tinha feito com suas presas. Quando um brilho de prata reluziu, as sobrancelhas de Blay se ergueram. O piercing da língua era novo e ele se perguntou quem teria feito.

Provavelmente Vishous. Os dois andavam passando muito tempo juntos e foi assim que conseguiram a tinta para a tatuagem de John... Qhuinn tinha pegado o recipiente.

A língua de Qhuinn passou na pele da Escolhida, aquele metal piscava a cada passagem.

– Obrigado, Layla. Você é boa para nós.

Deu um sorriso rápido, em seguida colocou as pernas para fora da cama, deixando evidente que já ia sair. Layla, por outro lado, não se mexeu. Ao invés de seguir o exemplo e ir embora, a cabeça dela desceu e os olhos se concentraram em seu colo...

Não, nos pulsos, que estavam aparecendo sob as mangas de sua túnica. Quando a viu cambalear, Blay franziu a testa.

– Layla? – disse ele, aproximando-se. – Você está bem?

Qhuinn também se aproximou da cama.

– Layla? O que está acontecendo?

Os dois ficaram de joelhos diante dela.

Blay falou claramente.

– Nós tomamos muito?

Qhuinn se adiantou e colocou seu próprio pulso frente a ela, oferecendo.

– Use-me.

Droga, ela tinha alimentado John na noite anterior. Será que aquilo aconteceu cedo demais?

Os olhos verdes pálidos da Escolhida se ergueram para enfrentar Qhuinn e não houve qualquer confusão em seu olhar. Apenas um desejo triste, antigo.

Qhuinn recuou.

– O que eu fiz?

– Nada – disse ela com uma voz muito profunda. – Se me der licença, vou me retirar ao santuário mais uma vez.

Layla começou a levantar-se, mas Qhuinn capturou sua mão e puxou-a para baixo.

– Layla, o que está fazendo?

Deus, aquela voz dele. Tão suave, tão gentil. E assim também era a mão que estendeu, agarrando seu queixo e levantando o olhar dela até o seu.

– Não posso falar sobre isso.

– Sim, você pode. – Qhuinn acenou com a cabeça na direção do Blay. – Ele e eu manteremos segredo.

A Escolhida respirou fundo e sua expiração foi de derrota, como se ela estivesse sem combustível, sem opções, sem força.

– De verdade? Vão permanecer em silêncio?

– Sim. Blay?

– Sim, com certeza. – Colocou a mão em seu coração. – Eu juro. Vamos fazer de tudo para ajudá-la. Qualquer coisa.

Ela focou em Qhuinn, seu olhar preso ao dele.

– Sou desagradável aos seus olhos, senhor? – Quando ele franziu a testa, ela baixou o olhar. – Desvio-me do ideal de alguma maneira que me torna...

– Deus, não. Do que você está falando? Você é linda.

– Então... por que nunca sou solicitada?

– Não entendo... Nós a solicitamos. Regularmente. Eu mesmo, John e Blay. Rhage e V. Você é a única que todos pedem, porque você...?

– Nenhum de vocês me usa para qualquer coisa além de sangue.

Blay se levantou de sua posição ajoelhada, recuou até suas pernas baterem na espreguiçadeira e sentou-se. Quando seu traseiro saltou sobre a almofada, a expressão no rosto de Qhuinn quase o fez rir. O cara nunca era pego de surpresa. Em parte porque já tinha sofrido de tudo em sua vida relativamente curta, tanto por escolha quanto por maldição. E parte era a sua personalidade. Dava-se bem em todas as situações. Ponto final.

Exceto nesta, óbvio. Qhuinn parecia como se tivesse sido atingido na nuca por um taco de bilhar.

– Eu... – Qhuinn pigarreou. – Eu... Eu...

Ah, sim, isso também era inédito: a gagueira.

Layla encheu o silêncio.

– Sirvo os machos e Irmãos desta casa com orgulho. Dou, sem receber nada em troca, porque faz parte da minha formação e tenho prazer em fazê-lo. Mas digo isso porque você pediu e... acho que devo. Toda vez que retorno para o santuário ou à casa do Primaz, sinto-me cada vez mais vazia. A ponto de achar que poderia me afastar. Em verdade... – balançou a cabeça – não posso continuar fazendo isso, mesmo sabendo que faz parte das minhas obrigações. Apenas... meu coração não pode continuar.

Qhuinn deixou cair as mãos e esfregou as coxas.

– Você quer... você gostaria de continuar se pudesse?

– Claro. – Sua voz era forte e segura. – Estou orgulhosa de estar a serviço.

Agora Qhuinn estava arrastando a mão por seu cabelo grosso.

– O que seria necessário... para satisfazê-la?

Era como assistir a um desastre de trem. Blay deveria ter saído, mas não conseguia se mover, tinha apenas que testemunhar a colisão.

E, naturalmente, o rubor brilhante de Layla a fez ainda mais bonita. Em seguida, seus lábios carnudos se entreabriram encantadores. Fecharam. Abriram... e fecharam outra vez.

– Está tudo bem – sussurrou Qhuinn. – Você não tem que dizer isso em voz alta. Eu sei o que você quer.

Blay sentiu um suor frio sair sobre o peito e as mãos se contorceram por baixo da roupa que tinha escolhido.

– Quem... – Qhuinn perguntou com voz rouca. – Quem você quer?

Houve outra longa pausa e então ela disse uma única palavra:

– Você.

Blay levantou-se.

– Vou deixar vocês a sós.

Estava totalmente cego quando saiu, e agarrou sua jaqueta de couro em seu caminho apenas por instinto.

Quando fechou a porta, ouviu Qhuinn dizer:

– Vamos fazer isso bem devagar. Se vamos fazer isso, iremos bem devagar.

No corredor, Blay abriu rapidamente uma boa distância entre ele e seu quarto e não se deu conta, até que chegou à porta dupla que dava para a ala dos empregados, de que estava andando pela casa de roupão. Deslizando pelo conjunto de escadas que levavam ao cinema no terceiro andar, mudou sua roupa na frente da máquina de pipoca desligada.

A raiva latente no fundo de suas entranhas era um tipo de câncer que o devorava. Mas era tão infundado. Tão inútil.

Blay parou em frente às prateleiras de DVDs, os títulos nas capas nada mais eram que um borrão para seus olhos.

Contudo, o que ele acabou pegando não foi um filme.

Tirou um pedaço de papel do bolso do casaco.

CAPÍTULO 29

Assim que a porta da sala de recuperação foi fechada, Xhex sentiu que devia dizer algo. Em voz alta. Para Rehvenge.

– Então. Ah... – Passou a mão pelo cabelo. – Tudo bem...?

Ele interrompeu suas desajeitadas divagações aproximando-se a passos largos, sua bengala vermelha era cravada nos ladrilhos, seus mocassins atingiam o chão do calcanhar à ponta dos pés. Sua expressão era feroz, seus olhos violeta ardiam.

Era suficiente para deixá-la perplexa.

Puxando para cima o lençol, Xhex murmurou.

– Que diabos há de errado com vo...? – Rehv mergulhou sobre ela com seus longos braços e a puxou para ele, aconchegando-a com todo cuidado contra seu peito. Apoiando a cabeça na dela, sua voz foi profunda e grave.

– Pensei que nunca mais a veria novamente.

Quando ele estremeceu, ela levantou as mãos até seu tronco. Depois de conter-se um momento... abraçou-o tão forte quanto ele a abraçava.

– Seu perfume é o mesmo – disse com voz rouca, colocando o nariz bem no pescoço da fina camisa de seda. – Oh... Deus, seu perfume é o mesmo.

A cara colônia à base de especiarias a levou de volta aos dias de ZeroSum quando os quatro trabalhavam juntos: ele no comando, iAm com os livros, Trez nas operações e ela na segurança.

O perfume foi o gancho que a arrastou e a fez dar um passo mais longe do trauma do sequestro, ligando-a ao seu passado, transpondo o horrível período das últimas três semanas.

Contudo, não queria essa amarra. Isso só faria com que sua partida ficasse mais difícil. Melhor concentrar-se nos acontecimentos e nos objetivos imediatos.

E depois simplesmente desaparecer, flutuando à deriva.

Rehv se afastou.

– Não quero cansá-la, então não vou ficar. Mas precisava... pois é.

– Eu sei.

Juntos, mantiveram-se um nos braços do outro, e como sempre, ela sentiu a comunicação entre eles, a parte de sangue mestiço que compartilhavam estabeleceu uma conexão como faziam os *sympathos*.

– Precisa de alguma coisa? – perguntou. – Comida?

– A doutora Jane disse nada sólido durante as próximas duas horas.

– Certo. Ouça, vamos falar sobre o futuro...

– No futuro. – Enquanto falava, projetou em sua mente uma imagem dos dois discutindo intensamente. Que foi produzida exclusivamente para despistá-lo, caso estivesse lendo.

Não ficou claro se ele mordeu a isca.

– Aliás, eu moro aqui agora – ele disse.

– Onde estou exatamente?

– No centro de treinamento da Irmandade. – Franziu a testa. – Pensei que você já havia estado aqui antes.

– Não nessa parte. Mas sim, imaginei que era para onde me trariam. Aliás, Ehlena foi realmente boa comigo. Lá dentro. – Assinalou com a cabeça para a sala de operações. – E antes que pergunte, vou ficar bem. Foi o que a doutora Jane disse.

– Ótimo! – Apertou com força a mão dela. – Vou chamar John.

– Obrigada.

Na porta, Rehv parou, em seguida, estreitando os olhos ametistas, lançou-lhe um olhar por sobre os ombros.

– Escute. – O "*idiota*" ficou implícito. – Você é importante. Não só para mim, mas para muita gente. Então, faça o que tem que fazer e coloque sua cabeça em ordem. Mas não pense que não sei de nada sobre o que tem planejado fazer depois.

Ela devolveu o olhar.

– Maldito devorador de pecados.

–Já sabe. – Rehv ergueu uma sobrancelha. – Eu lhe conheço muito bem. Não seja uma cabeça-dura, Xhex. Você tem todos nós ao seu lado e pode superar isso.

Enquanto ele saía, Xhex achou a fé que tinha nela admirável. Mas não ia cair nessa.

Na verdade, apenas o pensamento de qualquer futuro depois do funeral de Lash enviava uma onda de esgotamento pela sua corrente sanguínea. Com um gemido, fechou os olhos e rezou pelo amor de tudo o que era mais sagrado para que Rehvenge ficasse fora de seus assuntos...

Xhex despertou com um grito sufocado. Não fazia ideia de quanto tempo esteve dormindo. Ou onde John estava...

Bem, a segunda pergunta estava respondida: John estava no chão na frente da sua cama, deitado de lado, com a cabeça descansando no interior do braço que tinha dobrado para usar de travesseiro. Parecia cansado, mesmo enquanto dormia: as sobrancelhas tensas, a boca contraída em uma expressão fatigada.

O consolo que lhe veio ao olhar para ele foi chocante, mas não lutou contra isso. Não tinha energia suficiente... além disso, não havia testemunhas.

– John?

No instante em que pronunciou seu nome, levantou-se do chão de linóleo, assumindo uma postura de combate, com seu corpo de guerreiro entre ela e a porta do corredor. Ficou bastante claro que estava preparado para deixar em pedaços qualquer um que a ameaçasse.

O que era... realmente gentil.

E melhor que um buquê de flores na cabeceira da cama, o qual a faria espirrar.

– John... venha aqui.

Ele esperou um instante, erguendo a cabeça como se procurando por algum som. Logo deixou cair os punhos e andou. No instante em que seus olhos se voltaram para ela, o olhar brutal e as presas expostas se desvaneceram em meio a uma compaixão arrasadora.

Foi direto ao seu bloco, escreveu algo e lhe mostrou.

– Não, obrigada. Ainda não estou com fome. – Sempre foi assim para ela. Depois de se alimentar, não comia durante horas, algumas vezes durante um dia intero. – O que eu adoraria...

Seus olhos se moveram até o banheiro no canto.

Banho, ele escreveu e mostrou.

– Sim. Meu Deus... adoraria um pouco de água quente.

Estava todo disposto a ser um bom cuidador. Abriu a ducha, colocou as toalhas, o sabonete e uma escova de dentes sobre o balcão.

Sentindo-se um pouco preguiçosa, tentou se levantar... e ficou claro que alguém tinha atado uma casa ao redor de seu peito. Sentia-se como se estivesse levando uma casa colonial de dois andares sobre os ombros. Foi com um grande esforço que conseguiu colocar as pernas para fora do colchão... e com a convicção de que se não conseguisse se colocar na vertical sozinha, ele iria chamar a doutora e ela perderia o banho.

John chegou assim que as solas dos pés descalços tocaram o chão e foi muito atencioso equilibrando-a com o braço enquanto se colocava em pé. Quando os lençóis caíram de seu corpo, ambos tiveram um momento de... *caramba, nua*. Mas não era hora para recato.

– O que devo fazer com o curativo? – ela murmurou, baixando o olhar para a bandagem branca que se estendia ao longo de sua pélvis.

Quando John olhou para seu bloco de papel, como se estivesse tentando decidir se podia alcançar a coisa e continuar segurando-a, ela disse:

– Não, não quero a doutora Jane. Simplesmente vou tirar.

Escolheu uma ponta, e enquanto se firmava em pé, imaginou que provavelmente teria sido melhor fazer isso enquanto estava deitada... e sob supervisão médica. Mas dane-se.

– Oh... – Suspirou ao revelar lentamente a linha de pontos negros. – Maldição... a fêmea de V. é boa com uma linha e uma agulha, hum?

John pegou o monte de gaze ensaguentado e simplesmente o jogou na lata de lixo do canto. Então esperou como se soubesse bem que ela estava pensando em voltar para a cama.

Por alguma razão, a ideia de ter sido aberta a deixou tonta.

– Vamos fazer isso – disse rispidamente.

Ele deixou que ela estabelecesse o ritmo, o qual acabou sendo apenas um pouco mais rápido que dar marcha ré.

– Pode apagar as luzes lá dentro? – ela disse enquanto arrastava os pés, seus passos de bebê não avançavam mais que alguns centímetros. – Não quero ver a minha aparência naquele espelho sobre a pia.

No instante em que se aproximou o suficiente do interruptor, John estendeu o braço e clicou a coisa na parede.

– Obrigada.

A sensação do ar úmido e o som da água caindo aliviaram sua mente e sua coluna. O problema era que a tensão havia ajudado a mantê-la em pé e agora estava cedendo.

– John... – Era a sua voz? Tão fraca e fina. – John, entra comigo? Por favor.

Por falar em longos silêncios... mas, então, sob a luz que entrava do quarto, ele assentiu.

– Enquanto tira a roupa lá fora – ela disse – pode fechar a porta porque preciso usar o banheiro.

Com isso, segurou na barra que estava fixa à parede e se movimentou sozinha. Houve outra pausa e logo John deu um passo para trás e a ligeira fonte de luz se desvaneceu.

Depois que Xhex fez o que precisava, arrastou-se e entreabriu a porta.

O que viu foi um bloco de notas bem em frente ao rosto:

Teria ficado de cueca, mas não uso nada por baixo das calças de couro.

– Está bem. Não passo nem perto do tipo tímida.

Só que aquilo não foi demonstrado ser totalmente verdade quando os dois entraram no chuveiro juntos. Achou que depois de tudo o que passou, um pouco de contato com pele em um quarto escuro, com um macho em quem confiava e com quem já havia estado, não seria um grande desafio. Mas foi.

Especialmente quando o corpo dele roçou contra suas costas ao fechar a porta de vidro.

Concentre-se na água, disse a si mesma, imaginando se tinha enlouquecido.

Ao levantar a cabeça, começou a inclinar-se para o lado e a enorme mão masculina escorregou sobre seu braço para mantê-la em pé.

– Obrigada – disse ela asperamente.

Mesmo a situação sendo tão incômoda, a água quente estava maravilhosa ao encharcar seu cabelo até o couro cabeludo e a ideia de poder limpar-se foi repentinamente mais importante do que tudo que John Matthew não estava usando.

– Esqueci o sabonete, droga.

John fez outro movimento de se inclinar e investir sobre aquilo que precisava, e então seus quadris bateram nos dela. E embora ela tenha ficado tensa, preparando-se para algo sexual... ele não estava excitado.

O que foi um alívio. Depois das coisas que Lash lhe havia feito...

Quando colocou o sabonete em sua mão, Xhex bloqueou todos os pensamentos do que havia passado naquele quarto e simplesmente umedeceu a barra de sabão na ducha. Lavar-se. Secar-se. Voltar para a cama. Isso era tudo o que tinha que pensar.

O cheiro forte e diferente do sabonete flutuou no ambiente e aquilo a emocionou.

Era exatamente o que teria escolhido sozinha.

Incrível, pensou John enquanto permanecia em pé atrás de Xhex. Se baixar o olhar para seu pênis e disser que caso se comporte mal irá cortá-lo em rodelas e enterrar no quintal dos fundos, realmente ele obedece.

Tinha que se lembrar disso.

O chuveiro era de um tamanho generoso para um macho, mas era bastante estreito para os dois e tinha que manter as costas pressionadas contra o azulejo frio para ter cem por cento de certeza de que o Senhor Espertinho e seus companheiros gêmeos de trabalho, Debi e Loide, ficariam longe dela.

Afinal, o discurso tinha feito maravilhas, mas não iria arriscar.

Além disso, estava chocado por Xhex estar tão fraca que tinha que segurá-la para que pudesse ficar em pé... mesmo depois de ter se alimentado. Mas não é fácil se livrar assim de quatro semanas de inferno, mesmo depois de um cochilo de duas horas. Que era o tempo que tinha dormido, de acordo com seu relógio.

Ao pegar o xampu, ela arqueou as costas e seus cabelos molhados roçaram no peito dele antes que Xhex se virasse para enxaguar a espuma. Ele mudou a posição, segurando primeiro seu antebraço direito, em seguida o esquerdo, então de novo o direito.

Os problemas surgiram quando ela se inclinou para lavar as pernas.

– Droga... – Ela mudou de posição rápido demais, o aperto dele escorregou do seu ensaboado bíceps e ela caiu diretamente contra o corpo dele.

John teve uma breve e vívida impressão de seu corpo ensaboado, úmido e cálido, e logo se lançou contra a parede e se moveu buscando uma forma de mantê-la em pé que não implicasse em contato total.

– Queria que tivesse um banco aqui – ela disse. – Acho que não consigo manter o maldito equilíbrio.

Houve uma pausa... em seguida ele pegou o sabonete. Deslocando-se lentamente, trocou de lugar com ela, colocando-a no canto em que havia apoiado as costas e fazendo com que ela apoiasse as mãos sobre seus ombros.

Enquanto se ajoelhava, girou o sabonete nas mãos, fazendo um monte de espuma; a água batia na parte de trás da cabeça e caía por sua coluna vertebral. Sentia o azulejo duro embaixo dos joelhos e tinha um dos dedos do pé pressionando o ralo, era como se a coisa tivesse dentes e estivesse lhe dando uma mordida, mas não se importava.

Estava preste a tocá-la. E isso era tudo o que importava.

Envolvendo o tornozelo dela com a mão, deu um puxão suave e, depois de um momento, ela apoiou o peso no outro lado e deu para ele o seu pé. Colocou a barra de sabonete no chão ao lado da porta e alisou a sola do pé subindo até o calcanhar, massageando, limpando...

Adorando sem esperar nada em troca.

Ia devagar, especialmente quando subia pela perna, fazendo uma pausa de vez em quando para se assegurar de que não estava pressionando nenhum de seus machucados. O músculo da panturrilha era duro como pedra e os ossos que sobressaíam no joelho pareciam tão fortes como os de um macho, mas era delicada à sua maneira. Ao menos comparada com ele.

Quando subiu ainda mais, até sua coxa, deslizou para a parte externa. A última coisa que queria era preocupá-la por dar em cima dela, e quando chegou ao quadril, parou e pegou o sabonete de novo.

Após enxaguar a sola do pé, puxou ligeiramente o outro tornozelo e sentiu uma pontada de alívio quando ela gentilmente lhe deu oportunidade de repetir o que tinha feito.

Massagens lentas, mãos lentas, progresso lento... e somente na parte externa e em direção à parte superior do corpo.

Quando terminou, levantou-se, os joelhos rangendo ao se erguer até alcançar toda a sua estatura e a colocou embaixo do jato d'água. Segurando-a pelo braço outra vez, deu-lhe o sabonete para que pudesse lavar qualquer outra coisa que fosse necessária.

– John? – ela disse.

Como estava escuro, assoviou um "*o quê?*".

– Você é um macho de muito valor, sabe disso. Você realmente é.

Ergueu as mãos e envolveu o rosto dele.

Aconteceu tão rápido, ele não podia acreditar. Mais tarde, iria ver e rever aquilo várias e várias vezes, prolongando o momento infinitamente, revivendo e nutrindo aquilo de maneira estranha na memória, de novo e de novo.

Contudo, quando acabou, havia durado apenas um instante. Um impulso por parte dela. Um presente puro dado em gratidão a outro presente puro recebido.

Xhex ergueu-se na ponta dos pés e pressionou sua boca contra a dele.

Oh, tão macio. Seus lábios eram incrivelmente macios. E gentis. E calorosos. O contato foi muito rápido, porém poderia durar horas e horas e dizer que não tinha sido o suficiente.

– Venha deitar-se comigo – ela disse, abrindo a porta do chuveiro e saindo. – Eu não gosto de você no chão. Você merece coisa muito melhor do que isso.

De maneira indistinta, fechou a água e a seguiu, aceitando a toalha que ela entregou. Secaram-se juntos, ela envolveu todo o tronco com a toalha, ele cobriu os quadris.

Fora do banheiro, ele subiu na cama de hospital primeiro e sentiu que era a coisa mais natural do mundo abrir os braços. Se tivesse pensado, não haveria feito esse gesto, mas não estava pensando.

Mas tudo bem.

Porque ela foi até ele como tinha feito a água do chuveiro: o encharcou com uma onda morna que se infiltrava pela pele até a medula.

Mas, claro, Xhex penetrou ainda mais fundo dentro dele. Sempre fez isso.

Era como se tivesse perdido a sua alma na primeira vez que colocou os olhos nela.

Quando apagou a luz e ela se acomodou ainda mais perto dele, sentiu como se ela estivesse cavando diretamente em seu gelado coração e acampando ali, seu fogo descongelava a alma até que suspirou fundo e em paz pela primeira vez em meses.

John fechou os olhos, mas não esperava dormir.

Porém, ele dormiu. E muito, muito bem.

Capítulo 30

Na ala de funcionários da mansão Sampsone, Darius concluiu sua entrevista com a criada da filha.

– Obrigado – disse ele enquanto se levantava e acenava para a fêmea. – Agradeço sua franqueza.

A doggen *curvou-se profundamente.*

– Por favor, encontre-a. E a traga de volta para casa, senhor.

– Faremos nosso melhor. – Ele lançou um olhar para Tohrment. – Seria muito gentil se trouxesse o mordomo.

Tohrment abriu a porta para a pequena fêmea e os dois saíram juntos.

Na ausência deles, Darius andou pelo chão sem ornamentos, suas botas de couro faziam um círculo em torno da escrivaninha que havia no centro da sala. A criada não sabia nada de relevante. Havia sido totalmente aberta e despretensiosa – mas não acrescentou absolutamente nada ao enigma.

Tohrment voltou com o mordomo e retornou a sua posição à direita da porta, permanecendo em silêncio. O que era bom. De uma maneira geral, durante um interrogatório no âmbito civil, não era necessário mais de um inquisidor. Entretanto, o garoto tinha outra utilidade. Seus olhos astutos não perdiam nada, assim talvez notasse algo que Darius deixasse passar durante a conversa.

– Obrigado por falar conosco – Darius disse ao mordomo.

O doggen *curvou-se.*

– Será um prazer servi-lo, senhor.

– Certamente – Darius murmurou enquanto sentava no banquinho duro que tinha usado enquanto falava com a criada. Os doggen, *por natureza, tendem a valorizar o protocolo, e portanto preferiam que aqueles que detinham uma posição mais elevada ficassem sentados enquanto eles permaneciam em pé.*

– Qual é o seu nome, mordomo?

Outra reverência profunda.

– Eu me chamo Fritzgelder Perlmutter.

– E há quanto tempo está com esta família?

– Eu nasci entre eles há 77 anos. – O mordomo uniu suas mãos atrás das costas e endireitou os ombros. – Tenho servido à família com orgulho desde meu quinto aniversário de nascimento.

– Longa história. Então, você conhece bem a filha.

– Sim. É uma fêmea de valor. Uma alegria para seus pais e sua linhagem.

Darius observou cuidadosamente o rosto do mordomo.

– E você não sabe de nada... que pudesse levá-lo a esperar tal desaparecimento?

A sobrancelha esquerda do serviçal se contraiu uma vez.

E houve um longo silêncio.

Darius baixou a voz a um sussurro.

– Se isso puder servir de alívio à sua consciência, tem minha palavra como um Irmão que nem eu nem meu colega revelaremos o que você disser. Nem mesmo ao próprio Rei.

Fritzgelder abriu a boca e respirou fundo.

Darius permaneceu em silêncio: pressionar o pobre macho só retardaria o processo de revelação. Na verdade, simplesmente falaria alguma coisa ou não e apressá-lo só iria atrasar sua decisão.

O mordomo alcançou o bolso interno de seu uniforme e retirou um lenço branco que estava dobrado em um quadrado exato. Apertou o lábio superior, atrapalhando-se para guardar a coisa.

– Nada sairá destas paredes – Darius sussurrou. – Nada.

O criado limpou a garganta duas vezes antes das suas cordas vocais produzirem algum som.

– De fato... ela estava acima de qualquer suspeita. Disso estou certo. Não havia nenhum... relacionamento com um macho que seus pais desconhecessem.

– Mas... – Darius murmurou.

Naquele momento, a porta foi aberta e o mordomo que os havia deixado entrar na mansão surgiu. Parecia totalmente surpreso com a reunião, a qual tinha sua total desaprovação. Não havia dúvida de que um de seus subordinados o tinha avisado.

– Você trabalha com uma boa equipe – Darius disse ao macho. – Meu colega e eu estamos muito impressionados.

A reverência não aliviou a expressão de desconfiança do macho.

– Estou lisonjeado, senhor.

– Estávamos saindo. Seu mestre está?

O mordomo se endireitou e seu alívio era evidente.

– Recolheu-se aos seus aposentos e por isso vim vê-los. Mandou-lhes dizer adeus, pois precisa cuidar de sua amada shellan.

Darius colocou-se em pé.

– Este seu criado estava prestes a nos mostrar a saída. Como está chovendo, tenho certeza de que prefere que um de seus funcionários nos guie sobre a grama molhada. Voltaremos aqui depois do pôr do sol. Obrigado por atender aos nossos pedidos.

Não havia nenhuma outra resposta a não ser a que o macho deu.

– Mas é claro.

Fritzgelder fez uma reverência ao seu superior e estendeu então o braço para uma porta no canto.

– Por aqui.

Lá fora, o ar carregava muito pouco das promessas de uma primavera de calor. De fato, estava um frio invernal quando atravessaram a neblina.

Fritzgelder sabia exatamente onde os estava levando, o mordomo caminhava com o objetivo de chegar aos fundos da mansão, para a parte do jardim que podia ser vista do quarto da fêmea.

Boa manobra, pensou Darius.

O mordomo parou bem debaixo da janela da filha de Sampsone, mas não encarava as pesadas paredes da casa. Olhava para fora... para além dos canteiros de flores e do labirinto... olhava para a propriedade vizinha. Então, deliberadamente virou-se para Darius e Tohrment.

– Levantem seus olhos até as árvores – disse ele enquanto apontava para a casa como se descrevesse algo importante, pois, sem dúvida, estavam sendo observados das janelas de chumbo da mansão. – Reparem bem a clareira.

De fato, havia uma brecha dentre os muitos galhos das árvores... foi por isso que conseguiram ver a mansão ao longe, quando estavam no segundo andar.

– Aquela visão não foi produzida por esta casa, senhor – o doggen *disse suavemente. – E eu notei isso aproximadamente uma semana antes... de descobrir que ela tinha desaparecido. Estava limpando os quartos. A família estava nos aposentos subterrâneos já que era dia. Ouvi os sons de madeira sendo cortada e olhei pelas janelas, foi então que vi os galhos sendo arrancados.*

Darius estreitou seu olhar.

– Foi um corte muito preciso, não?

– Muito preciso. E pensei que não era nada demais, pois só humanos moram ali. Mas agora...

– Agora gostaria de saber se havia algum propósito que não fosse o de jardinagem. Diga-me, a quem você mencionou isso?

– Para o mordomo chefe. Mas me implorou para que eu permanecesse calado. Ele é um bom macho, serve bem à família. Deseja muito que ela seja encontrada...

– Mas ele pretende evitar qualquer suposição de que ela tenha caído em mãos humanas.

Afinal, os humanos estavam apenas a uma cauda de distância de serem considerados como ratos pela glymera.

– Obrigado por isso – Darius disse. – Cumpriu bem o seu dever.

– Apenas encontre-a, por favor. Não me importo com a origem do sequestro... só a traga de volta para casa.

Darius focou no que conseguia ver da mansão vizinha.

– Faremos isso. De uma maneira... ou de outra.

Rezou para que os humanos daquela propriedade não tivessem se atrevido a levar um dos seus, pelo bem deles. A outra raça deveria ser evitada, por ordens do rei, mas e se tivessem a ousadia de agredir um vampiro? Uma fêmea nobre?

Darius mataria cada um deles em suas camas e deixaria os corpos apodrecerem em meio ao mau cheiro.

Capítulo 31

Gregg Winn acordou com Holly em seus braços, seus exuberantes seios falsos eram como um par de travesseiros gêmeos pressionando-o.

Uma olhada rápida no relógio e viu que eram sete horas da manhã. Já poderiam fazer as malas e se dirigir para Atlanta.

– Holly. – Ele a tocou levemente com a mão. – Acorde.

Deixou soltar algo parecido com um ronronar e se espreguiçou, seu corpo se arqueando contra o dele, transformando sua ereção matinal numa necessidade primária sobre a qual estava disposto a fazer algo a respeito. No entanto, as memórias de como ela havia acabado em sua cama refrearam seu impulso.

Provando que em alguns aspectos era um cavalheiro.

– Holly. Vamos. Acorda logo. – Empurrou o cabelo dela para trás e o acariciou sobre o ombro. – Se sairmos agora, estaremos em Atlanta no final da tarde.

Considerando que aquela coisa de perseguir Rathboone tinha lhes custado um dia de viagem, isso viria bem a calhar.

– Tudo bem. Já acordei. Já acordei.

Na verdade, ele foi o único que levantou. Holly apenas se aninhou no espaço aquecido que Gregg tinha deixado e voltou a dormir em seguida.

Tomou um banho e depois encheu as malas com suas coisas fazendo tanto ruído quanto possível, mas ela estava morta para o mundo. Parecia mais um estado de coma do que de sonolência.

Estava prestes a sair atrás de Stan, que era ainda pior nessa coisa de acordar, quando uma batida soou na porta.

Será possível que aquele maluco já havia acordado?

Gregg começou a falar com seu cinegrafista enquanto abria a porta:

– Escuta, vamos arrumar a van...

Era o mordomo durão. Parecendo que alguém havia derramado vinho tinto por todo seu sofá.

Gregg ergueu a palma da mão.

– Estamos saindo, ok? Já estamos indo embora. Apenas nos dê...

– O proprietário decidiu permitir que vocês filmem aqui. Para seu episódio especial.

Gregg piscou como um idiota.

– Como?

O tom do mordomo ficou ainda mais enojado. Como se fosse possível.

– O proprietário falou comigo esta manhã. Disse que vocês têm a permissão de transmitir o programa daqui.

Um dia atrasado, Gregg pensou, soltando um palavrão em pensamento.

– Sinto muito. Minha equipe e eu estamos...

– Empolgados – Holly terminou por ele.

Enquanto olhava por cima do ombro, a apresentadora ajeitava o roupão conforme saía da cama.

– Isso é uma ótima notícia! – disse de maneira incisiva enquanto sorria para o mordomo, o qual parecia um ioiô entre reprovação e encantamento perante a visão de toda aquela beleza e naturalidade de Holly.

– Muito bem, então – o mordomo disse, depois de clarear a garganta. – Avisem-me se precisarem de algo.

Com uma reverência, desapareceu no corredor.

Gregg fechou a porta.

– Pensei que você queria sair daqui.

– Bem... eu estava segura com você, certo? – Esquivou-se até ele, acariciando seu peito. – Então vou ficar sempre perto de você.

A satisfação na voz dela o deixou desconfiado.

– Você fingiu pra mim? Sobre toda aquela coisa do sexo... com quem quer que seja?

Ela negou com a cabeça sem hesitar:

– Não... mas acredito mesmo que foi tudo um sonho.

– E quanto ao fato de ter dito que realmente fez sexo?

Franziu as sobrancelhas depiladas como se estivesse tentando ver através de um vidro fosco.

– É tudo muito vago para ter sido real. Na noite passada eu estava totalmente confusa, mas à luz do dia... tudo isso parece bobagem.

– Você tinha muita certeza quando entrou aqui.

Ela balançou a cabeça lentamente.

– Nada além de um sonho muito vívido e incrível... mas não aconteceu de verdade.

Examinou o rosto dela e não encontrou nada além de certeza. De repente, ela colocou as mãos sobre as têmporas.

– Tem aspirina?

– Dor de cabeça?

– Sim. Acabou de começar.

Aproximou-se da mala e tirou uma pequena bolsa.

– Escute, estou disposto a tentar, mas se decidirmos ficar, não tem volta. Precisamos preencher o nosso horário, então não podemos sair correndo para Atlanta em um ou dois dias.

Na verdade, já estavam bem atrasados.

– Eu entendo – ela disse enquanto sentava na cama. – Entendo muito bem.

Gregg entregou a aspirina, então foi até o banheiro e pegou um copo com água.

– Ouça, por que você não volta para a cama? Ainda é cedo e com certeza Stan ainda está desmaiado.

– O que você vai fazer? – Ela bocejou enquanto lhe devolvia o copo vazio.

Ele acenou para o notebook.

– Vou levar isso até a sala de estar lá embaixo e analisar a sequência que fizemos ontem à noite. Acho que devo estar com todas as câmeras remotas carregadas.

– Fique aqui – ela pediu ao movimentar os pés embaixo dos lençóis.

– Tem certeza?

O sorriso dela enquanto descansava a cabeça nos travesseiros mostraram seus dentes perfeitos... e o lado doce de sua personalidade.

– Sim, vou dormir melhor com você aqui. Além disso, você cheira bem depois do banho.

Cara, ela tinha um jeitinho: olhando-o da cama daquela maneira, teria sido necessário um exército para tirá-lo do quarto.

– Ok. Vá dormir, Lolli.

Ela sorriu diante do apelido carinhoso que lhe deu depois da primeira noite em que dormiram juntos.

– Vou. E obrigada por ficar aqui comigo.

Quando ela fechou os olhos, dirigiu-se até a cadeira perto da janela e ligou o laptop.

As gravações das minúsculas câmeras que tinham escondido no corredor do andar debaixo, na sala de estar e no grande carvalho perto da varanda de fato já tinham sido carregadas.

Por causa do que tinha acontecido, desejou que tivessem colocado uma câmera remota no quarto de Holly, mas essa era a questão: se os fantasmas realmente não existiam, por que se dar ao trabalho? As filmagens foram feitas apenas para captar a atmosfera do local... e para preparar toda a enganação que viria mais tarde, quando chegasse a hora do "invocamos os espíritos da casa!".

Quando começou a olhar as imagens que haviam sido capturadas, percebeu que estava fazendo isso há quanto tempo? Dois anos? E mesmo assim não tinha visto ou ouvido nada que não pudesse ser explicado.

O que era bom. Não estava tentando provar a existência de espíritos. Estava apenas vendendo entretenimento.

A única coisa que tinha aprendido nos últimos 24 meses é que aquele era um bom trabalho, mentir nunca foi um problema para ele. De fato, seu total conforto com falsidade era a razão pela qual era um perfeito produtor de televisão: tudo girava em torno dos objetivos e detalhes, fossem locações, talentos, agentes, proprietários de casas ou seja lá o que estivesse no filme, não eram nada além de latas de sopas num armário para serem arrumadas segundo sua vontade. Para conseguir fazer seu trabalho, mentia sobre contratos, datas, imagens e sons. Havia falsificado, enganado e ameaçado com falácias.

Ele posicionava, mirava e...

Gregg franziu a testa e se inclinou para a tela.

Movendo o cursor em direção ao botão que retrocedia as imagens, repassou o segmento que havia sido gravado no corredor.

O que viu foi um vulto escuro movendo-se no corredor do lado de fora de seus quartos e... desaparecendo na frente do de Holly. O horário no canto inferior direito: 12h11 da manhã.

Exatamente 45 minutos antes dela procurá-lo.

Gregg repetiu o segmento, observando aquela sombra enorme caminhar pelo corredor mal iluminado, bloqueando a iluminação que entrava através da janela na outra extremidade.

Em sua mente, ouviu a voz de Holly: *Porque eu acabei de transar com ele.*

Raiva e ansiedade formavam um turbilhão em sua cabeça, deixou a gravação continuar, os minutos passando naquele canto direito. E então lá estava, alguém deixando o quarto de Holly, saindo, bloqueando a luz, mais ou menos trinta minutos depois.

A figura caminhou na direção oposta da que tinha vindo quase como se soubesse onde a câmera estava e não quisesse mostrar o rosto.

No exato momento em que Gregg estava prestes a chamar a polícia local... a maldita coisa desapareceu no ar.

Que. Droga. Foi. Essa?

CAPÍTULO 32

John Matthew acordou, sentiu Xhex ao seu lado e entrou em pânico.

Sonho... Aquilo era um sonho?

Sentou-se lentamente, e quando sentiu o braço dela escorregar em seu peito em direção à barriga, conseguiu pegá-lo antes que atingisse seus quadris. Deus, aquilo que evitava com cuidado estava quente, pesado e...

– John? – ela disse no travesseiro.

Sem pensar, envolveu-se nela e alisou seus cabelos curtos. No instante em que fez isso, ela pareceu cair no sono outra vez.

Um olhar rápido no relógio lhe avisou que eram quatro da tarde. Eles dormiram por horas, e se fosse guiar-se pelo ronco em seu estômago, Xhex deveria estar morrendo de fome também.

Quando se certificou de que tinha apagado outra vez, John libertou-se de seu abraço e andou ao redor silenciosamente. Escreveu um bilhete para ela antes de vestir suas calças de couro e sua camiseta.

Com os pés descalços, alcançou o corredor. Tudo estava tranquilo, pois não havia mais treinamento ali, o que era uma maldita vergonha. Deveria haver gritos dos aprendizes vindos do ginásio, vozes do mestre na sala de aula e batidas dos armários sendo fechados nos vestiários.

Ao invés disso, o silêncio.

Mas percebeu que ele e Xhex não estavam sozinhos.

Quando chegou à porta de vidro do escritório, congelou com a mão sobre a maçaneta.

Tohr estava dormindo na mesa... bem, em cima dela. Sua cabeça estava apoiada em seu antebraço e seus ombros estavam caídos.

John estava tão acostumado a sentir raiva do cara que foi um choque não ter nada do gênero acendendo dentro dele. Em vez disso... sentiu uma esmagadora tristeza.

Tinha acordado ao lado de Xhex naquela manhã.

Mas Tohr nunca, jamais teria isso novamente. Nunca mais voltaria a alisar os cabelos de Wellsie. Nunca mais iria à cozinha para trazer-lhe algo para comer. Nunca iria abraçá-la ou beijá-la novamente...

E ainda tinha perdido um bebê ao longo desse caminho.

John abriu a porta e esperou que o Irmão acordasse de um sobressalto, mas Tohr não fez isso. O macho estava desmaiado. Contudo, aquela exaustão fazia sentido. Estava tentando recuperar sua forma, comendo e malhando vinte e quatro horas, sete dias por semana, e o esforço estava começando a mostrar resultado. Suas calças já não estavam mais caindo e suas camisas não estavam mais tão largas. Mas, evidentemente, o processo era desgastante.

Onde estava Lassiter?, John se perguntou enquanto passava pela mesa e pelo armário. O anjo normalmente andava colado no Irmão.

Esquivando-se pela porta escondida entre as prateleiras de suprimentos, atravessou o túnel em direção à casa. Enquanto avançava, as luzes fluorescentes no teto se estendiam na frente dele, dando a impressão de um caminho predestinado – o que, levando em conta como as coisas estavam, era um conforto. Quando chegou a um conjunto de degraus baixos, subiu, digitou um código e subiu mais um pouco. Emergindo no saguão de entrada, ouviu a televisão na sala de bilhar e percebeu que era o lugar onde o anjo estava.

Ninguém na casa estaria assistindo à Oprah. Não sem uma arma apontada na cabeça.

A cozinha estava vazia, sem dúvida, os *doggen* estavam comendo algo em seus próprios aposentos antes de começarem a preparar a Primeira Refeição e se ocuparem da casa. O que era muito bom. Ele realmente não queria ajuda.

Com movimentos rápidos, pegou uma cesta da despensa e a encheu. Roscas salgadas. Garrafa térmica com café. Jarra de suco de laranja. Frutas cortadas. Pão doce. Pão doce. Pão doce. Caneca. Caneca. Copo.

Estava apelando para muita caloria e rezando para que ela gostasse de doces. Então, apenas por prevenção, fez um sanduíche de peru. E por um motivo diferente, fez também um de presunto e queijo.

Avançando pela sala de jantar, voltou para a porta debaixo da escadaria.

– Muita comida para dois – disse Lassiter apontando para baixo com seu sarcasmo de sempre.

John se virou. O anjo estava na porta de entrada da sala de bilhar, encostado contra o arco ornamentado. Tinha uma bota cruzada sobre a outra e os braços cruzados no peito. Seus piercings dourados brilhavam, dando a impressão de que havia olhos por toda parte, olhos que não perdiam nada.

Lassiter sorriu um pouco.

– Então, está vendo as coisas de um ângulo diferente agora, não está?

Pouco tempo antes da noite anterior John teria lançado um *dane-se* como resposta, mas agora estava inclinado a concordar com a cabeça. Especialmente porque achava que as fissuras no concreto do corredor foram causadas pela dor que Tohr tinha sentido.

– Bom – disse Lassiter. – Já era hora. Oh, e eu não estou com ele agora porque todo mundo precisa ficar sozinho de vez em quando. Além do mais, tenho que ter a minha dose de Oprah.

O anjo afastou-se, seus cabelos loiros e negros balançavam.

– E pode calar a boca. Oprah é maravilhosa!

John balançou a cabeça e viu-se sorrindo. Lassiter podia ser um metrossexual pé no saco, mas trouxe Tohr de volta à Irmandade e isso valia alguma coisa.

Atravessou o túnel. Saiu do armário. Entrou no escritório onde Tohr ainda estava dormindo.

Quando John se aproximou da mesa, o Irmão acordou com um espasmo no corpo inteiro, levantando a cabeça de repente. Metade de seu rosto estava amassado para dentro, como se alguém tivesse jogado nele um spray de goma de passar e passado o ferro de uma maneira muito desleixada.

– John... – ele disse com voz rouca. – Oi. Você precisa de alguma coisa?

John enfiou a mão na cesta e tirou o sanduíche de queijo e presunto. Colocou-o sobre a mesa e o empurrou na direção do macho.

Tohr piscou como se nunca tivesse visto duas fatias de pão de centeio com um pouco de recheio antes.

John acenou com a cabeça. *Coma*, assinalou com a boca.

Tohr se aproximou e colocou a mão no sanduíche.

– Obrigado.

John balançou a cabeça, as pontas dos dedos se demorando sobre a superfície da mesa. Sua despedida foi uma batida rápida de seus dedos. Havia muito a ser dito no pouco tempo que tinha e sua grande preocupação era que Xhex não acordasse sozinha.

Quando alcançou a porta, Tohr disse:

– Estou realmente muito feliz que você a tenha de volta. Muito feliz mesmo.

Quando as palavras flutuaram até ele, os olhos de John se fixaram naquelas rachaduras no corredor. Concluiu que aquilo tinha sido obra dele. Se Wrath e os Irmãos tivessem aberto sua porta com más notícias sobre sua fêmea, teria reagido da mesma maneira que Tohr.

Totalmente acabado. E, em seguida, viveria um grande inferno.

Por cima do ombro, John olhou para o rosto pálido do homem que tinha sido seu salvador, seu mentor... o mais próximo do pai que nunca conheceu. Tohr tinha ganhado peso, mas seu rosto ainda estava vazio e talvez isso nunca mudasse, independente de quantas refeições comesse.

Enquanto os olhares se encontravam, John teve a sensação de que a parceria deles tinha sido muito maior do que apenas a soma dos anos em que conheciam um ao outro.

John colocou a cesta no chão aos seus pés.

Vou sair com Xhex esta noite.

– É?

Vou mostrar a ela onde cresci.

Tohr engoliu em seco.

– Você quer as chaves da minha casa?

John recuou. Disse aquilo apenas para informar o cara sobre o que estava acontecendo com ele, um tipo de contato para tentar remendar a porcaria que tinha acontecido antes.

Não esperava levá-la até lá...

– Vá. Seria bom para você dar uma olhada. O *doggen* passa por lá apenas uma vez por mês, talvez duas. – Tohr passou e puxou uma das gavetas da mesa. Quando tirou um chaveiro, limpou a garganta. – Aqui.

John pegou as chaves e fechou os dedos ao redor delas, sentindo a vergonha apertar seu peito. Ultimamente, esteve ocupado em ignorar o cara e, mesmo assim, o Irmão se comportava como homem e lhe oferecia algo muito difícil para ele.

– Estou feliz por você e Xhex terem encontrado um ao outro. Faz todo um sentido cósmico, faz mesmo.

John colocou as chaves no bolso para liberar a mão:

Não estamos juntos.

O sorriso que surgiu rapidamente no rosto do sujeito parecia antigo.

– Sim, vocês estão. Vocês estão *destinados* a ficarem juntos.

Jesus, pensou John, achando que o cheiro de sua vinculação era óbvio. Ainda assim, não havia razão para tratar com todos os "porquês" que envolviam a união deles.

– Então, você vai ao Orfanato Nossa Senhora? – Quando John assentiu, Tohr abaixou e pegou um saco de lixo. – Leve isso com você. É o dinheiro dos narcóticos confiscados naquela casa. Blay trouxe de volta. Imagino que poderia usá-lo.

Quando Tohr se levantou, deixou o saco sobre a mesa e pegou o sanduíche, retirando a embalagem plástica e dando uma mordida.

– Bom trabalho com a maionese – murmurou. – Nem muito. Nem pouco. Obrigado.

Tohr se dirigiu para o armário.

John assobiou baixinho e o Irmão parou, mas não se virou.

– Tudo bem, John. Não precisa dizer nada. Basta se manter a salvo lá fora hoje, certo?

Com isso, Tohr saiu do escritório, deixando John sozinho num rastro de bondade e dignidade que esperava poder produzir um dia.

Enquanto a porta do armário se fechava pensou... que gostaria de ser como Tohr.

Saindo para o corredor, achou engraçado ter aquilo passando por sua cabeça outra vez e este retorno era do tipo que corrigia o mundo:

desde que tinha conhecido o cara, fosse pelo tamanho do Irmão, ou por sua inteligência, ou pela maneira como tratava sua fêmea, ou pela maneira como lutava, ou até mesmo pelo som profundo de sua voz... John queria ser como Tohr.

Isso era bom.

Isso era... certo.

Enquanto caminhava até a sala de recuperação, não se sentia exatamente ansioso pela programação noturna. Afinal, o passado era muito melhor quando permanecia enterrado... especialmente o seu, porque fedia.

Mas a questão era que tinha uma chance maior de passar mais tempo com Xhex após arrancá-la de Lash naquele estado. Ela precisaria de outra noite, talvez duas, antes de recuperar sua força plena. E precisaria se alimentar novamente, pelo menos mais uma vez.

Assim, saberia onde ela estava e a manteria ao seu lado durante a noite.

Não importava no que Tohr acreditava, John não estava enganando a si próprio. Mais cedo ou mais tarde, ela fugiria e ele não seria capaz de detê-la.

No Outro Lado, Payne caminhava ao redor do Santuário, com os pés descalços sobre a grama verde e macia, sentindo o perfume das madressilvas e jacintos.

Não havia dormido nem sequer por uma hora desde que sua mãe a tinha reanimado, e embora aquilo em princípio parecesse estranho, não pensava muito a respeito. Simplesmente era assim.

Parecia mais do que provável que seu corpo tivesse tido descanso suficiente para toda uma vida.

Quando passou pelo Templo do Primaz, não entrou. Fez a mesma coisa na entrada do pátio de sua mãe – era muito cedo para a chegada de Wrath e seu treino com ele era o único motivo para estar ali.

Porém, quando chegou ao retiro, abriu uma brecha na porta, embora não pudesse dizer o que a motivou para girar a maçaneta e ficar parada por um período de tempo na soleira.

As tigelas de água que as Escolhidas haviam usado ao longo do tempo para testemunhar os acontecimentos que aconteciam do Outro Lado estavam alinhadas de forma perfeita nas várias mesas, os rolos de pergaminho e canetas de pena estavam alinhados da mesma maneira, prontos para o uso.

Um brilho chamou sua atenção e caminhou até sua origem. A água em uma das bacias de cristal estava se movendo em círculos cada vez mais lentos, como se tivessem acabado de utilizar a coisa.

Ela olhou ao redor.

– Olá?

Não houve resposta, apenas um cheiro suave de limão, que sugeria que No'One havia passado por ali recentemente com seus panos de limpeza. O que, na verdade, era um pouco de desperdício de tempo. Não havia poeira, gordura ou qualquer tipo de sujeira que precisasse ser retirada. Mas No'One fazia parte da grande tradição das Escolhidas, não fazia?

Nada a fazer exceto trabalho inútil que não tinha muito propósito.

Quando Payne se virou para ir embora e passou por todas as cadeiras vagas, o sentimento de fracasso de sua mãe era tão predominante quanto o silêncio que abundava.

Na verdade, ela não gostava da fêmea. Mas havia uma triste realidade para todos os planos que acabaram dando em nada: criar um programa de melhoramento genético de maneira a deixar a raça mais forte. Enfrentar o inimigo no campo de batalha e vencer. Ter muitos filhos servindo-a com amor, obediência e alegria.

Onde estava a Virgem Escriba agora? Sozinha. Sem adorações. Detestada.

E era ainda menos provável que as próximas gerações seguissem seus caminhos, considerando a maneira pela qual tantos pais tinham se afastado das tradições.

Deixando a sala vazia, Payne saiu para a luz difusa e leitosa e...

Descendo pelo espelho d'água, uma forma amarela brilhante se moveu e passou a dançar como uma tulipa na brisa.

Payne caminhou em direção à figura, e enquanto se aproximava, chegou à conclusão de que Layla tinha enlouquecido.

A Escolhida estava cantando uma música que não tinha letra, o corpo dela se movia num ritmo sem música, seu cabelo balançava ao redor como uma bandeira.

Foi a primeira e única vez que uma fêmea não usava um coque da maneira como todas as Escolhidas usavam... pelo menos até onde Payne tinha visto.

– Minha irmã! – disse Layla, hesitante. – Perdoe-me.

Seu sorriso estava mais brilhante do que o amarelo de sua túnica e seu perfume estava mais forte do que nunca, com um toque de canela no ar, tão notável quanto sua voz adorável.

Payne encolheu os ombros.

– Não há nada para perdoar. Na verdade, sua música é agradável aos ouvidos.

Os braços de Layla retomaram seu elegante balanço.

– Está um lindo dia, não?

– Certamente. – Vindo do nada, Payne sentiu uma pontada de medo. – Seu humor está muito melhor.

– Está sim! – A Escolhida rodopiou ao redor, apontando o pé em um lindo arco antes de saltar no ar. – Na verdade, está um dia adorável!

– O que a agradou tanto? – Embora Payne soubesse a resposta. Mudanças de disposição, afinal de contas, raramente eram espontâneas... a maioria exigia um estímulo.

Layla diminuiu o ritmo de sua dança, seus braços e cabelos flutuaram para baixo e descansaram. Enquanto seus dedos elegantes se erguiam até sua boca, parecia ter perdido as palavras.

Encontrou um serviço adequado, Payne pensou. Sua experiência como uma *ehros* já não era mais apenas uma teoria.

– Eu... – O rubor em suas faces era vibrante.

– Não diga mais nada, apenas saiba que estou feliz por você – murmurou Payne e isso era uma grande verdade. Mas havia uma parte dela que se sentia curiosamente desanimada.

Agora era apenas ela e No'One que estavam sem uso? Parecia que sim.

– Ele me beijou – disse Layla, olhando para o espelho d'água. – Ele... colocou sua boca sobre a minha.

Com graça, a Escolhida sentou na borda de mármore e deslizou a mão ao longo da água. Depois de um momento, Payne se juntou a ela, porque às vezes é melhor sentir algo, qualquer coisa. Mesmo que fosse uma dor.

– Você gostou, não é?

Layla encarou seu próprio reflexo, seus cabelos loiros escorrendo pelos ombros até atingir a superfície prateada da piscina.

– Ele foi... um fogo dentro de mim. Uma grande queimação se espalhando que... me consumiu.

– Então, você não é mais virgem.

– Ele nos deteve após o beijo. Disse que queria que eu tivesse certeza. – O sorriso sensual que surgiu no rosto da fêmea era um eco evidente da paixão. – Eu tinha certeza e ainda tenho. Então, é ele. Na verdade, seu corpo de guerreiro estava pronto para mim. Faminto por mim. Ser desejada dessa maneira foi um presente além do esperado. Pensei que... o cumprimento da minha educação era tudo que eu buscava, mas agora sei que há muito mais esperando por mim do Outro Lado.

– Com ele? – Payne murmurou. – Ou através do exercício de seu dever?

Isso causou um profundo franzir na testa de Layla.

Payne assentiu.

– Presumo que aquilo que busca seja mais sobre ele do que sobre a sua posição.

Houve uma longa pausa.

– Tal paixão entre nós é certamente um indicativo de um destino, não é?

– Não tenho opinião formada sobre isso. – Sua experiência com o destino a levou a um brilhante e sangrento momento de atividade... seguido por uma inanição generalizada. Não era capaz de se pronunciar a respeito do tipo de paixão que Layla se referia.

Ou festejá-la.

– Você me condena? – Layla sussurrou.

Payne ergueu os olhos para a Escolhida e pensou naquela sala vazia, todas aquelas mesas vagas e as gélidas bacias largadas por mãos bem treinadas. Layla estava alegre agora, firmada em coisas que poderiam acontecer fora da vida de Escolhida, parecia outra inevitável deserção. E isso não era uma coisa ruim.

Estendeu a mão e tocou o ombro da outra fêmea.

– Nem um pouco. Na verdade, estou feliz por você.

O prazer tímido de Layla transformou-a de bela a algo próximo de tirar o fôlego.

– Estou tão feliz de compartilhar isso com você. Estou prestes a explodir e não há ninguém... de verdade... com quem conversar.

– Pode sempre conversar comigo. – Afinal, Layla nunca a julgou e estava muito inclinada a conceder à fêmea a mesma graciosa aceitação. – Vai voltar em breve?

Layla assentiu.

– Ele disse que eu poderia voltar a encontrá-lo em sua... como foi que ele mencionou? Próxima noite de folga. E assim o farei.

– Bem, você deve manter-me informada. Na verdade... estarei interessada em ouvir sobre como você vai proceder.

– Obrigada, irmã. – Layla cobriu a mão de Payne, um brilho de lágrimas se formando nos olhos da Escolhida. – Estive tanto tempo sem servir e isto... isto é o que eu sempre desejei. Eu me sinto... *viva*.

– Bom para você, minha irmã. Isso é... muito bom.

Com um sorriso final de reafirmação, Payne virou-se e se afastou da fêmea. Enquanto caminhava de volta para os alojamentos, viu-se acariciando aquela dor que se formou no centro de seu peito.

Até onde ela sabia, Wrath não chegaria rápido o suficiente.

Capítulo 33

Xhex acordou com o perfume de John Matthew.

Com seu perfume e com o cheiro de café fresco.

Quando suas pálpebras se abriram, seus olhos o encontraram na escura sala de recuperação. Estava de volta à cadeira que antes havia deixado, com o tronco inclinado enquanto colocava o café de uma garrafa térmica verde escura em uma caneca. Havia colocado suas calças de couro e sua camiseta, mas seus pés estavam descalços.

Quando virou-se na direção dela, congelou, suas sobrancelhas se ergueram. E embora o café estivesse a caminho de sua boca, parou e imediatamente o estendeu para que ela o tomasse.

Cara, aquilo o classificava como um homem de poucas palavras.

– Não, por favor – ela disse. – É seu.

Ele fez uma pausa como se considerando se argumentava ou não. Mas então colocou a porcelana em seus lábios e bebeu.

Sentindo-se um pouco mais estável, Xhex afastou as cobertas e deslizou as pernas debaixo delas. Quando se colocou em pé, sua toalha caiu e ela ouviu John respirar com um assobio.

– Oh, desculpe – murmurou, curvando-se e agarrando o tecido felpudo.

Não podia culpá-lo por não querer espiar a cicatriz que ainda estava se curando ao longo da parte inferior de seu ventre. Não era exatamente o que se precisava ver logo antes do café da manhã.

Envolvendo-se na toalha, encaminhou-se lentamente para o banheiro, usou as instalações e lavou seu rosto. Seu corpo estava se recuperando bem, sua coleção de machucados estava desaparecendo, sentia suas pernas mais fortes sob seu peso. E, graças ao descanso e de ter se alimentado dele, suas dores não eram mais tão ruins, apenas mais uma série de vagos desconfortos.

Quando saiu do banheiro, disse:

– Você acha que posso pegar emprestado algumas roupas de alguém?

John assentiu, mas apontou para a cama. Era evidente que queria que ela comesse primeiro e ela concordava totalmente com aquele plano.

– Obrigada – disse, apertando a toalha ao redor dos seios. – O que você tem aí?

Quando sentou, ofereceu a ela uma variedade de coisas e Xhex pegou o sanduíche de peru porque a necessidade de proteína era um desejo que não podia rejeitar. De sua cadeira, John a observou comer, apenas bebendo seu café, e no segundo em que ela terminou, aproximou um pão doce que provou ser muito tentador.

A combinação de cereja e cobertura doce a deixou louca por um pouco de café. E John estava logo ali com uma caneca, como se estivesse lendo sua mente.

Ela terminou rapidamente um segundo pão doce e uma rosca. E um copo de suco de laranja. E duas xícaras de café.

E era engraçado. O silêncio dele tinha um efeito estranho sobre ela. Normalmente, ela era a quieta nas situações, preferindo manter sua própria opinião e não dividindo seus pensamentos sobre nada. Mas com a presença muda de John, sentia-se curiosamente compelida a falar.

– Estou satisfeita – disse, deitando-se de novo contra os travesseiros. Quando ele ergueu uma sobrancelha e levantou o último pãozinho, ela balançou a cabeça. – Deus... não. Não consigo comer mais nada.

E foi só então que ele começou a comer.

– Você esperou por mim? – disse, franzindo a testa. Quando ele baixou o olhar e deu de ombros, ela xingou baixinho. – Não precisava fazer isso.

John encolheu os ombros de novo.

Enquanto o observava, ela murmurou:

– Você tem ótimas maneiras à mesa.

O rubor dele era da cor do dia dos namorados e ela teve de dizer ao seu coração para se acalmar quando começou a bater mais rápido.

Além disso, talvez ela estivesse tendo palpitações porque havia acabado de jogar quase duas mil calorias em seu estômago vazio.

Ou não. Quando John começou a lamber o glacê da ponta de seus dedos, ela avistou rapidamente a língua dele e, por um momento, sentiu uma agitação em seu corpo...

Memórias de Lash esmagando a parte frágil entre suas pernas a levaram de volta àquele quarto, com ele em cima dela, forçando suas pernas a separar-se com suas mãos duras...

– Oh, maldição... – Saindo rápido da cama, cambaleou até o banheiro e quase não chegou a tempo.

Saiu tudo. Os dois pãezinhos. O café. Aquele sanduíche de peru. Evacuação completa de tudo que tinha comido.

Quando se soltou, não sentiu o vômito. Sentia as horríveis mãos de Lash em sua pele... seu corpo dentro dela, pressionando...

E lá se foi o suco de laranja.

Oh, Deus... como tinha passado por tudo aquilo com aquele bastardo repetidas vezes? Os socos, a luta e as mordidas... em seguida, o sexo brutal.

De novo, de novo e de novo... e então as consequências. Agora Xhex tentava tirá-lo dela.

Droga...

Outra onda de náusea cortou seus pensamentos, e embora ela detestasse vomitar, o desligamento momentâneo de seu cérebro era um alívio. Era quase como se seu corpo estivesse tentando exorcizar o trauma fisicamente, explodindo tudo para que ela pudesse recomeçar.

Reiniciar do começo, por assim dizer.

Quando o pior do vômito passou, afundou-se em seus tornozelos e descansou a testa úmida em seu braço. Enquanto sua respiração cortava sua garganta, o reflexo de seu esforço para vomitar fazia com que tremesse muito, como se seu corpo estivesse considerando começar a se organizar de novo para outra rodada.

Não tem mais nada aí, disse à maldita coisa. Nada, a não ser que quisesse colocar seus pulmões para fora também.

Droga, ela odiava essa parte. Logo depois de passar por todo o inferno, sua mente e seu ambiente estavam cheios de minas terrestres e nunca sabia o que poderia provocar uma explosão. Claro, ao longo do tempo, isso diminuía, mas a primeira tentativa de voltar à "vida normal" estava sendo um inferno e meio.

Ela levantou a cabeça e acionou a descarga.

Quando um pano úmido roçou sua mão, ela pulou, mas era apenas John, nada para temer.

E, cara, ele tinha a única coisa que ela realmente queria naquele momento: aquele pano limpo, úmido e frio era uma dádiva divina.

Enterrando seu rosto naquilo, estremeceu de alívio.

– Sinto muito sobre a comida. Estava boa quando botei para dentro.

Hora de chamar a doutora Jane.

Enquanto Xhex se sentava preguiçosamente nua no chão em frente ao vaso sanitário, John mantinha um olho nela e outro no telefone enquanto mandava uma mensagem.

No segundo em que enviou, jogou o celular sobre o balcão e puxou uma toalha limpa dentre a pilha que havia perto da pia.

Queria dar a Xhex alguma privacidade, mas também estava tendo problemas em olhar como sua coluna ameaçava perfurar a pele de suas costas. Enrolando-a na toalha, deixou suas mãos se demorarem sobre os ombros dela.

Queria puxá-la para seu peito, mas não sabia se ela concordaria em chegar tão per...

Xhex se afastou dele e arrumou a toalha, cruzando as duas metades na sua frente.

– Deixe-me adivinhar. Você chamou nossa boa doutora.

Movendo-se, ele colocou as mãos no chão para suportar o peso de seu tronco e se levantou sobre os joelhos de forma que ficasse cercada por ele por todos os lados. Nada mal, ele pensou. O vaso sanitário não estava bem na frente dela, mas se precisasse, tudo o que tinha de fazer era se sentar direito.

– Não estou doente – disse com voz rouca. – Nem da operação nem de nada. Eu só comi rápido demais.

Talvez, ele pensou. Mas, se fosse isso, não faria mal se a doutora Jane a examinasse. Além disso, precisavam saber muito bem como ela estava antes de saírem à noite, concluindo que isso ainda fosse possível.

– Xhex? John?

John assoviou ao som da voz da doutora e, um momento depois, a fêmea de Vishous colocou a cabeça no banheiro.

– Uma festa? E eu não fui convidada? – ela disse, entrando.

– Bem, tecnicamente, acho que foi sim – Xhex murmurou. – Estou bem.

Jane ajoelhou-se, e embora seu sorriso fosse terno, seus olhos eram muito perspicazes ao olhar para o rosto de Xhex.

– O que está acontecendo aqui?

– Fiquei enjoada depois de comer.

– Importa-se se eu medir sua temperatura?

– Eu preferiria não ter nada perto da minha garganta nesse momento, se não se importa.

Jane tirou um instrumento branco de sua maleta.

– Posso fazer isso apenas aproximando esse aparelho da sua orelha.

John ficou chocado quando a mão de Xhex encontrou a sua e apertou forte como se precisasse de algum apoio. Para que ela soubesse que ele estava lá para o que precisasse, apertou de volta e, no instante em que fez isso, os ombros dela se aliviaram e relaxou outra vez.

– Divirta-se, doutora.

Xhex inclinou a cabeça e acabou se apoiando direto no ombro dele. Então, John realmente não poderia evitar colocar sua bochecha nos cachos fofos e macios dela e respirar fundo.

Até onde sabia, a médica trabalhava rapidamente. Mal começou, houve um bipe e ela já estava se afastando... o que significou Xhex levantando a cabeça outra vez.

– Nada de febre. Importa-se se eu olhar a incisão?

Xhex esticou-se para mostrar, separando a toalha e expondo a barriga e a faixa que atravessava a parte inferior de seu abdômen.

– Parece bom. O que você comeu?

– Apenas comi demais.

– Certo. Alguma dor que eu deva saber?

Xhex negou com a cabeça.

– Sinto-me melhor. De verdade. O que eu preciso é de algumas roupas e sapatos... e outra Primeira Refeição.

– Tenho roupas que os médicos usam em cirurgias e que você pode vestir, depois podemos alimentar você de novo.

– Bom. Obrigada. – Xhex começou a se levantar e ele a ajudou, mantendo a toalha no lugar quando escorregou. – Porque vamos sair.

– Não para lutar, você não pode.

John negou com a cabeça e assinalou para a doutora:

Vamos apenas esticar as pernas. Juro.

Os olhos da doutora Jane se estreitaram.

– Posso apenas dar uma opinião médica. E o que eu penso é que você... – olhou para Xhex – deveria comer alguma coisa e ficar por aqui pelo resto da noite. Mas você é uma adulta, então pode fazer as suas próprias escolhas. No entanto, saiba de uma coisa: saiam sem o Qhuinn e terão sérios problemas com Wrath.

Tudo bem, John gesticulou. Não estava empolgado com a rotina de babá, mas não iria correr riscos com Xhex.

Não tinha ilusões a respeito da fêmea que amava. Ela poderia decidir partir a qualquer momento, e se a coisa ficasse feia a esse ponto, gostaria de um pouco de ajuda.

Capítulo 34

Lash acordou na mesma posição em que havia desmaiado: sentado no chão do banheiro no rancho, os braços unidos em cima dos joelhos, a cabeça abaixada.

Quando abriu os olhos, deu uma olhada em sua ereção.

Tinha sonhado com Xhex, as imagens foram tão claras, as sensações tão vívidas que era uma surpresa não ter gozado em suas calças. Tinham voltado àquele quarto, estavam juntos, lutando, mordendo e, então, ele a possuiu, forçando-a a se deitar na cama, obrigando-a a aceitá-lo, mesmo que ela odiasse.

Estava totalmente apaixonado por ela.

O som de um murmúrio úmido fez com que sua cabeça se erguesse. A Mulher Silicone estava voltando a si, seus dedos se contorciam, as pálpebras piscavam como persianas com defeito.

Enquanto seus olhos focavam no cabelo emaranhado e no corpete manchado de sangue, sentiu uma dor aguda nas têmporas, uma ressaca que com certeza não estava ligada à diversão. A prostituta o enojava, estava deitada toda desleixada envolta de sua própria imundície.

Com certeza ela passou mal do estômago e Lash deu graças a Deus por ter dormido durante aquela comoção.

Tirando o cabelo dos olhos, sentiu suas presas se alongarem e soube que estava na hora de colocar a mulher em uso, mas droga... ela era tão atraente quanto um pedaço de carne estragada.

Mais água. Era disso que aquele pesadelo precisava. Mais água...

Quando se inclinou para ligar o chuveiro outra vez, os olhos dela flutuaram sobre ele.

O grito dela repicou de sua boca ensanguentada e ecoou no azulejo até que os ouvidos dele zumbiram como sinos de igreja.

As malditas presas a assustaram demais. Quando os cabelos dele caíram sobre seus olhos outra vez, passou a mão, empurrando-o para trás e questionou se deveria rasgar seu pescoço só para acabar com o barulho. Mas não havia a menor chance de mordê-la antes dela tomar um banho...

Ela não estava olhando para sua boca. Seus olhos grandes e enlouquecidos estavam fixos em sua testa.

Quando o cabelo o incomodou outra vez, ele o empurrou para trás... e alguma coisa saiu em sua mão.

Em câmera lenta, olhou para baixo.

Não, não era seu cabelo loiro.

Sua pele.

Lash se virou para o espelho e se ouviu gritar. Seu reflexo era incompreensível, o pedaço de carne que havia se soltado revelava uma camada de tinta negra que escorria sobre seu crânio branco. Com a unha, testou a extremidade do que ainda estava preso e descobriu que tudo estava frouxo; cada centímetro quadrado em seu rosto não era nada além de uma folha vacilante estendida sobre o osso.

– Não! – ele gritou, tentando colocar a coisa de volta no lugar dando tapinhas...

Suas mãos... oh, Deus, elas também, não. Tiras de pele estavam penduradas nas costas delas e, ao puxar para cima as mangas de sua camisa social, desejou ter sido mais gentil, pois sua derme veio junto com a delicada seda.

O que estava acontecendo com ele?

Atrás dele, no espelho, viu a prostituta passar como um raio numa corrida mortal, parecendo com *Carrie, a estranha*, só que sem o vestido de baile.

Com uma onda de força, foi atrás dela, seu corpo se movendo sem nada do poder e graça com os quais estava acostumado. Enquanto corria atrás de sua presa, podia sentir o atrito de suas roupas contra a pele e conseguia apenas imaginar os rasgos que estavam acontecendo em cada centímetro de seu corpo.

Pegou a prostituta bem na hora em que tinha chegado à porta dos fundos e começava a lutar com as fechaduras. Golpeando-a por trás, ele agarrou seu cabelo, puxou sua cabeça para trás e mordeu com força, chupando seu sangue negro para dentro de si.

Lash acabou com ela rapidamente, drenando-a até que suas sucções lhe proporcionaram apenas um monte de nada em sua boca e, quando terminou, simplesmente a largou. Com isso, ela desabou no tapete.

Com um andar vacilante, embriagado, voltou ao banheiro e acendeu as luzes que percorriam os dois lados do espelho.

A cada peça de roupa que removia, revelava mais do horror que já estava estampado em seu rosto: seus ossos e músculos reluziam com um brilho negro e oleoso sob a iluminação das lâmpadas.

Era um cadáver. Um cadáver em pé, que andava e respirava, cujos olhos giravam em suas cavidades sem pálpebra ou cílio, a boca mostrava nada além de presas e dentes.

O último pedaço de pele que lhe restava era aquele que servia de base para seu lindo cabelo loiro em sua cabeça, mas até isso estava deslizando para trás, como uma peruca que tinha perdido sua cola.

Retirou o pedaço final, e com as mãos esqueléticas, acariciou aquilo que tinha lhe dado tanto orgulho. Evidentemente, a coisa estava desprezível daquele jeito, o lodo negro coagulando-se nas madeixas, manchando-as, emaranhando-as... de modo que não estavam melhores do que o cabelo daquela prostituta perto da porta.

Deixou seu couro cabeludo cair no chão e olhou para si mesmo.

Através de sua caixa torácica, observou a batida de seu próprio coração e se perguntou, com um horror entorpecente, o que mais apodreceria nele... e o que lhe restaria quando aquela transformação terminasse.

– Oh, Deus... – disse. Sua voz já não soava direito, era um eco deslocado que constituía as palavras de um modo assustadoramente familiar.

Blay ficou parado com a porta de seu armário aberta, suas roupas penduradas à mostra. Era um absurdo, mas quis ligar para sua mãe para pedir um conselho. Algo que sempre fazia quando tinha que se vestir bem.

Mas essa não era uma conversa que estava com pressa de ter. Ela concluiria que aquilo era por causa de uma fêmea e ficaria toda animada com o fato de que estava indo a um encontro e seria forçado a mentir para ela… ou sair do armário.

Seus pais nunca foram de fazer julgamentos… mas era filho único, e não haver qualquer sinal de fêmea significava não apenas nada de netinhos, mas um chute na aristocracia. Não era surpresa, a *glymera* aceitava bem a homossexualidade, desde que fosse emparelhado com uma fêmea e que nunca, jamais, falasse sobre isso ou fizesse qualquer coisa publicamente para confirmar essa característica com a qual tinha nascido. Aparências. Tudo girava em torno das aparências. E se você se assumisse? Era excluído.

E sua família também.

De alguma maneira, não conseguia acreditar que estava prestes a ir se encontrar com um macho. Em um restaurante. E que depois iria a um bar com o cara.

E seu parceiro estaria vestido de forma incrível. Sempre era.

Então Blay tirou um terno Zegna, que era cinza risca de giz muito claro. A próxima peça foi uma elegante camisa social de algodão, o corpo da camisa era ligeiramente rosado, com seus punhos franceses e um colarinho branco brilhante. Sapatos… sapatos… sapatos…

Bam, bam, bam na porta.

– Ei, Blay!

Droga. Já tinha colocado o terno na cama e tinha acabado de tomar banho, estava de roupão, com gel no cabelo.

Gel: um delator miserável.

Indo à porta, abriu a coisa apenas um centímetro ou dois. Do lado de fora, no corredor, Qhuinn estava pronto para lutar, seu coldre de adagas que usava no peito estava pendurado em sua mão, vestia suas roupas de couro e suas botas de combate estavam bem amarradas.

Contudo, foi engraçado, a rotina de guerreiro não causou tanta impressão. Blay estava ocupado demais lembrando-se da aparência do cara esticado na cama na noite anterior, seus olhos na boca de Layla.

Má ideia ter feito aquela alimentação em seu próprio quarto, Blay pensou. Porque agora ficaria pensando até onde as coisas teriam ido entre aqueles dois sobre seu colchão.

Contudo, conhecendo Qhuinn, devem ter percorrido o caminho inteiro, até o fim. Que ótimo.

– John enviou uma mensagem de texto – o cara disse. – Ele e Xhex vão dar uma volta em Caldwell e pela primeira vez o filho da mãe está...

Os olhos díspares de Qhuinn o percorreram de cima abaixo, então inclinou-se para o lado e olhou sobre o ombro de Blay.

– O que está fazendo?

Blay aproximou um pouco mais as golas de seu robe.

– Nada.

– Sua colônia está diferente... O que fez com seu cabelo?

– Nada. O que estava dizendo sobre John?

Houve uma pausa.

– É... certo. Bem, ele vai sair e nós vamos com ele. Porém, precisamos ser discretos. Vão querer privacidade. Mas nós podemos...

– Estou de folga esta noite.

Aquela sobrancelha com piercing se abaixou.

– E daí?

– E daí... que estou de folga.

– Isso nunca importou antes.

– Importa agora.

Qhuinn movimentou-se para o lado novamente e deu uma rápida olhada ao redor da cabeça de Blay.

– Você vai colocar aquele terno só para impressionar a equipe na casa?

– Não.

Houve um longo silêncio e então uma palavra:

– Quem?

Blay abriu mais a porta e deu um passo para trás entrando mais em seu quarto. Se fosse para ter aquela conversa, não fazia sentido fazer isso do lado de fora, no corredor, para as pessoas verem ou ouvirem.

– Isso realmente importa? – disse, em uma onda de raiva.

A porta foi fechada. Com força.

– Sim. Importa.

Como se estivesse dizendo um "dane-se" para Qhuinn, Blay desfez o laço de seu roupão e o deixou cair de seu corpo nu. E vestiu a calça comprida… sem cueca.

– Só um amigo.

– Macho ou fêmea?

– Como eu disse, isso importa?

Outra longa pausa, durante a qual Blay se enfiou dentro da camisa e a abotoou.

– Meu primo – Qhuinn rosnou. – Você vai sair com Saxton.

– Talvez. – Foi até a cômoda e abriu sua caixa de joias. Dentro dela, abotoaduras de todos os tipos brilhavam. Escolheu um conjunto que tinha rubis.

– Isso é uma vingança por causa de Layla ontem à noite?

Blay congelou com a mão na abotoadura.

– Jesus Cristo!

– É sim, claro. Isso é o que...

Blay se virou.

– Já lhe ocorreu alguma vez que isso não tem nada a ver com você? Que um cara me chamou para sair e eu quero ir? Que isso é normal? Ou será que você é tão egocêntrico que filtra tudo e todos pelo seu narcisismo?

Qhuinn recuou levemente.

– Saxton é um canalha.

– Bem, acho que você saberia mesmo o que torna alguém assim.

– Ele é um canalha, um canalha muito elegante e cheio de classe.

– Talvez tudo o que eu queira seja um pouco de sexo. – Blay levantou uma sobrancelha. – Já faz um tempo para mim e, para começar, aquelas fêmeas com quem eu estive nos bares só para acompanhá-lo não foram tão boas assim. Acho que está na hora de ter um pouco disso e do jeito certo.

O desgraçado teve a ousadia de empalidecer. De verdade. E maldito seja se não vacilou para trás e encostou-se contra a porta.

– Para onde vocês vão? – perguntou asperamente.

– Ele vai me levar ao Sal. E depois vamos àquele bar de charutos. – Blay ajeitou a outra abotoadura e foi até a cômoda pegar suas meias de seda. – Depois disso… quem sabe?

Uma onda de perfume apimentado flutuou através do quarto e, atordoado, Blay ficou em silêncio. De todos os rumos que pensou que aquela conversa seguiria... ativar o aroma de vinculação de Qhuinn não fazia parte de nada do que tinha imaginado.

Blay virou-se.

Depois de um longo, tenso momento, caminhou em direção ao seu melhor amigo, atraído pela fragrância. E enquanto chegava mais perto, os olhos quentes de Qhuinn o seguiam a cada passo, o vínculo entre eles, que estava sendo enterrado pelos dois lados, explodiu de repente dentro do quarto.

Quando estavam face a face, ele parou, seu peitoral cheio de ar encontrou o de Qhuinn.

– Diga a palavra – sussurrou asperamente. – Diga a palavra e eu não irei.

As mãos duras de Qhuinn se ergueram rapidamente envolvendo os dois lados da garganta de Blay, a pressão o obrigou a inclinar sua cabeça para trás e abrir sua boca para poder respirar. Fortes polegares cravaram nas articulações de cada lado de sua mandíbula.

Momento elétrico.

Potencialmente incendiário.

Acabariam na cama, Blay pensou enquanto fechava suas palmas nos grossos pulsos de Qhuinn.

– Diga a palavra, Qhuinn. Faça isso e eu passarei a noite com você. Vamos sair com Xhex e John e quando eles acabarem, voltamos para cá. *Diga*.

Os olhos azul e verde, dentro dos quais Blay tinha passado toda uma vida olhando, encararam sua boca e o peitoral de Qhuinn bombeava para cima e para baixo como se estivesse correndo.

– Melhor ainda – Blay falou arrastando as palavras. – Por que você simplesmente não me beija...

Blay foi virado de repente e empurrado com força contra a cômoda, que bateu forte contra a parede com um estrondo. Quando frascos de colônia chocalharam e uma escova de cabelo caiu no chão, Qhuinn forçou seus lábios sobre os de Blay, seus dedos cortavam a garganta dele.

Contudo, isso não importava. Rígido e desesperado... era tudo que queria do cara. E Qhuinn parecia concordar totalmente em fazer isso, sua língua disparava, tomava… possuía.

Com as mãos desastradas, Blay arrancou sua camisa para fora da calça e mergulhou sobre o zíper. Tinha esperado tanto tempo por isso...

Mas terminou antes de começar.

Qhuinn virou-se e se afastou enquanto as calças de Blay atingiam o chão e o cara saiu disparado em direção à porta. Com a mão na maçaneta, bateu a testa na madeira uma vez. Duas vezes.

E então, com uma voz morta, disse:

– Vá. Divirta-se. Apenas proteja-se, por favor, e tente não se apaixonar por ele. Ele vai partir seu coração.

Num piscar de olhos, Qhuinn deixou o quarto, a porta se fechou sem som algum.

Na sequência da partida, Blay permaneceu onde tinha sido deixado, a calça ao redor de seus tornozelos, sua ereção, já desaparecendo, era um completo constrangimento mesmo estando completamente sozinho. Quando o mundo começou a vacilar e seu tórax se comprimiu como um punho fechando-se com força, piscou rápido e tentou manter as lágrimas longe de seu rosto.

Como um macho velho, abaixou, curvou-se lentamente e ergueu a cintura da calça, suas mãos apalparam o zíper e o fechou. Sem colocar a camisa para dentro, caminhou e sentou na cama.

Quando seu telefone tocou sobre a mesa de cabeceira, virou-se e olhou em direção à tela. De alguma maneira, esperava ser Qhuinn, mas esta era a última pessoa com quem queria conversar e deixou quem quer que fosse ser atendido pelo correio de voz.

Por alguma razão, ficou pensando no tempo que gastou em seu banheiro se preocupando em se barbear, cortar as unhas e arrumar seu cabelo com o maldito gel. Depois, no tempo em frente ao armário. Tudo isso parecia um desperdício agora.

Sentia-se sujo. Completamente sujo.

E não iria mais sair com Saxton nem com ninguém naquela noite. Não no humor em que estava. Não havia razão para submeter um cara inocente àquela toxina.

Deus...

Maldição.

Quando sentiu que conseguiria falar, estendeu-se sobre o criado mudo e pegou o telefone. Abriu a coisa e viu que foi Saxton quem tinha ligado.

Talvez para cancelar? E isso não seria um alívio? Ser rejeitado duas vezes em uma noite dificilmente seria uma boa notícia, mas naquela o salvaria de ter que dispensar o macho.

Acionando o correio de voz, Blay escorou sua testa na palma da mão e olhou para baixo, encarando seus pés descalços.

– Boa noite, Blaylock. Imagino que esteja, neste exato momento, parado em frente ao seu armário tentando decidir o que vestir. – A voz macia e profunda de Saxton foi um curioso bálsamo, tão calma e suave. – Bem, na verdade, estou diante de minhas próprias roupas... Acredito que eu deva ir com um terno e um colete quadriculado. Acho que terno risca de giz seria um bom acompanhamento de sua parte. – Houve uma pausa e uma risada. – Não que eu esteja lhe dizendo o que vestir, claro. Mas me ligue se estiver em cima do muro. Em relação ao seu guarda-roupa, claro. – Outra pausa e então um tom sério. – Estou ansioso para vê-lo. Tchau.

Blay afastou o telefone de sua orelha e pairou seu polegar sobre a opção *delete*. Num impulso, salvou a mensagem.

Depois de uma inspiração longa e firme, obrigou-se a se colocar em pé. Mesmo com suas mãos tremendo, vestiu sua fina camisa e voltou-se para a cômoda que estava bagunçada agora.

Pegou os frascos de colônia, arrumou-os mais uma vez e recolheu a escova de cabelo do chão. Então abriu a gaveta de meias... e tirou o que precisava.

Para terminar de se vestir.

Capítulo 35

Darius devia se encontrar com seu jovem protegido depois que o sol tivesse se posto, mas antes se dirigiu para a mansão humana que espiaram por entre as árvores, depois se materializou no bosque em frente à caverna da Irmandade.

Com os irmãos espalhados por toda parte, a comunicação poderia demorar, e um sistema havia sido montado para a troca de avisos e anúncios. Todos iam até um determinado local, uma vez por noite, para ver o que os outros tinham deixado ou para deixar suas próprias mensagens.

Depois de se certificar de que não estava sendo observado, mergulhou no sombrio enclave, atravessou a parede de pedra secreta e abriu caminho através da série de portões em direção ao sanctum sanctorum. *O "Sistema de Comunicação" não era nada além de um nicho colocado na parede de pedra, onde a correspondência podia ser colocada e, devido a sua simplicidade, estava no final do caminho.*

No entanto, não adiantou-se o suficiente para ver se seus Irmãos tinham qualquer coisa a dizer a ele.

Aproximando-se do último portão, viu sob o chão de pedra o que à primeira vista parecia ser uma pilha de roupas dobradas próximas de uma bolsa rústica.

Quando desembainhou sua adaga negra, uma cabeça escura se ergueu da pilha.

– Tohr? – Darius abaixou a arma.

– Sim. – O menino virou-se em sua cama áspera. – Boa noite, senhor.

– Posso saber o que você está fazendo aqui?

– Dormindo.

– Isso é óbvio, com certeza. – Darius se aproximou e ajoelhou-se. – Mas porque você não volta para sua casa?

Afinal, havia sido renegado, mas Hharm raramente ia à morada de sua companheira. Com certeza o jovem poderia ter ficado com sua mahmen.

O garoto forçou-se a ficar em pé e se equilibrou apoiando-se na parede.

– Que horas são? Eu perdi...?

Darius pegou o braço de Tohr.

– Você comeu?

– Estou atrasado?

Darius não se preocupou em fazer mais nenhuma pergunta. As respostas para o que ele queria saber estavam na maneira como o garoto se recusava a levantar seus olhar: com certeza, solicitaram a ele que não pedisse refúgio na casa de seu pai.

– Tohrment, quantas noites você já passou aqui? – Naquele chão frio.

– Posso encontrar outro lugar onde ficar. Não voltarei a dormir aqui outra vez.

Se isso fosse verdade, louvada seria a Virgem Escriba.

– Espere aqui, por favor.

Darius entrou pelo portão e verificou a correspondência. Enquanto encontrava notificações de Murhder e Ahgony, pensou em deixar uma para Hharm. Colocando palavras do tipo "Como você pôde dar as costas a um filho de seu sangue, ao ponto dele se ver forçado a dormir com nada além de pedras como cama e suas roupas por coberta? Seu imbecil."

Darius voltou a Tohrment e viu que o garoto tinha empacotado suas coisas em sua bolsa e suas armas já estavam preparadas.

Darius engoliu uma maldição.

– Devemos primeiro ir à mansão da fêmea. Tenho algumas coisas para discutir com... aquele mordomo. Traga suas coisas, filho.

Tohrment o seguiu, mais alerta do que a maioria deveria estar depois de tantos dias sem comida ou descanso apropriado.

Eles se materializaram em frente à mansão de Sampsone e Darius apontou com a cabeça para a direita, indicando que deveriam prosseguir pelos fundos. Quando chegaram à parte de trás da casa, dirigiram-se à porta pela qual haviam saído na noite anterior e tocou a estrondosa campainha.

O mordomo abriu caminho e fez uma reverência.

– Senhores, há alguma coisa que possamos fazer para servi-los em sua missão?

Darius entrou.

– Gostaria de falar outra vez com o mordomo do segundo andar.

– Mas é claro. – Outra reverência. – Tenham a bondade de me seguir até a sala de visitas.

– Vamos esperar aqui. – Darius sentou-se na mesa desgastada dos serviçais.

O doggen *empalideceu.*

– Senhor... Isso é...

– Onde eu gostaria de conversar com o mordomo Fritzgelder. Não vejo nenhum benefício em aumentar a aflição do seu mestre e senhora pelo nosso encontro não anunciado em sua casa. Não somos convidados, estamos aqui a serviço de sua tragédia.

O mordomo fez uma reverência tão profunda que foi uma surpresa ele não ter caído de testa no chão.

– Em verdade, o senhor está certo. Vou chamar Fritzgelder neste exato momento. Existe algo que possamos fazer para sua comodidade?

– Sim. Apreciaríamos muito alguns alimentos e cerveja.

– Oh, senhor, mas é claro! – O doggen *se inclinou respeitosamente enquanto saía do cômodo. – Eu deveria ter oferecido, perdoe-me.*

Quando ficaram sozinhos, Tohrment disse:

– Você não precisa fazer isso.

– Fazer o quê? – Darius falou demorando-se nas palavras, correndo as pontas dos dedos sobre a superfície ondulada da mesa.

– Conseguir comida para mim.

Darius olhou sobre o ombro.

– Meu estimado garoto, foi um pedido calculado para deixar o mordomo mais à vontade. Nossa presença neste local é uma fonte de grande desconforto para ele, tanto quanto o pedido para interrogar outra vez seu serviçal. O pedido por comida deve ter sido um alívio para ele. Agora, por

favor, sente-se, e quando as provisões e a bebida chegarem, deve consumi-los. Já me alimentei antes.

Houve o som de uma cadeira sendo arrastada para trás, em seguida um rangido quando o peso de Tohrment se acomodou.

O mordomo chegou logo depois.

O que foi embaraçoso, já que Darius, na verdade, não tinha nada a perguntar a ele. Onde estava a comida...?

– Senhores – disse o mordomo com orgulho enquanto abria a porta com um floreio.

Empregados se apresentaram com todos os tipos de bandeja e canecas de cerveja e provisões e, enquanto o banquete era servido, Darius levantou uma sobrancelha à Tohrment, em seguida desceu o olhar de maneira incisiva em direção aos diversos alimentos.

Tohrment, o macho educado de sempre, começou a se servir.

Darius assentiu ao mordomo.

– Este é um banquete digno de tal casa. Em verdade, seu mestre deve estar mais que orgulhoso.

Depois que o mordomo e os outros saíram, o outro mordomo esperou pacientemente, assim como Darius também o fez até que Tohrment havia consumido tudo o que podia. E então Darius se levantou.

– Muito bem, poderia pedir-lhe um favor, mordomo Fritzgelder?

– Mas é claro, senhor.

– Poderia fazer a gentileza de guardar a bolsa de meu colega durante a noite? Retornaremos depois que fizermos nossa inspeção.

– Oh, sim, senhores. – Fritzgelder curvou-se. – Tomarei o maior dos cuidados com suas coisas.

– Obrigado. Venha, Tohrment, vamos sair.

Enquanto saíam, podia sentir a ira do garoto e não ficou nada surpreso quando seu braço foi capturado.

– Posso cuidar de mim mesmo.

Darius olhou sobre o ombro.

– Não há dúvidas quanto a isso. No entanto, não preciso de um companheiro debilitado por estar de barriga vazia e...

– Mas...

– ... se acha que esta família de tantos recursos ofereceria com má vontade uma mera refeição para ajudar na busca de sua filha, está redondamente enganado.

Tohrment soltou a mão.

– Devo encontrar alojamento. Comida.

– Sim, você vai. – Darius indicou com a cabeça para o círculo de árvores ao redor da propriedade vizinha. – Agora, podemos continuar?

Quando Tohrment assentiu, os dois se desmaterializaram na floresta e depois abriram caminho, avançando pela propriedade da outra mansão.

A cada passo que avançavam em direção ao seu destino, Darius sentia uma sensação de medo esmagadora, que aumentava ao ponto de sentir dificuldade em respirar: o tempo estava trabalhando contra eles.

Cada noite que se passava e eles não a encontravam, era outro passo mais perto de sua morte.

E tinham tão pouco para continuar.

CAPÍTULO 36

O terminal de ônibus de Caldwell ficava do outro lado da cidade, no limite do parque industrial que se estendia até o sul. A antiga construção de telhado plano estava envolta por uma cerca de alambrado e sua galeria de entrada parecia estar cedendo por causa da idade.

Quando John se materializou ao lado de um ônibus estacionado, esperou por Xhex e Qhuinn. Xhex foi a primeira a chegar e, cara, estava com um aspecto muito melhor; os alimentos haviam se acomodado bem na segunda tentativa e a cor de sua pele estava muito boa. Ainda estava vestida com as roupas de médico que a doutora Jane tinha dado a ela, mas por cima usava uma das blusas com capuz preto de John e um de seus casacos esportivos.

Ele adorou o visual. Adorou que ela estivesse usando suas roupas. Adorou como elas ficaram grandes demais nela.

Adorou que ela parecesse uma garota.

Não que não gostasse das roupas de couro ou das camisetas regata e do estilo "vou esmagar suas bolas se der um passo fora da linha" que costumava seguir. Isso também era muito atraente. Só que... por alguma razão, a maneira como ela parecia agora era mais íntima. Provavelmente porque nunca deixou ser vista assim muitas vezes.

– Por que estamos aqui? – ela perguntou, olhando ao redor. Sua voz não parecia frustrada ou irritada, graças a Deus. Estava apenas curiosa.

Qhuinn tomou forma a uns dez metros de distância e cruzou os braços sobre o peito como se não confiasse em si mesmo para não bater em ninguém. O cara estava com um humor horrível. Absolutamente vil. Não pronunciou sequer duas palavras civilizadas no saguão quando John lhe indicou a ordem dos lugares que iriam, e a causa disso não estava muito clara.

Bem... pelo menos não até Blay passar pelo grupo com um aspecto maravilhoso vestindo um terno de risca de giz cinza. O cara fez uma pausa apenas para dizer tchau a John e Xhex; não lançou sequer um olhar para Qhuinn quando saiu em direção à noite.

Usava uma colônia nova.

Estava claro que iria a um encontro. Mas com quem?

Com um silvo e um rugido, um ônibus saiu da vaga onde estava estacionado, a fumaça do motor a diesel fez o nariz de John ameaçar um espirro.

Vamos, assinalou com a boca para Xhex, mudando sua mochila para o outro ombro e puxando-a para frente.

Os dois caminharam pela calçada úmida em direção à luz fluorescente brilhante do terminal. Mesmo estando muito frio, John manteve sua jaqueta de couro aberta para o caso de precisar pegar suas adagas ou sua arma e Xhex também estava equipada.

Os *redutores* poderiam estar em qualquer lugar e os humanos poderiam ser muito idiotas.

Segurou a porta aberta para ela e ficou aliviado ao ver que havia apenas um velho dormindo num dos bancos e uma mulher com uma maleta, além do bilheteiro que ficava atrás de um vidro plexiglas.

A voz de Xhex soou baixa.

– Este lugar... deixa você triste.

Droga, era verdade. Mas não por causa do que havia vivenciado ali... mas sim pelo que sua mãe deve ter sentido sozinha ao sofrer as dores do parto.

Assoviando com força, ergueu a mão quando os três humanos levantaram o olhar. Reduzindo o nível de suas consciências, deixou cada um deles em meio a um ligeiro transe e caminhou até a porta de metal em que tinha uma placa parafusada onde se lia MULHERES.

Colocando sua mão no painel frio, abriu um pouco e escutou. Não se ouvia nada.

O lugar estava vazio.

Xhex passou por ele, seus olhos percorreram as paredes de alvenaria, as pias de aço inoxidável e os três cubículos. O lugar cheirava à cândida e à umidade, o balcão molhado e os espelhos não eram feitos de vidro, mas de chapas polidas de metal. Tudo estava fixado com parafusos, desde a saboneteira, passando pela placa de *Não fume* até a lata de lixo.

Xhex parou em frente ao banheiro reservado para deficientes, com olhar penetrante. Ao empurrar um pouco a porta para abrir, recuou e pareceu confusa.

– Aqui... – apontou para baixo, no canto. – Aqui foi onde você estava... onde aterrissou.

Quando voltou a olhá-lo, ele encolheu os ombros. Não sabia o lugar com precisão, porém fazia sentido imaginar que se estivesse tendo um bebê, gostaria que fosse onde tivesse mais espaço.

Xhex lhe encarou como se estivesse vendo através dele e se virou rapidamente para ver se havia chegado alguém. Não. Somente ela e ele, juntos no banheiro feminino.

O quê foi?, gesticulou ao deixar que a porta se fechasse.

– Quem encontrou você? – Quando ele fingiu estar limpando o piso, ela murmurou: – Um zelador.

Quando assentiu com a cabeça, sentiu vergonha do lugar, de sua história.

– Não sinta. – Ela se aproximou dele. – Acredite, não sou ninguém para julgá-lo. Minhas circunstâncias não foram melhores que essas. Caramba, foram indiscutivelmente piores.

Sendo uma mestiça *sympatho*, John poderia apenas imaginar. Afinal, na maioria das vezes, as duas raças não se misturavam de bom grado.

– Para onde você foi depois daqui?

Ele a guiou para fora do banheiro e olhou ao redor. Qhuinn estava no outro canto, olhando para as portas do terminal como se esperasse que algo cheirando a talco de bebê entrasse. Quando o cara olhou em sua direção, John balançou a cabeça; em seguida, finalizou com o transe, liberando as mentes dos humanos e os três se desmaterializaram.

Quando tomaram forma novamente, estavam no quintal do orfanato Nossa Senhora, perto do escorregador e da caixa de areia.

Um vento cortante de março soprava sobre os jardins do santuário da igreja dos indesejados, os balanços rangiam e os ramos desnudos das árvores não ofereciam qualquer proteção. À frente, as linhas de quatro janelas envidraçadas que marcavam os dormitórios estavam às escuras... assim como as do refeitório e da capela.

– Humanos? – Xhex respirou fundo enquanto Qhuinn vagava pelo local e acabou sentando-se em um dos balanços. – Foi criado por seres humanos? Deus... que porcaria!

John caminhou em direção ao prédio, pensando que talvez aquilo não tivesse sido uma boa ideia. Ela parecia horrorizada...

– Você e eu temos mais em comum do que eu pensava.

Ele se deteve e ela deve ter lido sua expressão... ou suas emoções.

– Também fui criada com pessoas que não eram como eu. Contudo, considerando o que a minha outra metade é, isso pode ter sido uma benção.

Caminhando ao lado dele, olhou para seu rosto.

– Você foi mais corajoso do que pensa. – Inclinou a cabeça para o orfanato. – Quando estava aí dentro, você foi mais corajoso do que pode imaginar.

Não concordava, mas não estava disposto a discutir a fé que tinha nele. Depois de um momento, estendeu a mão, e quando ela segurou, caminharam juntos até a entrada dos fundos. Um rápido desaparecimento e estavam no interior.

Oh, droga, ainda usavam o mesmo produto para limpar o chão. Limão ácido.

E a aparência do lugar também não havia mudado. O que significava que o escritório do diretor ainda estava no corredor, na frente do edifício.

Liderando o caminho, foi até a velha porta de madeira, tirou a mochila e a pendurou na maçaneta de bronze.

– O que tem aí, afinal?

Ele ergueu a mão e esfregou os dedos contra o polegar.

– Dinheiro. Da invasão na...

Ele assentiu.

– Bom lugar para deixá-lo.

John se virou e olhou para o corredor onde se localizava o dormitório. Enquanto as recordações borbulhavam, seus pés andavam naquela direção antes de ter consciência que estava indo ao lugar onde, uma vez, havia descansado sua cabeça. Era tão estranho estar ali outra vez, lembrando-se da solidão, do medo e da persistente sensação de ser totalmente diferente, especialmente quando estava com os outros garotos da mesma idade.

Isso sempre piorou as coisas. Estar rodeado daquilo com que deveria ser igual foi o que o deixou mais alienado.

Xhex seguiu John ao longo do corredor, permanecendo um pouco atrás.

Ele caminhava silenciosamente, apoiando a partir do calcanhar até a ponta de suas botas de combate e ela seguiu seu exemplo, de forma que não eram mais do que fantasmas no silencioso corredor. Enquanto seguiam, notou que, embora a estrutura física do edifício fosse velha, tudo estava impecável, desde o linóleo muito bem encerado, passando pelas paredes bem pintadas de bege, até as janelas com telas metálicas embutidas nos vidros. Não havia poeira, nem teias de aranha, nem lascas ou rachaduras no gesso.

Isso deu uma esperança a ela de que as freiras e os administradores cuidassem das crianças com a mesma atenção que davam aos detalhes.

Quando ela e John se aproximaram de um par de portas, pôde sentir os sonhos dos garotos do outro lado, os pequenos redemoinhos de emoção borbulhavam através do sono profundo fazendo cócegas em seus receptores *sympatho*.

John colocou a cabeça lá dentro, e enquanto encarava os que estavam onde ele tinha estado, ela se viu franzindo a testa outra vez.

A grade emocional dele tinha... uma sombra. Uma construção paralela, mas separada da que havia captado antes, mas agora estava extremamente óbvia.

Nunca havia sentido algo assim em nenhuma outra pessoa e não conseguia explicar... nem acreditava que John tivesse consciência do que estava fazendo. Contudo, por alguma razão, aquela viagem ao seu passado havia exposto uma falha na linha da sua psique.

Assim como outras coisas. John era muito parecido com ela própria, perdido e distante, criado por outras pessoas apenas por obrigação, não por amor.

De alguma maneira, pensou que deveria dizer a ele para parar com aquela coisa toda, porque podia sentir o quanto isso custava a ele... e quanto mais iria custar. Mas estava cativada por aquilo que estava lhe mostrando.

E não só porque, como *sympatho*, alimentava-se das emoções dos outros.

Não, queria saber mais sobre aquele macho.

Enquanto ele observava os garotos dormindo e permanecia preso em seu passado, ela concentrou sua atenção em seu perfil forte ao ser iluminado pela luz de segurança sobre a porta.

Quando ela levantou a mão e apoiou sobre o seu ombro, John teve um sobressalto.

Queria dizer alguma coisa inteligente e amável, pronunciar alguma combinação de palavras que fossem tão profundas como ele havia feito ao trazê-la até ali. Mas a questão era que havia mais coragem naquelas revelações dele do que em qualquer coisa que Xhex já havia demonstrado a alguém antes, e num mundo cheio de egoísmo e crueldade, ele estava partindo seu maldito coração com aquilo que lhe oferecia.

Esteve tão sozinho ali, e os ecos daquela época difícil ainda o perseguiam. Ainda assim, iria seguir adiante porque havia dito a ela que o faria.

Os belos olhos azuis de John encontraram seu olhar, e quando ele inclinou a cabeça com curiosidade, ela se deu conta de que palavras eram uma bobagem em momentos assim.

Aproximando-se de seu corpo firme, ela passou um de seus braços pela sua cintura. Com a mão livre, esticou-se e segurou sua nuca, puxando-o para ela.

John hesitou, mas logo se aproximou de bom grado, envolvendo seus braços ao redor de sua cintura e enterrando o rosto em seu pescoço.

Xhex o abraçou, emprestando sua força, oferecendo um consolo que era mais do que capaz de proporcionar. Enquanto permaneciam um contra o outro, Xhex olhou por cima dos ombros dele, em direção ao quarto e às crianças nos seus travesseiros.

No silêncio, sentiu como se o passado e o presente estivessem movendo-se e se misturando, mas foi uma miragem. Não havia maneira de consolar o garoto perdido que tinha sido naquela época.

Mas ela tinha o macho adulto.

Ela o tinha em seus braços, e durante um breve momento de fantasia, imaginou que nunca, nunca o deixaria partir.

Capítulo 37

Quando sentou em seu quarto na mansão Rathboone, Gregg Winn deveria se sentir melhor. Graças a algumas imagens evocativas da comovente pintura na sala, juntamente com algumas fotos da área tiradas no crepúsculo, a bronzeada Los Angeles ficou emocionada com as prévias e combinou de começarem a produzi-lo. O mordomo também se mostrou amável, assinando os documentos legais que lhe davam permissão a todos os tipos de acesso.

Stan, o cinegrafista, poderia realizar um exame proctológico na maldita casa, em todos os lugares onde conseguisse enfiar a lente.

Mas Gregg não sentia o sabor da vitória em sua boca. Não, tinha uma sensação que dizia "isso não está certo" percorrendo suas entranhas e uma dor de cabeça causada pela tensão, que percorria desde a base do crânio e todo o caminho até seu lóbulo frontal.

O problema era a câmera escondida que colocaram no corredor na noite anterior.

Não havia explicação racional para o que havia capturado.

Irônico que um "caça-fantasmas", quando confrontado com uma figura que desaparecia no ar, precisasse de analgésicos e antiácidos. Qualquer um pensaria que ele estaria muito feliz já que, pela primeira vez, não teve que pedir para o cara da câmera falsificar as filmagens.

Quanto ao Stan? Ele apenas deu de ombros. Ah, pensou que era um fantasma, com certeza... mas isso não o perturbou nem um pouco.

Por outro lado, poderia ter sido amarrado a um conjunto de trilhos ou alguma coisa do gênero que pensaria apenas que era hora de um cochilo rápido, antes de ficar completamente chapado.

Havia vantagens em ser um maconheiro.

Quando o relógio marcou dez horas, Gregg levantou-se da frente do laptop e foi até a janela. Cara, ele se sentiria muito melhor sobre essa coisa toda se não tivesse visto aquela figura de cabelos longos perambulando pela área externa na noite anterior.

Para o inferno: melhor isso do que ver o filho da mãe no corredor fazendo um truque de alucinação do tipo "agora você vê, agora você não vê".

Atrás dele, na cama, Holly disse:

– Está esperando para ver o coelhinho da Páscoa lá fora?

Olhou para ela e pensou que parecia ótima encostada nos travesseiros, com o nariz metido em um livro. Quando ela pegou a coisa, ficou surpreso ao ver que era um livro de Doris Kearns Goodwin sobre os Fitzgeralds e os Kennedys. Imaginou que era mais o tipo de garota que curtisse algo como a biografia de uma atriz de novela.

– Sim, principalmente o rabo de algodão – murmurou. – E eu acho que vou descer e ver se consigo achar a cesta.

– Não traga nenhum daqueles bichinhos de marshmallow. Ovos coloridos, coelhos de chocolate... tudo bem. Menos aqueles bichinhos.

– Vou fazer com que Stan venha e fique com você, ok?

Holly ergueu os olhos.

– Não preciso de babá. Especialmente se for alguém que está sujeito a acender um baseado no banheiro.

– Não quero deixá-la sozinha.

– Não estou sozinha. – Ela acenou para a câmera no canto da sala. – Apenas ligue aquilo.

Gregg se encostou no batente da janela. A forma como o cabelo dela captava a luz era muito bonita. É claro, a cor era, sem dúvida, um trabalho de um especialista em tintura... mas era o tom perfeito de louro contra sua pele.

– Você não está com medo? – disse ele, querendo saber exatamente quando foi mesmo que trocaram os papéis quanto a esse assunto.

– Com relação à noite passada? – Ela sorriu. – Não. Eu acho que aquela "sombra" é Stan pregando uma peça em nós como vingança por fazê-lo trocar de quarto. Você sabe como ele detesta deslocar bagagem. Além disso, acabei voltando para sua cama, não foi? Não que você tenha feito muita coisa com isso.

Agarrou seu blusão e aproximou-se dela. Tomando-lhe o queixo na mão, olhou em seus olhos.

– Você ainda me quer assim?

– Sempre. – A voz de Holly ficou mais baixa. – Estou amaldiçoada.

– Amaldiçoada?

– Para com isso, Gregg. – Quando ele apenas a olhou, ela jogou as mãos para o alto. – Você é uma má aposta. Está casado com seu trabalho e venderia sua alma para subir na vida. Reduz tudo e todos à sua volta a um mínimo denominador e isso lhe permite usá-los. E quando não são úteis? Você nem lembra seus nomes.

Jesus... ela era mais esperta do que pensava.

– Então por que ainda quer ter algo comigo?

– Às vezes... eu realmente não sei. – Seus olhos se voltaram para o livro, mas não iam e voltavam sobre as linhas. Eles apenas se fixaram sobre a página. – Acho que é porque eu era realmente ingênua quando te conheci, e você me deu uma chance quando mais ninguém deu e você me ensinou muitas coisas. E essa paixão inicial está durando.

– Faz soar como se fosse algo ruim.

– Pode ser. Esperava me desvencilhar disso... e depois fazer coisas como cuidar de mim e começar tudo de novo.

Ele olhou para ela, medindo seus traços perfeitos, sua pele lisa e seu corpo incrível.

Sentindo-se confuso e estranho, como se lhe devesse um pedido de desculpas, foi até a câmera no tripé e ativou-a para gravar.

– Está com seu celular aí?

Ela alcançou o bolso do roupão e tirou um BlackBerry.

– Bem aqui.

– Ligue-me se acontecer alguma coisa estranha, certo?

Holly franziu a testa.

– Você está bem?

– Por que pergunta?

Ela deu de ombros.

– É que nunca o vi tão...

– Ansioso? Sim, acho que existe alguma coisa nessa casa.

– Eu ia dizer... conectado, na verdade. É como se estivesse mesmo olhando para mim pela primeira vez.

– Eu sempre olhei para você.

– Não assim.

Gregg foi até a porta e parou.

– Posso perguntar uma coisa estranha? Você... pinta o seu cabelo?

Holly ergueu a mão até suas ondas loiras.

– Não. Eu nunca pintei.

– É realmente loiro assim?

– Você deveria saber.

Quando ela ergueu a sobrancelha, ele corou.

– Bem, as mulheres podem fazer tintura lá embaixo... você sabe.

– Bem, eu não faço.

Gregg franziu a testa e se perguntou quem diabos estava comandando seu cérebro: parecia que todos aqueles pensamentos estranhos estavam brincando em suas ondas mentais, como se talvez sua estação tivesse sido pirateada. Dando-lhe um pequeno aceno, desapareceu em direção ao corredor e olhou à esquerda e à direita, enquanto escutava com atenção. Nenhuma pegada. Nenhum rangido. Ninguém com um lençol sobre a cabeça dando uma de Gasparzinho.

Arrancando seu casaco, seguiu em direção às escadas odiando o eco de seus próprios passos. O som fazia com que se sentisse perseguido.

Olhou atrás de si. Nada além do corredor vazio.

Embaixo, no primeiro andar, olhou para as luzes que haviam sido deixadas acesas. Uma na biblioteca. Uma na entrada da frente. Uma na sala.

Esquivando-se ao virar em uma extremidade da casa, parou para observar o retrato de Rathboone. Por alguma razão, não achava mais que a pintura fosse tão romântica e comercializável.

Por alguma razão, coisa nenhuma. Desejava nunca ter chamado Holly para ver a coisa. Talvez não tivesse ficado tão marcado no subconsciente dela, de tal forma que acabou fantasiando sobre o cara ter se aproximado e tido relações sexuais com ela. Cara... a expressão no rosto dela quando estava falando de seu sonho. Não a parte do medo, mas do sexo, o sexo ressonante. Será que ela ficava assim depois de estar com ele?

Será que alguma vez parou para ver se ele a satisfez daquela maneira? De qualquer maneira?

Abrindo a porta da frente, saiu como se estivesse em uma missão, quando, na realidade, não tinha aonde ir. Bem, a não ser para longe do computador e das imagens... e daquele cômodo silencioso com uma mulher que poderia ter mais substância do que ele imaginava.

Seria como descobrir que fantasmas existem.

Deus... o ar era limpo ali fora.

Andou para longe da casa, e quando estava a uns cem metros de distância, sobre o gramado ondulado, parou e olhou para trás. No segundo andar, viu a luz acesa em seu quarto e imaginou Holly aninhada contra os travesseiros, o livro em suas mãos longas e finas.

Continuou, indo em direção às árvores e ao riacho.

Será que os fantasmas têm alma? Ou será que eram almas em si?

Será que os executivos de televisão têm alma?

Aquilo sim era uma boa questão existencial.

Deu uma olhada devagar ao redor da propriedade, parando para dar um puxão em um musgo espanhol, sentir a casca dos carvalhos e o cheiro da terra e da neblina...

Estava voltando a casa quando a luz do terceiro andar acendeu... e uma sombra, alta e escura, passou por uma das janelas.

Gregg começou a andar rápido. Em seguida, começou a correr.

Estava voando quando saltou na varanda e atingiu a porta, abrindo-a com força, e começou a pisar firme escada acima. Não deu a mínima àquela história toda de "não vá ao terceiro andar". E se acordasse as pessoas, tudo bem.

Quando chegou ao segundo andar, deu-se conta de que não fazia a menor ideia de que porta o levaria ao sótão. Andando rápido no corredor, concluiu que os números sobre os batentes indicavam que estava passando pelos quartos dos hóspedes.

Então, passou por uma porta onde se lia: Almoxarifado. Outra: Limpeza.

Obrigado, Jesus: SAÍDA.

Atravessou, chegou à escada dos fundos e subiu os degraus de dois em dois. Quando chegou ao topo, encontrou uma porta trancada com uma luz brilhando por baixo.

Bateu ruidosamente. E conseguiu um monte de nada.

– Quem está aí? – gritou, puxando a maçaneta. – Olá?

– Senhor! O que está fazendo?

Gregg se virou e olhou para baixo em direção ao mordomo... que ainda estava, apesar de já ter terminado o expediente, vestido com seu smoking.

Talvez não dormisse em uma cama, talvez se pendurasse num armário para que não se amassasse durante a noite.

– Quem está lá dentro? – Gregg perguntou, indicando com o dedo por cima do ombro.

– Sinto muito, senhor, mas o terceiro andar é particular.

– Por quê?

– Isso não é de seu interesse. Agora, se não se importa, vou pedir-lhe que retorne ao seu quarto.

Gregg abriu a boca para continuar a discussão, mas em seguida a fechou. Havia uma maneira melhor de lidar com isso.

– Sim. Certo. Tudo bem.

Fez um espetáculo ao pisar forte pelas escadas e passou roçando no mordomo.

Então, foi para seu quarto, como um simples hóspede de nada e entrou.

– Como foi sua caminhada? – Holly perguntou, bocejando.

– Aconteceu alguma coisa enquanto eu estava fora? – Como, oh, digamos, um cara morto veio aqui transar com você?

– Não. Bem, a não ser alguém correndo pelo corredor. Quem era?

– Não faço ideia – Gregg resmungou, avançando pelo quarto e desligando a câmera. – Não faço a mínima ideia...

Capítulo 38

John tomou forma próximo a um poste de luz. A iluminação que emanava por baixo de seu pescoço de girafa banhava a frente de um prédio que teria um visual muito melhor se estivesse na total escuridão: os tijolos de argamassa não eram vermelhos e brancos, eram marrom e marrom, e as rachaduras em várias janelas foram tampadas com fita adesiva em ziguezague e com coberturas baratas. Mesmo os degraus baixos que davam no saguão pareciam uma bagunça esburacada, como se tivessem sido atingidos por uma britadeira.

O lugar estava exatamente o mesmo desde quando ele passou a última noite lá, a não ser por um detalhe: o aviso amarelo onde se lia "Condenado" que tinha sido pregado na porta da frente.

Claro que o aviso era lido por alguns como "Bom para invadir".

Quando Xhex saiu das sombras e se juntou a ele, fez o possível para demonstrar uma aparência calma... e sabia que estava falhando. Aquele tour pela lixolândia de sua vida pregressa era mais difícil de atravessar do que tinha imaginado, mas era como um parque de diversões. Uma vez que você entra num brinquedo e ele começa a funcionar, não tem como parar.

Quem diria que sua existência deveria ter um aviso de cuidado direcionado a mulheres grávidas e pessoas epiléticas.

Sim, não havia como parar isso; ela ficaria decepcionada com ele se terminasse antes da hora. Xhex parecia saber tudo que estava sentindo... e isso incluía uma sensação de fracasso que o rasgaria se ele desistisse ali.

– Você veio parar aqui depois do orfanato? – ela sussurrou.

Assentindo com a cabeça, levou-a a passar em frente do edifício e virar a esquina em direção ao beco. Quando chegou à saída de emergência, imaginou se a trava estaria quebrada...

A fechadura quebrou apenas com um pouco de força e entraram.

O tapete no corredor era parecido com um chão de terra batida em algum tipo de cabana, com manchas acumuladas e grudadas que entraram nas fibras e secaram. Havia garrafas vazias, embalagens amassadas e pontas de cigarros espalhados pelo corredor, e o ar cheirava a axilas de um mendigo.

Cara... mesmo um tanque cheio de aromatizador não ajudaria naquele pesadelo mal cheiroso.

Assim que Qhuinn entrou pela saída de emergência, John virou à esquerda na escada e começou a empreender a subida que o fazia querer gritar. Enquanto subiam, os ratos guinchavam e corriam para fora do caminho, e o odor do cortiço ficava mais espesso e pungente, como se fosse fermentando conforme a altitude aumentava.

Quando chegaram ao segundo andar, abriu caminho pelo corredor e parou em frente a uma grande mancha espalhada na parede. Jesus Cristo... aquela mancha de vinho ainda estava lá... Porém, porque ele estava surpreso? Como se alguma companhia de limpeza fosse até lá para limpá-la.

Passando por mais uma porta, empurrou a que fechava aquilo que tinha sido seu apartamento e... entrou...

Deus, tudo estava exatamente como tinha deixado.

Ninguém tinha morado ali desde que tinha ido embora, algo que supostamente fazia sentido. Gradualmente, as pessoas tinham deixado o local quando ele ainda era um inquilino... bem, aqueles que podiam pagar por um lugar melhor. Os que ficaram eram drogados. E os que tinham ocupado as vagas eram sem-tetos que se infiltraram rapidamente como as baratas que atravessam as janelas e portas quebradas no térreo. O ponto culminante da migração foi o aviso de evacuação: o edifício tinha sido condenado, o câncer da decadência tinha se espalhado por todo o lugar.

Quando olhou a revista de musculação que havia deixado sobre a cama de solteiro perto da janela, a realidade se contorceu sobre ele, arrastando-o para trás, em direção ao passado, mesmo com suas botas de combate firmemente plantadas no aqui e no agora.

Claro, quando esticou o braço e abriu a geladeira desativada... havia latas de proteína.

Sim, pois mesmo com fome, os desabrigados não tomariam aquela porcaria.

Xhex andou por ali e então parou na janela pela qual ele ficou olhando tantas noites.

– Queria ser diferente do que era.

Ele assentiu.

– Quantos anos você tinha quando foi encontrado? – Quando ele mostrou dois dedos duas vezes, os olhos dela se arregalaram. – Vinte e dois? E não fazia nem ideia de que era um...

John negou com a cabeça e avançou para pegar a revista. Folheou as páginas. Percebeu que havia se tornado aquilo que sempre desejou: um filho da mãe enorme e durão. Quem diria? Tinha sido um verdadeiro magricela, à mercê de tantas...

Jogando a revista sobre a cama outra vez, interrompeu aquela linha de pensamento com força e rapidez. Estava disposto a mostrar quase tudo. Mas não aquilo. Aquela parte... nunca.

Não iriam passar no primeiro edifício onde morou sozinho e ela não descobriria o porquê de ter se mudado para aquele lugar.

– Quem o trouxe para o nosso mundo?

Tohrment, expressou com os lábios.

– Quantos anos tinha quando deixou o orfanato? – Ele sinalizou o número um e depois um seis. – Dezesseis? E veio para cá? Direto do Nossa Senhora?

John assentiu e foi em direção a um armário em cima da pia. Abrindo-o, viu a única coisa que esperava encontrar. Seu nome. E a data.

Afastou-se para que Xhex pudesse ver o que tinha escrito. Lembrava-se de quando fez aquilo, tão rápido, com tanta pressa. Tohr estava esperando na calçada e ele correu para pegar sua bicicleta. Rabiscou aquelas marcas como uma prova... não sabia do quê.

– Não tinha ninguém – ela murmurou, olhando para o interior do armário. – Eu era assim. Minha mãe morreu no parto e fui criada por uma família até que legal... pessoas com quem eu sabia que não tinha nada em comum. Deixei-os logo e nunca voltei, pois eu não pertencia àquele lugar... e alguma coisa estava gritando dentro de mim, dizendo que era melhor que eu partisse. Não fazia a mínima ideia que era a parte *sympatho* e não havia nada no mundo para mim... mas eu tinha que partir. Felizmente, encontrei Rehvenge e ele me mostrou o que eu era. – Ela olhou por cima do ombro. – Pequenos acasos da vida... cara, eles são mortais, não são? Se Tohr não tivesse encontrado você...

Ele teria passado por sua transição e morrido no meio do processo, pois não tinha o sangue necessário para sobreviver.

Por alguma razão, não queria pensar nisso. Ou no fato de que ele e Xhex tinham um trecho na vida em comum, em que estiveram perdidos.

Vamos, assinalou com a boca. *Vamos para a próxima parada.*

Por entre o milharal, Lash dirigiu ao longo da trilha de terra em direção à fazenda. Providenciou uma proteção psíquica no local para que o Ômega e seu novo brinquedinho não conseguissem rastreá-lo. Também estava usando um boné de beisebol, uma capa com a gola levantada e um par de luvas.

Sentia-se como o Homem Invisível.

Droga, desejava ser invisível. Odiava olhar para si, e depois de algumas horas esperando para ver o que mais cairia em sua descida ao mundo dos mortos-vivos, não tinha certeza se estava aliviado da mudança parecer ter se estabilizado.

Tinha apenas metade do corpo derretido naquele ponto: os músculos ainda estavam pendurados em seus ossos.

A menos de um quilômetro de distância de seu destino, estacionou o Mercedes próximo a um conjunto de pinheiros e saiu. Como todos os seus poderes foram usados para manter-se disfarçado, não havia mais energia alguma dentro dele para se desmaterializar.

Então, foi uma caminhada bem longa até aquele maldito lugar e ficou ressentido de ter de se esforçar daquela maneira apenas para mover seu corpo.

Mas quando chegou até a casa de madeira, foi atingido por uma onda de energia. Havia três carros ridículos no estacionamento – todos os quais ele reconheceu. Os carros eram de propriedade da Sociedade Redutora.

E, veja só, o lugar estava bombando. Havia uns vinte caras dentro e uma grande festa acontecendo: era possível ver barris e garrafas de bebidas através das janelas, e ao redor do lugar havia filhos da mãe acendendo cachimbos e cheirando só Deus sabe o quê.

Onde estava o bastardo?

Ah... que noção de tempo perfeita. Um quarto carro chegou e não era como os outros três. A pintura chamativa do maldito carro esportivo era provavelmente tão cara quanto o trabalho de turbiná-lo, e as rodas tinham um brilho néon que fazia parecer que a coisa estava aterrissando. O garoto saiu de trás do volante e, veja só, estava todo descolado também: usava uma calça jeans nova, uma jaqueta de couro de grife e tinha acendido seu cigarro com alguma coisa de ouro.

Bem, aquilo seria o teste.

Se o garoto entrasse e apenas curtisse a festa, Lash estaria errado quanto à inteligência do filho da mãe... e o Ômega teria conseguido para si nada além de um pouco de diversão. Mas se Lash estivesse certo e o desgraçado fizesse mais do que isso, a festa se tornaria bem interessante.

Lash puxou a gola para mais perto da carne viva que era seu pescoço e tentou ignorar o quão ciumento estava. Já tinha estado na doce situação daquele garoto. Aproveitando o momento "eu sou tão especial" e achando que aquele brilho duraria para sempre. Mas tanto faz. Se o Ômega estava disposto a descartar alguém de sua própria carne e sangue, aquele lixo ex-humano não duraria muito.

Quando um dos bêbados lá dentro olhou na direção de Lash, pensou que poderia estar se arriscando, mas não se importava. Não tinha nada a perder e não estava muito ansioso para passar o resto de sua vida como um bife de carne seca animado.

Feio, fraco e vazando não era nada sexy.

Quando o vento frio fez seus dentes tremerem, pensou em Xhex e se aqueceu com as memórias. De alguma maneira, não conseguia acreditar que o tempo passado com ela tinha sido há poucos dias. Parecia ter se passado anos desde a última vez que a teve sob seu corpo. Pelo amor de Deus, encontrar aquela primeira lesão em seu pulso tinha sido o começo do fim... e ele simplesmente não sabia disso na época.

Apenas um arranhão.

Sim, certo.

Erguendo a mão para empurrar seu cabelo, bateu na aba do boné de beisebol e lembrou-se que não tinha mais nada ali com que se preocupar. Tudo se resumia a uma cúpula de osso.

Se tivesse mais energia, teria começado um discurso mental sobre a injustiça e a crueldade de seu destino decadente. A vida não deveria ter sido assim. Não deveria ter sido excluído. Sempre foi o foco das atenções, o líder, o especial.

Por algum motivo estúpido, pensou em John Matthew. Quando o filho da mãe ingressou no programa de formação de soldados, era apenas um cara ainda na fase de pré-transição, particularmente franzino, com nada além de um nome na Irmandade e uma cicatriz de estrela em seu peito. Era o alvo perfeito para se hostilizar e Lash tinha pegado pesado com o garoto.

Cara, naquela época não fazia a menor ideia de como era ser o estranho que ficava de fora. Como isso fazia com que se sentisse um lixo inútil. Como era olhar para as outras pessoas que faziam isso com você e estar disposto a dar qualquer coisa para estar com elas.

Ainda bem que não tinha a menor ideia de como era. Ou teria pensado duas vezes antes de desprezar o filho da mãe.

E agora, encostado na casca fria e desgrenhada de um carvalho, ao assistir através das janelas da fazenda como outro garoto de ouro vivia a sua vida, sentiu que seus planos mudavam.

Iria acabar com aquele idiota, nem que fosse a última coisa que fizesse na vida.

Era ainda mais importante que Xhex.

Sua motivação não era apenas o fato de que aquele cara o marcou para morrer. Acontece que queria mandar uma mensagem para seu pai. Afinal, ele era uma maçã podre que não caiu muito longe da árvore – e teria sua vingança custe o que custasse.

Capítulo 39

– Aquela é a antiga casa de Bella – Xhex disse quando tomou forma num campo ao lado de John Matthew.

Quando ele assentiu, ela olhou ao redor, observando o campo. A casa branca de Bella com cercas em volta e uma chaminé vermelha produzia uma pintura perfeita à luz do luar e parecia uma pena que o lugar tivesse sido deixado com nada além das luzes de segurança externas ativadas.

O fato de que na garagem anexa havia um Ford F-150 estacionado e as janelas estarem brilhando fazia com que a sensação de abandono fosse ainda mais real.

– Bella foi a primeira que o encontrou?

John fez um movimento ambíguo com a mão e apontou para outra casinha na pista. Quando começou a gesticular e se deteve em seguida, sua frustração com a barreira de comunicação era óbvia.

– Alguém naquela casa... você os conhecia e eles o colocaram em contato com Bella?

Ele assentiu, enfiou a mão no casaco e tirou o que parecia ser uma pulseira artesanal. Pegando a coisa da mão dele, viu que alguns símbolos no Antigo Idioma haviam sido gravados do lado de dentro.

– Tehrror. – Quando ele tocou o peito, ela disse: – Seu nome? Mas como você sabia? – Ele tocou a cabeça e deu de ombros.

– Simplesmente se lembrou. – Ela se concentrou na casa menor. Havia uma piscina nos fundos e sentiu que suas memórias daquele local eram nítidas, pois cada vez que John passava os olhos sobre o terreno, sua grade emocional acendia como um circuito recebendo eletricidade.

Esteve ali pela primeira vez para proteger alguém. Bella não foi o motivo.

Mary, ela pensou. Mary, a *shellan* de Rhage. Mas como eles se encontraram?

Estranho... aquilo era uma parede em branco. John estava excluindo Xhex daquela parte.

– Bella entrou em contato com a Irmandade e Tohrment veio até você.

Quando assentiu outra vez, ela devolveu o bracelete, e enquanto passava os dedos pelos símbolos, Xhex ficou maravilhada com a relatividade do tempo. Desde que haviam deixado a mansão, havia passado apenas uma hora, mas sentiu como se tivessem passado um ano juntos.

Deus, ele deu mais do que esperava... e agora ela sabia exatamente porque tinha sido tão prestativo quando ela ficou fora de si na sala de cirurgia.

Ele suportou um verdadeiro inferno. Não viveu sua infância, foi arrastado por ela.

A questão era: em primeiro lugar, como ele foi parar no mundo humano? Onde estavam seus pais? O rei tinha sido seu *ghia* no período pré-transição... isso era o que seus documentos diziam quando foi pela primeira vez ao ZeroSum. Concluiu que sua mãe tinha morrido e a visita ao terminal rodoviário não desmentiu isso... mas havia buracos nessa história. Alguns dos quais ela tinha a impressão de serem intencionais, outros que ele não tinha sido capaz de preencher.

Franzindo a testa, sentiu que seu pai ainda estava muito presente com ele e, ainda assim, parecia que não tinha sequer conhecido o cara.

– Vai me levar a um último lugar? – ela murmurou.

John pareceu dar uma última olhada no local e então desapareceu, e ela o seguiu, graças a todo o sangue dele que havia em seu corpo.

Quando tomou forma outra vez diante de uma casa muito moderna, a tristeza dele o dominou de tal maneira que sua superestrutura emocional começou a desabar. Contudo, com muita força de vontade, conseguiu deter a desintegração a tempo, antes que não pudesse ser corrigida.

Quando a grade emocional desmorona, você está ferrado. Perdido em meio aos seus demônios internos.

O que a fez pensar em Murhder. No dia em que ele descobriu a verdade sobre ela. Podia lembrar-se exatamente de como sua estrutura emocional apareceu diante dela: as vigas de aço que eram a base da saúde mental foram reduzidas a nada além de uma confusão de destroços.

Xhex foi a única que não ficou surpresa quando ele enlouqueceu e desapareceu.

Assentindo para ela, John andou em direção à porta principal da frente, colocou uma chave e abriu. Quando uma corrente de ar veio de encontro a eles, ela pôde sentir o cheiro da poeira e da umidade, indicando que aquela era outra construção vazia. Mas não havia nada de podre dentro, ao contrário do antigo edifício onde John morava.

Quando ele acendeu a luz do hall de entrada, ela quase engasgou. Na parede, à esquerda da porta, havia um arabesco no Antigo Idioma que proclamava que aquela era a casa do Irmão Tohrment e de sua *shellan*, Wellesandra.

O que explicava porque doía tanto em John estar ali. O *hellren* de Wellesandra não havia sido o único a salvar o garoto na pré-transição.

A fêmea tinha sido importante para John. E muito.

John seguiu pelo corredor e acendeu mais luzes enquanto entravam, suas emoções eram uma combinação de afeto e uma forte dor. Quando foram para uma cozinha espetacular, Xhex se dirigiu à mesa do local.

Ele tinha sentado ali, pensou, colocando as mãos no encosto de uma das cadeiras... em sua primeira noite na casa, tinha sentado ali.

– Comida mexicana – ela murmurou. – Estava com tanto medo de ofendê-los. Mas, então... Wellesandra...

Como um cão de caça seguindo as pistas no caminho, Xhex rastreou o que sentia de suas memórias.

– Wellesandra serviu-lhe arroz com gengibre. E... pudim. Sentiu-se satisfeito pela primeira vez e seu estômago não doía e estava... estava tão grato que não sabia como lidar com isso.

Quando olhou para John, seu rosto estava pálido e os olhos brilhavam e ela soube que estava de volta ao seu pequeno corpo, sentado à mesa, todo encolhido... oprimido pelo primeiro ato de bondade que alguém lhe havia feito na vida.

O som de um passo no corredor fez com que ela erguesse a cabeça e percebeu que Qhuinn ainda estava com eles, o cara vagava por ali, seu mau humor era uma sombra tangível ao redor.

Bem, ele não teria que acompanhá-los por muito mais tempo. Aquele era o fim da estrada, o capítulo final da história de John que a deixou a par dos acontecimentos. E, infelizmente, isso significava que tinha que fazer o certo e apropriado e voltar à mansão... onde, sem dúvida, John a faria comer mais, tentando alimentá-la outra vez.

Porém, não queria retornar, ainda não. Em sua mente, tinha decidido tirar uma noite de folga, então aquelas eram as últimas horas antes de iniciar a trilha da vingança... e perder sua doce conexão com John, aquela compreensão que agora tinham um do outro.

Pois ela não iria enganar a si mesma: a triste realidade era que o poderoso laço que os unia era também tão frágil que não tinha dúvida que iria se romper, assim que voltassem a se focar no presente ao invés do passado.

– Qhuinn, pode nos dar licença, por favor?

Os olhos desiguais do cara encararam John e uma série de gestos com as mãos foi trocada entre eles.

– Vá se ferrar – Qhuinn disse antes de virar as costas e marchar em direção à porta da frente.

Após a batida da porta terminar de ecoar pela casa, ela olhou para John.

– Onde você dormia?

Quando indicou um corredor com a mão, ela foi com ele passando por muitos quartos onde havia equipamentos modernos e arte antiga. A combinação fazia o lugar parecer como um museu de arte onde se podia morar e ela o explorou um pouco, colocando a cabeça nas portas abertas das salas e quartos.

Para chegar ao quarto de John precisavam percorrer todo o caminho até o outro lado da casa, e enquanto caminhava até o local, só podia imaginar o choque cultural. Da imundície ao esplendor, vivenciado com uma simples mudança de endereço: ao invés daquela porcaria de apartamento, aquele era um paraíso azul marinho com móveis elegantes, um banheiro de mármore e um maravilhoso tapete.

Além disso, tinha uma porta de vidro corrediça que conduzia a uma varanda particular.

John aproximou-se, abriu o guarda-roupa e ela observou sobre seu forte e pesado braço as pequenas roupas penduradas nos cabides de madeira.

Enquanto ele olhava para as camisetas e calças, os ombros dele estavam tensos e uma de suas mãos estava fechada. Sentia muito sobre algo que havia feito ou pelo jeito que havia agido e isso não tinha nada a ver com ela.

Tohr. Era sobre Tohr.

Lamentava o jeito como as coisas estavam entre eles ultimamente.

– Converse com ele – disse ela baixinho. – Diga o que está acontecendo. Você dois vão se sentir bem melhor.

John concordou e ela pôde sentir nitidamente a determinação dele.

Deus, não tinha certeza sobre como aquilo acontecia – bem, a mecânica era bem simples, mas o que a surpreendia era o fato de que mais uma vez viu-se aproximando-se dele e abraçando-o. Deitou seu rosto entre seus ombros e ficou grata quando sentiu as mãos dele cobrindo as dela.

Ele se comunicava de tantas maneiras diferentes, não é? E, às vezes, um toque é melhor do que palavras para dizer o que se quer.

No silêncio, ela o guiou em direção à cama e os dois sentaram.

Quando ela simplesmente o encarou, ele articulou: *O que foi?*

– Você tem certeza que me quer indo até lá? – Quando ele assentiu com a cabeça, ela olhou diretamente em seus olhos. – Sei que deixou algo de fora. Posso sentir. Há um buraco entre o orfanato e o edifício de apartamentos.

Nenhum músculo facial dele se moveu ou sequer se contorceu e também não piscou. Mas a expressão de um macho que era bom em esconder suas emoções era irrelevante. Tinha plena noção do que sabia sobre ele.

– Está tudo bem, não vou perguntar. Não vou pressionar.

O leve rubor no rosto dele era algo que recordaria muito tempo depois de partir... e pensar em deixá-lo foi o que a levou a colocar a ponta de seus dedos nos lábios dele.

Quando recuou surpreso, ela se concentrou em sua boca.

– Quero te dar algo meu – disse com uma voz baixa e profunda. – No entanto, não se trata de ficarmos quites. É apenas porque eu quero.

Afinal, seria ótimo se ela pudesse levá-lo aos lugares importantes de sua vida e guiá-lo através dela, mas saber mais a respeito de seu passado faria sua missão suicida mais difícil para ele: independente do que sentia por John, iria atrás de seu sequestrador e não era tola em se enganar com esperanças de sobreviver a isso.

Lash tinha seus truques.

Truques perversos com os quais fazia coisas ruins.

Lembranças do bastardo voltaram a ela, lembranças horríveis que fizeram suas coxas tremerem, memórias feias que, todavia, serviam para empurrá-la em direção a algo que talvez não estivesse preparada. Mas Xhex não iria para o túmulo tendo Lash como a última pessoa com quem transou.

Não quando ela tinha o único macho que realmente amava na sua frente.

– Quero ficar com você – disse com voz rouca.

Os olhos azuis chocados de John percorreram o rosto dela em busca de sinais de que tinha entendido algo errado. E então uma quente e forte luxúria rompeu todas as suas emoções, sem deixar nada para trás, a não ser um desejo enorme de um macho de sangue puro.

Fez o melhor que pôde para derrotar o instinto e manter alguma aparência de racionalidade, o que aumentou seu crédito. Mas isso significava apenas que seria ela quem terminaria a batalha entre razão e emoção... ao colocar seus lábios contra os dele.

Oh... Deus, os lábios dele eram tão macios.

Apesar do estrondo que sentiu no sangue dele, John se manteve controlado. Mesmo quando ela deslizou sua língua na boca dele. E aquela repressão tornou as coisas mais fáceis para ela, enquanto sua mente ia e vinha entre o que estava fazendo agora...

E o que havia sido feito com ela dias atrás.

Para ajudá-la a se concentrar, Xhex procurou pelo peito dele e correu as mãos pelos músculos sobre o coração. Deitando-o de costas sobre o colchão, sentiu o odor de vinculação que exalava por ela. Tinha um cheiro apimentado único e muito distante de tudo o que se poderia imaginar do cheiro enjoativo de um *redutor*.

Aquilo a ajudou a separar essa experiência de outras mais recentes que teve.

O beijo começou como uma exploração, mas não continuou assim. John aproximou-se, envolvendo seu corpo forte no dela, sua grande perna circundando-a até que ela estivesse em baixo. Ao mesmo tempo, seus braços a envolveram, trazendo-a com firmeza para junto dele.

John se movia tão devagar quanto ela.

E ela estava bem até que a mão dele escorregou sobre seu peito.

O contato a assustou, tirando-a daquele quarto e daquela cama, levando-a para longe de John e jogando-a de volta no inferno.

Lutando contra a fuga de sua mente, tentou manter-se presa ao presente, a John. Mas quando o polegar dele acariciou seu mamilo, teve que forçar seu corpo a ficar parado. Lash gostava de mantê-la por baixo e de prolongar o inevitável produzindo arranhões e machucados, pois ele adorava as preliminares mais até do que seus próprios orgasmos.

Jogada psicótica inteligente da parte dele. Ela preferia, infinitamente, acabar logo com...

John empurrou sua ereção contra o quadril dela.

Pronto.

Seu autocontrole alcançou o limite e quebrou-se ao meio: com um impulso, o corpo dela fugiu do contato por vontade própria, rompendo a comunhão com o corpo dele, estragando o momento.

Quando saltou da cama, Xhex pôde sentir o horror de John, mas estava muito ocupada cambaleando por causa de seu medo para ser capaz de explicar. Andando, tentando desesperadamente se agarrar à realidade, ela respirou fundo, não de paixão, mas de pânico.

Bem, aquela sensação era mesmo uma porcaria.

Lash desgraçado... iria matá-lo por isso. Não pelo que estava passando, mas pela posição em que ela havia colocado John.

– Sinto muito – ela gemeu. – Não deveria ter começado isso. Sinto muito mesmo.

Ela parou na frente da penteadeira e olhou para o espelho pendurado na parede. John tinha se levantado enquanto ela ia e vinha e parou em frente à porta de correr de vidro, os braços cruzados sobre o peito, a mandíbula apertada enquanto olhava para a noite lá fora.

– John... não é você. Eu juro.

Quando balançou a cabeça, não olhou para ela.

Esfregando o próprio rosto, o silêncio entre eles aumentava a vontade de ela fugir. Simplesmente não conseguia lidar com nada disso, com nada do que estava sentindo e com o que havia feito com John, nem com nada daquela porcaria com Lash.

Seus olhos alcançaram a porta e seus músculos ficaram tensos para sair dali. O que era comum em sua cartilha. Ao longo de toda sua vida, ela sempre confiou em sua capacidade de desaparecer, sem deixar para trás nenhuma explicação, nenhum vestígio, nada além de ar.

Serviu-lhe bem como assassina.

– John...

A cabeça dele se moveu e seu olhar queimava com tristeza quando ela o encontrou no reflexo do vidro.

Enquanto ele esperava que ela dissesse alguma coisa, Xhex pensou em dizer que era melhor que ela fosse embora. Deveria dar outra desculpa idiota e se desmaterializar para fora do quarto... para fora da vida dele.

Mas tudo que conseguiu dizer foi seu nome.

Ele virou o rosto para ela e articulou com a boca: "*Sinto muito. Vá. Está tudo bem. Vá.*"

No entanto, ela não conseguia se mover. E a boca dela se abriu. Quando percebeu o que estava no fundo de sua garganta, não conseguia acreditar que iria colocar aquilo em palavras. A revelação ia de encontro a tudo que ela sabia sobre si mesma.

Pelo amor de Deus, ela realmente ia fazer isso?

– John... eu... eu fui...

Mudando o foco de seus olhos, ela mediu o próprio reflexo. Sua face de ossos pronunciados e a palidez eram resultado de muito mais do que apenas falta de sono e alimentação.

Com um súbito lampejo de raiva, ela desabafou:

– Lash não era impotente, ok? Ele não era... impotente...

A temperatura no quarto caiu tanto e tão rápido que sua respiração começou a produzir nuvens.

E o que ela viu no espelho a fez cambalear e dar um passo para trás, afastando-se de John: os olhos azuis dele brilharam com uma luz profana e seu lábio superior estava contraído mostrando as presas tão nítidas que pareciam punhais.

Todos os objetos no quarto começaram a vibrar: os abajures nas mesas de cabeceira, as roupas nos cabides, o espelho na parede. O ruído coletivo cresceu até se tornar um rugido e aquilo a fez segurar na cômoda ou correria o risco de cair.

O ar estava vivo. Sobrecarregado. Elétrico.

Perigoso.

E John era o centro dessa energia furiosa, as mãos fechadas, tão apertadas que chegavam a tremer, as coxas dele ficaram tensas em seus ossos ao assumir a posição de combate.

A boca de John se abriu ao máximo quando jogou a cabeça para frente... e soltou um grito de guerra...

O som explodiu tudo ao redor, tão alto que ela teve que cobrir os ouvidos, tão poderoso que sentiu uma explosão contra seu rosto.

Por um momento, achou que ele havia encontrado sua voz – só que não eram suas cordas vocais que estavam fazendo aquele barulho estridente.

Os vidros das portas explodiram atrás dele, quebrando-se em milhares de cacos que se espalharam por todo o local, os fragmentos quicaram na ardósia e capturaram a luz como gotas de chuva...

Ou como lágrimas.

Capítulo 40

Blay não fazia ideia do que Saxton tinha acabado de lhe dar. Bem, sim, era um charuto e, sim, era caro, mas o nome não se prendeu em sua mente.

– Acho que você vai gostar – disse o macho, reclinando-se para trás em sua poltrona de couro e acendendo seu próprio charuto. – São suaves. Marcantes, mas suaves.

Blay acendeu a chama de seu isqueiro Montblanc e inclinou-se para tragar. Ao reter a fumaça, pôde sentir a atenção de Saxton focada nele.

Outra vez.

Não estava acostumado com tanta atenção, então deixou que seus olhos vagassem pelo local: teto abobadado verde escuro, brilhantes paredes pretas, cadeiras de couro vermelho escuro e cabines onde as pessoas se sentavam às mesas. Vários humanos com cinzeiros junto aos seus cotovelos.

Resumindo: não havia distrações que pudessem ser comparadas aos olhos de Saxton ou à voz ou à colônia ou...

– Então, diga-me – o macho disse, exalando uma nuvem azul perfeita, que, momentaneamente, eclipsou sua feição. – Colocou o seu risca de giz antes ou depois que liguei?

– Antes.

– Sabia que você tinha estilo.

– Sabia?

– Sim. – Saxton olhou fixamente através da pequena mesa de mogno que os separava. – Ou eu não o teria chamado para jantar.

A refeição que compartilharam no Restaurante do Sal foi... realmente adorável. Comeram na cozinha, em uma mesa privada, e iAm lhes preparou um menu especial de antepastos e massas, acompanhado por café com leite e tiramisu de sobremesa. O vinho havia sido branco para o primeiro prato e tinto para o segundo.

Os temas da conversa foram neutros, mas interessantes... e, afinal, isso não importava muito. Se ficariam juntos ou não era o verdadeiro objetivo de cada palavra, olhar e gestos corporais.

Então... era mesmo um encontro, Blay pensou. Uma negociação implícita, disfarçada numa conversa sobre livros e músicas preferidas.

Não era de admirar que Qhuinn fosse direto para o sexo. O cara não tinha paciência para esse tipo de sutileza. Além disso, não gostava de ler e a música que pulsava em seus ouvidos era *metalcore* que só os loucos ou surdos poderiam suportar.

Um garçom vestido de preto aproximou-se.

– Posso trazer algo para beberem?

Saxton rodou seu charuto entre os dedos indicador e polegar.

– Vinho do Porto, safra de 1945, por favor.

– Excelente escolha.

Os olhos de Saxton se voltaram para Blay.

– Eu sei.

Blay olhou para a janela em frente ao local onde estavam sentados e se perguntou se nunca deixaria de corar perante o cara.

– Está chovendo.

– Está?

Deus que voz. As palavras de Saxton eram tão suaves e deliciosas quanto o charuto.

Blay mexeu as pernas, cruzando-as no joelho.

Enquanto vasculhava seu cérebro a procura de algo que quebrasse o silêncio, parecia que o comentário ridículo sobre o tempo era a observação mais inspirada que faria. O fato era que o final do encontro estava próximo e, até então, só sabia que ele e Saxton lamentavam a perda de Dominick Dunne e que eram fãs de Miles Davis. Não sabia o que iria fazer quando chegasse a hora de seguir caminhos distintos.

Seria o caso de: *Ligue para sairmos outra vez*? Ou o infinitamente mais complicado, confuso e agradável: *Sim, com certeza, irei agora até sua casa para apreciar suas gravuras.*

Ao que sua consciência o obrigou a acrescentar: *mesmo que eu nunca tenha feito isso com um cara antes e apesar do fato de que qualquer outra pessoa seria apenas um substituto para Qhuinn.*

– Quando foi a última vez que esteve num encontro, Blaylock?

– Eu... – Blay deu uma longa tragada no charuto. – Faz um bom tempo.

– O que tem feito para você mesmo? Só trabalho, sem diversão?

– Algo assim.

Ok, amor não correspondido não se enquadrava exatamente em nenhuma dessas categorias, apesar de "sem diversão" ser totalmente certo.

Saxton sorriu um pouco.

– Fiquei feliz por ter me ligado. E um pouco surpreso.

– Por quê?

– Meu primo tem uma certa... reação territorial em relação a você.

Blay girou seu charuto e olhou para a ponta incandescente.

– Acho que você supervaloriza o interesse dele.

– E eu acho que está me dizendo educadamente para que eu cuide de assuntos que me dizem respeito, não está?

– Não há qualquer assunto para tratar sobre isso. – Blay sorriu para o garçom que colocou dois cálices na mesa redonda e se afastou. – Pode acreditar.

– Sabe? Qhuinn tem uma personalidade interessante. – Saxton estendeu a mão com elegância e pegou sua taça de vinho. – Na verdade, ele é um dos meus primos favoritos. Seu inconformismo é admirável e sobreviveu a coisas que iriam esmagar um macho fraco. Contudo, não sei se estar apaixonado por ele seria fácil.

Blay não mordeu a isca.

– Então, você vem sempre aqui?

Saxton riu, seus olhos pálidos brilhando.

– Ok, esse assunto é proibido. – Olhou em volta, franzindo a testa. – Na verdade, não tenho saído muito ultimamente. Muito trabalho também.

– Você disse que é advogado da Antiga Lei. Deve ser interessante.

– Eu me especializei em heranças e espólios, então o fato do negócio estar crescendo é algo para se lamentar. O Fade tornou-se cheio de inocentes desde o verão passado...

Na cabine ao lado, um monte de valentões com relógios de ouro e ternos de seda riam como bêbados arrogantes que eram – a tal ponto que o mais alto deles acabou encostando-se com força em sua cadeira e batendo em Saxton.

O que foi um problema, pois provou que Saxton era um cavalheiro, mas não um covarde.

– Desculpe, mas se importaria de se afastar um pouco?

O desalinhado humano virou-se, sua barriga protuberante sobre o cinto parecia que ia explodir por todo o lugar.

– Sim. Eu me importo. – Seus pálidos olhos lacrimejantes se estreitaram. – Tipos como você não pertencem a este local, de jeito nenhum.

E ele não estava falando sobre o fato de serem vampiros.

Quando Blay tomou seu vinho, o caro líquido teve gosto de vinagre... embora o sabor amargo em sua boca não fosse porque a bebida estivesse ruim.

Um momento depois, o cara bateu as costas contra o assento com tanta força que Saxton quase derramou sua bebida.

– Mas que inferno! – o macho murmurou, pegando seu guardanapo.

O idiota humano inclinou-se em seu espaço outra vez.

– Estamos interrompendo os dois lindos rapazes chuparem aquelas coisas duras?

Saxton sorriu com força.

– Definitivamente está interrompendo.

– Descuuulpe. – O humano de repente levantou seu dedo mínimo acima de seu charuto. – Não quis ofendê-lo.

– Vamos – Blay disse enquanto se inclinava e apagava seu charuto.

– Posso conseguir outra mesa.

– Vão embora juntos, rapazes? – disse o Sr. Boca Grande arrastando as palavras. – Vão a uma festa onde há todos os tipos de charutos? Talvez nós os sigamos, apenas para ter certeza que chegarão bem lá.

Blay manteve os olhos centrados em Saxton.

– Está ficando tarde, de qualquer maneira.

– O que significa que é apenas o meio do nosso dia.

Blay levantou-se e colocou a mão no bolso, mas Saxton gesticulou e o impediu de sacar a carteira.

– Não, permita-me.

Outra rodada de comentários partindo do engraçadinho carregou ainda mais o ar e deixou Blay rangendo os dentes. Felizmente, não demorou muito para Saxton pagar o garçom e, em seguida, seguiram em direção à porta.

Do lado de fora, o ar frio da noite era um bálsamo aos sentidos e Blay respirou profundamente.

– Esse lugar não é sempre assim – Saxton murmurou. – Caso contrário, nunca o teria levado até lá.

– Está tudo bem.

Quando Blay começou a caminhar, sentiu Saxton colocar-se ao seu lado.

Quando chegaram à entrada de um beco, pararam para deixar um carro virar à esquerda na Rua Commerce.

– Então, como está se sentindo sobre tudo isso?

Blay encarou o outro macho e decidiu que a vida era muito curta para fingir que não sabia exatamente o que esse "isso" significava.

– Para ser honesto, sinto-me estranho.

– E isso não se deve àqueles idiotas.

– Eu menti. Nunca estive num encontro antes. – A confissão fez Saxton levantar uma sobrancelha e Blay teve que rir. – Sim, sou um ator de verdade.

O ar suave de Saxton desapareceu, e por trás de seus olhos, um calor verdadeiro começou a brilhar.

– Bem, estou feliz em ser o seu primeiro.

Blay encontrou o olhar do cara.

– Como sabia que eu era gay?

– Não sabia. Apenas esperava que sim.

Blay riu de novo.

– Bem, agora sabe. – Após uma pausa, estendeu a mão. – Obrigado por esta noite.

Quando Saxton tocou sua mão, um frisson de puro calor queimou entre eles.

– Sabe que encontros não costumam terminar assim. Assumindo que ambas as partes estão interessadas.

Blay descobriu que era incapaz de soltar a mão do macho.

– Ah... verdade?

Saxton assentiu.

– Um beijo é o mais comum.

Blay focou nos lábios do macho e de repente se perguntou que gosto teria.

– Venha aqui – Saxton murmurou, puxando-o pela mão e atraindo-o a um refúgio no beco.

Blay seguiu-o na escuridão, guiado por um feitiço erótico que não tinha interesse nenhum em romper. Quando chegaram a um lugar mais oculto entre as fachadas dos edifícios, sentiu o tórax do macho subir contra o seu e, em seguida, seus quadris fundiram-se.

Então, soube exatamente o quanto Saxton estava excitado.

E Saxton sabia que ele também estava.

– Diga uma coisa – Saxton sussurrou. – Você já beijou um macho antes?

Blay não queria pensar em Qhuinn agora e balançou a cabeça para limpar a imagem. Quando isso não funcionou e os olhos azul e verde do cara persistiram em sua mente, fez a única coisa que garantiria parar de pensar em sua *perdição*.

Venceu a distância entre a boca de Saxton e a sua.

Qhuinn sabia que deveria ter ido direto para casa. Depois que foi sumariamente dispensado da casa de Tohr, sem dúvida para que John e Xhex desfrutassem um pouco de conversa na horizontal, ele deveria ter voltado para a mansão e se consolar com a amigável tequila e ocupar-se com sua maldita vida.

Mas nããão. Ele se materializou na rua do único bar de charuto em Caldwell e assistiu – na chuva, como um perdedor – quando Blay e Saxton sentaram-se em uma mesa bem em frente à janela. Ele teve uma visão completa de como seu primo estava olhando para seu melhor amigo com uma luxúria elegante e, então, alguns idiotas fizeram gracinhas até que os dois deixaram os charutos no meio e as taças de vinho inacabadas.

Não querendo ser pego escondido entre as sombras, Qhuinn teve que se desmaterializar no beco ao lado... que logo se transformou no típico "lugar errado, na hora errada".

A voz de Saxton pairou sobre a brisa fria.

– Sabe que os encontros não costumam terminar assim. Assumindo que ambas as partes estão interessadas.

– Ah... verdade?

– Um beijo é o mais comum.

Qhuinn sentiu as mãos se fecharem com força, e por uma fração de segundo, pensou realmente em sair de trás do contêiner de lixo em que estava escondido. Mas para fazer o quê? Colocar-se entre os dois dizendo "parem com isso rapazes"?

Bem, sim. Exatamente.

– Venha aqui – Saxton murmurou.

Droga, o bastardo soava como um operador de tele-sexo, todo rouco e sensual. E... oh, cara, Blay estava indo com ele, seguindo o cara na escuridão.

Havia momentos em que o incrível senso de audição de um vampiro era uma verdadeira maldição. E, claro... não ajudava se estivesse espiando perto de uma lata de lixo.

Quando os dois foram ao encontro um do outro, a boca de Qhuinn se abriu. Mas não porque estava chocado e não porque quisesse entrar em ação.

Simplesmente não conseguia respirar. Era como se suas costelas tivessem congelado junto com seu coração.

Não... não, maldição, *não*...

– Diga uma coisa – Saxton sussurrou. – Você já beijou um macho antes?

Sim, já, Qhuinn queria gritar...

Blay negou com a cabeça. Negou mesmo.

Qhuinn fechou os olhos com força e obrigou-se a se acalmar o suficiente para conseguir desmaterializar-se. Quando tomou forma em frente à mansão da Irmandade, tremia como um filho da mãe... e chegou a considerar curvar-se e fertilizar os arbustos com o jantar que tinha comido antes de sair com Xhex e John.

Depois de respirar fundo duas vezes, decidiu que era mais interessante seguir com o plano A e ficar bêbado. Com isso em mente, entrou pela porta, Fritz o deixou entrar, e dirigiu-se à cozinha.

Inferno, talvez ele tomasse mais do que apenas alguns goles. Deus sabia que Saxton não iria se contentar com um beijo ou dois num beco frio e úmido, e Blay parecia estar preparado para, finalmente, conseguir o que precisava há tanto tempo.

Portanto, haveria tempo de sobra para ele encher a cara até perder a consciência.

Jesus... Cristo, Qhuinn pensava enquanto esfregava o peito e ouvia a voz de seu primo várias vezes: *Diga uma coisa. Você já beijou um macho antes?*

A imagem de Blay balançando a cabeça parecia uma cicatriz no cérebro de Qhuinn, o que o levou a ir direto para o outro lado da cozinha em direção à despensa, onde as caixas de bebida eram guardadas.

Mas que clichê. Embriagar-se por não querer lidar com as coisas.

Mas pelo menos isso ele faria de acordo com a tradição.

Voltando a atravessar a cozinha, percebeu que havia, pelo menos, uma graça salvadora. Quando os dois fossem partir para ação, teria que ser na casa de Saxton, porque nenhum visitante casual era permitido na casa do rei, nunca.

Quando saiu em direção à porta de entrada, parou de repente.

Blay estava entrando.

– De volta tão cedo – disse Qhuinn rispidamente. – Não me diga que meu primo é rápido.

Blay nem sequer fez uma pausa. Apenas continuou a subir as escadas.

– Seu primo é um cavalheiro.

Qhuinn saiu atrás do melhor amigo, seguindo ao seu encalço.

– Você acha? Na minha experiência, apenas parece um...

Isso fez com que Blay se virasse.

– Você sempre gostou dele. Era seu favorito. Lembro que falava dele como se fosse um deus.

– Eu cresci e perdi o interesse.

– Bem, eu gosto dele. Muito.

Qhuinn quis rosnar, mas matou o impulso abrindo a tequila que tinha surrupiado da prateleira e tomou um gole.

– Bom para você. Fico feliz por vocês dois.

– Sério? Então porque nem sequer está usando um copo?

Qhuinn passou rápido por seu amigo e não parou nem quando Blay disse "Onde estão John e Xhex?".

– Fora. No mundo. Sozinhos.

– Achei que deveria ficar com eles.

– Fui temporariamente dispensado. – Qhuinn parou no topo da escada e tocou a lágrima tatuada abaixo de seu olho. – Ela é uma assassina, pelo amor de Deus. Pode cuidar dele muito bem. Além disso, estavam se divertindo na antiga casa de Tohr.

Quando chegou ao seu quarto, Qhuinn chutou a porta e tirou a roupa. Após beber um grande gole da garrafa, fechou os olhos e enviou uma convocação.

Layla seria uma boa companhia agora.

Esta era sua especialidade. Afinal, foi treinada para o sexo e tudo que ela queria era usá-lo como uma escola erótica. Não precisava se preocupar em magoá-la ou se ela se sentiria ligada a ele. Era uma profissional, por assim dizer.

Ou seria quando tivesse terminado de fazer algumas coisas com ela.

Quanto a Blay? Não fazia ideia do porquê o cara tinha voltado ao invés de se dirigir à cama de Saxton, mas uma coisa era clara. Os dois estavam atraídos um pelo outro e Saxton não era do tipo que espera muito quando deseja alguém.

Qhuinn e seu primo eram parentes, afinal.

Mas isso não salvaria o filho da mãe magricelo se partisse o coração de Blay.

Capítulo 41

A festa na fazenda continuava e mais pessoas iam chegando, os carros estacionados no gramado, os corpos comprimidos nos cômodos do andar de baixo. A maioria dos que compareceram Lash conhecia do Parque Xtreme, mas não todos. E continuavam trazendo bebidas.

Só Deus sabia que tipo de coisas ilegais havia em seus bolsos.

Que droga, pensou. Talvez estivesse errado e o Ômega estivesse farto de suas perversões...

Quando sentiu uma brisa vinda do norte, Lash ficou imóvel, mantendo-se camuflado e travando sua mente.

Sombra... projetou uma sombra em si próprio, através dele e em torno dele.

A chegada do Ômega foi precedida por um eclipse da lua e os idiotas dentro não faziam a menor ideia do que estava acontecendo... mas aquele lixo sabia. O garoto saiu pela porta da frente, a luz de dentro derramando ao redor dele.

O pai de Lash tomou forma no gramado desalinhado, suas vestes brancas se agitavam em volta de seu corpo, sua chegada diminuiu ainda mais a temperatura do ar. Assim que tomou forma, o idiotinha caminhou até ele e os dois se abraçaram.

Houve uma tentação de atacar os dois, para dizer a seu pai que ele não era nada além de um pervertido inconstante e avisar ao ratinho filho da mãe que seus dias e noites estavam contados...

O rosto encapuzado do Ômega virou na direção de Lash.

Lash ficou totalmente imóvel e projetou em sua mente uma lousa totalmente em branco, para que permanecesse invisível por dentro e por fora. Sombra... sombra... sombra...

A pausa durou uma vida, porque sem dúvida se o Ômega sentisse que Lash estava por perto, seria o fim do jogo.

Depois de um momento, o Ômega voltou sua atenção para seu queridinho da vez, e quando fez isso, algum idiota tropeçou para fora da porta da frente, os braços se agitaram e as pernas ficaram desequilibradas enquanto tentava manter-se em pé. Quando caiu na grama, o cara se moveu em direção a um canteiro, mas não conseguiu: aterrissou em seus joelhos e vomitou por todo o alicerce da casa. Enquanto as pessoas riam dele e os sons da festa rolavam noite adentro, o Ômega deslizou até a porta.

A festa continuou quando ele entrou na casa, sem dúvida porque os bastardos estavam muito chapados para perceber que sob aquela cortina branca, o mal havia acabado de entrar.

No entanto, não continuaram na ignorância por muito tempo.

Uma enorme bomba de luz explodiu, a rajada de iluminação varreu a casa e fluiu para fora das janelas até a linha das árvores. Quando a iluminação se desvaneceu até chegar a um brilho suave, não havia sobreviventes em pé: todos os bêbados caíram ao chão de uma só vez. A diversão tinha acabado.

Caramba. Se a coisa continuasse indo naquela direção...

Lash esgueirou-se para a casa, tomando cuidado para não deixar nenhuma pegada, literal ou figurativamente e, quando se aproximou, ouviu um estranho som de arranhões.

Aproximando-se de uma das janelas da sala, olhou para dentro.

O bastardo estava arrastando os corpos, alinhando-os lado a lado no chão, de modo que todos os rostos ficaram em direção ao norte e havia aproximadamente trinta centímetros entre uma e outra cabeça. Jesus... havia tantos cadáveres que o procedimento do bom soldadinho de enfileirar os mortos se estendeu por todo o caminho entre o corredor até a sala de jantar.

O Ômega recuou como se estivesse apreciando a visão de seu brinquedo enquanto movia os corpos ao redor.

Que. Meigo.

Levou quase meia hora para alinhar todos, os caras do segundo andar foram arrastados para baixo pelas escadas de modo que a cabeça batia em cada degrau e deixava um rastro vermelho de sangue.

Fazia sentido. Era mais fácil puxar um peso morto pelos pés.

Quando todos estavam juntos, o cretino começou a trabalhar com uma faca e aquilo se tornou uma fila para a iniciação. Começando na sala de jantar, cortou a garganta, os pulsos, os tornozelos e o peito. O Ômega o seguia, derramando sangue preto sobre as costelas abertas, golpeando-os com eletricidade.

Nenhuma bacia para este lote. Quando os corações foram extraídos, foram lançados num canto.

Um grande abatedouro?

Quando tudo terminou, havia um lago de sangue no centro da sala onde o piso havia cedido e outro na base da escada que dava para a entrada. Lash não conseguia observar todo o caminho até a sala de jantar, mas tinha plena certeza de que havia muito sangue lá também.

Os gemidos dos induzidos começaram logo em seguida e a safra de miséria que havia sido colhida ficaria mais alta e mais confusa conforme a transição fosse superada e os últimos resquícios de sua humanidade fossem vomitados para fora.

No meio do coro de agonia e confusão, o Ômega virou-se, pisando sobre as massas que se contorciam, dançando para lá e para cá, arrastando o seu manto branco ao longo da porcaria coagulada no chão e, ainda assim, permanecia imaculado.

No canto, o idiotinha acendeu um baseado e deu uma longa tragada como se estivesse tomando fôlego depois de um trabalho bem feito.

Lash se afastou da janela e retirou-se em direção às árvores, sempre mantendo os olhos na casa.

Droga, deveria ter feito algo assim. Mas não tinha os contatos certos no mundo humano para isso. Ao contrário do idiotinha.

Cara, isso mudaria tudo para os vampiros. Aqueles desgraçados iriam enfrentar, de verdade, uma legião de inimigos novamente.

De volta a Mercedes, Lash ligou o motor e retirou-se da fazenda afastando-se pelo caminho mais longo. Atrás do volante, com o ar frio batendo no rosto graças à janela estilhaçada, seu humor era sombrio.

Para o inferno com as fêmeas e todas aquelas besteiras. Seu único objetivo na vida era acabar com o idiotinha. Tomar o prêmio do Ômega. Destruir a Sociedade Redutora.

Bem... as fêmeas não faziam parte disso. Sentia-se totalmente esgotado, porque precisava se alimentar – o que quer que estivesse acontecendo à sua camada externa, seu interior ainda desejava sangue e tinha que resolver esse problema antes que pudesse enfrentar seu velho pai.

Ou iria se dar muito mal.

Enquanto dirigia para o centro, pegou o telefone e ficou maravilhado com o que estava prestes a fazer. Contudo, um inimigo em comum sempre acaba resultando em estranhas alianças.

De volta ao Complexo da Irmandade, Blay se despiu no banheiro e entrou debaixo do chuveiro. Ao pegar o sabão e fazer um pouco de espuma, pensou no beijo naquele beco.

Naquele macho.

Naquele... beijo.

Movendo as mãos sobre o peito, inclinou a cabeça para trás e deixou a água quente escorrer por seu cabelo, suas costas, até seu traseiro. Seu corpo parecia querer se arquear com mais força e se deixar levar, alongando-se, deleitando-se naquela onde de calor. Gastou um tempo lavando seu cabelo com xampu e correndo a mão ensaboada e escorregadia por seu corpo.

Enquanto pensava um pouco mais sobre aquele beijo.

Deus, era como se a memória de seus lábios juntos fosse um imã que o arrastava de volta àquele momento repetidas vezes; o puxão foi muito forte para resistir, a conexão muito atraente para conseguir evitar.

Deslizando as palmas das mãos sobre o tronco, perguntava-se quando veria Saxton outra vez.

Quando ficariam sozinhos outra vez.

Movendo a mão mais para baixo, ele...

– Senhor?

Blay girou, seu calcanhar rangeu sobre o mármore. Cobrindo seu membro rígido e pesado com as duas mãos, tentou esquivar-se atrás da porta de vidro.

– Layla?

A Escolhida sorriu timidamente e correu os olhos por seu corpo.

– Fui chamada? Para servir?

– Eu não chamei. – Será que ela tinha confundido? A não ser que...

– Qhuinn me convocou. Concluí que seria neste quarto.

Blay fechou os olhos momentaneamente enquanto a ereção desvanecia. Então acabou com a festinha particular e fechou a água quente. Estendendo a mão, agarrou uma toalha e a envolveu em seus quadris.

– Não, Escolhida – disse calmamente. – Não é aqui. Mas no quarto dele.

– Oh, perdoe-me, senhor. – Iniciou seu caminho para fora do quarto, o rosto em chamas.

– Está tudo bem... cuidado! – Blay pulou para frente e a agarrou quando ela esbarrou na banheira e perdeu o equilíbrio. – Você está bem?

– Sim, eu deveria olhar por onde ando. – Ela observou seus olhos, as mãos descansando em seus braços nus. – Obrigada.

Olhando para o rosto perfeitamente belo, era óbvio o motivo pelo qual Qhuinn estava interessado. Ela era etérea, com certeza, mas havia algo além disso – especialmente quando abaixou as pálpebras e os olhos verdes brilharam.

Inocente, mas erótico. Era isso. Era a combinação cativante de pureza e sexo que era indiscutível aos homens normais – e Qhuinn não chegava nem perto de ser normal. Transava com qualquer coisa.

Imaginou se a Escolhida sabia disso. Ou se isso importaria para ela.

Com a testa franzida, Blay a afastou.

– Layla...

– Sim, senhor?

Bem, inferno... o que dizer? Estava muito claro que não havia sido chamada outra vez para alimentar Qhuinn, pois haviam se alimentado na noite anterior...

Cristo, talvez fosse isso. Já tinham tido relações sexuais uma vez e ela estava voltando para mais.

– Senhor?

– Nada. É melhor você ir. Tenho certeza de que ele está esperando.

– De fato. – O aroma de Layla pairou sobre o local, o cheiro de canela fez o nariz de Blay formigar. – E sou muito grata por isso.

Quando ela se virou e saiu, Blay observou o balançar de seus quadris e sentiu vontade de gritar. Não queria pensar em Qhuinn transando no quarto ao lado... Pelo amor de Deus, a mansão havia sido o único lugar que não havia sido contaminado por toda aquela atividade extracurricular.

Agora, porém, tudo que conseguia ver era Layla entrando no quarto de Qhuinn e deixando sua túnica branca cair ao deslizar pelos ombros; seus seios, ventre e coxas sendo revelados diante daqueles olhos díspares. Ela estaria em sua cama e sob seu corpo num piscar de olhos.

E Qhuinn a trataria bem. Isso era o que acontecia, pelo menos quando se tratava de sexo: ele era generoso com seu tempo e seu talento. Ele se dedicaria a ela com tudo o que tinha, as mãos, a boca...

Certo. Melhor não pensar no resto.

Enxugando-se rapidamente, ocorreu-lhe que talvez Layla fosse a parceira perfeita para o cara. Com seu treinamento, ela não só iria satisfazê-lo em todos os níveis, como nunca esperaria dele monogamia ou se ressentiria por suas façanhas nesse sentido ou forçaria ligações emocionais que ele não sentia. Provavelmente, ela até mesmo entraria na brincadeira, pois era evidente pela forma como andava que se sentia bem com seu corpo.

Era perfeita para ele. Melhor do que Blay, com certeza.

Além disso, Qhuinn havia deixado claro que iria acabar com uma fêmea... uma fêmea tradicional, com valores tradicionais, de preferência que fosse da aristocracia, isso assumindo que encontraria alguém que o aceitasse mesmo com o defeito dos olhos díspares.

Layla preenchia totalmente os requisitos – nada mais tradicional ou de sangue mais puro do que uma Escolhida e era evidente que ela o queria.

Sentindo-se como se tivesse sido amaldiçoado, Blay entrou em seu closet e vestiu uma bermuda e uma camiseta. Não havia chance alguma de sentar-se ali e se aconchegar com um bom livro, enquanto estivesse acontecendo o que quer que fosse na porta ao lado...

Pois é. Não precisava daquelas imagens, mesmo que hipoteticamente.

Saindo para o corredor de estátuas, apressou-se ao passar pelas figuras de mármore, invejando suas poses calmas e rostos serenos. Claro que fingir sempre que "está tudo bem" fazia a ideia de ser um objeto inanimado parecer muito boa. Mesmo significando que não sentiria alegria, também não teria que sentir aquela dor ardente.

Quando chegou ao saguão de entrada, contornou o corrimão e abaixou-se através da porta secreta. No túnel para o centro de treinamento, iniciou uma corrida como aquecimento, e quando passou através da parte traseira do armário de escritório, não diminuiu. A sala de musculação era o único lugar onde suportaria estar agora. Uma boa hora ou mais na esteira e talvez não sentisse mais vontade de descascar a própria pele com uma colher enferrujada.

Ao sair para o corredor, parou de repente quando viu uma figura solitária, encostada na parede de concreto.

– Xhex? O que está fazendo aqui? – Bem, além de encarar o chão.

A fêmea o olhou e seu olhar cinza escuro se assemelhava a poços vazios.

– Oi.

Blay franziu a testa enquanto caminhava até ela.

– Onde está John?

– Está lá dentro. – Ela acenou com a cabeça para a porta da sala de musculação.

O que explicava o barulho monótono que ouvia. Era evidente que alguém estava correndo sobre uma das esteiras.

– O que aconteceu? – Blay disse, somando a expressão dela aos movimentos que os tênis de John estavam fazendo... e chegando a uma conclusão terrível.

Xhex deixou cair a cabeça contra a parede que estava segurando seu corpo.

– Foi tudo o que eu pude fazer para trazê-lo de volta para cá.

– Por quê?

Seus olhos se acenderam ainda mais.

– Vamos apenas dizer que ele quer ir atrás de Lash.

– Bem, isso é compreensível.

– Sim.

Quando a palavra flutuou para fora da boca dela, teve a impressão de que não sabia nem da metade, mas ficou óbvio que aquele comentário era o máximo que ela diria sobre o assunto.

De repente, seu olhar cor de tempestade fixou-se no rosto dele.

– Então, você é a razão pela qual Qhuinn estava de mau humor hoje.

Blay recuou, e então balançou a cabeça.

– Não tem nada a ver comigo. Qhuinn geralmente fica de mau humor.

– Pessoas que tomam a direção errada ficam assim. Pinos redondos simplesmente não se encaixam em orifícios quadrados.

Blay pigarreou, pensando que os *sympathos*, mesmo aqueles que não estão contra você, não eram o tipo de pessoa que se quer por perto quando está tentando esconder algo. Como, por exemplo, quando o macho que você deseja está com uma Escolhida com rosto de anjo e um corpo feito para o pecado.

Só Deus sabia o que Xhex estava captando da cabeça dele.

– Bem... estou indo treinar. – Como se seu visual não deixasse isso claro.

– Bom. Talvez você consiga falar com ele.

– Eu vou. – Blay hesitou, pensando que Xhex parecia se sentir como ele. – Ouça, não é por nada, mas é evidente que você está exausta. Talvez fosse bom ir até um dos quartos de hóspedes e dormir.

Ela balançou a cabeça.

– Não vou deixá-lo. Estou aqui fora esperando só porque eu estava deixando-o louco. Ver-me... não é bom para sua saúde mental no momento. Espero que já não esteja mais assim depois que quebrar essa segunda esteira.

– Segunda?

– Tenho certeza que o cheiro de fumaça de uns quinze minutos atrás significa que ele correu até quebrá-la.

– Caramba.

– Sim.

Preparando-se, Blay abaixou-se e entrou na sala de musculação...

– Jesus... Cristo. *John*.

Sua voz não foi ouvida. No entanto, o barulho da esteira e os passos pesados de John teriam abafado o escapamento de um carro.

O corpo maciço do cara estava a todo vapor na máquina, sua camiseta e tronco estavam cobertos de suor, as gotas se movimentavam em seus punhos cerrados e criavam manchas idênticas de umidade de cada lado no chão. Havia manchas vermelhas em suas meias brancas que se espalhavam a partir dos calcanhares, como se um pedaço da pele tivesse sido arrancado e a bermuda preta que usava batia como uma toalha molhada.

– John? – Blay gritou, enquanto avaliava a esteira quebrada ao lado. – John!

Quando o grito não o fez girar a cabeça, Blay entrou na sua frente e acenou com a mão direita no campo visual do cara. E, então, desejou não ter feito isso. Os olhos que se fixaram nos dele ardiam com um ódio tão cruel que Blay deu um passo para trás.

Quando John voltou a focar o ar na frente de seu rosto, ficou muito claro que o maldito filho da mãe iria continuar correndo até que suas pernas caíssem.

– John, que tal sair daí? – Blay gritou. – Antes de cair?

Nenhuma resposta. Apenas os gritos da esteira e o som de um bombardeio intenso nos pés.

– John! Vamos, agora! Você está se matando!

Dane-se.

Blay deu a volta por trás do aparelho e arrancou o cabo de força da parede. A desaceleração brusca fez John tropeçar e cair para frente, mas segurou-se no apoio de mão. Ou talvez tenha apenas desabado sobre ele.

Sua respiração ofegante rasgava para dentro e para fora da boca e a cabeça pendia em seu braço.

Blay puxou um banco de um dos aparelhos e estacionou sobre ele para que pudesse olhar para o rosto do rapaz.

– John... o que diabos está acontecendo?

John soltou o apoio e caiu para trás, as pernas não suportaram seu peso. Após uma série de respirações entrecortadas, passou a mão pelo cabelo molhado.

– Fale comigo, John. Vou manter isso apenas entre nós. Juro pela vida da minha mãe.

Levou um tempo antes de John erguer a cabeça, e quando o fez, seus olhos estavam brilhantes. E não era pelo suor ou pelo esforço.

– Fale comigo, pois isso não irá a lugar algum – sussurrou Blay. – O que aconteceu? Diga-me.

Quando o cara finalmente começou a fazer os sinais, estava confuso, mas Blay leu as palavras muito bem.

Ele a machucou, Blay. Ele... a machucou.

– Bem, sim, eu sei. Ouvi falar sobre como ela estava quando...

John fechou os olhos com força e balançou a cabeça.

No silêncio tenso que se seguiu, a pele da nuca de Blay se enrijeceu. Oh... *droga.*

Houve mais do que isso. Não houve?

– Ruim quanto? – resmungou Blay.

O pior possível, John assinalou com a boca.

– Filho da mãe. Desgraçado filho da mãe. Aquele cretino, filho da mãe, desgraçado!

Blay não costumava xingar, mas às vezes isso é tudo que se pode oferecer aos ouvidos dos outros: Xhex não era sua mulher, mas na opinião dele, não se pode machucar o sexo frágil. Seja lá qual for o motivo... e nunca, *nunca* dessa maneira.

Deus, a expressão de dor dela não tinha sido apenas por estar preocupada com John. Tinha sido por causa das lembranças. Lembranças horríveis, hediondas...

– John... eu sinto muito.

Gotas frescas caíram do queixo do rapaz na faixa preta da esteira e John enxugou os olhos algumas vezes antes de erguer o olhar. Em seu rosto, a angústia guerreava com uma fúria sem tamanho.

O que fazia todo sentido. Com sua história pessoal, aquilo era totalmente devastador.

Tenho que matá-lo, John gesticulou. *Não poderei viver comigo mesmo se não acabar com ele.*

Enquanto Blay concordava, os motivos da vingança se faziam óbvios. Um macho vinculado com um passado ruim? O mandado de morte de Lash acabava de receber o selo de APROVADO.

Blay fechou os dedos e ofereceu seus punhos.

– Qualquer coisa que precisar, qualquer coisa que quiser, estou com você. E não direi nenhuma palavra.

John esperou um momento e então bateu punho contra punho. *Sabia que poderia contar com você*, sinalizou com a boca.

– Sempre – prometeu Blay. – Sempre.

Capítulo 42

A casa de Eliahu Rathboone ficou totalmente silenciosa mais ou menos uma hora depois que Gregg abortou sua viagem ao terceiro andar, mas ele esperou um bom tempo depois que o mordomo desceu as escadas para tentar subir outra vez.

Ele e Holly não passaram o tempo transando, que era o bom e velho hábito deles, mas conversando. E ele percebeu que quanto mais conversavam, menos sabia a respeito dela. Não fazia ideia de que seus passatempos podiam ser tão triviais quanto tricotar. Ou que sua maior ambição era seguir carreira no verdadeiro jornalismo televisivo – o que não era uma surpresa: a maioria das mulheres "cabeças de vento" do mundo dos *reality shows* tinham maiores ambições na TV. E ele até sabia que ela tinha tentado ingressar uma vez no noticiário local de Pittsburgh.

O que não fazia ideia era do verdadeiro motivo pelo qual ela deixou o primeiro emprego. O gerente, casado, esperava que ela fizesse um tipo diferente de serviço, mais privado, e quando ela disse "não", ele a demitiu depois de dar um jeito para que ela falhasse na frente das câmeras.

Gregg viu a fita onde ela massacrava as palavras no ar. Afinal de contas, fez sua lição de casa, e apesar do seu teste com eles ter sido ótimo, ele sempre verificava as referências.

Talvez isso tenha sido o início de suas pressuposições sobre ela: rostinho bonito, boa postura, nada mais a oferecer.

Mas esse não era o pior de seus equívocos. Nunca soube que ela tinha um irmão. Que era deficiente físico. A quem ela sustentava.

Ela mostrou uma foto dos dois juntos.

E quando Gregg perguntou em voz alta como era possível ele não saber sobre aquele garoto, ela teve a honestidade de dizer-lhe o motivo: *porque você ditou os limites e isso estava além.*

Naturalmente, teve a reação masculina de se defender, mas o fato é que ela estava certa. Havia estabelecido os limites de maneira muito clara. O que significava nada de ciúmes, nada de explicações, nada permanente e nada pessoal.

Aquele não era exatamente um ambiente propício para se mostrar vulnerável.

A constatação disso foi o que o fez puxá-la contra seu peito e encostar o queixo em sua cabeça, alisando suas costas. Antes de ir para a terra dos sonhos, ela murmurou algo com uma voz suave. Algo sobre como aquela tinha sido a melhor noite que teve com ele.

E isso apesar dos orgasmos monstruosos que já tinha lhe proporcionado.

Bem, orgasmos dados quando lhe convinha. Houve vários encontros cancelados no último minuto, mensagens de celular sem resposta e menosprezo verbal e físico.

Cara... que lixo ele foi.

Quando Gregg finalmente levantou-se para sair, cobriu Holly, ligou a câmera que era ativada por movimentos e saiu para o corredor. Silêncio por toda parte.

Caminhando pelo corredor, voltou-se para o sinal de Saída e seguiu em direção à escada dos fundos. Subiu os degraus, virou, subiu outro patamar e, então, lá estava a porta.

Sem bater desta vez, pegou uma chave de fenda fina que era usada no equipamento da câmera e tentou arrombar a fechadura. Na verdade, foi mais fácil do que imaginava. Bastou uma cotovelada, um giro e a coisa se soltou.

A porta não chiou, o que o surpreendeu.

No entanto, o que estava do outro lado... o deixou extremamente chocado!

O terceiro andar tinha um espaço cavernoso, com um antiquado e grosseiro assoalho e com um teto inclinado em um ângulo agudo dos dois lados. Na outra extremidade, havia uma mesa com uma lâmpada a óleo e seu brilho fazia com que as paredes lisas ficassem de um tom amarelo-dourado... também iluminava as botas negras de alguém que estava sentado numa cadeira fora do alcance da luz.

Botas enormes.

E, de repente, não havia dúvidas de quem era o filho da mãe e o que ele tinha feito.

– Eu o filmei – Gregg disse para o sujeito.

A risada suave que veio como resposta fez a adrenalina de Gregg correr solta: baixa e fria, a risada era o tipo de som que assassinos fazem quando estão prestes a trabalhar com uma faca.

– Filmou? – Aquele sotaque. Mas que diabos era aquilo? Não era francês... nem húngaro...

Tanto faz. A ideia de Holly ter sido vítima de um abuso por parte dele fez Gregg mais alto e mais forte do que realmente era.

– Sei o que você fez na noite passada.

– Eu o convidaria para se sentar em uma cadeira, mas como pode ver, só tenho uma.

– Não estou brincando! – Gregg deu um passo à frente. – Sei o que aconteceu com ela. Ela não queria você.

– Ela queria o sexo.

Filho da mãe imbecil.

– Ela estava dormindo.

– Estava? – A ponta da bota balançou. – As aparências, assim como a mente, podem ser enganosas.

– Quem diabos você pensa que é?

– Sou dono desta bela casa. Isso é quem sou. Sou quem deu permissão para brincar por aí com suas câmeras.

– Bem, pode dar adeus a essa droga toda agora. Não vou fazer propaganda deste lugar.

– Oh, acho que fará. Está em sua natureza.

– Você não sabe nada sobre mim.

– Acho que é o contrário. É você que não sabe... nada, usando suas palavras... sobre você mesmo. Aliás, ela disse o seu nome. Quando gozou.

Gregg ficou furioso com isso, ao ponto de dar mais um passo adiante.

– Eu tomaria cuidado – a voz disse. – Você não quer se machucar. E sou considerado louco.

– Vou chamar a polícia.

– Não tem motivo. Consentimento entre adultos e tudo o mais.

– Ela estava dormindo!

A bota deu uma volta e plantou-se no chão.

– Olha o tom, rapaz.

Antes que houvesse tempo para retrucar o insulto, o homem se inclinou para frente na cadeira... e Gregg perdeu a voz.

O que apareceu sob a luz não fazia sentido algum. De maneira alguma.

Era o retrato. Da sala no andar de baixo. Só que vivo e respirando. A única diferença era que o cabelo não estava preso, estava solto sobre os ombros, era duas vezes maior que o de Gregg e a cor era uma mistura de preto com vermelho.

Oh, Deus... os olhos eram da cor do nascer do sol, brilhantes e cor de pêssego.

Totalmente hipnóticos.

E sim, um tanto enlouquecidos.

– Sugiro – disse arrastando as palavras com aquele sotaque estranho – que você saia deste sótão e volte a ficar com aquela moça adorável...

– Você é descendente de Rathboone?

O homem sorriu. Certo... havia algo de *muito* errado com seus dentes da frente.

– Ele e eu temos coisas em comum, na verdade...

– Jesus...

– É hora de você correr e terminar seu pequeno projeto. – Não sorria mais, o que era uma espécie de alívio. – E um conselho, no lugar de ceder à tentação de chutar o seu traseiro: deve cuidar melhor da sua mulher. Ela tem sentimentos sinceros por você, o que não é culpa dela e algo pelo qual, claramente, você não é merecedor, caso contrário não estaria cheirando à culpa neste momento. Tem sorte de ter a mulher que deseja ao seu lado, então pare de ser um completo idiota.

Gregg não ficava chocado assim com frequência. Mas, por sua vida, não fazia ideia do que dizer.

Como aquele estranho sabia tanto?

E Cristo, Gregg odiava o fato de Holly ter se deitado com outra pessoa... mas ela tinha dito o nome dele?

– Diga adeus. – Rathboone levantou sua própria mão, imitando um tchau infantil. – Prometo deixar sua mulher em paz, contanto que pare de ignorá-la. Agora vá, tchauzinho.

Agindo sob um reflexo que não era seu, Gregg levantou o braço e fez um aceno desajeitado antes de virar-se e começar a sair do local.

Deus, suas têmporas... que... droga... por que... onde... sua mente parou de funcionar, como se tivessem jogado cola nas engrenagens.

Descer para o segundo andar. Ir para o quarto.

Ao tirar a roupa e deitar na cama de cueca, colocou sua cabeça dolorida sobre o travesseiro perto de Holly, a puxou em um abraço e tentou se lembrar...

Ele tinha que fazer alguma coisa. O que era...?

O terceiro andar. Tinha que ir ao terceiro andar. Tinha que descobrir o que havia lá em cima...

Uma nova dor se lançou em seu cérebro, matando não apenas o impulso de ir a qualquer lugar, mas também matando qualquer interesse no que havia no sótão.

Fechando os olhos, teve uma estranha visão de um estrangeiro estranho com um rosto familiar... mas, em seguida, caiu num sono extremamente profundo e nada mais importava.

Capítulo 43

A invasão na mansão ao lado não representava nenhum problema.

Depois de considerar a atividade da mansão e não encontrar nada que sugerisse qualquer movimento dentro das muralhas, Darius declarou que ele e Tohrment iriam entrar... e entraram. Desmaterializando-se na cerca de madeira que separava as duas propriedades, reapareceram ao lado da região da cozinha... então, simplesmente caminharam direto em direção à robusta moldura de madeira da porta.

Na verdade, o maior obstáculo para ultrapassar a parte externa era a superação do esmagador sentimento de pavor.

A cada passo e a cada respiração, Darius tinha que se esforçar para seguir em frente, seus instintos gritavam que estava no lugar errado. E, ainda assim, se recusava a voltar. Não queria utilizar outros meios práticos pelos quais poderia entrar e embora a filha de Sampsone pudesse muito bem não estar ali, uma vez que não tinha outras pistas, precisava fazer alguma coisa ou ficaria louco.

– Esta casa parece assombrada – murmurou Tohrment enquanto observavam os quartos dos empregados.

Darius assentiu.

– Mas lembre-se de que qualquer fantasma jaz apenas em sua mente e não se confunde com ninguém que esteja sob este teto. Venha, devemos localizar os quartos subterrâneos. Se os humanos a tomaram, devem mantê-la no subsolo.

Enquanto seguiam seu caminho em silêncio, passaram pela enorme cozinha e pelas carnes defumadas que pendiam nos ganchos, deixando claro que esta era uma casa humana. Tudo estava calmo ao redor, ao contrário da mansão vampira, onde haveria um momento de preparação para a Última Refeição.

Infelizmente, concluir que a casa pertencia à outra raça não era uma confirmação de que a fêmea não estivesse sendo mantida ali... e talvez tal conclusão fosse um indício. Embora os vampiros soubessem com certeza da existência da humanidade, não havia nada além de mitos sobre vampiros infestando a periferia cultural humana... era assim que os seres com presas sobreviviam com maior facilidade. Ainda assim, de vez em quando, havia contatos inevitáveis e genuínos entre aqueles que optaram por permanecer ocultos e aqueles de olhares curiosos... e esses raros esbarrões de um contra o outro explicavam as assustadoras e fantásticas histórias humanas sobre tudo desde "fadas", "bruxas", "fantasmas" e "sugadores de sangue". Na verdade, a mente humana parecia sofrer com uma necessidade paralisante de inventar coisas na ausência de provas concretas. O que fazia sentido, considerando a compreensão autorreferencial das raças do mundo e seu lugar nele: algo que não se encaixava era forçado em uma superestrutura, mesmo que isso significasse a criação de elementos "paranormais".

E que sorte seria para uma família rica capturar evidências físicas de tais superstições efêmeras.

Especialmente, provas lindas e indefesas.

Não se sabia o que vinha sendo observado por aquela família ao longo do tempo. Que estranhezas tinham sido testemunhadas naqueles vizinhos. Quais diferenças raciais foram expostas de forma inesperada e observadas sem qualquer dificuldade, em virtude das duas propriedades comporem a mesma paisagem.

Darius amaldiçoou baixinho e pensou que era por isso que os vampiros não deviam viver tão próximos aos seres humanos. A separação era o melhor. Congregação e separação.

Ele e Tohrment procuraram por todo o primeiro andar da mansão desmaterializando-se de sala em sala, deslocando-se conforme as sombras eram projetadas pelo luar, passando por todo o mobiliário esculpido e tapeçarias sem som ou substância.

A maior preocupação deles e o motivo de não atravessarem o chão de pedra andando? Cães adormecidos. Muitas das mansões os tinham como guardas e essa era uma grande complicação que poderiam muito bem passar sem. Com sorte, se houvesse algum animal na casa, estariam enrolados aos pés da cama do chefe da família.

E o mesmo valeria para qualquer tipo de guarda pessoal.

No entanto, a sorte estava ao lado deles. Nenhum cão. Nenhum guarda. Pelo menos que tivessem visto, escutado, ou cheirado... e foram capazes de encontrar a passagem que os levaria ao andar subterrâneo.

Ambos levavam velas e acenderam os pavios, as chamas cintilando sobre os passos apressados, rudes e descuidados e pelas paredes desiguais... tudo parecia indicar que a família nunca havia feito aquela jornada subterrânea, apenas os servos.

Mais uma prova de que não era uma família de vampiros. Alojamentos subterrâneos estavam entre os mais pródigos em tais casas.

Descendo para o nível mais baixo, a pedra sob seus pés deu lugar à terra batida e o ar ficou pesado com a umidade fria. Conforme progrediam sob a grande mansão, encontravam despensas cheias de caixotes de vinho e outras bebidas, caixotes de carnes salgadas e cestas de batatas e cebolas.

Na outra extremidade, Darius esperava encontrar um segundo conjunto de escadas que os levaria a sair na superfície. Em vez disso, chegaram ao final do salão subterrâneo. Nenhuma porta. Apenas uma parede.

Observou ao redor para ver se havia pegadas sobre o solo ou rachaduras nas pedras, indicando um painel ou uma seção oculta. Nada.

Para ter certeza, ele e Tohrment correram suas mãos sobre a superfície das paredes e pelo chão.

– Havia muitas janelas nos andares superiores – Tohrment murmurou. – Mas, talvez, se fosse para mantê-la lá em cima, poderiam ter colocado cortinas. Ou será que existem quartos sem janelas?

Enquanto a dupla enfrentava o beco sem saída que haviam atingido, aquela sensação de medo, de estar em um lugar errado, inchou no peito de Darius até sua respiração ficar curta e o suor brotar sob seus braços e sua coluna. Tinha a sensação de que Tohrment estava sofrendo de um ataque similar de apreensão ansiosa, pois o macho deslocava seu peso para trás e para frente, para trás e para frente.

Darius balançou a cabeça.

– Na verdade, ela parece estar em outro lugar...

– Grande verdade, vampiro.

Darius e Tohrment se viraram enquanto desembainhavam as adagas.

Olhando para aquilo que os tinha pegado de surpresa, Darius pensou... bem, isso explica o medo.

A figura de túnica branca bloqueando a saída não era humana e nem vampira.

Era um sympatho.

Capítulo 44

Enquanto Xhex esperava do lado de fora da sala de musculação, encarava suas emoções com interesse desapaixonado. Isso era, ela supôs, como olhar para o rosto de um estranho e considerar as imperfeições, as cores e os traços por nenhuma outra razão além da simples observação.

Sua ânsia por vingança foi eclipsada por uma preocupação honesta por John.

Surpresa, surpresa.

Afinal, nunca tinha imaginado ver esse tipo de fúria tão de perto, especialmente de pessoas como John. Era como se ele tivesse uma fera interior que estivesse rugindo em sua cela.

Cara, um macho vinculado não é algo com que você pode brincar.

E ela não estava se enganando. *Essa* era a razão pela qual ele reagiu da forma como reagiu – e também a causa do aroma apimentado que ela cheirava perto dele desde que saiu da prisão de Lash: em algum momento durante as semanas de suas férias brutais, a atração e o respeito de John por ela haviam tomado forma de uma maneira irrevogável.

Droga. Que bagunça.

Quando o som da esteira parou de repente, ela poderia apostar que Blaylock havia puxado a tomada da parede e foi bom ele fazer isso.

Xhex tentou fazer com que parasse de tentar se matar na esteira, mas quando a argumentação mostrou ser absolutamente nula, decidiu ficar de sentinela do lado de fora.

Não havia chance alguma de vê-lo correndo até se acabar. Ouvir a punição já era ruim o suficiente.

Mais à frente no corredor, a porta de vidro do escritório se abriu e o Irmão Tohrment apareceu. A julgar pelo brilho que se emanou atrás dele, Lassiter estava no centro de treinamento também, mas o anjo caído ficou para trás.

– Como está John? – Quando o Irmão se aproximou, sua preocupação estava escrita em seu rosto duro e olhos cansados e também em sua grade emocional, que estava iluminada nos setores de arrependimento.

Fazia sentido de muitas maneiras.

Xhex olhou para a porta da sala de musculação.

– Parece que ele repensou a carreira e resolveu ser maratonista. Isso ou ele apenas está tentando quebrar outra esteira.

A altura elevada de Tohr obrigou-a a inclinar a cabeça para cima e foi surpreendente observar o que havia por trás de seus olhos azuis: havia conhecimento naquele olhar, conhecimento profundo que fez com que seus próprios circuitos emocionais queimassem com suspeita. Na experiência dela, estranhos que observam você daquela maneira são perigosos.

– Como você está? – ele perguntou suavemente.

Foi estranho. Ela não tinha muito contato com o Irmão, mas sempre que seus caminhos se cruzaram, ele sempre foi particularmente... gentil. Razão pela qual ela sempre o evitava. Lidava muito melhor com dureza do que com qualquer coisa delicada.

Sinceramente, ele a deixava nervosa.

Quando ficou quieta, o rosto dele se apertou como se ela o tivesse decepcionado, mas ele não a culpava pela inadequação.

– Tudo bem – ele disse. – Não vou me intrometer.

Jesus, ela era terrível.

– Não, está tudo bem. Só não pode exigir que eu responda a isso agora.

– É justo. – Os olhos dele se estreitaram na porta da sala de musculação e ela teve a nítida impressão que ele estava tão preso do lado de fora quanto ela, excluído pelo macho que estava sofrendo do outro lado. – Então, ligou para a cozinha para me chamar?

Pegou a chave que John usou para que pudessem entrar na antiga casa do cara.

– Apenas para lhe devolver isso e dizer que houve um problema.

A grade emocional do Irmão ficou negra e vaga, todas as luzes apagadas.

– Que tipo de problema?

– Uma de suas portas de vidro está quebrada. Vai precisar de duas folhas de madeira compensada para cobrir. Conseguimos ativar outra vez o alarme de segurança, então os detectores de movimento estão ligados, mas você terá trabalho por lá. Ficarei feliz em ajudar.

Isso supondo que John acabasse com o restante das máquinas de exercícios, com os tênis de corrida, ou caísse morto.

– Qual... – Tohr limpou a garganta. – Qual porta?

– A do quarto do John Matthew.

O Irmão franziu a testa.

– Estava quebrada quando vocês chegaram lá?

– Não... apenas explodiu espontaneamente.

– Vidro não faz isso sem uma boa razão.

E ela não tinha dado uma boa razão para John Matthew?

– É verdade.

Tohr a encarou e ela o encarou de volta. O silêncio tornou-se espesso como lama. No entanto, por mais gentil e bom soldado que fosse o Irmão, Xhex não tinha nada para compartilhar com ele.

– Com quem eu falo para conseguir alguma madeira de compensado? – ela se dispôs.

– Não se preocupe com isso. E obrigado por me informar.

Quando o Irmão se virou e caminhou de volta para o escritório, ela se sentiu um inferno – o que concluiu ser mais outra conexão que tinha com John Matthew. Só que ao invés de usar uma esteira até quebrar, ela apenas queria pegar uma faca e cortar a parte de dentro dos antebraços para aliviar a pressão.

Deus, às vezes parecia uma bebê chorona, de verdade. Afinal, aqueles silícios não eram apenas para manter o seu lado *sympatho* sob controle, eles a ajudavam a ofuscar coisas que ela não queria sentir.

O que era quaaase noventa e nove por cento emoção.

Dez minutos depois, Blaylock colocou a cabeça para fora da porta. Seus olhos estavam focados no chão e suas emoções estavam revoltas, o que fazia sentido. Ninguém gostava de ver seu amigo se autodestruir, e ter que conversar com a pessoa que havia jogado o pobre coitado naquela queda livre não era exatamente uma felicidade.

– Ouça, John foi para o vestiário tomar uma ducha. Consegui fazer que ele parasse com a ideia de correr, mas ele... ele precisa de um pouco mais de tempo, acho.

– Certo. Vou continuar esperando por ele aqui no corredor.

Blaylock assentiu e então houve uma pausa embaraçosa.

– Vou malhar agora.

Depois que a porta se fechou, ela pegou sua jaqueta e suas armas e vagou em direção ao vestiário. O escritório estava vazio, o que significava que Tohr tinha seguido seu caminho, sem dúvida para cumprir seu papel de Homem da Manutenção com algum *doggen*.

E o silêncio ressonante lhe dizia que não havia mais ninguém em nenhuma das salas de aula, ginásio ou clínica.

Deslizando pela parede, sentou-se sobre o chão e apoiou seus braços nos joelhos. Deixando a cabeça cair para trás, fechou os olhos.

Deus, estava exausta...

– John ainda está lá?

Xhex acordou de repente, sua arma foi apontada direto no peito de Blaylock. Quando o cara pulou para trás, ela imediatamente travou a arma e baixou o cano.

– Desculpe, velhos hábitos são difíceis de morrer.

– Ah, sim. – O cara apontou sua toalha branca em direção ao vestiário. – John ainda está lá? Já passou mais de uma hora.

Ela ergueu o pulso e olhou para o relógio que tinha pegado em algum lugar.

– Cristo.

Xhex se colocou em pé e arrombou a porta. O som do chuveiro aberto não era muito um alívio.

– Existe outra saída que ele possa ter usado?

– Apenas na sala de musculação... mas que acaba dando neste mesmo corredor.

– Certo, vou falar com ele – ela disse, rezando para que fosse a coisa certa a fazer.

– Bom. Vou terminar meus exercícios. Ligue se precisar de mim.

Empurrou a porta, e lá dentro o lugar parecia padrão, todos os armários de metal bege separados por bancos de madeira. Seguindo o som da água caindo à direita, passou por compartimentos de mictórios e pias que pareciam solitários sem um monte de homens suados, nus e envolvidos em toalhas.

Encontrou John numa área aberta com dezenas de chuveiros e azulejos em todos os centímetros do chão, paredes e teto. Estava usando camiseta, bermuda de corrida e estava sentado encostado contra a parede, seus braços apoiados em seus joelhos, cabeça baixa, a água correndo sobre seus enormes ombros e tronco.

Seu primeiro pensamento foi de que ela própria estava exatamente na mesma posição do lado de fora.

O segundo pensamento foi que estava surpresa ao ver que ele conseguia se manter tão parado. A grade emocional dele não era a única coisa iluminada, aquela sombra atrás da grade estava queimando de angústia. Era como se duas partes dele estivessem juntas num tipo de luto, sem dúvida porque havia sofrido ou testemunhado perdas demais, todas cruéis, em sua vida... e talvez estivesse sofrendo outra agora. E o lugar onde tudo aquilo o levava emocionalmente a deixava apavorada. O denso vazio negro criado nele era tão poderoso que deformava a superestrutura da psique dele... levando-o onde ela havia estado naquela maldita sala de operações.

Levando-o à beira da loucura.

Pisando sobre a superfície azulejada do chão, a pele dela tremeu ao esbarrar com o ar frio que vinha dos sentimentos dele... e o fato é que ela estava fazendo isso outra vez. Era igual a Murhder, só que pior.

Jesus Cristo, ela era uma maldita viúva negra no que se referia a machos de valor.

– John?

Ele não olhou para cima, embora não tivesse certeza se estava ciente de que ela estava na frente dele. John estava de volta ao passado, preso por suas memórias...

Franzindo a testa, encontrou os olhos dele seguindo o caminho da água que deslizava sobre seu corpo e escorria pelo chão coberto de azulejos... até o ralo.

O ralo.

Algo com aquele ralo. Algo a ver com... Lash?

Dentro do abraço da solidão e contra o pano de fundo do som tranquilo do jato de água, ela liberou seu lado mau por uma boa finalidade: rapidamente, seus instintos *sympatho* mergulharam em John, penetrando ao longo de seu território físico e indo fundo em sua mente e suas lembranças.

Quando ele ergueu a cabeça e olhou para ela em choque, tudo se tornou vermelho e bidimensional, o azulejo tingiu-se de um rosa rubro. O cabelo escuro e úmido de John mudou para a cor do sangue; a água que corria parecia um champanhe rosa.

As imagens que ela captou estavam envoltas numa capa de terror e vergonha: uma escada escura num prédio parecido com aquele onde a tinha levado. John era apenas um garotinho pré-transição sendo forçado por um humano fétido...

Oh. Deus.

Não.

Os joelhos da Xhex cederam e ela cambaleou – então apenas deixou-se cair ao chão, aterrissando no azulejo liso tão duro que seus ossos e dentes se abalaram.

Não... não John, ela pensou. Não quando ainda era indefeso, inocente e tão sozinho. Não quando estava perdido no mundo humano, batalhando para sobreviver.

Não ele. Não assim.

Com seu lado *sympatho* liberado e seus olhos sem dúvida brilhando em vermelho, eles se sentaram ali encarando um ao outro. Ele sabia o que ela tinha visto e odiava seu conhecimento com uma fúria tal que ela, de maneira sábia, manteve qualquer pena para si mesma. No entanto, ele não parecia ressentido que ela o tivesse invadido. Era mais como se desejasse muito não ter dividido aquilo com ninguém.

– O que Lash tem a ver com isso? – disse com voz rouca. – Pois ele está por toda parte em sua mente.

Os olhos de John voltaram-se para o ralo no centro do local outra vez e ela teve a impressão de que ele estava vendo sangue acumulando-se em volta da tampa de aço inoxidável. Sangue de Lash.

Xhex estreitou os olhos, a história passada tornava-se muito previsível: Lash havia descoberto o segredo de John. De alguma maneira. E ela não precisava de seu lado *sympatho* para saber o que aquele desgraçado havia feito com uma informação como aquela.

Um locutor de beisebol procuraria menos plateia.

Quando o olhar de John voltou-se para ela, sentiu uma perturbadora comunhão com ele. Sem barreiras, sem preocupações sobre ser vulnerável. Mesmo estando completamente vestidos, cada um estava nu diante do outro.

Ela sabia muito bem que não encontraria isso nunca em nenhum outro macho. Ou em qualquer outra pessoa. Por sua vez, ele sabia, sem palavras, tudo o que tinha acontecido com ela e tudo o que aquele tipo de experiência gerava. E ela sabia o mesmo sobre ele.

E talvez aquela sombra em sua grade emocional fosse uma espécie de bifurcação em sua psique causada pelo trauma que tinha passado. Talvez sua mente e sua alma tivessem se reunido e decidido eliminar o passado e colocá-lo no fundo de seu sótão mental e emocional. Talvez fosse por isso que as duas partes estivessem em um movimento tão vívido.

Fazia sentido. Assim como a vingança que estava sentindo. Afinal, Lash esteve intimamente envolvido nos dois conjuntos de erros, no dele e no dela.

Informações como aquelas sobre John nas mãos erradas? Era quase tão ruim quanto o horror que havia realmente acontecido, porque você revive a maldita história toda vez que mais alguém fica sabendo. Razão pela qual Xhex nunca falava sobre seu tempo na colônia com seu pai, ou sobre aquela maldita clínica humana... ou...

John ergueu seu dedo indicador e deu tapinhas ao lado de seu olho.

– Os meus estão vermelhos? – ela murmurou. Quando ele assentiu, ela esfregou o rosto. – Desculpe. Provavelmente vou precisar de outro par de silícios.

Quando ele fechou a água, ela deixou cair as mãos.

– Quem mais sabe? Sobre o que aconteceu com você?

John franziu a testa. Então, assinalou com os lábios: *Blay. Qhuinn. Zsadist. Havers. Um terapeuta*. Quando ele balançou a cabeça, ela entendeu isso como sendo o fim da lista.

– Não vou dizer nada a ninguém.

Os olhos dela percorreram seu corpo imenso desde aqueles ombros até seus bíceps poderosos e aquelas coxas tremendas – e desejou que ele tivesse aquele tamanho lá atrás naquela escada suja. Pelo menos, não era mais o mesmo de quando foi ferido – se bem que isso era verdade apenas por fora. Por dentro, ele tinha todas as idades que havia vivido, o bebê que havia sido abandonado, a criança que ninguém quis, o garoto em fase de pré-transição sozinho no mundo... e agora o macho adulto.

Ele era um ótimo guerreiro no campo de batalha, um amigo leal e, considerando o que tinha feito àquele *redutor* naquela mansão e o que sem dúvida queria fazer com Lash, era um inimigo muito perigoso.

E a isso se somava um problema: em sua opinião, era ela quem deveria matar o filho do Ômega.

Não que precisassem falar sobre isso agora.

Quando a umidade dos azulejos molhou sua calça e a água escorreu de John, ficou surpresa com o que queria fazer.

De muitas maneiras, não fazia sentido, e com certeza não era uma ideia brilhante. Mas a lógica não era importante naquele momento.

Xhex se deslocou para frente e colocou as palmas das mãos no chão escorregadio do chuveiro. Deslocando-se devagar, moveu a mão, o joelho, a mão, o joelho, indo na direção dele.

Ela percebeu quando ele sentiu o cheiro dela.

Pois por baixo daquela bermuda esportiva ensopada, seu membro se contraiu e endureceu.

Quando estava cara a cara com ele, observou atentamente sua boca.

– Nossas mentes já estão unidas. Quero que nossos corpos sigam no mesmo sentido.

Com isso, inclinou-se e levantou a cabeça. Pouco antes de beijá-lo, ela fez uma pausa, mas não porque estivesse preocupada se iria afastá-la – ela sabia pelo aroma apimentado que John não estava interessado em recuar.

– Não, você entendeu tudo errado, John. – Lendo as emoções dele, negou com a cabeça. – Você não é metade do homem que poderia ser por causa do que foi feito. Você é duas vezes mais do que qualquer pessoa simplesmente porque sobreviveu.

Sabe? A vida o coloca em lugares que nunca imaginou estar.

Sob nenhuma circunstância, nem mesmo nos piores pesadelos que seu subconsciente havia exibido, John havia sequer pensado que seria capaz de lidar com Xhex se ela soubesse o quanto ele sofreu quando era jovem.

A questão era que não importava o quanto seu corpo tinha se tornado grande ou forte, isso nunca encobriu a realidade do quanto havia sido fraco. E a ameaça de que aqueles que ele respeitava descobrissem trouxe aquela fraqueza à tona não apenas uma vez, mas várias.

E lá estava ele novamente com seus demônios expostos.

E quanto ao seu banho de duas horas? Ainda estava morrendo por dentro por ela ter sido ferida daquele jeito... Era tão doloroso pensar naquilo, horrível demais para não se demorar. E adicione sua necessidade como macho vinculado de protegê-la e mantê-la em segurança. E o fato de que sabia exatamente o quão desagradável é ser vitimado daquela maneira.

Se apenas a tivesse encontrado mais cedo... se apenas tivesse trabalhado mais duro...

Sim, mas ela tinha se libertado. E fez isso sozinha. Não foi ele quem a libertou – pelo amor de Deus... *esteve* com ela no maldito quarto onde tinha sido estuprada e nem mesmo *soube* que ela estava lá.

Eram coisas demais para lidar, todas as camadas e interseções faziam sua cabeça zunir ao ponto de sentir como se seu cérebro fosse um helicóptero prestes a levantar voo, para o alto e avante, para nunca mais voltar.

A única coisa que o mantinha com os pés no chão era a perspectiva de matar Lash.

Enquanto aquele desgraçado estivesse lá fora, respirando, John tinha um foco para manter sua estabilidade mental. Matar Lash era sua única ligação à sanidade e ao propósito, uma proteção para que seu ser não enferrujasse.

Porém, se fracassasse mais uma vez, se não vingasse sua fêmea, estaria tudo acabado.

– John – disse Xhex, num evidente esforço de tirá-lo de seu estado de pânico.

Focando-se nela, encarou seus olhos vermelhos e brilhantes e lembrou-se de que era uma *sympatho*. O que significava que podia escavar dentro dele e acionar todos os seus alçapões interiores, liberando seus demônios apenas para observá-los dançar. Só que ela não fez isso, fez? Adentrou nele, sim, mas apenas para entender onde ele estava. E ao observar suas partes obscuras, não tinha se afastado e apontado um dedo inquisidor ou recuado enojada.

Ao invés disso, se aproximou delicadamente, dando a entender que queria beijá-lo.

Os olhos de John observaram seus lábios.

Quem diria, ele podia sim aguentar um pouco daquele tipo de conexão. Palavras não eram suficientes para aplacar a autoaversão que sentia, mas as mãos dela em sua pele, sua boca na dele, seu corpo contra o seu... aquilo, sem uma palavra, era o que ele precisava.

– É isso mesmo – ela disse, seus olhos ardendo, e não apenas por causa do lado *sympatho*. – Você e eu precisamos disso.

John levantou e colocou suas mãos frias e molhadas sobre a face dela. Então olhou ao redor. Aquela poderia ser a hora, mas não era o lugar.

Não ia fazer amor com ela no piso duro.

Venha comigo, fez com os lábios, levantando-se e puxando-a para seu lado.

Sua ereção estava evidente na frente de sua bermuda esportiva quando deixaram o vestiário, o desejo de possuí-la rugia em seu sangue, mas esse desejo foi controlado pela necessidade de proporcionar algo delicado a Xhex ao invés da violência que ela experimentou.

Ao invés de se dirigir para o túnel de volta à casa principal, ele os levou para a direita. De modo algum iria para seu quarto com ela debaixo do braço e ostentando uma ereção do tamanho de uma viga. Além do mais, estava encharcado.

Muita coisa para explicar para a plateia permanente que a mansão oferecia.

Próximo ao vestiário, mas não conectado a ele, havia uma sala adjacente com mesas de massagens e uma banheira de hidromassagem no canto. O lugar também tinha um monte de colchonetes azuis que nunca foram usados desde que haviam sido colocados ali – os Irmãos quase não tinham tempo para pugilismo, quanto mais para brincar de bailarina com seus preciosos tendões e glúteos.

John reforçou a porta fechada com uma cadeira de plástico e virou-se para encarar Xhex. Ela estava andando em volta da sala. Na opinião dele, seu corpo flexível e passos suaves eram melhores que um grande show de *striptease*.

Aproximando-se da lateral da porta, apagou as luzes.

O sinal branco e vermelho de saída em cima da porta criou uma piscina de luz fraca que seu corpo dividiu em duas, sua sombra era uma alta e escura divisão que se estendia por todo o piso azul até os pés de Xhex.

– Deus, eu quero você – ela disse.

Não precisaria dizer aquilo duas vezes. Chutando os sapatos para longe, puxou sua camiseta sobre sua cabeça e deixou cair sobre os colchonetes com uma batida. Então, colocou seus polegares na cintura de bermuda e a desceu sobre suas coxas. Seu membro se libertou e se elevou ereto diante dele. O fato de que estava apontado para ela como uma varinha de condão não era uma grande surpresa – tudo, desde seu cérebro, sangue, até o bater de seu coração, estava focado na fêmea parada a três metros de distância dele.

Mas não ia pular sobre ela e começar a se movimentar com força. Não. Nem mesmo se aquilo tornasse suas bolas azuis como um Smurf...

Seus pensamentos deixaram de fazer sentido quando as mãos dela se dirigiram para a cintura da blusa e, com um movimento elegante, deslizou a peça de roupa sobre seu tronco e cabeça. Embaixo disso, não havia nada além de sua linda pele suave e seus altos e firmes seios.

Quando o perfume dela surgiu do outro lado da sala e ele começou a ofegar, os dedos ágeis de Xhex começaram a abrir o laço de sua calça e o fino algodão verde caiu rapidamente em seus tornozelos.

Oh... meu Deus, ela estava gloriosamente despida para ele, e as linhas impressionantes de seu corpo eram maravilhosas: apesar de terem feito sexo duas vezes, ambas foram rápidas e quentes e não teve a chance de olhar para ela direito...

John piscou com força.

Por um momento, tudo que conseguia enxergar eram os hematomas em seu corpo, especialmente aqueles dentro de suas coxas. Saber agora que ela não os tinha conseguido por causa de luta corporal...

– Não pense nisso, John – ela disse roucamente. – Eu não estou pensando e você também não deveria. Simplesmente... não pense nisso. Ele já tirou muito de nós dois.

A garganta dele ficou tensa com um rugido de vingança, que tratou de abafar apenas porque sabia que ela estava certa. Com grande força de vontade, decidiu que aquela porta atrás dele, aquela que tinha bloqueado com a cadeira, ia manter do lado de fora não apenas as pessoas da mansão, mas seus fantasmas e erros também.

Haveria tempo depois para igualarem o placar.

Você é tão linda, disse com os lábios.

Mas claro que ela não conseguia ver seus lábios.

Então, teria que mostrar isso a ela.

John deu um passo à frente e outro e outro. E não era apenas ele indo em direção a ela. Xhex o encontrou no meio do caminho, a forma dela foi envolvida pela sombra lançada pelo corpo dele, mas mesmo assim, aquela era a única coisa que ele via.

Quando se encontraram, o peito dele estava pulsando e seu coração. *Amo você*, ele fez com os lábios no pedaço escuro que havia produzido sob a luz.

Alcançaram um ao outro no mesmo momento: ele foi direto para o rosto de Xhex. Ela colocou as mãos nas costelas dele. Suas bocas completaram a jornada no ar parado, elétrico, seus lábios se trancaram, suave contra suave, calor contra calor. Puxando-a contra seu peito nu, John envolveu seus braços grossos ao redor dos ombros dela e a segurou apertado enquanto aprofundava o beijo – e ela estava logo ali com ele, deslizando as palmas de suas mãos nas laterais de seu corpo e as escorregando pela parte inferior de suas costas.

Seu pênis dobrou-se entre eles, a fricção entre sua barriga e a dela enviou dardos de calor que subiam através de sua coluna. Mas ele não estava com pressa. Com empurrões preguiçosos, seus quadris se moveram para frente e para trás, acariciando-a com sua ereção enquanto movia suas mãos pelos braços dela e então para sua cintura.

Empurrando profundamente com a língua, arrastou uma das mãos até o cabelo curto que havia na nuca dela e deixou a outra cair na parte de trás de sua coxa. A perna dela subiu com o puxão gentil dele, os músculos macios flexionando...

Com um ágil movimento, ela saltou, pulando em cima dele e enlaçando a outra perna ao redor dos quadris dele. Quando seu membro tocou algo quente e úmido, ele gemeu e os levou para o chão, segurando-a enquanto mergulhavam nos colchonetes.

John quebrou o selo do beijo e recuou o suficiente para que pudesse correr sua língua pelo lado da garganta dela. Travando-a, sugou as linhas de seu pescoço e seguiu para baixo com suas presas, que vibrava com os impulsos de sua ereção. Enquanto descia, os dedos dela se enterravam no cabelo dele e o segurava contra sua pele, movendo-o na direção de seus seios.

Recuando, ergueu-se sobre ela e traçou com os olhos a maneira como seu corpo era destacado pela luz brilhante do sinal de saída. Seus mamilos estavam firmes, suas costelas estavam pulsando forte e os músculos de seu peitoral bombeavam enquanto ela movimentava os quadris. Entre suas coxas, seu sexo liso fez com que abrisse a boca em um assobio silencioso...

Sem aviso, ela estendeu a mão e a colocou sobre seu pênis.

O contato o fez jogar-se sobre seus braços e apoiar-se sobre as palmas das mãos.

– Caramba, você é lindo – ela disse num murmúrio.

A voz dela o colocou em ação e se inclinou para frente, libertando seu membro da mão dela e posicionando-se de modo a ficar ajoelhado entre suas coxas. Baixando a cabeça, cobriu um de seus mamilos com a boca e começou a excitá-la com a língua.

O gemido de Xhex quase o fez gozar ali mesmo e John teve que congelar seu corpo para recuperar o controle. Quando a maré de formigamento retrocedeu o suficiente, ele recomeçou a sugá-la... e deixou suas mãos flutuarem devagar pelas costelas dela, sua cintura e seus quadris.

Num movimento típico de Xhex, foi ela quem o colocou em seu sexo. Xhex cobriu uma das mãos dele com a sua e a colocou exatamente onde os dois queriam que estivesse.

Quente. Sedoso. Escorregadio.

O orgasmo em sua ereção foi liberado no instante que seus dedos deslizaram e foram parar diretamente sobre a entrada de onde ele estava morrendo de vontade de penetrar: não havia absolutamente nada segurando a liberação e ela riu enquanto ele jorrava em suas pernas.

– Gosta de me ver assim? – ela murmurou.

Ele olhou em seus olhos, e ao invés de concordar, levou a mão até sua boca. Quando ele estendeu sua língua e deslizou entre seus lábios, ela também estremeceu, seu corpo se levantou dos colchonetes, seus seios se ergueram, suas coxas se abriram ainda mais.

Com as pálpebras semicerradas, manteve seu olhar fixado no dela enquanto plantava suas palmas dos dois lados de seus quadris e se abaixava em direção ao seu sexo.

Poderia ter continuado com aqueles beijos suaves. Poderia ter mostrado mais sensibilidade provocando-a com a língua e a ponta dos dedos.

Dane-se tudo isso.

Com uma necessidade primitiva e dolorosa, abocanhou seu núcleo, sugando-a para dentro dele, tomando-a profundamente, engolindo-a. Havia um pouco de seu próprio orgasmo dentro dela e John o provou junto com o mel de Xhex – e o macho vinculado nele adorou a combinação.

Sorte dele. No momento em que terminassem com aquela sessão, sua essência apimentada a teria envolvido completamente, por dentro e por fora.

Enquanto ele acariciava, lambia e penetrava, sentiu uma das pernas dela ser lançada sobre seu ombro, e então Xhex passou a comandar os movimentos contra seu queixo, lábios e boca, acrescentando mais à magia, levando-o a impulsioná-la mais forte.

Quando ela chegou ao orgasmo, disse seu nome. Duas vezes.

E John ficou feliz que, apesar de não ter voz, seus ouvidos funcionavam perfeitamente.

Capítulo 45

Jesus Cristo, John sabia o que estava fazendo.

Esse foi o único pensamento que disparou na mente de Xhex depois de se acalmar da sublime liberação que John proporcionou com sua boca. E então ela foi prontamente arrebatada outra vez. O aroma de vinculação dele golpeou seu nariz, seus lábios estavam deliciosamente quentes em seu centro, sua ereção era uma provocante e quente extensão em suas pernas...

Quando estendeu sua língua e entrou fundo, ela voou outra vez. O calor molhado que trazia até ela, os golpes suaves quando seus lábios a tocavam e um pouco mais ásperos quando usava o queixo, o circundar de seu nariz contra o ponto mais alto de seu sexo, tudo isso eliminou por completo os pensamentos em seu cérebro – uma perda que estava totalmente disposta a desfrutar.

No meio do fogo, não havia nada além de John... nenhum passado, nenhum futuro, nada além de seus corpos. O tempo não tinha nenhum significado, o lugar não tinha importância e as outras pessoas não interessavam.

Desejou que pudessem ficar assim para sempre.

– Entre em mim – Xhex gemeu, enquanto puxava seus ombros.

John ergueu a cabeça e subiu no corpo dela, sua excitação tocava a parte interna de suas coxas, chegando cada vez mais perto.

Ela o beijou ardentemente, esmagando sua boca contra a dele enquanto usava as mãos para guiá-lo até onde precisava...

O corpo volumoso de John contorceu-se com o contato enquanto ela exclamava:

– Oh, *Deus*…

A ponta enrijecida de seu membro a abriu e ele deslizou para dentro, gentil e lento, preenchendo-a, esticando-a. Ela arqueou os quadris para que ele pudesse entrar completamente e deslocou as palmas de suas mãos sobre suas costas macias até mergulhá-las no final de sua coluna… e foi ainda mais abaixo, para afundar as unhas em suas nádegas.

Os músculos de John ficaram tensos e se liberaram sob as mãos de Xhex quando ele começou a bombear, e a cabeça dela balançava de um lado para outro sobre o colchonete enquanto ele empurrava e puxava, empurrava e puxava. John era pesado como um carro e seu corpo tinha várias extremidades enrijecidas – e, como pode imaginar, ela se sentia muito bem com tudo isso: tinha curvas suficientes para o acomodar onde precisava de espaço, e ela estava tão perto de gozar outra vez que seus pulmões estavam queimando.

Unindo os tornozelos atrás das coxas dele, Xhex se moveu até que seus corpos estalaram um contra o outro e suas respirações explodiram, então John empurrou seu tronco para cima sustentando o peso nos músculos definidos de seus braços... assim poderia golpear com mais força.

O rosto dele era uma máscara erótica com traços que ela tinha visto tantas vezes, seus lábios deixavam à mostra suas longas presas brancas, suas sobrancelhas apertadas, seus olhos ardentes, sua mandíbula presa com muita força. A cada impulso, seu peitoral e seu abdômen estalavam, o suor em sua pele cintilava na tênue luz. A visão de John foi aquilo que a arrebatou, fazendo-a se entregar completamente.

– Tome minha veia – rosnou para ele. – Tome-a... *agora*.

Quando ela ricocheteou em outro orgasmo, John foi até sua garganta numa forte investida, sua mordida perfurou seu pescoço enquanto seu próprio orgasmo jorrava dentro dela.

Uma vez que começou a gozar, não conseguiu parar e ela não queria que o fizesse. John continuou se mexendo e bebendo e estremecendo dentro dela, os múltiplos movimentos que o subjugavam penetravam o sexo dela enquanto se alimentava e a possuía intensamente.

Mas era isso o que ela queria.

Quando ele finalmente se acalmou, mais desmoronou do que simplesmente parou sobre ela. Correndo suas mãos para o alto de seus ombros, ela o segurou enquanto ele dava preguiçosas lambidas nas marcas de sua perfuração.

Às vezes você precisa usar um jato de areia para limpar algo corretamente. Delicados e pequenos círculos com uma esponja não conseguem tirar a sujeira e a imundície muito bem. E o que tinham acabado de fazer era um jato de areia e tanto... e, considerando o modo como ele ainda estava duro, ela sabia que havia mais por vir.

John ergueu a cabeça e olhou para ela. Seus olhos estavam preocupados e foi cuidadoso ao tocar levemente o cabelo dela.

Xhex sorriu.

– Não, eu estou bem. Estou mais do que bem.

Um leve sorriso floresceu naquele belo rosto quando gesticulou com a boca: *Está mesmo...*

– Espere aí, grandão. Você acha que pode me fazer corar como se eu fosse uma garotinha? Com essa conversa doce? – Quando ele confirmou com a cabeça, ela revirou os olhos. – Fique sabendo que eu não sou o tipo de fêmea que fica toda deslumbrada só porque um cara a beija profundamente.

John estava todo másculo quando ergueu uma sobrancelha. E até parece que ela não sentiu um formigamento em suas bochechas.

– Ouça, John Matthew. – Ela tomou seu queixo em sua mão. – Você não vai me transformar numa daquelas fêmeas que ficam piradas por seu amante. Não vai acontecer. Não nasci para isso.

Sua voz era austera e falava sério em cada palavra – só que no instante em que ele girou os quadris e aquela enorme ereção a penetrou, Xhex ronronou.

Ronronou.

O som era totalmente estranho e Xhex o teria engolido de volta garganta abaixo se pudesse. Ao invés disso, simplesmente soltou outro daqueles gemidos que, decididamente, não eram próprios de alguém durão.

John inclinou a cabeça em direção ao seu seio e começou a sugar enquanto continuava empurrando em lentas e constantes penetrações.

Arrebatada, suas mãos encontraram o cabelo dele outra vez, movendo-se pela espessa suavidade.

– Oh, John…

E então ele parou de repente, ergueu os lábios de seu mamilo e sorriu tão largo que foi um milagre não romper os dentes da frente.

Sua expressão refletia um total e completo *Te peguei.*

– Você é um bastardo – disse ela com uma risada.

Ele assentiu com a cabeça. E pressionou dentro dela com toda sua extensão novamente.

Foi perfeito John conseguir mostrar um pouco quem era o chefe. Simplesmente perfeito. De alguma maneira, isso a fez respeitá-lo ainda mais… afinal, ela sempre amou a força em todas as suas formas. Até mesmo nas provocações.

– Não estou me rendendo, sabia?

Ele apertou os lábios e negou com a cabeça, cheio de uma expressão que dizia "*oh, não, claro que não*".

E então John começou a se retirar dela. Quando Xhex grunhiu baixinho em sua garganta, afundou as unhas em seu traseiro.

– Onde você pensa que vai?

John riu silenciosamente, abriu bem as coxas dela e foi descendo até que voltou ao local onde tinha começado… com sua boca envolvendo todo seu sexo.

O nome dele ecoou alto no local, soando ao redor das paredes ladrilhadas enquanto lhe dava mais daquilo que ela queria e precisava.

Ignorar sons de sexo era uma habilidade na qual Blay estava ficando com *muuuuita* prática.

Enquanto saía da sala de musculação, ouviu o eco do nome de John através da porta fechada da sala de reabilitação. Considerando o tom e a intensidade da voz, ficou claro que uma boa conversa não foi o motivo daquilo.

Mas que bom para eles. Considerando como as coisas tinham sido barra pesada com John e como ele ficou naquelas esteiras, aquilo era uma bênção.

Blay levou um segundo pensando se retornava para a mansão e concluiu que se considerasse o tempo que Qhuinn poderia levar, era muito cedo para se dirigir ao seu quarto. Entrando no vestiário, tomou um banho rápido e se trocou, pegando uma roupa de médico da coleção de Vishous. Lá fora, no corredor, ele se apressou, entrando no escritório e fechando a porta.

Um rápido teste de audição e viu que estava tudo tranquilo até onde ele sabia, o que era exatamente o que estava procurando. Infelizmente, ao observar seu relógio, viu que tinha gastado apenas uma hora e meia no total. E pensar que sempre achou que um banho rápido era uma coisa maravilhosa.

Considerando suas alternativas, decidiu se sentar atrás da escrivaninha. Afinal, não ouvir Xhex e John era uma questão de decoro. Ignorar Qhuinn e Layla? Autopreservação.

Muito melhor aguentar o primeiro do que o último.

Sentando-se na cadeira giratória, encarou o telefone.

Saxton beijava muito bem.

Beijava... bem... demais.

Os olhos de Blay se fecharam por alguns instantes quando um calor passou dentro dele, como se alguém tivesse iniciado um incêndio em seu estômago.

Estendeu a mão para o aparelho… e não conseguiu continuar, sua mão ficou suspensa no ar.

E então se lembrou de Layla ao sair rebolando de seu banheiro, indo em direção a Qhuinn.

Tirando o aparelho do gancho, discou o número de Saxton e se perguntou o que diabos estava fazendo enquanto a linha tocava.

– ... Alô...

Blay franziu as sobrancelhas e se endireitou na cadeira do escritório.

– O que há de errado? – Longa pausa. – Saxton?

Houve uma tosse e um chiado.

– Sim, sou eu…

– Saxton, que diabos está acontecendo?

Houve um silêncio terrível.

– Sabe, adorei beijar você. – A voz estrangulada tornou-se melancólica. – E eu amei – outra tosse – estar com você. Poderia olhar para seu rosto por toda a eternidade.

– Onde você está?

– Em casa.

Blay olhou para seu relógio outra vez.

– Onde fica?

– Está tentando bancar o herói?

– Preciso?

Desta vez, a tosse não parou depois de um breve momento.

– Acho que... eu... tenho que desligar.

Houve um clique e a ligação foi interrompida.

Com seus instintos gritando, Blay saiu às pressas pelo armário no túnel subterrâneo e se desmaterializou depois dos degraus que levavam à mansão.

Tomou forma outra vez em frente à outra porta, centenas de metros mais abaixo.

Na entrada do Buraco colocou seu rosto em frente à câmera e apertou o botão do interfone.

– V.? Eu preciso de você.

Enquanto esperava, rezou para a Virgem Escriba para que Vishous estivesse...

O grande e pesado painel se abriu e V. estava do outro lado, seu cabelo molhado, uma toalha preta ao redor da cintura. *Empire State of Mind*, de Jay-Z, soava numa batida ao fundo e o odor do tabaco turco de excelente qualidade flutuava no ar.

– O que foi?

– Preciso que consiga um endereço para mim.

Aqueles frios olhos prata se estreitaram, a tatuagem em sua têmpora esquerda se contraiu.

– Que tipo de endereço está procurando?

– Um que se possa conseguir através do número de celular de um civil. – Blay recitou os dígitos que tinha acabado de discar.

V. revirou os olhos e recuou.

– Brincadeira de criança.

E foi mesmo. Algumas investidas no teclado mágico dos brinquedinhos do Irmão e V. ergueu os olhos dos computadores.

– Vinte e um, zero, cinco, condomínio Sienna... O que está fazendo?

Blay falou por sobre o ombro enquanto passava pelos sofás de couro e pela televisão.

– Saindo pela porta da frente.

V. se desmaterializou e bloqueou a saída.

– O sol vai surgir em vinte e cinco minutos, sabia?

– Então não me prenda aqui nem mais um segundo. – Blay ergueu o olhar até os olhos do Irmão. – Deixe-me ir.

Aquilo era inegociável e todo esse sentimento deve ter sido exibido em seu rosto porque V. amaldiçoou baixinho.

– Faça isso rápido ou não vai conseguir voltar.

Quando o Irmão abriu a porta, Blay evaporou no ar saindo direto... e tomou forma no condomínio Sienna, em uma rua muito arborizada, com diversas casas vitorianas de vários tons de cor. Disparou até o 2105, número que estava perfeitamente legível numa placa pintada de verde escuro com um enfeite cinza e preto. A varanda da frente e a porta lateral estavam iluminadas por lanternas, mas do lado de dentro estava tudo escuro.

O que fazia sentido. Seguindo o caminho das vidraças com vidro duplamente refletido, havia venezianas internas por todo o local.

Não havia como passar por elas.

Sem muitas opções de infiltração, uma vez que aqueles protetores nas janelas sem dúvida continham aço, Blay subiu em direção à porta da frente e tocou a campainha.

A luz fraca do horizonte já aquecia suas costas, mesmo não sendo forte o suficiente para sequer projetar sombras. Maldição, onde estava a câmera? Se V. tinha encontrado a casa certa – e... qual é, ele sempre encontrava – deveria ter um sistema de monitoramento de circuito fechado...

Ah, sim, nos olhos do leão no batedor da porta.

Inclinando-se para frente, encontrou o rosto de metal e bateu com os punhos.

– Deixe-me entrar, Saxton. – Quando seus ombros e coluna se aqueceram ainda mais, Blay estendeu a mão atrás de si e ajeitou a parte de cima das roupas que tinha colocado.

O clique da fechadura e a volta na maçaneta fizeram com que ele passasse rapidamente a mão sobre seu cabelo úmido.

Abriu-se apenas uma fresta na porta e pôde ver a casa envolta em densas sombras.

– O que você está fazendo – tosse – aqui?

Blay congelou quando sentiu cheiro de sangue.

Batendo seu ombro nos pesados painéis, investiu seu corpo para dentro.

– Que diabos...

A voz de Saxton retrocedeu.

– Vá para casa, Blaylock. Por mais que eu o adore, não estou em condições de recebê-lo no momento.

Dane-se. Com um rápido movimento, Blay os fechou para manter o sol do lado de fora.

– O que aconteceu? – Embora soubesse. De uma maneira instintiva, ele sabia. – Quem bateu em você?

– Eu estava prestes a tomar banho. Gostaria de se juntar a mim? – Quando Blay engoliu em seco, Saxton riu um pouco. – Tudo bem. Vou tomar um banho e você tomará um café. Pois parece que é meu convidado para passar o dia.

Houve o som da fechadura girando na porta e, em seguida, o macho se afastou arrastando os pés – o que sugeria que ele poderia estar mancando.

Embora não fosse possível ver Saxton na densa escuridão, os sons dele caminhando se dirigiam à direita. Blay hesitou. Não havia sentido em verificar seu relógio outra vez. Sabia que a chance de voltar já tinha passado.

Ele ia mesmo ficar durante o dia.

O outro macho abriu caminho para dentro de um porão, revelando um conjunto de degraus mal iluminados que conduziam à parte inferior. No suave brilho da iluminação, o lindo cabelo loiro de Saxton estava empapado com uma mancha cor de ferrugem.

Blay marchou adiante e agarrou o braço do cara.

– Quem fez isso com você?

Saxton se recusou a olhar para trás, mas seu profundo tremor disse muito sobre o que sua voz já tinha revelado: estava cansado e com dor.

– Digamos... que eu não irei mais a um bar de charutos tão cedo.

Aquele beco do lado do bar... droga, Blay foi embora primeiro, mas concluiu que Saxton tinha feito o mesmo.

– O que aconteceu depois que eu fui embora?

– Não importa.

– Até parece que não!

– Se pudesse fazer a gentileza, permita-me – mais daquela maldita tosse – voltar para a cama. Especialmente se for ficar irritado. Não estou me sentindo muito bem.

Com isso, olhou por cima do ombro.

A respiração de Blay disparou em seus pulmões.

– Oh... meu Deus – sussurrou.

Capítulo 46

O sol estava prestes a rasgar o véu da floresta quando Darius e Tohrment tomaram forma em frente à pequena cabana com teto de palha a quilômetros e quilômetros de distância do local da abdução e da mansão ao lado... e daquela coisa reptiliana que os cumprimentou naquele úmido corredor subterrâneo.

– Tem certeza disso? – Tohrment perguntou, mudando sua bolsa de ombro.

Naquele momento, Darius não tinha certeza de nada. Na verdade, estava surpreso por ele e o garoto terem conseguido sair daquela casa sympatho *sem lutar. De fato, foram escoltados como se tivessem sido convidados.*

Por outro lado, devoradores de pecados sempre procuravam manter vantagem em tudo e, com certeza, Darius e Tohrment estavam muito agradecidos de sair daquela casa vivos e não o contrário.

– Tem certeza? – Tohrment perguntou outra vez. – Você hesitou em entrar.

– Ah, minha demora não tem nada a ver com você. – Darius se adiantou e pegou o caminho de terra batida que levava à porta da frente da casa, o mesmo que foi criado pelas repetidas vezes que passou com suas botas por ali. – Não posso permitir que durma no chão frio de pedra da Tumba. Minha casa é rústica, mas tem um teto e paredes suficientes para abrigar não apenas uma pessoa, mas duas.

Por um breve momento, imaginou uma fantasia onde vivia como antes, em um castelo cheio de quartos, doggen *e uma mobília adorável em um lugar extremamente luxuoso onde podia abrir suas portas para amigos e familiares e ter aqueles a quem amava protegidos, seguros e supervisionados.*

Talvez encontrasse uma maneira de ter aquilo outra vez.

No entanto, considerando que não tinha nem família nem amigos, aquilo era algo que nem de longe conseguiria buscar com muito entusiasmo.

Liberando o trinco de ferro fundido, colocou seu tronco contra a porta de carvalho – o que, considerando seu tamanho e peso, parecia mais uma parede móvel. Depois que entraram, acendeu a lâmpada a óleo que pendia na entrada e os fechou lá dentro, deitando uma larga viga grossa ao longo da porta.

Tão modesto. Apenas uma cadeira diante da lareira e uma cama improvisada do outro lado. E não havia muito mais que isso no subsolo, apenas uma boa provisão de alimentos e um túnel escondido que terminava nos limites da floresta.

– Vamos comer alguma coisa? – Darius disse enquanto começava a se desarmar.

– Sim, senhor.

O garoto removeu suas próprias armas e foi até a lareira, agachando-se para acender o sistema de aquecimento que era sempre bem-vindo quando não provocava um incêndio. Quando o cheiro da fumaça do musgo se desvaneceu, Darius levantou a porta do alçapão do chão de terra e foi para o subsolo pegar sua comida, sua cerveja e seus pergaminhos. Voltou com queijos, pães e carne de cervo defumada.

O fogo lançou um brilho no rosto de Tohr enquanto aquecia as mãos e perguntou:

– O que deduz disso tudo?

Darius se uniu ao garoto e dividiu o pouco que tinha a oferecer com o único convidado que já esteve naquela casa.

– Sempre acreditei que o destino às vezes junta estranhos companheiros. Mas pensar que nosso interesses possam estar alinhados com uma daquelas... coisas... é uma aberração. Por outro lado, ele pareceu igualmente chocado e consternado. Na verdade, aqueles devoradores de pecado não nos têm em maior consideração do que temos com relação a eles. Somos apenas ratos em seus pés.

Tohrment tomou a cerveja do frasco.

– Nunca desejaria misturar meu sangue com o deles... eles provocam nojo aos meus sentidos. Todos eles.

– E eles sentem o mesmo. O fato de que seu filho de sangue tomou aquela fêmea e a manteve ali por um dia sequer dentro das paredes de sua

casa o deixa doente. Está tão interessado quanto nós que cada um deles retorne para suas respectivas famílias.

– Mas por que usar nossos serviços?

Darius sorriu friamente.

– Para punir o filho. É a punição perfeita... uma fêmea dessa espécie despertar seu "amor" e depois deixá-lo com o fardo da ausência, bem como com o conhecimento de que seres inferiores o superaram. E se a trouxermos para casa em segurança? A família dela irá se mudar e a levará para bem longe e nunca, jamais, permitirá que esse mal se abata sobre ela novamente. Ela ainda viverá muito e a descendência daquele devorador de pecados saberá disso, enquanto ele respirar. Isto está na natureza deles... e é precisamente o tipo de impacto que o pai não conseguiria empreender sem você ou eu. Foi por isso que nos disserem onde ir e o que encontraríamos.

Tohrment balançou a cabeça como se não tivesse entendido a linha de raciocínio da outra raça.

– Ela estará arruinada aos olhos de sua linhagem. Com certeza, a glymera *irá rejeitar todos eles.*

– Não, não irão. – Darius ergueu a mão para interromper a fala do garoto. – Por que nunca saberão. Ninguém saberá. Este segredo deverá permanecer entre mim e ti. Na verdade, o devorador de pecados não tem motivos para falar sobre isso, pois sua própria espécie o afastaria... assim, a fêmea será preservada da desonra.

– Porém, como conseguiremos enganar Sampsone de tal maneira?

Darius trouxe a jarra de cerveja até seus lábios e bebeu.

– Amanhã, ao cair da noite, devemos seguir para o norte, como o devorador de pecados sugeriu. Devemos achar o que é nosso e trazê-la para casa, para sua família de sangue e dizer a eles que foi um humano.

– E se a fêmea falar?

Darius tinha pensado nisso.

– Suspeito que como filha da glymera, *ela tem plena consciência do quanto tem a perder se fizer isso. O silêncio protegerá não só a ela, mas sua família.*

Contudo, aquela lógica supunha que ela estaria em seu juízo perfeito quando fosse encontrada. E esse poderia não ser bem o caso. Sendo assim, que a Virgem Escriba alivie a alma torturada da fêmea.

– Pode ser uma emboscada – Tohrment murmurou.

– Talvez, mas eu não acredito. Além disso, não tenho medo de qualquer conflito. – Darius ergueu o olhar para seu protegido. – A pior coisa que pode acontecer é que eu morra na busca de uma inocente... e essa é a melhor maneira de morrer. E se isso for uma armadilha, garanto que levarei uma legião em meu caminho para o Fade.

A face de Tohrment brilhou com respeito e reverência e Darius sentiu tristeza diante daquela exibição de confiança. Se o garoto tivesse tido um pai de verdade, ao invés de um selvagem cheio de luxúria, não teria sentido tal coisa em relação a um estranho.

Muito menos aconteceria naquela modesta cabana.

Contudo, Darius não teve coragem de dizer isso ao seu convidado.

– Mais queijo?

– Sim, obrigado.

Quando terminaram a refeição, os olhos de Darius se voltaram para suas adagas negras, que estavam penduradas nos suportes que usava junto ao peito. Tinha uma estranha convicção de que não levaria muito tempo para que Tohrment tivesse um conjunto daquele... o garoto era esperto, engenhoso e seus instintos eram bons.

Claro, Darius não tinha visto o garoto lutar ainda. Mas chegaria o momento. Naquela guerra, tal momento sempre chegava.

A testa de Tohrment franziu sob a luz do fogo.

– Quantos anos disseram que ela tinha?

Darius limpou a boca em um pano e sentiu que a nuca ficava tensa.

– Não sei.

Os dois caíram em silêncio e Darius, de repente, soube que a informação que girava em sua mente também estava na de Tohrment.

A última coisa que a situação precisava era de uma complicação ainda maior.

Infelizmente, com emboscada ou não, iriam seguir para o norte, para a área costeira que o sympatho *tinha indicado. Uma vez lá, seguiriam um quilômetro e meio para fora da pequena vila e encontrariam, sob o penhasco, o refúgio que o devorador de pecados havia descrito... Descobririam, então, se tinham sido remetidos a uma mentira.*

Ou se foram utilizados para outros fins que alinhavam os objetivos deles e os daquele magro réptil.

No entanto, Darius não estava realmente preocupado. Devoradores de pecados não eram confiáveis, mas eram egoístas de uma maneira compulsiva... e vingativos, mesmo contra os próprios filhos.

Era um caso de quando a natureza se sobressai ao caráter: você não pode prever o caráter de uma pessoa; mas a natureza o faz absolutamente previsível.

Ele e Tohrment encontrariam o que estavam procurando ao norte, próximo ao mar. Simplesmente sabia disso.

A questão era: em quais condições estaria a pobre fêmea...?

Capítulo 47

Quando John e Xhex finalmente emergiram de seu pequeno momento de intimidade, a primeira parada foi o chuveiro do vestiário. E assim como alimentar-se é importante depois de um exercício pesado, um banho é crucial depois de tudo o que fizeram. Revezaram-se, Xhex entrou primeiro.

Enquanto John esperava a sua vez no corredor, pensava que era engraçado: deveria estar exausto. Ao invés disso, sentia-se energizado, vivo, cheio de força. Nunca tinha se sentido tão forte assim... nunca.

Xhex saiu do vestiário.

– Sua vez.

Cara, ela estava muito sexy, o cabelo curto ondulava-se ao secar, o corpo estava vestido com uma roupa de médico, os lábios vermelhos. Imagens do que haviam feito juntos deixaram-no excitado e ele acabou indo de costas até a porta, apenas para manter os olhos nela.

Assim, quando ela sorriu para ele, seu coração partiu ao meio: o calor e a ternura a transformavam em algo mais que encantador.

Era sua fêmea. Eternamente.

Quando a porta se fechou suavemente entre eles, sentiu um pânico quando a fechadura fez um "clique" de encaixe, como se Xhex não estivesse apenas fora de sua visão, mas absolutamente ausente. O que era uma loucura. Espantando a paranoia, tomou banho rapidamente e vestiu um uniforme médico, ignorando como havia sido rápido no banho.

Ela ainda estava ali quando saiu, e apesar de ter a intenção de pegar a sua mão para se dirigirem até a mansão, acabou abraçando-a com força.

A questão era que todos os mortais acabam perdendo aqueles que amam. É assim que a vida funciona. Mas na maior parte do tempo essa realidade fica distante na mente das pessoas até que o fato perde importância. Contudo, vez ou outra surgem lembretes: os "quase", os "por pouco" e os "oh Deus, por favor, não", que rompem a cadeia e fazem você parar para examinar o que existe em seu coração. Como quando uma forte dor de cabeça acaba sendo apenas uma enxaqueca; ou quando num acidente o carro tem perda total, mas o assento do bebê e os *airbags* salvam todos lá dentro; ou quando alguém que foi sequestrado consegue voltar do cativeiro... esses acontecimentos fazem você acordar e desejar abraçar a pessoa que ama.

Deus, nunca havia pensado muito sobre isso antes, mas desde o primeiro batimento cardíaco do corpo, uma campainha é acionada e um relógio começa a correr. Uma negociação que não se tem consciência de ter aceitado é colocada em jogo, com o destino segurando todas as cartas. Enquanto os minutos, horas, dias, meses e anos passam, a história é escrita enquanto você corre contra o tempo até a última batida de seu coração, que marca o fim do percurso e registra as vitórias e derrotas.

Estranho como a mortalidade fazia daqueles momentos com ela infinitos.

E enquanto segurava Xhex contra ele, sentia o calor dela ampliar o seu, sentia-se rejuvenescido até a essência de seu ser, equilibrado, respirando no território do "vale a pena viver".

O ronco do estômago dele foi o que os separou.

– Vamos lá – disse ela. – Precisamos alimentar essa fera.

Ele assentiu, agarrou a mão dela e começou a andar.

– Tem que me ensinar a linguagem dos sinais – Xhex disse enquanto iam para o escritório e abriam a porta da despensa. – Tipo, agora.

Ele assentiu outra vez enquanto entravam no limitado espaço e Xhex os fechava ali dentro juntos. Hum... outra dose de intimidade. Porta fechada... roupas soltas...

O macho safado nele avaliou o espaço que tinham para se movimentarem, fazendo com que seu membro estremecesse dentro da roupa médica. Se ela colocasse suas pernas ao redor de seus quadris, poderiam se encaixar bem...

Xhex chegou mais perto e colocou a mão sobre a ereção que havia atrás do fino algodão que cobria seus quadris. Na ponta dos pés, roçou o pescoço dele com os lábios, uma presa arranhava sua jugular.

– Se continuarmos assim, nunca vamos encontrar uma cama. – Ela baixou ainda mais a voz enquanto o acariciava. – Deus, você é grande... Já disse o quanto você entra profundamente em mim? Vai bem fundo. É booom e muito profundo.

John caiu contra uma pilha de blocos de papéis jurídicos amarelos, derrubando-os da prateleira. Enquanto lutava para pegá-los antes que caíssem todos ao chão, ela o deteve, erguendo-o outra vez.

– Fique onde está – ela disse, ajoelhando-se. – Gosto muito dessa visão.

Enquanto ela tentava pegar o que tinha caído, seus olhos se fixaram na ereção dele – a qual, naturalmente, fez uma tentativa de se libertar, pressionando o que a mantinha oculta de seu olhar, sua boca, seu sexo.

As mãos de John se agarraram à borda de uma das prateleiras enquanto a observava olhar para ele, sua respiração soava como uma serra em seus pulmões.

– Acho que peguei todos os blocos – ela disse depois de um momento. – É melhor que coloquemos todos de volta no lugar.

Ela encostou nas pernas dele e lentamente começou a levantar-se, o rosto acariciando os joelhos, as coxas...

Xhex passou por cima de seu membro, os lábios acariciando a parte inferior da coisa. Quando John relaxou a cabeça, recostando-a na prateleira, ela continuou seu caminho ascendente de modo que seus seios foram os próximos a tocar aquele lugar elétrico.

Ela finalizou a tortura ao colocar os blocos de papéis de volta no lugar... enquanto esmagava seus quadris contra os dele.

Em seu ouvido, sussurrou:

– Vamos comer rápido.

Claro. Bem. Rápido.

Ela se afastou dele depois de dar uma mordiscada na orelha, mas ele ficou beeem onde estava. Pois se o uniforme cirúrgico fizesse um pouco mais de atrito naquela equação que envolvia seu pênis, ficaria coberto com seu próprio orgasmo.

O que geralmente não era ruim, ao menos não quando estava com ela, mas era preciso levar em conta que aquele não era exatamente um lugar privado. A qualquer momento podia entrar algum dos Irmãos ou suas *shellans* e se deparar com aquela visão, ninguém se sentiria bem com a situação.

Depois de praguejar e fazer um verdadeiro reposicionamento abaixo da cintura, John teclou um código e abriu caminho até o túnel.

– Então, qual é o sinal para a letra A? – ela perguntou enquanto saíam e começavam a caminhar.

Quando chegaram ao "D" estavam saindo da porta oculta que havia embaixo da escada principal da mansão. A letra "I" foi ensinada no interior da cozinha, a caminho da geladeira. O "M" foi feito em meio a um par de sanduíches... e por estarem de mãos ocupadas com o peru assado, a maionese, a alface e o pão, não avançaram muito no alfabeto. Nem durante o tempo em que se empenharam em comer, apenas "N", "O" e "P", mas ele percebia que ela estava praticando em sua mente, seus olhos fixos na meia distância que havia entre eles, evidenciando que repassava mentalmente o que havia lhe ensinado.

Ela aprendia rápido e isso não era uma surpresa. Limpando a louça, foram do "Q" ao "V" e estavam saindo da cozinha quando ele ensinou o "X", o "Y" e o "Z"...

– Que bom, eu estava lhe procurando. – Z. se deteve no arco que separava a sala de jantar. – Wrath convocou uma reunião. Xhex, você vai querer estar lá.

O Irmão girou em um passo lento, cruzou o mosaico de macieira que havia no piso do saguão e dirigiu-se à grande escadaria.

– Seu rei costuma fazer isso no meio do dia? – perguntou Xhex.

John balançou a cabeça e ao mesmo tempo gesticulou e fez com a boca: *está acontecendo alguma coisa*.

O casal seguiu Z. rapidamente, subindo as escadas de dois em dois degraus.

No segundo andar, toda a Irmandade estava amontoada no escritório de Wrath e o rei estava sentado no trono de seu pai atrás da escrivaninha. George estava deitado junto a seu dono e Wrath acariciava a cabeça do *golden retriever* com uma de suas mãos, enquanto com a outra fazia girar no ar um abridor de cartas em forma de adaga.

John ficou atrás, não só porque o local estava lotado de corpos grandes. Ele queria estar perto da porta.

O humor de Xhex havia mudado completamente.

Parecia que havia trocado a roupa emocional, tinha mudado de uma camisola de flanela para uma armadura: estava inquieta ao seu lado, deslocando seu peso para frente e para trás, passando de um pé a outro.

Ele sentia o mesmo.

John olhou em volta. Do outro lado, Rhage estava abrindo um pirulito e V. acendia um cigarro enquanto colocava Phury no viva-voz. Rehv, Tohr e Z. andavam para lá e para cá e Butch estava em seu sofá posando de Hugh Hefner, o fundador da Playboy, com seu roupão de seda. E Qhuinn estava apoiado contra a parede perto das cortinas de um azul pálido e era evidente que tinha acabado de fazer alguns movimentos sensuais: seus lábios estavam vermelhos, havia marcas de dedos em seu cabelo e tinha metade da camisa para fora da calça.

O que levava a perguntar se ele não estava escondendo uma ereção.

Onde estaria Blay? E com quem Qhuinn tinha acabado de ter relações?

– Então, V. recebeu uma maldita mensagem de voz. – Enquanto Wrath falava, seus óculos escuros examinavam a multidão, ainda que por trás deles estivesse totalmente cego. – Ao invés de ficar explicando, vou reproduzir para vocês.

Vishous colocou o cigarro entre os lábios enquanto acionava o telefone e dançava com os dedos sobre os números do teclado, discando e colocando as senhas.

E então John ouviu aquela voz. Aquela maldita voz pretensiosa.

– Aposto que não esperavam ter notícias minhas outra vez. – O tom de Lash era de sinistra satisfação. – Surpresa, filhos da mãe, e adivinhem? Estou prestes a fazer um favor para vocês. Talvez queiram saber que esta noite houve uma indução em massa na Sociedade Redutora. Em uma fazenda na Rodovia 149. Aconteceu por volta das quatro da manhã, então, se moverem seus traseiros e se dirigirem para lá assim que a noite cair, pode ser que ainda os encontrem vomitando por todo o lugar. Só para informá-los, usem botas à prova d'água... aquilo está uma bagunça, tem sangue por toda parte. Ah, e diga à Xhex que ainda posso sentir seu sabor...

V. interrompeu o viva-voz.

Quando os lábios de John se abriram revelando suas presas, soltou um rosnado mudo e o quadro que estava na parede atrás dele estremeceu.

Quando George choramingou, Wrath o acalmou e apontou o outro lado da sala com o abridor de cartas.

– Terá sua oportunidade com ele, John. Juro sobre o túmulo de meu pai. Contudo, preciso que se concentre no jogo agora, entende?

Era mais fácil dizer do que fazer. Refrear o impulso assassino era como tentar conter um *pitbull* com uma das mãos atrás das costas.

Junto a ele, Xhex franziu a testa e cruzou os braços sobre o peito.

– Estamos entendidos? – perguntou Wrath.

Quando finalmente John assoviou concordando, Vishous exalou uma nuvem de fumaça de tabaco turco e clareou a garganta.

– Ele não deixou um endereço exato para esse tal massacre. E eu tentei rastrear o número do qual ligou e não consegui nada.

– O que eu gostaria de saber é... – disse Wrath – que porcaria está acontecendo? Ele é o chefe da Sociedade Redutora... então, se a mensagem fosse algo do tipo "eu sou o melhor dentre todos eles", legal, eu entenderia. Mas não foi isso o que entendi.

– Ele está delatando. – Vishous apagou o cigarro no cinzeiro. – Isso é o que soou para mim... entretanto, eu não apostaria nenhuma parte do meu corpo nisso.

Agora que John tinha enjaulado o seu inferno interior e era capaz de raciocinar corretamente, sentia-se inclinado a concordar com o Irmão. Lash era um bastardo egoísta e tão confiável quanto uma cascavel, mas a questão era que, quando não se podia contar com a moralidade, definitivamente podia se contar com o narcisismo: isso fazia com que o bastardo fosse totalmente previsível.

John tinha certeza disso... a ponto de ter a impressão de já ter passado por tudo aquilo antes.

– É possível que tenha sido destronado – murmurou Wrath. – Será que o bom e velho pai decidiu que o filho não era tão divertido, afinal? Ou será que o novo brinquedinho já quebrou? Há alguma coisa na estranha biologia de Lash que possa estar aparecendo somente agora? Quero ir até lá pensando que é uma emboscada...

Na sala houve um grande consenso pelo plano, assim como alguns comentários agressivos envolvendo o traseiro de Lash e vários tipos de instrumentos de grande calibre que poderiam utilizar nele, sendo que botas eram as menos criativas.

Por exemplo, John tinha sérias dúvidas de que Rhage pudesse de fato estacionar seu carro no lugar onde o *sol não brilha* do cara. Ou sequer gostaria mesmo de fazer isso.

Cara... que sequência de acontecimentos. E ainda assim não era mesmo nenhuma surpresa... se o que estivessem imaginando de fato tivesse acontecido. O Ômega era conhecido por trocar de *Redutor Principal* tão rápido quanto um relâmpago e o sangue não era tão importante quanto o mal, por assim dizer. E se Lash foi jogado na sarjeta, a sua ligação para a Irmandade, mesmo com o propósito de mostrar o dedo do meio para seu pai, era uma manobra brilhante... especialmente quando os *redutores* estão mais fracos, logo após suas induções e, portanto, incapazes de se defenderem.

Os Irmãos poderiam limpar a casa.

Jesus Cristo, pensou John. O destino às vezes junta estranhos companheiros.

Xhex estava fervendo em fogo baixo enquanto permanecia em pé junto a John naquele escritório que, salvo pela mesa de trabalho e o trono, poderia ser a sala de estar de uma fêmea francesa.

O som da voz de Lash saindo daquele telefone a fez sentir como se o seu estômago tivesse sido esfregado com amônia, a queimação e a agitação produziam uma rotina desagradável com aquele pobre e bem-intencionado sanduíche de peru que tinha acabado de comer.

E a conclusão de Wrath de que John ia defender a honra dela não acalmava as coisas.

– Então vamos nos infiltrar – disse o Rei Cego. – Ao cair da noite, todos vocês dirijam-se à Rodovia 149 e...

– Eu irei agora – ela falou alto e claro. – Dê-me algumas armas e uma faca e vou checar isso agora mesmo.

Certo. Nem tirando o pino de uma granada de mão e atirando no meio da sala ela poderia ter conseguido mais atenção.

Enquanto a grade emocional de John ficava negra com um "oh não você não vai", Xhex começou a contagem regressiva para a explosão.

Três... dois... um...

– Essa é uma oferta muito generosa – disse o rei adotando um tom de "vamos tentar persuadir a fêmea". – Mas eu penso que é melhor...

– Não pode me deter. – Ela deixou cair os braços... então disse a si mesma que não estava a ponto de atacar fisicamente o cara. De verdade. Não estava.

O sorriso do rei foi quase tão quente quanto gelo seco.

– Sou o soberano aqui. O que significa que se digo que deve aguardar, você vai fazer isso.

– E eu sou uma *sympatho*. Não faço parte de seus súditos. Sendo mais objetiva: você é inteligente o suficiente para não enviar o que tem de melhor – ela fez um gesto ao redor da sala – em uma possível emboscada feita pelo inimigo. Estou disponível... ao contrário deles. Pense nisso. Vai perder um deles apenas porque não quer que eu pegue um pouco de sol hoje?

Wrath riu de maneira rígida.

– Rehv? Poderia ponderar sobre isso como rei da raça dela?

Do outro lado da sala, seu antigo chefe e querido amigo, olhou fixamente para ela com seus olhos ametistas que sabiam demais.

Você vai se matar – disse a ela em pensamento.

Não me detenha – ela respondeu. – *Nunca irei perdoá-lo.*

Continue agindo assim e o perdão é a última coisa com a qual vou me preocupar. Sua pira funerária vai tomar mais do meu tempo.

Não o detive quando foi até a colônia quando precisou. Inferno, você atou minhas mãos, então não pude. Está dizendo que não mereço minha vingança? Vá se ferrar!

Rehvenge apertou a mandíbula com tanta força que quando finalmente abriu a boca, Xhex se surpreendeu que não tivesse cuspido pedaços de dente.

– Ela pode ir e fazer o que quiser. Você não pode salvar uma pessoa se ela não quiser embarcar no maldito bote salva-vidas.

A fúria do macho absorveu a maior parte do ar da sala, mas ela estava tão concentrada que não precisava que seus pulmões funcionassem direito mesmo.

A obsessão era tão boa quanto o oxigênio. E qualquer coisa que tivesse a ver com Lash era combustível para seu fogo.

– Preciso de armas – disse ela para o grupo. – E roupas de couro e um telefone para comunicação.

Wrath rosnou baixo e profundo. Como se fosse tentar prendê-la mesmo contrariando a autorização de Rehv.

Caminhando para frente, Xhex plantou as palmas das mãos na mesa de trabalho do rei e inclinou-se.

– Pode me perder ou correr o risco de perdê-los. Qual a sua resposta, vossa alteza?

Wrath levantou-se, e por um momento, Xhex captou um claro sinal de que apesar dele ocupar o trono, ainda era totalmente letal.

– Cuidado. Com. O tom de voz. Na minha maldita casa.

Xhex inalou profundamente e se acalmou.

– Peço desculpas. Mas precisa entender o meu lado.

Enquanto o silêncio se expandia, ela podia sentir a ameaça iminente de John... e soube que mesmo passando pelo bloqueio do rei, ainda teria que gastar um bom tempo negociando com o macho que estava perto da porta. Mas a sua partida não estava aberta a discussões com ninguém.

Wrath amaldiçoou baixo e longamente.

– Certo. Vá. Não serei responsável se você se matar.

– Vossa alteza, nunca foi responsável por isso. Ninguém é, apenas eu... e nenhuma coroa mudará isso.

Wrath olhou na direção de V. e praticamente grunhiu:

– Eu quero essa fêmea coberta de armas.

– Sem problemas. Vou abastecê-la bem.

Quando começou a acompanhar Vishous, ela parou em frente a John e desejou que houvesse uma maneira diferente de jogar – especialmente quando ele a segurou pelo braço com força. Mas o fato era que a oportunidade estava lá fora e ela tinha até o cair da noite para aproveitá--la: se havia alguma pista de onde Lash poderia estar, seria melhor que a usasse para chegar até ele se quisesse dar um bote certeiro sobre o bastardo. Ao anoitecer? John e a Irmandade estariam livres para encarregar-se da situação... e eles não iriam hesitar em matar o alvo.

Sim, Lash teria que pagar pelo que tinha feito a ela, mas precisava ser a única a cobrar essa dívida, afinal, essa era sua especialidade: enterrar aqueles que a fizeram sofrer.

Em voz baixa, para que ninguém mais pudesse ouvi-la, Xhex disse:

– Não sou alguém que precise proteger, e sabe *muito bem* porque tenho que fazer isso. Se você me ama como acredita que ama, soltará meu braço. Antes que eu o arranque de sua mão.

Quando ele empalideceu, ela rezou para não ter que usar a força bruta.

Mas não foi necessário. Ele liberou o braço.

Atravessando a porta do escritório, passou na frente de V. e ladrou sobre o ombro:

– O tempo está passando, Vishous. Preciso de armas.

Capítulo 48

Quando Xhex saiu com V., o primeiro pensamento de John foi descer as escadas, colocar-se em frente à porta e bloquear fisicamente a saída dela.

O segundo pensamento foi de ir com ela... embora isso apenas aumentaria o problema com a Irmandade.

Jesus Cristo, toda vez que pensava ter alcançado um novo nível com ela, o tapete era puxado debaixo de seus pés e aterrissava num ponto mais difícil e infernal: ela tinha acabado de se oferecer para ir a um local desconhecido que ela mesma admitiu ser perigoso demais para os Irmãos. E estava fazendo isso sem apoio e sem deixar nenhuma opção de ajudá-la se fosse atingida.

Enquanto Wrath e Rehv caminhavam até John, o escritório entrou novamente em foco diante de seus olhos e ele percebeu que todos já tinham ido embora – exceto Qhuinn, que estava se movimentando sem parar num dos cantos da sala, franzindo a testa para seu celular.

Rehvenge exalou profundamente, com certeza estava no mesmo maldito barco que John.

– Escute, eu...

John gesticulou rápido: *Que diabos você está fazendo, deixando-a sair daquele jeito?*

Rehv passou mão sobre o corte de cabelo moicano.

– Vou cuidar dela...

Você não pode sair durante o dia. Como diabos vai...

Rehv rosnou de maneira profunda e baixa.

– Cuidado com a sua atitude, garoto.

Certo. Ok. Disse a coisa errada, no dia errado: John chegou bem perto do rosto do cara, despiu suas presas e pensou em voz alta e clara: *É a minha fêmea lá fora. Sozinha. Então, pode pensar o inferno que quiser sobre a minha atitude.*

Rehv amaldiçoou e fixou um olhar duro em John.

– Tenha cuidado com essa coisa de "sua fêmea"... estou apenas dizendo. No final, o jogo dela não envolve ninguém além dela mesma, entende?

O primeiro instinto de John foi dar um soco no bastardo, simplesmente acertá-lo nos olhos.

Rehv riu com força.

– Quer tentar? Por mim tudo bem. – Colocou sua bengala vermelha de lado e jogou seu casaco de pele nas costas de uma cadeira ornamentada. – Mas isso não vai mudar nada. Acha que alguém pode entendê-la melhor do que eu? Eu a conheço a mais tempo do que você vive.

Não, não conhece, John pensou, por algum motivo estranho.

Wrath se colocou entre eles.

– Ok, ok, ok... Cada um para um lado, meninos. Vocês estão pisando em um tapete muito fino. Se deixarem cair sangue nele, Fritz vai me azucrinar até não poder mais.

– Olha, John, não estou tentando irritá-lo – Rehv murmurou. – Só que eu sei como é amá-la. Não é culpa dela ser assim, mas é terrível para as outras pessoas, confie em mim.

John deixou cair os punhos. Droga, por mais que quisesse argumentar, o filho da mãe provavelmente estava certo.

Risque o "provavelmente". Ele *estava* certo... John tinha aprendido isso da maneira mais difícil. Várias vezes.

É verdade, assinalou com a boca.

– Isso resume tudo muito bem.

John deixou o escritório e desceu para o saguão com alguma esperança vã de que poderia convencê-la a não sair. Enquanto andava sobre o piso de mosaico, cortando o caminho sobre o desenho da macieira, pensou no abraço que compartilharam do lado de fora do vestiário. Eles estavam tão próximos, como diabos chegaram a... isso?

Aquele momento aconteceu mesmo? Ou seu lado sensível tomou forma apenas para mostrar o quanto ele era patético?

Dez minutos depois, Xhex e V. saíram pela porta secreta sob a grande escadaria.

Quando ela caminhou atravessando o saguão, estava como quando John a viu pela primeira vez: calças de couro preta, botas e camiseta regata preta. Havia uma jaqueta de couro pendurada em sua mão e armas amarradas ao seu corpo em quantidade suficiente para equipar uma equipe da SWAT.

Ela fez uma pausa ao se aproximar dele, e quando seus olhos se encontraram, pelo menos ela não se incomodou em dizer qualquer coisa do tipo "vai dar tudo certo". Por outro lado, ela não ia ficar. Nada do que ele pudesse dizer mudaria isso – a determinação era evidente em seus olhos.

Considerando as coisas como estavam agora, ele achou muito difícil acreditar que ela havia algum dia envolvido os braços ao redor dele.

Assim que V. abriu a porta do saguão, ela virou-se e atravessou a porta sem uma palavra, nem mesmo um olhar para trás.

Vishous trancou novamente a porta enquanto John olhava para os painéis pesados e se perguntava em quanto tempo exatamente poderia abrir caminho para sair através deles.

O raspar de um isqueiro foi seguido por uma expiração lenta.

– Dei a ela o melhor de tudo. Duas armas calibre 40. Três pentes para cada arma. Duas facas. Um celular novo. E ela sabe como usar tudo.

A mão pesada de V. bateu-lhe no ombro e apertou e, em seguida, o Irmão partiu, as botas pisando num ritmo pesado por todo o chão de mosaico. Um segundo depois, a porta oculta pela qual Xhex emergiu fechou-se enquanto ele descia pelo túnel para voltar ao Buraco.

Desamparo realmente não combinava com ele, John pensou, sua mente começando a zumbir da mesma maneira que tinha feito quando Xhex o havia encontrado no chão do chuveiro do vestiário.

– Quer assistir à TV?

John franziu a testa ao ouvir a voz calma e olhou para a direita. Tohr estava na sala de bilhar, sentado no sofá de frente para a tela plana sobre a lareira ornamentada. Suas botas de combate estavam em cima da mesa de centro, o braço corria ao longo das costas do sofá, o controle remoto encarava a TV Sony.

Ele não o olhou. Não disse mais nada. Ficou apenas mudando os canais.

Escolhas, escolhas, escolhas, John pensou.

Ele poderia sair correndo atrás dela e queimar ao sol. Ficar na frente da porta como um cachorro. Descascar a própria pele com uma faca. Beber até entrar num estado de estupor.

Vindo da sala de bilhar, ouviu um estrondo abafado e depois os gritos de uma multidão.

Atraído pelo som, entrou e parou diante da mesa de sinuca. Sobre a cabeça de Tohr, viu Godzilla pisoteando uma maquete do centro de Tóquio.

Na verdade, um tanto inspirador.

John foi até o bar e serviu-se de uísque, em seguida sentou-se ao lado de Tohr e colocou os pés em cima da mesa também.

Quando se concentrou na televisão, provou o uísque no fundo de sua garganta e sentiu o calor que foi aceso pelo caminho, sentiu o liquidificador em seu cérebro desacelerar um pouco. Depois, mais um pouco. E ainda mais.

Hoje seria um dia difícil, mas pelo menos não estava mais pensando em morrer sob raios de sol.

Algum tempo depois, percebeu que estava sentado ao lado de Tohr, os dois esticados como faziam naquela casa quando Wellsie ainda era viva.

Deus, ultimamente ele estava tão chateado com o cara que tinha esquecido como era fácil só passar um tempo com o Irmão: de alguma maneira, sentiu como se tivesse feito isso por muito tempo, os dois diante do fogo, uma bebida em uma das mãos, a exaustão e o estresse na outra.

Quando Mothra voou para uma ação *asa contra garra* com o Godzilla, John pensou em seu antigo quarto.

Virando-se para Tohr, gesticulou: *Escute, quando estive na casa hoje à noite...*

– Ela contou. – Tohr tomou um gole do seu pequeno copo. – Sobre a porta.

Sinto muito.

– Não se preocupe. Coisas como essas podem ser consertadas.

É verdade, John pensou, voltando-se para a televisão. Ao contrário de tantas outras coisas.

De longe, contra a parede oposta, Lassiter soltou um suspiro sugerindo que alguém tinha cortado fora sua perna e não havia um médico por perto.

– Nunca deveria ter lhe dado o controle remoto. Isso é apenas um cara com uma fantasia de monstro, golpeando uma maquete. *Vamos lá*, estou perdendo o programa da *Maury*.

– Que pena.

– Testes de paternidade, Tohr. Com um botão, está bloqueando testes de paternidade. Isso é um saco.

– Só para você.

Enquanto Tohr mantinha sua visão em Godzilla, John deixou a cabeça cair para trás contra as almofadas de couro.

Quando pensou em Xhex lá sozinha, sentiu como se tivesse sido envenenado. O estresse era literalmente uma toxina na sua corrente sanguínea, deixando-o tonto, nauseado e tenso.

Lembrou-se de como ele pensava antes de encontrá-la. De como estava no controle de seus sentimentos, de como até mesmo se ela não o amasse, ele ainda poderia amá-la, fazer o que era certo e deixá-la viver sua vida e blá, blá, blá.

Pois é, dane-se tudo isso.

Ele não se sentia bem sabendo que ela estava lá fora sozinha. Sem ele. Mas com certeza ela não ouviria a ele ou qualquer outra pessoa.

E quanto você poderia apostar que ela estava lutando para encontrar Lash antes do anoitecer – quando John poderia finalmente estar no campo de batalha. De alguma maneira, não deveria importar qual deles pegaria aquele lixo... mas isso era ele falando racionalmente. Em seu interior, não podia suportar outra fraqueza – como, oh, digamos, sentar de braços cruzados enquanto sua fêmea tentava matar o filho do mal e, provavelmente, seria mortalmente ferida ao fazer isso.

Sua fêmea...

Ah, mas espere. Só porque ele tinha seu nome tatuado nas costas não queria dizer que ele a possuía – era apenas um monte de letras pretas em sua pele. O fato era que *ela* o possuía. Era diferente. Muito diferente.

Significava que ela poderia ir embora com bastante facilidade.

Já tinha ido, na verdade.

Dane-se. Rehv parecia ter resumido a situação melhor do que ninguém: no final, o jogo dela não envolve ninguém além dela mesma.

Algumas horas de sexo não iam mudar isso.

Nem o fato de que, gostasse ou não, havia levado com ela seu coração para lutar à luz do dia.

Qhuinn foi para seu quarto e foi direto para o banheiro com pernas surpreendentemente estáveis. Ficou muito bêbado antes da reunião de emergência ser convocada, mas a ideia da fêmea de John sozinha em plena luz do dia, andando em direção a um desastre, deu um jeito de acabar com a sensação alcoólica.

Por outro lado, estava lidando com dois problemas desse tipo ao mesmo tempo.

Blay também estava lá fora sozinho no mundo.

Bem, não estava sozinho, estava desprotegido.

Aquela mensagem que veio através de um número desconhecido tinha resolvido o mistério de onde ele estava e mais alguns: *Vou passar o dia com Saxton. Estarei em casa depois do anoitecer.*

Assim era Blay. Qualquer pessoa no mundo teria reduzido essa mensagem para: *Passar o dia c Sax. Ksa a nte.*

No entanto, as mensagens do cara eram sempre gramaticalmente corretas. Como se a ideia de deturpar a gramática o fizesse sofrer.

Blay era engraçado assim. Todo adequado e tal: mudava de roupa para as refeições, trocava calças de couro e camisetas por camisas francesas e calças sociais. Tomava banho pelo menos duas vezes por dia, mais se lutasse. Fritz achava seu quarto uma completa frustração porque nunca havia qualquer bagunça para limpar.

Tinha modos à mesa iguais aos de um conde, escrevia cartas de agradecimento que faziam chorar e nunca, nunca falava palavrões na presença de fêmeas.

Deus... Saxton era perfeito para ele.

Qhuinn afundou em sua própria pele quando percebeu isso, imaginando o idioma sendo usado muito corretamente por Blay naquele momento enquanto o outro macho o possuía.

Sem dúvida, o dicionário nunca havia sido tão bem utilizado.

Sentindo-se como se tivesse levado um golpe na cabeça, Qhuinn deixou correr a água fria na pia e salpicou o rosto com o líquido até as bochechas formigarem e a ponta de seu nariz começar a ficar dormente. Enquanto se enxugava com a toalha, voltou a pensar em quando esteve naquela loja de tatuagens, na transa que teve com a recepcionista.

A cortina que separava os dois do resto do lugar era suficientemente fina para que, com seus olhos díspares, porém muito úteis, pudesse ver tudo o que estava acontecendo do outro lado. Via a todos, também. De modo que quando a garota estava de joelhos na frente dele, Qhuinn virou a cabeça, olhou para fora... e viu Blay.

A boca molhada que ele penetrava, de repente já não era mais a boca de uma estranha e sim a de seu melhor amigo, e a mudança levou o sexo de um ato que simplesmente atendia a uma necessidade, a algo incendiário.

Algo importante.

Algo primário, erótico, inebriante.

Por isso Qhuinn a puxou para cima, a girou e a tomou por trás. Só que enquanto golpeava com os quadris em sua fantasia, percebeu que Blay estava observando... e isso mudou tudo. Teve que se lembrar de repente com quem estava transando – e foi por isso que puxou a cabeça da menina junto à sua e obrigou-se a olhar em seus olhos.

Ele não atingiu o orgasmo.

Enquanto ela gozava, ele fingia... a verdade era que sua ereção tinha começado a se desvanecer no instante em que olhou para o rosto dela. A única coisa que o salvou foi que ela claramente não sabia a diferença, estando excitada o suficiente pelos dois... e, além disso, ele fingiu como um profissional, exagerando como se estivesse muito satisfeito depois de tudo.

Mas havia sido uma mentira total.

Com quantas pessoas ele tinha transado assim em sua vida, todos os “Certo, agora esqueça que me conheceu, ok?”. Centenas de pessoas. Centenas e centenas... e tudo isso apesar de atuar no jogo há apenas um ano e meio. No entanto, as noites no ZeroSum, pegando de três a quatro garotas, possibilitaram chegar a um número tão alto em tão pouco tempo.

Claro, muitas dessas sessões foram com Blay, ele e seu amigo pegavam as mulheres juntos. Na verdade, os dois não "interagiam" durante as orgias no banheiro do clube... mas com certeza observavam um ao outro. E imaginavam como seria. E talvez acontecesse uma masturbação ocasional, quando a lembrança era muito vívida.

Pelo menos da parte de Qhuinn.

No entanto, tudo acabou quando Blay colocou um ponto final ao perceber que era gay e que estava apaixonado por ele.

Qhuinn não aprovava sua escolha. De jeito nenhum. Um cara como Blaylock merecia alguém muito, muito melhor.

E parecia que estava dirigindo por uma estrada que iria levá-lo exatamente a isso. Saxton era um macho de valor. De todas as maneiras.

O filho da mãe.

Olhando para o espelho sobre a pia, Qhuinn não conseguia ver nada porque estava totalmente escuro, tanto no banheiro quanto no quarto. E não era só por isso que não conseguia ver seu reflexo.

Era porque estava vivendo uma mentira, e em momentos tranquilos como aquele, sabia disso com tal convicção que ficava enjoado.

Seus planos para o resto de seus dias... oh, seus gloriosos planos.

Planos futuros perfeitamente "normais".

Envolvendo uma fêmea de valor, não uma relação a longo prazo com um macho.

A questão era que machos como ele, machos com algum defeito... como, oh, digamos, uma íris que era azul e outra verde... eram desprezados na aristocracia, sendo evidência de uma falha genética. Eram constrangimentos a serem escondidos, segredos vergonhosos a serem enterrados: passou anos vendo sua irmã e seu irmão serem elevados em pedestais, enquanto todos que cruzavam seu caminho realizavam rituais contra mau-olhado para se proteger.

Seu próprio pai o odiava.

Então, não era preciso ter um diploma de psicólogo para entender que ele apenas queria ser "normal". E estabelecer-se com uma fêmea de valor, caso conseguisse achar alguém que suportasse sua falha genética, era vital para seu final superfeliz.

Ele sabia que se tivesse se envolvido com Blay isso não ia acontecer.

Também sabia que seria necessário apenas uma transa e ele nunca ia deixar o cara.

Não que os Irmãos não aceitassem homossexuais. Inferno, lidavam bem com isso – Vishous tinha estado com machos e ninguém comentava nada, nem julgava, nem se importava. Ele era apenas um de seus Irmãos. E Qhuinn já tinha cruzado a linha de vez em quando só para se divertir e todos sabiam sobre isso e não davam a mínima.

No entanto, a *glymera* se importava.

E ele ficava irritava consigo mesmo pelo fato de ainda se importar com os filhos da mãe. Como sua família tinha ido embora e o núcleo da aristocracia da raça tinha se espalhado pela costa leste, não tinha qualquer contato com aqueles cretinos. Mas era um cão muito bem treinado para ser capaz de esquecer que existiam.

Ele simplesmente não conseguia se libertar.

Irônico. Por fora, era todo durão. Por dentro? Ele era um verdadeiro covarde.

De repente, quis dar um soco no espelho, embora tudo exibido fosse um monte de sombras.

– Senhor?

Na escuridão, fechou os olhos com força.

Droga, tinha esquecido que Layla ainda estava em sua cama.

Capítulo 49

Xhex não tinha certeza exata de qual fazenda estava procurando, então se materializou em uma área arborizada fora da Rodovia 149 e usou seu olfato para lhe dizer a direção a seguir: o vento soprava do norte, e quando ela captou o menor sinal do aroma de talco de bebê, materializou-se a cada cem metros dentre os campos de milho ceifados e desalinhados que haviam sido atingidos pelos ventos de inverno e pela neve.

O ar primaveril fez seu nariz formigar e a luz do sol em seu rosto aqueceu todos os pontos de sua pele que não estavam expostos ao roçar da brisa. Ao redor, a copa das árvores já despontava nos galhos esqueléticos, as folhas tentavam arrastar-se para fora de seu esconderijo pela promessa de horas mais quentes.

Lindo dia.

Para uma matança.

Quando o aroma de *redutores* era tudo o que conseguia sentir, desembainhou uma das facas que Vishous havia lhe dado e soube que estava o mais perto possível da...

Xhex tomou forma no próximo conjunto de árvores típicas daquela região e parou de repente.

– Oh... Droga!

A casa branca da fazenda era realmente simples, apenas uma estrutura murcha ao lado de um milharal, cercada por pinheiros e arbustos. Ainda bem que ainda havia um gramado.

Caso contrário, os cinco carros de polícia que estavam estacionados perto da entrada não teriam espaço suficiente sequer para abrir as portas.

Disfarçando-se como os *sympathos* faziam, esquivou-se até uma janela e olhou para dentro.

Momento perfeito: conseguiu ver um policial de Caldwell vomitar num balde.

Contudo, tinha um bom motivo para isso. A casa parecia ter sido banhada por sangue humano. Na verdade, risque a palavra "parecia". Ela *foi* coberta com a substância, ao ponto de poder sentir o gosto de cobre na parte de trás de sua língua, mesmo estando do lado de fora, no ar fresco.

Os policiais humanos andavam pela sala de estar e de jantar com cuidado, não apenas por ser a cena de um crime, mas, obviamente, porque não queriam coisas sujando suas calças.

No entanto, não havia nenhum corpo. Nem um sequer.

Pelo menos, nenhum que estivesse visível.

Porém, havia *redutores* recém induzidos. Dezesseis deles. Mas não conseguia vê-los, nem os policiais, mesmo sentindo que os homens estavam andando entre eles.

O disfarce de Lash outra vez?

Que droga ele estava planejando? Ligando para a Irmandade, anunciando aquela porcaria... e trazendo os policiais? Ou será que outra pessoa tinha ligado para a emergência?

Precisava de tantas respostas...

Misturado com todo o sangue havia uma mancha preta e oleosa, e um dos policiais estava franzindo a testa frente a ela, parecendo que havia encontrado alguma coisa nojenta. Mas... aquela quantidade de sujeira oleosa não era suficiente para explicar o forte aroma doce que ela havia seguido – então, tinha que concluir que as induções foram bem sucedidas e o que estava oculto ali não era mais humano.

Olhou ao redor, examinando a floresta. Onde estava o menino de ouro do Ômega em tudo isso?

Dirigindo-se para frente da casa, viu um carteiro que obviamente estava lutando com o estresse pós-traumático ao dar uma declaração a um policial.

Sem dúvida, foi ele quem telefonou...

Permanecendo camuflada, apenas observou a cena, assistindo à luta dos policiais para controlar seus reflexos estomacais e esperando Lash aparecer... ou qualquer outro *redutor*. Quando equipes de televisão chegaram mais ou menos um minuto e meio depois, testemunhou uma loira quase bonita tentando se fazer de boa apresentadora jornalística. Assim que a gravação foi concluída, ela começou a importunar os policiais para obter mais informações, até que irritou o suficiente para que permitissem que ela desse uma olhada no que havia lá dentro.

E aquilo serviu apenas para ela perder de vez sua pose de jornalista séria.

Quando desmaiou nos braços de um dos policiais, Xhex revirou os olhos e voltou a andar pelos arredores da casa outra vez.

Droga. Ela teria que esperar. Foi até lá querendo lutar, mas como acontece muitas vezes na guerra, estava presa num jogo de espera até o inimigo aparecer.

– Surpresa.

Xhex virou-se tão rápido que quase perdeu o equilíbrio: a única coisa que a salvou de uma queda foi o contrapeso produzido pela adaga que havia em uma de suas mãos, que estava erguida, acima do ombro, pronta para ser usada.

– Gostaria que tivéssemos tomado banho juntos.

Quando Blay engasgou com o café que tinha feito para os dois, Saxton tomou tranquilamente um pequeno gole do seu. A ponto de ficar bem claro que o cara tinha planejado e gostado da reação.

– Gosto mesmo de surpreendê-lo – disse o macho.

Bingo. E, naturalmente, aqueles malditos genes ruivos tornavam impossível esconder o corar de seu rosto.

Mais fácil colocar um carro sedan no bolso. Estava *muito* óbvio.

– E, sabe? É importante preservar o meio ambiente. Conservação da água e tudo mais. Preservar o verde... ou andar nu, em nosso caso.

Saxton estava recostado contra as almofadas de cetim da cama com um roupão de seda, enquanto Blay estava estendido ao longo da base do colchão, apoiando o peso no grosso edredom que havia sido dobrado de uma maneira muito precisa. A luz das velas transformava a cena em algo saído de uma fantasia, o brilho borrava todos os tipos de linhas e limites.

E, como pode imaginar, Saxton estava lindo na cama cor de chocolate escuro, seu cabelo pálido tinha uma ondulação tão espessa que parecia ter sido esculpido mesmo sabendo que não tinha passado qualquer *mousse* ou spray. Com seus olhos entreabertos e seu peito liso parcialmente exposto, estava pronto e disposto... e considerando o perfume que estava emitindo, era muito possível ser o que Blay precisava.

Ao menos por dentro. Sua aparência não estava muito apta para o serviço: seu rosto e lábios permaneciam inchados e não por uma faceta erótica, mas como resultado de socos, e movia-se com cuidado, como se ainda tivesse diversos hematomas sobre a pele.

O que não era bom. Seus ferimentos já deveriam estar curados agora, mais ou menos doze horas após o ocorrido. Afinal, era um aristocrata e tinha uma boa linhagem sanguínea.

– Oh, Blaylock, seja lá o que tenha vindo fazer aqui... – Saxton balançou a cabeça. – Ainda não sei por que veio.

– Como poderia não ter vindo?

– Gosta de ser um herói, não é?

– Não é heroico simplesmente ficar sentado com alguém.

– Não subestime isso – Saxton disse rispidamente.

O que fez Blay imaginar... o cara exibiu sua personalidade e sarcasmo de sempre durante toda manhã e tarde, mas tinha acabado de sofrer uma surra. Brutalmente.

– Você está bem? – disse Blay suavemente. – Bem mesmo?

Saxton encarou o café.

– Algumas vezes, considero difícil compreender a humanidade, de verdade. Não apenas a raça que leva esse nome, mas também a nossa.

– Sinto muito. Sobre a noite passada.

– Bem, isso o trouxe para minha cama, não foi? – Saxton sorriu tanto quanto possível, uma vez que metade de sua boca estava distorcida. – Não era exatamente essa a rota que havia planejado para trazê-lo até aqui... mas é adorável olhar para você à luz de velas. Tem o corpo de um soldado, mas o rosto de um grande erudito. A combinação é... inebriante.

Blay terminou o que havia em sua xícara com um único gole e quase se engasgou. Ou talvez aquilo tenha sido menos pelo que estava bebendo e mais pelo que estava ouvindo.

– Quer mais café?

– Não agora, obrigado. Estava perfeito, por sinal, e foi uma excelente maneira, porém óbvia, de desviar do assunto.

Saxton colocou sua xícara e pires sobre o suporte de bronze que havia na cama e sentou-se novamente com um gemido. Para evitar olhar para ele, Blay colocou sua xícara sobre o baú e deixou seus olhos vagarem pelo local. O andar de cima era todo em estilo vitoriano, com móveis pesados de mogno, tapetes orientais e a pintura era de cores lindas e luxuosas – algo que conferiu durante suas excursões à cozinha. Contudo, o estilo discreto, adequado e reservado foi deixado na porta do porão. O andar debaixo era mais renascentista, tudo francês, com mesas de topo de mármore e tapetes com bordados finos. Muito cetim e... desenhos em preto e branco à lápis de machos maravilhosos reclinados da mesma maneira que Saxton estava.

Só que sem o roupão.

– Gosta das minhas gravuras? – Saxton balbuciou.

Blay teve que rir.

– Linhas bem definidas.

– Eu as uso às vezes. Não vou mentir.

De repente, veio uma imagem a Blay do macho nu, fazendo amor naquela cama enorme, sua carne movendo-se com o do outro.

Olhando discretamente o relógio, verificou que teria que passar mais sete horas ali e não tinha certeza se queria que as horas se arrastassem ou que passassem em um piscar de olhos.

Saxton fechou os olhos e não suspirou tanto quanto estremeceu.

– Quando foi a última vez que se alimentou? – Blay perguntou.

As pálpebras pesadas se levantaram e um brilho cinza surgiu.

– Está se oferecendo?

– Quis dizer de uma fêmea.

Saxton fez uma careta ao se endireitar outra vez sobre os travesseiros.

– Já faz um tempo. Mas estou bem.

– Seu rosto está parecendo um tabuleiro de xadrez.

– Você diz coisas *tão gentis*.

– Estou falando sério, Saxton. Você não quer me mostrar o que há debaixo desse roupão, mas se o rosto for uma indicação, está machucado em outras partes do corpo.

Tudo que teve como resposta foi um murmúrio.

– Quem está fugindo do assunto agora?

Houve uma longa pausa.

– Saxton, vou arrumar alguém para alimentá-lo.

– Costuma guardar fêmeas no bolso de trás?

– Poderia usar seu telefone outra vez?

– Fique à vontade.

Blay levantou-se e foi até o banheiro, preferindo um pouco de privacidade, pois não fazia ideia de como as coisas seriam encaminhadas.

– Pode usar o telefone daqui – Saxton gritou enquanto ele fechava a porta.

Blay voltou dez minutos depois.

– Não sabia que esses sites de relacionamento funcionavam tão rápido – Saxton murmurou com os olhos ainda fechados.

– Tenho meus contatos.

– Sim, você tem.

– Vão nos pegar aqui ao anoitecer.

Aquilo fez seus olhos se abrirem.

– Por quem? E para onde vão nos levar?

– Vamos cuidar de você.

Saxton respirou fundo e expirou com um silvo.

– Mais outro salvamento, Blaylock?

– Chame isso de compulsão. – Dito isso, dirigiu-se para a espreguiçadeira e deitou-se. Puxando um cobertor de pele luxuoso sobre suas pernas, apagou as velas e se aconchegou.

– Blaylock?

Deus, aquela voz. Tão baixa e calma sob a penumbra.

– Sim?

– Está me transformando em um anfitrião ruim. – Houve um pequeno obstáculo na respiração. – Essa cadeira não é um lugar adequado para você dormir.

– Vou ficar bem.

Houve um momento de silêncio.

– Não irá traí-lo se unir-se a mim na cama. Não estou em condição de tirar proveito de sua virtude e, mesmo se estivesse, respeito você o suficiente para não colocá-lo em uma situação embaraçosa. Além disso, poderia utilizar o calor do seu corpo... não consigo me aquecer o suficiente.

Blay desejou demais ter um cigarro ali.

– Não estaria o traindo mesmo se... alguma coisa acontecesse entre você e eu. Não há nada entre nós. Amigos, apenas amigos.

Razão pela qual aquela situação com Saxton era tão estranha. Blay estava acostumado a ficar do lado de fora daquela porta fechada, aquela que o mantinha longe de seu objeto de desejo. Contudo, Saxton ofereceu uma passagem, por onde conseguia passar facilmente... e o quarto do outro lado era maravilhoso.

Blay se segurou por aproximadamente um minuto e meio. Então, sentindo como se estivesse se movendo em câmera lenta, afastou o cobertor de pele para o lado e se levantou.

Enquanto atravessava o quarto, Saxton abriu espaço para ele, erguendo os lençóis e o edredom. Blay hesitou.

– Eu não mordo – Saxton sussurrou de maneira sombria. – A menos que peça.

Blay deslizou entre todo aquele cetim... e teve a compreensão imediata de por que roupões de seda eram os melhores. Macio, muito macio.

Algo que o deixava mais nu que a própria nudez.

Saxton deitou-se de lado para encarar Blay, mas gemeu em seguida... por causa da dor.

– Droga.

Quando o macho deitou-se de costas novamente, Blay viu-se erguendo o braço e o colocando sobre a cabeça de Saxton. Quando o macho se inclinou para cima, Blay fez de seus bíceps um travesseiro e Saxton aproveitou-se completamente disso, aconchegando-se.

Uma a uma, as chamas das velas foram se extinguindo, exceto a mais grossa que estava no banheiro.

Saxton estremeceu e Blay se aproximou, apenas para franzir a testa.

– Deus, você está gelado. – Arrastando o macho para seus braços, envolveu Saxton e desejou que o calor de seu corpo aquecesse o cara.

Permaneceram ali deitados juntos por muito tempo... e Blay viu-se acariciando aquele cabelo loiro, grosso e perfeito. Era bom... macio, flexível nas pontas.

Cheirava a especiarias.

– Isso é divino – Saxton murmurou.

Blay fechou os olhos e respirou fundo.

– Concordo.

CAPÍTULO 50

– Que diabos vocês dois estão fazendo aqui? – Xhex sussurrou ao abaixar a adaga.

A expressão de Trez deu-lhe uma boa noção de qual seria a resposta.

– Rehv nos ligou.

Como sempre, iAm permaneceu calado ao lado do irmão; apenas assentiu com a cabeça e cruzou os braços sobre o peito, dando a excelente impressão de ser um carvalho que não iria a lugar algum. E quando os gêmeos Sombra a encararam de volta, mostraram que estavam camuflados, exibindo seus corpos e vozes apenas a ela.

Por um momento, lamentou a discrição deles. Era difícil dar uma joelhada no meio das pernas quando assumiam a forma de fantasmas.

– Nada de abraços? – Trez murmurou enquanto examinava o rosto dela. – Faz uma eternidade desde a última vez que a vimos.

Respondendo em uma frequência que humanos e nenhum *redutor* seria capaz de ouvir, ela murmurou:

– Não sou muito de abraços.

Só que, de qualquer jeito, ela amaldiçoou e colocou os braços ao redor dos dois cabeças-duras. Os Sombras eram notoriamente discretos com suas emoções e mais difíceis de serem penetrados que humanos ou até mesmo vampiros, mas ela pôde sentir o pesar deles pelo que ela tinha passado.

Quando tentou se afastar, Trez apertou seu abraço e estremeceu.

– Eu... Jesus Cristo, Xhex... achamos que não a veríamos outra vez...

Ela balançou a cabeça.

– Pare. Por favor. Nunca há um bom momento para fazer isso e este, com certeza, não é o lugar. Amo vocês dois, mesmo, e estou bem. Então vamos pular essa parte.

Na verdade, ela estava bem até certo ponto. Desde que não pensasse em John preso naquela mansão, sem dúvida enlouquecendo ali dentro. Graças a ela.

Ah, como a história se repetia.

– Vou parar antes de ficarmos mórbidos. – Trez sorriu, mostrando suas presas de um branco brilhante contrapondo-se ao rosto de ébano. – Apenas estamos felizes por você estar bem.

– Verdade. Ou eu não estaria aqui.

– Não tenho tanta certeza disso – disse baixinho, enquanto ele e seu irmão olhavam pela janela. – Nossa. Alguém se divertiu bastante lá dentro.

Uma forte brisa trouxe uma onda de cheiro de talco de bebê de uma nova direção e os três viraram a cabeça.

Na pista de terra na frente da casa, o carro que passou devagar por ali não tinha nada a ver com os milharais da região. A coisa era toda ao estilo *Velozes e Furiosos*, um Honda Civic que passou por algumas cirurgias plásticas automotivas e tinha sido remodelado no melhor estilo *Playboy*: com uma parte traseira enorme, uma saia que deixava a coisa a uns três centímetros do chão e uma pintura cinza, rosa e um amarelo que queimava a retina de qualquer um, era como uma garota caipira que acabou fazendo pornografia.

E veja só... o *redutor* atrás do volante tinha uma expressão que não combinava com a máquina que dirigia. A menos que alguém tivesse acabado com seu tanque de gasolina.

– Aposto minhas armas que esse é o novo *Redutor Principal* – Xhex disse. – Lash não permitiria, de maneira alguma, que seu subordinado imediato dirigisse algo assim. Passei quatro semanas com o filho da mãe e sei tudo sobre ele.

– Mudaram a liderança – Trez assentiu. – Acontece muito entre eles.

– Você tem que seguir aquele carro – ela disse. – Rápido, vá atrás dele...

– Não podemos deixá-la. Ordens do chefe.

– Está brincando? – Xhex olhou do Civic para a cena do crime, depois de volta para a traseira do carro partindo. – Vá! Precisamos segui-lo...

– Não. A não ser que você vá também... e poderemos alcançar o carro com você, certo, iAm?

Quando o outro Sombra concordou, Xhex sentiu vontade de socar o revestimento de alumínio onde estava apoiada.

– Isso é ridículo!

– Dificilmente. Está esperando Lash aparecer por aqui e sei que não vai querer apenas conversar com ele. Então, não há chance alguma de deixarmos você aqui... e não me venha com a história de "você não pode me dar ordens". Tenho surdez seletiva.

– Ele tem mesmo – iAm completou.

Xhex fixou os olhos na placa daquele Honda ridículo, pensando "Ah, pelo amor de Deus"... Por outro lado, se os dois Sombras não estivessem ali, ela ficaria parada; apenas memorizaria os números e permaneceria exatamente onde estava. Poderia rastrear a coisa mais tarde.

– Faça algo de útil – ela exclamou – e empreste seu celular.

– Vai pedir uma pizza? Estou com fome. – Trez entregou seu BlackBerry. – Gosto de bastante recheio de carne na minha. Meu irmão prefere queijo.

Xhex localizou Rehv na lista de contatos e ligou, pois era o jeito mais rápido de chegar aos Irmãos. Quando o correio de voz atendeu, ela deixou as especificações e a marca do carro e pediu para Vishous rastreá-lo.

Então ela desligou e entregou o telefone a Trez.

– Nada de pizza então? – murmurou. – Eles entregam, sabia?

Engolindo um palavrão, franziu a testa e lembrou-se que V. tinha lhe dado um celular. Droga... não estava sendo tão astuta quanto deveria nessa situação...

– Outro departamento chegando... – iAm disse.

Seus olhos voltaram a observar a estrada quando um carro sem marcas oficiais parou em frente à casa. O detetive de homicídios que saiu era alguém que conhecia. José de la Cruz.

Ao menos os humanos tinham mandado um homem bom. Por outro lado, talvez aquele tipo de competência não representasse boas notícias. Quanto menor o envolvimento com aquela outra raça numa situação dessa, melhor, e De la Cruz tinha os instintos e a determinação de um cão de caça.

Cara... aquele seria um dia looongo. Muito, muito longo.

Enquanto observava os humanos na casa e sentia o peso de seus guarda-costas a observando, sua mão direita começou a se mover, seus dedos formavam curvas e segmentos que John tinha ensinado a ela.

A...

B...

C...

Lash acordou ao som de gemidos. E não do tipo que se emite numa situação boa.

Ver-se deitado de bruços em um colchão velho daquele rancho detestável era outro inconveniente. O terceiro golpe foi o fato de que quando finalmente se levantou, seu corpo deixou uma mancha preta no colchão.

Como uma espécie de sombra projetada, um reflexo do que realmente era.

Jesus Cristo. Era como aquele cara nazista no final de *Indiana Jones e os caçadores da arca perdida*, aquele cujo rosto derreteu...

Enquanto andava em direção à cozinha, sentiu como se estivesse arrastando um refrigerador e, veja só, a Siliconada não estava muito melhor deitada no chão perto da porta dos fundos. Tinha sido drenada o suficiente para ficar incapacitada, mas não o bastante para mandá-la de volta ao Ômega.

Pior para ela. Estar sempre à beira da morte, com toda a dor e sofrimento, e saber que o vasto alívio do outro lado nunca viria? Era o bastante para fazer qualquer um querer se matar.

Isso sim é ironia.

Por outro lado... ela não fazia nem ideia para onde estava indo ou que ficaria para sempre naquela condição. Provavelmente seria melhor manter a informação em segredo... seria sua boa ação do dia.

Quando ela emitiu um gemido patético pedindo ajuda, Lash passou por cima dela e foi checar como estava de comida. Para economizar dinheiro, tinha comprado Mc-Porcarias no caminho de volta àquele lugar. Droga, aquilo parecia comida de cachorro e tinha sido esquentada numa frigideira.

O passar do tempo não melhorou o aspecto da comida que não foi capaz de comer no fim da noite, mas comeu aquelas sobras mesmo assim. Fria. Em pé, sobre o saco amassado na bancada.

– Quer um pouco? – disse para a mulher. – Sim? Não?

Tudo que ela conseguia fazer era implorar com seus olhos vermelhos e sua boca aberta e sangrando. Ou... talvez ela não estivesse implorando. Parecia horrorizada... o que significava que não importava qual era sua condição, a aparência dele era assustadora e feia o suficiente para tirá-la de sua agonia por um momento.

– Tanto faz, vadia. Olhar para você também não melhora em nada o meu apetite.

Afastando-se, olhou pela janela para o dia ensolarado e sentiu-se totalmente incrédulo.

Cara, não queria ter ido embora daquela fazenda, mas parecia um candidato a narcolepsia, andava tão exausto... e não iria arriscar tirar um cochilo com muitos de seus inimigos ao redor dele. Era o caso de retirar-se para lutar de novo ao invés de se entregar ali mesmo ao mundo dos sonhos e ter que enfrentar o cano de uma arma ao acordar. Ou coisa pior.

Mas pelo menos o sol ainda estava subindo no céu nublado, o que era uma boa notícia para ele… e dava o tempo que precisava. De uma forma ou de outra, a Irmandade não iria aparecer até que estivesse escuro o suficiente. E que tipo de anfitrião ele seria se não os estivesse esperando?

O filho da mãe puxa-saco do Ômega já poderia ter começado a festa, mas Lash com certeza acabaria com ela.

Só que ele precisava de mais munição, mas não para sua própria arma.

Agarrando sua capa de chuva e colocando seu chapéu, colocou as luvas e aproximou-se da prostituta. Enquanto destrancava a porta, a mão dela agarrou o sapato dele, os dedos ensanguentados arranharam o couro.

Olhou para ela. Ela não disse nada, mas seus olhos vermelhos e arregalados diziam tudo: *Ajude-me. Estou morrendo. Não consigo me matar… faça isso por mim.*

Aparentemente, ela tinha superado sua repulsa por ele. Ou talvez o fato de ter se coberto havia ajudado.

Normalmente, ele apenas a teria deixado do jeito que estava, mas não conseguia afastar a memória de ter descascado seu próprio rosto. Estava agindo supondo que não iria apodrecer num pesadelo perpétuo, mas e se esse fosse o seu destino? O que aconteceria se ele continuasse a derreter até que não pudesse mais suportar seu esqueleto e acabasse na condição em que ela estava... nada além de sofrimento por toda eternidade?

Lash retirou uma faca da cintura, e quando se aproximou, ela não se encolheu. Ao invés disso, rolou sobre si mesma, oferecendo a carne fresca de seu peito.

Uma facada foi o suficiente e sua miséria terminou: num lampejo de luz, ela desapareceu no ar, deixando nada além de um círculo chamuscado no tapete emaranhado.

Lash virou-se para sair...

Mas não conseguiu passar pela porta. Seu corpo ricocheteou para trás e bateu na parede do outro lado do cômodo, luzes piscaram em seus olhos enquanto uma onda de poder explodia através dele.

Levou um tempo para compreender o que diabos estava acontecendo... e então ficou claro: o que havia dado à prostituta estava voltando para casa, para ele.

Então era assim que funcionava, pensou enquanto respirava fundo e se sentia menos morto-vivo.

Qualquer coisa esfaqueada com aço era devolvida ao remetente, por assim dizer.

Bem, desde que a arma secreta da Irmandade não chegasse lá primeiro. Butch O'Neal era o calcanhar de Aquiles do Ômega, capaz de contornar essa junção, absorvendo a essência do mal que dava vida a um assassino.

Ao acabar de receber aquilo, Lash soube naquele momento a ameaça que era O'Neal. Se não pegasse suas peças do LEGO de volta, chegaria um momento que não conseguiria construir mais nada... ou pior, sua caixa de brinquedos ficaria vazia... e depois disso? Desapareceria?

Sim, evitar o bastardo do Butch era importante. Boa dica.

Indo em direção à garagem, Lash deixou o rancho na Mercedes e não pegou o caminho arborizado, mas a estrada de terra batida que ia para o centro da cidade.

Como tinha passado apenas um pouco das onze e meia da manhã, havia executivos de terno e gravata por toda parte, pessoas parando nos cruzamentos, esperando pelo sinal verde e atravessando as ruas na frente dos carros. Eram todos tão hipócritas, aqueles humanos com seus queixos erguidos, olhando para frente como se não existisse nada além de reuniões, almoços ou as tarefas inúteis que tinham que cumprir.

Queria pisar no acelerador e transformá-los em pinos de boliche, mas já tinha o suficiente com que se preocupar e coisas melhores a fazer com seu tempo. Precisava ir até a Rua Trade e os bares e clubes noturnos. Que, ao contrário da área empresarial, estaria morta àquela hora do dia.

Ao cortar caminho em direção ao rio, ficou evidente que as duas partes diferentes da cidade funcionavam como um yin e yang quando se tratava das pessoas e das aparências. Na luz do sol, os altos prédios financeiros com suas janelas de vidro e painéis de aço que brilhavam e reluziam. Na terra dos becos escuros e luzes de neon tudo se parecia com uma velha prostituta: suja, decadente e triste.

Quanto às pessoas? A outra parte da cidade estava cheia de tipos produtivos e úteis. Já esta, seria sorte se encontrasse alguns vagabundos àquela hora.

O que era exatamente o que estava procurando.

Dirigindo-se para as pontes gêmeas de Caldwell, passou por um terreno baldio que tinha uma cerca de arame farpado ao redor e por isso teve que diminuir um pouco. Cristo... aquele lugar era onde o ZeroSum ficava antes de ser reduzido a um monte de escombros. E a placa da imobiliária que estava na frente do local tinha um adesivo de vende-se nela.

Não é assim que as coisas funcionam? A natureza abomina o vazio... então, se o novo clube que seria construído naquele lugar encontrasse o mesmo final que o de Rehv, outro clube substituiria o antigo rapidamente.

Mais ou menos como a situação com o pai dele. Em pouco tempo Lash foi substituído por alguém equivalente, por assim dizer.

Coisas assim fazem você se sentir totalmente dispensável. Faz mesmo.

Debaixo das pontes, não demorou muito para encontrar o que estava procurando, mas desejou não precisar disso. A busca sob os viadutos rapidamente trouxe à tona os humanos maltrapilhos que dormiam em caixas de papelão ou em carros queimados e Lash pensou em como eram parecidos com cães vira-latas que viviam nas ruas: atraídos pela esperança de alimento, desconfiados pela experiência de vida que tinham e cheios de doenças.

Ele não era exigente e eles também não. Logo estava com uma mulher no banco do passageiro, emitindo *oh* e *ah* não por estar admirada com os bancos de couro de seu carro, mas pelo saquinho plástico de cocaína que deu a ela. Enquanto ela pegava e aspirava um pouco, Lash dirigiu até uma escura caverna formada pela grande fundação de concreto na entrada da ponte.

Uma dose foi tudo que ela conseguiu ter.

Ele deu o bote em um segundo e não sabia se era sua necessidade ou a fraqueza física dela, mas foi capaz de dominá-la completamente enquanto bebia.

O sangue tinha gosto de água suja.

Quando terminou, saiu do carro, deu a volta e a puxou para fora pelo colarinho. A cor dela, que inicialmente era pálida, agora estava cinza como concreto.

Logo estaria morta, se já não estivesse.

Parou e olhou para o rosto dela, medindo os sulcos que havia em sua pele e os capilares sanguíneos visíveis que lhe davam uma aparência nada saudável. Tinha sido uma recém-nascida uma vez. Foi apenas uma jovem diante do mundo anos atrás.

O tempo e a experiência com certeza a golpearam com força, e agora morreria como um animal, sozinha e na sujeira.

Depois que a derrubou, estendeu a mão para fechar suas pálpebras...

Jesus... *Cristo.*

Erguendo a mão, olhou através da palma em direção ao rio.

Não havia mais carne apodrecida, mas uma sombra negra... na forma que ele costumava usar para escrever, socar e dirigir.

Arrastando a manga da blusa, viu que seu pulso ainda era corpóreo.

Uma onda de energia o atravessou, e a perda de pele já não era algo a se lamentar, mas uma fonte de alegria.

Tal pai... tal filho.

Não acabaria como aquela prostituta a quem esfaqueou, trazendo--a para dentro de si. Estava indo para o território do Ômega, não apodrecendo... mas se transformando.

Lash começou a rir, uma grande satisfação surgiu em seu peito e fervilhou até a garganta, saindo pela boca. Caiu de joelhos próximo à mulher morta e deixou que o alívio...

Seguindo um impulso, cambaleou para o lado e vomitou o sangue estragado que havia dentro dele. Quando parou, limpou o queixo com a mão e observou o vermelho brilhante que cobria o contorno sombrio daquilo que uma vez havia sido carne.

Não havia tempo para admirar sua nova forma incipiente.

Uma série violenta de vômitos o submeteu de tal maneira que foi cegado pelas estrelas que explodiram em sua visão.

Capítulo 51

Sentada em seus aposentos privados, Payne olhou em direção à paisagem. A grama verde e macia, as tulipas e as madressilvas chegavam até certo ponto antes de serem interrompidas por uma série de árvores que envolvia o gramado. Acima de tudo isso, o céu leitoso que se arqueava estendia-se de uma a outra copa de árvores, como se fosse a tampa de um baú de roupas.

Por experiência própria, sabia que se andasse até o limite da floresta e penetrasse nas sombras, acabaria saindo... exatamente onde entrou.

Não havia saída, a não ser com a permissão da Virgem Escriba. Apenas ela tinha a chave da fechadura invisível, e não deixaria que Payne saísse – nem mesmo para a casa do Primaz, do Outro Lado, como era permitido às outras.

O que provava que aquela fêmea conhecia bem a quem tinha dado à luz. Tinha plena consciência de que se Payne escapasse, nunca mais voltaria. Payne tinha dito isso muitas vezes – gritando de tal maneira que seus próprios tímpanos zumbiam.

Fazendo uma retrospectiva, sua explosão de raiva havia sido uma vitória para a honestidade, mas não foi a melhor estratégia. Melhor seria manter isso para si mesma e, talvez, lhe permitiria atravessar para o Outro Lado – e permanecer lá. Afinal, sua mãe não conseguiria forçá-la a voltar à terra das estátuas vivas.

Bem, pelo menos teoricamente.

Com isso em mente, pensou em Layla, que havia acabado de voltar após ter visto seu macho. A irmã estava brilhando de felicidade e satisfação de um modo como Payne nunca havia sentido.

E isso justificava o desejo de sair dali, não? Mesmo se o que a esperasse no Outro Lado não tivesse mais qualquer relação com o que ela se lembrava de sua pequena porção de liberdade, o importante era poder fazer escolhas por conta própria.

Na verdade, era uma maldição estranha ter nascido e mesmo assim não ter uma vida para viver. A não ser que matasse sua mãe, estaria presa lá dentro. Contudo, por mais que odiasse a fêmea, não seguiria esse caminho. Por um lado, não tinha certeza se venceria tal conflito. Por outro... já tinha eliminado seu pai. Matricídio não era uma experiência que despertasse nela qualquer fascinação nova ou específica.

Ah, o passado, o passado doloroso, miserável. Como era terrível ficar presa ali com um futuro infinito e insosso, suportando, ao mesmo tempo, o peso de uma história que era horrível demais para sequer pensar nela. Os momentos em que sua vida foi suspensa foi um gentil presente quando comparado àquela tortura – pelo menos quando estava congelada, sua mente não era capaz de pensar e envolver-se com coisas que desejava nunca ter acontecido ou que nunca poderia consertar...

– Gostaria de se alimentar?

Payne olhou por cima do ombro. No'One estava sob o arco do quarto, curvada em reverência com uma bandeja nas mãos.

– Oh, sim, por favor. – Payne dispersou as reflexões mórbidas de sua mente. – E não vai se juntar a mim?

– Meus cordiais agradecimentos, mas devo servi-la e partir. – A criada colocou as provisões no assento perto da janela ao lado de Payne. – Quando você e o rei iniciarem seus conflitos físicos, devo voltar para recolher...

– Posso perguntar uma coisa?

No'One fez outra reverência.

– Mas é claro. Como posso ser útil?

– Porque você nunca foi ao Outro Lado? Como as outras?

Houve um longo silêncio... e então a fêmea mancou em direção ao leito onde Payne dormia. Com as mãos trêmulas, No'One ajeitou a roupa de cama com uma ordem precisa.

– Não tenho qualquer interesse particular naquele mundo – disse sob seu manto. – Estou segura aqui. Lá... eu não estaria segura.

– O Primaz é um Irmão que tem um braço forte e é ótimo na habilidade de utilizar uma adaga. Nenhum mal poderia acontecer a você sob os cuidados dele.

O som que saiu do capuz foi evasivo.

– De alguma maneira, as circunstâncias convertem-se em caos e conflito por lá. Decisões simples têm ramificações que podem ser devastadoras. Aqui, tudo está em ordem.

No'One falou como uma sobrevivente do ataque que havia acontecido naquele santuário cerca de setenta e cinco anos atrás, Payne pensou. Naquela noite terrível, machos do Outro Lado conseguiram atravessar a barreira e trouxeram com eles a violência que existia em seu mundo.

Muitos morreram ou foram feridos... inclusive o Primaz da época.

Payne olhou para o horizonte estático e adorável... e mesmo após ter compreendido o pensamento da fêmea não se deixou influenciar por isso.

– A ordem aqui dentro é precisamente o que me irrita. Gostaria de evitar essa falsidade.

– Não pode sair daqui quando deseja?

– Não.

– Isso não está certo.

Os olhos de Payne encararam a fêmea... que agora estava ocupada redobrando as túnicas modificadas de Payne.

– Nunca esperei você dizer algo contrário à Virgem Escriba.

– Amo a querida mãe da nossa raça... por favor, não me entenda mal. Mas ser aprisionada, mesmo em meio ao luxo, não está certo. Escolhi estar aqui dentro e sempre estarei... no entanto, você deveria ser livre para sair.

– Eu a invejo.

No'One pareceu encolher-se debaixo de suas vestes.

– Não deve sentir isso nunca.

– Mas é verdade.

No silêncio que se seguiu, Payne lembrou-se da conversa com Layla no espelho d'água. Mesma troca de sentimentos, papéis diferentes: naquele momento, era Layla quem invejava a falta de desejo de Payne no que dizia respeito a sexo e machos. Agora, era o contentamento de No'One com a inércia que se mostrava valoroso.

E continuamos andando em círculos, Payne pensou.

Observando a "paisagem" outra vez, olhou a grama com inveja. Cada folha tinha uma forma perfeita e o peso exato de maneira que aquilo se parecia mais com um carpete do que com um gramado. E o resultado não era obtido por ser bem aparada, é claro. Da mesma maneira, as tulipas permaneciam firmes em suas bases com floradas eternas sobre suas hastes finas, os açafrões expandiam-se perpetuamente e as rosas eram sempre cheias de pétalas, também não havia insetos, ervas daninha ou doenças.

Ou crescimento.

Irônico como pareciam estar todas cultivadas, mesmo não sendo cuidadas por ninguém. Afinal, quem precisava de jardineiro quando se tinha uma deusa capaz de deixar tudo em ótimo estado... e manter assim.

De certa forma, isso fazia de No'One um milagre, não fazia? Tinha sido autorizada a sobreviver ali dentro e foi permitido que respirasse o ar daquele local, mesmo não sendo perfeita.

– Não quero isso – Payne disse. – Não quero mesmo.

Quando não se ouviu mais comentário algum, olhou sobre o ombro... e franziu a testa. A fêmea havia saído da mesma maneira como entrou. Sem ruído ou confusão, deixando o ambiente melhorado pelo seu toque cuidadoso.

Quando um grito brotou dentro dela, Payne soube que tinha de ser libertada. Ou enlouqueceria.

Na zona rural de Caldwell, Xhex finalmente conseguiu ver o que havia dentro da casa quando a polícia saiu, às cinco da tarde. Enquanto saíam, parecia que precisavam não só de uma noite de descanso, mas de uma semana de férias... Claro, passar horas andando entre sangue coagulado fazia isso a um cara. Trancaram tudo, selaram as portas da frente e dos fundos e se certificaram de que havia fita amarela em toda a parte externa envolvendo a cena do crime. Então, entraram em seus carros e foram embora.

– Vamos entrar lá – disse aos Sombras.

Desmaterializando-se, reassumiu sua forma bem no meio da sala de estar e Trez e iAm estavam ali com ela. Sem precisar dizer nada, espalharam-se, andando em meio à bagunça, procurando por coisas que os humanos não saberiam procurar.

Muitos líquidos nojentos espalhados no primeiro andar e nada além de poeira no segundo os deixaram em meio a um monte de nada.

Mas que inferno, podia sentir os corpos e as grades emocionais marcadas pelo sofrimento, mas eram como reflexos na água... simplesmente não conseguia alcançar as formas que projetavam as imagens onduladas.

– Alguma notícia de Rehv? – disse ela, levantando uma bota e medindo até onde o sangue chegava. Alcançava o couro. Ótimo.

Trez negou com a cabeça.

– Não. Mas posso ligar de novo.

– Não se incomode. Deve ter desligado. – Droga, tinha esperança de que tivesse recebido a mensagem dela e já tivesse começado a procurar aquela placa.

Parada no saguão da frente olhou ao redor da sala de jantar e focou na mesa desgastada que com certeza havia sido usada como tábua de carne.

O amiguinho do Ômega com o carro do Vin Diesel teria que voltar por causa dos novos recrutas. Não tinham qualquer utilidade escondidos daquela maneira, pois, supondo que o bloqueio funcionava como aquele que a aprisionou enquanto estava com Lash, não poderiam sair do plano paralelo a que haviam sido relegados até que fossem liberados.

A menos que o feitiço pudesse ser quebrado à distância.

– Temos que ficar mais tempo – ela disse. – E ver quem mais aparece.

Ela e os Sombras se instalaram na cozinha e ficaram andando de um lado para o outro, deixando pegadas frescas de sangue no chão lascado... que sem dúvida iriam fundir as mentes equilibradas e sérias de todos aqueles policiais.

Não era problema dela.

Olhou para o relógio na parede. Avaliou os barris vazios, as garrafas de bebida e as latas de cerveja. Observou os cantos e os resíduos de pó das linhas de cocaína.

Verificou o relógio outra vez.

Nos fundos, o sol parecia que tinha parado sua descida, como se o disco dourado estivesse com medo de ser espetado pelos ramos das árvores.

Com sua perseguição estagnada, não tinha nada mais para pensar além de John. Devia estar subindo pelas paredes naquele momento. E isso só iria atrapalhar diante do inimigo: estava louco com ela, distraído, totalmente acelerado, mas da maneira errada.

Mas não era como se ela pudesse ligar e conversar com ele. John não poderia responder.

E o que ela tinha a dizer não era o tipo de coisa que se pode enviar por mensagem de texto.

– Qual é o problema? – Trez perguntou, quando ela começou a ficar inquieta.

– Nada. Apenas pronta para lutar, mas sem inimigo.

– Mentira.

– Ceeeerto, podemos parar com a conversa agora mesmo, muito obrigada.

Dez minutos depois, estava encarando o relógio na parede de novo. Oh, mas que inferno, não podia mais suportar isso.

– Vou voltar para a mansão da Irmandade por meia hora – deixou escapar. – Fiquem aqui, certo? Liguem para o meu celular se aparecer alguém.

Quando deu o número, os dois não perguntaram nada – porém, os Sombras eram como *sympathos* quando se tratava de saber o que as pessoas estavam sentindo.

– Entendido – Trez disse. – Entramos em contato no segundo que qualquer coisa acontecer.

Desmaterializando-se, ela tomou forma na frente da mansão da Irmandade e cruzou o caminho de cascalho até os grandes degraus da entrada. Em seguida, posicionou-se em frente à porta principal e colocou o rosto na câmera de segurança.

Fritz abriu a porta depois de um momento e se curvou.

– Bem vinda ao lar, madame.

A palavra com "L" produziu um solavanco dentro dela.

– Ah... obrigada. – Olhou ao redor em direção às salas vazias. – Só vou lá em cima.

– Preparei seu quarto anterior.

– Obrigada. – Mas ela não estava indo para lá.

Guiada pelos sentidos que tinha com relação ao sangue de John, correu para cima pela grande escadaria e foi para o quarto dele.

Batendo, ela esperou, e quando não houve resposta, abriu a porta para a escuridão e ouviu o ruído abafado de um chuveiro ligado. Do outro lado, uma faixa lateral de luz se mostrava no nível do tapete, indicando que ele havia fechado a porta do banheiro.

Atravessando o quarto, retirou a jaqueta de couro e pendurou nas costas de uma cadeira. Na porta do banheiro, ela bateu de novo. Sem hesitar. Com força.

A porta se abriu sozinha, movendo-se e revelando um ar úmido e o brilho fosco das luzes embutidas no teto da banheira.

John estava olhando para ela por trás da porta de vidro, a água correndo por seu peito, músculos e coxas. Seu pênis se ergueu em uma grande ereção no momento em que seus olhos se encontraram, mas ele não se moveu e não parecia feliz em vê-la.

Na verdade, seu lábio superior se contorceu em um rosnado, e isso não era o pior. Sua grade emocional estava completamente fechada para ela. John a bloqueava e ela não tinha certeza se ele tinha consciência de estar fazendo isso: ela não conseguia captar nada do que sempre sentiu tão claramente antes.

Xhex levantou a mão direita e gesticulou desajeitada: *Eu voltei.*

A sobrancelha dele se contraiu. Em seguida, John sinalizou com muito mais facilidade e rapidez: *Com informações para Wrath e os Irmãos, certo? Sente-se uma heroína agora? Parabéns.*

Ele fechou a água, saiu do chuveiro e se inclinou para pegar uma toalha. Não se cobriu, mas se secou e foi difícil não observar que sua ereção balançava a cada movimento.

Ela nunca pensou que amaldiçoaria sua visão periférica.

– Não falei com ninguém – ela disse.

Parou com a toalha estendida em suas costas ao ouvir isso, um braço para cima e o outro para baixo. Naturalmente, a pose fez seus peitorais se sobressaírem e os músculos dos quadris ficaram tensos.

Puxou a toalha com um estalo e a colocou sobre seus ombros. Deixando-a pendurada, gesticulou: *Por que veio aqui?*

– Queria ver você. – A dor em sua voz fez com que desejasse ter usado a linguagem de sinais.

Por quê?

– Estava preocupada...

Quer saber como estou lidando com isso? Quer saber como foi passar as últimas sete horas imaginando se estava morta ou...

– John...

Arrancou a toalha e a jogou para calá-la.

Quer saber como eu lidei com a ideia de estar morta, lutando sozinha, ou pior, de ter voltado para onde estava? Seu lado sympatho *precisa de um pouco de diversão?*

– Deus, não...

Tem certeza disso? Não está usando seus silícios. Talvez esteja alimentando aquela fome, voltando aqui...

Xhex virou-se para a porta, havia emoções demais dentro dela com as quais lidar e a culpa e a tristeza a sufocavam.

John agarrou o braço dela e acabaram contra a parede, o corpo dele detinha o dela enquanto gesticulava entre seus rostos.

Inferno. Não, você não vai fugir. Depois de tudo o que me fez passar, não vai sair daqui só porque não pode lidar com a situação que criou. Não pude sair hoje. Tive que ficar enjaulado aqui e você poderia muito bem retribuir o favor.

Os olhos dela tentavam se concentrar em outro lugar, mas dessa maneira não conseguiria acompanhar o que ele dizia com as mãos.

Quer saber como eu estou? Estou decidido, é assim que estou. Nosso relacionamento chegou a outro nível esta noite. Você diz que tem o direito de ir atrás de Lash? Eu digo o mesmo.

Aquela hora no vestiário, no chuveiro, ela pensou. A traição da qual ela não conhecia os detalhes, mas que sentia que tinha tudo a ver com o que havia acontecido a John quando era mais jovem, sozinho e indefeso.

O acordo é o seguinte e é inegociável: trabalharemos juntos para encontrá-lo, capturá-lo e matá-lo. Trabalharemos como uma equipe, o que significa que onde um de nós estiver, o outro também estará. E, no final, quem acabar com ele leva as honras. É isso.

Xhex respirou aliviada, sabendo de imediato que aquele era o jeito certo de agir. Não gostou de como se sentiu na casa da fazenda sem ele. Pareceu errado.

– Fechado – ela disse.

O rosto dele não registrou surpresa ou satisfação... o que significava que seja lá o que ele tinha planejado caso ela dissesse não seria algo devastador.

Só que, então, ela entendeu por que ele estava tão calmo.

Depois que isso acabar, seguiremos caminhos separados. Fim da linha para nós.

O sangue se esvaiu de sua cabeça e, de repente, suas mãos e pés ficaram dormentes. O que era uma tremenda besteira. O que ele estava propondo era o melhor acordo possível e obteriam os melhores resultados também: dois lutadores trabalhando juntos, e uma vez que seu objetivo fosse alcançado, não havia razão para manter qualquer vínculo entre eles.

Na verdade, aquilo era exatamente o que tinha planejado para o futuro assim que saiu daquele pesadelo com Lash. Capturá-lo e matá-lo. Em seguida, acabar com aquele fiasco de vida.

O problema era... os planos dela, antes tão claros, estavam nebulosos agora, o caminho que havia definido em sua cabeça no momento em que se libertou foi obscurecido por coisas que não tinham nada a ver com o que estava em sua cabeça e tudo a ver com o macho que estava nu na frente dela.

– Certo – disse ela com voz rouca. – Tudo bem.

Isso sim causou uma reação nele. O corpo de John relaxou contra o dela e ele plantou suas mãos na parede uma de cada lado de sua cabeça. Quando seus olhos se encontraram, seu corpo rugiu com uma explosão de calor.

Cara, o desespero era como gasolina para instigá-la no que dizia respeito a John Matthew... e considerando a maneira como ele sutilmente movimentou seus quadris contra ela, sentia a mesma coisa.

Xhex estendeu a mão e agarrou o lado do pescoço dele. Nenhum dos dois foi gentil quando ela o puxou para sua boca, seus lábios foram esmagados um contra o outro, suas línguas não apenas se encontraram, mas duelaram. Quando ela ouviu de repente o som de algo se rasgando, deu-se conta de que ele havia agarrado os dois lados de sua camiseta e rasgado a frente da roupa ao meio...

Seus seios se encontraram com o peito nu dele, seus mamilos roçaram sua pele, seu centro clamava por ele. Para o inferno com o desespero; a necessidade de tê-lo dentro dela ia mais longe, a ponto de seu corpo sem ele tornar-se uma agonia.

Suas calças de couro foram jogadas ao chão em uma fração de segundo.

Então com um salto rápido, ela pulou e prendeu suas coxas ao redor da cintura dele. Descendo, o posicionou contra seu sexo e espremeu seus calcanhares em seu traseiro, penetrando com força. Quando sua ereção mergulhou fundo, ela conseguiu tudo dele, o impulso foi suficiente para fazer com que o orgasmo dela viesse de maneira selvagem.

Ao gozar, suas presas saltaram de dentro de sua boca e John interrompeu o beijo para inclinar sua cabeça e mostrar sua veia.

A perfuração foi doce. A força que veio dele foi meteórica.

Com fortes sucções, ela bebeu enquanto o corpo dele entrava e saía compulsivamente de dentro dela, lançando-a de novo ao prazer, jogando-a de um despenhadeiro em uma louca descida que, de alguma maneira, não produziu um pouso forçado... e ele a seguiu, fazendo aquele salto glorioso sem paraquedas, seus orgasmos estremeciam dentro dela.

Houve apenas a mais breve das pausas... e então John começou a movimentar os quadris outra vez...

Ele a estava carregando para a cama daquele quarto escuro, o movimento de suas coxas ao andar empurrava-o para dentro dela e fazia com que saísse e empurrasse outra vez.

Memorizou cada uma das sensações, guardando cada uma bem no fundo de sua mente, fazendo o momento tornar-se infinito e eterno em virtude do poder da memória. E quando John se acomodou sobre ela, Xhex retribuiu o favor: oferecendo sua veia, assegurou-se de que os dois seriam a equipe mais poderosa possível.

Parceiros.

Só que não para sempre.

Capítulo 52

Enquanto o corpo de John se movimentava junto ao de Xhex, a mente dele voltou-se brevemente para aquele momento no banheiro quando esperava a aceitação do acordo proposto.

Claro, seu discurso soou muito como "ande na linha, garota", mas a verdade é que não tinha qualquer pretensão: ela concordaria ou não e, se não concordasse, não tinha como detê-la. Moral da história? Não havia absolutamente nenhuma ameaça de retirada, nenhuma ação pró-ativa, nada do tipo "se fizer isso, acontece aquilo" que ele pudesse colocar em prática nessa situação.

E tinha se dado conta disso enquanto estava sentado no sofá da sala de bilhar, fingindo assistir à TV com Tohr. Ao longo do dia, ouviu a voz de Rehvenge em sua cabeça o tempo inteiro, várias e várias vezes.

No final, o jogo dela não envolve ninguém além dela mesma.

John não era tolo e não estava preparado para deixar que sua vinculação com ela voltasse a paralisá-lo. Tinham um trabalho a fazer e teriam uma chance maior se trabalhassem juntos. Afinal, não iam perseguir um *redutor* qualquer.

Além disso, a história dos dois estava escrita numa rota de colisão; estavam sempre batendo um contra o outro e ricocheteando por caminhos diferentes – só para se verem atraídos num novo conflito. Ela era sua *perdição* e não havia nada que pudesse fazer para mudar isso. Mas com certeza poderia se desvencilhar daquele cordão elástico que o torturava.

Cara, desejou que a tatuagem não fosse permanente. Por outro lado, pelo menos era nas suas costas e não tinha que olhar para a maldita coisa.

Mas tanto faz. Pegariam Lash e depois seguiriam caminhos distintos. E entre o agora e o depois? Bem...

John deixou seus pensamentos à deriva enquanto voltava a se concentrar na agitação do sexo e no sabor que rugia em sua boca enquanto se alimentava. Voltou a sentir o perfume da própria vinculação emergindo de sua pele, mas ignorou aquela realidade. Não ia permitir que sua cabeça fosse confundida apenas por causa desse cheiro apimentado. Nem por mais um minuto sequer.

É claro que machos vinculados ficavam mutilados sem suas fêmeas – e grande parte dele sempre seria dela. Mas ia continuar vivendo, droga. Era um sobrevivente.

Enquanto ele se movia dentro do abraço firme de Xhex, seu pênis era um sólido eixo de virilidade e logo outro orgasmo o atingiu, atravessando seu corpo e entrando nela. Quebrando o contato com a veia, ele lambeu os furos com a língua e depois agarrou-se a um dos seios. Com uma mudança na posição de sua perna, afastou mais as coxas dela e virou-se de costas para que ela ficasse por cima.

Xhex comandou a partir dali, apoiando as mãos sobre os ombros dele, balançando os quadris sobre a base de sua coluna, seu abdômen definido tencionava e afrouxava enquanto ela o cavalgava. Com uma maldição silenciosa, ele agarrou suas coxas e apertou sentindo como seus músculos se moviam sob suas mãos e não parou por aí. Deslizou as mãos mais para cima, para a junção entre suas pernas e seu tronco, aquela energia elétrica atraindo-o para o lugar onde estavam unidos.

Seu polegar deslizou até o centro dela e encontrou o topo de seu sexo para acariciá-lo em círculos...

Sob a penumbra do banheiro, John a observou arquear-se para trás e suas presas apertarem seu lábio inferior, num esforço de suprimir um grito. Queria lhe dizer para que não se preocupasse em conter seu rugido, mas não teve tempo para lamentar a discrição – ele gozou com força, fechando os olhos enquanto estremecia embaixo dela.

Recuperando o fôlego, fez uma pausa para respirar fundo... em seguida, ela estava mudando de posição.

Quando abriu os olhos, quase teve outro orgasmo. Ela havia se virado de costas de forma a ficar inclinada nas pernas dele, equilibrando seu peso sobre suas canelas. Com os pés posicionados nas laterais de seu corpo, produzia um tremendo espetáculo... e isso foi antes dela começar a se mover. A visão dele emergindo brilhante e grosso de dentro de ela, de sua virilidade revelada até o topo, lançou-o em outro orgasmo.

Ela não parou.

Ele não queria que parasse.

John precisava observar ainda mais, observar melhor as pontas dos seios dela, as linhas de seu queixo e a suavidade de seu corpo enquanto ela o tinha profundo e duro. Queria permanecer capturado dentro dela... para sempre.

Mas este era seu problema com Xhex, um problema que iria terminar aqui e agora.

Atingiram o clímax juntos, com John segurando os esbeltos tornozelos de Xhex e ela com a boca aberta para deixar escapar o nome dele de sua garganta.

Depois disso, não havia mais nada, apenas respirações pesadas e o ar que parecia frio.

Com um deslocamento ágil, ela os separou, passando a perna por cima da cabeça dele e pousando em pé no chão ao lado da cama sem fazer barulho.

Ao olhar por cima do ombro, sua coluna fez uma curva elegante.

– Posso usar o chuveiro?

Quando assentiu com a cabeça, ela andou com confiança e a passos largos até o banheiro... e apesar de todo o sexo que tinham acabado de ter, John sentiu uma grande necessidade de tomá-la por trás.

Um momento depois, o jato de água foi ouvido... e então a voz dela ecoou.

– A polícia humana encontrou a cena.

Aquilo fez John sair da cama, faminto por mais informação. Enquanto entrava no banheiro, ela inclinou-se debaixo do chuveiro e arqueou-se para enxaguar o xampu do cabelo.

– O lugar estava cheio de tiras, mas os novos iniciados estavam escondidos da mesma forma que eu estava... todos aqueles seres humanos viram sangue suficiente para pintar uma casa inteira de vermelho. Nenhum sinal de Lash, mas um carro exótico passou por ali. Liguei para Rehv e passei o número da placa para que Vishous a rastreasse e vou fazer o relatório para Wrath agora.

Ao olhá-lo, ele gesticulou:

Voltaremos assim que anoitecer.

– Sim. Voltaremos.

Qhuinn acordou sozinho após ter levado Layla de volta ao Outro Lado depois de "brincarem" um pouco mais. Gostaria de ter dito para ela que voltasse imediatamente, mas um abraço de adeus levou a outras coisas...

Mas ela ainda permanecia virgem.

Não intocada, mas tecnicamente ainda era virgem... Parecia que havia duas pessoas no mundo com quem não transaria. Se essa tendência continuasse, acabaria como um celibatário.

Ao sentar-se, sua cabeça martelou, prova irrefutável de que a tequila era um forte oponente.

Esfregando o rosto, pensou em como a Escolhida beijava. Ensinou-lhe como fazer corretamente, como chupar e acariciar, como abrir caminho para a língua de alguém, como penetrar uma boca quando quisesse. A fêmea aprendia rápido.

Mas mesmo assim não foi difícil manter as coisas sob controle.

O que tinha matado a vontade de selar o acordo foi a maneira como ela o olhou. No começo, achou que estava apenas buscando uma aula prática após todo um treinamento teórico. Mas rapidamente Qhuinn sentiu que Layla estava começando a realmente gostar dele. Seus olhos começaram a se encher de estrelas, como se ele fosse a chave da porta que a mantinha fechada em si mesma, como se só ele tivesse o poder de soltar o cadeado e libertá-la.

Como se ele fosse seu futuro.

Bastante irônico, pois, teoricamente, ela era sua fêmea ideal. Poderia muito bem ter resolvido seu problema de nunca achar uma companheira.

Só que seu coração não estava envolvido.

Então, não, não assumiria a responsabilidade por suas esperanças e sonhos. E não havia qualquer possibilidade de seguir esse caminho com ela. Estava seduzida pelas fantasias que tinha dele – se ele fizesse amor com ela, isso só iria piorar ainda mais as coisas: quando não se tem experiência, esse tipo de atividade física pode ser facilmente confundida com algo mais profundo e significativo.

Inferno, esse tipo de ilusão poderia acontecer inclusive entre duas pessoas que tivessem experiência.

Como com aquela garota da loja de tatuagem, por exemplo, deslizando o número de telefone no bolso dele. Não tinha interesse algum em ligar para ela antes, durante ou depois do que aconteceu. Não conseguia sequer lembrar o nome dela – e o vácuo de informação não lhe incomodava nem um pouco. Qualquer mulher disposta a transar com um cara desconhecido, num lugar público, com três outros machos por perto, não era alguém com quem precisava ter um relacionamento.

Cruel? Sim. Um peso, duas medidas? De jeito nenhum. Também não tinha qualquer respeito por si mesmo, então não julgava sua própria indecência com menos aversão.

Além disso, Layla não tinha ideia do que ele esteve fazendo com os humanos desde a sua transição... Todo o sexo em banheiros, becos e cantos escuros de clubes... Aquela matemática suja resultava em sua habilidade de saber exatamente o que fazer com o corpo dela.

Com qualquer corpo. Macho ou fêmea.

Droga. Aquilo o fez pensar sobre como Blay passou o dia.

Qhuinn mexeu inquieto no telefone e o abriu. Localizou a mensagem de texto que Blay enviou de um número desconhecido, leu, releu e releu novamente.

Tinha que ter vindo do telefone de Saxton.

Provavelmente digitada sobre a cama do cara.

Qhuinn jogou seu BlackBerry na mesa e se levantou. No banheiro, manteve as luzes apagadas, pois não estava nem um pouco interessado no seu aspecto usando o jeans e a camiseta com que havia dormido.

Uma bagunça total. Sem dúvida.

Enquanto lavava o rosto, um zumbido sutil soou ao seu redor, as persianas das janelas estavam subindo. Com água pingando do queixo e um frasco de espuma de barbear na mão, olhou para a nova noite.

Sob a luz da lua, os botões das flores de bétula prateadas próximos à janela se abriram ainda mais, indicando que o dia tinha sido quente.

Ele ignorou totalmente qualquer comparação com Blay sendo despertado para sua própria sexualidade.

Pelo próprio primo de Qhuinn.

Enojado de si mesmo, pulou o ato de se barbear e saiu do quarto. Dirigindo-se à cozinha, andou tão rápido quanto possível, levando em conta que a pressão atmosférica em seu crânio estava fazendo com que se preocupasse com a saúde e a longevidade de seus nervos ópticos.

No reduto de Fritz, fez um bule de café enquanto os *doggen* se apressavam no local para preparar a Primeira Refeição. Que bom estarem tão preocupados. Às vezes, quando você se sente um lixo por dentro e por fora, a única coisa que deseja é fazer seu próprio café.

O orgulho é importante em momentos assim.

Claro que na primeira tentativa se esqueceu de acrescentar os grãos, então tudo que conseguiu foi um lindo e fumegante bule de água limpa.

Tentaria outra vez, com sentimento.

Estava saindo da sala de jantar com uma garrafa térmica cheia do milagroso líquido castanho escuro e um frasco de aspirina quando a porta do corredor foi aberta por Fritz.

A dupla que passou pelo bom *doggen* assegurava que haveria muitas idas à farmácia em um futuro próximo na vida de Qhuinn: Blay e Saxton entraram na casa de braços dados.

Por uma fração de segundo, quase rosnou enquanto uma sensação de possessividade o levou a querer passar seu carro sobre os dois e estacioná-lo lá – até que percebeu que o abraço era evidentemente para fins medicinais. Saxton não parecia muito firme sobre seus pés e, com certeza, seu rosto tinha sido usado como saco de pancadas.

Agora Qhuinn rosnou baixo, mas por um motivo diferente.

– Quem fez essa droga com você?

Não poderia ter sido a própria família do cara. Os pais de Saxton não se importavam com o que e quem ele era.

– Diga – ele exigiu. E uma vez que a pergunta fosse respondida, os dois poderiam começar a discussão sobre o que passou pela cabeça de

Blay ao trazer um estranho não só à sede da Irmandade, mas à casa da Primeira Família.

Oh, mas a pergunta número três "*Como foi?*" ficaria exatamente onde estava. Ou seja, presa em sua garganta.

Saxton sorriu. Mais ou menos. Seu lábio superior não estava funcionando muito bem.

– Foi apenas um lixo humano. Não vamos nos exaltar, certo?

– Vá se ferrar. E que diabos você está fazendo aqui com ele? – Qhuinn olhou para Blay e tentou não examinar o rosto do cara procurando por marcas produzidas pelo roçar de barba. – Ele não pode entrar nesta casa. Você não pode trazê-lo...

Do alto, a voz de Wrath o interrompeu, o tom profundo de barítono do rei encheu o saguão.

– Blay não estava brincando sobre você, não é? Está bastante machucado, não está, filho?

Saxton arquejou ao se curvar.

– Perdoe-me, majestade, por não proporcionar uma apresentação mais agradável. O senhor é muito amável ao me acolher aqui.

– Foi correto comigo em um momento importante. Estou devolvendo o favor. Sempre o faço. Como disse, se comprometer meu lar de alguma maneira, cortarei suas bolas e farei você as comer.

Eu adoro o Wrath, Qhuinn pensou.

Saxton fez outra reverência.

– Entendido.

Wrath não olhava para baixo das escadas, seus óculos escuros permaneciam em linha reta, de modo que parecia estar olhando os afrescos no elevado teto. E mesmo com sua cegueira, não perdia nada.

– Pelo que posso sentir, Qhuinn fez café, isso vai ajudar, e Fritz tem um quarto preparado para você. Deseja algo para comer antes de se alimentar?

Alimentar? *Alimentar?*

Qhuinn não gostava de ficar de fora da conversa, mesmo quando se tratava de pequenos detalhes como o que tinha para o jantar. Saxton, a mansão, Blay e a veia de alguém? Sim, não saber o que estava acontecendo fazia com que as pontas de suas presas formigassem.

Saxton inclinou-se em reverência mais uma vez.

– De fato, é um anfitrião muito gentil.

– Fritz, dê algo para o macho comer. A Escolhida deve chegar muito em breve.

A veia de uma Escolhida?

Cristo, o que exatamente Saxton fez para o rei? A vida de quem ele tinha salvado?

– E nossa médica vai examiná-lo. – Wrath ergueu uma das mãos. – Não. Cheiro a dor que está sentindo... é uma combinação de querosene e pimenta forte que chega em meu nariz. Então, mova-se. Cuide-se e conversaremos mais tarde.

Quando Wrath e George viraram as costas, Qhuinn seguiu Fritz, andando atrás do mordomo enquanto liderava uma lenta subida na grande escadaria. No topo, o *doggen* parou em favor dos passos mancos de Saxton e aproveitou para polir os adornos esculpidos em bronze.

Sem nada a fazer a não ser esperar, Qhuinn abriu a aspirina e ingeriu um punhado, notando, através da porta aberta do escritório do rei, que John e Xhex falavam com V. e Wrath, os quatro estavam em pé juntos a um mapa estendido na escrivaninha.

– Esta é uma mansão espetacular – Saxton disse enquanto parava para recuperar o fôlego. Apoiado na força de Blay, ajustava-se ao braço do cara... com maldita perfeição.

Bastardo miserável.

– Meu mestre, Darius, a construiu. – Os velhos olhos lacrimejantes de Fritz percorreram o local antes de se concentrar na macieira retratada no mosaico abaixo. – Ele sempre quis a Irmandade aqui... Construiu as instalações para esse fim. Ficaria muito satisfeito hoje.

– Vamos continuar, então – Saxton disse. – Estou ansioso para ver mais.

Seguiram pelo corredor de estátuas. Passaram pelo quarto de Tohr. Passaram pelo de Qhuinn e de John Matthew. Passaram pelo de Blay... e entraram na porta ao lado.

Por que não instalá-lo mais abaixo, Qhuinn pensou. Como no porão.

– Vou trazer-lhe uma bandeja com quitutes variados. – Fritz entrou e verificou se tudo estava em ordem. – Disque asterisco e um se precisar de alguma coisa antes que eu volte ou em qualquer outro momento.

Com uma reverência, o mordomo saiu, deixando algum constrangimento atrás de si. Que não foi suavizado nem um pouco quando Blay levou Saxton para a cama e ajudou a deitar o macho.

O filho da mãe estava em um lindo terno cinza. Com um colete. Que fazia Qhuinn e suas roupas estilo saco de dormir se sentir como se estivesse vestido com um belo saco de lixo.

Erguendo-se um pouco mais, para ter uma clara vantagem sobre Sax ao menos na posição vertical, disse:

– Foram aqueles caras do bar de charutos. Aqueles malditos idiotas, não é?

Quando Blay congelou, Saxton riu um pouco.

– Então nosso amigo aqui em comum, Blaylock, lhe contou sobre o nosso encontro? Fiquei pensando sobre o que estava fazendo com o meu celular no banheiro.

Certo, tanto faz. Foi uma dedução e não uma breve ligação diurna que o levou a essa conclusão. Inferno, recebeu apenas uma mensagem de texto do cara. Um texto curto e miserável, que não oferecia muita coisa além de um "oi, tudo bem?"...

Que. Droga. Estava mesmo reclamando sobre etiqueta ao telefone? Estava mesmo dando uma de mocinha daquele jeito?

Voltando ao jogo, retrucou.

– Foram eles?

Quando Blay não disse nada, Saxton suspirou.

– Sim, receio que sentiram necessidade de se expressar... bem, o primata do grupo sentiu. – As pálpebras do macho baixaram e ele olhou para Blay. – E eu sou um amante, não um lutador, entende?

Blay apressou-se para preencher o silêncio depois daquela pequena bomba.

– Selena estará aqui em breve. Você vai gostar dela.

Graças a Deus não era Layla, Qhuinn pensou sem qualquer bom motivo para isso...

O silêncio que se seguiu era denso e tinha cheiro de consciência pesada.

– Posso conversar com você? – Qhuinn disse a Blay de repente. – No corredor?

Não era um pedido.

Quando Fritz chegou com a bandeja, Qhuinn saiu do quarto e esperou no corredor, de frente para uma das estátuas musculosas. O que o fez imaginar em como Blay seria nu.

Abrindo a tampa da garrafa térmica, tomou um gole de seu café, queimou a garganta e bebeu mais mesmo assim.

Depois que Fritz saiu, surgiu Blay, que fechou a porta.

– O que foi?

– Não posso acreditar que você o trouxe aqui.

Blay recuou, franzindo a testa.

– Viu o rosto dele. Como não trazê-lo? Está machucado, não está se curando bem e precisa se alimentar. E Phury nunca permitiria que uma de suas Escolhidas simplesmente aparecesse em algum lugar do mundo. Esta é a única maneira segura de fazê-lo.

– Por que não encontrou outra pessoa? Não tem que ser uma Escolhida.

– Como? – Sua expressão ficou ainda mais profunda. – Ele é seu *primo*, Qhuinn.

– Estou bem consciente dessa relação. – E de como aquilo soava mesquinho. – Só não entendo porque você arranjou tudo isso para o cara.

Bobagem. Sabia exatamente o porquê.

Blay virou-se.

– Vou voltar agora para...

– Ele é seu amante?

Isso deteve o macho... ficou congelado como se fosse uma das estátuas gregas, com a mão parada na altura da maçaneta.

Blay olhou por cima do ombro, a expressão do rosto rígida.

– Isso não é da sua conta.

Nenhum rubor à vista e Qhuinn exalou lentamente, aliviado.

– Não é, certo? Não ficou com ele.

– Deixe-me em paz, Qhuinn. Apenas... deixe-me em paz.

Quando a porta se fechou atrás do cara, Qhuinn amaldiçoou baixinho e se perguntou se seria capaz de fazer isso.

Não tão cedo, uma voz disse em sua cabeça. Talvez nunca.

Capítulo 53

Lash acordou com o rosto na terra e com alguém mexendo em seus bolsos. Quando tentou se virar, algo duro segurou seu crânio e o manteve no lugar.

Uma palma de mão. Uma palma de mão humana.

– Pegue as chaves do carro! – alguém sussurrou à sua esquerda.

Havia dois deles. Dois seres humanos, os dois cheiravam à crack e a suor velho.

Assim que a mão começou a vasculhar, Lash agarrou o pulso do homem e, com uma torção e um salto, trocou de lugar com o bastardo saqueador.

Quando o cara abriu a boca em estado de choque, Lash arreganhou as presas e golpeou de cima para baixo, mordendo a pele avermelhada de uma bochecha e arrancando-a dos ossos. Cuspiu rapidamente e depois rasgou a garganta do filho da mãe.

Gritos. Muitos gritos vindos do cara que deu a ordem para pegar as chaves do carro...

Que foram rapidamente extintos quando Lash pegou sua faca e a lançou nas costas do Sr. Ladrão de Carros, atingindo bem no meio do desgraçado.

Quando o filho da mãe caiu com tudo no chão de terra, Lash fechou o punho e acertou a têmpora daquele que o havia montado.

Com a ameaça neutralizada, Lash ficou instável outra vez, seu corpo caiu para o lado quando considerou brevemente mais uma rodada de vômitos. Uma condição não muito interessante para estar – especialmente quando o humano que tinha acertado em cheio começou a grunhir e a se agarrar na terra como se estivesse determinado a fugir.

Lash forçou-se a ficar em pé e arrastou-se. Ficando por cima do drogado, colocou um pé nas nádegas do cara, puxou a faca novamente e enfiou-a nas costas dele. Então, chutou seu alvo e ergueu o braço...

Estava prestes a cravar-lhe a faca no peito quando percebeu que o bastardo era forte, todo constituído de músculos. Considerando seus olhos enlouquecidos, com certeza era adepto de um cachimbo, mas era bastante jovem e as devastações da droga ainda teriam muito trabalho pela frente até corroer sua massa corporal.

Bem, aquela era a noite de sorte do filho da mãe. Graças a um capricho e um bom corpo, passaria de cadáver a rato de laboratório.

Ao invés de esfaqueá-lo no coração, Lash cortou os pulsos e a jugular do humano. Enquanto o sangue vermelho fluía para a terra e o homem começava com os gemidos, Lash olhou para o carro e sentiu como se a coisa estivesse a centenas de quilômetros de distância.

Ele precisava de energia. Precisava...

Bingo.

Enquanto aquelas veias drenavam, Lash arrastou-se até a Mercedes, abriu o porta-malas e levantou o tapete. O painel que cobria o estepe normalmente era retirado com facilidade.

Olá, bom dia, o que temos aqui...

O quilo de cocaína deveria ter sido dividido e reembalado para ser vendido nas ruas dias atrás, mas então o mundo explodiu e o material foi deixado bem onde o Sr. D havia colocado.

Limpando a faca nas calças, Lash perfurou o celofane e mergulhou a ponta da lâmina. Cheirou a droga direto no aço da faca, usando primeiro a narina direita e depois a esquerda, que já não mais existiam.

Para completar, fez outra rodada.

E... mais outra.

Quando acabou, o fluxo corrente que trovejou dentro dele salvou-lhe, animando-o ao ponto de mantê-lo em pé mesmo depois da rotina de vomitar e desmaiar. O motivo de ter tido esses problemas era um mistério... talvez o sangue daquela prostituta barata estivesse estragado ou talvez não fosse apenas o corpo de Lash, mas também sua composição química interna mudando. De qualquer forma, precisaria do pó até as coisas se estabilizarem.

A droga funcionava. Sentia-se *ótimo*.

Após guardar a cocaína no esconderijo novamente, voltou-se para o drogado. O frio não ajudava o processo de drenagem, e esperar ali enquanto o desgraçado sangrava não era a ideia mais brilhante do dia, não importava o quão bem escondido estavam sob a ponte. Superando aquele zumbido desagradável, foi até o cara morto em quem deu uma de Hannibal Lecter, rasgou a jaqueta de couro do homem e fez tiras de bandagens com a camiseta que estava por baixo.

Dane-se seu pai.

Dane-se aquele idiotinha.

Formaria seu próprio exército. Começando com aquele *bulldog* viciado.

Não demorou muito para Lash colocar as bandagens improvisadas nas feridas abertas do humano. Em seguida, pegou o corpo e jogou no porta-malas do carro com todo o cuidado que um taxista teria com uma bagagem barata.

Saindo da ponte, seus olhos saltavam por toda parte. Mas que droga... todos os carros que via, desde aqueles na estrada até os que circulavam no tráfego da rodovia, todos eles eram carros sem marcas oficiais do departamento de polícia de Caldwell.

Tinha certeza disso. Era a polícia. Humanos com emblemas observando seu carro. A polícia, o DPC, a polícia, o DPC...

Ao se dirigir para a fazenda, pegou todos os faróis de Caldwell fechados, e enquanto era obrigado a frear, olhava para frente, rezando para que todos aqueles policiais atrás e na frente dele não sentissem que tinha um homem morrendo e um carregamento de drogas no carro.

Seria um grande esforço lidar com uma parada policial. Que decepção. Finalmente estava se sentindo como ele mesmo, cada batida do coração ecoava em suas veias, os cascos de aço daquela cocaína pisoteavam seu cérebro, criando uma cacofonia de inspiração criativa...

Espere. No que ele estava pensando?

Ah, inferno, o que isso importava? Ideias semiformadas dançavam em sua mente, planos se formavam e desintegravam, um mais brilhante que o outro.

Benloise. Tinha que ir até Benloise e restabelecer a conexão. Fazer mais *redutores* de sua própria autoria. Encontrar o idiotinha e mandá-lo de volta ao Ômega.

Ferraria seu pai e o cara que ferrou com ele.

Ferraria Xhex outra vez.

Voltar à fazenda e lutar com os Irmãos.

Dinheiro, dinheiro, dinheiro... precisava de dinheiro.

Enquanto passava por um dos parques de Caldwell, seu pé diminuiu lentamente a aceleração. No início, não tinha certeza se estava mesmo vendo aquilo... ou se sua maldita cabeça estava distorcendo a realidade.

Mas não...

O que acontecia nas sombras perto da fonte apresentava-se como a oportunidade que ele estava tentando criar. Ou infiltrar-se, no caso.

Estacionando o Mercedes em uma das vagas do estacionamento, desligou o carro e pegou a faca. Ao passar por trás do capô, tinha uma vaga consciência de que não estava pensando direito, mas ao seguir o impulso da cocaína, aquilo parecia perfeito.

John Matthew tomou forma em meio a um conjunto de pinheiros e arbustos com Xhex, Qhuinn, Butch, V. e Rhage. Logo à frente, a casa da fazenda com a fita amarela envolvendo a cena do crime parecia como algo saído de um programa de TV.

Mas mesmo com aquela visão impressionante, a verdade por trás da cena era muito mais sombria. Apesar do ar limpo ao redor, o aroma de sangue era forte o suficiente para incomodar sua garganta.

Para averiguar de maneira adequada a informação despejada por Lash, a Irmandade se dividiu em dois grupos, com os outros verificando o endereço relacionado à placa do Civic envenenado. Trez e iAm tinham acabado de sair para cuidarem de seus negócios noturnos, mas estavam prontos para voltar apenas com uma mensagem de texto. E de acordo com os Sombras, não havia nada de especial para ser relatado desde que Xhex os deixou, além do fato de que o detetive De la Cruz havia voltado, passado uma hora ali e saído outra vez.

John examinou a cena diante dele, concentrando-se mais nas sombras do que nos locais onde a lua iluminava. Então, fechou os olhos e deixou seus instintos fluírem, soltando as rédeas daquele sensor indefinível e invisível em seu peito.

Em momentos assim, não sabia por que fazia o que fazia; o impulso simplesmente o envolvia, a convicção de que já tinha feito aquilo antes – e havia dado certo – era muito forte e inegável.

Sim... Sentia que alguma coisa estava errada... Havia fantasmas lá dentro. E essa certeza o lembrou do que tinha sentido quando esteve naquele maldito quarto em que Xhex estava tão perto e tão longe dele. Na ocasião, também a sentiu, mas estava bloqueado para fazer qualquer tipo de conexão.

– Os corpos estão lá dentro – Xhex disse. – Apenas não podemos vê-los ou pegá-los. Mas estou dizendo... estão lá dentro.

– Bem, então não vamos ficar brincando aqui fora – V. disse, desmaterializando-se.

Rhage o seguiu, aparecendo dentro da casa, enquanto Butch tomou uma abordagem mais trabalhosa, caminhando ao longo do gramado desalinhado, com a arma na mão e encostada em sua coxa. Olhou pelas janelas até V. abrir a porta dos fundos.

– Você vai entrar? – Xhex perguntou.

John gesticulou com cuidado para que ela pudesse ler suas mãos. *Você já disse o que tem lá dentro. Estou mais interessado no que pode aparecer aqui fora.*

– Concordo.

Um a um, os Irmãos voltaram.

V. falou em voz baixa:

– Supondo que Lash não está apenas exibindo seus esforços de indução e supondo que Xhex esteja certa...

– Nada de suposições aqui – ela interrompeu. – Estou certa.

– ... então quem quer que tenha transformado os pobres coitados tem que voltar.

– Obrigada, Sherlock.

V. a encarou.

– Quer parar com essa atitude, docinho?

John se endireitou, pensando que por mais que amasse o Irmão, não estava gostando do tom dele.

Evidentemente, Xhex concordou.

– Refira-se a mim com essa de "docinho" outra vez e será sua última palavra...

– Não me ameace, doci...

Butch parou atrás de V. e colocou a mão na boca do cara enquanto John segurava o braço de Xhex tentando acalmá-la, encarando Vishous. Ele nunca entendeu a hostilidade entre os dois, apesar de existir esse sentimento desde quando conseguia se lembrar...

Franziu a testa. Depois da confusão, Butch estava encarando o chão. Xhex olhava para uma árvore atrás de V. e este rosnava e olhava para suas unhas.

Algo está errado aqui, pensou John.

Oh... Jesus...

Não havia razão para V. não gostar de Xhex... na verdade, ela era exatamente o tipo de fêmea que ele respeitava. A não ser, claro, que ela já tenha estado com Butch...

V. era conhecido por ser possessivo em relação ao melhor amigo, só aceitando a *shellan* do cara.

John parou com as extrapolações, definitivamente não precisava saber de mais nada. Butch estava cem por cento comprometido com sua Marissa, então se algo aconteceu entre ele e Xhex... foi há muito tempo. Provavelmente antes de sequer John conhecê-la – ou talvez quando ainda estava em sua fase pré-transição.

Passado era passado.

Além disso, não devia...

Quaisquer outros pensamentos sobre a questão foram convenientemente interrompidos quando um carro passou em frente à fazenda. Instantaneamente, toda a atenção foi voltada para um automóvel que tinha a cor da roupa de uma garota de doze anos. Em, digamos, 1985.

Cinza, amarelo limão e rosa-choque. Está falando sério? Acha isso legal mesmo? Cara... supondo que era um *redutor* atrás do volante, John tinha acabado de encontrar outro motivo para matar aquele desgraçado.

– Esse é o Civic envenenado – Xhex sussurrou. – É isso.

De repente, houve uma sutil mudança no cenário, como se uma tela tivesse sido puxada sobre o local, vinda de cima. Felizmente, a acuidade visual ficou comprometida apenas até um tipo de escudo ser estabelecido e, então, tudo ficou claro novamente.

– Ativei o *mhis* – V. disse. – E que filho da mãe idiota. Aquele carro é chamativo demais para estar nessa parte da cidade.

– Carro? – Rhage suspirou. – Por favor. Essa coisa é uma máquina de costura fantasiada de carro. Meu GTO faz essa carroça comer poeira usando só a quarta marcha.

Quando ouviu-se um som estranho atrás deles, John olhou. Assim também fizeram os três Irmãos.

– O que foi? – Xhex franziu a testa, cruzando os braços na frente do peito. – Posso rir, sabia? E isso foi... muito engraçado.

Rhage sorriu radiante.

– Eu sabia que gostava de você.

A máquina de costura passou pela casa e voltou em seguida... apenas para dar a volta e fazer isso uma terceira vez.

– Estou ficando realmente entediado com isso. – Rhage deslocava o peso do corpo para frente e para trás, seus olhos se iluminando de um azul neon, o que significava que sua besta já estava rosnando e ficando ansiosa. Isso nunca era bom. – Por que não posso pular por cima do capô daquele idiota e arrancar a cabeça do desgraçado pelo para-brisa?

– Melhor relaxar e esperar a melhor oportunidade – Xhex murmurou enquanto John pensava a mesma coisa.

O cara atrás do volante deveria ser daltônico com relação a cores de carro, mas não era um total idiota. Continuou dirigindo, e cinco minutos depois, quando Rhage estava prestes a soltar sua outra personalidade, o assassino surgiu andando de trás dos campos de milho nos fundos.

– Esse garoto é esperto – Rhage murmurou. – Um cretino bem esperto.

O *redutor* trazia alguns reforços com ele, do tamanho que não caberia naquele carro. Com certeza, encontraram-se em algum lugar e se desfizeram de outro carro.

E eram espertos com relação à aproximação. Levaram um tempo olhando tudo ao redor do gramado, da casa e da floresta. Mas, graças ao V., quando olharam para o conjunto de árvores onde seus inimigos estavam, seus olhos não registraram nada além da paisagem – o *mhis* de Vishous era uma ilusão óptica que disfarçava com eficácia a encrenca em que o inimigo estava entrando.

Quando o trio foi para os fundos da casa, suas botas trituravam o gramado congelado. Um momento depois, ouviram vidro sendo quebrado.

Para ninguém especificamente, John gesticulou: *Vou me aproximar.*

– Espere...

A voz de Vishous não desacelerou John nem um pouco, nem mesmo a maldição que deixou para trás quando se materializou ao lado da casa.

O que significou que John foi o primeiro a ver os corpos ao se tornaram visíveis.

No instante em que o *redutor* escalou uma janela da cozinha, a casa estremeceu e...

Olá, *Massacre da Serra Elétrica.*

Estendidos da sala de estar até o corredor da sala de jantar havia uns vinte corpos alinhados com suas cabeças direcionadas para os fundos da casa e os pés em direção à frente. Bonecos. Bonecos grotescos, nus, com vômito negro em seus rostos e com braços e pernas que se moviam lentamente.

John sentiu Xhex e os outros tomarem forma bem ao seu lado, atrás da janela, no momento em que o *redutor* apareceu no campo de visão.

– Caramba! – O garoto girava e olhava ao redor. – *Isso!*

Sua risada triunfante beirava a histeria – o que teria sido perturbador, se não fosse o fato de que estava cercado de sangue e vísceras. Mas neste caso? A gargalhada não foi nada original – um clichê horrível. Mas o carro do bastardo também era. Muito Vin Diesel.

– Vocês são meu exército! – ele gritou para os caras ensanguentados no chão. – Vamos comandar Caldwell! Levantem os traseiros do chão, é hora de trabalhar! Juntos, nós somos...

– Mal posso esperar para matar esse idiotinha – Rhage murmurou. – Só para calar a boca dele.

Com. Certeza.

O desgraçado iniciou um discurso seguindo uma linha meio Mussolini, cheio de blá-blá-blá, o que era muito bom para o ego, mas que, no final, não significava coisa alguma. A resposta dos filhos da mãe no chão era o que importava...

É. Talvez o Ômega tenha escolhido bem: os bonecos pareciam aceitar o discurso sem questionar. Os agregados drenados, massacrados, reanimados e agora desalmados ex-humanos, levantaram os troncos, tentando ficar em pé, ao comando do *redutor*.

Pena que aquilo seria um esforço desperdiçado.

– No três – Vishous sussurrou.

Xhex foi quem contou.

– Um... dois... *três!*

Capítulo 54

Assim que a noite caiu sobre a paisagem, concedendo a graça escura sobre a terra, Darius se desmaterializou de sua modesta residência e tomou forma na costa oceânica com Tohrment. A "cabana" que o sympatho *havia descrito era na verdade uma mansão de pedra de bom tamanho e distinção. Havia velas acesas dentro, mas enquanto Darius e seu protegido permaneceram em meio às folhagens, não houve sinais evidentes de vida: nenhum vulto passou pelas janelas. Nenhum cão latiu avisando alguma coisa. Nenhum aroma vinha da cozinha e flutuava na brisa fresca e calma.*

No entanto, havia um cavalo saindo para o campo e uma carruagem perto do celeiro.

Assim como uma esmagadora sensação de mau agouro.

– Há um sympatho *aí dentro – Darius murmurou enquanto seus olhos sondavam não apenas o invisível, mas as sombras.*

Era impossível saber se havia mais de um devorador de pecados dentro das muralhas, uma vez que bastava apenas um deles para criar a barreira de medo. E também não podiam ter certeza se era o sympatho *que eles procuravam.*

Pelo menos, não enquanto permanecessem à margem.

Darius fechou os olhos e deixou que seus sentidos penetrassem na cena que havia diante deles: seus instintos que iam além da visão e da audição concentraram-se para determinar o perigo.

Na verdade, havia momentos em que ele confiava mais no que sabia *ser verdade do que naquilo que via.*

Sim, conseguia sentir algo. Havia um movimento frenético dentro das paredes de pedra.

O sympatho *sabia que estavam lá.*

Darius acenou para Tohrment, os dois aproveitaram o momento e tentaram se desmaterializar dento da sala.

Metal escondido na alvenaria os impediu de penetrar nas paredes robustas e foram obrigados a tomar forma na lateral da casa. Implacável, Darius ergueu seu cotovelo coberto de couro e quebrou o vidro da janela; em seguida, agarrou a esquadria e retirou a estrutura. Entrou com Tohrment como uma rajada de vento, materializando-se na sala...

Exatamente naquele momento, viu um vulto vermelho atravessando uma porta interna indo em direção aos fundos da casa. Em um acordo silencioso, ele e Tohrment começaram a perseguição e chegaram à saída que tinha sido utilizada enquanto a fechadura ainda estava sendo trancada do outro lado.

Mecanismo de cobre. O que significava que não havia como movê-la mentalmente.

– Afaste-se – disse Tohrment enquanto apontava o cano de sua arma.

Darius saiu da frente rapidamente enquanto um tiro soava, depois arremeteu o ombro contra a porta, empurrando-a com força.

As escadas abaixo estavam escuras, exceto por uma fraca luz ao fundo.

Desceram os degraus de pedra e correram sobre o chão coberto de sujeira acumulada, seguindo aquela luz... e o cheiro de vampiro impregnado no ar.

Uma urgência trovejou nas veias de Darius, a ira se opondo ao desespero. Queria a fêmea de volta... Minha Virgem Escriba, como ela deve ter sofrido...

Houve um som de pancada, em seguida o túnel foi envolvido pelo breu.

Sem perder o ritmo, Darius avançou determinado, colocando a mão contra as paredes para manter seu caminho em linha reta. Logo atrás, Tohr o acompanhava na perseguição e os fortes e altos ecos de suas botas ajudavam Darius a determinar o final da passagem. Parou bem a tempo, usando suas mãos para localizar a trava da porta.

A qual o sympatho *não teve tempo de fechar atrás de si.*

Rompendo os pesados painéis de madeira, Darius sentiu uma profunda rajada de ar fresco, e a visão de uma lanterna oscilante surgiu na sua frente, do outro lado do gramado.

Desmaterializando-se e tomando forma em seguida, pegou o macho sympatho *e a fêmea vampira ao lado do celeiro, bloqueando sua fuga de tal forma que o sequestrador foi forçado a parar.*

Com as mãos trêmulas, o devorador de pecados segurou uma faca na garganta de sua prisioneira.

– Eu vou matá-la! – gritou ele. – Vou matá-la!

A fêmea não lutava contra ele, não tentava se afastar ou implorava para ser libertada e salva. Apenas olhava para frente, seus olhos assombrados e apáticos num rosto sombrio. Na verdade, não havia pele mais pálida do que aquela, a não ser a dos mortos à luz do luar. A filha de Sampsone podia ter um coração batendo dentro do peito, mas sua alma já havia falecido.

– Deixe-a ir – Darius ordenou. – Deixe-a ir e nós o deixaremos vivo.

– Nunca! Ela é minha!

Os olhos do sympatho *brilhavam vermelhos, seu lado perverso foi liberado sob a noite, mas era evidente que sua juventude e pânico o impediam de utilizar a arma mais poderosa de sua raça: apesar de Darius estar preparado para um ataque mental, sua mente não foi invadida.*

– Deixe-a ir – Darius repetiu – e não o mataremos.

– Acasalei com ela! Ouviu? Acasalei com ela!

Quando Tohrment apontou sua arma para o macho, Darius ficou impressionado com sua calma. Era sua primeira vez numa luta, numa situação de sequestro, com um sympatho... *e o garoto estava vivenciando tudo sem ser consumido pelo drama.*

Com uma serenidade deliberada, Darius continuou tentando argumentar com seu adversário, observando com raiva a maneira como a camisola da fêmea tinha sido manchada.

– Se você a soltar...

– Não há nada que possa me dar que valha mais do que ela!

A voz baixa de Tohr quebrou a tensão:

– Se deixá-la ir, não vou atirar em sua cabeça.

Era uma boa ameaça, pensou Darius. Mas, claro, Tohrment não iria disparar a arma: seria um risco muito grande para a fêmea no caso de seu alvo sair da mira por apenas uma fração de segundo.

O sympatho *começou a caminhar de volta para o celeiro, arrastando a vampira com ele.*

– Vou fatiá-la...

– Se ela é tão preciosa para você – disse Darius –, como poderia suportar a perda?

– É melhor ela morrer comigo do que...

Tohr atirou.

Quando a arma disparou, Darius gritou e pulou para frente, como se pudesse pegar a bala de Tohrment com as mãos.

– O que você fez?! – gritou enquanto o sympatho *e a fêmea aterrissavam amontoados.*

Correndo sobre o gramado e caindo de joelhos, Darius rezou para que ela não tivesse sido atingida. Com o coração na garganta, estendeu a mão para rolar o macho, tirando-o de cima dela...

Quando o jovem sympatho *tombou de costas, encarou o céu com uma fixação cega e revelou-se um buraco perfeitamente redondo e preto no centro de sua testa.*

– Minha cara Virgem Escriba... – Darius ofegava. – Que tiro!

Tohrment ajoelhou-se.

– Eu não teria puxado o gatilho se não tivesse certeza.

Os dois se inclinaram em direção à fêmea. Ela também olhava para a galáxia acima, com olhos fixos, sem piscar.

Será que sua garganta tinha sido cortada, afinal?

Darius vasculhou a camisola que um dia tinha sido branca. Havia manchas de sangue no tecido, algumas secas e outras frescas.

A lágrima que derramou diante de seus olhos brilhava como prata ao luar.

– Você está salva – disse Darius. – Está segura. Não tenha medo. Não fique triste.

Enquanto o olhar pálido da fêmea se deslocava para encontrar o dele, seu desespero era tão frio quanto o inverno.

– Vamos levá-la de volta à sua casa – Darius prometeu. – Sua família deve...

A voz da fêmea não era nada além de um gemido rouco vindo da garganta:

– Deveria ter atirado em mim ao invés dele.

Capítulo 55

Quando a contagem chegou ao "três", Xhex tomou forma na sala de estar da casa da fazenda, pensando que a preocupação sobre uma emboscada estava certa... só que os assassinos foram os surpreendidos. Enfrentando o *redutor* mais próximo, ela iniciou uma luta com o cara e sabia que tinha que trabalhar rápido.

Você tinha o elemento surpresa apenas uma vez em qualquer luta e ela e sua equipe estavam em desvantagem numérica de quatro para um... numa situação onde armas de fogo não podiam ser usadas. Balas eram interessantes apenas quando se podia atirar em alvos estáticos e não tinham nada disso naquele lugar. Braços, pernas e corpos estavam voando ao redor enquanto os Irmãos, John e Qhuinn faziam exatamente o que ela estava fazendo: escolher um induzido aleatoriamente e dar uma de Bruce Lee em seus traseiros.

Xhex sacou a adaga com a mão esquerda enquanto lançava um gancho de direita no assassino a sua frente. A forte pancada deixou o cara inconsciente, e enquanto ele caía bruscamente contra a parede, ela colocou o braço dele para trás e mirou a ponta da sua lâmina direto no peito do...

Com um tapinha, Butch segurou seu pulso.

– Deixe-me terminar isso.

Posicionando-se entre eles, encarou o assassino e aproximou a boca. Em uma inspiração lenta e constante, começou a drenar a essência do corpo: uma repugnante nuvem suja como poluição transferiu-se do *redutor* para Butch.

– Jesus... Cristo... – ela sussurrou enquanto o assassino que uma vez tinha tido forma se desintegrava em cinzas aos pés do Irmão.

Quando Butch vacilou e estendeu a mão para a parede como se estivesse com dificuldades para ficar em pé, ela segurou o braço dele.

– Você está bem?

Um estridente assovio vindo de John a fez girar a cabeça bem a tempo – outro *redutor* estava correndo em direção a ela, preparado para usar o canivete que estava na mão. Graças a John, ela abaixou-se e pulou para frente, agarrando o pulso grosso e assumindo o controle da arma enquanto esfaqueava, acertando o assassino por baixo das costelas.

Um estouro e um forte flash de luz depois e ela estava pronta para o próximo.

Xhex estava muito concentrada na luta, rápida com os pés, ligeira com as mãos. E embora estivesse a mil por hora e tivesse acabado com aquele assassino, respeitava o papel de Butch no confronto. Ela não entendia exatamente o que acontecia, mas apostava que era um final especial para o inimigo.

Pensando nisso, começou a cortar a parte de trás dos joelhos e a frente das coxas. Incapacitação era algo em que ela se destacava como assassina, pois muitas vezes tinha que deixar uma mensagem antes do golpe final. E enquanto deixava corpos gemendo em seu caminho, Butch fazia uma varredura atrás dela, inalando e transformando em fino pó aqueles que tinham vindo matar.

Enquanto ela talhava e cortava os induzidos, viu-se observando John alguns segundos e... que inferno. Ele era um lutador muito habilidoso.

Parecia ter se especializado em quebrar pescoços. Era letal ao se aproximar por trás do inimigo, agarrando-o com força bruta e...

Um golpe veio do nada, acertando-a no ombro e fazendo-a girar até a parede. A faca soltou-se de suas mãos enquanto ela via estrelas diante dos olhos.

O assassino que a jogou na parede pulou para frente e apanhou a adaga do chão sangrento, empunhando a arma contra ela.

No último minuto, Xhex desviou para a esquerda de modo que ele esfaqueou a parede, encaixando a lâmina no painel de madeira.

Enquanto ele tentava liberar a coisa, ela girou e cravou sua lâmina de reserva no estômago dele, abrindo um buraco em seu intestino.

Ao encontrar seu olhar chocado, ela disse:

– O que foi? Você achou que eu não tinha uma segunda faca, seu maldito idiota?

Ela deu um golpe na cabeça dele com as costas da arma de reserva, e enquanto ele desmoronava sobre os joelhos, ela tirou a primeira faca do gesso e voltou à luta. Enquanto grunhidos e socos ressoavam em torno da casa, Xhex percorreu a confusão até um lugar que precisava de atenção...

Um dos assassinos estava fugindo pela porta da frente, correndo do perigo para o campo aberto.

Ela se desmaterializou fora da casa e bem na frente dele. Quando ele deu uma de *Três Patetas* dando uma volta ao parar, ela sorriu:

– Não, você não pode ser dispensado.

O *redutor* saiu correndo outra vez, voltando-se para a luta... o que era estupidez, uma vez que não havia ninguém lá dentro que pudesse ajudá-lo. Bem, não se fosse para sobreviver.

O corpo dela foi ágil e forte ao persegui-lo e os dois retornaram por um caminho mais longo. Assim que ele chegou à porta, ela saltou no ar e o capturou com uma voadora, pegando-o pelo pescoço e ombros e fazendo um movimento doloroso, usando uma combinação de força e trajetória para contorcer o cara transformando seu corpo em um grande ponto de interrogação.

Eles aterrissaram violentamente, mas mesmo ao sentir que faltava ar em seus pulmões, ela estava sorrindo.

Deus, adorava uma boa luta.

John viu de relance Xhex desaparecer pela porta da frente, mas não podia ir atrás dela porque havia dois iniciados tão em cima dele que poderia arrancar suas sobrancelhas. Mas cuidaria daquele grupo bem rápido.

É engraçado como se ganha uma explosão de energia quando sua fêmea sai sozinha durante a noite...

Não que ela fosse sua fêmea.

Engraçado como lembrar disso o deixa mais cruel.

Alcançando um dos assassinos, John arrancou o pescoço do bastardo do topo de sua coluna. Enquanto jogava a cabeça como se fosse uma bola de boliche, pensou que era realmente uma pena não ter tido tempo para fazer o mesmo com os braços e as pernas do garoto... para poder usá-los contra o outro *redutor*.

Infelizmente, o número dois tinha acabado de agarrar John pelo peito e estava tentando asfixiá-lo com um abraço de urso.

John agarrou os pulsos e deteve o desgraçado, então girou, pulou e caiu de costas em cima do *redutor*. Bateram fortemente no chão com John no topo. Levantando-se, John bateu a parte de trás da própria cabeça diretamente no rosto do oponente, transformando o nariz em um gêiser.

Com um rápido movimento, John ergueu seu punho no ar bem alto.

O segundo golpe causou uma rodada de espasmos, o que sugeria que o cérebro do cara estava tendo sérios problemas de transmissão elétrica e o bastardo estava agora na convulsolândia.

Não seria um problema para o *redutor* esperar Butch vir até ele. John se precipitou para a porta na qual Xhex havia se desmaterializado, suas botas de combate derrapando no sangue que agora tinha duas cores: vermelho enferrujado e negro brilhante.

Assim que chegou à porta aberta, deteve-se junto aos batentes.

Aquele era o combate mais espetacular que já tinha visto. O *redutor* que ela perseguia estava correndo em disparada de volta para a casa, tendo obviamente repensado sua estratégia de fuga, e se movia com rapidez, os pés descalços deslizavam sobre a grama gelada. Contudo, Xhex estava se aproximando rápido, promovendo uma interceptação que só era possível por ela ser mais forte e mais focada que o ex-humano.

John não teria tempo para intervir mesmo se quisesse: Xhex saltou bruscamente no ar, estendendo-se, alcançando o *redutor*. Ela o agarrou ao redor da cintura e o girou no ar, colando-o no chão e cortando a parte de trás das coxas dele tão profundamente que ele gritou como uma menina.

Ela se levantou e estava pronta para investir outra vez...

– John, atrás de você!

Quando Xhex gritou, ele girou e ficou de frente a um assassino, o cara corria como um touro em sua direção na porta. John caiu no chão, arrastando as costas sobre o concreto da entrada.

O que provou ser realmente necessário usar aquelas roupas de couro.

Muito irritado por ter caído com tudo no gramado com Xhex servindo de testemunha, agarrou o cabelo do assassino e puxou a coisa fazendo um arco que deixou a coluna do cara zumbindo de dor.

Com um grunhido silencioso, John revelou suas presas e mordeu o maldito no pescoço. Rasgando a massa do que já havia sido anatomia humana, cuspiu a porcaria e arrastou a coisa murmurante pelos cabelos de volta para a festa. Quando passou por Xhex, assentiu para ela.

– De nada – ela disse com uma pequena reverência. – E belo movimento esse com a mordida.

Olhando-a sobre os ombros, o respeito que ela mostrava por ele golpeou-o mais forte do que nenhum assassino havia feito ou poderia fazer: o coração dele inchou e sentiu como se tivesse preenchido toda sua pele.

Maldito sonhador que era...

O inconfundível estalo de uma pistola atrás dele o congelou.

O barulho alto foi tão próximo que seus tímpanos doeram ao invés de ouvirem algo específico, e numa fração de segundo depois, perguntou-se quem tinha dado aquele tiro e quem foi baleado.

A última pergunta foi respondida quando sua perna esquerda cedeu sob seu peso e ele caiu como uma pedra.

Capítulo 56

A faca de Xhex voou de sua mão uma fração de segundo depois de ver o *redutor* virar-se e apontar uma arma direto nas costas de John.

Sua adaga viajou girando pelo ar, cruzando a distância num piscar de olhos, voando tão perto da orelha de John que ela rezou para um Deus em quem não acreditava para que John não decidisse virar a cabeça de repente por alguma razão.

No exato momento em que o assassino puxou o gatilho, sua lâmina o atingiu na carne de seu ombro, o impacto moveu seu tronco, a dor derrubou seu braço.

Por causa disso, John foi baleado na perna ao invés do coração.

Enquanto seu macho caía, ela saltou para cima dele com um grito de guerra.

Dane-se Butch O'Neal. Ela iria matar aquele desgraçado.

O *redutor* estava cambaleando enquanto tentava retirar a arma dela de seu corpo – pelo menos até a ouvir gritar. Então olhou em direção a Xhex e recuou em horror – seus olhos brilhavam em vermelho e suas presas estavam totalmente estendidas e reluzentes.

Xhex aterrissou na frente dele, e enquanto o *redutor* se encolhia e erguia as mãos para se proteger, ela não se moveu: sua adaga reserva ficou ao seu lado e sua terceira permaneceu no coldre em sua coxa.

Tinha outros planos para o garoto.

Usando seu lado *sympatho*, ela vasculhou o cérebro do assassino e acionou todas as suas memórias, assim, de uma só vez, ele sentiu o choque de cada coisa horrível que já tinha feito e de cada ato terrível que havia sido feito contra ele.

Havia muita porcaria. Mas muuuita porcaria. Aparentemente ele tinha alguma coisa com garotas menores de idade.

Bem, isso acabava ajudando a tortura de muitas maneiras.

Enquanto afundava no chão, ele gritava e apertava suas têmporas – como se houvesse alguma possibilidade de parar o dilúvio – e ela o deixou sofrer e chafurdar na sujeira de seus pecados, sua grade emocional acendeu todos os setores que indicavam medo, repugnância, remorso e ódio.

Quando ele começou a bater o crânio contra o sujo papel de parede, deixando uma mancha preta onde estava sua orelha, Xhex plantou um e somente um pensamento em sua mente.

Plantou-o como uma semente de hera... uma hera venenosa que iria se apoderar, infiltrar e possuir seu estado mental.

– Sabe o que tem que fazer – ela disse numa voz profunda, distorcida. – Sabe qual é a saída.

O assassino deixou seus braços caírem e mostrou olhos perturbados. Sob o peso que lhe foi lançado e como um escravo da ordem que lhe dera, agarrou o cabo da adaga e a retirou de sua própria carne.

Mirando contra si mesmo, segurou a arma com as duas mãos, com ombros tensos ao se preparar para enviar a lâmina numa trêmula descida.

Xhex o deteve, para que pudesse se ajoelhar bem ao lado dele. Ao ficar cara a cara, ela olhou dentro de seus olhos e sussurrou:

– Ninguém atira naquilo que é meu. Agora, seja um bom menino e se estripe.

Respingos de sangue negro atingiram suas calças de couro enquanto o sujeito cravava com força a adaga no estômago e arrastava a lâmina horizontalmente, fazendo uma bela bagunça.

E então, ao comando mental de Xhex, mesmo com os olhos revirando em suas órbitas, retirou a arma e a entregou, oferecendo o cabo primeiro.

– De nada – ela murmurou. Então o apunhalou no coração e, num instante, ele desapareceu.

Ao virar-se, a sola da bota de Xhex chiou no chão molhado.

John estava olhando para ela com olhos que não eram muito diferentes do assassino, seu olhar estava tão aberto que as pálpebras ficaram totalmente ocultas.

Xhex enxugou sua primeira lâmina na calça de couro.

– Como você está?

Quando John ergueu os polegares e fez um sinal de OK, ela percebeu que a casa estava silenciosa e olhou ao redor. Todos estavam em pé e em silêncio: Qhuinn estava acabando de se erguer após uma decapitação e voltava-se para ver se John estava bem. Rhage estava vindo correndo da cozinha junto com Vishous.

– Quem foi atingido... – Rhage derrapou até parar e fixou o olhar no buraco na calça de couro de John. – Cara, três centímetros acima e à esquerda e você acabaria cantando como uma soprano, amigo.

V. aproximou-se e ajudou John a se colocar em pé.

– É, mas pelo menos ele poderia aprender a tricotar com você. Poderia lhe ensinar a fazer meias de crochê. Fico até emocionado com isso.

– Se não me falha a memória, não sou o único com fixação por lã...

Quando uma respiração ofegante percorreu a sala, Vishous amaldiçoou e correu para o lado de Butch enquanto o cara quase caía no corredor.

Caramba... Talvez ela precisasse reconsiderar a coisa de "todos estavam em pé". O ex-policial parecia que tinha intoxicação alimentar, malária e gripe suína, tudo ao mesmo tempo.

Ela voltou-se para Qhuinn e Rhage.

– Precisamos de um carro. Ele e John precisam ser transportados de volta à mansão...

– Vou cuidar do meu garoto – Vishous disse rispidamente enquanto atuava como uma muleta para Butch e o escoltava até o sofá da sala de estar.

– E eu vou buscar o carro – Qhuinn disse.

No momento em que ele se virou, John bateu um punho com força na parede para chamar a atenção de todos e gesticulou:

Estou bem para lutar...

– Você precisa ser examinado pela doutora – ela disse.

As mãos de John começaram a voar tão rápido com os movimentos que Xhex não conseguia acompanhar as palavras, mas estava muito claro que ele não iria embarcar nessa ideia de ser colocado no banco de reserva só por causa da bala de chumbo em sua perna.

A discussão deles foi interrompida por um brilho resplandecente que a fez se inclinar para o lado e olhar por cima do ombro. O que viu explicava muita coisa e não apenas o que tinha acontecido durante a luta: no sofá surrado, V. tinha Butch em seus braços, suas cabeças estavam juntas e os dois estavam tão unidos que não havia nenhum espaço sequer entre eles. E envolvido naquele abraço, o corpo inteiro de Vishous brilhava, como se Butch extraísse força e cura dele.

O óbvio cuidado e compaixão de V. pelo cara fez sua aversão por ele diminuir... especialmente quando virou seu rosto e olhou para ela. Por um momento, sua máscara de frieza caiu e o desespero exibido em seus olhos provou que ele não era um completo idiota. Ao contrário, parecia sentir a dor do sacrifício pela raça que seu Irmão tinha feito. De fato, aquilo o consumia.

Oh, e... aparentemente Butch era dele. O que explicava por que V. tinha implicância com ela. Tinha ciúmes, pois ela teve um pouco daquilo que ele queria, e mesmo sendo racional como era, não conseguia deixar o ressentimento de lado.

Mas foi só uma vez, ela dirigiu seus pensamentos a ele. *E nunca mais.*

Depois de um momento, V. assentiu, como se agradecesse o consolo e Xhex retornou a consideração. Então se concentrou outra vez nos machos à sua frente. Rhage continuava a insistir que John voltasse.

– Vou levar você, John – ela interrompeu a conversa. – Vamos voltar juntos.

Quando John encontrou seus olhos, a grade emocional dele estava iluminada como um cassino de Las Vegas.

Ela assentiu para ele.

– Vou manter nosso acordo. E você vai se cuidar.

Com isso, Xhex voltou a guardar suas facas, cruzou os braços sobre o peito e se recostou contra a parede, numa posição que dizia que estavam perdendo tempo.

Ela salvou sua vida.

Sem dúvida, Xhex tinha devolvido a John seu futuro antes mesmo dele saber que iria perdê-lo: a única razão pela qual ainda estava vivo era porque ela tinha atingido o ombro daquele assassino com sua faca.

Então, sim, estava muito agradecido por tudo, mas não estava muito interessado nela bancando a babá.

John desviou o olhar para observar a marca de queimado no chão – que era tudo o que restou do assassino que havia atirado nele. Maldição... e pensar que ela fez aquele estrago todo sem ao menos tocar no filho da mãe. Aquela arma que tinha em sua mente era inimaginável. Caramba, o horror no rosto daquele bastardo... depois ele abriu o próprio abdômen. Que diabos foi aquilo que tinha visto?

Agora John sabia por que os *sympathos* eram temidos e segregados.

E, cara, com aquele pequeno show e o golpe violento que desferiu no gramado, John se deu conta de que ela era exatamente o que sempre soube: essencialmente uma lutadora.

Poderia fazer muito mais do que cuidar de si mesma no campo de batalha – era um trunfo completo na guerra. Razão pela qual os dois precisavam continuar em frente naquela noite e não desperdiçar tempo voltando para casa para colocar um Band-Aid na sua perna.

Erguendo-se do chão, John colocou o peso na perna machucada e a coisa doeu incrivelmente. Mas ignorou a dor – bem como toda a conversa que surgiu ao seu redor.

Conversa fiada da plateia: grátis. Opiniões sobre sua perna: não valia o esforço.

Surdez seletiva? Não tem preço.

Estava interessado mesmo na quantidade de seres que haviam matado naquela noite. E se tinham pegado aquele *redutor* que veio dirigindo. Olhando dentro da sala de estar, ele...

Rhage entrou na sua frente.

– Ei, oi! Tudo bem? – Hollywood estendeu a mão. – Gostaria de me apresentar. Sou o pedaço de carne que vai enfiar sua cabeça no carro do seu amigo Qhuinn assim que ele chegar aqui. Só achei que devia me apresentar antes de amarrar seu traseiro e jogá-lo sobre meu ombro como um saco de areia.

John fixou os olhos no cara.

Não vou a lugar algum.

Rhage sorriu, sua incrível beleza parecia algo vindo do céu. Mas isso era apenas o exterior. Internamente, era como se viesse direto do inferno... naquela situação.

– Desculpe, resposta errada.

Estou bem...

E não é que o filho da mãe se abaixou, agarrou John pelo ferimento e apertou o novo lar da bala?

John gritou mesmo sem produzir som algum e caiu com tudo, aterrissando no chão encharcado de sangue com um baque. Erguendo a perna, tentou acariciar a coxa, como que se mostrando um pouco de carinho e afeto tardio convencesse a coisa a se acalmar.

No estado em que se encontrava, sentia como se tivesse vidro estilhaçado cravado em seu músculo.

– Isso era realmente necessário? – Xhex perguntou.

Não havia mais tom de brincadeira na voz de Rhage.

– Quer conversar com ele? Boa sorte. E se pensa que qualquer assassino faria diferente, está simplesmente louca. Há um buraco circular evidente na frente da calça de couro dele e está mancando. Qualquer retardado idiota vai saber qual é a fraqueza dele. Além do mais, ele cheira a sangue fresco.

O cretino provavelmente tinha um bom argumento, mas por Deus...

Era muito possível que John tivesse desmaiado de dor, porque a próxima coisa que soube foi que o autoproclamado "pedaço de carne" estava levantando-o para carregá-lo para fora da casa.

Sim, até parece. Sem chance de aquilo acontecer. John se libertou dos braços do cara com um impulso e tentou pousar sem amaldiçoar ou vomitar. Com sua boca compondo todos os tipos de palavras similares à *maldição*, passou mancando por Butch, que parecia muito melhor, e V., que tinha acendido um cigarro.

Sabia exatamente onde Xhex estava: atrás dele, com a mão em suas costas como se soubesse que estava vacilando e poderia desabar a qualquer minuto.

Contudo, não havia a menor chance disso acontecer. Uma tremenda determinação o fez chegar até o carro e entrar no banco de trás sozinho. Claro, no momento em que Qhuinn deu a partida, John tinha um suor frio que o cobria por completo e não conseguia sentir suas mãos ou pés.

– Fizemos uma contagem de corpos – ele ouviu Xhex dizer.

Quando olhou, ela estava encarando-o do outro lado do banco. Cara... estava extremamente linda sob a luz emitida pelo painel dianteiro. Seu rosto esguio tinha uma mancha de sangue preto do *redutor*, mas suas bochechas estavam muito coradas e seus olhos tinham um brilho especial. Ela tinha se liberado naquela noite, John pensou. E tinha gostado.

Caramba. Era mesmo a fêmea perfeita.

E quantos nós eliminamos?, gesticulou, tentando distrair a mocinha dentro dele.

– Doze dos dezesseis novos recrutas assim como os dois assassinos que atravessaram o campo com aquele *redutor*. Infelizmente, o novo *Redutor Principal* não foi encontrado em nenhum lugar... então temos que concluir que o bastardo fugiu assim que nos infiltramos e começamos a abater um punhado de recrutas. Oh, e Butch inalou todos os que foram atacados, com exceção de dois.

Pelo menos você deu conta de um deles.

– Na verdade os dois foram meus. – Seus olhos prenderam-se nos dele. – Aquilo incomodou você? Ver-me... trabalhando daquele jeito?

Seu tom sugeria que ele havia se incomodado e que não o culpava por se sentir enojado. Só que estava errada.

Contendo a dor que sentia, John balançou a cabeça e fez sinais com as mãos débeis. *Você tem um poder incrível. Se eu parecia chocado... é porque nunca tinha visto alguém da sua espécie em ação antes.*

Seu rosto se contraiu um pouco e ela olhou de relance pela janela.

Dando um tapinha no braço dela, John gesticulou: *Isso foi um elogio.*

– Sim, desculpe... é só que o "sua espécie" sempre me desconcerta. Eu sou metade-metade, portanto não sou nem uma coisa nem outra. Não tenho espécie. – Ela dispersou suas palavras com a mão. – Deixa pra lá. Enquanto você estava desmaiado, V. invadiu o banco de dados do departamento de polícia de Caldwell. A polícia também não encontrou nenhuma identidade na cena, então não temos nada para continuar com exceção daquele endereço extraído da placa do Civic. Aposto que…

Enquanto ela continuava a falar, John deixou que suas palavras o inundassem.

Ele sabia tudo sobre aquela coisa de não se sentir parte de um grupo.

Mais uma coisa em que eram compatíveis.

Fechando os olhos, enviou para o alto uma oração para qualquer um que estivesse ouvindo, pedindo por favor, pelo amor de Deus, que parasse de lhe enviar sinais de que eram perfeitos um para o outro. Tinha lido aquele livro, visto o filme, comprado a trilha sonora, o DVD, a camiseta, a caneca, o bonequinho com a cabeça móvel e o guia para entendidos. Conhecia todas as razões pelas quais um poderia ter sido a tampa da panela do outro.

Mas da mesma maneira que estava ciente de tudo aquilo que os alinhava, estava ainda mais claro como estavam condenados a ficarem sempre separados.

– Você está bem?

A voz de Xhex era suave e próxima, e quando ele abriu os olhos, ela estava praticamente em seu colo. Seus olhos examinaram o rosto e o corpo dela que estava todo envolvido em couro.

A dor e uma sensação de que o tempo estava se esgotando para eles o fez remover seu filtro e dizer o que realmente estava em sua mente.

Quero entrar em você quando voltarmos para a mansão. Assim que eu receber um curativo nessa minha maldita perna, quero entrar em você.

A explosão do odor de Xhex nas narinas dele lhe disse que ela estava de pleno acordo com aquele plano.

Bom, pelo menos aquela retirada do campo de batalha iria servir para alguma coisa.

Capítulo 57

No segundo andar da casa de Eliahu Rathboone, Gregg Winn teve que abrir a porta do quarto dele e de Holly com dois dedos rezando para não derramar café quente sobre sua perna. Tinha enchido o par de canecas com a bebida que ele mesmo fez na cafeteira para "hóspedes" que havia na sala de jantar.

Então, só Deus sabia o gosto daquilo.

– Você precisa de ajuda? – Holly disse enquanto erguia os olhos do laptop.

– Não. – Ele fechou a porta com um chute e continuou a andar até a cama. – Eu consigo.

– Você é tão cuidadoso.

– Espere até experimentar... eu tive que improvisar o seu – disse dando o mais claro a ela. – Eles não tinham leite integral, como o que você bebeu ontem no café da manhã. Então, fui à cozinha e fiz meio a meio com um pouco de desnatado, mexi tudo e tentei obter a cor certa. – Ele balançou com a cabeça para a tela do computador. – O que você acha dessas imagens?

Holly encarou a caneca enquanto a segurava sobre o teclado do Dell. Ela estava estendida na cama, apoiada contra a cabeceira, analisando os dados pelos quais ele tinha ficado obcecado... Parecia sexy e inteligente.

E como se não acreditasse no que ele tinha dado a ela.

– Ouça – ele disse –, apenas prove o café... Se estiver ruim, acordo aquele mordomo todo certinho.

– Oh, não é isso. – Ela abaixou a cabeça loira e ele a ouviu tomar um gole. O "ahhh" que se seguiu era mais do que poderia esperar. – Perfeito.

Aproximando-se da beira da cama, ele sentou ao lado dela em cima do edredom. Enquanto tomava um gole de sua própria caneca, decidiu que se sua carreira na televisão não desse certo, talvez pudesse ter futuro atrás de um balcão de uma Starbucks.

– Então... vamos lá, diga o que você acha do filme.

Ele acenou para a tela e para o que o objeto mostrava: na noite anterior, conseguiram a imagem de algo atravessando a sala de estar e indo para a porta da frente. Poderia ter sido um hóspede para um lanchinho da meia noite, assim como Gregg havia feito há pouco... só que ele se desmaterializou através dos painéis de madeira. A coisa simplesmente desapareceu.

Mais ou menos como a sombra que estava do lado de fora do quarto dela na primeira noite. Não que ele gostasse de pensar naquilo. Ou naquele sonho dela.

– Você não retocou isso? – Holly disse.

– Não.

– Deus...

– Eu sei. E nosso chefe acabou de mandar um e-mail enquanto eu estava lá embaixo. Eles estão pegando fogo, parece que a internet ficou louca com os comerciais. Tudo que nós temos a fazer é rezar para que aquela coisa apareça daqui a uma semana quando entrarmos ao vivo. Tem certeza que seu café está bom?

– Oh, sim, está... incrível. – Holly o observou sobre a caneca. – Sabe? Nunca o vi assim antes.

Gregg reclinou-se contra os travesseiros e não conseguiu evitar: acabou concordando. Difícil saber o que aconteceu. No entanto, houve uma mudança dentro dele.

Holly tomou outro gole.

– Você parece diferente mesmo.

Incerto do que deveria dizer, manteve a conversa voltada para o trabalho.

– Bem, eu nunca pensei que fantasmas existissem de verdade.

– Não?

– Não. Você sabe tão bem quanto eu sobre todas as manipulações que faço. Mas aqui, nessa casa... estou dizendo, existe algo aqui e eu estou morrendo de vontade de ir ao terceiro andar. Tive um sonho louco sobre ir até lá... – Quando uma súbita dor de cabeça cortou seus pensamentos, ele esfregou suas têmporas e concluiu que sua visão estava cansada por ter ficado em frente ao computador nas últimas setenta e duas horas. – Existe algo lá em cima, naquele sótão. Estou dizendo.

– O mordomo disse que está fora dos limites.

– Sim. – E ele não queria confrontar demais o cara. Já tinham bastante coisa boa para apresentar na TV, não precisavam de mais... e não fazia sentido pressionar. A última coisa que ele queria era arranjar problemas com a administração tão perto da data de ir ao ar.

E estava bem claro que o Sr. Certinho não gostava deles.

– Aqui, deixe-me mostrar outra vez... isso é o que realmente me impressiona. – Gregg inclinou-se para frente e recomeçou o arquivo para que pudesse assistir aquela figura desaparecer através da porta outra vez. – Isso é mesmo incrível, não? Quero dizer... já imaginou que veria algo assim?

– Não, nunca imaginei.

Alguma coisa no tom de voz dela fez com que Gregg virasse a cabeça em sua direção. Holly estava olhando para ele e não para a tela enquanto apoiava sua caneca próxima ao coração.

– O que foi? – ele perguntou, verificando se não tinha espirrado nada em sua camisa.

– Na verdade... é sobre o café.

– Ficou um gosto ruim no final?

– Não, de modo algum... – Ela riu um pouco e bebeu mais. – Eu apenas nunca imaginei que você se lembraria do tipo de café que gosto, muito menos de se dar ao trabalho de fazê-lo para mim. E nunca me perguntou o que eu achava do trabalho antes.

Jesus... estava certa.

Holly deu de ombros.

– E acho que não estou surpresa de você nunca ter acreditado no que fazia. Estou apenas feliz por acreditar agora.

Incapaz de manter contato visual, Gregg olhou na direção das janelas do outro lado do quarto. A lua estava pouco visível através da renda das cortinas, nada além de um brilho suave no horizonte escuro.

Holly limpou a garganta.

– Desculpe se fiz você se sentir constrangido.

– Oh... sim... não. – Ele se estendeu e pegou sua mão livre, dando-lhe um apertão. – Escute... há algo que gostaria que soubesse.

Ele a sentiu enrijecer... coisa que, na verdade, os dois fizeram. De repente, ele também estava se preparando.

Gregg limpou a garganta no denso silêncio.

– Eu pinto meu cabelo.

Houve uma pausa tensa... ao menos da parte dele. E então Holly rompeu numa gargalhada, do tipo doce e feliz que vinha com alívio.

Inclinando-se para ele, correu as unhas sobre suas falsas ondas escuras.

– Você pinta?

– Sou grisalho. Grisalho mesmo. Comecei a fazer algo sobre isso um ano antes de conhecê-la... é preciso se manter jovem em Hollywood.

– Onde você pinta? Porque nunca notei nenhuma raiz.

Com uma maldição, moveu-se para fora da cama e foi para sua mala, remexendo no fundo da coisa. Mostrando a caixa em questão, murmurou:

– Tintura de cabelo masculina. Faço isso sozinho. Não quero que me peguem num salão de beleza.

Holly exibiu um sorriso tão largo que produziu rugas ao redor dos olhos. E veja só, gostou daquilo. Dava mais estilo ao seu belo rosto.

Olhou para a caixa. Encarando o modelo da capa, todos os tipos de verdade vieram à sua mente, verdades que simplesmente não poderia lutar ou mesmo argumentar.

– Sabe? Odeio aquelas camisetas chamativas da Ed Hardy. Parece que vão queimar sua retina. E calça jeans gasta me dão coceira... e aquele sapato quadrado na frente que eu uso incomoda meus pés. Estou cansado de desconfiar de todo mundo e trabalhar por dinheiro apenas para poder gastá-lo antes de todos em algo que vai estar fora de moda no próximo ano. – Jogou a tintura de cabelo de volta em sua mala e gostou do fato de que poderia expor-se livremente.

– Aqueles arquivos? Naquele computador? Foram os primeiros que eu e Stan não mexemos. Tenho sido uma farsa há muito tempo, trabalho para uma indústria falsa, produzindo porcarias falsas. A única coisa real é o dinheiro e quer saber? Eu não sei mais se isso é importante para mim.

Quando ele voltou para a cama, Holly terminou seu café, apoiou o computador e a caneca na mesa ao lado e aconchegou-se sobre o peito dele.

O melhor cobertor que Gregg já teve.

– Então o que você quer fazer depois? – ela perguntou.

– Não sei. Só sei que não é isso. Bem, na verdade, estou meio que saindo fora dessa coisa de caça-fantasmas. Quanto a ser produtor? Não. – Olhando para baixo em direção ao topo da cabeça dela, teve que sorrir. – Você é a única que sabe sobre meu cabelo de homem velho.

E ele tinha a estranha sensação de que o segredo estava a salvo com ela.

– Isso não importa para mim – acariciou o peito dele. – E não deveria importar para você.

– Como eu nunca soube que você era tão inteligente?

A risada dela ressoou através do peito dele.

– Talvez porque estivesse sendo um estúpido.

Gregg jogou sua cabeça para trás e queixou-se.

– Sim, talvez. – Beijou a cabeça dela. – Talvez... definitivamente. Porém, já parei com isso.

Deus… ele ainda estava incerto sobre o que tinha mudado. Bem, tudo... mas o motivo exato era desconhecido. Sentia como se alguém o tivesse endireitado, mas não podia lembrar quem, onde ou quando.

Seus olhos se voltaram para o computador e pensou sobre aquele fantasma sombrio. Por alguma razão, teve uma imagem de um cavernoso quarto vazio no terceiro andar da casa... e de um homem imenso sentado numa cadeira com um feixe de luz batendo apenas em seus joelhos e canelas.

E então o homem se inclinou para frente... sob a luz...

A dor na cabeça de Gregg o fez pensar que alguém tinha atuado em suas têmporas como se estivesse no filme *Instinto Selvagem*, espetando um par de picadores de gelo.

– Você está bem? – Holly perguntou, sentando-se. – Sua cabeça de novo?

Ele assentiu, embora o movimento fizesse sua visão borrar e seu estômago sentir como se tivesse bebido leite estragado.

– Sim. Provavelmente estou precisando de óculos novos. Talvez bifocais...

Holly acariciou seu cabelo e ele fixou-se em seus olhos, a agonia desapareceu e sentiu um estranho sentimento em seu peito. Felicidade?

Sim. Tinha que ser. Porque em toda sua vida adulta já havia passado por uma gama completa de emoções... e não havia se sentido assim nem uma única vez. Inteiro. Completo. Em paz.

– Holly, você é muito mais do que eu pensei – sussurrou, alisando a bochecha dela.

Quando aqueles olhos adoráveis dela umedeceram, Holly disse:

– E você se tornou tudo que eu desejava que fosse.

– Bem, então esse acabou sendo o melhor show de todos. – Ele a beijou lentamente. – E eu tenho o final perfeito.

– Tem?

Gregg assentiu e colocou sua boca no ouvido dela. Num suave sussurro, disse:

– Eu amo você.

Foi a primeira vez que aquelas palavras saíam dele... num momento em que realmente queria dizê-las.

Quando ela murmurou um “Eu amo você também”, ele a beijou e beijou um pouco mais... e sentiu como se devesse o momento para aquele fantasma.

Acabou que seu Cupido era uma grande sombra com uma má atitude. E que não existia no mundo “real”.

Por outro lado... coisas mais estranhas que essa já juntaram pessoas, não é? E tudo o que realmente interessava era que o casal certo tivesse um final feliz. Os meios que os levaram até ali? Não era o que de fato contava.

Além disso, agora ele seria capaz de parar com aquela coloração de cabelo.

Sim, a vida é boa. Especialmente quando você para de se importar tanto com o ego... e quando se tem a mulher certa em sua cama pelos motivos certos.

Não deixaria Holly partir dessa vez.

E cuidaria dela do jeito certo, exatamente como ela merecia... bem, um "para sempre" soaria bem ali, não?

Capítulo 58

De volta à clínica particular da Irmandade, Xhex ficou ao lado de John enquanto a doutora Jane tirava uma radiografia de sua perna. Quando as imagens ficaram prontas, não demorou muito para que a doutora chegasse à conclusão de que ele precisava ser operado – e até mesmo Xhex, apesar de seu pânico habitual por estar onde estava, conseguia ver o problema no raio X. A bala estava perto demais do osso.

Enquanto Jane chamava Ehlena e começava a vestir a roupa especial para cirurgias, Xhex cruzou os braços sob o peito e começou a caminhar.

Ela não conseguia respirar. E isso começou a acontecer mesmo antes de dar uma olhada no que estavam fazendo na perna de John.

Quando ele assobiou baixinho, ela apenas balançou a cabeça e continuou andando em círculos ao redor da sala. Parar em frente aos armários de aço inoxidável e seus medicamentos trancados não foi de grande ajuda: seu coração trovejou ainda mais dentro do peito – o barulho era tão alto que seus tímpanos pareciam estar recebendo um treino de aeróbica.

Deus, ela estava se esforçando desde o momento que chegou ali. E agora ele estava sendo cortado e depois seria costurado?

Ela ia enlouquecer.

Embora, honestamente... se tentasse ser lógica sobre o assunto, sabia que era loucura. Primeiro: não era em seu corpo que estavam trabalhando. Segundo: deixar a bala dentro dele não era uma boa ideia. E terceiro... alôôô... ele estava sendo tratado por alguém que já tinha provado que sabia como usar um bisturi.

Ótima linha de raciocínio. Mas suas glândulas suprarrenais não davam a mínima para isso e ela continuava nervosa.

Não era uma fobia divertida.

O segundo assobio foi uma chamada e ela parou em frente a John, encarando-o. Ele estava calmo e relaxado. Sem histeria, sem agitação, nada além de uma tolerância calma pelo que estava por vir.

Vou ficar bem, ele gesticulou. *Jane já fez isso um milhão de vezes.*

Jesus Cristo, onde infernos estava todo o ar daquela sala?, Xhex pensou...

Como se soubesse que estava perdendo a atenção dela, John assobiou de novo e estendeu a mão com uma careta.

– John... – Quando nenhuma palavra coerente lhe veio, ela balançou a cabeça e voltou a passear pela sala. Odiava aquilo. Odiava mesmo.

Quando a porta se abriu com força, a doutora Jane entrou com Ehlena. As duas estavam no meio de uma conversa sobre o procedimento e John assobiou para elas. Quando ergueu o dedo indicando que precisava de um minuto, elas assentiram e saíram outra vez.

– Droga – Xhex disse –, não as detenha. Eu vou ficar bem.

Enquanto ela se dirigiu para a porta para chamar a doutora novamente, um som de trovão reverberou pela sala. Pensando que John tinha caído da maca, ela se virou.

Não, ele tinha socado a mesa de aço inoxidável e deixou um amassado no lugar.

Fale comigo, ele assinalou. *E elas não entrarão antes que faça isso.*

Xhex tinha o desejo de discutir e palavras para isso – só não tinha a voz, evidentemente. Por mais que tentasse, não conseguia dizer nada.

Foi quando ele abriu os braços para ela.

Amaldiçoando a si mesma, Xhex disse:

– Vou dar uma de homem aqui. Vou ser adulta. Não vai acreditar em como vou ser durona. Mesmo. De verdade.

Vem cá, ele articulou.

– Oh... inferno. – Desistindo, ela aproximou-se e o abraçou.

Em seu pescoço ela disse:

– Não me dou bem com essa coisa de médico. Caso você não tenha notado antes. Desculpe, John... droga, eu estou sempre decepcionando você, não é?

Ele a segurou antes que pudesse se afastar. Prendendo-a com o olhar, gesticulou:

Salvou minha vida esta noite. Não estaria vivo agora se você não tivesse atirado aquela faca. Então, não está sempre me decepcionando... E quanto à cirurgia? Não estou preocupado e você não precisa assistir. Vá e espere na mansão. Isso vai ser rápido. Não se torture.

– Eu não vou fugir assustada. – Movendo-se rapidamente para que não pudessem pensar muito, ela tomou seu rosto nas mãos e o beijou com força. – Mas talvez esperar lá fora seja uma boa ideia.

Afinal, não ficaria bem se a doutora Jane parasse tudo no meio para tratar de uma espectadora sofrendo um ataque de histeria.

Provavelmente seja o melhor, John articulou.

Afastando-se, ela andou até a porta e deixou que a doutora Jane e Ehlena entrassem. Quando a médica passou, Xhex agarrou o braço da mulher.

– Por favor... – Deus, ela nem sabia o que dizer.

A doutora Jane assentiu.

– Tenho tudo sob controle. Não se preocupe.

Xhex respirou estremecendo e se perguntou como diabos iria passar o tempo esperando no corredor. Sabendo como sua mente trabalhava, os minutos se arrastariam imaginando John gritar de dor silenciosamente enquanto a doutora amputava sua perna...

– Xhex... posso sugerir uma coisa? – disse a doutora Jane.

– Com certeza... um pouco de sinceridade pode ajudar a colocar minha cabeça no lugar.

A doutora balançou a cabeça.

– Por que não assiste?

– *O que?*

– Fique aqui e veja como eu faço e entenda os porquês. Existem muitas pessoas que têm pavor de situações médicas... com bons motivos para isso. Mas fobias são fobias, quer seja de avião ou dentista ou médicos... e a terapia de se expor ao medo funciona. Jogue o mistério fora e a sensação de não estar no controle. O medo não a afligirá da mesma maneira.

– Boa lógica. Mas o que acontece se eu desmaiar?

– Pode sentar se ficar tonta ou sair quando quiser. Faça perguntas e olhe por cima dos meus ombros se for capaz.

Quando ela observou John, seu aceno selou seu destino. Ela iria ficar.

– Vou precisar dessa roupa de médico? – disse com uma voz completamente estranha.

Droga, era uma maldita garotinha. A próxima coisa que faria era começar a chorar em comerciais de TV e fazer as unhas. E teria uma maldita bolsinha.

– Sim, quero que vista um uniforme verde. Siga-me.

Quando voltaram cinco minutos depois, a doutora Jane a levou até a pia, entregou-lhe um pacote fechado com uma esponja de antisséptico e mostrou-lhe como limpar-se de maneira adequada.

– Bom trabalho. – A doutora fechou a torneira de água tirando o pé de um pedal no chão. – Não vai precisar de luvas porque não vai tocar em nada.

– Você é que sabe. Mas, diga, você tem um daqueles reanimadores, apenas no caso de eu cair?

– Bem ali no canto e eu sei como usar aquelas pás. – A doutora Jane pegou as luvas azuis e dirigiu-se a John. – Está preparado? Vamos anestesiá-lo. Considerando o local da bala, vou ter que ir profundamente e não há qualquer outra maneira capaz de adormecê-lo o suficiente.

Pode me dopar, doutora, John sinalizou.

A *shellan* de V. colocou a mão no ombro dele e o olhou bem em seus olhos.

– Vou dar um jeito nisso, não se preocupe.

Xhex franziu a testa e viu-se admirando a fêmea. Ter aquele tipo de certeza, considerando o que estava em jogo, era algo incrível: se a doutora Jane não fizesse o seu trabalho direito, John poderia ficar pior do que estava agora. Mas se ela fizesse tudo certo, ficaria novo em folha.

Isso era poder, Xhex pensou. E justamente o oposto do que ela fazia em sua profissão... uma faca em sua mão era um instrumento muito diferente.

Não havia cura.

A doutora Jane começou a comentar algumas coisas, sua voz era forte e calma:

– Em um hospital humano, precisaríamos da presença de um anestesista, mas vocês, vampiros, tendem a ser muito estáveis sob sedação profunda... isso os deixam em uma espécie de dormência. Não entendo isso, mas torna o meu trabalho mais fácil.

Enquanto a doutora falava, Ehlena ajudou John a tirar a camisa e os couros que a doutora tinha cortado, em seguida a fêmea cobriu sua nudez com panos azuis e injetou um tubo intravenoso.

Xhex tentou impedir que seus olhos ficassem arregalados, mas falhou. Havia muitas ameaças no local, todos aqueles bisturis e agulhas e...

– Por quê? – Xhex perguntou, forçando-se a reagir. – Quero dizer, a diferença entre as espécies?

– Não tenho a mínima ideia. Vocês têm um coração de seis cavidades e o nosso tem apenas quatro. Vocês têm dois fígados, nós temos um. Vocês não têm câncer ou diabetes.

– Não sei muito sobre câncer.

A doutora Jane balançou a cabeça.

– Vou lhe dizer, é uma doença desgraçada e maldita. O que acontece é uma mutação celular em que...

A doutora continuou falando, mas agora suas mãos se moviam sobre a mesa que foi colocada perto de John, organizando o que ela ia usar. Quando assentiu para Ehlena, a fêmea foi até John e cobriu seu rosto com uma máscara de plástico transparente.

A doutora Jane voltou-se para o tubo intravenoso em John e injetou uma seringa cheia de algo leitoso.

– Está preparado John? – Quando ele fez um sinal positivo, ela apertou o êmbolo.

John olhou para Xhex e piscou. E então apagou.

– A primeira coisa que deve ser feita é a desinfecção – disse a doutora Jane, abrindo um pacote e tirando dali uma esponja marrom. – Por que não fica de frente para mim? Isto é antisséptico, a mesma coisa com que lavamos nossas mãos, só não está na forma de sabão.

Enquanto a médica limpava ao redor do ferimento da bala, com gestos que formavam grandes faixas deixando a pele de John tingida de um marrom-avermelhado, Xhex virou-se atordoada.

Na verdade, essa era a melhor posição. Ela estava bem ao lado de um grande cesto laranja de lixo biológico... por isso, se precisasse vomitar, ali era um bom local para se ficar.

– A bala tem que ser removida porque ela vai causar problemas ao longo do tempo. Se ele fosse um cara menos ativo, poderia deixá-la onde está. Mas acho melhor ter um cuidado extra com um soldado. Além disso, vocês se curam tão rápido. – A doutora Jane descartou a esponja no cesto de Xhex. – Baseada na minha experiência com você, qualquer dano ao osso já estará regenerado amanhã à noite.

Xhex queria saber se a doutora ou a enfermeira estavam cientes de que o chão embaixo delas estava se movendo em ondas. Porque, de fato, sentia como se estivesse em pé no convés de um barco.

Deu uma olhada rápida nas profissionais e as duas pareciam firmes como rocha.

– Vou fazer uma incisão aqui. – A doutora Jane inclinou-se sobre a perna com o bisturi. – O que você vai ver logo abaixo da pele é a fáscia, que é um tecido fibroso externo responsável por manter nossos órgãos unidos. Um humano normal teria células de gordura entre as duas camadas, mas John está em boa forma. Embaixo da fáscia fica o músculo.

Xhex dobrou-se, pretendendo dar uma boa olhada... só que ficou onde estava.

A doutora Jane pegou a lâmina novamente, puxou o tecido fibroso e expôs o conjunto de músculos rosa escuro... que tinha um buraco. Olhando para os danos internos, Xhex queria matar aquele assassino outra vez. E, Jesus, Rhage tinha razão. Uns dois centímetros acima e à esquerda e John teria sido...

Certo, melhor não seguir essa linha, ela pensou enquanto se posicionava para ter uma visão melhor.

– Sucção – disse a doutora Jane.

Houve um som sibilante, Ehlena colocou uma pequena mangueira branca para baixo e limpou o sangue vermelho de John.

– Agora, vou usar meu dedo para examinar... às vezes o toque humano é o melhor...

Xhex acabou assistindo toda a operação. Do início ao fim, desde o primeiro corte até o último ponto e toda a remoção do chumbo.

– ... e é isso – disse a doutora, quarenta e cinco minutos depois.

Enquanto Ehlena enfaixava a perna de John e a doutora recalibrava tudo o que estava sendo injetado na veia, Xhex pegou a bala da bandeja e olhou a coisa. Tão pequena. Extremamente pequena. Mas capaz de fazer um estrago mortal.

– Bom trabalho doutora – disse enquanto deslizava a coisa em seu bolso.

– Deixe-me trazê-lo de volta e então poderá olhar em seus olhos e saber que está realmente bem.

– Você lê mentes?

Os olhos da médica pareceram idosos ao se erguerem.

– Não. Apenas tenho muita experiência com famílias e amigos. Vai precisar ver os olhos dele antes de conseguir respirar fundo outra vez. E ele vai sentir a mesma coisa quando olhar para seu rosto.

John recuperou a consciência cerca de oito minutos depois. Xhex cronometrou, consultando o relógio de parede.

Quando suas pálpebras se ergueram, ela estava ao lado de sua cabeça, segurando sua mão.

– Ei... você está de volta.

Ele estava grogue, o que era de se esperar. Mas aquele olhar azul brilhante estava exatamente como sempre foi, e do jeito que ele apertou sua mão, não deixou dúvidas: estava de volta.

A respiração, que Xhex não tinha consciência de ter prendido, saiu de seus pulmões calmamente, um alívio elevou seu estado de espírito como se seu coração tivesse sido colocado num foguete para a lua. E a doutora Jane estava certa sobre permanecer ali. Assim que Xhex viu-se envolvida ao ouvir, ver e aprender, o pânico diminuiu até tornar-se apenas um zumbido silencioso que conseguia controlar. E realmente era fascinante observar a anatomia.

Tudo bem?, John articulou.

– Sim, a doutora Jane retirou a bala.

John balançou a cabeça:

Você? Está bem?

Deus... que maldição, ela pensou. Ele era um macho de muito valor.

– Sim – disse ela com dificuldade. – Sim. Estou... e obrigada por perguntar.

Olhando para ele, percebeu que não tinha se permitido pensar muito a respeito de como salvou sua vida.

Cara, sempre soube que era boa com uma faca. Mas nunca pensou que essa habilidade seria realmente importante durante aquela fração de segundo na droga daquela fazenda.

Um piscar de olhos de atraso... e não haveria mais John. Para ninguém.

Nunca mais.

O mero pensamento de perdê-lo fez seu pânico voltar com força total, as palmas de suas mãos ficaram suadas, seu coração simplesmente não batia; na verdade, parecia enlouquecer dentro do peito. Ela sabia que seguiriam por caminhos diferentes depois que tudo acabasse... mas isso não parecia importar nem um pouco quando considerava um mundo em que ele não respirava ou ria ou lutava ou fazia o tipo de bondades que costumava compartilhar com todos ao seu redor.

O que foi?, ele articulou.

Ela balançou a cabeça.

– Não é nada.

Sim, que grande mentira.

Era tudo.

CAPÍTULO 59

Usaram a carruagem que havia sido deixada perto dos estábulos para transportar a fêmea de volta para a casa de sua família. Tohrment tomou as rédeas na frente e Darius ficou na cabine com a fêmea, desejando que houvesse algum conforto para dar a ela e sabendo que havia pouco a oferecer. A viagem foi longa; os cascos trovejantes, o ranger do assento e o ressoar da condução eram muito altos e impediam qualquer discussão.

Embora Darius soubesse muito bem que mesmo se o modo de transporte fosse silencioso como um sussurro e calmo como a água em uma taça, sua preciosa carga não teria proferido uma palavra. Ela havia recusado bebida e alimento e não fez coisa alguma além de concentrar-se na paisagem que percorria as fazendas, a vila e a floresta.

Enquanto prosseguiam em direção ao sul, ocorreu-lhe que o sympatho *devia ter acorrentado a mente dela de alguma forma após sua captura inicial, supondo que aquela carruagem tenha sido o transporte que o casal utilizou para ir até a mansão de pedra – caso contrário ela correria o risco de se desmaterializar para fora dos limites do confinamento.*

Tragicamente, essa saída não era uma preocupação agora, porque ela estava muito fraca. E, considerando a dor em sua expressão, ele tinha a nítida impressão de que ainda se sentia presa, apesar de ter recuperado a liberdade.

Pensou em enviar Tohrment para comunicar à mãe e ao pai a boa notícia de que ela havia sido resgatada, porém Darius se conteve. Muita coisa poderia acontecer durante a viagem e ele precisava que Tohrment conduzisse os cavalos, enquanto cuidava da fêmea. Por causa das ameaças de seres humanos, redutores *e* sympathos, *tanto ele quanto Tohr estavam completamente armados, mas mesmo assim desejava que tivessem mais apoio. Se ao menos houvesse uma maneira de entrar em contato com os outros Irmãos e chamá-los...*

Quase amanhecia quando os exaustos cavalos entraram dentro da aldeia que ficava antes da casa da fêmea.

Como se reconhecesse onde estavam, ela levantou a cabeça e seus lábios se moveram, os olhos arregalados e lacrimejantes.

Inclinando-se para frente e estendendo as mãos, Darius disse:

– Acalme-se... ficará tudo...

Quando os olhos dela encontraram os seus, viu o grito que ela segurava dentro de sua alma. Não ficará, *ela fez com os lábios.*

Então, a fêmea se desmaterializou para fora da carruagem.

Darius amaldiçoou e bateu no painel lateral com seu punho. Quando Tohrment induziu o cavalo a uma parada ruidosa, Darius saiu com um salto...

Ela não foi longe.

O brilho de sua camisola branca apareceu no campo à esquerda e ele a seguiu, tomando forma perto dela quando começou a correr. Sem qualquer vigor, seu andar trançado não era exatamente como o de alguém desesperado, mas ferido, e ele a deixou ir o máximo de tempo que pôde.

Mais tarde, concluiria que foi naquele momento durante a perseguição que Darius entendeu que a fêmea não poderia voltar para casa. Não pelo que ela havia sofrido... mas pelo que carregava como consequência de sua provação.

Quando a fêmea tropeçou e caiu no chão, ela não fez nada para proteger o ventre.

Na verdade, ela arrastou-se pelo chão para continuar a fuga, mas Darius simplesmente não podia mais suportar assistir.

– Poupe seus esforços – disse ele, puxando-a para cima da relva fria. – Poupe-os agora...

Ela lutou contra ele com toda a força e então derrubou-se em seus braços. Naquele momento congelado entre eles, a respiração dela saiu com dificuldade de sua boca e seu coração disparou... ele podia ver a jugular palpitante à luz do luar, podia sentir o tremor em suas veias.

Sua voz era fraca, mas ela realmente falava sério quando pronunciou:

– Não me leve para lá... nem mesmo para a entrada. Não me devolva.

– Você não pode estar falando sério. – Com mãos gentis, ele puxou o cabelo para trás de seu rosto e de repente lembrou-se dos fios loiros que viu na escova em seu quarto. Tanta coisa havia mudado desde o tempo em que ela costumava sentar-se diante do espelho e se preparar para uma noite com sua família. – Você passou por muita coisa para conseguir pensar com clareza. Você precisa de repouso e...

– Se me levar de volta, fugirei outra vez. Não obrigue meu pai a ver isso.

– Você deve ir para casa...

– Eu não tenho casa. Não mais, nunca mais.

– Ninguém precisa saber o que aconteceu. Já irá ajudar se ninguém souber que não era um vampiro, assim como ninguém nunca, jamais, deverá saber...

– Estou carregando a criança do sympatho. *– Seus olhos ficaram frios e duros. – Minha necessidade não acontece desde a noite em que ele forçou-se sobre mim e eu não tenho sangrado como as fêmeas fazem desde então. Estou carregando seu filho.*

Darius exalou alto no silêncio, seu hálito quente produzindo uma nuvem de vapor no ar frio. Bem, isso mudava tudo. Se ela conseguisse segurar a criança e a trouxesse a este mundo, havia uma possibilidade de que pudesse se passar por um vampiro, mas mestiços desse tipo eram imprevisíveis. Nunca se podia ter certeza do equilíbrio dos genes, se inclinariam mais para um dos lados do que para o outro.

Mas talvez houvesse uma maneira para implorar à sua família...

A fêmea agarrou a lapela do seu grosso casaco.

– Deixe-me no sol. Deixe-me para morrer como desejo. Usaria minha própria mão em minha garganta se pudesse, mas ainda não estou tão forte no braço e no ombro.

Darius olhou para Tohrment, que estava esperando perto da carruagem. Chamando o garoto com a mão, Darius disse à fêmea:

– Deixe-me falar com seu pai. Deixe-me preparar o caminho.

– Ele jamais me perdoará.

– Não foi culpa sua.

– O problema não é a culpa. O problema é o resultado da situação – disse ela friamente.

Quando Tohrment se desmaterializou e tomou forma diante deles, Darius levantou-se.

– Leve-a de volta para a carruagem e fiquem abrigados sob a copa daquelas árvores. Irei ver o pai dela agora.

Tohrment curvou-se, dispôs a mulher em seus braços de maneira desajeitada e se levantou. No apoio forte, mas suave, a filha de Sampsone retornou à condição apática na qual havia passado a viagem, com os olhos abertos, mas vagos, a cabeça pendendo para o lado.

– Cuide bem dela – disse Darius, ajeitando a camisola solta da fêmea. – Voltarei sem demora.

– Não se preocupe – Tohrment respondeu quando começou a caminhar pelo gramado.

Darius os observou por um momento e depois se lançou ao vento, tomando forma novamente na propriedade da família da fêmea. Foi direto à porta da frente e usou o grande batedor em forma de cabeça de leão.

Quando o mordomo abriu a porta larga, era óbvio que algo terrível estava acontecendo dentro da mansão. Estava pálido como a névoa e suas mãos tremiam.

– Senhor! Oh, bendito seja, entre.

Darius franziu a testa ao entrar pela porta.

– O que...

O dono da casa saiu da sala... e logo atrás dele vinha o sympatho, *cujo filho havia provocado a série de tragédias.*

– O que está fazendo aqui? – Darius perguntou ao devorador de pecados. – Meu filho está morto? Você o matou?

Darius desembainhou uma das adagas negras que estavam amarrados no peito, ao alcance das mãos.

– Sim.

O sympatho *acenou uma vez com a cabeça e pareceu não se importar. Malditos répteis. Não tinham nenhum sentimento por seus filhos?*

– E a menina? – o devorador de pecados perguntou. – O que foi feito dela?

Darius rapidamente fixou a visão de uma macieira em flor em sua mente. Sympathos *podiam ler mais do que emoções e ele sabia de coisas que não desejava compartilhar.*

Sem responder, olhou para Sampsone, que parecia ter envelhecido uns cem mil anos.

– Ela está viva. Sua filha de sangue está... bem e viva.

O sympatho *flutuou em direção à porta, suas vestes longas arrastando-se no chão de mármore.*

– Então, estamos quites. Meu filho está morto e sua descendência está arruinada.

Quando Sampsone afundou o rosto em suas mãos, Darius foi atrás do devorador de pecados, agarrando seu braço e forçando a coisa a parar abruptamente assim que saiu da casa.

– Você não precisava revelar-se. Esta família já sofreu o suficiente.

– Oh, mas eu precisava. – O sympatho *sorriu. – As perdas devem ser suportadas da mesma maneira. Certamente, o coração pulsante de um guerreiro deve respeitar essa verdade.*

– Bastardo.

O devorador de pecados se inclinou.

– Você preferiria que eu a fizesse se matar? Esse é outro caminho que eu poderia ter trilhado.

– Ela não fez nada para merecer isso. Nem os outros de sua linhagem.

– Oh, verdade? Talvez meu filho só tenha tomado o que ela ofereceu...

Darius colocou as duas mãos sobre o sympatho *e o girou, lançando-o em uma das colunas maciças que sustentavam o grande peso da mansão.*

– Poderia matá-lo agora.

O devorador de pecados sorriu outra vez.

– Poderia? Acho que não. Sua honra não permitirá que mate um inocente, afinal, não fiz nada de errado.

Com isso, o devorador de pecados se desmaterializou, desvencilhando-se das mãos de Darius e tomando forma no gramado lateral.

– Desejo à fêmea uma vida de sofrimento. Que ela viva por muito tempo e suporte o seu fardo sem honra. E, agora, devo ir sem demora e cuidar do corpo do meu filho.

O sympatho *desapareceu, como se nunca houvesse existido... e, ainda assim, as ramificações de suas ações foram confirmadas quando Darius olhou através da porta aberta: o macho da grande mansão estava chorando no ombro de seu servo, um consolando o outro.*

Darius atravessou o arco da entrada principal e o som de suas botas fez o patriarca da família erguer a cabeça.

Sampsone se afastou de seu leal doggen *e não se preocupou em conter suas lágrimas ou ocultar seu sofrimento enquanto avançava em direção a Darius.*

Antes que Darius pudesse falar, o homem disse:

– Vou lhe pagar.

Darius franziu a testa.

– Para quê?

– Para... levá-la e garantir que ela tenha um teto sobre sua cabeça. – O mestre virou-se para o servo. – Vá até os cofres e...

Darius pisou adiante e pegou o ombro de Sampsone com força.

– O que está dizendo? Ela vive. Sua filha está viva e deveria ter abrigo sob esse teto e dentro destas paredes. Você é o pai dela.

– Vá e leve-a com você. Eu lhe imploro. Sua mãe... não poderia viver com isso. Permita-me oferecer...

– Vocês são um flagelo – Darius exclamou. – Um flagelo e uma vergonha para a sua linhagem.

– Não – disse o homem. – Ela é. Agora e para sempre.

Darius ficou momentaneamente em silêncio, atordoado. Mesmo conhecendo os valores degradados da glymera *e tendo sido submetido a eles antes, estava chocado outra vez.*

– Você e aquele sympatho *têm muito em comum.*

– Como se atreve...

– Nenhum de vocês possui coração para lamentar sua prole.

Darius dirigiu-se para a porta e não parou quando o homem gritou:

– O dinheiro! Permita-me dar-lhe o dinheiro!

Darius não confiava em si mesmo para responder e se desmaterializou de volta ao vale arborizado que havia deixado há poucos minutos atrás. Tomando forma perto da carruagem, seu coração estava em chamas. Como alguém que havia sido descartado, sabia muito bem da dificuldade de encontrar-se sem raízes e sem apoio no mundo. E isso sem o peso extra que a fêmea, literalmente, carregava dentro de seu ventre.

Embora o sol estivesse ameaçando se libertar da borda da Terra, ele precisava de um momento para se recompor e formular o que poderia dizer...

A voz feminina surgiu por trás das cortinas da janela da carruagem.

– Ele disse para me manter afastada, não foi?

De fato, Darius descobriu que não havia melhor maneira de lançar o que havia acontecido em melhor luz.

Colocou a mão sobre a madeira fria da porta da carruagem.

– Vou cuidar de você. Vou protegê-la e prover-lhe o que for necessário.

– Por quê?... – veio uma resposta dolorida.

– Em verdade... é o correto e apropriado a ser feito.

– Você é um herói. Mas o que procura salvar não se importa com a dádiva que oferece.

– Mas se importará. Com o tempo... você se importará.

Quando não houve resposta, Darius saltou para cima do banco do condutor e tomou as rédeas.

– Iremos para minha casa.

O barulho do trotar dos cavalos e o golpe dos cascos no chão os acompanharam para fora da floresta e ao longo do caminho. Ele os levou por uma rota diferente, mantendo-os longe da mansão e da família cuja expectativa social era mais espessa que o sangue.

E quanto ao dinheiro? Darius não era um homem rico, mas cortaria sua própria mão com sua adaga antes de aceitar um centavo daquele pai desalmado.

Capítulo 60

Quando John tentou sentar na maca, Xhex o ajudou e ele ficou surpreso em ver como ela era forte: no instante em que a mão dela foi colocada sobre o meio de suas costas, sentiu como se o peso da parte superior de seu corpo estivesse totalmente sustentado.

Por outro lado, como ela costumava dizer, não era uma fêmea comum.

A doutora Jane se aproximou e começou a explicar o que estava fazendo sob o curativo e o que ele precisava fazer para cuidar da incisão... mas ele não estava acompanhando.

Queria transar. Com Xhex. Agora.

Era basicamente tudo que ele entendia ou se importava – e a necessidade carnal era beeem mais profunda que a de um simples cara excitado. Um encontro com a morte faz a vontade de viver intensamente aumentar, e sexo com a pessoa que ama é a melhor forma de expressar essa intensidade.

Os olhos de Xhex alargaram-se quando ela sentiu o odor que claramente emanava dele.

– Você vai permanecer parado por mais dez minutos – disse a doutora Jane enquanto guardava os instrumentos. – E pode descansar aqui na cama da clínica.

Vamos, sinalizou para Xhex.

Balançar suas pernas para fora da mesa lhe deu uma pontada de dor, mas isso não o fez repensar minimamente seus planos. No entanto, quando atraiu a atenção de todos na sala, repensou algumas coisas.

Enquanto Xhex o equilibrava, a doutora começou com um monte de "deite-se garotão", só que John não estava prestando atenção alguma.

Você teria um roupão que eu pudesse usar?, gesticulou, bem consciente de que tinha uma grande ereção e quase nada sobre seus quadris.

Houve alguns argumentos depois disso, mas em dado momento a doutora Jane jogou as mãos para cima e permitiu: se ele quisesse ser um idiota ela não o impediria. Quando ela deu o aval, Ehlena desapareceu e retornou com algo que era fofo, espesso e grande o suficiente para cobri-lo... do ombro até talvez o meio da coxa. E era rosa.

Com certeza, aquilo era a versão "roupa de dormir" do chapéu de burro da escola, uma punição por se recusar a permanecer na clínica. E se achou que essa história desanimaria sua ereção... pode esquecer.

Seu membro ainda estava firme contra o ataque à sua masculinidade.

E ficou orgulhoso do bastardo.

Obrigado, gesticulou, deslizando o roupão sobre seus ombros. Com algum esforço, conseguiu envolver seu peito e cobrir sua exposição ao sul. Um pouco.

A doutora Jane encostou-se no balcão e cruzou os braços sobre o peito.

– Não há qualquer maneira de lhe convencer a ficar mais tempo? Ou ser auxiliado por muletas? Ou... fazer com que fique mais tempo?

Estou bem... mas obrigado.

A doutora Jane balançou a cabeça.

– Vocês Irmãos são todos uns pés no saco.

De repente, sentiu um forte formigamento e isso não tinha nada a ver com a perna.

Eu não sou um Irmão. Mas acho que não vou discutir sobre a segunda parte com você.

– Homem sábio. Mas deveria ser. Um Irmão, claro.

John deslizou e delicadamente baixou seu peso para fora da mesa, mantendo sempre os olhos em seu traje de garotinha. Felizmente tudo permaneceu apropriado e continuou assim quando Xhex se abaixou sob seu braço.

Cara... ela era a melhor muleta que poderia pedir, suportando uma grande parte da carga enquanto passavam pela porta. Juntos, foram até o escritório, abaixaram através do armário e emergiram num túnel.

Ele percorreu quase dez metros antes de parar, movendo-a e fazendo-a ficar em pé diante dele, em seguida...

Apagou as luzes. Todas elas.

Ao seu comando mental, as luzes fluorescentes no teto se apagaram uma por uma, começando com as duas que havia bem acima da cabeça deles e seguindo nas duas direções. Quando a escuridão tomou conta de tudo, ele trabalhou rápido e ela também. Sabiam perfeitamente bem que a doutora Jane e Ehlena limpariam o centro cirúrgico por pelo menos meia hora. E estava na hora da Última Refeição na mansão, então ninguém estava se exercitando ou tomando um banho no vestiário.

Tinham uma janela de oportunidade.

E a escuridão era fundamental.

Apesar da diferença de suas alturas, ele encontrou seus lábios com precisão, como se estivessem iluminados. Enquanto ele a beijava profundamente e deslizava sua língua, ela gemia baixo em sua garganta e segurava em seus ombros.

Nesse trecho glorioso de indefinição, nessa etapa que fugia daquilo que tinham combinado, John liberou o macho vinculado dentro dele para aproveitar aquele momento que havia começado na casa da fazenda.

O momento em que a adaga de Xhex deixou sua mão e voou pelo ar... dando a ele mais algumas noites para serem vividas.

A palma de sua mão escorregou em torno de seus seios, encontrando o mamilo rígido, esfregando-o com o polegar enquanto morria de vontade de colocar a boca no lugar em que estavam seus dedos. Foi bom ela ter deixado sua jaqueta e suas armas no saguão de entrada da casa, assim, tudo o que havia entre ele e a pele dela era a camiseta que Xhex vestia.

Não tinham muito tempo, então John deslizou as duas mãos para baixo e levantou a camiseta até que seus seios ficaram expostos. Uau... ela não usava sutiã nem para lutar, e por alguma razão isso o deixou ainda mais excitado.

Não que precisasse de auxílio quando se tratava dela.

Quando os sons de seus beijos ecoaram, ele beliscou os mamilos que estavam prontos para seus lábios e pressionou sua ereção contra ela. E veja só... ela entendeu os sinais e deslizou sua mão direto para o...

John inclinou sua cabeça para trás, um baque de eletricidade percorreu sua coluna de maneira tão prazerosa que não conseguiu permanecer beijando.

Antes que pudesse dizer qualquer coisa, Xhex o empurrou contra a parede do túnel e abriu seu roupão. Seus lábios se moveram sobre seu peito, suas presas trilhavam sua pele fazendo formigar cada nervo em seu corpo, especialmente aqueles que estavam na ponta de sua ereção.

John soltou um grito silencioso quando a boca dela encontrou aquele lugar quente e duro, deslizando, absorvendo inteiramente, englobando-o em calor e sucção. O movimento era lento e constante, até que o membro saiu da boca dela com um leve estalo e depois sua língua o envolveu por completo.

Enquanto ela trabalhava nele, John manteve os olhos abertos, mas a escuridão ao redor fez parecer como se suas pálpebras estivessem fechadas... e a cegueira não importava naquela situação: tinha uma imagem bem nítida em sua mente de como era a aparência dela de joelhos, sua blusa levantada sobre os seios, seus mamilos ainda rígidos, sua cabeça indo para frente e para trás, para frente e para trás.

Seus seios balançavam a cada movimento que fazia.

Enquanto sua respiração se arrastava pela boca, teve a sensação de que estava distribuindo o peso do corpo em sua perna machucada e sua perna sadia, mas que se dane qualquer outra coisa além daquilo que Xhex o fazia sentir. Inferno, poderia estar pegando fogo e não se importaria.

Mas na verdade já *estava* pegando fogo e as chamas ficaram ainda mais quentes quando Xhex ergueu sua ereção em direção à cintura e percorreu toda a área com sua língua. Ela encontrou um ritmo e ele não conseguiu ir muito longe...

O corpo de John se arqueou e as palmas de sua mão bateram contra a parede enquanto atingia o orgasmo. Quando acabou, ele a levantou e a beijou longa e fortemente... com um desejo enorme de devolver o favor...

Xhex cortou o lábio inferior dele de propósito e lambeu o pequeno corte que fez.

– Cama. Agora.

Entendido.

John reacendeu rapidamente as luzes do teto.

Engraçado, aquela perna machucada não o incomodou nem um pouco.

Blay ficou fora do quarto que foi dado a Saxton durante e depois da alimentação, mas não estava autorizado a sair da mansão para espairecer. Segundo a Antiga Lei, o primo do Qhuinn era considerado seu convidado dentro da casa da Primeira Família, e sendo assim, Blay não podia deixar o recinto enquanto Saxton estivesse lá.

Pelo menos lutar com os outros teria dado a ele uma sensação de realização e ajudaria a passar o tempo mais rápido.

Após Phury chegar com Selena e as apresentações terem sido feitas, Blay foi para seu quarto tentar não pensar no assunto: para isso, disse a si mesmo que era hora de arrumar o quarto. Infelizmente, a arrumação rotineira levou dois minutos e envolveu o reposicionamento dos livros que tinha lido na cabeceira da cama... e tirar um par de meias pretas da gaveta de meias coloridas, colocando de volta na gaveta de meias pretas.

Um dos problemas de ser organizado é que nunca havia grandes arrumações para serem feitas.

Também tinha cortado o cabelo há pouco tempo. As unhas estavam cortadas. Nenhuma depilação masculina para fazer, graças ao fato de os vampiros não terem pelos além dos cabelos em sua cabeça.

Normalmente, quando tinha que matar o tempo, ligava para casa para conversar com seus pais, mas considerando o que se passava em sua cabeça, o número do refúgio da família não seria discado. Moral da história? Era um péssimo mentiroso e não estava disposto a dizer aos seus pais: gente, vocês ainda não sabem, mas eu sou gay... e estou pensando em namorar o primo do Qhuinn.

Ah, e, por falar nisso, ele está aqui.

Sendo alimentado.

Deus, a ideia de Saxton estar se alimentando da veia de alguém era quente como o inferno, mesmo sendo Selena.

Exceto pelo fato de Phury estar lá com eles. Mais por decoro do que por proteção, claro.

Então, não, não havia chance alguma de se aproximar daquele quarto. A última coisa que queria era ficar excitado na frente de uma plateia.

Blay olhou o relógio. Caminhou pelo quarto. Tentou assistir TV. Leu um pedaço do livro que havia reposicionado.

De vez em quando o telefone recebia os relatórios de campo, nenhum dos quais ajudavam seu humor inquieto. A Irmandade sempre enviava comunicados regulares para que todos se inteirassem do que estava acontecendo e as coisas não iam bem: John estava machucado, então ele, Xhex e Qhuinn estavam na clínica com a doutora Jane. A infiltração na casa da fazenda foi bem sucedida, mas apenas até certo ponto: o suspeito de ser o novo *Redutor Principal* ainda estava fora do alcance. Capturaram muitos, mas não todos os novos recrutas que encontraram. O endereço ligado ao carro chamativo não tinha dado em nada. A tensão estava correndo solta.

Olhou seu relógio de pulso. Em seguida, para o relógio pendurado na parede.

Sentiu vontade de gritar.

Cristo, fazia muito tempo desde que Saxton e Selena começaram. Por que ainda não tinha vindo ninguém informando que tinha acabado?

E se algo estivesse errado? A doutora Jane tinha dito que os ferimentos do cara não eram mortais e que a alimentação faria com que se recuperasse...

Mas se algum Irmão fosse se dar bem com Saxton seria o Primaz. Phury amava ópera, arte e bons livros. Será que os dois iniciaram uma conversa após o término?

Em dado momento, não conseguia mais suportar a si mesmo e desceu até a cozinha, onde os *doggen* da casa estavam preparando a Última Refeição. Tentou ajudar, se ofereceu para colocar a mesa, ou picar os legumes, ou cortar o peru que estavam assando... mas o pessoal ficou tão perturbado que ele recuou.

Cara, se tinha uma coisa que com certeza perturbava um *doggen* era tentar ajudar. A natureza deles não suportava que alguém a quem deveriam servir fizesse qualquer coisa além de aguardar... mas também não podiam negar um pedido.

Antes que os enlouquecesse de vez, Blay deixou a despensa e atravessou a sala de jantar...

A porta do corredor abriu e fechou e Qhuinn entrou percorrendo o piso de mosaico do saguão de entrada.

Havia sangue no rosto, nas mãos e nas roupas de couro. Sangue fresco e brilhante.

Sangue humano.

O primeiro instinto de Blay foi gritar com seu amigo, mas se conteve, porque não queria atrair as atenções para o fato de que Qhuinn obviamente não estava no lugar em que John estava.

Não havia muitos humanos na clínica no centro de treinamento.

E supostamente era para ter lutado com *redutores* iniciados, cujo sangue era negro.

Blay atingiu as escadas e pegou o cara bem na frente do escritório de Wrath, cuja porta estava misericordiosamente fechada.

– Que diabos aconteceu com você?

Qhuinn não parou, apenas se moveu em direção ao seu quarto. Entrando, deu a entender que fecharia a porta na cara de Blay.

Nada disso, Blay pensou, ao empurrar seu corpo para dentro.

– O que é esse sangue?

– Não estou com paciência – Qhuinn murmurou quando começou a se despir.

Jogou sua jaqueta de couro sobre a escrivaninha, desarmou-se e chutou suas botas que chegaram à metade do caminho do banheiro. Sua camiseta foi jogada por cima do ombro e acabou em uma lâmpada.

– Por que tem sangue em suas mãos? – repetiu Blay.

– Não é da sua conta.

– O que você fez? – perguntou, mesmo tendo um pressentimento de que já sabia. – Que diabos você fez?

Quando Qhuinn se inclinou para abrir a água do chuveiro, foi possível observar que as linhas musculares ao longo de sua coluna flexionaram-se acima da cintura de sua calça de couro.

Deus, aquele sangue vermelho estava nele em outros lugares também... o que fez Blay imaginar o quão longe a surra tinha ido.

– Como está o seu garoto?

Blay franziu a testa.

– Meu garoto...? Oh, Saxton.

– Sim, "Oh, Saxton". – Uma fumaça começou a subir do chuveiro evaporando-se entre eles. – Como ele está?

– Acho que está se alimentando agora.

Os olhos díspares de Qhuinn focaram-se em algum lugar atrás da cabeça de Blay.

– Espero que ele esteja se sentindo melhor.

Quando se olharam, o peito de Blay doeu tanto que teve que massageá-lo.

– Você o matou?

– Quem? – Qhuinn colocou as mãos nos quadris. Graças às luzes sobre a pia, o peitoral e os mamilos com piercings destacavam-se em alto relevo. – Não sei de quem está falando.

– Pare de dizer bobagens. Saxton vai querer saber.

– Está tentando protegê-lo? – Não havia hostilidade nas palavras. Apenas uma resignação que não era sua característica. – Tudo bem, certo, não matei ninguém. Mas dei àquele homofóbico filho da mãe algo para pensar além do câncer de garganta que aqueles charutos causarão. Não aceito ter nenhum membro da minha família sendo desrespeitado. – Quinn virou-se. – E... bem, dane-se, não gosto quando você fica chateado, acredite ou não. Se Saxton tivesse sido deixado para a morte e o sol nascesse? Ou se outros seres humanos o tivessem encontrado? Você nunca superaria. E eu não conseguiria aceitar tal resultado.

Deus, aquilo era típico do filho da mãe. Fazendo a coisa errada por um motivo perfeito...

– Eu te amo – Blay sussurrou tão baixo que o som da água caindo abafou as palavras.

– Ouça, preciso de um banho – disse Qhuinn. – Quero tirar esta sujeira de mim. E depois preciso dormir.

– Certo. Sim. Quer que eu lhe traga algo para comer?

– Estou bem. Obrigado.

Ao sair, Blay olhou por cima do ombro. Qhuinn estava tirando sua calça de couro e seu traseiro fez uma aparição espetacular.

Com sua cabeça ainda virada, saiu do banheiro com tranquilidade, mas colidiu com a escrivaninha e teve que pegar a luminária antes que caísse ao chão. Endireitando a coisa, pegou a camiseta que tinha sido jogada, e como se fosse uma mocinha patética, trouxe o algodão macio ao nariz, inalando.

Fechando os olhos, embalou o que estava sobre o peito de Qhuinn e ouviu o som da água caindo num ritmo constante enquanto o outro macho se lavava.

Não tinha certeza de quanto tempo ficou daquele jeito, balançando-se no purgatório da ideia de estar tão perto e ao mesmo tempo tão distante. Só saiu dali por causa do medo de ser flagrado. Recolocou com cuidado a camiseta da maneira que estava antes e obrigou-se a ir até a porta.

Estava no meio do caminho quando viu.

Em cima da cama.

Uma faixa branca estava emaranhada nos lençóis, apenas mais um pedaço de tecido amarrotado.

Seus olhos se ergueram e ele encontrou marcas do perfil de duas cabeças afundadas nos travesseiros próximos um do outro. Com certeza, a Escolhida Layla tinha esquecido a faixa de sua túnica quando foi embora. O que só poderia ter acontecido se ela tivesse ficado nua enquanto esteve ali.

Blay colocou a mão sobre seu coração mais uma vez, um aperto o fazia sentir debaixo d'água... com a superfície do oceano muito, mas muito acima dele.

O chuveiro foi desligado no banheiro e o som de uma toalha foi ouvido.

Blay passou pela cama da qual tiraram muito bom proveito e saiu pela porta.

Não tinha consciência de ter tomado uma decisão racional, mas seus pés assumiram uma direção óbvia. No corredor, parou dois quartos depois de onde estava e em seguida ergueu a mão e bateu com calma. Quando uma resposta abafada soou, abriu a porta. Do outro lado, o quarto estava escuro e cheirava divinamente... e sob a luz do corredor sua sombra atingia o pé da cama.

– Momento perfeito. Acabaram de sair. – A voz rouca de Saxton era uma promessa de coisas que Blay queria. – Veio ver como estou?

– Sim.

Houve uma longa pausa.

– Então, feche a porta e eu lhe mostrarei.

A mão de Blay apertou a maçaneta até seus dedos estalarem.

Então, entrou e os fechou ali dentro. Enquanto tirava os sapatos, girou a chave.

Para ter privacidade.

Capítulo 61

No Outro Lado, Payne sentou na borda da piscina cristalina e olhou seu próprio rosto na tranquila água.

Reconheceu o cabelo negro, os olhos de diamante e os traços fortes.

Também tinha plena consciência de quem a havia criado e dado a luz.

Poderia recitar os dias de sua história até o momento.

E, no entanto, sentia como se não tivesse a menor ideia de quem realmente era. De muitas maneiras, ela não era nada além de um reflexo na superfície da piscina, uma imagem sem profundidade e substância… e não deixaria qualquer legado de sua existência ao partir.

Quando Layla se aproximou por trás dela, encontrou os olhos da fêmea no espelho d'água.

Mais tarde, entenderia que o sorriso de Layla foi o elemento que mudou tudo. Embora, claro, havia mais do que isso... mas a expressão radiante de sua irmã foi o que basicamente a colocou à mercê dos ventos da mudança, o impulso sutil que a fez cair do penhasco.

Aquele sorriso era verdadeiro.

– Olá, minha irmã – Layla disse. – Estava lhe procurando.

– E você me encontrou. – Payne forçou-se a se virar e encarar a Escolhida. – Por favor. Sente-se e junte-se a mim. Considerando seu bom humor posso deduzir que está avançando em ritmo acelerado com aquele macho.

Layla inclinou-se apenas por um momento, e então sua alegria a fez ficar em pé outra vez.

– Oh, sim, de fato. Ele pode me chamar outra vez a qualquer momento do dia e devo ir. Oh, querida irmã, não pode imaginar… é como estar presa num círculo de fogo e, ainda assim, sair ilesa e radiante. É um milagre. Uma benção.

Payne voltou-se para a água e observou quando suas próprias sobrancelhas ficaram tensas.

– Posso lhe fazer uma pergunta pessoal?

– Claro, minha irmã. – Layla aproximou-se e sentou mais uma vez na beirada de mármore da piscina. – Qualquer coisa.

– Você está pensando em se unir a ele? Não apenas ficar se encontrando com ele… mas tornar-se sua *shellan*?

– Bem, sim. Claro que penso. Mas estou esperando o momento certo para abordar esse assunto.

– O que fará… se ele disser não? – Quando o rosto de Layla congelou, como se nunca tivesse considerado tal coisa, Payne sentiu como se tivesse esmagado um botão de rosa na palma da mão. – Oh, maldição... não quis entristecê-la. Apenas...

– Não, não. – Layla respirou fundo. – Conheço bem você e seu coração e não há um pingo de maldade dentro dele. Na verdade, é por isso que sinto que posso falar com tamanha franqueza com você.

– Por favor, esqueça o que perguntei.

Agora era Layla quem encarava a piscina.

– Eu... na verdade, ainda não tivemos relações de verdade.

As sobrancelhas de Payne se estreitaram. Com certeza, se apenas o pensamento do ato provocava tamanha euforia, o ato em si deveria ser incrível.

Ao menos para a fêmea diante dela.

Layla envolveu os braços em torno de si, sem dúvida lembrando-se da sensação de outro abraço mais forte.

– Eu queria, mas ele se conteve. Espero... acredito que seja por desejar se unir da maneira apropriada comigo primeiro, com uma cerimônia.

Payne sentiu o peso terrível da premonição.

– Cuidado, irmã. Você é uma alma delicada.

Layla ficou em pé, o sorriso agora era triste.

– Sim, terei. Mas prefiro que meu coração seja partido ao invés de fechá-lo e sei que se deve pedir para receber.

A fêmea estava tão certa e firme que, na sombra daquela coragem, Payne se sentiu pequena. Pequena e fraca.

Quem ela era exatamente? Um reflexo? Ou uma realidade?

De repente, levantou-se.

– Poderia dar-me licença?

Layla pareceu surpresa e fez uma reverência.

– Mas é claro. E, por favor, não quis ofender-lhe com minhas divagações...

Seguindo um impulso, Payne abraçou a Escolhida.

– Não me ofendeu. Não se preocupe. E boa sorte com seu macho. Em verdade, ele é abençoado por tê-la.

Antes que mais alguma coisa pudesse ser dita, Payne partiu, movendo-se rapidamente pelo dormitório, ganhando cada vez mais velocidade ao subir a colina que levava ao Templo do Primaz. Atravessando o local sagrado, que nunca mais foi usado, entrou no pátio de mármore de sua mãe e caminhou ao longo das colunas.

A porta modesta que marcava os aposentos privados da Virgem Escriba não era o que se esperava de um local divino. Mas quando o mundo lhe pertence, não se tem nada a provar, tem?

Payne não bateu. Mas considerando o que iria fazer, a inconveniência de irromper sem bater e sem ser convidada seria quase nada na sua lista de pecados.

– Mãe – disse ao entrar na sala branca vazia.

Houve uma longa espera antes que houvesse uma resposta, e a voz que surgiu parecia etérea:

– Sim, filha.

– Deixe-me sair daqui. Agora.

Qualquer consequência que lhe sobreviesse daquele novo confronto seria melhor que uma existência castrada.

– Expulse-me – disse para as paredes brancas e para o vácuo. – Deixe-me ir. Nunca mais retornarei, se desejar. Mas não ficarei mais aqui.

Em um lampejo, a Virgem Escriba apareceu diante dela sem sua vestimenta preta habitual. Na verdade, Payne tinha quase certeza de que nunca ninguém havia visto sua mãe como realmente era, uma energia sem forma.

Porém, já não brilhava mais. Sua luz estava opaca, pouco mais que uma onda de calor.

Aquela diferença fez Payne conter a própria raiva.

– Mãe, deixe-me ir... por favor.

A resposta da Virgem Escriba demorou a chegar:

– Sinto muito. Não posso conceder o que deseja.

Payne revelou suas presas.

– Maldita seja, apenas faça isso. Deixe-me sair daqui ou…

– Não existe 'ou', minha filha querida. – A voz da Virgem Escriba desapareceu, retornando em seguida. – Deve permanecer aqui. É o destino.

– De quem? O seu ou o meu? – Payne gesticulou na quietude inebriante. – Pois não tenho uma vida aqui de fato. Que tipo de destino é este?

– Sinto muito.

E esse foi o fim da discussão… pelo menos da parte de sua mãe. Lançando um brilho, a Virgem Escriba desapareceu.

Payne gritou para o enorme vazio.

– Liberte-me! Desgraçada! Liberte-me!

Ela achou que seria morta ali mesmo, mas então a tortura terminaria, e onde estaria a graça nisso?

– Mãe!

Quando não houve resposta, Payne procurou ao redor e desejou com todas as forças algo para arremessar... mas não havia nada ao alcance, e isso simbolizava perfeitamente sua situação: nada para ela, não havia absolutamente *nada* ali para ela.

Aproximando-se da porta, descarregou sua raiva arrancando o painel das dobradiças e arremessando dentro do quarto frio e vazio. O painel branco quicou duas vezes e depois deslizou ao longo do espaço aberto, como uma pedra jogada sobre a superfície de um lago tranquilo.

Ao se dirigir à fonte, ouviu uma série de cliques, e quando olhou sobre o ombro, viu que a porta havia se consertado sozinha, preenchendo, como mágica, os batentes vazios, ficando exatamente como era antes, sem sequer um arranhão para mostrar o que ela havia feito.

A fúria cresceu dentro dela de tal forma que obstruiu sua garganta e fez suas mãos ficarem trêmulas.

Com o canto do olho, viu uma figura vestida de preto caminhando entre as colunas, mas não era sua mãe. Era apenas No'One com uma cesta de oferendas para a Virgem Escriba, seu andar manco deslocava-se vacilante de um lado para o outro.

A visão daquela Escolhida miserável e excluída alimentou ainda mais sua raiva...

– Payne?

O som de uma voz profunda a fez girar a cabeça: Wrath estava parado sob a árvore branca de pássaros coloridos, sua forma maciça dominava o pátio.

Payne saltou até ele, transformando-o num alvo com o qual pudesse lutar. E o Rei Cego claramente sentiu a violência dela e sua abordagem cruel: num piscar de olhos, entrou em postura de luta, tornando-se poderoso, preparado e pronto.

Ela deu a ele tudo o que tinha e ainda mais, seus punhos e pernas voavam contra o rei, seu corpo tornou-se um turbilhão de socos e chutes, dos quais ele se defendeu com os braços e esquivou o tronco e a cabeça.

Mais rápida, mais resistente, mais mortal, continuou pressionando o rei, forçando-o a devolver o que estava dando ou se arriscaria a ficar seriamente machucado. O primeiro golpe forte dele a acertou no ombro, tirando seu equilíbrio... mas ela se recuperou rapidamente e virou-se, trabalhando com a perna e o pé.

O impacto no estômago dele foi tão forte que gemeu... pelo menos até ela girar mais uma vez e acertá-lo no rosto com os nós dos dedos. Quando o sangue escorreu e as lentes escuras de seus óculos saltaram para longe, Wrath amaldiçoou.

– Que droga é essa, Pay...

O rei não teve a chance de terminar de pronunciar o nome. Ela chocou-se contra ele, pegando-o pela cintura e empurrando seu enorme peso para trás. No entanto, não houve uma disputa de fato. Ele era duas vezes maior e assumiu o comando com facilidade, soltando-se dela e girando-a para que ficasse de costas à sua frente.

– Caramba, qual é o seu problema? – rosnou em seu ouvido.

Ela jogou a cabeça para trás, acertando-o no rosto, e o aperto dele afrouxou por uma fração de segundo. E isso era tudo que ela precisava para se soltar. Livrando-se dele, pôde utilizar aquele corpo forte como plataforma para se lançar, então ela...

Subestimou seu impulso. Ao invés de pousar seu peso em ângulo perpendicular com o chão, foi lançada para frente... o que significou machucar um dos pés seriamente. Com isso, seu corpo caiu descontrolado para o lado.

A borda de mármore da fonte a impediu de bater no chão, mas o impacto foi pior do que se tivesse.

O estalo de suas costas foi tão alto quanto um grito.

Assim como a dor.

Capítulo 62

Quando Lash acordou em seu rancho esconderijo, a primeira coisa que fez foi olhar para seus braços.

Além das mãos e pulsos, os antebraços também se tornaram sombras, uma espécie de fumaça que se movia sob seu comando e que podia ser tão etérea quanto ar ou se tornar sólida se desejasse.

Sentando-se, empurrou o cobertor e levantou-se. Seus pés estavam prestes a desaparecer também. O que era bom, mas... droga, quanto tempo mais levaria para a transformação terminar? Se seu corpo ainda tivesse forma física, com um coração batendo, precisando de comida, água e descanso, não estava completamente a salvo de balas e facas.

Além disso, francamente, considerando todos os pedaços que tinham caído dele, lidar com todo aquele lixo biológico não era fácil.

Tinha transformado o colchão em que havia dormido na maior fralda do planeta.

Um chiado atrás das persianas atraiu sua atenção e ele as abriu um pouco com a ponta dos seus não-dedos. Através da fresta, observou os humanos prosseguindo com seus inúteis dias, dirigindo, andando de bicicleta. Idiotas com suas vidas simples e ínfimas. Acordar. Ir ao trabalho. Voltar para casa. Reclamar do dia. Acordar e fazer a mesma coisa outra vez.

Quando um sedan passou, implantou um pensamento na mente do motorista e sorriu quando o carro desviou da pista, subiu no meio-fio e disparou em direção ao sobrado do outro lado da rua. O lixo humano se lançou com tudo em um banco próximo às janelas, atravessando o vidro e a estrutura de madeira. O air bag explodiu dentro do carro.

Melhor que uma xícara de café para iniciar o dia.

Virou-se, foi até a escrivaninha e ligou o laptop que havia encontrado na parte de trás do Mercedes. A transação de drogas que havia interrompido no caminho de casa valeu a pena. Conseguiu uns dois mil dólares além de um pouco de cocaína, êxtase e doze pedras de crack. Mais importante: deixou os dois traficantes e o cliente em transe, os colocou de volta no carro, levou-os até ali e os transformou.

Deixaram o banheiro um lixo por terem vomitado a noite inteira, mas, francamente, ele estava farto de sua casa e estava pensando em colocar fogo em tudo.

Então... tinha uma equipe de quatro. E como nenhum deles havia se oferecido, assim que os drenou e trouxe de volta à "vida" prometeu todo tipo de porcaria. Para saciar seus vícios, drogados acreditam em qualquer coisa. Só é preciso prometer um bom futuro... e assustar os coitados até a morte.

O que não era grande coisa para ele. Naturalmente, morreram de medo quando viram seu rosto, mas pelo menos estavam tão alucinados por causa das drogas que conversar com um morto-vivo não estava tão fora de suas experiências alucinógenas. Além do mais, era persuasivo quando queria.

Era uma pena não conseguir fazer uma lavagem cerebral neles permanente. O máximo que podia era uma sugestão como aquela que fez com o motorista: breve e insustentável, não ultrapassando uns dois segundos.

Maldito livre-arbítrio.

Depois que o computador iniciou, foi até o site do *Correio de Caldwell*.

Página inicial. Dedicaram uma série de artigos ao "Massacre da Fazenda". O sangue, as partes dos corpos e o estranho resíduo oleoso geravam todo o tipo de descrições dignas do prêmio Pulitzer de jornalismo. Os repórteres também entrevistaram o policial que estava lá, o carteiro que ligou para a emergência, doze vizinhos e o prefeito que, evidentemente, estava "mobilizando os melhores homens e mulheres da polícia de Caldwell para resolver esse terrível crime contra a comunidade".

O consenso era: mortes num ritual de sacrifício. Provavelmente vinculado a uma seita desconhecida.

Tudo conversa fiada que obscurecia o que realmente estava procurando...

Bingo. No último artigo, encontrou um pequeno relato de dois parágrafos informando que a cena do crime havia sido arrombada na noite anterior. Os "melhores homens e mulheres da polícia" tinham admitido a contragosto que um dos seus carros de patrulha noturna passou por lá e descobriu que alguém tinha invadido a cena do crime. Foram rápidos em apontar que as evidências relevantes já haviam sido removidas e que estavam colocando uma vigilância em tempo integral a partir de agora.

Então, a Irmandade havia seguido sua pequena mensagem.

Será que Xhex tinha ido também? Será que esperou para ver se ele apareceria?

Droga, tinha perdido uma grande chance com ela. E com os Irmãos.

Mas tinha tempo. Inferno, quando seu corpo se transformará em sombras por completo? Com isso feito, teria uma eternidade.

Observando o relógio, apressou-se, vestindo rapidamente calças pretas, uma blusa com gola alta e uma capa de chuva com capuz. Deslizando as luvas de couro, colocou seu boné de beisebol preto e deu uma olhada no espelho.

Sim. Certo.

Ao remexer as coisas no quarto, encontrou uma camiseta preta que rasgou em tiras e envolveu o rosto, deixando livres apenas os olhos sem pálpebras, a cartilagem do nariz e a abertura da boca.

Não estava excelente, mas era melhor que nada.

A primeira parada seria no banheiro para checar sua tropa. Estavam todos desmaiados em uma pilha no chão, braços e pernas entrelaçados, cabeças aqui e ali... mas os filhos da mãe estavam vivos.

Cara, era totalmente o fundo do poço, modelos da escória humana, pensou. Se tivessem sorte, o QI de todos eles juntos poderia chegar a três dígitos.

Contudo, seriam úteis mesmo assim.

Lash trancou a casa com um feitiço e caminhou até a garagem. Abrindo o porta-malas do Mercedes, levantou o painel de carpete, pegou o pacote de cocaína e ergueu às suas não-narinas antes de ir para trás do volante.

Bom *diaaa*! Quando um coro caótico ecoou dentro de si próprio, deu a ré e dirigiu para fora da vizinhança, indo pelo caminho oposto dos policiais e ambulâncias que tinham chegado à casa do outro lado da rua.

Que agora tinha um *drive-thru* ao invés de uma sala de estar.

A viagem até o centro da cidade deveria ser feita em dez minutos, mas por causa do tráfego do horário de pico, o tempo se estendeu para mais de vinte minutos... mas com a corrida em sua mente e corpo, sentiu-se paralisado no trânsito o tempo todo.

Era um pouco mais de nove horas quando entrou num beco e estacionou perto de uma van prata. Ao sair do carro, agradeceu a Deus pela cocaína... de fato, sentia como se tivesse um pouco de energia. O problema era que se sua transformação não terminasse logo, iria acabar com o estoque de cocaína no porta-malas em questão de dias.

Foi exatamente por isso que marcou um encontro imediato ao invés de esperar mais tempo.

Ricardo Benloise era pontual e já estava em seu escritório: o Mercedes castanho que utilizava estava estacionado do outro lado da van.

Lash se aproximou da porta dos fundos da galeria de arte e esperou em frente à câmera de vídeo. Sim, preferia ter adiado o encontro alguns dias, mas precisava continuar os negócios. Tinha vendedores sendo constituídos em seu banheiro e precisava do produto para mandá-los para as ruas.

Em seguida, precisaria transformar mais alguns soldados.

Afinal, o Idiotinha não perderia tempo preenchendo suas fileiras... apesar de não ter como saber quantos foram perdidos depois do ataque da Irmandade na fazenda.

Nunca pensou que ficaria feliz por aqueles filhos da mãe serem letais no trabalho. Quem diria.

Lash supunha que o novo brinquedinho do Ômega providenciaria um novo lote de induzidos rapidamente. E considerando que era um negociante de sucesso, retomaria a fabricação de *redutores* assim que possível. Isso daria recursos, não apenas para lutar contra os vampiros, mas para ir de encontro a Lash.

Então, era apenas uma questão de tempo. Lash tinha certeza de que o Idiotinha não poderia conseguir um encontro com Benloise agora, porque era um peixe pequeno... mas até quando? As vendas eram o que importava. A inteligência era o que importava. Se Lash teve sua oportunidade, qualquer um teria.

Especialmente alguém com os talentos especiais de um *Redutor Principal*.

Com um clique, as fechaduras da porta foram suspensas e um dos capangas de Benloise a abriu. O cara franziu a testa diante de Lash, mas logo voltou a si. Sem dúvida, já tinha visto muita coisa maluca... e não apenas no tráfico de drogas: artistas estavam sempre em contato com aquele mundo.

– Onde está sua identidade? – o cara disse.

Lash mostrou a carteira de motorista falsa.

– Bem no seu nariz, filho da mãe.

Com certeza, a combinação do cartão laminado e da voz familiar de Lash foram suficientes, pois apenas um momento depois foi autorizado a entrar.

O escritório de Benloise ficava no terceiro andar e a viagem até lá foi silenciosa. O espaço particular do cara era uma grande sala vazia, nada além de uma extensão de assoalho preto envernizado que culminava numa plataforma elevada... com uma altura equivalente ao salto de um sapato. Benloise estava parado no trono, sentado atrás de uma mesa do tamanho de uma limusine.

Quando Lash aproximou-se, o sul-americano observou os próprios dedos e falou com seu jeito suave e culto:

– Fiquei muito contente em receber sua ligação depois que faltou em nosso último encontro. Por onde esteve, meu amigo?

– Problemas familiares.

Benloise franziu a testa.

– Sim, sangue pode ser um problema.

– Não faz ideia. – Lash olhou para o nada absoluto em volta, localizando as câmeras escondidas e portas: estavam nas mesmas posições da última vez. – Primeiramente, deixe-me assegurá-lo que nosso relacionamento comercial continua sendo minha prioridade.

– Fico muito feliz em saber disso. Quando você não chegou a comprar as peças que se comprometeu em contrato, fiquei me questionando sobre seu compromisso comigo. Como um negociante de arte, dependo dos meus clientes regulares para manter meus artistas ocupados. Também espero que esses clientes cumpram suas obrigações.

– Entendo. E esse é o verdadeiro motivo pelo qual vim até aqui. Preciso de um adiantamento. Tenho uma parede vazia em minha casa que precisa ser ocupada com uma de suas pinturas, mas não posso pagar com dinheiro hoje.

Benloise sorriu, mostrando seus dentes bem ordenados.

– Temo não fazer esse tipo de arranjo. Deve pagar pela arte que leva. E porque seu rosto está coberto?

Lash ignorou a pergunta.

– Vai fazer uma exceção em meu caso.

– Eu não faço exceções...

Lash se desmaterializou, tomando forma atrás do cara e colocando uma faca em sua garganta. Com um grito, o guarda que estava mais próximo à porta foi em busca de sua arma, mas não há muito em que atirar quando a jugular de seu chefe está prestes a sangrar.

Lash sussurrou no ouvido de Benloise:

– Tive uma semana realmente péssima e me cansei de jogar segundo as regras humanas. A minha intenção é de continuar a nossa relação e você vai tornar isso possível, não só porque isso traz benefícios a ambos, mas porque vou cuidar disso pessoalmente se não o fizer. Saiba de uma coisa: não pode se esconder de mim e não existe lugar onde possa ir que eu não consiga encontrá-lo. Não há fechadura forte o suficiente para manter-me do lado de fora, nenhum homem que eu não possa dominar, não existe qualquer arma que possa usar contra mim. Esse são meus termos: uma peça importante para preencher a minha parede e vou levá-la agora.

Quando descobrisse os contatos de Benloise no exterior, poderia simplesmente tirar o bastardo do jogo... mas isso seria um movimento precipitado. O sul-americano era o principal distribuidor do produto em Caldwell e essa era a única razão pela qual o filho da mãe tinha uma boa chance de almoçar mais tarde.

Benloise respirou com força.

– Enzo, as novas pinturas estão para chegar ainda esta noite. Quando chegarem, empacote uma delas e...

– Quero isso agora.

– Precisa esperar. Não posso dar o que não possuo. Mate-me nesse momento e não terá nada disso.

Maldito. Filho da mãe.

Lash voltou a pensar em quanto havia ficado no porta-malas do Mercedes... e considerou o fato de que o efeito da cocaína já estava acabando, deixando um rastro de sono atrás de si.

– Quando? Onde?

– Mesma hora e local, como sempre.

– Tudo bem. Mas vou levar uma amostra comigo agora. – Cravou a faca no pescoço. – E não me diga que está totalmente zerado. Isso me deixará irritado... e inquieto. Inquieto é bem ruim para você...

Depois de um momento, o cara murmurou:

– Enzo, por favor vá buscar uma amostra dos novos trabalhos do artista.

O pedaço de carne do outro lado parecia estar com um pouco de dificuldade para processar toda a informação, ver alguém desaparecer no ar era sem dúvida uma coisa nova para ele.

– Enzo. Vá, agora.

Lash sorriu atrás de seus envoltórios de múmia.

– Sim, apresse-se, Enzo. Vou cuidar muito bem do seu chefe até que volte.

O guarda-costas recuou e logo se ouviu o som de suas botas afastando-se ao descer a escada.

– Então, você é o digno sucessor do Reverendo – Benloise disse, tenso.

Ah, o apelido anterior de Rehvenge no mundo dos humanos.

– Sim, assumi seu território.

– Sempre houve algo diferente nele.

– Acha que essa coisa que fiz foi especial? – Lash sussurrou. – Você não viu nada.

De volta à mansão da Irmandade, Qhuinn estava sentado em sua cama, encostado na cabeceira. Tinha o controle da TV equilibrado sobre uma coxa e uma pequena garrafa de Tequila Herradura.

Estava no meio de outra noite de insônia.

Na frente dele, a televisão brilhava na escuridão com as notícias matutinas. A polícia acabou encontrando o homofóbico que Qhuinn tinha surrado no beco ao lado do bar de charutos e o levaram para o Hospital St. Francis. O cara se negava a identificar quem o atacou ou comentar o que tinha acontecido, mas Qhuinn não se importaria se abrisse a boca. Havia centenas de filhos da mãe vestidos de couro, tatuados e com piercings na cidade, e dane-se a polícia.

Mas não importava, aquele filho da mãe não ia dizer nada a ninguém... e Qhuinn estava disposto a apostar seu traseiro de que o cara nunca mais voltaria a se meter com um gay.

Em seguida, veio uma notícia sobre aquilo que os humanos estavam chamando de "O Massacre da Fazenda"... O informe era, basicamente, um monte de informação velha e muitas hipérboles induzidas pela histeria. Cultos! Rituais de sacrifício! Não saia de casa depois do anoitecer!

Claro que tudo estava baseado em provas circunstanciais, porque a brigada de homens com crachás e uniformes azuis não tinha nada em que se basear além do rescaldo do ataque... nada de corpos. E ainda que as identidades de alguns perdedores começassem a vir à tona, seria um beco sem saída: os poucos assassinos que tinham escapado da infiltração da Irmandade estavam agora firmemente arraigados na Sociedade Redutora, e seus ex-amigos e ex-familiares nunca mais os veria ou ouviria falar deles.

Então, basicamente, os humanos ficaram com um trabalho digno de uma empresa profissional na área de limpeza e nada mais: dane-se os investigadores criminais, o que precisavam mesmo era de uma máquina de limpeza à vapor para o tapete, muitos espanadores e um balde de tira-manchas. Se achavam que iriam resolver o crime, tais policiais estavam apenas gastando as solas dos sapatos e a ponta das canetas.

O que realmente tinha acontecido era apenas um fantasma que até conseguiam sentir, mas nunca capturar.

Como se tivessem planejado, apareceu uma propaganda do novo episódio especial de *Investigadores Paranormais*. A câmera mostrou uma visão panorâmica da mansão sulista com árvores que pareciam precisar urgentemente de uma poda.

Qhuinn balançou os pés na beira da cama e esfregou o rosto. Layla queria voltar outra vez, mas quando entrou em contato, ele enviou um pensamento como resposta dizendo que estava exausto e que precisava dormir.

Não era o caso de não querer estar com ela... era só que...

Maldição, ela gostava dele, desejava-o e era evidente o que estava em seu coração. Então, por que não a chamava, se unia a ela e tirava esse item da lista? Isso completaria seu maior objetivo na vida.

Enquanto pensava sobre o plano, veio-lhe à mente uma imagem do rosto de Blay e foi forçado a dedicar um olhar frio e duro à sua vida: sofreu muito até então, e todas as porcarias que ele começou e não conseguiu consertar estavam se tornando um fardo cada vez mais insuportável.

Levantando-se, saiu para o corredor de estátuas e olhou à direita. Para o quarto de Blay.

Com uma maldição, aproximou-se da porta pela qual tinha entrado e saído tantas vezes. Quando bateu, o contato foi suave, não o seu habitual *bang-bang-bang*.

Nenhuma resposta. Tentou de novo.

Girando o pulso, empurrou apenas um centímetro e desejou não ter razões para ser discreto. Mas talvez Saxton estivesse ali com o cara.

– Blay? Está acordado? – sussurrou no escuro.

Nenhuma resposta... e a falta do som de uma ducha de água caindo sugeria que os dois não estavam tomando um banho juntos. Entrando, Qhuinn acendeu as luzes...

A cama estava feita, super organizada, totalmente intacta. A maldita coisa parecia um anúncio de revista, com todas as suas almofadas organizadas e o edredom adicional dobrado como se fosse um taco mexicano de pano aos pés do colchão.

O banheiro tinha toalhas secas, nenhuma condensação de água no vidro e não havia qualquer vestígio de espuma na banheira.

Sentiu o corpo ficar dormente quando voltou ao corredor e seguiu adiante.

Na porta do quarto que foi designado a Saxton, deteve-se e olhou os painéis. Excelente trabalho de carpintaria, as peças se juntavam sem emendas. O trabalho de pintura era perfeito também, sem nenhuma pincelada atrapalhando a superfície lisa. Uma bela maçaneta de bronze, tão brilhante quanto uma moeda de ouro recém-fabricada.

Sua aguda audição reconheceu um som suave e franziu a testa... até que compreendeu o que estava ouvindo. Só uma coisa produzia aquele som rítmico...

Cambaleando para trás, bateu com as costas na estátua grega que estava bem atrás dele.

Tropeçando, caminhou cegamente para algum lugar, qualquer lugar.

Quando chegou ao escritório do rei, olhou sobre o ombro e observou o tapete onde havia pisado.

Nenhum rastro de sangue. O que, se considerasse a forma como doía seu peito, era uma surpresa.

Com certeza, sentia como se houvesse recebido um tiro no coração.

Capítulo 63

Xhex acordou gritando.

Felizmente, John tinha deixado a luz do banheiro acesa, com isso conseguiu convencer seu cérebro sobre onde seu corpo estava: de fato, não estava de volta à clínica humana, sendo tratada como um rato de laboratório. Estava ali, na mansão da Irmandade, com John.

O qual tinha pulado da cama e apontado uma arma para a porta, preparado para abrir um buraco através da maldita coisa.

Tapando a boca com uma das mãos, rezou para tê-la fechado a tempo, antes de acordar a casa inteira. A última coisa que ela precisava era de um bando de Irmãos aparecendo na porta.

Com um movimento silencioso, John balançou o cano da arma ao redor das janelas fechadas e em seguida fez uma varredura no armário. Quando finalmente baixou sua arma, assobiou em um gesto questionador.

– Eu estou... bem – ela respondeu, encontrando a voz. – Só um pesa...

A batida na porta que a interrompeu foi tão sutil quanto um xingamento numa sala silenciosa. Ou como o grito que tinha acabado de deixar escapar.

Enquanto ela puxava os lençóis até o pescoço, John abriu uma fresta da porta e a voz de Z. invadiu o quarto:

– Está tudo bem por aqui?

Não. Nem um pouco.

Xhex esfregou o rosto e tentou se reconectar com a realidade. Tarefa difícil. Seu corpo estava leve e desconectado e, cara, aquela sensação flutuante não ajudava a manter os pés no chão.

Não precisava ser um gênio para descobrir porque seu subconsciente tinha lembrado da primeira vez que foi sequestrada. Ficar na sala de operações enquanto o chumbo era retirado da perna de John com certeza foi uma refeição apimentada para seu cérebro, com o pesadelo sendo a versão craniana do vômito.

Cristo, ela suava frio, gotas escorriam de seu lábio superior, as palmas das mãos estavam úmidas.

Em desespero, ela se concentrou no que podia ver através da porta parcialmente aberta do banheiro.

Concentrar-se nas escovas de dente no balcão de mármore foi o que a salvou. Estavam num copo de prata entre as duas pias, parecendo um casal de curiosos com suas cabeças inclinadas para trocar fofocas. As duas eram de John, ela supunha, pois convidados não eram, em geral, bem-vindos naquela casa.

Uma era azul. A outra vermelha. Ambas tinham cerdas verdes no centro que com o uso se tornavam brancas, indicando quando deveriam ser trocadas por novas.

Era o retrato da normalidade. Talvez se tivesse um pouco mais disso, não estaria procurando por saídas de emergência da vida. Ou tendo pesadelos que transformavam sua garganta em um megafone.

John se despediu de Z. e voltou-se para ela, deixando a arma na mesa de cabeceira e deslizando sob as cobertas. Seu corpo quente era sólido e suave. Xhex se aproximou dele com uma facilidade que supôs ser comum entre os amantes.

Algo que nunca teve com ninguém antes.

Quando ele puxou sua cabeça para trás para que ela pudesse ver seu rosto, John assinalou com a boca:

O que foi isso?

– Sonho. Um sonho muito ruim. De quando... – respirou fundo. – De quando estive naquela clínica.

Ele não a pressionou por detalhes. Ao invés disso, ela apenas o sentiu acariciando seu cabelo.

No silêncio que se seguiu, ela não quis falar sobre o passado – especialmente quando a última coisa que precisava era de mais ecos do pesadelo. Porém, de alguma forma, as palavras se formavam em sua garganta e ela não podia impedi-las de sair.

– Eu queimei todo o prédio. – Seu coração bateu ao lembrar-se, mas, pelo menos, a recordação do que tinha acontecido não era tão ruim quanto estar lá de volta em um sonho. – É estranho... não tenho certeza se os humanos acreditavam que estavam fazendo algo de errado... tratavam-me como um raro animal de zoológico, dando tudo que eu precisava para sobreviver enquanto me cutucavam, me exibiam e faziam teste após teste... bem, a maioria dos seres humanos era boa para mim. Mas havia um maldito sádico no grupo. – Ela balançou a cabeça. – Eles me mantiveram por cerca de um mês ou dois e tentaram me dar sangue humano para me manter, mas liam nos indicadores clínicos que eu estava ficando mais fraca. Libertei-me porque um deles me deixou sair.

John deitou de costas e colocou suas mãos na faixa de luz.

Droga, sinto muito. Mas estou contente por ter destruído o lugar.

Em sua mente, lembrou de quando voltou para onde havia sido presa... e a consequência dessa volta.

– Sim, tive que queimar a coisa. Estava livre há algum tempo quando voltei... mas não conseguia dormir com os pesadelos. Coloquei fogo nas instalações depois que todos saíram do trabalho. Contudo – levantou o dedo indicador –, pode ter havido uma morte horrível. Mas o filho da mãe merecia. Eu sou o tipo de garota olho por olho.

As mãos de John reapareceram gesticulando:

Isso é bastante óbvio... mas não é uma coisa ruim.

Desde que não fosse Lash, ela pensou consigo mesma.

– Posso perguntar uma coisa? – Quando ele encolheu os ombros, ela sussurrou. – Na noite em que me levou para percorrer alguns pontos da cidade... já havia voltado a qualquer um daqueles lugares antes?

Na verdade, não. John balançou a cabeça. *Não gosto de me debruçar sobre o passado. Vou em frente.*

– Como o invejo. Já eu, não consigo me livrar da história.

E não se tratava apenas daquela porcaria que aconteceu na clínica ou do pequeno pesadelo no ninho de amor de Lash. Por alguma razão, o fato dela nunca ter se encaixado – nem com a família que a criou, nem com os vampiros ou mesmo os *sympathos* – ressoava através dela, definindo-a mesmo quando não pensava conscientemente nisso. Seus momentos de liberação foram poucos e distantes entre si... e tragicamente pareciam focados em seus trabalhos como assassina.

Só que, então, pensou em seu tempo com John... e ajustou um pouco a aritmética deprimente. Estar com ele, os corpos entrelaçados, parecia correto. Mas era uma espécie de paralelo com seu lado assassino profissional – em última análise não era uma coisa saudável para os envolvidos. Inferno, olha o que tinha acontecido: ela acordou gritando e foi John quem despertou com a arma em punho e enfrentou a situação... enquanto ela atuava como uma pobre fêmea medrosa com o lençol agarrado junto ao seu coração assustado.

Essa não era ela. Simplesmente não era.

E Deus, ter caído tão facilmente no papel de ser a protegida... a assustou ainda mais do que os sonhos que a faziam gritar. Se a vida lhe havia ensinado uma coisa, era que a melhor aposta era cuidar dos próprios assuntos. A última coisa no mundo que queria era ser uma garotinha boba e confiar em alguém – mesmo que esse alguém seja honrado, digno e gentil como John.

Contudo... o sexo era bom. Parecia básico e um pouco cru colocar isso assim, mas era uma grande verdade.

Quando chegaram ali, pouco depois da brincadeira no túnel, nem sequer se incomodaram com as luzes. Não havia tempo, tempo nenhum – tirar as roupas, cama, entrar com força. Ela acabou dormindo, e um pouco depois John deve ter se levantado para usar o banheiro e deixou a luz acesa. Provavelmente para se certificar que não se sentiria perdida se acordasse.

Porque esse era o tipo de macho que era.

Houve um clique, um giro e as venezianas de aço começaram a se levantar para a noite, o céu escurecido foi revelado, seu devaneio mental misericordiosamente cortado.

Odiava ficar ruminando. Nunca resolvia nada e só a fazia se sentir pior.

– A água quente está nos chamando – ela disse, forçando o corpo a ficar em pé. As dores deliciosas em seus músculos e ossos a faziam querer dormir durante dias naquela grande cama ao lado de John. Talvez semanas. Mas aquele não era seu destino, era?

Xhex se inclinou e olhou o rosto de John nas sombras. Após observar suas belas feições, teve que erguer a mão e acariciá-lo.

Eu te amo, ela articulou com os lábios no escuro. Então Xhex disse:

– Vamos.

O beijo que deu em John foi uma espécie de adeus... talvez nesta noite finalmente capturassem Lash e isso significaria o fim de momentos assim.

De repente, John agarrou seu braço, mas como se lesse sua mente e soubesse muito bem o resultado, soltou-a.

Quando ela se levantou e saiu da cama, os olhos dele a seguiram... podia sentir isso.

No banheiro, ela abriu a água e pegou algumas toalhas no armário.

Xhex parou quando viu seu reflexo no espelho sobre a pia.

Seu corpo era o mesmo de sempre, mas pensou em como se sentia quando ela e John transavam. Estava tão acostumada a pensar em seu corpo como uma arma, somente algo útil e necessário para realizar coisas. Inferno, ela se alimentava e se cuidava da mesma maneira que cuidava de suas armas e facas – porque era assim que permaneciam úteis.

Em suas horas juntos, John havia lhe ensinado algo diferente, tinha-lhe mostrado que poderia obter um profundo prazer de sua carne. Algo que nem mesmo o relacionamento dela com Murhder proporcionou.

Como se ele tivesse sido convocado por seus pensamentos, John se colocou atrás dela, a altura e a largura de seus ombros eclipsaram seu reflexo.

Encontrando os olhos dele, colocou a mão no seio e tocou o próprio mamilo, lembrando-se de como era sentir o toque, a língua e a boca dele ali. No instante em que fez o contato, o corpo dele respondeu, sua essência de vinculação inundou o banheiro e sua ereção tocou os quadris dela.

Estendendo a mão para trás, ela o puxou contra si, sua excitação penetrou o vão formado pelo seu sexo e suas coxas. Quando os quadris de John pressionaram, as mãos quentes dele circularam ao longo do corpo de Xhex e acariciaram sua barriga. Aproximando a cabeça de seu ombro, seus dentes brancos brilharam ao arrastá-los delicadamente sobre a pele na curva de seu pescoço.

Arqueando-se, ela se estendeu e passou as mãos por seu cabelo escuro. Apesar de cortar bem curto, os fios estavam crescendo e ela gostou da sensação. Preferia longo porque dava uma sensação muito melhor entre seus dedos... tão sedoso, tão suave.

– Entre em mim – disse ela com voz rouca.

John deslizou a mão para cima e segurou o seio que ela havia acariciado, em seguida aproximou seus corpos, direcionou seu membro e introduziu com suavidade. Ao mesmo tempo, percorreu suas presas desde a garganta até a veia de Xhex.

Ele não precisava se alimentar. Sabia disso. Então, ficou estranhamente excitada quando suas presas a tocaram, porque significava que fazia isso apenas por desejo: John a queria dentro de si também.

Sob a luz, Xhex observou quando ele a tomou por trás, flexionando seus músculos, seus olhos queimando, sua ereção entrando e saindo. Ela observou a si mesma também. As pontas dos seios estavam rígidas, seus mamilos rosados, e não apenas porque essa era a cor deles, mas porque ele tinha os acariciado bastante durante as horas do dia. Sua pele estava toda brilhante, o rosto em chamas, seus lábios inchados, os olhos apertados e eróticos.

John quebrou o contato que havia estabelecido com sua veia e sua língua rosa surgiu, lambendo os furos, selando-os. Virando a cabeça, ela capturou sua boca com a sua, saboreando o gosto e o contato de suas línguas enquanto seus corpos seguiam o mesmo ritmo abaixo.

Não demorou muito para o sexo crescer urgente e cru, não mais sensual, mas poderoso. Enquanto os quadris de John bombeavam contra ela, seus corpos batiam um no outro e suas respirações soavam como rugidos. O orgasmo dela foi tão forte que se ele não estivesse agarrando seus quadris, seus joelhos teriam cedido e ela teria caído. E, assim que atingiu o ápice, sentiu os espasmos de John emanando de sua ereção e varrendo o corpo... e a alma dela.

E então aconteceu.

No auge de sua liberação, sua visão ficou vermelha e plana... e, enquanto o êxtase se desvanecia gradativamente, o aparecimento repentino de seu lado mal era um sinal de alerta que ela já estava esperando mesmo que de maneira inconsciente.

Ao poucos, começou a sentir a crescente umidade e calor do chuveiro... o som da água caindo... os milhares de pontos de contato entre eles... e como todas as coisas assumiam uma coloração de tons de sangue.

John ergueu a mão e tocou a lateral de seus olhos vermelhos.

– Sim, eu preciso dos meus cilícios – ela disse.

Ele ergueu as mãos e gesticulou:

Estou com eles.

– Está?

Eu os guardei. Ele franziu a testa. *Mas tem certeza que você precisa...*

– Sim – disse com firmeza. – Tenho.

A expressão dura que surgiu no rosto dele lembrou a maneira como havia saltado da cama quando ela acordou gritando. Intratável. Todo macho. Durão. Mas não havia nada que ela pudesse fazer para ajudá-lo com essa atual desaprovação. Ela tinha que cuidar de si mesma, e se ele estava ou não de acordo com o que fazia para manter-se "normal", isso não iria mudar a realidade.

A verdade era que eles não nasceram para ficar juntos, não importa o quanto fossem compatíveis algumas vezes.

John se retirou de dentro dela e deu um passo atrás, percorrendo os dedos por sua coluna, como uma espécie de agradecimento... e considerando o olhar sombrio em seus olhos, provavelmente aquilo era um adeus. Afastando-se, dirigiu-se para o chuv...

– Oh... Meu... Deus...

O coração de Xhex parou quando o olhou no espelho. Sobre as costas dele, em uma gloriosa extensão de tinta preta... havia uma declaração que não sussurrava, mas gritava em letras grandes e com ornamentos em volta...

Era o nome dela no Antigo Idioma.

Xhex virou-se enquanto John congelava.

– Quando fez isso?

Depois de um momento tenso, ele encolheu os ombros e ela foi cativada pelo modo como a tinta se movia, alongando-se e voltando ao lugar. Balançando a cabeça, experimentou o jato quente com a mão, então entrou pela porta de vidro, colocou as costas na água corrente e pegou o sabonete, fazendo espuma com as mãos.

Quando ele se recusou a olhar para ela, enviou uma mensagem clara de que o nome dela em sua pele era problema dele. Eram os mesmos limites que ela tinha estabelecido com relação aos cilícios, não?

Xhex foi até a porta de vidro que os separava. Ergueu a mão e bateu com força.

Quando?, ela articulou com a boca.

Os olhos dele se estreitaram, como se estivesse se lembrando de algo que fazia seu estômago doer. Então, com as pálpebras baixas, gesticulou devagar... e deixou Xhex com o coração partido:

Quando pensei que não voltaria mais para casa.

John fez um rápido trabalho com o sabonete e o xampu, muito consciente de que Xhex estava em pé ao lado do vidro, encarando-o. Queria ajudá-la com a surpresa, mas considerando como as coisas estavam entre eles, não achava que era o melhor momento para mexer com seus próprios sentimentos.

Quando perguntou a ela sobre os cilícios, Xhex foi muito clara sobre deixá-lo de fora disso... e essa atitude reiniciou seu cérebro. Desde que foi ferido na noite anterior, tinham retomado a conexão sexual, mas isso apenas encobria a realidade. Mas não mais.

Depois que terminou o banho, saiu do chuveiro, passou por ela e envolveu uma toalha em torno dos quadris. No espelho, encontrou os olhos dela.

Vou pegar os seus cilícios, ele sinalizou.

– John...

Quando ela não disse mais nada, ele franziu a testa pensando que isso os descrevia em poucas palavras: em pé, a um metro de distância um do outro e, mesmo assim, separados por quilômetros.

Saiu do banheiro e entrou no quarto, pegou um jeans e vestiu. Estava com sua jaqueta de couro quando chegou à clínica na noite anterior, portanto deveria estar em algum lugar por lá.

Descalço, passou pelas estátuas de mármore, desceu a escadaria e entrou pela porta oculta. Cara... voltar ao túnel foi difícil: tudo que conseguia pensar era em Xhex e ele juntos no escuro.

Como um completo covarde, desejou muito poder voltar àqueles momentos quando nada existia a não ser seus corpos rugindo. Ali embaixo, seus corações estavam livres para bater... e cantar.

Maldita vida real.

Que saco.

Estava caminhando em direção à entrada do centro de treinamento quando a voz de Z. o deteve.

– Ei, John.

John girou, os pés descalços chiaram no chão do túnel. Quando ergueu a mão em saudação, o Irmão veio caminhando da porta da mansão vestido para a luta, com suas roupas de couro preto e camiseta sem mangas. Com a cabeça raspada e as luzes do teto percorrendo todas aquelas cicatrizes irregulares em seu rosto, não era de se admirar que as pessoas morriam de medo dele.

Especialmente com o olhar estreito daquela maneira e a mandíbula com uma expressão severa.

E aí?, John gesticulou quando o Irmão parou na frente dele.

Quando não houve resposta imediata, John preparou-se, pensando-se "Oh... droga, o que será que aconteceu agora?".

O que foi?, gesticulou.

Zsadist soltou uma maldição e começou a andar pelo local, as mãos sobre os quadris, os olhos fixos ao chão.

– Eu nem sei por onde começar, cara.

John franziu a testa e recostou-se contra a parede do túnel, pronto para mais uma má notícia. Apesar de não fazer ideia do que tinha acontecido, a vida dava um jeito de ser bastante criativa, não?

Finalmente, Z. parou, e quando o encarou, seu olhar não estava dourado como normalmente era quando estava em casa. Estava escuro como breu. Um negro cruel. E o rosto do macho estava da cor da neve.

John endireitou-se.

Jesus... o que há de errado?

– Você se lembra dos passeios que você e eu costumávamos ter na floresta? Pouco antes de sua transição... depois que brigou com Lash pela primeira vez?

Quando John assentiu, o Irmão continuou:

– Nunca se perguntou o porquê de Wrath nos colocar juntos?

John assentiu com a cabeça lentamente.

Sim...

– Não foi por acaso. – Os olhos do Irmão estavam frios e escuros como o porão de uma casa mal assombrada, as sombras não envolviam apenas a íris, mas o que estava por trás daquele olhar. – Você e eu temos algo em comum. Entende o que estou dizendo? Você e eu... temos algo em comum.

John franziu a testa outra vez, sem entender...

De repente, sentiu uma explosão de calafrios percorrer o corpo. Z...? Espere, será que tinha ouvido direito? Será que estava entendendo errado?

Só que, então, tudo ficou claro como o dia, lembrou-se de como os dois se encaravam... logo depois do Irmão ler o que o psicólogo tinha escrito no prontuário de John.

"Pode escolher como vai lidar com isso, porque não é da conta de mais ninguém", Z. disse na época. "*Não vai precisar dizer sequer mais uma palavra sobre o assunto, nada sairá dos meus lábios.*"

Naquele dia, John foi surpreendido pela compreensão inesperada do Irmão e o fato de que não parecia julgá-lo ou vê-lo como um fraco.

Agora entendia a razão.

Deus... Z.?

O Irmão levantou a mão.

– Não estou dizendo isso para lhe assustar e, droga, preferiria que nunca ficasse sabendo... por razões que eu tenho certeza que entende. Mas estou trazendo isso à tona por causa do grito de sua fêmea nesta manhã.

As sobrancelhas de John ficaram tensas quando o Irmão começou a andar outra vez.

– Olha, John, não gosto de pessoas se metendo nos meus problemas e sou a última pessoa que gostaria de falar disso. Mas aquele grito... – Z. encarou John. – Passei muito por isso para não saber que tipo de inferno uma pessoa tem que viver para gritar assim. Sua garota... ela já tem algo de sombrio mesmo num dia bom, mas depois de Lash? Não preciso de detalhes... mas posso concluir que ela está muito abalada. Inferno, às vezes, quando você se vê a salvo outra vez... é quase pior.

John esfregou o rosto enquanto as têmporas latejavam, depois ergueu as mãos… mas deu-se conta de que não tinha nada para gesticular. A tristeza que o atingiu acabou com suas palavras, deixando-o com uma estranha dormência e uma sensação de branco em sua mente.

Tudo que podia fazer era concordar.

Zsadist deu uma batida em seu ombro e continuou:

– Encontrar e ficar com Bella foi meu bote salva-vidas. Mas não era a única coisa que eu precisava. Olha só, antes de nossa cerimônia de união, Bella me deixou... ela se foi e me deu um pontapé sem qualquer bom motivo. Sabia que tinha que fazer alguma coisa para colocar minha cabeça no lugar se quisesse ter uma chance com ela. Então, conversei com alguém sobre... tudo. – Z. amaldiçoou de novo e fez um gesto no ar com a mão. – E não, não foi ninguém da equipe de Havers. Foi alguém em quem eu confiava. Alguém que fazia parte da família... que eu sabia que não me veria como fraco ou sujo ou como um lixo.

Quem?, John articulou com a boca.

– Mary. – Z. suspirou. – A Mary de Rhage. Tivemos sessões na sala da caldeira. Um em frente ao outro. Perto da fornalha. Isso ajudou na época e ainda volto a conversar com ela de tempos em tempos.

John pôde ver a lógica instantaneamente. Mary tinha um tipo de calma que explicava como foi capaz de dominar não só o Irmão mais selvagem, mas a terrível fera interior que havia nele.

– O grito desta noite... John, se quer se unir com esta fêmea, tem que ajudá-la com isso. Ela precisa falar sobre sua dor, porque se não o fizer, com certeza vai apodrecer de dentro para fora. E eu falei com Mary agora há pouco... sem citar nomes. Ela conseguiu o diploma de psicologia e disse que está pronta para trabalhar com alguém. Se tiver uma chance e perceber o momento certo com Xhex... fale com ela sobre isso. Diga-lhe para conversar com Mary. – Enquanto Z. esfregava a cabeça raspada, os *piercings* nos mamilos que usava se destacavam num relevo acentuado sob a camiseta preta sem mangas. – E se quiser um testemunho de como isso funciona, posso garantir pela vida da minha filha que sua fêmea estará em boas mãos.

Obrigado, John gesticulou. *Sim, com certeza direi isso a ela. Jesus... obrigado.*

– Sem problema.

De repente, John encontrou o olhar de Zsadist.

Enquanto os dois mantinham o olhar, era difícil não se sentir parte de um clube exclusivo em que ninguém jamais se oferecia como voluntário para se associar. A adesão não era solicitada ou desejável ou algo para se vangloriar... mas era real e poderosa: sobreviventes de naufrágios semelhantes podiam ver os horrores nos olhos dos outros. Era como se reconhecessem. Eram duas pessoas com a mesma tatuagem em seu interior, compartilhavam um trauma que os separava do resto do planeta, mas que aproximavam duas almas cansadas de maneira inesperada.

Ou três, como era o caso aqui.

A voz de Zsadist soou rouca:

– Matei a vadia que fez isso comigo. E levei a cabeça dela quando fui embora. Já teve essa satisfação?

John negou com a cabeça lentamente.

Gostaria muito.

– Não vou mentir. Isso também me ajudou muito.

Houve um silêncio tenso, estranho, como se nenhum deles soubesse como apertar o botão de reiniciar e voltar ao normal. Então Z. assentiu com a cabeça uma vez e levantou o punho.

John bateu seus dedos nos dele, pensando: caramba, nunca se sabe o que está oculto no armário de alguém, não é mesmo?

Os olhos amarelos de Z. resplandeceram mais uma vez quando virou-se e caminhou de volta em direção à porta que o levaria para a mansão e sua família. No bolso de trás, como se tivesse colocado ali e esquecido, estava um babador rosa de bebê, que tinha partes de velcro e uma pequena caveira com ossos pretos cruzados na frente.

A vida continua, John pensou. Não importa o que o mundo faz, você consegue sobreviver.

E talvez se Xhex conversasse com Mary, ela não...

Deus, não poderia nem sequer pensar no que Xhex poderia fazer.

Apressando-se em direção ao centro de treinamento, foi para a clínica, onde encontrou seu casaco, suas armas e o que Xhex precisava.

Quando pegou a porcaria dos cilícios, sua mente estava agitada com todas aquelas coisas... coisas do passado e do presente.

Ao voltar para a mansão, passou pela grande escadaria e pelo corredor de estátuas. Assim que entrou em seu quarto, ouviu o chuveiro aberto no banheiro e teve uma breve e clara imagem de Xhex gloriosamente nua e escorregadia por causa da água e da espuma – mas não entraria e se juntaria a ela. Aproximou-se da cama e deixou os cilícios ali, em seguida armou-se com seu equipamento de combate e saiu.

Não foi se servir da Primeira Refeição.

Desceu o corredor seguindo para outro quarto. Ao bater na porta, teve a sensação de que o que estava prestes a fazer já havia demorado muito para acontecer.

Quando Tohr abriu, o Irmão ainda estava se vestindo... e estava obviamente surpreso.

– O que foi?

Posso entrar?, John gesticulou.

– Sim, com certeza.

Quando John entrou, sentiu uma estranha sensação de premonição. Mas quando se tratava de Tohr sempre tinha isso... junto com um sentimento de profunda conexão.

Franziu a testa enquanto olhava para o macho, pensou no tempo que passaram naquele sofá lá embaixo, assistindo aos filmes do *Godzilla* enquanto Xhex estava fora combatendo à luz do dia. Era engraçado, ficava tão à vontade perto do cara, que estar com Tohr era como estar sozinho, mas sem a solidão...

Está me seguindo ultimamente, não é mesmo?, John sinalizou de repente. *Você é a... sombra que eu sentia. No estúdio de tatuagem e no Parque Xtreme.*

Os olhos de Tohr se estreitaram.

– Sim. Era eu.

Por quê?

– Olha, de verdade, não é porque acho que não consiga se cuidar...

Não, não é isso. O que não entendo é... se estava bem o suficiente para estar lá fora no campo de batalha, porque não está matando os assassinos? Por... ela. Por que perder tempo comigo?

– Ah, que droga, John... – Longa pausa. – Não se pode fazer mais nada pelos mortos. Eles se foram. Está feito. Já os vivos... pode cuidar dos vivos. E conheço o inferno no qual estava vivendo... e ainda está. E eu perdi minha Wellsie porque não estava presente quando ela precisou de mim... não conseguiria suportar perdê-lo pela mesma razão.

Quando as palavras do Irmão se desvaneceram, John sentiu como se tivesse levado um soco no estômago... e, mesmo assim, não ficou chocado. Porque esse era o tipo de macho que Tohr era: firme e verdadeiro. Um macho de valor.

O cara riu asperamente.

– Não me interprete mal. Assim que acabar com esse assunto de Lash e aquele bastardo estiver morto, vou pegar pesado com os filhos da mãe. Vou matar assassinos em memória dela pelo resto da minha vida. Mas a questão é: eu me lembro... entenda, eu estive onde você esteve quando achou que sua fêmea havia partido. Não importa o quão equilibrado se acredita estar, na verdade você fica louco por dentro... você foi abençoado por recuperá-la, mas a vida não traz de volta a sanidade com tanta rapidez. Além disso, vamos admitir... você faria qualquer coisa para salvá-la, até mesmo colocar o peito na frente de uma bala. Algo que posso compreender, mas gostaria que evitasse, se possível.

Ao ouvir as palavras do Irmão, John gesticulou automaticamente: *Ela não é minha fêmea.*

– Sim, ela é. E os dois fazem muito sentido. Não faz ideia de como fazem sentido juntos.

John balançou a cabeça.

Não tenho certeza disso que está falando. Sem ofensa.

– Não tem que ser fácil para ser certo.

Neste caso, fomos feitos um para o outro.

Houve um longo silêncio, durante o qual John teve a estranha sensação de que a vida estava redefinindo-se, que as engrenagens que antes faltavam estavam assumindo seu lugar com firmeza outra vez.

E mais uma vez pensou no Clube dos Sobreviventes.

Cristo, sabendo de todas as desgraças pelas quais as pessoas que viviam na mansão tinham passado, talvez V. devesse projetar uma tatuagem para todos. Porque, com toda certeza, o grupo tinha ganhado na loteria no que se referia a grandes impactos.

Ou, Deus, talvez fosse apenas a vida. Para todos no planeta. Talvez o Clube dos Sobreviventes não fosse algo para ser "ganhado", mas simplesmente algo inato, presente desde quando se sai do ventre da mãe. Seu batimento cardíaco o escala para o jogo e depois o resto era apenas uma questão de vocabulário: os substantivos e verbos que descrevem as desgraças nem sempre seriam os mesmos para todos, mas a crueldade aleatória de doenças e acidentes, ser o foco malicioso de homens maus e de ações desagradáveis, o desgosto da perda com todos os seus chicotes e correntes... no fundo, era tudo a mesma coisa.

E não havia nenhuma cláusula com a opção de exclusão no estatuto do clube – a não ser pelo suicídio.

A verdade essencial da vida, como ele estava começando a compreender, não era romântica e precisava apenas de duas palavras. Desgraças. Acontecem.

Mas o fato é que você continua. Mantendo seus amigos, sua família, seus cônjuges tão seguros quanto possível. E continua lutando mesmo depois de ser derrubado.

Caramba, você levanta da terra e *continua a lutar.*

Fui horrível com você, John gesticulou. *Sinto muito.*

Tohr balançou a cabeça.

– Como se eu tivesse agido melhor? Não se desculpe. Como meu melhor amigo e seu pai sempre me dizia: não olhe para trás. Apenas para frente.

Então, é daí que vinha, John pensou. A crença estava em seu sangue.

Quero que esteja comigo, ao meu lado, John sinalizou. *Hoje à noite. Amanhã à noite. Durante todo o tempo que for necessário para matar Lash. Faça isso comigo. Encontre o bastardo comigo, conosco.*

A sensação de que os dois trabalhariam juntos parecia tão certa. Afinal, por razões individuais, estavam unidos naquele jogo de xadrez mortal: John precisava vingar Xhex por razões óbvias. E quanto a

Tohr... bem, o Ômega tinha levado seu filho quando o *redutor* matou Wellsie. Agora, o Irmão tinha a chance de devolver o favor ao cretino.

Venha comigo. Faça isso... comigo.

Tohr teve que limpar a garganta.

– Pensei que nunca pediria.

Nenhum cumprimento de mãos fechadas desta vez.

Os dois se abraçaram, peito a peito. E quando se separaram, John esperou Tohr vestir uma camisa, pegar sua jaqueta de couro e suas armas.

Então, desceram as escadas lado a lado.

Como se nunca tivessem se separado. Como se as coisas tivessem sido sempre assim.

Capítulo 64

Os quartos dos fundos da mansão da Irmandade tinham o benefício tanto de uma vista para os jardins como também de uma varanda no segundo andar.

O que significava que se estivesse inquieto, poderia sair e sentir um pouco de ar fresco antes de enfrentar o resto da casa.

No segundo em que as persianas foram levantadas para a noite, Qhuinn abriu as portas francesas de seu quarto e saiu para a noite fresca. Apoiando as mãos nos balaústres, inclinou-se, seus ombros aceitando facilmente o peso do peitoral. Estava vestido para a guerra, de couro e botas de combate, mas tinha deixado as armas dentro do quarto.

Observando a cama de flores do jardim e as finas árvores frutíferas que estavam prestes a florescer, sentiu a pedra fria e suave embaixo de suas mãos, a brisa em seu cabelo ainda úmido e a forte tensão dos músculos em seu pescoço. O cheiro de cordeiro recém-assado flutuava da cozinha e luzes brilhavam por toda a casa, a iluminação dourada e aconchegante era derramada sobre o gramado e o pátio mais abaixo.

Mas que ironia... sentir-se tão vazio porque Blay finalmente estava realizado.

A nostalgia o fez lembrar das noites na casa de Blay, os dois sentados no chão aos pés da cama, jogando videogame, bebendo cerveja e assistindo filmes. Havia coisas muito importantes para se falar naquela época, coisas como o que estava acontecendo nas aulas de treino, qual jogo estava para ser lançado na época do natal e quem era mais gostosa: Angelina Jolie ou qualquer outra que usasse saia.

Angelina sempre ganhava. Lash sempre foi um desgraçado. E Mortal Kombat ainda reinava.

Deus... *Guitar Hero World Tour* ainda nem tinha saído naquela época.

O negócio era que Qhuinn e Blay sempre foram sinceros um com o outro, e, no mundo de Qhuinn, onde todos o odiavam, ter alguém que o entendia e o aceitava como era... tinha sido como um raio de sol tropical na porcaria do polo Norte.

Agora, porém... era difícil compreender como já tinham sido tão próximos. Ele e Blay estavam seguindo caminhos diferentes. Tendo tudo em comum um dia, agora não tinham nada além do inimigo... e até nisso Qhuinn tinha que ficar com John, então, não era como se ele e Blay fossem parceiros.

Droga, o adulto nele reconheceu que era assim que as coisas aconteciam. Mas a criança nele chorou pela perda mais do que...

Ouviu o barulho de uma porta se abrindo.

Saindo do quarto escuro que não era o seu, Blay caminhou para o terraço. Estava usando um roupão de seda preto e estava descalço, o cabelo molhado do banho.

Havia marcas de mordida em seu pescoço.

Deteve-se quando Qhuinn se endireitou.

– Oh... oi – Blay disse e imediatamente olhou para trás como que para ter certeza de que a porta estava fechada.

Saxton estava lá, Qhuinn pensou. Dormindo nos lençóis que tinham desarrumado de maneira majestosa.

– Já estava entrando – Qhuinn disse, coçando o ombro com o polegar. – Está muito frio para ficar aqui fora por muito tempo.

Blay cruzou os braços no peito e olhou para a vista.

– Sim. Está bem frio.

Depois de um momento, o cara aproximou-se e o cheiro do sabonete dele invadiu o nariz de Qhuinn.

Nenhum deles se moveu.

Antes de sair, Qhuinn limpou a garganta e se jogou da ponte:

– Foi bom? Ele tratou você bem?

Deus, sua voz estava rouca.

Blay respirou fundo. E então assentiu:

– Sim. Foi bom. Foi... tudo certo.

Os olhos de Qhuinn se afastaram de seu amigo... apenas para medir a distância até o pátio de pedra, lá embaixo. Hum... fazer um mergulho em direção a toda aquela ardósia talvez fosse capaz de tirar a imagem dos dois juntos de sua mente.

Claro, isso também transformaria seu cérebro em ovos mexidos, mas, de verdade, será que seria tão ruim assim?

Saxton e Blay... Blay e Saxton...

Caramba, ficou calado por algum tempo.

– Estou contente. Quero que você seja... feliz.

Blay não fez qualquer comentário sobre isso, apenas murmurou:

– Aliás, ele está grato. Pelo que você fez. Apesar de ter exagerado um pouco, mas... disse que você secretamente sempre foi um cavalheiro.

Oh, sim. Totalmente. Essa porcaria era seu nome do meio, claaaro.

Qhuinn se perguntou o que o cara pensaria se soubesse que teve vontade de arrastá-lo para fora da casa pelo seu lindo cabelo loiro. Talvez amarrá-lo no chão de cascalho perto da fonte e passar o carro por cima dele algumas vezes.

Na verdade, não, o cascalho não era a superfície correta. Melhor seria dirigir o carro até o saguão e fazer isso lá mesmo. Era melhor ter algo bem duro debaixo do corpo... como quando se corta um pedaço de carne numa tábua de madeira.

"Ele é seu primo, pelo amor de Deus!", uma voz disse baixinho dentro dele.

"E daí?", a outra metade respondeu.

Antes de enlouquecer completamente e adquirir um distúrbio de personalidade múltipla, afastou-se de toda aquela coisa homicida.

– Bem, é melhor eu ir. Vou sair com John e Xhex.

– Desço em dez minutos. Preciso me vestir.

Quando Qhuinn olhou o belo rosto de seu melhor amigo, sentiu como se nunca tivesse conhecido aquele cabelo vermelho, aqueles olhos azuis, aqueles lábios, aquele queixo. E foi por causa da longa história que já viveram juntos que procurou por algo para dizer, algo que os levasse de volta ao que tinham sido.

Tudo o que lhe ocorreu foi... *Sinto saudades. Sinto tanta saudade de você que até machuca, mas não sei como encontrá-lo mesmo parado na minha frente.*

– Certo – Qhuinn disse. – Vejo você na Primeira Refeição.

– Certo.

Qhuinn colocou seu corpo em movimento e caminhou até a porta de seu quarto. Quando deslizou a mão pela maçaneta de bronze, a voz saiu de sua garganta, alta e clara:

– Blay.

– Sim?

– Cuide-se, cara.

Agora era a voz de Blay que estava rouca ao ponto de se quebrar:

– Sim. Você também.

Porque, afinal, "cuide-se" era o que Qhuinn sempre dizia quando estava deixando alguém ir.

Entrou e fechou a porta. Movimentando-se mecanicamente, pegou os coldres para suas adagas, as armas e sua jaqueta de couro.

Engraçado, mal conseguia se lembrar de quando perdeu a virgindade. Lembrava-se da fêmea, claro, mas a experiência não havia deixado nenhum tipo de impressão permanente. Nem mesmo os orgasmos que tinha proporcionado e recebido desde então. Apenas muita diversão, muito suor e muitos alvos identificados e conquistados.

Nada além de transas que eram facilmente esquecidas.

Porém, seguindo em direção ao saguão, deu-se conta de que nunca esqueceria a primeira vez de Blay pelo resto de sua vida. Os dois já estavam se distanciando há algum tempo, mas agora... o último frágil fio que os conectava, aquele vínculo, havia sido cortado.

Que pena que a liberdade se parecia mais com uma prisão do que um horizonte.

Quando suas botas atingiram o chão de mosaico no alto das escadas, aquele velho hino de John Mellencamp ecoou em sua mente, e apesar de sempre ter gostado da música, só agora entendia seu verdadeiro significado.

Desejou que apenas gostar da música ainda fosse o caso.

*Life goes on... long after the thrill of living is gone...**

No banheiro de John, Xhex permaneceu sob a água quente com os braços sobre o peito e os pés plantados no chão dos dois lados do ralo. A água batia em sua nuca antes de escorrer por seus ombros e descer por sua coluna.

A tatuagem de John...

Maldição...

Fez aquilo como um memorial a ela... gravando seu nome em sua pele para que ficasse com ele para sempre. Afinal, não havia nada mais permanente do que isso... inferno, era por isso que na cerimônia de vinculação os machos tinham suas costas esculpidas: anéis poderiam ser perdidos. Documentos poderiam ser rasgados ou queimados ou extraviados. Mas tinha que levar sua pele com você onde quer que fosse.

Cara, nunca deu a mínima para aquelas fêmeas com seus vestidos, seus cabelos tão longos e bonitos, a maquiagem por todos os poros e a porcaria de sua natureza gentil. De alguma maneira, aqueles adornos de feminilidade pareciam uma declaração de fraqueza. Mas agora, por um breve momento, viu-se invejando a seda e o perfume. Que orgulho elas deviam sentir ao saber que seus machos carregavam seu compromisso junto de seus corpos todas as noites de suas vidas.

John seria um *hellren* maravilhoso...

Jesus... quando ele se vinculasse, o que diabos ia fazer com aquela tatuagem? Colocaria o nome de sua fêmea por cima do dela?

Certo, Xhex não estava tão empolgada com o lance de ser a primeira da lista naqueles ombros durante o resto da vida. De verdade. Não, de forma alguma. Porque isso faria dela uma grande egoísta, não faria?

Oh, espere, aquela sempre foi a trilha sonora de sua vida.

Obrigando-se a sair do chuveiro, enxugou-se rapidamente e trocou todo o calor e umidade aconchegante do ar do banheiro pelo beijo frio das coisas no quarto.

* [N.T.] "A vida continua... mesmo depois que a alegria de viver acaba" é um verso da canção "Jack and Diane", do cantor americano John Mellencamp.

Parou assim que passou pelo batente. Do outro lado, o edredom estava mais ou menos esticado: alguém arrumou um pouco a bagunça que tinham deixado para trás.

Seus cilícios estavam na base do colchão. Ao contrário dos lençóis e cobertas, foram arranjados com cuidado, as argolas polidas, as duas extensões bem alinhadas.

Ela andou em volta e correu a ponta do dedo pelo metal farpado. John os guardou para ela... e o instinto lhe dizia que ele os teria conservado mesmo se ela nunca tivesse voltado.

Um legado e tanto.

E se estava hospedada na casa para passar a noite, teria que colocá-los. Ao invés disso, vestiu suas roupas de couro sem eles, colocou a camiseta regata e recolheu suas armas e jaqueta.

Graças a ter brincado de estátua embaixo do chuveiro, tinha perdido a Primeira Refeição, então foi direto para a reunião no escritório de Wrath. Todos da Irmandade, bem como John e os meninos, estavam aglomerados dentro da sala decorada ao estilo francês de cor azul pálida... e quase todos, incluindo George, o cão guia, estavam andando sem rumo pelo local.

A única pessoa que faltava era Wrath. O que colocava um freio nas coisas, não?

Seus olhos procuraram e se mantiveram fixos aos de John, mas após um curto e vago aceno de cabeça em sua direção, ele olhou para frente, observando apenas as pessoas que vagavam em seu campo de visão. Ao seu lado, Tohrment estava alto e forte, e lendo a grade emocional da dupla, sentiu que tinham restabelecido uma conexão, algo que significava muito para os dois.

O que a deixava muito feliz. Odiava a ideia de John ficar sozinho depois que ela partisse e Tohrment era o pai que ele nunca teve.

Vishous pegou furioso um de seus cigarros artesanais.

– Mas que inferno! Temos que ir, mesmo que o rei não esteja aqui. Estamos perdendo a escuridão.

Phury encolheu os ombros.

– Contudo, ele deu uma ordem direta para essa reunião.

Xhex estava inclinada a concordar com V., e considerando a maneira como John deslocava o peso do corpo para trás e para frente em suas botas de combate, não era a única.

– Olha, vocês podem ficar aqui – ela rosnou. – Mas eu vou sair agora.

Quando John e Tohr olharam para ela, teve uma estranha sensação percorrendo sua mente, como se não fosse apenas os dois machos que tinham se reunido para encontrar Lash, mas ela também estava integrada com eles.

Afinal, todos tinham contas a acertar, não tinham? No que dizia respeito à Sociedade Redutora ou a Lash, os três carregavam todo o tipo de ressentimento que instigava um assassino.

Sempre representando a voz da razão, Tohrment cortou a tensão:

– Certo, tudo bem, assumo a responsabilidade pela ordem de sairmos. Com certeza, sua pequena "sessão de exercícios" do Outro Lado ainda está acontecendo, e ele não ficaria satisfeito se recuássemos essa noite só por causa dele.

Tohr dividiu todos em equipes. Xhex, Z., ele mesmo e os meninos iriam para o endereço encontrado nos registros do carro chamativo, e o resto da Irmandade se dividiria entre a fazenda e o parque de skate Xtreme. Em pouco tempo, o grupo desceu a escadaria, atravessou o saguão e saiu pela porta da frente. Um por um, desapareceram no ar frio...

Quando Xhex tomou forma novamente, estava em frente a um prédio de apartamentos no centro da cidade, no velho distrito industrial... apesar de que "prédio" era uma palavra muito forte para o lugar. A estrutura de tijolos de seis andares tinha janelas tortas e um telhado cedendo que necessitava do equivalente a uma reeducação de postura... ou talvez de um pouco de gesso para imobilizar tudo. Ela tinha certeza de que a linha de crateras na frente da coisa tinha sido criada por uma metralhadora ou talvez por uma automática cujo atirador sofresse de tremores.

Fazia com que se perguntasse como o departamento de trânsito aceitou o endereço quando tiraram a licença do carro. Por outro lado, talvez ninguém fosse verificar se o que estava na licença era habitável.

– Encantador – resmungou Qhuinn. – Se quiser criar ratos e baratas.

Vamos dar uma olhada nos fundos, John sinalizou.

Havia dois becos que percorriam os dois lados daquele lixo, e escolheram aleatoriamente o da esquerda sem qualquer motivo específico. Andando rápido pelo local, passaram pelos detritos mais comuns em uma cidade... nada de novo, nada de extraordinário, apenas latas de cerveja, embalagens de doces e páginas de jornal.

Xhex corria apoiando-se sobre a parte da frente dos pés enquanto seguia com os machos. O grupo entrou num ritmo acelerado que os levou até o beco de forma eficiente e com relativa calma. A parte de trás da estrutura não era nada além de tijolos vermelhos com metros de fuligem. A única diferença era que a porta de aço reforçado abria-se para um pequeno estacionamento, ao invés de algum corredor de entrada ou algo assim.

Nenhum *redutor*. Nenhum pedestre humano. Nada além de gatos vadios, asfalto sujo e lamentos distantes de sirenes.

A sensação de impotência tomou conta dela. Droga, podia aparecer ali ou naquele parque ridículo ou na zona rural. Mas não havia como fazer o inimigo vir até ela. E tinham tão poucas pistas para continuar.

– Pelo amor de Deus – murmurou Qhuinn. – Onde diabos está a festa?

Sim, não era a única morrendo de vontade de lutar...

Vindo do nada, Xhex sentiu um formigamento percorrendo-a, o eco ressonante de algo que a princípio ela não entendeu. Olhou para o resto da equipe. Blay e Qhuinn estavam cuidadosamente sem olhar um para o outro. Tohr e John estavam andando ao redor. Zsadist tinha seu telefone em mãos para avisar os Irmãos que estavam no local indicado.

Aquela atração...

E, então, percebeu: estava sentindo o sangue dela em outro.

Lash.

Lash não estava longe.

Girando cegamente sobre os calcanhares, dirigiu-se para fora... primeiro andando, depois rompeu numa corrida. Ouviu gritarem seu nome, mas não havia como parar e explicar.

Nem como detê-la.

Capítulo 65

Do Outro Lado, Payne estava caída numa posição nada natural sobre o mármore duro. Sentia uma dor intensa... mas apenas acima da cintura. Não sentia qualquer agonia nas pernas ou nos pés, somente um formigamento desassociado que a fazia pensar em faíscas de fogo sobre gravetos úmidos. Logo acima do seu corpo quebrado, o Rei Cego estava inclinado, o rosto tenso... e a Virgem Escriba também apareceu, suas vestes negras e difusas flutuavam em círculos.

Não estava chocada por sua mãe ter vindo consertá-la magicamente. Como aquela porta que havia passado da ruína à salvação, sua querida mãe queria limpar, ordenar, fazer tudo perfeito.

– Eu... recuso – disse Payne novamente entre dentes. – Não consinto.

Wrath olhou por cima do ombro em direção à Virgem Escriba, em seguida olhou outra vez para baixo.

– Ah... ouça Payne, isso não tem lógica. Não consegue sentir suas pernas... sua coluna provavelmente está quebrada. Por que não a deixa ajudá-la?

– Eu não sou... um objeto inanimado que ela pode manipular à vontade... para agradar seus caprichos e fantasias...

– Payne, seja razoável...

– Eu sou...

– Você vai morrer...

– Então, minha mãe pode assistir minha morte! – ela gritou... e gemeu logo em seguida. Na sequência da explosão, sua consciência diminuía e retornava, seus olhos perdiam e retomavam o foco, a expressão chocada de Wrath tornou-se a base pela qual avaliava se havia desmaiado ou não.

– Espere, ela é... – o rei apoiou sua mão contra o chão para firmar sua posição agachada. – Sua... *mãe*?

Payne não se importava que ele soubesse. Ela nunca sentiu nenhum orgulho do fato de ser a filha da fundadora da raça. Na verdade, tinha procurado distanciar-se cada vez mais disso... mas o que importava agora? Se ela recusasse a "intervenção divina", iria para o Fade. A dor que sentia lhe dizia isso.

Wrath virou-se em direção à Virgem Escriba.

– Isso é verdade?

Nenhuma resposta afirmativa, mas também nenhuma negação. E também não houve nenhum castigo por ter ousado ofendê-la com sua pergunta.

O rei olhou de volta para Payne.

– Jesus... Cristo.

Payne respirava com dificuldade.

– Deixe-nos, querido rei. Retorne para seu mundo e conduza seu povo. Não precisa de ajuda deste lado ou dela. É um belo macho e um guerreiro brilhante.

– Não vou deixar você morrer – ele bradou.

– Não tem escolha, tem?

– Até parece que não! – Wrath ficou em pé e olhou para baixo. – Permita que ela cure você! Não está pensando direito! Não pode morrer assim...

– Mas é claro que... posso. – Payne fechou os olhos, uma onda de exaustão a percorreu.

– Faça alguma coisa! – Era evidente que o rei estava gritando com a Virgem Escriba.

Pena que ela se sentia tão mal, Payne pensou. Caso contrário, teria se divertido com aquela declaração final de independência. De fato, a liberdade tinha vindo sobre as asas da morte, mas ela conseguiu. Enfrentou a mãe. Conquistou sua liberdade com sua recusa.

A voz da Virgem Escriba soou apenas mais alta que sua respiração.

– Ela negou a minha ajuda. Está me bloqueando.

Com certeza estava. Sua fúria era dirigida à mãe a tal ponto que não era difícil acreditar que aquilo podia funcionar como uma barreira para qualquer magia que a Virgem Escriba pudesse descarregar sobre a "tragédia" ocorrida.

Que na verdade parecia-se mais com uma benção.

– Você é a todo-poderosa! – A voz do rei era uma acusação áspera... mas ela não entendia porque ele se importava tanto. Porém, Wrath era um macho de valor, que sem dúvida colocaria a culpa sobre si mesmo. – Apenas conserte-a!

Houve um silêncio. Em seguida, uma resposta fraca:

– Não posso mais alcançar seu corpo... não mais do que posso alcançar seu coração.

Se a Virgem Escriba estivesse tendo alguma noção do que era ficar impotente... Payne poderia morrer em paz.

– Payne! Payne, acorde!

Suas pálpebras se abriram. Wrath estava a centímetros de seu rosto.

– Se eu puder salvá-la, você permitiria?

Não conseguia entender por que era tão importante para ele.

– Deixe-me...

– Se eu puder fazer isso, permitiria?

– Você não pode.

– Responda a maldita pergunta.

Era um macho tão bom, e o fato de sua morte pesar em sua consciência para sempre era uma tristeza.

– Desculpe-me... por isso. Wrath. Desculpe-me. Não é culpa sua.

Wrath virou-se contra a Virgem Escriba.

– Deixe-me salvá-la. *Deixe-me salvá-la!*

Após a exigência, o capuz da Virgem Escriba levantou-se por conta própria e sua forma, antes brilhante, parecia nada além de uma sombra desbotada.

O rosto e a voz exibidos foram os de uma bela fêmea em agonia tremenda.

– Não queria esse destino.

– Dizer isso não vai ajudar em nada. *Vai me deixar salvá-la?*

A Virgem Escriba deslocou seu olhar para o céu opaco e uma lágrima caiu de seus olhos sobre o piso de mármore tornando-se um diamante, saltando com um brilho e um lampejo.

Aquele objeto adorável seria a última coisa que Payne veria, pensou, enquanto seus olhos se tornavam tão pesados que não conseguia mais manter as pálpebras abertas.

– Maldição! – gritou Wrath – Deixe-me...

A resposta da Virgem Escriba veio muito distante:

– Não posso mais lutar contra isso. Faça o que quiser, Wrath, filho de Wrath. Melhor que fique longe de mim viva do que morta em meu chão.

Tudo ficou em silêncio.

Uma porta foi fechada.

Então, ouviu-se a voz de Wrath:

– *Preciso de você no Outro Lado. Payne, acorde, eu preciso de você no Outro Lado...*

Estranho. Era como se ele estivesse falando dentro de seu crânio... mas, provavelmente, estava inclinado atrás dela e falando em voz alta.

– Payne, acorde. Preciso de você para chegar ao meu lado.

Envolta em uma névoa, começou a balançar a cabeça... mas o impulso não foi bem aceito. Melhor ficar parada. Muito melhor.

– Eu não... não consigo chegar até lá...

Uma súbita vertigem a fez vacilar, os pés se moveram ao redor do corpo, sua mente era um turbilhão no qual ela girava. A sensação de ser sugada foi acompanhada de uma pressão em suas veias, como se o sangue estivesse se expandindo, mas, ao mesmo tempo, confinado em locais apertados.

Quando abriu os olhos viu um sublime brilho branco sobre ela.

Portanto, não havia se movido. Estava onde estivera deitada o tempo todo, sob o céu leitoso do Outro Lado...

Payne fez uma careta. Não, aquele não era o céu estranho que havia sobre o santuário. Aquilo era um... teto?

Sim... reconhecia aquilo. E, de fato, em sua visão periférica, percebia as paredes... quatro paredes azuis pálidas. Havia luzes também, só que não igual às que se lembrava... nada de tochas ou velas, mas coisas que brilhavam sem chamas.

Uma lareira. Uma... grande mesa e um trono.

Não foi ela quem trouxe seu corpo até ali. Não tinha forças. E Wrath não tinha poderes para transportá-la. Havia apenas uma explicação. Foi expulsa por sua mãe.

Não tinha como voltar atrás; ela havia concedido seu desejo. Estava livre, para sempre.

Uma paz estranha a dominou, uma paz que significava o manto calmo da morte... ou a percepção de que a luta tinha acabado. Viva ou morta, aquilo que a definiu por anos havia terminado. Um peso foi retirado, permitindo uma vida nova em seu corpo ainda paralisado.

O rosto de Wrath entrou em seu campo de visão, seus longos cabelos negros estavam soltos em seus ombros e caíam para frente. E, naquele momento, um cão loiro mergulhou sob o braço forte do rei, sua expressão indicava boas-vindas, como se ela fosse uma convidada inesperada, mas muito apreciada.

– Vou buscar a doutora Jane – disse Wrath acariciando o cão.

– Quem?

– Minha médica particular. Fique aqui.

– Como se... eu pudesse ir a algum lugar.

Balançou a coleira e então o rei saiu, sua mão firmava-se sobre um arreio que o conectava com o belo cão, as patas do animal ecoaram no chão quando ultrapassaram o limite do tapete e atingiram o piso de madeira.

Ele era mesmo cego. E aqui, deste lado, precisava dos olhos de outro ser para exercer sua função.

A porta se fechou e então ela não pensou em nada, exceto na dor. Estava flutuando, rendida pela agonia de seu corpo... e, ainda assim, apesar do incrível transtorno, estava no alto de uma estranha tranquilidade.

Por nenhuma razão em especial, percebeu que o ar tinha um cheiro encantador ali. Limão. Cera de abelha.

Simplesmente encantador.

O fato era que esteve naquele lado há muito tempo, e considerando a maneira como as coisas pareciam estranhas, era um mundo diferente. Mas ela se lembrou do quanto gostava dele. Tudo fora imprevisível e, portanto, cativante...

Algum tempo depois, a porta se abriu e ela ouviu mais uma vez o barulho da coleira do cão e sentiu a poderosa essência de Wrath. E havia alguém com eles... que não se mostrava de uma forma que Payne pudesse processar. Mas, definitivamente, havia outra entidade na sala.

Payne forçou-se a abrir os olhos... e quase recuou.

Não era Wrath em pé acima dela, mas uma fêmea... ou pelo menos parecia ser uma mulher. O rosto tinha traços femininos... só que as feições e os cabelos eram translúcidos e fantasmagóricos. E quando seus olhares se encontraram, a expressão da fêmea mudou de preocupada para chocada. De repente, ela teve que se apoiar no braço de Wrath.

– Oh... meu Deus... – a voz era rouca.

– É tão óbvio assim, doutora? – disse o rei.

Quando a mulher se esforçou para responder, percebeu que não era o tipo de reação que se esperava de um médico. Na verdade, Payne pensou que a doutora tinha plena consciência de como tinha sido ferida. No entanto, talvez ela não estivesse muito certa quanto à gravidade do seu estado.

– Na verdade, estou... – Payne disse.

– *Vishous.*

O nome congelou seu coração.

Pois não ouvia falar dele há mais de dois séculos.

– Por que fala sobre meu ente morto? – ela sussurrou.

A face fantasmagórica da médica assumiu uma forma tangível e seus olhos verde-folha revelaram uma profunda confusão, sua carne exibia uma palidez de quem luta contra as emoções.

– Seu ente morto?

– Meu irmão gêmeo... há muito passou para o Fade.

A médica balançou a cabeça, as sobrancelhas se estreitaram ainda mais sobre o olhar inteligente.

– Vishous está vivo. Estou vinculada a ele. Está vivo e bem aqui.

– Não... não pode ser. – Payne desejava chegar mais perto e agarrar o braço sólido da médica. – Você está mentindo... ele está morto. Há muito tempo.

– Não. Ele está muito vivo.

Payne não conseguia entender as palavras. Sempre soube que ele tinha partido, que foi perdido muito jovem para o misericordioso Fade...

Soube por sua mãe. É claro.

Será que a fêmea a impediu de conhecer o próprio irmão? Como alguém poderia ser tão cruel?

De repente, Payne expôs suas presas e rosnou baixo em sua garganta, o fogo da raiva substituindo sua agonia.

– Vou matá-la por isso. Juro que vou tratá-la como fiz com nosso pai.

CAPÍTULO 66

John saiu atrás de Xhex no instante em que ela deixou o grupo e começou a correr. Não gostou da atitude independente ou da direção que tomava – estava indo direto para um beco onde ninguém sabia se havia uma saída ou uma parede de tijolos no final.

Conseguiu alcançá-la, tomando seu braço para chamar a atenção. O que o levou a lugar algum. Ela não parou.

Aonde você vai?, ele tentou sinalizar, mas era difícil fazer isso com uma pessoa ignorando, ao mesmo tempo que tentava correr à toda velocidade...

Ele teria assobiado, mas isso era muito fácil de ignorar, então tentou segurar o braço dela outra vez, mas Xhex o afastou com um empurrão, focando-se exclusivamente em um destino que não podia ver ou sentir. Finalmente, ele simplesmente pulou na frente dela e bloqueou seu caminho, em seguida, a obrigou a observar suas mãos.

Onde diabos você está indo?

– Posso senti-lo... Lash. Ele está perto.

John pegou sua adaga enquanto articulava, *Onde?*

Ela virou-se, retomou sua perseguição e Tohr uniu-se a eles. Quando os outros começaram a vir, John balançou a cabeça e acenou para que ficassem em seus postos. Apoio adicional em campo era uma coisa inteligente, mas armas demais nesta situação não seria uma vantagem. Estava indo pegar Lash e a última coisa que precisava era de mais dedos no gatilho apontando para seu alvo.

No entanto, Tohr entendia. Sabia muito bem porque John tinha que vingar a sua mulher. E Qhuinn tinha que ir junto. Mas era isso, nada de preparar mais lugares à mesa com xícaras e pires, dando boas-vindas como se fosse uma pequena reunião para um chá.

John ficou ao encalço de Xhex, que parecia escolher sabiamente quando se tratava de becos. Em vez de um beco sem saída, a rua irregular fazia uma curva para a direita e se insinuava entre outros armazéns vazios ao aproximar-se do rio. Sabia que estavam chegando muito perto da água quando o cheiro dos peixes mortos e algas infiltrou-se em seu nariz e o ar parecia ficar mais frio.

Encontraram o Mercedes AMG preto estacionado em frente a um hidrante. O sedan fedia a *redutor*, e enquanto Xhex olhava em volta como se procurasse a próxima direção, John não estava no clima para esperar.

Fechou um dos punhos e socou o para-brisa dianteiro.

O alarme enlouqueceu e olhou para dentro do carro. Havia algum tipo de resíduo oleoso no volante e o couro creme estava sujo, com manchas. Tinha plena certeza de que as manchas negras eram sangue de *redutor*... e que a cor de ferrugem era de sangue humano. Jesus, o banco de trás parecia como se tivesse sido atingido por um gato tendo um ataque de espasmos, os arranhões eram tão profundos em alguns lugares que o enchimento do estofado estava à mostra.

John franziu a testa, lembrando-se daqueles dias no centro de treinamento. Lash sempre foi tão minucioso com suas coisas, desde a roupa que usava até a maneira como seu armário era organizado.

Será que aquele não era o seu carro?

– O carro é dele – disse Xhex, colocando as palmas das mãos sobre o capô. – Posso sentir seu cheiro em todos os lugares. O motor está quente. Porém, não sei onde ele está.

John rosnou diante do pensamento do cara ter ficado tão perto de sua mulher que ela o conhecia pelo cheiro. Maldito desgraçado filho da mãe...

Assim que sua raiva já estava saindo do controle, Tohr agarrou-o por trás do pescoço e lhe deu uma sacudida.

– Respire fundo.

– Ele tem que estar por aqui. – Xhex olhou para o edifício em frente a eles, então olhou de ponta a ponta o beco onde estavam.

Quando John sentiu uma dor ardente na mão esquerda, puxou o braço. Estava apertando sua adaga com tanta força que o cabo rangeu em protesto.

Seus olhos deslizaram para os de Tohr.

– Você vai pegá-lo – o Irmão sussurrou. – Não se preocupe com isso.

Lash esperava que os homens de Benloise disparassem contra ele quando encarou os marmanjos durões. Uma distância de quase dez metros os separava e todos estavam bastante tensos.

Enquanto olhava para eles, esperava que dessem uma de caubóis bons no gatilho e tentassem alguma coisa. Os dois bandidos seriam uma ótima adição para seu exército – conheciam o negócio e, com certeza, fizeram por merecer o reconhecimento que tinham junto a Benloise: havia muitos quilos nas maletas de metal que tinham em suas mãos, mas os humanos estavam controlados e calmos.

Armados até os dentes, também.

Assim como Lash. Caramba, aquilo parecia uma festa rave com todas as armas e drogas... e se sentiria muito melhor quando houvesse menos partes do corpo dele passíveis de levar um tiro. A sombra era melhor do que a carne, a qualquer hora.

– Aqui está a arte – disse o sujeito do lado esquerdo enquanto erguia a maleta. – Senhor.

Ah, sim, era o mesmo cara que tinha visto a confusão toda com Benloise. Isso explicava porque ambos estavam sendo tão educados.

– Vamos ver o que você tem – murmurou Lash, mantendo o cano de sua arma calibre quarenta apontado para eles. – E vamos manter as mãos visíveis, ok?

A breve exibição das mercadorias foi eficiente e satisfatória.

Lash assentiu.

– Deixem o produto. E vão embora.

Os humanos fizeram como na brincadeira "o mestre mandou", deixaram a droga, recuaram e caminharam rapidamente na direção oposta, mantendo as mãos ao lado do corpo.

Assim que viraram e os passos continuaram a ecoar ao longe, Lash caminhou até as maletas e as abriu com suas mãos fantasmagóricas.

Sob seu comando, os trincos pularam para cima e as duas cargas de cocaína levitaram do asfalto até suas garras...

O som estridente do alarme de um carro chamou sua atenção, o sinal enlouquecido vinha do beco onde tinha deixado sua Mercedes.

Malditos humanos, montes de lixo do centro da cidade...

Lash franziu a testa enquanto seus instintos saíam dele como ondas e localizavam o que tinha sido tirado dele.

Ela estava ali.

Xhex... sua Xhex estava ali.

Enquanto o que restava de seu lado vampiro rugia com possessividade, Lash sentiu seu corpo vibrando até que começou a mover-se sobre o asfalto com o vento, inclinando-se com um impulso mental e não com as pernas. Mais rápido. Mais rápido...

Virou a esquina e lá estava ela, em pé ao lado de seu carro, transpirando sexo puro com suas roupas de couro e sua jaqueta. No instante em que ele apareceu, Xhex se virou para ele como se a tivesse chamado.

Mesmo na rua escura, Xhex estava resplandecente, a luz ambiente da cidade envolvia seu corpo, como seu carisma interior exigia. Caramba. Estava muito atraente, especialmente assim, com os equipamentos de combate, e quando sentiu um formigamento entre seus quadris, estendeu a mão para baixo.

Algo estava duro. Por trás de seu zíper, havia algo pronto para ela.

Com uma injeção de adrenalina que era melhor do que qualquer cocaína, divertiu-se com a ideia de como seria tomá-la em público. Seu membro havia assumido algum tipo de forma e isso significava que estava de volta aos negócios... bem a tempo.

Quando ela encontrou seus olhos, ele diminuiu a velocidade e focou em quem estava com ela. O Irmão Tohrment. Qhuinn, a falha genética díspar. E John Matthew.

O público perfeito para alguma coisa ao estilo *Laranja Mecânica*.

Mas. Que. Beleza.

Lash abaixou-se no chão e deixou as maletas no asfalto. Os machos idiotas que a acompanhavam estavam todos ocupados disparando várias ondas de fúria... mas não sua Xhex. Não, ela era mais forte que isso.

– Oi, querida – ele disse. – Sentiu minha falta?

Alguém soltou um rugido que lembrou seu rottweiler, mas dane-se, agora que tinha a atenção de todos, iria aproveitar seu momento em cena. Após tirar o capuz, estendeu o braço, suas mãos fantasmagóricas desfizeram as tiras negras que cobriam seu rosto para revelar seus traços.

– Jesus Cristo... – Qhuinn murmurou. – Você parece um zumbi...

Lash não se dignificou a dar uma resposta, principalmente porque a única coisa que importava era a fêmea com roupa de couro. Obviamente, ela não esperava sua transformação... e a maneira como recuou? Melhor do que um abraço e um beijo. Deixar ela com nojo era tão bom quanto excitá-la... e seria muito mais divertido quando conseguisse trazê-la de volta para passarem algum tempo numa suíte nupcial.

Lash sorriu e proferiu sua nova e melhorada voz pelo ar:

– Tenho planos para você e para mim, vadia. Claro, vai ter que implorar por isso...

A maldita fêmea desapareceu.

Desvaneceu no ar.

Em um momento ela estava ao lado do carro, no outro, não havia nada além de ar. Contudo, a vadia ainda estava no beco. Podia senti-la, só não podia vê-la...

O primeiro tiro que ecoou veio por trás dele e acertou no ombro... ou não, como foi o caso. A capa de chuva foi retalhada com o impacto, mas como não havia carne por baixo Lash não deu a mínima... e tudo que ele sentiu foi uma estranha pontada.

Óóótimo. Caso contrário, aquilo poderia ter doído.

Girou a cabeça, sinceramente impressionado pela forma como ela foi previsível e como sua mira era ruim.

Só que não foi Xhex quem disparou o tiro. Os meninos de Benloise haviam aparecido com reforços, e ainda bem que tinham péssima pontaria. A última vez que verificou, o peito ainda estava sólido, portanto, se acertassem alguns centímetros abaixo e para o centro ele poderia ter uma peneira no lugar do coração.

Furioso com a maldita coragem dos desgraçados traficantes de drogas, Lash formou uma bola de luz na palma de sua mão.

Ao se esquivar por uma porta, lançou aquele acúmulo de energia sobre os humanos, proporcionando um grande espetáculo ao acertar os bastardos como pinos de boliche e iluminando seus corpos quando foram lançados para longe.

Naquele momento, mais Irmãos haviam chegado e todos começaram a atirar, várias armas funcionavam a todo vapor – o que não era grande coisa até Lash levar uma bala no quadril. A dor ardente que percorreu seu tronco fez seu coração ricochetear. Enquanto amaldiçoava e caía, seus olhos se deslocaram para o beco.

John Matthew foi o único que não se protegeu: a equipe dos Irmãos se escondeu atrás do Mercedes e os rapazes de Benloise tinham se arrastado para trás da carcaça enferrujada de um jipe.

Mas John Matthew tinha suas botas de combate plantadas no chão e as mãos abaixadas ao lado do corpo.

O maldito se mostrava como um ótimo alvo. Era quase fácil demais.

Lash invocou outra bola de energia na palma da mão e gritou:

– Está se matando, como se colocasse uma arma na cabeça, seu filho de mãe!

John começou a avançar, presas expostas, um ímpeto frio emanando de seu corpo.

Por um momento, Lash sentiu uma pontada de tensão infiltrando-se em sua nuca. Aquilo não podia estar certo. Ninguém em seu juízo perfeito avançaria em sua direção daquele jeito.

Era suicídio.

Capítulo 67

Planos, planos, planos...

Ou, em outras palavras, besteira, besteira, besteira...

Xhex tinha o plano perfeito quando se ocultou como faziam os *sympathos* e saiu sorrateiramente de vista. Como assassina, se orgulhava não só do seu índice de sucesso, mas do talento que mostrava em seu trabalho, e essa vingança seria muito boa. Seu "plano" era atacar Lash pela lateral, invisível, e cortar sua garganta antes de cuidar melhor dele... enquanto olhava em seus olhos e sorria como a vadia louca que era.

Primeiro empecilho? Que *porcaria* tinha acontecido com ele desde a última vez que o viu? A revelação que ele fez descobrindo a cabeça a surpreendeu bastante. Não restava carne alguma em seu rosto; não havia nada além de fibras musculares pretas ensebadas, ossos descobertos e dentes brancos brilhantes. E suas mãos também não estavam normais. Tinham forma, mas não substância. Na noite sombria... não eram nada além de uma sombra mais profunda de escuridão.

Graças a Deus escapou dele – embora talvez toda aquela decadência fosse a razão de ter sido capaz de fugir de sua prisão: parecia lógico concluir que os poderes dele estavam enfraquecendo também.

Mas tanto faz... seu segundo problema na Terra dos Planos? John. Que naquele exato momento estava em pé no centro do beco praticamente com uma placa onde se lia ATIRE AQUI pendurada em seu peito.

Estava bastante óbvio que não havia qualquer raciocínio lógico para se discutir com ele – mesmo que tomasse forma bem perto de seu ouvido e gritasse em seu cérebro, sabia que não havia como desviá--lo do caminho. Ele exibia todo um instinto animal ao confrontar diretamente seu inimigo, presas expostas como as de um leão, corpo curvado para frente como se fosse atropelar o cara.

Pode apostar que John iria morrer se não procurasse abrigo, mas não parecia se importar e o motivo era claro: seu aroma de vinculação era mais alto que qualquer barulho que pudesse fazer com sua garganta, o cheiro apimentado era como um rugido que sobrepunha qualquer outro aroma, desde o odor da cidade à transpiração do rio, até o fedor de *redutor* que flutuava do corpo apodrecido de Lash.

Em pé no beco arenoso, John era o macho primordial protegendo sua fêmea – e, por essa razão, era tudo que ela não queria em tal situação: era evidente que a segurança pessoal de John não significava nada para ele, seu objetivo superava todo seu bom senso e treinamento específico.

Moral da história? Ele não seria capaz de sobreviver àquela bola de energia que Lash estava segurando na palma de sua mão... e isso mudava tudo em seu mundo.

Novo plano. Nada mais de se ocultar. Nada de incapacitar, desarmar, desmembrar. Nada de extrair dor pela agonia que havia passado, nada da rotina de Jack o Estripador.

Quando tomou forma e deu um bote em Lash, era uma questão de salvar John, não vingar a si mesma. Pois descobriu que na hora da verdade... John era a única coisa que importava para ela.

Xhex agarrou Lash pela cintura no exato momento em que ia lançar sua bola de energia, e embora tenha conseguido levá-lo ao chão consigo, ele deu um jeito de corrigir seu tiro... e atingiu John direto no peito.

O impacto o lançou longe na calçada, quase arrancando o corpo das botas.

– Seu maldito desgraçado! – ela gritou no rosto despido de Lash.

Os braços do filho da mãe a envolveram, fechando-se com uma força incrível. E enquanto a arremessava ao redor e a segurava na calçada embaixo dele, sua respiração era quente e asquerosa no rosto dela.

– Peguei você – ele zombou, esfregando seus quadris nos dela, a ereção era o suficiente para deixá-la enojada.

– Vá se ferrar! – Com um rápido puxão, Xhex o acertou direto no... bem, no que se passava por um nariz... com um golpe de cabeça que o fez uivar.

Infelizmente, não conseguiu outro golpe tão preciso enquanto lutavam pelo controle, rolando ao redor, pernas se entrelaçando, aquela horrível ereção empurrando-a. Ele conseguiu prender um de seus pulsos, mas pelo menos ela conseguiu manter o outro fora do caminho.

O que significou que no momento certo, conseguiu colocar a mão entre eles, agarrar suas bolas e torcê-las tão apertado que se não fosse por suas calças, teria arrancado as malditas coisas.

Lash soltou uma maldição ofegante e ficou rígido, provando que poderia até ser um semideus do lado negro, mas era um maldito mortal quando se tratava de levar um golpe nas joias da casa.

Agora era ela quem estava no controle daquele joguinho no chão, girando-o de costas e ficando em cima dele.

– Peguei *você* – ela rosnou.

Enquanto o segurava embaixo de seu corpo, a raiva tomou conta dela – ao invés de esfaqueá-lo pura e simplesmente, o agarrou pelo pescoço e apertou até tirar o ar de sua garganta.

– Você não vai ferrar o que é meu – rugiu para ele.

A cara horrível de Lash ficou muito perturbada e de alguma maneira sua voz saiu, mesmo com a pressão que ela fazia em sua laringe:

– Ele já foi bem ferrado. Ou não lhe contou daquele humano que...

Xhex socou o filho da mãe com tanta força que arrancou um dente.

– Nem se atreva a começar com isso...

– Começo por onde eu quiser, querida.

Com isso, ele se moveu como um fantasma, dissolvendo-se... mas não ficou muito tempo assim. Um instante depois, Xhex foi pega por trás, agarrada e erguida com força contra o corpo dele. Nos silenciosos segundos que se seguiram, ela teve um breve vislumbre dos humanos que estavam gemendo no asfalto e então foi virada de repente e usada como escudo quando se voltaram para os Irmãos.

Seus olhos não desperdiçaram tempo verificando as posições de sua equipe atrás do Mercedes ou avaliando quais armas estavam apontadas em sua direção e na de Lash.

John era a única coisa que importava.

E graças a Deus, a Virgem Escriba... ou a quem quer que concedesse bênçãos... ele estava se sentando e sacudindo qualquer lampejo do pesadelo que o atingiu.

Ao menos estava vivo.

Ela provavelmente não iria sobreviver àquilo, mas John... ele sobreviveria. Desde que ela conseguisse tirar Lash e a si mesma dali.

– Leve-me – ela sibilou para o bastardo. – Apenas leve-me e deixe-os.

Houve um sussurro de metal contra metal e então um canivete apareceu em frente ao seu rosto, a lâmina brilhando bem próxima ao seu olho... tão perto que conseguia ver a inscrição do nome do fabricante.

– Gosta de se envolver pessoalmente nas suas matanças. – A voz de Lash não estava muito precisa, a distorção fazia com que as palavras chegassem como ondas em seu ouvido. – Sei disso por causa do que fez com aquele idiota do Grady. Deu a ele uma grande e última refeição. Fico me perguntando... será que ele gostava de salsicha em vida tanto quanto na morte?

A ponta da arma saiu rapidamente de seu campo de visão... e então ela sentiu a ponta entrar na maçã de seu rosto e se arrastar lentamente para baixo.

A brisa estava fria. Mas seu sangue estava quente.

Fechando os olhos, tudo que conseguiu fazer foi repetir:

– Leve-me.

– Oh, eu levarei. Não se preocupe com isso. – Algo molhado pairou sobre o ferimento... era a língua dele lambendo o que havia brotado. Então, ele gritou: – Ela tem um sabor tão bom quanto o que eu me lembrava... *Parem* aí mesmo. Se alguém der outro passo, eu corto onde realmente importa.

A lâmina foi para a garganta dela e Lash começou a caminhar para trás, arrastando-a com ele. Por instinto, Xhex tentou entrar na mente dele com seu lado *sympatho*, mas estava bloqueada como se estivesse frente a uma parede de pedra. Não foi uma surpresa.

De repente, perguntou-se por que ele não ocultava os dois...

Lash estava mancando. Levou um tiro em algum lugar – e agora que estava mais focada, podia cheirar seu sangue e vê-lo brilhando na calçada.

Enquanto Lash continuava, aqueles pobres humanos entraram em seu campo de visão outra vez e pareciam cadáveres, muito pálidos e rígidos ao ponto de ficar impressionada por ainda conseguirem fazer algum barulho. O carro deles, ela pensou. Lash iria tentar tirar os dois dali dirigindo o carro que aqueles caras usaram para chegar até ali. E embora estivesse machucado em algum ponto, seu aperto nela era cruelmente forte. E aquela faca? Firme e preparada.

Xhex encarou John e teve certeza de que se lembraria da magnífica visão da vingança de seu guerreiro para sempre...

Franziu a testa ao sentir as emoções dele. Que... estranho. Aquela sombra que sempre sentiu no topo de sua grade emocional não era mais algo meramente secundário... era tão tangível e vívido quanto a constituição primária de sua psique.

De fato, enquanto John encarava o beco, as duas partes dele... tornaram-se uma.

Após John ter sido atingido por aquela bomba de energia, ficou confuso e desorientado, mas forçou sua cabeça a voltar ao jogo e de alguma maneira conseguiu se erguer do chão. Não conseguia sentir parte de seu corpo e a outra metade que não estava dormente gritava de dor, mas não importava. Um propósito mortal o animou, substituindo a batida de seu coração ao conduzir sua forma física.

Encarando a cena a sua frente, suas mãos se contraíram e seus ombros se apertaram. Lash estava usando Xhex como escudo vivo, todos os pontos vitais que poderiam ser atingidos estavam ocultos atrás dela.

A faca na garganta estava posicionada bem em cima de sua veia. Pressionando...

Virando-se rapidamente, a realidade se deformou e se distorceu diante dele, sua visão alternava entre foco e difusão, o que o fez perder a concentração no beco em que todos estavam. Piscando forte, amaldiçoou os truques que Lash tinha à sua disposição...

Só que o problema não era o que tinha atingido John. Era algo dentro dele – uma visão. Uma visão estava surgindo de algum lugar no fundo de sua mente, eliminando o que realmente estava vendo...

Um campo perto de um celeiro. Na escuridão da noite.

Sacudiu a cabeça e ficou aliviado quando o beco em Caldwell voltou a...

Um campo perto de um celeiro. Na escuridão da noite... uma fêmea importante era mantida presa em um abraço cruel, uma faca em sua garganta.

Em seguida, John viu-se abruptamente de volta ao presente, retornando ao distrito industrial... onde uma fêmea importante era mantida presa em um abraço cruel, uma faca em sua garganta.

Oh, Deus... era como se tivesse feito aquilo antes.

Caramba... *tinha* feito aquilo antes.

Um ataque epilético apoderou-se dele como sempre fazia, confundindo seus neurônios, enviando-o a uma viagem dentro da própria pele.

Normalmente, acabava caído no chão, mas o macho vinculado nele o manteve em pé, dando-lhe uma espécie de poder que vinha da alma, não do corpo: sua fêmea estava nos braços de um assassino e cada célula do corpo de John estava disposta a corrigir tal situação da maneira mais violenta e rápida possível.

Ou talvez de um jeito um pouco mais sangrento e mais rápido que isso.

Deslizou a mão ao longo do casaco para pegar sua arma... mas, droga, onde atiraria? Lash protegia bem seus órgãos vitais e sua cabeça grotesca estava muito perto da dela, não havia margem para erro.

A fúria de John gritou dentro dele...

Com sua visão periférica, viu o cano de uma arma surgir.

Piscou os olhos.

Um campo perto de um celeiro. Na escuridão da noite... uma fêmea importante estava presa em um abraço cruel, uma faca em sua garganta. Uma arma sendo apontada...

Piscou os olhos.

De volta a Caldwell, o amor de sua vida nas mãos de seu inimigo.

Piscou os olhos.

Uma arma disparando...

A explosão bem ao lado da orelha de John o trouxe com firmeza de volta à realidade e soltou um grito sem palavras, arremessando-se para frente como se pudesse pegar a bala.

Não!, gritou sem emitir som algum. *Nãããão...*

Porém, foi um tiro perfeito. A bala atingiu Lash na têmpora... mais ou menos a dois centímetros de distância da cabeça de Xhex.

Em câmera lenta, John olhou por cima do ombro. A arma calibre quarenta de Tohrment estava estendida com uma firmeza inabalável no ar frio.

Por alguma razão, nem o atirador nem a precisão do tiro o surpreenderam, mesmo sendo algo cuja possibilidade de acontecer era de uma em um milhão.

Oh, Deus, tinham feito aquilo antes, não tinham? Exatamente... daquele jeito.

A realidade voltou e John olhou ao redor outra vez. Do outro lado, Xhex foi brilhante quando Lash foi atingido. Ela abaixou-se rapidamente para dar a Tohr um alvo maior e estava quase totalmente fora do caminho quando a segunda bala foi atirada.

O impacto número dois lançou Lash para longe de seus pequenos e preciosos mocassins, fazendo-o aterrissar deitado de costas.

John se desvencilhou dos vestígios de sua vertigem e foi correndo até sua fêmea, suas botas agarravam o chão mantendo-o firme, suas coxas empurraram toda a força para seus pés ao entrar em ação.

Seu único pensamento era salvar Xhex. Pegou a arma que precisava para realizar a ação: a adaga negra de quinze centímetros que estava no coldre em seu peito. Quando se aproximou deles, levantou o braço acima da cabeça, preparando-se para cair em cima de seu inimigo e apunhalar Lash, mandando-o de volta a...

O odor do sangue de Xhex mudou tudo, tirando a lâmina do caminho.

Oh, Jesus... o filho da mãe tinha duas facas. Uma estava na garganta dela. E outra penetrou o ventre de Xhex.

Ela rolou de costas, agarrando a lateral do corpo com uma careta.

Enquanto Lash se contorcia e apertava sua cabeça e peito, Tohr se aproximou com Qhuinn, Blay e os outros Irmãos, todas as armas apontavam para seu inimigo, então John não teve que se preocupar com cobertura enquanto avaliava o estrago.

John se inclinou sobre Xhex.

– Estou bem – ela arfou. – Estou bem... estou bem...

O diabo que estava! Ela mal conseguia respirar, e a mão que mantinha contra o ferimento estava coberta com sangue brilhante, fresco.

John começou a fazer sinais freneticamente.

Chamem a doutora Jane...

– Não! – ela disparou, agarrando o braço dele com sua mão ensanguentada. – Só uma coisa importa para mim nesse exato momento.

Quando os olhos dela encararam Lash, o coração de John bateu com força contra seu peito.

Por cima de sua cabeça veio a voz de Z. dizendo:

– Butch e V. estão trazendo o Escalade do Parque Xtreme... desgraçado... temos companhia.

John deu uma olhada ao redor do beco. Quatro *redutores* apareceram... evidenciando que o endereço no registro do Civic estava correto, apesar do momento ser muito ruim para comprovarem a informação.

– Vamos cuidar deles – Z. sussurrou enquanto ele e o grupo corriam para se encarregar dos recém-chegados.

O som de uma risada fez John se concentrar outra vez. Lash estava sorrindo muito, a terrível anatomia de seu rosto repuxava num sorriso doentio.

– John, cara... eu transei com ela, John... eu transei com força e ela gostou.

Uma raiva tremenda percorreu John com força, o macho vinculado nele gritava, a adaga em sua mão se ergueu mais uma vez.

– Ela implorou, John... – A respiração era vacilante, mas satisfeita. – Da próxima vez que estiver com ela... lembre-se de que preenchi...

– Eu nunca quis aquilo! – Xhex gritou. – Nunca!

– Fêmea imunda – Lash zombou. – É o que você era e o que sempre será. Imunda e minha...

Tudo diminuiu de velocidade para John, tudo desde a maneira como eles três estavam aglomerados, o modo que o vento soprava pelo beco até a luta que tinham iniciado a alguns metros à frente, perto do Mercedes.

Pensou no abuso que sofreu há muito tempo, naquela escadaria. Imaginou Xhex passando por uma humilhação e degradação semelhantes. Lembrou-se do que Z. havia dito sobre o que já tinha passado. Lembrou-se do que Tohr tinha sofrido.

E no meio das lembranças, sentiu o eco de algo acontecido há muito, muito tempo, algo sobre outro sequestro, outra fêmea injustamente ferida, outra vida arruinada.

O rosto horrível de Lash e sua forma decrépita se tornaram a personificação de tudo isso: uma representação tangível, infecta e podre de todo mal no mundo, de toda dor causada intencionalmente, de toda crueldade, degradação e prazer maligno.

Todas as ações realizadas em um momento, mas que tinham repercussões para toda a vida.

– Eu transei com ela, John, cara...

Num arco cortante, o braço de John que empunhava a adaga mergulhou para baixo.

No último segundo, virou o pulso de forma que a ponta do cabo atingiu Lash no rosto. E o macho vinculado nele queria fazer o que havia feito com aquele assassino na casa de arenito – simplesmente uma estripação completa.

Só que estaria impedindo uma justiça divina que poucas pessoas conseguiam. Seu mal nunca foi corrigido – aquele lixo humano que o feriu conseguiu escapar ileso. E o mal de Tohr nunca poderia ser reparado, porque Wellsie nunca mais voltaria.

Mas Z. conseguiu encerrar o caso dele.

E caramba, Xhex também poderia fazer isso... mesmo que aquela fosse a última coisa neste mundo que fizesse.

John tinha lágrimas nos olhos quando tirou uma das mãos ensanguentadas de Xhex de seu ferimento... e a abriu.

Virando sua adaga, colocou o cabo sobre a mão dela. Enquanto os olhos de Xhex queimavam, fechou os dedos em sua arma e deu a volta para ajudar a levantá-la e aproximá-la do inimigo.

O peito de Lash estava subindo e descendo, sua garganta sem pele flexionava enquanto puxava e soltava o ar. Quando a luz o iluminou e teve um vislumbre do que estava se aproximando, os olhos sem pálpebras se expandiram em suas órbitas e sua boca sem lábios exibiu dentes num sorriso que era algo próprio de filmes de terror.

Lash tentou dizer algo, mas não conseguiu soltar nada.

O que era bom. Já havia falado demais, feito demais, machucado demais.

A hora do ajuste de contas havia chegado.

Em seus braços, John sentiu Xhex reunindo forças e observou quando ela tirou a outra mão do ferimento para ajudar a segurar a arma. Seu olhar fixo queimava de ódio enquanto ela assumia o comando a partir dali, uma súbita onda de poder percorreu o corpo dela ao erguer os braços e formar um arco acima do tórax de Lash.

Entretanto, o bastardo sabia o que estava vindo e bloqueou o golpe cobrindo o peito.

Oh, inferno, não. John disparou e agarrou os bíceps do cara, forçando o idiota a se deitar no chão, exibindo o espaço necessário que ela precisava para atingi-lo, dando-lhe a possibilidade de um golpe claro e preciso.

Quando os olhos de Xhex se ergueram em direção aos de John, havia um tom revelador de vermelho e suas lágrimas faziam sua íris brilhar: toda a dor que ela carregava em seu coração estava tão exposta quanto a feiura de Lash; todo o peso dentro dela manifesto em seu olhar fixo.

Quando John acenou com a cabeça para Xhex, a adaga que estava nas mãos dela desceu e atingiu Lash diretamente no coração...

O grito do mal ecoou entre os edifícios, ricocheteando de um lado a outro até se extinguir com um ruído estranho, acompanhado por um vívido lampejo de luz.

O que levou Lash de volta ao seu maldito pai.

Quando o som e a iluminação desvaneceram, tudo que restou foi um leve círculo chamuscado no asfalto e o cheiro de açúcar queimado.

Os ombros de Xhex vacilaram e a lâmina da adaga chiou pela calçada quando ela caiu para trás: sua força a abandonava. John a segurou antes de atingir o chão, e Xhex o encarou, suas lágrimas se misturavam com o sangue em seu rosto e corriam por seu pescoço.

John a segurou apertado contra si, a cabeça dela se encaixou perfeitamente embaixo de seu queixo.

– Ele está morto – ela soluçou. – Oh, meu Deus, John... ele está morto...

Com suas mãos ocupadas, tudo que ele podia fazer era acenar com a cabeça.

O fim de uma era, ele pensou, olhando em direção a Blay e Qhuinn, que estavam lutando lado a lado com Zsadist e Tohrment contra os assassinos que haviam aparecido.

Deus, tinha a mais estranha sensação de continuidade. Ele e Xhex saíram brevemente do caminho da guerra, fazendo aquela pausa momentânea. Mas a luta nos becos sombrios de Caldwell continuariam sem...

Ela.

John fechou os olhos e escondeu o rosto nos cabelos encaracolados de Xhex.

Este era o final de jogo que ela queria, pensou. Pegar Lash... e escapar da vida.

Obteve exatamente o que queria.

– Obrigada – ele a ouviu dizer com dificuldade. – Obrigada...

Contra a maré de tristeza que tomou conta dele, John percebeu que aquela palavra era melhor que "eu te amo". Na verdade, significava mais para ele que qualquer outra coisa que Xhex poderia ter pronunciado.

Ele deu o que ela queria. Quando realmente importava, havia feito o certo por ela.

E agora iria abraçá-la enquanto seu corpo ficava cada vez mais frio e Xhex se afastava para um local diferente de onde ele ficaria.

A separação duraria mais tempo do que o número de dias que ele a conhecia.

Tomando a palma da mão de Xhex, John a esticou mais uma vez. E então, com sua mão livre, sinalizou contra a pele dela em posições lentas e precisas:

A.M.A.R.E.I. V.O.C.Ê. P.A.R.A. S.E.M.P.R.E.

Capítulo 68

A morte é dolorosa, confusa e muito previsível... exceto quando decidia exercer seu bizarro senso de humor.

Uma hora mais tarde, quando Xhex abriu um pouco os olhos, percebeu que não estava envolta às névoas do Fade... mas na clínica da mansão da Irmandade.

Um tubo estava saindo de sua garganta. E parecia que alguém tinha cravado uma lança enferrujada na lateral de seu corpo. E em algum lugar à esquerda, luvas estavam sendo retiradas.

A voz da doutora Jane estava baixa:

– Ela teve duas paradas cardíacas, John. Consegui deter o sangramento no intestino dela... mas não sei...

– Acho que ela está acordada – Ehlena disse. – Está voltando para nós, Xhex?

Bem, aparentemente ela estava. Sentia-se péssima, e tendo cortado uma variedade de estômagos ao longo dos anos, não podia acreditar que ainda tinha um batimento cardíaco... mas sim, estava viva.

Sendo mantida por um fio, mas viva.

O rosto pálido de John entrou em seu campo de visão, e ao contrário de sua pele, os olhos azuis ardiam como fogo.

Ela abriu a boca... mas tudo que saiu foi o ar de seus pulmões. Não tinha forças para falar.

Desculpe, ela articulou com a boca.

Ele franziu a testa. Balançando a cabeça, tomou a mão dela, acariciou e...

Ela deve ter desmaiado, porque quando acordou, John estava andando ao seu lado. O que estava acontecendo?... Ah, ela estava sendo movida para outro quarto. Porque outra pessoa estava entrando... alguém preso a uma maca. Uma fêmea, isso considerando a longa e negra trança que balançava ao lado dela.

Ela desmaiou de novo... e voltou para se alimentar do pulso de John. E desmaiou de novo.

Em seus sonhos, viu partes de sua vida voltando a um tempo do qual ela não se lembrava conscientemente. Houve encruzilhadas demais para determinar onde as coisas deveriam ter sido diferentes, onde o destino tinha sido mais uma maldição do que um presente. No entanto, o destino era como o passar do tempo: imutável, implacável e não tinha qualquer interesse na opinião daqueles que respiravam.

E ainda assim... enquanto sua mente revirava debaixo de seu corpo inconsciente, teve a sensação de que tudo aconteceu como deveria, que o caminho pelo qual ela havia passado a levou exatamente para onde deveria ir:

De volta para John.

Mesmo que isso não fizesse sentido algum.

Afinal, ela o conhecia há apenas um ano. O que dificilmente justificaria toda a extensão da história que parecia uni-los.

Mas talvez aquilo fizesse sentido. Quando se está inconsciente sob o efeito de morfina e prestes a entrar no Fade... as coisas parecem ser diferentes. E o tempo é capaz de mudar suas prioridades.

No quarto ao lado, Payne piscou com força e tentou averiguar para onde tinha sido movida. No entanto, nada conseguiu informá-la. As paredes do quarto eram cobertas por um azulejo verde pálido e havia muitas embalagens armazenadas. Mas ela não fazia ideia do que tudo aquilo significava.

Ao menos o transporte havia sido lento, cuidadoso e relativamente confortável. Mas, em seguida, algo foi colocado em suas veias para acalmá-la e relaxá-la... e ela estava realmente grata pela poção, seja lá o que fosse.

De fato, o espectro de sua morte era mais inquietante que seu desconforto ou a incerteza sobre se teria um futuro deste lado. Será que a médica tinha mesmo pronunciado o nome de seu irmão gêmeo? Ou será que aquilo foi uma fábula de sua mente dispersa e confusa?

Ela não sabia. Mas se importava muito.

Com sua visão periférica, viu muitas pessoas observando sua chegada ali, incluindo a médica e o Rei Cego. Havia também uma fêmea loira de rosto gracioso... e um guerreiro de cabelo negro a quem as pessoas chamavam pelo nome de Tohrment.

Exausta, Payne fechou os olhos, o ruído das vozes a levou à deriva em direção ao sono. Não sabia por quanto tempo esteve fora... mas o que a trouxe de volta foi a súbita consciência de uma nova presença chegando ao espaço abafado.

A pessoa era alguém que conhecia muito bem, e sua aparição produziu uma sensação de choque maior do que a realidade de que estava longe de sua mãe.

Quando Payne abriu os olhos, No'One se aproximou, mancando ao longo do suave chão com o capuz de seu manto protegendo seu rosto. O Rei Cego se aproximou por trás da fêmea, braços cruzados sobre o peito, seu cão lindo e loiro e sua rainha linda e morena estavam ao seu lado.

– Por que... está aqui? – Payne disse com voz rouca, ciente de que estava fazendo mais sentido dentro de sua cabeça do que suas palavras poderiam sugerir.

A Escolhida caída parecia bastante nervosa, contudo, Payne não sabia como podia concluir isso. Era algo sentido, mas não visto, uma vez que o manto negro da Escolhida a cobria por inteiro.

– Segure minha mão – Payne disse. – Gostaria de acalmá-la.

No'One negou com a cabeça sob o capuz.

– Sou eu quem tenho que acalmá-la. – Quando Payne franziu a testa, a Escolhida olhou de volta a Wrath. – O rei permitiu que eu ficasse em sua casa para servi-la.

Payne engoliu, mas a boca seca não ofereceu nenhum alívio à sua garganta.

– Não me sirva. Fique aqui... mas para servir a si mesma.

– Sem dúvida... há isso também. – A suave voz de No'One ficou mais tensa. – Em verdade, após sua partida do Santuário, aproximei-me da Virgem Escriba... e meu pedido foi concedido. Você me inspirou a desejar ações diferentes. Tenho sido covarde... mas não mais, graças a você.

– Fico... muito... feliz. – Contudo, o que ela fez para justificar tais motivações era um mistério para Payne. – E fico feliz que esteja aqui.

Com um empurrão explosivo, a porta do outro lado foi aberta com força, e um macho vestido em couro negro e cheirando a morte irrompeu dentro do quarto. A médica estava logo atrás dele, e quando deteve-se, a fêmea fantasmagórica colocou uma das mãos em seu ombro, como se tentasse acalmá-lo.

Os olhos de diamante do macho fixaram-se em Payne, e mesmo nunca tendo o visto antes, *sabia* quem era. Com a certeza de quando encarava o próprio reflexo.

Lágrimas saltaram espontaneamente de seus olhos, pois a última coisa que ficou sabendo sobre ele era que não respirava mais.

– Vishous – ela sussurrou desesperadamente. – Oh, irmão meu.

Ele ficou ao seu lado num piscar de olhos, tomando forma ao lado dela. Seu olhar incrivelmente inteligente avaliou suas feições e ela tinha a sensação que suas expressões eram idênticas, assim como a cor da pele: a surpresa e incompreensão também pairavam sobre os belos e duros traços dele.

Seus olhos... oh, os olhos de diamante. Eram como os dela – observou esses olhos encarando-a de volta em incontáveis espelhos.

– Quem é você? – ele disse asperamente.

De repente, ela sentiu algo em seu corpo adormecido... e o grande peso não veio de nenhum machucado físico, mas de uma calamidade interna. Não saber quem ela era, que foram separados por uma mentira, era uma tragédia que ela mal conseguia suportar.

A voz dela tornou-se forte:

– Eu sou... seu sangue.

– Jesus Cristo... – Ele ergueu uma mão envolvida numa luva preta. – Minha irmã...?

– Preciso ir. – A médica disse com urgência. – A fratura na espinha dela está além da minha especialidade. Preciso buscar...

– Ache aquele maldito cirurgião – Vishous rosnou, seus olhos ainda presos em Payne. – Ache-o e o traga aqui... não importa o quanto custe.

– Não voltarei sem ele. Tem minha palavra.

Vishous virou para a fêmea e capturou sua boca num beijo rápido e rígido.

– Deus... eu amo você.

O rosto fantasmagórico da médica ficou sólido enquanto olhavam um para o outro.

– Vamos salvá-la, confie em mim. Voltarei assim que possível... Wrath deu sua permissão e Fritz vai me ajudar a trazer Manny aqui.

– Maldita luz do sol. Chegará muito em breve.

– De qualquer maneira, prefiro você aqui. Você e Ehlena precisam checar os sinais vitais dela e Xhex ainda está em estado grave. Quero que tome conta delas.

Quando ele assentiu, a médica desapareceu no ar. Em seguida, Payne sentiu uma palma de mão quente envolver a sua. Era a mão de Vishous sem a luva: a conexão entre eles a relaxou de maneira que não conseguiria definir.

Na verdade, havia perdido sua mãe... mas se conseguisse superar aquilo, ainda tinha uma família. Neste lado.

– Irmã – ele murmurou. Não era uma pergunta, mas a constatação de um fato.

– Irmão meu. – Payne gemeu... antes de sua consciência deslizar e se afastar à deriva.

Mas ela iria voltar para ele. De um jeito ou de outro, não deixaria seu irmão gêmeo nunca mais.

Capítulo 69

Xhex acordou sozinha no quarto ao lado da sala de operações. E logo percebeu que John não estava longe.

A vontade de encontrá-lo lhe deu forças para levantar-se e pendurar suas pernas para fora da cama. Enquanto esperava a diminuição do ritmo cardíaco, notou vagamente que sua roupa hospitalar tinha corações. Pequenos corações rosa e azul.

Não tinha energia sequer para se sentir ofendida. A lateral de seu corpo estava lhe matando e a pele estava pinicando por toda a parte. E ela tinha que procurar John.

Olhando ao redor, viu que a intravenosa em seu braço estava conectada em uma bolsa que pendia perto da máquina de monitoramento na cabeceira da cama. Droga. O que ela precisava era de um daqueles suportes com rodinhas para colocar o soro. Poderia usar a coisa para ajudar a se manter em pé com algum equilíbrio.

Quando finalmente colocou um pouco de peso sobre seus pés, ficou aliviada por não ter caído com a cara no chão. E, depois de um momento se orientando, pegou a bolsa de soro e a levou com ela, dando parabéns a si mesma por ser uma paciente tão boa.

A coisa parecia uma espécie de bolsa de mão. Talvez iniciasse uma nova moda.

Dirigiu-se até a porta que dava para o corredor, ao invés de passar pela sala de operações. Afinal, apesar da doutora Jane ter ajudado com sua fobia, tinha problemas demais para lidar e a última coisa que precisava era presenciar outra operação – e só Deus sabia o que estavam fazendo com a pobre fêmea que tinha sido trazida depois dela.

Xhex parou com um pé no corredor.

John estava no caminho do escritório, parado do lado de fora da porta de vidro e de frente para a parede. Seus olhos estavam fixos nas fissuras do concreto e sua grade emocional estava obscurecida ao ponto de deixar os instintos dela confusos.

Ele estava de luto.

John não tinha certeza se ela havia morrido ou não... no entanto, sentia como se já a tivesse perdido.

– Oh... John.

A cabeça dele moveu-se rapidamente em sua direção.

Droga, gesticulou, andando depressa até ela. *O que está fazendo fora da cama?*

Xhex começou a caminhar em sua direção, mas John foi até ela primeiro, apressando-se como se estivesse indo pegá-la nos braços.

Ela o deteve, balançando a cabeça.

– Não, estou firme...

Nesse momento, seus joelhos cederam e ele foi a única coisa que a impediu de cair no chão... o que a fez lembrar de estar naquele beco e do momento em que Lash a apunhalou.

John foi quem a salvou naquele momento também.

Com uma força suave, ele a carregou de volta para a sala de recuperação, deitando-a na cama e colocando a bolsa de soro no lugar.

Como está se sentindo?, ele assinalou.

Xhex o observou, enxergando tudo o que ele era, o lutador e o amante, a alma perdida e o líder... o macho vinculado que mesmo assim estava preparado para deixá-la ir.

– Porque fez aquilo? – ela disse com a garganta dolorida. – No beco. Porque me deixou matá-lo?

Os olhos vívidos e azuis de John focaram-se nos dela e ele encolheu os ombros.

Queria que tivesse isso. Era mais importante para você concluir... o desfecho, acho que é assim que se chama. Há muitas coisas no mundo que nunca mais poderão ser corrigidas e você mereceu a satisfação.

Ela riu um pouco.

– De uma maneira estranha... foi o ato de maior consideração que alguém já fez por mim.

Um leve rubor tingiu o rosto dele que, junto com seu queixo quadrado, deixou-o muito atraente. Mas qual parte dele não era assim?

– Então, muito obrigada – ela murmurou.

Bem, você sabe... não é exatamente o tipo de fêmea a quem um cara daria flores. Você meio que limita minhas opções.

O sorriso dela desapareceu.

– Não poderia ter feito isso sem você. Consegue entender isso? Você fez acontecer.

John balançou a cabeça.

Os meios não importam. O trabalho foi feito do jeito certo, pela pessoa certa. Isso é o que conta.

Ela voltou a pensar nele segurando Lash, fixando o desgraçado no chão para dar mais espaço a ela. A menos que colocasse o filho da mãe numa bandeja de prata com uma maçã na boca, John não poderia ter servido melhor seu sequestrador.

Ele a presenteou com o inimigo, colocando as necessidades dela acima das suas.

E quando ela pensava sobre os altos e baixos dos dois, esta era a única constante, não era? Ele sempre a colocava em primeiro lugar.

Agora foi Xhex quem balançou a cabeça.

– Acho que está errado. Os meios foram tudo... *são* tudo.

John deu de ombros outra vez e olhou para a porta pela qual ele havia passado com ela.

Ouça, quer que eu traga a doutora Jane ou Ehlena? Precisa de comida? Ajuda com o banheiro?

E lá estava ele novamente.

Xhex começou a rir... e depois que começou, não conseguia parar, mesmo com a lateral do corpo começando a gritar de dor e lágrimas vermelhas saltando aos olhos. Ela sabia que John a olhava como se tivesse perdido a cabeça e ela não podia culpá-lo. Também ouvia a nota de histeria que saía de sua boca... e pouco tempo depois, não estava mais rindo; estava chorando.

Cobrindo o rosto com as mãos, soluçou até não poder respirar, a explosão emocional foi tão grande que não tinha como mantê-la dentro de si. Ela simplesmente desmoronou, e pela primeira vez, não tentou lutar contra a maré.

Quando finalmente se acalmou, não se surpreendeu ao encontrar uma caixa de lenços de papel bem na sua frente... cortesia de John.

Ela agarrou um lencinho. E então imediatamente pegou outro e mais outro: depois de todo aquele espetáculo, a limpeza precisaria de muito mais do que apenas um.

Droga, seguindo essa teoria, talvez devesse usar os lençóis da cama.

– John... – Ela fungou enquanto enxugava os olhos; isso, associado a todos os pequenos corações que estava usando, praticamente selou o seu status de mocinha covarde. – Tenho uma coisa para lhe dizer. Já faz tanto tempo... muito tempo. Tempo demais.

Ele ficou tão quieto que nem sequer piscou.

– Deus, isso é difícil. – Mais malditas fungadas. – Ninguém pensaria que três palavrinhas seriam tão difíceis de dizer.

John exalou alto, como se tivesse levado um soco no estômago. Engraçado, ela se sentia da mesma forma. Mas, às vezes, apesar das ondas de náusea e da sensação de asfixia esmagadora, as pessoas tinham que falar o que estava em seu coração.

– John... – Ela clareou a garganta. – Eu...

O que foi?, ele articulou com a boca. *Apenas diga. Por favor... diga.*

Ela endireitou os ombros.

– John Matthew... sou uma *completa* idiota.

Quando ele piscou e fez parecer que sua boca estava prestes a se desencaixar, ela suspirou.

– Acho que foram quatro palavras, não?

Bem, sim... foram quatro palavras.

Deus, por um segundo... John obrigou-se a trazer sua mente de volta à realidade – porque só numa fantasia ela diria "eu te amo" para ele.

Não é uma imbecil, ele gesticulou. *Quero dizer, idiota.*

Ela fungou um pouco mais e o som era totalmente adorável. Droga, a visão dela era tão adorável. Recostada nos finos travesseiros, com todos os lenços amassados ao seu redor, o rosto vermelho, ela parecia tão frágil e bela, quase suave. E ele a queria em seus braços, mas sabia que ela gostava de ter o próprio espaço.

Sempre gostou.

– Eu sou sim. – Ela pegou outro lenço, mas ao invés de usá-lo, dobrou-o em quadrados precisos, reduzindo à metade e depois em um quarto, depois em alguns triângulos até não ser mais nada, apenas um pedacinho de papel entre os dedos.

– Posso perguntar uma coisa?

Qualquer coisa.

– Você poderia me perdoar?

John recuou.

Pelo quê?

– Por ser uma cabeça dura, narcisista, teimosa, um pesadelo emocionalmente reprimido. E não me diga que não sou nada disso. – Ela fungou de novo. – Eu sou uma *sympatho*. Sou boa em ler pessoas. Poderia me perdoar?

Não há nada para perdoar.

– Você está muito errado.

Bem, já estou acostumado que me digam isso. Já viu os idiotas com quem eu moro?

Ela riu e ele adorou o som.

– Por que se vinculou a mim, afinal? Espere, talvez eu saiba a resposta. Não pode escolher com quem vai se vincular, pode?

Sua voz triste sumiu.

Quando os olhos de Xhex fixaram-se no lenço de papel em sua mão, ela começou a desdobrar o que tinha feito, abrindo as formas a partir dos cantos e esticando-as.

Ele levantou suas mãos, preparando-se para gesticular...

– Eu te amo. – Seus olhos cinza o encararam. – Amo você e sinto muito e estou agradecida. – Ela riu em uma explosão curta e áspera. – Olhe para mim, pareço uma mocinha, toda frágil.

O coração de John batia tão forte em suas costelas que quase olhou para o corredor para ver se estava passando alguma fanfarra por ali.

Xhex apoiou a cabeça outra vez sobre os travesseiros.

– Você sempre fez a coisa certa por mim. Estive envolvida demais em meu drama para ser capaz de aceitar o que estava na minha frente o tempo todo. Isso ou fui muito covarde para fazer algo a respeito.

John estava tendo dificuldades em acreditar no que estava ouvindo. Quando se deseja algo ou alguém de todo o coração, como ele a desejava, as pessoas tornavam-se passíveis a traduzir as coisas de maneira errada – mesmo que estivessem falando na mesma língua.

E quanto ao seu desejo de acabar com tudo?

Ela respirou fundo.

– Acho que gostaria de mudar meus planos.

Como?

Oh Deus, ele pensou, por favor, diga...

– Gostaria que nós dois ficássemos juntos. – Ela limpou a garganta. – Desistir é o caminho mais fácil. Acabe com sua própria vida e pronto. Mas eu sou uma lutadora, John. Sempre fui. E se me quiser... gostaria de lutar com você. – Ela estendeu a mão para ele. – Então, o que me diz? Gostaria de ficar junto com uma *sympatho*?

Bingo!

John pegou a mão dela e levou aos lábios, beijando-a com força. Então a colocou sobre seu coração, e enquanto a apertava, gesticulou:

Pensei que nunca iria perguntar, cabeça dura.

Xhex riu outra vez e John começou a sorrir tão forte que era como se as suas bochechas estivessem cheias de balas.

Com cuidado, ele a levou até seu peito e a segurou com cautela.

– Deus, John... eu não quero estragar tudo e tenho um histórico ruim demais.

Ele a puxou para trás e acariciou o sedoso e cacheado cabelo em seu rosto. Ela parecia muito ansiosa – não era assim que ele a queria num momento como aquele.

Vamos trabalhar nisso. Agora e no futuro.

– Espero que sim. Droga, nunca lhe contei isso, mas eu tive um amante uma vez... Não era como eu e você, mas era uma relação que ia mais além da questão física. Ele era um Irmão... um bom macho. Eu não contei a ele o que eu era, o que não foi justo. Apenas achei que não daria em nada... e estava totalmente errada. – Ela balançou a cabeça. – Ele tentou me salvar, tentou muito. Acabou indo à colônia me resgatar, e quando descobriu a verdade... ele simplesmente... perdeu a cabeça. Desistiu da Irmandade. Desapareceu. Nem sequer sei se ele está vivo. Essa é a principal razão pela qual eu lutei contra essa... coisa... entre você e eu. Eu perdi Murhder e isso quase me matou... e eu não sentia por ele a metade do que sinto por você.

Isso era bom, John pensou. Não que ela tivesse que passar por tudo aquilo... Cristo, de maneira nenhuma. Mas agora o passado deles fazia ainda mais sentido – e o fez confiar ainda mais no que estavam tendo agora.

Sinto muito, mas estou feliz por ter me contado isso. E eu não sou ele. Vamos lidar com isso noite após noite e não vamos olhar para trás. Olhamos para frente, você e eu. Olhamos para frente.

Ela riu em uma explosão silenciosa.

– Aliás, acho que não tenho mais revelações. Agora você já sabe tudo sobre mim.

Certo... talvez fosse um bom momento para falar algo importante, John pensou.

Ergueu as mãos e sinalizou lentamente:

Ouça, eu não sei como se sente sobre isso, mas há uma fêmea nesta casa... conhece a shellan *de Rhage? Ela é uma terapeuta e sei que alguns Irmãos a consultaram para esse tipo de coisa. Poderia apresentá-la. E talvez pudesse conversar com ela. Ela é muito legal e muito discreta... e talvez possa ajudá-la com o passado assim como com o futuro.*

Xhex respirou fundo.

– Sabe...? Tenho vivido com essa droga enterrada há tanto tempo... e veja o que aconteceu comigo. Posso ser uma "cabeça dura", mas não sou uma idiota. Sim... gostaria de conhecê-la.

John se inclinou e pressionou seus lábios nos dela; então esticou-se ao seu lado. Seu corpo estava exausto, mas o coração estava vivo e com uma felicidade tão pura quanto a luz do sol que ele não podia mais ver: era um mudo filho da mãe, com um passado sórdido e um trabalho noturno lutando contra o mau. E apesar de tudo isso... havia conquistado a garota.

Conquistou a garota *dele*, seu verdadeiro amor, sua *perdição*.

Claro, não se enganaria. A vida com Xhex não seria normal em vários aspectos – ainda bem que ele gostava de seu lado selvagem.

– John?

Ele assoviou uma nota ascendente.

– Quero me unir com você. Numa cerimônia adequada. Quero que seja perante o rei e todos os outros. Quero que seja oficial.

Bem... não é que aquilo fez seu coração parar?

Quando sentou e a encarou, ela sorriu.

– Meu Deus, a expressão em seu rosto. O que foi? Não imaginava que eu queria ser sua *shellan*?

Nem em um milhão de anos.

Ela recuou um pouco surpresa.

– E você não se importava com isso?

Era difícil de explicar. Mas o que tinham juntos ia além de uma cerimônia ou de uma tatuagem nas costas ou de votos de compromisso diante de testemunhas. Ele não sabia o motivo com precisão... mas ela era a peça que faltava no seu quebra-cabeça, a primeira e a última página do seu livro. De alguma maneira, era tudo o que precisava.

Tudo o que quero é você. Não importa o que aconteça.

Ela concordou com a cabeça.

– Bem, eu quero o pacote completo.

Ele a beijou de novo, suavemente, porque não queria machucá-la. Então, a puxou e articulou:

Eu amo você. E vou amar ser o seu hellren.

Ela corou. Corou mesmo. E isso fez com que ele se sentisse do tamanho de uma montanha.

– Bom, então está resolvido. – Ela colocou a mão no rosto dele. – Vamos nos unir agora.

Agora? Tipo... agora? *Xhex... está com dificuldades até para ficar em pé.*

Ela fixou-se nos olhos dele, e quando falou, sua voz tinha algo especial:

– Então, você iria me segurar, não é?

Ele percorreu suas feições com a ponta dos dedos. E enquanto fazia isso, por algum motivo estranho, sentiu os braços da eternidade os envolvendo, mantendo-os perto... vinculando-os para sempre.

Sim, ele articulou. *Sempre darei meu apoio, minha amada querida.*

Quando ele fundiu suas bocas, pensou que esse era seu voto. Com cerimônia ou não... esse era seu voto para sua fêmea.

Capítulo 70

A tragédia se abateu durante uma tempestade brutal de inverno que, na verdade, não era nada comparada com o longo parto da fêmea em sua cama. A ruína não levou mais que um piscar de olhos... e ainda assim as consequências mudaram o curso de várias vidas.

– Não!

O grito de Tohrment fez Darius levantar rapidamente a cabeça enquanto segurava um recém-nascido escorregadio em suas mãos. No início, não se podia dizer o que havia acontecido para causar tanto alarde. De fato, houve muito sangue durante o parto, mas a fêmea sobreviveu à entrega de seu filho a este mundo. Darius estava cortando o cordão umbilical e prestes a envolver a criança para apresentá-la à mãe...

– Não! Oh, não! – A face de Tohrment estava acinzentada quando estendeu a mão. – Oh, querida Virgem Escriba, não!

– Por que você...

Em princípio, Darius não conseguiu atribuir sentido ao que viu. Parecia... que o punho da adaga de Tohrment se projetava sobre lençóis que cobriam a barriga ainda arredondada da mulher.

E as mãos pálidas da moça, agora ensanguentadas, estavam escorregando lentamente da arma até caírem ao seu lado.

– Ela a pegou! – Tohrment ofegou. – Do meu cinto... eu... foi tão rápido... me abaixei para cobri-la e... ela desembainhou a...

Os olhos de Darius se fixaram na fêmea. Seu olhar estava fixo no fogo da lareira, uma única lágrima escorria em seu rosto enquanto a luz da vida começava a flutuar para longe dela.

Darius derrubou o balde de água ao lado da cama em sua luta para chegar até ela... para tirar a adaga... para salvá-la... para...

O ferimento que ela havia infligido a si mesma foi mortal, considerando tudo o que ela tinha suportado durante o parto... e, ainda assim, Darius não podia deixar de lutar para tentar salvá-la.

– Não deixe sua filha! – disse ele, inclinando-se com a criança que se contorcia. – Você deu à luz a um bebê saudável! Abra os olhos, Abra os olhos!

Enquanto o som da água gotejando da bacia soava tão alto quanto um tiro, nenhuma resposta vinha da fêmea.

Darius sentiu que sua boca estava em movimento e a sensação de que estava falando... mas por alguma razão, tudo que conseguia ouvir era o som do gotejar suave da água sendo derramada enquanto implorava à fêmea para que ficasse com eles... por amor à filha, pela esperança do futuro, pelos laços que ele e Tohrment estavam preparados para estabelecer com ela para que nunca mais estivesse sozinha enquanto criava a criança que havia nascido.

Quando sentiu algo sobre sua calça, franziu a testa e olhou para baixo.

Não era água que caía no chão. Era sangue. Dela.

– Oh, querida Virgem Escriba... – ele sussurrou.

Em verdade, a fêmea havia escolhido seu curso e selado seu destino.

Seu último suspiro foi nada além de um estremecimento, e depois a cabeça pendeu para o lado, seus olhos aparentemente ainda estavam fixos às chamas que lambiam as toras de madeira... quando na verdade ela não via nada, estava cega para sempre.

O lamento do recém-nascido abandonado e os pingos eram os únicos sons que Darius conseguia ouvir na cabana. E, de fato, foi o choro queixoso da criança que o fez entrar em ação, pois não havia nada a fazer sobre o sangue derramado ou a vida perdida. Agarrando a manta que havia sido feita para a criança, embrulhou cuidadosamente a inocente pequenina e segurou-a sobre seu coração.

Oh, que destino cruel havia sido trazido sobre aquele pequeno milagre. E o que aconteceria agora?

Tohrment observou a cama de parto ensanguentada e o corpo que agora já esfriava, com olhos que ardiam de horror.

– Eu me virei apenas por um momento... que a Virgem Escriba me perdoe... apenas por um momento eu...

Darius balançou a cabeça. Quando foi falar, não encontrou sua voz, então colocou a mão sobre o ombro do rapaz e o apertou para oferecer algum consolo. Enquanto Tohrment se debatia consigo mesmo, o choro ficou mais alto.

A mãe havia ido embora. A filha havia permanecido.

Darius se inclinou com a nova vida em seus braços e recolheu a adaga de Tohrment do ventre da fêmea. Afastou o objeto, fechou as pálpebras daqueles olhos e cobriu sua face com um lençol limpo.

– Ela não vai para o Fade – Tohrment gemeu com a cabeça entre as mãos. – Condenou a si mesma...

– Foi condenada pelas ações dos outros. – E o maior pecado dentre todos que haviam cometido contra ela foi a covardia de seu pai. – Estava condenada há muito tempo. Oh destino impiedoso, estava condenada há muito tempo. Certamente, a Virgem Escriba olhará para ela em sua morte com a benevolência que não conheceu durante sua vida.

Oh... maldito... detestável, maldito destino...

Mesmo enquanto criticava tantas coisas em sua cabeça, Darius levou a pequena criança para perto do fogo, pois estava preocupado com o ar frio. Quando os dois se aproximaram da fonte de calor, ela abriu a boca e começou a buscar... e por falta de uma alternativa melhor, ofereceu seu dedo mínimo para que ela sugasse.

Com a tragédia ainda ecoando alto como um grito, Darius analisou os traços da criança e observou quando se estendeu em direção à luz.

Os olhos não eram vermelhos. Em sua mão havia cinco dedos, não seis. E a junção entre eles era normal. Abrindo brevemente a manta, verificou os pés, a barriga, a cabecinha... e viu que o comprimento anormal das feições e membros, características dos devoradores de pecado, não estavam presentes.

O peito de Darius rugiu de dor pela fêmea que havia levado tal vida dentro de seu corpo. Havia se tornado parte tanto dele quanto de Tohrment... e embora ela raramente falasse e nunca sorrisse, sabia que havia se afeiçoado a eles também.

Os três constituíram uma espécie de família.

E agora ela tinha deixado a pequenina para trás.

Darius arrumou outra vez o cobertor e percebeu que a manta era a única maneira pela qual a mulher havia mostrado reconhecimento pelo nascimento iminente. Na verdade, ela mesma havia feito a colcha na qual sua filha estava enrolada. Foi o único interesse que teve na gravidez... provavelmente por saber o que estava por vir.

Todo esse tempo, ela sabia o que iria fazer.

Os olhos bem abertos da criança o observavam, as sobrancelhas arqueadas como se estivesse prestando atenção, e tendo a sensação de um grande fardo, Darius reconheceu como aquele pequeno embrulho era vulnerável... se deixada sozinha no frio, morreria em questão de horas.

Tinha que fazer a coisa certa por ela. Era tudo que importava.

Tinha que cuidar dela e fazer o certo. Ela havia começado com tantas coisas contra ela e agora era órfã.

Querida Virgem Escriba... ele cuidaria dela, mesmo que fosse sua última ação na terra.

Ouviu o som dos lençóis sendo mexidos, e quando Darius olhou por cima do ombro, viu que Tohrment havia envolvido o corpo da fêmea e recolhido-a em seus braços.

– Vou cuidar dela – disse o garoto. Porém, sua voz não era mais a de um garoto. Era a de um macho totalmente crescido. – Eu... vou cuidar dela.

Por alguma estranha razão, o modo como ele segurava a cabeça dela era a única coisa que Darius podia ver: a mão grande e forte de Tohrment embalava o corpo como se estivesse viva, segurando-a como se estivesse consolando-a em seu peito.

Darius clareou a garganta e imaginou se seus ombros eram fortes o suficiente para suportar o peso. Como continuaria respirando... o coração batendo... como continuaria caminhando?

Pois, na verdade, havia falhado. Havia libertado a fêmea, mas no final das contas, havia falhado com ela...

Porém, em seguida, esforçou-se e virou-se para encarar seu protegido.

– A macieira...

Tohrment assentiu.

– Sim. Foi o que pensei. Embaixo da macieira. Vou levá-la até lá agora e para o inferno com essa tempestade.

Não se surpreendeu com a intenção do garoto em lutar contra os elementos da natureza para enterrar a fêmea. Ele, sem dúvida, necessitava do esforço para aliviar sua agonia.

– Ela desfrutará das flores na primavera e do som dos pássaros sobre os ramos.

– E quanto ao bebê?

– Vamos cuidar dela também. – Darius olhou para baixo, para o pequeno rosto. – Entregaremo-na a alguém que cuidará dela como merece.

Na verdade, não poderiam mantê-la ali. Passavam a noite toda fora, lutando, e a guerra não parava por perdas pessoais... a guerra não parava por nada nem ninguém. Além disso, ela precisava de coisas que dois machos, mesmo bem intencionados, não poderiam oferecer.

Necessitava do auxílio de uma mãe.

– É noite ainda? – Darius perguntou bruscamente quando Tohrment foi em direção à porta.

– Sim – o macho disse enquanto destrancava a fechadura. – E temo que seja para sempre assim.

A porta se abriu com força pelo vento e Darius protegeu o bebê com o corpo. Quando a rajada foi detida com o fechamento, olhou para a pequena nova vida.

Traçando seu rosto com as pontas dos dedos, preocupou-se com o que os próximos anos reservariam para ela. Seriam mais gentis do que as circunstâncias que cercaram seu nascimento?

Rezou para que fossem. Rezou para que ela encontrasse um macho de valor para protegê-la e para que tivesse filhos e vivesse como uma pessoa normal dentro de seu mundo.

E faria todo o possível para garantir isso.

Incluindo... abrir mão dela.

Capítulo 71

Quando a noite caiu sobre a mansão da Irmandade, Tohrment, filho de Hharm, colocou suas armas e pegou sua jaqueta do armário.

Ele não ia sair para lutar e, ainda assim, sentia como se estivesse enfrentando um inimigo. E estava indo sozinho. Disse a Lassiter para relaxar e arrumar uma manicure ou qualquer coisa do gênero, porque existem coisas que é preciso se fazer sozinho.

O anjo caído simplesmente assentiu com a cabeça e desejou-lhe boa sorte. Como se soubesse exatamente a situação complicada que Tohr estava prestes a enfrentar.

Deus, o fato do cara não ser surpreendido por nada era quase tão irritante quanto todo o resto sobre ele.

A questão era a seguinte: John tinha chegado em casa há mais ou menos meia hora e compartilhado boas notícias. Coisas pessoais. O garoto estava sorrindo tanto que havia uma grande possibilidade de seu rosto congelar naquela posição, e isso era uma situação totalmente fantástica.

Cara, a vida podia ser tão estranha. E muitas vezes isso significava que coisas ruins devastavam boas pessoas. Entretanto, esse não era o caso. Graças a Deus, não dessa vez.

E era difícil pensar em duas pessoas que merecessem mais isso.

Deixando seu quarto, Tohr caminhou pelo corredor de estátuas. O feliz anúncio de que John e Xhex iriam se unir tinha se espalhado por toda a casa, trazendo muita, e bastante necessária, alegria para todos. Especialmente a Fritz e os *doggen*, que adoravam uma grande festa.

E cara, pelo barulho lá embaixo, estavam no auge dos preparativos. Ou isso ou alguma grande fabricante de motos estava montando uma super máquina no saguão.

Não. O barulho não era por estarem customizando uma moto, mas uma frota de enceradeiras tinha saído para passear.

Detendo-se, Tohr apoiou as mãos sobre o corrimão e olhou para a imagem da macieira em floração no mosaico. Enquanto observava os *doggen* girando suas máquinas sobre os galhos e tronco, concluiu que a vida podia ser correta e justa em algumas ocasiões. Podia mesmo.

E essa era a única razão pela qual conseguiu reunir forças para o que tinha que fazer.

Depois de descer a escadaria em uma corrida, acenou para um *doggen* driblando o caminho dos serviçais e esquivando-se ao longo do corredor. No pátio, respirou fundo e se preparou. Tinha umas boas duas horas antes da cerimônia, o que era bom. Não tinha certeza de quanto tempo isso levaria.

Fechando os olhos, dispersou seus átomos e tomou forma... no terraço da casa que morava com sua *shellan*, o lugar que ele e sua amada viveram por uns bons cinquenta anos.

Quando abriu os olhos, não olhou para a casa. Ao invés disso, inclinou a cabeça para trás e procurou pelo céu noturno acima do telhado. As estrelas estavam ali, o brilho delas ainda não tinha sido ofuscado pela lua que ainda chegaria a uma altura considerável.

Onde estariam seus mortos? Quais dentre as pequenas luzes eram as almas daqueles que perdera?

Onde estaria sua *shellan* e seu filho? Onde estaria Darius? Onde estariam todos aqueles que partiram abandonando o árduo caminho terreno para residir na morada aveludada do Fade?

Será que viam o que acontecia ali? Viam o que acontecia, tanto coisas boas quanto ruins?

Sentiam saudade daqueles que deixaram para trás?

Será que sabiam que sentiam falta deles?

Tohr trouxe a cabeça, lentamente, para o nível normal e se enrijeceu.

Sim, claro... doía demais apenas olhar para o lugar.

E a metáfora era muito óbvia: estava olhando para um buraco enorme em sua casa, a janela de vidro do velho quarto de John explodiu em sua estrutura, um monte de nada foi deixado no lugar onde deveria haver algo.

Uma brisa soprou, as cortinas que pendiam de cada lado flutuaram suavemente.

Tão óbvio: a casa era ele. Um buraco foi o que restou depois que perdeu... Wellsie.

Ainda era difícil pensar em seu nome. Quanto mais dizê-lo.

Na lateral, havia meia dúzia de folhas de madeira compensada junto a uma caixa de pregos e um martelo. Fritz os trouxe assim que Tohr soube do acidente, mas o *doggen* tinha ordens estritas para não resolver o problema sozinho.

Tohr consertava sua casa. Sempre.

Enquanto avançava, as solas de suas botas de combate esmagavam os cacos de vidro, o som de estalos o seguiu até que chegou ao batente da porta. Pegando um chaveiro do bolso, apontou para a casa e apertou um botão para desativar o sistema de segurança. Houve o som distante de um *bip-bip*, que significava que o sistema de segurança tinha registrado o sinal e estava desativado.

Estava livre para entrar: os detectores de movimento foram desativados e poderia abrir qualquer porta ou janela externa do local.

Livre para entrar.

Sim.

Ao invés de dar aquele primeiro passo, foi até a madeira compensada, pegou uma das placas e a forçou contra o encaixe. Inclinando a coisa contra a casa, voltou-se para os pregos e o martelo.

Levou mais ou menos meia hora para tampar o buraco, e quando deu um passo para trás para inspecionar o esforço, achou que estava uma droga. O resto do lugar estava impecável, apesar do fato de ninguém o habitar desde... o assassinato de Wellsie. Tudo estava organizado: os antigos *doggen* foram bondosos e cuidaram do exterior e interior da casa uma vez por mês... mesmo tendo mudado para servir outra família fora da cidade.

Engraçado, tentou pagá-los pelo que fizeram ali, agora que ele estava de volta à cidade, mas recusaram o dinheiro. Apenas devolveram tudo com um bilhete amável.

Cada um deve ter sofrido à sua maneira.

Tohr colocou o martelo e o restante dos pregos no topo do painel de madeira que não tinha usado e obrigou-se a caminhar ao redor da parte externa da casa. Olhava de tempos em tempos para as janelas. As cortinas tinham sido puxadas, mas, ainda assim, sua visão penetrou facilmente as dobras do pano, visualizando todos os fantasmas que moravam dentro daquelas paredes.

Nos fundos, viu-se sentado na mesa da cozinha, com Wellsie cozinhando no fogão, os dois discutindo o fato de que ele não tinha guardado as armas na noite anterior. Outra vez.

Deus, ela o excitava mesmo quando brigava com ele.

E quando Tohr chegou à sala, lembrou-se de pegá-la em seus braços e fazê-la dançar enquanto cantarolava uma valsa em seu ouvido. Muito mal.

Ela sempre se encaixou tão bem nele, seus corpos foram feitos um para o outro.

E na porta da frente... lembrou-se de entrar com flores. Em todos os aniversários.

Suas flores favoritas eram as rosas brancas.

Quando chegou na frente da garagem e olhou para dentro, observou a vaga da esquerda, a que era mais próxima da casa.

Aquela de onde Wellsie tirou o Range Rover pela última vez.

Após o tiroteio, a Irmandade pegou o carro e se livrou dele, e Tohr nem sequer quis saber o que aconteceu com a coisa. Nunca perguntou sobre isso. Nunca perguntaria.

A fragrância tanto do perfume quanto do sangue dela era demais para ele suportar, mesmo hipoteticamente.

Balançou a cabeça enquanto olhava para a porta fechada. Nunca se sabe a última vez que se vê alguém. Quando aconteceria a última discussão, a última vez que faria sexo com essa pessoa ou a última vez que olharia nos olhos dela e agradeceria a Deus por estar em sua vida.

Depois que partiam? Só se consegue pensar nisso.

Dia e noite.

Andando pela lateral da garagem, encontrou a porta que estava procurando e teve que forçá-la com o ombro.

Caramba... ainda tinha o mesmo cheiro: uma mistura do ar seco do concreto, do óleo suave do carro e do combustível remanescente no cortador de grama. Acendeu a luz. Cristo, o lugar parecia como um museu de uma era muito, muito antiga; reconhecia os objetos daquela vida, poderia descrever seus usos... mas não tinham um lugar na sua atual existência.

Focou sua atenção no presente.

Entrou na casa e encontrou a escada para o segundo andar. O sótão acima da garagem estava totalmente terminado, aquecido e mobiliado com uma combinação eclética de baús do século 19, caixas de madeira do século 20 e contêineres de plástico do século 21.

Não chegou a olhar para o que tinha vindo buscar, mas pegou o baú dentro do qual aquilo sempre esteve guardado e carregou o velho roupeiro para baixo.

Não era possível se desmaterializar com aquilo, que droga.

Precisaria de uma carona. Por que não tinha pensado nisso?

Olhando por cima do ombro, observou o Corvette 1964 que restaurou. Tinha gastado horas no motor e na lataria, trabalhava nele até mesmo durante o dia – o que deixava Wellsie louca.

Vamos lá, querida, como se o teto fosse sair voando...

Tohr, estou lhe dizendo, você está abusando.

Hum, e se eu abusar de outras coisas também...

Fechou os olhos com força e enviou a lembrança para longe.

Aproximando-se do carro, imaginou se a chave ainda estava no...

Bingo.

Abriu a porta do lado do motorista e se espremeu atrás do volante. O teto estava aberto como sempre, porque ele nunca cabia de verdade naquela coisa com o teto abaixado. Socando a bota direita na embreagem, virou a chave e...

O rugido disparou como se a maldita coisa tivesse esperado tempo demais e estava louca da vida por ter sido ignorada, quase dizendo "finalmente".

Metade do tanque de combustível. O nível do óleo estava bom. O motor funcionava na mais perfeita sincronia.

Dez minutos depois, reativou o alarme de segurança e saiu da garagem com o baú na parte de trás do conversível. Prender a coisa foi fácil; colocou um cobertor para proteger a pintura, posicionou o peso na parte de cima e amarrou de todas as formas possíveis.

Contudo, teria que ir devagar. Mas tudo bem.

A noite estava fria e as pontas de suas orelhas ficaram dormentes antes mesmo de percorrer um quilômetro. Mas o aquecedor estava a todo vapor e o volante parecia bom e sólido contra as palmas de suas mãos.

Quando voltou à mansão da Irmandade, parecia que tinha sobrevivido a um teste mortal. E, ainda assim, não sentiu nenhuma sensação de triunfo em sua superação.

No entanto, estava decidido. E como Darius dizia, preparado para olhar para frente.

Pelo menos quando se tratava de matar seu inimigo.

Sim, estava ansioso por isso. Começando por esta noite, era todo o motivo que tinha para viver e estava mais que preparado para cumprir suas obrigações.

Capítulo 72

Levaram a pequenina até sua nova casa no lombo de cavalos de guerra.

A família que a adotou morava a muitas vilas e aldeias de distância. Darius e Tohrment viajaram durante a noite após o nascimento completamente armados, cientes de todas as maneiras pelas quais poderiam ser detidos no caminho. Quando chegaram ao chalé que procuravam, não era diferente da cabana de Darius, com um telhado de palha e paredes de pedras. Havia árvores que cercavam a casa e ofereciam proteção das intempéries e um celeiro do lado de fora que tinha cabras, ovelhas e vacas leiteiras pastando.

A casa tinha até mesmo um doggen, *conforme Darius ficou sabendo na noite anterior quando havia visitado aquela modesta, mas próspera família. Claro, não tinha sido apresentado à fêmea da residência naquele momento. Ela não estava atendendo e Darius e o macho tinham falado do assunto em particular, na varanda da frente.*

Quando ele e Tohrment puxaram as rédeas, os cavalos pararam e ficaram inquietos. De fato, os grandes garanhões foram criados para lutar, não para terem paciência, e depois que Darius desmontou, seu protegido conseguiu subjugar os dois animais apenas pela força física.

A cada milha percorrida do caminho até ali, Darius havia repensado sua escolha, mas agora que tinham chegado, sabia que aquele era o lugar onde a criança deveria estar.

Aproximou-se da porta com sua preciosa carga e o dono da casa foi quem abriu o sólido portal. Os olhos do macho brilhavam sob o luar, mas não era de alegria. De fato, uma perda bem familiar tinha atingido o virtuoso lar... foi assim que Darius os encontrou.

Os vampiros mantinham contato ao longo das colinas e vales da mesma forma que os seres humanos faziam: compartilhando histórias e compaixão.

Darius se curvou ao cavalheiro apesar de sua posição ser mais elevada.

– Saudações nesta noite fria.

– Saudações, senhor. – O macho curvou-se muito, e quando levantou, seu olhar se dirigiu para o minúsculo pacote. – Entretanto, está esquentando.

– Certamente. – Darius desdobrou o topo da manta e olhou mais uma vez para o rosto minúsculo. Aqueles olhos, aqueles olhos cinza-escuro arrebatadores, o encararam de volta. – Gostaria de... inspecioná-la primeiro?

Sua voz sumiu, pois não queria nenhum tipo de julgamento sobre a pequena nem agora nem nunca – na verdade, havia feito seu melhor para garantir isso. De fato, não havia compartilhado as circunstâncias de sua concepção com o macho. Como poderia? Como a aceitariam? E como ela não tinha traços visíveis de sua outra metade, ninguém jamais saberia.

– Não vou precisar de inspeção. – O cavalheiro balançou a cabeça. – Ela é uma bênção que preencherá os braços vazios de minha shellan. *Disse que ela é saudável, isso é tudo o que importa para nós.*

Darius soltou uma respiração aliviada que não sabia que estava segurando e continuou a olhar para o bebê.

– Tem certeza que deseja abrir mão dela? – o cavalheiro disse suavemente.

Darius olhou para Tohrment. Os olhos do macho queimavam enquanto o observava de cima de seu precioso cavalo, seu corpo de guerreiro vestido com peles de couro preto, com suas armas atadas ao peito e à sela: sua aparência era um prenúncio de guerra, morte e sangue derramado.

Darius estava ciente que ele mesmo apresentava um quadro semelhante quando se voltou para o cavalheiro e limpou a garganta.

– Poderia fazer-me um favor?

– Sim, senhor. Por favor, peça o que quiser.

– Eu... eu gostaria de dar-lhe o nome.

O cavalheiro fez uma nova reverência.

– Isso seria um gesto gentil e muito bem-vindo.

Darius olhou por cima do ombro do civil para a porta do chalé que havia sido fechada para deter o frio. Lá dentro, em algum lugar, havia uma fêmea de luto, a qual tinha perdido seu bebê no parto.

Na verdade, entendeu algo sobre aquele vazio sombrio, enquanto se preparava para entregar ao outro o que estava em seus braços. Uma parte de seu coração sempre estaria faltando depois que se afastasse daquele vale arborizado e daquela família que agora estaria curada – mas a jovem merecia o amor que a esperava ali.

A voz de Darius soou forte:

– Ela será chamada Xhexania.

O cavalheiro fez outra reverência.

– "Abençoada". Sim, adequa-se lindamente a ela.

Houve uma longa pausa durante a qual Darius memorizou aquele rosto angelical. Não sabia quando a veria outra vez. Essa era sua família agora, não precisava de dois guerreiros cuidando dela – seria melhor que não se intrometessem. Dois lutadores visitando aquela localidade tranquila regularmente? Questões poderiam ser levantadas sobre os motivos e talvez isso pudesse colocar em perigo o segredo que envolvia a concepção e o nascimento dela.

Para protegê-la, ele deveria desaparecer de sua vida para garantir que fosse criada como alguém normal.

– Senhor? – o cavalheiro disse humildemente. – Tem certeza que deseja fazer isso?

– Sinto muito. Mas claro... tenho certeza. – Darius sentiu o peito queimar quando se inclinou para frente e colocou a pequena nos braços de um estranho.

Seu pai.

– Obrigado... – A voz do macho falhava ao aceitar o pequeno peso. – Obrigado pelo presente de ter trazido luz à nossa escuridão. Em verdade, não há nada que possamos fazer pelo senhor?

– Sejam... sejam bons para ela.

– Seremos. – O macho começou a virar-se, mas fez uma pausa. – Nunca mais voltará, não é?

Ao balançar a cabeça, Darius não podia tirar os olhos do manto que a jovem mãe havia preparado.

– Ela é sua como se viesse de sua linhagem. Vamos deixá-la aqui sob seus bons cuidados e confiar que cuidará bem dela.

O cavalheiro deu um passo à frente e tocou o antebraço de Darius. Apertando-o, ofereceu consolo.

– Foi sábio ao confiar em nós. E saiba que será sempre bem-vindo aqui para vê-la.

Darius inclinou a cabeça.

– Obrigado. Que a Virgem Escriba olhe em favor de ti e dos seus.

– O mesmo para você.

Com isso, o cavalheiro atravessou a porta e entrou na casa. Com um aceno final de despedida, ele fechou-se com a pequenina.

Enquanto os cavalos bufavam e batiam os cascos, Darius caminhou de volta e olhou através dos vitrais de chumbo ondulados, esperando ver...

Perto do fogo, em cima de uma cama de lençóis limpos, uma fêmea estava com o rosto voltado para o calor flamejante. Estava pálida como o lençol que a cobria e os olhos vazios lembraram-no da trágica fêmea que passou ao Fade diante de sua lareira.

A shellan *do cavalheiro não se sentou ou olhou para seu* hellren *quando ele entrou no quarto e, por um momento, Darius temeu ter cometido um erro.*

Mas a pequenina deve ter emitido algum som, pois a cabeça da fêmea se virou de repente.

Quando ela viu o pacote que lhe foi apresentado, sua boca se abriu, confusão e temor passaram por suas feições encantadoras. Abruptamente, empurrou o cobertor dos braços e pegou o bebê. Suas mãos tremiam tanto que seu hellren *teve que ajudá-la a colocar o bebê sobre o coração... mas ela abraçou a filha recém-nascida sozinha.*

Foi o vento que fez os olhos de Darius marejarem. Sim, foi o vento.

Quando limpou o rosto com a palma da mão, disse a si mesmo que estava tudo bem e assim era como deveria ser... mesmo se sentisse uma grande tristeza dentro do peito.

Atrás dele, seu cavalo soltou um rugido e ergueu-se contra o domínio das rédeas, batendo seus cascos maciços contra a terra. Com o som, a fêmea no quarto ergueu o olhar alarmada e ninou seu precioso presente ainda mais perto de si, como se precisasse proteger o bebê.

Darius virou-se e andou às cegas até sua montaria. Com um salto, estava nas costas da grande besta, assumindo o controle do animal, aproveitando a potência e a raiva que havia em todos os músculos e ossos.

– Vamos até Devon – Darius disse, necessitando de um propósito a mais, do que precisar de ar ou de batimentos cardíacos. – Há relatos de redutores *por lá.*

– Sim. – Tohrment observou a casa. – Mas você está... com disposição para lutar agora?

– A guerra não espera nenhum macho se acalmar. – De fato, às vezes é melhor estar fora de si.

Tohrment assentiu.

– Avante a Devon, então.

Darius soltou as rédeas e o cavalo de guerra arrancou depois de ter sido forçado a parar, galopando para dentro da floresta, a toda velocidade. O vento no rosto de Darius afastou suas lágrimas, mas não fez nada para curar a dor em seu peito.

Enquanto cavalgava de volta à guerra perguntou-se se veria o bebê outra vez – mas sabia a resposta. Não havia qualquer possibilidade de seus caminhos se cruzarem. Como poderiam? Quantas reviravoltas a vida teria que dar para uni-los outra vez?

Na verdade, isso desafiava o destino, não?

Oh, aquela pequenina. Mal concebida. Nunca seria esquecida.

Sempre levaria um pedaço de seu coração com ela.

Capítulo 73

Mais tarde Xhex refletiria que as coisas boas, assim como as más, vinham todas de uma vez.

Nunca teve essa experiência em particular antes... não com a questão de vir tudo de uma vez, mas com a parte das coisas "boas".

Graças ao sangue de John Matthew e o trabalho da doutora Jane, estava nova em folha uma noite após a luta com Lash, e sabia que estava de volta ao seu estado normal porque havia colocado seus cilícios novamente. E cortado o cabelo. E ido até sua casa no Rio Hudson para pegar roupas e armas.

E passou mais ou menos... quatro horas fazendo amor com John.

Também havia se encontrado com Wrath e parecia que ela tinha um novo emprego: o grande Rei Cego a convidou para lutar com a Irmandade. Quando ela demonstrou surpresa num primeiro momento, ele alegou que suas habilidades eram muito necessárias e bem-vindas na guerra – e matar *redutores* não era nada mal.

Grande. Ideia. Estava totalmente dentro dessa.

E por falar em estar dentro de algo, ela se mudou para o quarto de John. No armário dele, suas roupas de couro e camisetas estavam penduradas ao lado das dele, suas botas de combate estavam alinhadas juntas e todas as facas, armas e brinquedinhos dela estavam agora trancados no gabinete à prova de fogo dele.

Até suas munições estavam guardadas juntas.

Assustadoramente romântico.

Então, sim. Os negócios estavam como de costume.

Exceto por... bem, exceto pelo fato de que estava sentada naquela grande cama esfregando as palmas suadas das mãos já fazia meia hora. John estava se exercitando no centro de treinamento antes da cerimônia e ela estava contente que ele estivesse ocupado em outro lugar.

Não queria que a visse nervosa como estava.

Porque, no final, além da fobia médica, havia outra pequena falha na sua fiação interna: a ideia de ficar em pé diante de uma tonelada de pessoas e de ser o foco das atenções durante uma cerimônia de união lhe dava náuseas. Contudo, achava que essa reação não deveria ser tão surpreendente. Afinal, em seu trabalho como assassina, a ideia era manter-se invisível. E ela sempre foi introvertida, tanto pelas circunstâncias quanto pelo seu caráter.

Recostando-se outra vez nos travesseiros, apoiou-se na cabeceira da cama, cruzou os pés e pegou o controle remoto. O pequeno modelo da Sony realizou suas funções com admirável talento, a coisa mudava os canais tão rápido quanto a batida de seu coração.

Não era apenas o fato de que haveria tantas testemunhas para a cerimônia dela e de John. Era porque se casar a fazia pensar na maneira como as coisas deveriam ter sido se ela tivesse uma vida normal. Em noites como esta, a maioria das fêmeas se vestiam com roupas feitas especialmente para a ocasião e eram cobertas pelas joias da família. Ficavam ansiosas para serem entregues aos seus pretendentes por seus pais orgulhosos e suas mães deviam estar chorando agora, assim como quando os votos fossem trocados.

Por outro lado, Xhex andaria pelo altar sozinha. Vestindo couro e uma camiseta regata, porque essas eram as roupas que possuía.

Enquanto os canais de TV mudavam diante de seus olhos, a distância entre ela e a "normalidade" parecia cada vez maior: não haveria reformulação do passado, nem correção dos picos e vales de sua história. Tudo, desde seu sangue mestiço, passando pelo simpático casal que havia criado um pesadelo, até tudo o que tinha acontecido com ela desde que deixou a casa... tudo isso estava escrito na fria pedra do passado.

Nunca seria alterado.

Pelo menos ela sabia que o bondoso casal que tentou criá-la como sua própria filha acabou tendo um bebê de sua linhagem, um filho que cresceu forte, vinculou-se bem e deu-lhes uma nova geração.

A ideia de os ter abandonado ficou mais fácil depois disso.

Mas todo o resto de sua vida, exceto por John, não havia tido um final feliz. Deus, talvez aquela também fosse a causa de seu nervosismo. Toda a coisa de vinculação com John era como uma revelação, quase bom demais para ser verdade...

Ela franziu a testa e ergueu-se. Em seguida, esfregou os olhos.

Não podia estar vendo direito o que havia na tela.

Não era possível... era?

Pressionando o botão direito do controle remoto, Xhex aumentou o volume.

– ... o fantasma de Rathboone assombra os corredores de sua mansão que foi construída na época da Guerra Civil. Que segredos aguardam a nossa equipe de *Investigadores Paranormais* enquanto tentam descobrir...

A voz do narrador diminuiu enquanto a câmera se aproximava mais e mais do retrato de um homem com cabelos escuros e olhos mal-assombrados.

Murhder.

Ela reconheceria aquele rosto em qualquer lugar.

Levantando-se de um salto, correu para a TV... mas como isso poderia ajudar?

A câmera se afastou para mostrar um bonito salão, em seguida imagens de uma casa branca de fazenda. Estavam falando sobre algum especial ao vivo... durante o qual iriam tentar expulsar o fantasma de um abolicionista da Guerra Civil que tantos afirmavam ainda percorrer as salas nas quais tinha vivido.

Voltando a se concentrar no comentarista novamente, tentou desesperadamente ver onde a mansão estava localizada. Talvez ela pudesse...

Nos arredores de Charleston, Carolina do Sul. É onde ele estava.

Dando um passo para trás, bateu na cama com suas panturrilhas e sentou-se. Seu primeiro pensamento foi se desmaterializar até lá e ver por si mesma se era seu ex-amante, um fantasma de verdade ou apenas alguns produtores de televisão talentosos fazendo muito barulho por nada.

Mas a razão superou o impulso. A última vez que tinha colocado os olhos em Murhder, deixou claro que não queria nada com ela. Além disso, apenas porque existia uma antiga pintura a óleo que lembrava o macho, não significava que ele estava morando naquela mansão antiga e dando uma de Gasparzinho.

Apesar de o retrato ser muito semelhante. E aterrorizar seres humanos parece mesmo a praia dele.

Droga... ela o queria bem. Totalmente. E se não estivesse convencida de que seria mal recebida assim como foi o segredo que ela deveria ter contado depois que se envolveram, teria feito a viagem.

No entanto, às vezes a melhor coisa que você pode fazer por uma pessoa é ficar longe dela. E Xhex lhe deu seu endereço no Hudson. Sabia onde encontrá-la.

Deus, esperava que ele estivesse bem, apesar de tudo.

A batida na porta a fez girar a cabeça.

– Olá? – disse ela.

– Isso é um "entre"? – uma profunda voz masculina respondeu.

Ela levantou-se e franziu a testa, pensando que com certeza não soava como a voz de um *doggen*.

– Sim. Está destrancada.

A porta se abriu com força para revelar... um baú – um baú guarda-roupa. Um baú guarda-roupa Louis Vuitton para ser mais exata. E ela concluiu que o cara que o segurava era um Irmão... levando em conta as botas de combate e a calça de couro que apareciam por baixo.

A menos que Fritz tivesse trocado o estilo mordomo certinho por algo que seguisse mais o manual de V. E engordado uns quarenta e cinco quilos.

O baú baixou o suficiente para que ela tivesse uma visão clara do rosto de Tohrment. A expressão do Irmão era grave, mas ele nunca foi de gracinhas mesmo. Nunca tinha sido... e levando em conta o rumo que sua vida havia tomado, nunca seria.

Ele limpou a garganta e depois inclinou a cabeça em direção ao que estava contra seu peito.

– Trouxe uma coisa para você. Para sua cerimônia.

– Hum... bem, John e eu não fizemos a lista de presente em lugar nenhum. – Ela fez sinal para que ele entrasse. – Afinal, lojas de móveis e utilidades não vendem armas. Mas obrigada.

O Irmão entrou pelo batente da porta e colocou o baú no chão. A coisa tinha um metro e meio de altura e cerca de um metro de largura e parecia abrir bem no meio.

No silêncio que se seguiu, os olhos de Tohrment deslizaram sobre seu rosto e mais uma vez ela tinha a estranha sensação de que o cara sabia demais sobre ela.

Ele limpou a garganta novamente.

– É costume na cerimônia de união de uma fêmea que sua família ofereça as vestimentas.

Xhex franziu a testa outra vez. Então, lentamente, balançou a cabeça de um lado para o outro.

– Eu não tenho família. Não de verdade.

Deus, aquele olhar grave e conhecedor a deixava louca... e, rapidamente, seu lado *sympatho* saiu para se infiltrar na grade emocional dele, avaliando, medindo.

Certo. Isso não fazia sentido. A dor, o orgulho, a tristeza e a alegria que estava sentindo... seriam razoáveis apenas se ele a conhecesse. E pelo que sabia, eram estranhos entre si.

Para encontrar a resposta, ela tentou vasculhar sua mente e memórias... mas ele a impedia de entrar em sua mente. Ao invés de ler seus pensamentos... tudo que ela conseguiu foi assistir uma cena de *Godzilla vs. Mothra.*

– Quem é você para mim? – ela sussurrou.

O Irmão acenou com a cabeça em direção ao baú.

– Eu trouxe algo... para você vestir.

– Bem, sim, mas estou mais interessada na razão. – Claro, soou ingrato, mas boas maneiras nunca tinham sido seu forte. – Por que se importa?

– As razões específicas não são relevantes, mas são suficientes. – Leia-se: não iria entrar no assunto. – Vai permitir que eu lhe mostre?

Normalmente, a resposta dela seria um sonoro "não", mas esse não era um dia normal e nem ela estava em seu humor normal. E tinha a estranha sensação... de que ele estava protegendo-a com todo aquele bloqueio mental. Protegendo-a de uma série de fatos que ele temia feri-la profundamente.

– Certo. Ok. – Ela cruzou os braços sobre o peito, sentindo-se um tanto incomodada. – Abra-o.

Os joelhos do Irmão estalaram quando ele se ajoelhou na frente do baú e pegou uma chave de bronze do bolso traseiro. Houve um clique, em seguida soltou as travas na parte superior e inferior e movimentou-se por trás da coisa.

Mas ele não abriu. Ao invés disso, passou os dedos por todo o baú com reverência... enquanto sua grade emocional estava quase tendo um colapso por causa da dor que estava sentindo.

Preocupada com sua saúde mental e com o sofrimento que estava passando, ela ergueu a mão para detê-lo.

– Espere. Tem certeza que quer...

Ele abriu o baú, puxando as duas metades da frente...

Metros de cetim vermelho... metros de cetim vermelho-sangue derramaram-se dos limites do móvel, caindo sobre o tapete.

Era um verdadeiro vestido para uma cerimônia de união. O tipo de coisa que era passado de fêmea para fêmea. O tipo de vestido que tirava seu fôlego, mesmo não sendo muito feminina.

Xhex encarou o Irmão. Ele não estava olhando para o que tinha trazido. Seu olhar estava fixo na parede do outro lado da sala, sua expressão era de tolerância, como se o que estava fazendo estivesse matando-o.

– Por que me trouxe isso? – ela sussurrou, reconhecendo o que aquilo deveria ser. Sabia pouco sobre o Irmão, mas tinha plena consciência de que sua *shellan* tinha sido alvejada pelo inimigo. E esse tinha que ser o vestido da cerimônia de Wellesandra. – É uma verdadeira agonia para você.

– Porque uma fêmea deve ter um vestido apropriado para caminhar... pelo... – Ele teve que limpar a garganta mais uma vez. – Este vestido foi usado pela última vez pela irmã de John no dia de sua união com o rei.

Xhex estreitou os olhos.

– Então, isso é de John?

– Sim – disse ele com voz rouca.

– Você está mentindo... não quero desrespeitá-lo, mas sei que não está me dizendo a verdade. – Ela observou todo o cetim vermelho. – É incrivelmente lindo. Mas eu simplesmente não entendo por que você iria aparecer aqui esta noite e oferecer tal vestimenta para eu usar... porque suas emoções são muito pessoais neste momento, e você não consegue sequer olhar para a coisa.

– Como eu disse, minhas razões são particulares. Mas seria... um gesto bem-intencionado, se pudesse se unir vestida com ele.

– Por que isso é tão importante para você?

Uma voz feminina os interrompeu.

– Porque ele estava lá no começo.

Xhex virou-se. Na porta, em pé, entre os batentes, estava uma figura negra com capuz e seu primeiro pensamento foi que era a Virgem Escriba... só que não havia luz brilhante sob as vestes.

Seu segundo pensamento foi que a grade emocional daquela fêmea... era uma cópia da que Xhex possuía.

Ao ponto de serem idênticas.

A figura aproximou-se mancando e Xhex cambaleou para trás e tropeçou em algo. Enquanto caía, tentou equilibrar-se na cama e não conseguiu, aterrissando com tudo sobre o chão.

Suas grades eram absolutamente idênticas, não em termos de emoções, mas a estrutura em si. Idênticas... como mãe e filha seriam.

A fêmea levou as mãos até o capuz, e lentamente levantou o material que cobria o rosto.

– Jesus... *Cristo.*

A exclamação veio de Tohrment e o som de sua voz fez a fêmea voltar seu olhar cinzento para ele. E curvou-se em uma reverência lenta.

– Tohrment... filho de Hharm. Um dos meus salvadores.

Xhex tinha uma vaga ideia de que o Irmão apoiava-se no baú, como se os seus joelhos tivessem decidido tirar umas férias. Mas o que realmente a preocupava eram os traços revelados. Eram tão semelhantes com os dela, mais arredondados, é verdade... mais delicados, sim... mas a estrutura óssea era a mesma.

– Mãe... – Xhex sussurrou.

Quando os olhos da fêmea voltaram a observá-la, analisou seu rosto da mesma maneira que Xhex havia feito.

– É verdade... você é linda.

Xhex tocou o próprio rosto.

– Como...

A voz de Tohrment estava chocada quando perguntou:

– Sim... *como*?

A fêmea avançou um pouco mais com aquele andar manco... e Xhex imediatamente quis saber quem ou o que a tinha ferido: apesar de não fazer qualquer sentido – disseram-lhe que sua verdadeira mãe havia morrido durante o parto – mas não queria que nenhum mal se abatesse sobre aquela adorável e triste criatura com a túnica.

– Na noite do seu nascimento, filha minha, eu... eu morri. Mas quando procurei a entrada do Fade, não fui autorizada a passar. No entanto, a Virgem Escriba, com toda sua misericórdia, permitiu que eu ficasse isolada no Outro Lado, e naquele lugar eu tenho permanecido, servindo as Escolhidas como penitência para a minha... morte. Ainda estou a serviço de uma Escolhida e vim para este lado a fim de cuidar dela. Mas... em verdade, cheguei neste plano para finalmente olhar para você pessoalmente. Tenho-lhe observado e orado muito por você no Santuário... e agora que a vejo... estou bem ciente de que há muito pelo que precisa considerar e pode ficar irritada... mas se tiver um coração aberto para mim, gostaria de moldar... um elo de afeição entre nós. Também conseguirei entender se for tarde demais...

Xhex piscou. Por mais tola que isso a fizesse parecer, era tudo que podia fazer... além de absorver a dor incrível da fêmea.

Finalmente, numa tentativa de entender alguma coisa, qualquer coisa, ela tentou vasculhar a mente da figura vestida com a túnica diante dela, mas não chegou muito longe. Quaisquer pensamentos ou memórias específicas, como as de Tohrment, estavam bloqueados para sua percepção. Tinha um contexto emocional, mas nenhum detalhe.

No entanto, sabia que a mulher dizia a verdade.

E embora muitas vezes sentiu-se abandonada por aquela que tinha lhe dado à luz, não era estúpida. As circunstâncias de sua concepção, considerando quem tinha sido seu pai, não poderiam ter sido alegres.

Terríveis, era o mais provável nesse caso.

Xhex sempre sentiu que devia ter sido uma maldição sobre a mãe que a carregou, mas agora, conhecendo a fêmea face a face? Não sentiu qualquer aspereza em relação à figura parada e tensa diante dela.

Xhex ficou em pé, e enquanto se levantava, sentiu o desespero e a incredulidade de Tohrment. Ela mesma conhecia tais sentimentos. Mas não quis afastar-se daquela oportunidade... daquele presente dado pelo destino na noite de sua união.

Ela caminhou lentamente pelo tapete. Quando se aproximou da mãe, percebeu que a outra fêmea era muito menor do que ela, de constituição mais magra e de uma natureza mais tímida.

– Qual é o seu nome? – Xhex perguntou com voz rouca.

– Eu sou... No'One – respondeu. – No'One...

Um assovio estridente vindo da porta passou por todos. John estava na entrada do quarto com sua irmã, a rainha, ao seu lado e uma pequena bolsa vermelha nas mãos onde se lia "Joalheria Marcus Reinhardt, desde 1893".

Era evidente que John não tinha ido treinar. Tinha ido com Beth ao mundo humano... para escolher um anel.

Xhex olhou ao redor, em direção ao grupo reunido no quarto e visualizou a pintura que formavam: Tohrment ao lado do baú Louis Vuitton, John e Beth na porta, No'One ao lado da cama.

Ela iria lembrar-se deste momento todos os dias de sua vida. E embora houvesse mais perguntas do que respostas em sua mente, encontrou forças na própria alma para responder a pergunta muda de John sobre quem era sua convidada misteriosa.

E, na verdade, foi por causa dele que foi capaz de responder: "Sempre olhar para frente". Havia muita coisa no passado que era melhor deixar nos anais da história. Ali, naquele quarto, com aquelas pessoas, precisava olhar para frente.

Limpando a garganta, ela disse em voz alta e clara:

– John... esta é minha mãe. E ela ficará ao meu lado em nossa cerimônia.

John parecia absolutamente perplexo – mas superou rapidamente. Como um perfeito cavalheiro, aproximou-se e inclinou até a cintura diante de No'One. Depois de gesticular, Xhex traduziu com voz rouca:

– Ele disse que é grato por sua presença nesta noite e que será sempre bem-vinda em nossa casa.

No'One colocou as mãos sobre o rosto, evidentemente dominada pela emoção.

– Obrigada... obrigada.

Xhex não era muito de abraços, mas era muito boa em segurar as pessoas e ela segurou o braço extremamente magro de sua mãe para que não caísse sobre o tapete.

– Está tudo bem – ela disse para John, que estava obviamente assustado por ter perturbado a fêmea. – Espere... não olhe para lá, não pode ver o meu vestido de noiva.

John congelou com os olhos fixos no meio da sala.

Vestido de noiva?

Difícil saber o que foi mais chocante: sua mãe aparecendo pela primeira vez em trezentos anos, ou o fato de que, sim, parecia que vestiria um vestido de noiva.

Nunca se sabe para onde a vida leva as pessoas, não é mesmo?

E, às vezes, as surpresas não são tão ruins, nem um pouco ruins.

Um... John.

Dois... um vestido de noiva.

Três... sua mãe.

Aquela era uma noite boa, uma noite muito boa mesmo.

– Bem, vamos descer – disse ela, movimentando-se para fechar o vestido dentro do baú. – Tenho que me vestir... não quero estar atrasada para a minha união.

Quando empurrou o baú para fora do quarto, recusando a ajuda dos machos, pediu para No'One e Beth irem com ela. Afinal, no que dizia respeito a sua mãe e a irmã de John, era necessário que todos começassem a se conhecer... e que melhor maneira do que ajudarem a vestir-se adequadamente para seu futuro *hellren*?

Para seu macho de valor.

Para o amor de sua vida.

Aquela noite era, de fato, a melhor noite de sua vida.

CAPÍTULO 74

John Matthew foi forçado a ficar de lado e assistir à sua *shellan* levando um baú do tamanho de um carro em direção ao corredor, com a irmã dele... e a mãe dela?

Estava entusiasmado com as duas últimas fêmeas; não tanto com o peso que ela carregou. Mas sabia que era melhor não bancar o machão forte. Se Xhex precisasse de ajuda, ela pediria.

Bom, acontece que ela era forte o suficiente para fazer isso sozinha.

Certo, na verdade... isso era excitante... não ia mentir.

– Já providenciou suas roupas? – Tohrment perguntou.

Quando John deu uma olhada no cara, ficou evidente que o Irmão estava muito abalado emocionalmente. Estava cambaleando sobre as botas de combate. Considerando a linha rígida formada em sua testa e seu maxilar firme, não entraria em detalhes sobre o assunto.

Ah... eu não sei o que vou vestir, John gesticulou. *Um terno?*

– Não, vou pegar o que você precisa. Espere.

A porta foi fechada.

John olhou ao redor de seu quarto, e quando viu o armário, aquele sorriso que agora parecia usar o tempo todo voltou. Aproximando-se mais, colocou a pequena bolsa vermelha que trouxe da joalheria na mesa e fez uma pausa.

Oh, cara... ela se mudou. Ela se mudou mesmo. As roupas de Xhex e as dele estavam penduradas juntas.

Estendendo a mão, tocou as roupas de couro, as camisetas regatas e os coldres dela... e sentiu um leve rubor de orgulho e felicidade. Xhex lutaria na guerra. Lado a lado com ele e os Irmãos. A Antiga Lei proibia expressamente, mas o Rei Cego já havia provado que não era um escravo dos antigos costumes – e Xhex já havia provado que se garantia muito bem no campo de batalha.

John dirigiu-se para a cama e sentou-se. Não tinha certeza de como se sentiu com relação a ela naquela noite com os assassinos.

Certo. Até parece. Sabia *exatamente* como se sentiu.

Contudo, não pediria para que ela não lutasse. Xhex era quem era. John estava se unindo com uma guerreira.

Ela era exatamente assim.

Seus olhos se deslocaram para a mesa de cabeceira. Inclinando-se, abriu a primeira gaveta e retirou o diário de seu pai. Alisando com a mão o couro macio, sentiu a história deslizar do intelectual para o real. Muito, muito tempo atrás, outras mãos tinham segurado este livro e escrito em suas páginas... e por meio de uma série de acidentes e desventuras, o diário havia chegado, ao longo das noites e dias, até John.

Por alguma razão, naquela noite, o laço com seu pai Darius parecia forte o bastante para atravessar o éter nebuloso do tempo e unir os dois, fundindo-os até que... Deus, quase pareciam ser a mesma pessoa.

Porque sabia que seu pai teria ficado feliz com isso. Tinha plena certeza como se o cara estivesse sentado ao seu lado na cama.

Darius gostaria que ele e Xhex terminassem juntos. Por quê? Quem poderia saber? Mas aquela era uma verdade tão real quanto os votos que logo estaria fazendo.

John alcançou a gaveta de novo e pegou a pequena caixa velha. Levantando a tampa, olhou fixamente para o pesado anel de sinete de ouro. A coisa era enorme e feito para caber na mão de um guerreiro, sua superfície brilhava através da fina rede de riscos que cobria o brasão e as laterais.

Encaixava-se no dedo indicador de sua mão direita com perfeição.

E abruptamente decidiu que não iria tirá-lo outra vez, mesmo quando estivesse lutando.

– Ele teria aprovado isso.

John ergueu os olhos depressa. Tohr estava de volta e havia trazido um monte de seda preta com ele – também trouxe Lassiter. Em pé atrás do cara, o anjo caído espalhava luz em todas as direções, como se o nascer do sol acontecesse no corredor.

Sabe? Por alguma razão, acho que você está certo, John gesticulou.

– Sei que estou certo. – O Irmão aproximou-se e sentou na cama. – Ele a conhecia.

Quem?

– Ele conhecia Xhex. Estava lá quando ela nasceu, quando sua mãe... – Houve uma longa pausa, como se o cérebro de Tohr estivesse confuso e a ficha ainda não tivesse caído. – Quando a mãe dela morreu, ele entregou Xhex a uma família que pudesse cuidar dela. Ele amava aquela garota... assim como eu. Foi por isso que ele a chamou de Xhexania. Cuidava dela de longe...

O ataque epiléptico veio tão de repente que John não teve tempo para tentar lutar contra a crise – em um momento estava sentado ouvindo Tohr; no outro, estava caído ao chão, movimentando o corpo em uma dança frenética.

Quando os espasmos finalmente pararam e seus membros caíram sem força, sua respiração saía e entrava pela boca com dificuldade. Para seu alívio, Tohr estava sobre ele, agachando-se.

– Como está? – o cara perguntou firme.

John se apoiou no chão e sentou-se direito. Esfregando o rosto, ficou contente em perceber que sua visão ainda funcionava. Nunca pensou que ficaria feliz em ter uma imagem clara do rosto de Lassiter.

Lutando para controlar suas mãos, conseguiu sinalizar:

Sinto como se tivesse sido batido em um liquidificador.

O anjo caído assentiu gravemente:

– Sua aparência também diz isso.

Tohr lançou um olhar severo ao cara, em seguida, voltou-se para John.

– Não se preocupe, ele é cego.

– Não, não sou.

– Em um minuto e meio, você vai ser. – Tohr segurou John pelo braço e o arrastou de volta para a cama. – Quer beber alguma coisa?

– Ou talvez um cérebro novo? – Lassiter ofereceu.

Tohr se inclinou.

– Prestando um serviço público, vou deixá-lo mudo também, certo?

– Você é tão generoso.

Houve uma longa pausa e depois John sinalizou:

Meu pai a conhecia?

– Sim.

Você também, não é?

– Sim.

No silêncio que se seguiu, John decidiu que algumas coisas eram melhores se deixadas como estão. E esta era uma delas, considerando a expressão tensa do Irmão.

– Estou feliz por estar usando o anel dele – disse Tohr de repente enquanto ficava em pé. – Especialmente numa noite como esta.

John olhou para o pedaço de ouro em seu dedo. Parecia tão correto. Com se usasse o objeto há anos.

Eu também, sinalizou.

– Agora, se me der licença, vou me vestir.

Quando John olhou para cima, foi levado a um momento que havia acontecido tempos atrás, quando abriu a porta daquele lixo de apartamento em que vivia e apontou uma arma no rosto do cara.

E agora Tohr havia trazido suas vestes cerimoniais.

O Irmão sorriu um pouco.

– Gostaria que seu pai estivesse aqui para ver isso.

John franziu a testa e rolou o anel ao redor do dedo, pensando sobre o quanto devia ao macho. Então, com um rápido impulso, ficou em pé... e abraçou forte o Irmão. Tohr pareceu momentaneamente surpreso, mas, em seguida, braços fortes o envolveram em reciprocidade...

Quando John se desvencilhou, olhou diretamente para aqueles olhos.

Ele está aqui, sinalizou. *Meu pai está aqui comigo.*

Uma hora depois, John estava em pé no chão de mosaico no saguão de entrada, deslocando seu peso para trás e para frente sobre os pés. Estava vestido com o traje tradicional de um nobre macho de valor, a calça de seda preta arrastava-se no chão, a parte superior era folgada e estava presa a um cinto de joias que foi presente do rei.

Decidiram realizar a cerimônia na base da grande escadaria, sob o arco que formava a sala de jantar. As portas duplas do salão onde todos comiam foram fechadas para formar uma parede, e do outro lado os *doggen* tinham preparado um banquete.

Tudo estava organizado, a Irmandade em pé e alinhados ao lado dele, as *shellans* e os outros membros da mansão estavam reunidos num grande semicírculo em frente. Dentre os que seriam testemunhas, Qhuinn estava em uma extremidade, Blay e Saxton em outra. iAm e Trez estavam no meio, como convidados especiais.

Quando John percorreu o olhar pelo espaço, observou as colunas, as paredes de mármore e os lustres. Desde que chegou ali para ficar, ouviu muitas vezes o quanto seu pai teria gostado de ver pessoas preenchendo todos os quartos e vivendo suas vidas sob aquele sólido telhado novamente.

John focou-se na macieira retratada no chão. Era tão linda, um sinal da primavera, florindo eternamente... o tipo de coisa que animava toda vez que a via.

Adorava a árvore desde que se mudou...

Um suspiro coletivo fez com que ele erguesse a cabeça.

Oh... minha... mãe... do...

Seu cérebro parou de funcionar naquele momento. Simplesmente ficou em branco. Tinha certeza de que seu coração ainda estava batendo, já que permanecia em pé, mas fora isso?

Bem, tinha acabado de morrer e ido para o céu.

Parada no topo da grande escadaria, com sua mão sobre o corrimão dourado, Xhex fez uma aparição gloriosa que lhe deixou sem fôlego e hipnotizado.

O vestido vermelho que usava estava perfeito, o laço preto na parte superior combinava com o cabelo negro e com os olhos cinza escuros, os quilômetros de cetim caíam ao redor de seu esguio corpo em ondas resplandecentes.

Quando ela encontrou seus olhos, ajeitou a cintura, depois alisou a frente do vestido.

Venha, ele sinalizou. *Desça até mim, minha fêmea.*

No canto, um tenor começou a cantar, a voz cristalina de Zsadist flutuou em direção à pintura de guerreiros no teto muito acima de todos eles. No começo, John não sabia qual era a canção... porém, não saberia responder nem mesmo qual era seu próprio nome naquele momento.

Mas, então, os sons se fundiram e ele distinguiu a melodia. Era "All I Want Is You", do U2.

Aquela que John havia pedido para o macho cantar.

O primeiro passo de Xhex trouxe lágrimas aos olhos das fêmeas. E em Lassiter, evidentemente. Ou isso ou o anjo tinha algum cisco nos olhos.

A cada degrau que Xhex descia, o peito de John inflava ainda mais, até que sentiu como se não só seu corpo estivesse flutuando, mas como se estivesse levantando o grande peso da mansão com ele.

Ela parou na base da escada outra vez e Beth correu para arrumar a longa saia.

E então, Xhex estava com ele na frente de Wrath, o Rei Cego.

Eu amo você, John sinalizou com a boca.

O sorriso dela começou pequeno, apenas de um lado, mas espalhou-se... oh, Deus, espalhou-se até que começou a sorrir tanto que suas presas foram expostas e seus olhos brilhavam como estrelas.

Eu também amo você, ela fez com os lábios como resposta.

A voz do rei ecoou até o elevado teto:

– Ouçam-me, todos reunidos diante de mim. Estamos reunidos aqui para testemunhar a união deste macho e desta fêmea...

A cerimônia começou e prosseguiu, com ele e Xhex respondendo quando deveriam. A ausência da Virgem Escriba foi atenuada com o rei pronunciando que era uma boa união; os votos foram feitos e então havia chegado o momento mais importante.

Quando Wrath deu a ordem, John se inclinou e pressionou seus lábios nos de Xhex, em seguida, recuou, retirou o cinto de joias e o casaco. Estava sorrindo como um idiota quando os entregou a Tohr e Fritz trouxe a bandeja com o pote de sal e o jarro de prata com água.

Wrath desembainhou sua adaga negra e disse em voz alta:

– Qual é o nome de sua *shellan*?

Para todos ali presentes, John gesticulou:

Ela é chamada Xhexania.

Com Tohr guiando sua mão, o rei esculpiu a primeira letra em cima da tatuagem que John havia feito. Então, os outros Irmãos seguiram o exemplo, marcando toda a tinta sobre a pele, as lâminas da Irmandade não apenas cortaram os quatro símbolos no Antigo Idioma, como também os arabescos que o tatuador tinha desenhado. A cada corte, sua mente se concentrava cada vez mais na macieira, aguentando com orgulho a dor, recusando-se a deixar até mesmo um sussurro escapar dos lábios. E após esculpirem cada letra e arabesco, olhou para Xhex. Ela estava em pé na frente das fêmeas e dos outros machos, com os braços fechados sobre o corpete do vestido, seu olhar era grave, mas de aprovação.

Quando o sal bateu nas feridas frescas, cerrou os dentes com tanta força que sua mandíbula estalou sob a tensão, o som sobrepôs até o gotejar da água. Mas ele não suspirou ou gesticulou uma maldição, embora a agonia o atravessasse e fizesse sua visão embaçar.

Quando endireitou o tronco sobre os quadris, o grito de guerra da Irmandade e dos soldados da casa ecoou por todo o lugar e Tohr secou o desenho feito na carne com uma toalha de linho branca. Depois que o Irmão terminou, colocou o pano em uma caixa preta envernizada e deu a John.

Erguendo-se sobre os joelhos, John se aproximou de Xhex com a presunção de um macho cheio de si... que tinha acabado de passar por um desafio e se saído muito bem, obrigado. Na frente dela, ajoelhou-se, baixou a cabeça e lhe ofereceu a caixa preta para que aceitasse ou recusasse, a escolha era dela. A tradição dizia que se ela aceitasse a caixa, também o aceitava.

Xhex não esperou sequer um piscar de olhos.

O peso lhe foi retirado e olhou para cima. Belas lágrimas vermelhas inundavam os olhos dela enquanto embalava a caixa junto ao coração.

Enquanto os reunidos aclamavam e aplaudiam, John colocou-se em pé com um salto e arrebatou Xhex com aquele grande e lindo vestido vermelho em seus braços. Beijou-a com força, e na frente do rei, de sua irmã, de seus melhores amigos e da Irmandade, carregou sua fêmea ao subir as escadas que ela havia descido.

Sim, havia um banquete em homenagem ao casal prestes a começar. Mas o macho vinculado dentro dele precisava deixar sua marca... depois desceriam para a comida.

Estava no meio do caminho para o topo quando a voz de Hollywood soou:

– Caramba, eu também quero a minha tatuagem com essa droga de redemoinhos.

– Nem pense nisso, Rhage – foi a resposta de Mary.

– Podemos comer agora? – Lassiter perguntou. – Ou alguém mais quer virar sushi?

A festa começou; vozes, risadas e a batida da música "Young forever", de Jay-Z, preencheu o espaço. No topo da escada, John fez uma pausa e olhou para baixo. A vista, juntamente com a fêmea em seus braços, o fez sentir como se tivesse escalado uma grande montanha e, finalmente, de uma maneira inexplicável e inacreditável, tinha chegado ao topo.

A voz rouca de Xhex selou o acordo com sua ereção:

– Veio só dar um volta ou me trouxe até aqui por um bom motivo?

John a beijou, deslizando sua língua entre os lábios dela. Ficaram assim enquanto andavam até o quarto dele...

O quarto *deles*.

Dentro, a colocou sobre a cama e ela o observou como se estivesse mais do que pronta para o que ele tinha para dar.

Xhex pareceu surpresa quando John simplesmente se afastou.

Mas antes ele tinha que entregar o presente que havia comprado.

Quando voltou para a cama, tinha a bolsa da joalheria Reinhardt com ele.

Fui criado como um humano, e quando eles se casam, o macho dá à fêmea um símbolo de afeição. De repente, ficou nervoso. *Espero que goste. Tentei escolher um que a agradasse.*

Xhex se levantou e suas mãos tremiam um pouco quando segurou a longa e fina caixa.

– O que você fez, John Matthew...?

Seu suspiro quando abriu a tampa foi simplesmente fabuloso.

John estendeu a mão e pegou a grossa corrente do ninho de veludo. O quadrado de diamante situado no meio dos elos de platina era de seis quilates – seja lá o que isso significasse. Tudo que importava era que a pedra era grande, brilhante e cintilante o suficiente para ser vista do maldito Canadá.

Apenas no caso de algum macho a vir e ter alguma pretensão errada com relação a ela ou algo assim: queria que soubessem que ela tinha dono. E se a essência da vinculação de John não chegasse aos seus narizes, com certeza o reflexo daquela pedra saltaria em suas retinas.

Não lhe dei um anel porque sei que vai lutar e não gostaria de sobrecarregar suas mãos. E se você gostar, adoraria se usasse o tempo todo...

Xhex segurou seu rosto e o beijou de uma maneira tão longa e profunda que ele não conseguiu respirar. Mas não se importou.

– Nunca vou tirá-lo. Nunca.

John fundiu suas bocas e montou sobre ela, empurrando Xhex e aquele vestido contra os travesseiros, suas mãos foram até os seios e depois desceu até seus quadris. Quando arqueou o corpo, começou a buscar dentre os metros de cetim...

Levou mais ou menos um segundo e meio para ficar frustrado.

Mas o vestido acabou ficando melhor ainda fora dela.

John fez amor lentamente com sua fêmea, deleitando-se no corpo dela, acariciando-a com suas mãos e sua boca. Quando finalmente fez com que se tornassem um, o encaixe foi tão perfeito, o momento tão certo, que a única coisa que fez foi aproveitar o momento. A vida o levou até ali com ela, com os dois juntos...

Esta seria a história que viveria a partir de agora.

– Então, John... – ela disse com uma voz rouca.

Ele assoviou em uma nota ascendente.

– Estava pensando em usar um pouco de tinta em mim. – Quando ele inclinou a cabeça para o lado, ela passou as mãos por seus ombros cautelosamente. – Que tal irmos àquela loja da tatuagem... quem sabe colocar seu nome nas minhas costas, hum?

O orgasmo que estremeceu o corpo dele e, evidentemente, o dela também, serviu como uma ótima resposta na falta de sua capacidade de pronunciar uma.

Xhex riu e moveu os quadris contra os dele.

– Vou tomar isso como um "sim"...

Sim, John pensou enquanto começava a impulsionar os quadris dentro dela. Sim, oh, claro que sim...

Afinal, se era bom para ele, também devia ser interessante para ela. Direitos iguais.

Deus, ele amava a vida. Amava a vida e todas as pessoas daquela casa e todas as pessoas de valor em todos os cantos do mundo. Não foi fácil... mas o destino acabou endireitando as coisas.

Afinal, tudo acontece exatamente como estava destinado a ser.

PAPEL CHAMOIS a arte de ler

Este livro foi impresso em Papel Chamois Fine 75 g/m², certificado FSC e produzido pela MD Papéis Ltda.

IMPRESSÃO E ACABAMENTO: *Editora Parma*